T0178840

EL SUEÑO DE LA CRISÁLIDA

EL SUEÑO DE LA CRISÁLIDA

VANESSA MONTFORT

PLAZA JANÉS

Papel certificado por el Forest Stewardship Council®

Primera edición: marzo de 2019

© 2019, Vanessa Montfort Écija
© 2019, Penguin Random House Grupo Editorial, S. A. U.
Travessera de Gràcia, 47-49. 08021 Barcelona

Printed in Spain — Impreso en España

ISBN: 978-84-01-02106-0
Depósito legal: B-5.679-2018

Compuesto en La Nueva Edimac, S. L.

Impreso en Liberdúplex
Sant Llorenç d'Hortons
(Barcelona)

L021060

Penguin
Random House
Grupo Editorial

Para Miguel Ángel Lamata,
compañero mío en la vida y en la ficción,
por recordarme mis alas

La verdad os hará libres.

JESUCRISTO

Es mejor conquistarte a ti mismo que ganar mil batallas.

BUDA SHAKYAMUNI

La tinta del sabio es más sagrada que la sangre del mártir.

MAHOMA

¿Qué ve un ciego aunque se le ponga una lámpara en la mano?

Proverbio hindú

Cuando dejo ir lo que soy, me convierto en lo que debería ser.

LAO-TSE

La primera crisálida

Lo más increíble de los milagros
es que suceden.

CHESTERTON

¿Cuántas horas pueden estar dos personas sentadas, una al lado
de la otra, sin comunicarse? Yo he comprobado que entre ocho y
trece.

¿Y dónde? En un avión y en un trabajo. Seguramente son
más, pero ese, al menos, es mi récord.

En un pasado muy reciente, cuando nuestra atención aún no
había sido secuestrada por el fulgor hipnótico de móviles y tablets,
recuerdo haber disfrutado de conversaciones insólitas con mis
compañeros de viaje: en trenes, en autobuses, vuelos transatlánti-
cos, incluso en el metro. Viajeros anónimos que conocía durante
un corto fragmento de su existencia y de los que me daba tristeza
despedirme ya que, casi antes de sentarse, me confesaban su vida.
Ese era mi superpoder. Uno muy útil cuando eres periodista: adul-
terios, ruinas económicas, enamoramientos, dramas cotidianos,
incestos, dudas existenciales, fugas de agua… conocería de ellos
sólo lo que estuvieran dispuestos a confesarme y que terminaba
siendo más íntimo de lo que hubieran previsto, supongo, relajados
ante el anonimato y la seguridad de no volver a vernos.

Sin embargo, cuando conocí a Greta en ese Boeing 747 Nueva
York-Madrid, hacía años que me había vuelto invisible para mis
compañeros de viaje y ellos para mí. Era como si el mundo entero me hubiera retirado su confianza. Por eso nunca imaginé que

esas siete horas de conversación se prolongarían a todo un año de confesiones y mucho menos que estas serían mutuas. Notas que termino hoy de revisar y que comencé a escribir también sin prever, ni por lo más remoto, su destino final.

De alguna manera, cruzar el océano Atlántico aquella primavera de 2017 rompió mi maleficio. El que ahora sé que arrastraba desde que dejé el periodismo. Me estremece pensar en lo distintas que serían nuestras vidas de no haber comenzado aquella conversación.

Por qué su historia me enganchó como un anzuelo desde su primera palabra, por qué empecé a escribirla y he luchado tanto por publicarla son preguntas que sólo he podido contestarme al finalizar este libro.

Sin embargo, sí tuve, desde el primer instante, una certeza: la historia de Greta nunca se había contado antes. No por lo que haya en ella de polémica, sino porque habla de esa mágica capacidad nuestra para reconstruirnos.

¿La capacidad de quién? De nosotros. Del ser humano. De nuestra necesidad de transformación. De algo que ahora mismo y por culpa de Leandro Mateos, experto en insectos voladores y en mi persona a partes iguales, me obsesiona: la crisálida. Nuestro único y gran cambio vital. Algo en lo que siempre creí, pero a lo que hasta ahora no he sabido dar nombre: la sospecha de que todos los seres humanos tenemos al menos una oportunidad de realizar un cambio de ciento ochenta grados para adquirir nuestra forma más auténtica; la ocasión de poner a prueba nuestra gran capacidad de transformación, propia y de nuestro entorno. Y la tenemos, aunque a veces nos creamos incapaces de ejercitarla o de creer en ella.

Pero la primera crisálida también tuvo que soñar sus alas.

En el fondo, creo que siempre he confiado en ese poder nuestro para obrar el milagro de un cambio. Uno importante: duelos, posguerras, rupturas, heridas, tsunamis, crisis, desilusiones, pandemias, catástrofes, esos procesos capaces de llevarnos al punto de deshacernos por completo como pobres orugas destinadas a arrastrarnos por la tierra pueden inducirnos, al mismo tiempo, a un fuerte renacer con una nueva capacidad: la de volar. Curiosamente, cuando conocí a Greta, había dejado de confiar en todo esto.

Empiezo a escribir el prólogo a esta historia también, no me importa decirlo, protegida por la ficción. Y es que tras mis años de carrera periodística he comprobado aquello que una vez me dijo Ernesto, mi primer mentor en el periódico, cuando me acogió bajo su ala y aún me daba apuro levantar la mano en las ruedas de prensa: que algunas veces la ficción nos permite aproximarnos más a la realidad o sentirnos más libres para contarla. Por eso, aprovecho estas líneas previas para advertir que los nombres y los lugares de este relato han sido modificados con el fin de preservar la privacidad de sus protagonistas.

Así lo han querido y así lo respeto.

Confieso que hoy, 18 de mayo de 2018, mientras escribo las líneas que cerrarán esta historia para por fin abrirla al mundo, ha dejado de preocuparme si va a compensarme el alboroto de esa polémica que no busco, las torpes y engorrosas amenazas sufridas, los ladridos de desconocidos que no profundizarán en mis razones, las susceptibilidades de algunos amigos, el barullo deslenguado de las redes… sólo por querer contar la que considero una gran historia. Una necesaria.

¿Por qué ha dejado de preocuparme todo esto? Porque ya la he contado. Su historia pero también la mía.

El sueño de una crisálida es un sueño lleno de cosas.

No es un sueño inactivo. Es un tiempo muerto en el que se opera un proceso solitario y milagroso, en el que es necesario detenerse… y el silencio.

Dos cosas que yo nunca me habría permitido antes.

Hoy, tras este inmenso viaje de un año, creo saber lo que piensa una crisálida durante su lento y traumático proceso:

Voy a rebelarme contra este cansancio. Voy a hacer real lo que ahora sueño. Voy a transformarme en lo que quiero ser. Voy a volar a donde me apetezca. Y nunca jamás volveré a arrastrarme.

Como escribió Chesterton: «Lo más increíble de los milagros es que suceden», y yo he sido testigo de uno y quiero contarlo.

Un milagro humano. Uno de nuestro tamaño.

Tan inmenso y cotidiano como lo es el milagro del amor o de la vida.

Una vez escuché que lo único que nos aparta de la felicidad es el miedo al cambio. Greta —como decidimos juntas que la llamaría para proteger su anonimato— también lo tuvo, pero lo está venciendo. Si ha roto o no la transparente crisálida en la que durante este año se ha ido transformando, lo descubriremos más adelante. Pero soy feliz de haber tenido la suerte de que me relatara, desde el interior de su infranqueable cápsula de seda, lo que un ser humano siente al deshacerse y volver a nacer, convertida en otra cosa.

En algo mejor y más libre.

Acompañarla en ese proceso me ha aportado una luz poderosa: saber que es posible.

PATRICIA MONTMANY
Madrid, 18 de mayo de 2018

PRIMERA PARTE
Fase de oruga

En la naturaleza existe un proceso tan mágico como cotidiano que lleva a una oruga a transformarse en mariposa. Para ello, ese pequeño y rechoncho animal sorteará todo tipo de peligros con un solo objetivo: el de sobrevivir hasta el momento de su gran y definitivo cambio vital. Entonces, escogerá un lugar para construirse un resistente refugio de seda y dará comienzo un proceso extraordinario, pero también el más traumático que existe en la naturaleza: primero, tendrá que descomponerse por completo hasta licuarse en un caldo de proteínas, de su antiguo exoesqueleto sólo quedarán intactos su corazón y su cerebro; a partir de ellos, reconstruirá con esfuerzo una nueva estructura más resistente, unas largas extremidades que antes no poseía, unos nuevos ojos compuestos que le permitirán ver lo que antes no era capaz y unas alas poderosas y elásticas que le darán un nuevo poder: el de volar.

En esta primera fase, la oruga podría poseer ya los colores de la mariposa en la que, de completar su proceso con éxito, se convertirá más tarde, pero nada hace sospechar aún su forma final. De momento sólo será capaz de arrastrarse lentamente, haciéndola más vulnerable ante los depredadores. Por eso se ve obligada a crecer lo más rápido posible. En muy poco tiempo puede adquirir una longitud veinte veces mayor. Para protegerse, unas veces adquirirá un aspecto amenazador. Otras, intentará hacerse invisible, confundiéndose con el entorno para pasar desapercibida hasta encontrar un lugar seguro para realizar su metamorfosis.

Leandro Mateos
El milagro biológico de las mariposas (2017, p. 23)

En una cápsula de aluminio

1

Madrid, primavera de 2017

Hoy, en algún día de primavera cuya fecha me es imposible calcular, mi alarma interna ha vuelto a despertarme antes de que lo hiciera la del móvil. Me sucede desde hace años. Soy como un bombero de guardia que todas las mañanas amanece con la mente preparada para sofocar un incendio. Me he sacado la férula de la boca que, por cierto, tengo triturada —nota a mí misma: llamar al maxilofacial—, y he vuelto a consultar el móvil antes de salir de la cama, algo que cuando aterricé en el aeropuerto de Barajas ayer me prometí no volver a hacer: de nuevo las llamadas perdidas, los asuntos de los emails que desfilaban por la pantalla como los créditos de una mala película desde las siete de la mañana. Me he llevado la mano al pecho y he tomado aire, todo el que me han permitido mis pulmones que han vuelto a encogerse hasta alcanzar el tamaño de dos ciruelas.

Empiezo a escribir estas notas aún convaleciente de mi colapso neoyorquino, con este sol primaveral quemándome la cara y los balcones del salón abiertos hacia esta plaza de Oriente que está absurdamente orientada a Occidente: todo en mi vida me parece hoy una gran contradicción. Desde hace un buen rato observo el salón con la necesidad de comprobar si todo sigue igual que antes de irme: las barras de las cortinas apoyadas en el rincón, dos de las lámparas aún en sus cajas, las paredes casi desnudas de no ser por ese póster de *Alicia en el país de las maravillas* que pegué con adhesivos cuando me mudé hace... ¿cuatro años ya?

Aún tengo todo este viaje a Nueva York en la nebulosa de un sueño, como si no hubiera sucedido del todo. Puede que sea producto de la fuerte medicación. Qué alivio que Santiago haya podido hacerme un hueco en su agenda esta tarde. Si no, no tendríamos terapia hasta el lunes, y necesito contarle punto por punto cómo empezó el ataque de ansiedad: que he sentido que me moría, real, físicamente, y que no quiero volver a estar así. Necesito contarle que ha sido el clímax de estos tres años de terapia claramente estéril para controlar mi estrés. De momento me sirve de placebo la frase que me ha dicho por teléfono: «Una crisis, Patricia, es una oportunidad de cambio». Lo más sorprendente es que sí, es verdad que un cambio, al menos, se ha producido ya: por primera vez en mucho tiempo siento la antigua pulsión de asimilar algo a través de una página en blanco. Supongo que necesito escribirlo por miedo a que se me disipen las últimas cuarenta y ocho horas de mi vida como una de esas estelas que dejan los aviones en el cielo y que parecen de tiza…

¿El qué?

Mi hospitalización en Long Island y, sobre todo, la curiosa promesa que le he hecho a esa desconocida en ese avión. Más bien, la promesa que me he hecho a mí misma. Ponerme a escribir quiere decir que he recogido el guante, supongo. Así de simple y así de absurdo.

Aeropuertos. Esos hormigueros por los que correteamos en ordenadas filas transportando las mercancías que creemos necesitar, tan atareados en nuestro feliz y fatigoso trayecto que no somos conscientes de que vamos a formar parte del mayor milagro: volar.

Tras seis días hospitalizada, llegué al JFK de Nueva York en cuya facturación me había desmayado una semana antes con el único propósito de atravesar el control rumbo a casa, pero con una novedad: la pequeña concha naranja que recogí en la playa de Long Island la tarde en que me dieron el alta y que viajaba como un polizón en el bolsillo de mi gabardina burlando todos los controles de seguridad.

Cuando dejé mis cosas metódicamente sobre la cinta del escáner —portátil, tablet, iPhone, líquidos, zapatos, documentación y concha—, recuerdo que deseé con una intensidad desconcertante que esta última no fuera detectada. También traté de disimular un bostezo grosero delante del oficial —culpa de la medicación— y luego caminé arrastrando los pies como un nazareno hasta la puerta de embarque.

Confieso que mientras esperaba para entrar en el avión estuve a punto de buscar la wifi del aeropuerto, pero mamá me hizo jurarle desde el hospital —y yo nunca juro en falso— no contestar a un solo correo de trabajo hasta aterrizar en Madrid.

Por primera vez le hice caso.

El colapso nos había asustado de verdad.

También sé que nadie comprende hasta qué punto no puedo permitirme desconectar unos días, ni siquiera horas, por mucho que el cuerpo me lo pida.

Santiago tampoco lo entiende. Por eso no me está haciendo efecto la terapia. Se limita a repetirme que tengo que bajar el ritmo como si eso fuera posible, alzando sus ojos azules de muñeco por encima de las gafas minúsculas y luego encaja su metro noventa en la butaca antes de extenderme una receta. Nadie conoce mi nivel de responsabilidad y de presión. Lo desestabilizante que puede llegar a ser un mensaje de Rosauro desde la agencia. Su forma pasivo-agresiva de darte un plazo: «Esto es para ayer» o «Ponte las pilas y pónselas a tu puto equipo». Me da grima imaginar cómo se peina con los dedos el pelo ondulado, cruzando una pierna y toqueteándose el calcetín con su dedo de manicura perfecta, mientras redacta uno de esos mensajes lacerantes que siempre escribe en mayúsculas y acentúa a destiempo.

Nunca creí que respondería ante un jefe así, esa es parte de mi frustración, supongo.

El caso es que un día de desconexión me supone encontrar en mi bandeja de entrada una tonelada de emails y de problemas a menudo irresolubles. Mi vida laboral se resume en un plazo que siempre roza el límite de lo imposible. Por qué me autoexilié del periodismo al mundo de la publicidad —misma velocidad, mismo sacerdocio, menos pasión y cero vocación— es algo que nadie entiende. Ni yo misma últimamente.

Pero antes de regresar mañana a la agencia y a sus desquiciadas carreras, y de la sesión de esta tarde con Santiago, quiero intentar explicarme qué me ha llevado a volver a escribir después de tanto tiempo. Hago un flashback de veinticuatro horas: vuelvo a entrar en el avión, vuelvo a alegrarme de que la fila lateral derecha tenga sólo dos asientos, a ilusionarme con la posibilidad de convivir siete horas con un viajero menos. Sólo quiero ocupar el asiento de la ventanilla, abrir mi portátil, ver una película, cenar, quedarme dormida.

De ese viaje de vuelta hay una cosa que sí recuerdo a la perfección.

El cansancio.

Uno vital. Uno que ya intuía que no iba a curarse con horas de sueño. Que venía de la mente y del cuerpo al mismo tiempo.

Lentamente y como si el aire pesara toneladas, saqué mi antifaz, los tapones de los oídos, una bolsa con cuatro botes de pastillas a los que habían pegado una etiqueta con mi nombre como en las películas, unos calcetines gordos con suela, dos bolis, un espray de agua termal, mis cascos y el portátil, y lo metí todo como pude en el bolsillo delantero. Ahora no me cabían las piernas. Las ladeé un poco invadiendo el asiento vecino hasta que una bolsa de deporte cayó sobre él.

Levanté la vista. Mi gozo en un pozo.

Pensé que al menos mi acompañante era pequeño de estatura por lo que no invadiría mi preciado territorio; había temido que fuera la madre de un bebé congestionado que amenazaba con un estallido nuclear de llantos en plena noche. Mi futuro compañero de viaje —pelo corto, negro y rizado, camisa azul sin gracia, chaleco gris de abuelo, vaqueros anticuados…— estaba aún de espaldas y la azafata se ofreció a subirle la bolsa al compartimento portaequipajes.

Se sentó como si temiera romper algo con un «buenas tardes» inesperadamente esférico y femenino. Le busqué los ojos.

Era una mujer: rasgos indígenas, rostro juvenil, edad en la mirada. Sus párpados rasgados se movían despacio como los de un pájaro que está a punto de dormirse. La boca grande de labios gruesos sostenía una sonrisa desarmada, fabricada con esfuerzo, que dejaba a la vista una fila de dientes perfectos. Una mirada de desconfianza india se asomó tras unas ojeras como las mías y sincronizamos un mismo suspiro antes de abrocharnos los cinturones. El agotamiento era lo que más podía solidarizarme con cualquiera en ese momento. Las azafatas desfilaron comprobando los asientos y el capitán nos dirigió las palabras de rigor, a las que añadió que sufriríamos cierto retraso al despegar, lo que provocó un caudaloso murmullo que recorrió el avión desde business hasta turista.

Nos esperaban siete horas por delante encadenadas la una al lado de la otra. Siete horas en las que probablemente no podría moverme porque mi compañera, a juzgar por su aspecto, iba a desmayarse en cualquier momento. Y sería mejor así.

Yo que siempre había presumido de que la gente me contaba su vida sin conocerme… lo cierto es que llegó a resultarme insufrible. Me sentía invadida. Hasta que un día dejó de ocurrirme. Sin más. Y luego lo eché de menos. Pero no en este viaje; en este vuelo sólo quería recuperar fuerzas. Iba a necesitarlas. Aún las necesito.

El avión despegó de Nueva York sobre un pomposo atardecer. No pude evitar abrir el portátil y estaba redactando una de mis interminables listas de tareas pendientes que me instalaron de nuevo esa pesa en el centro del pecho cuando, al volverme hacia ella, lo vi en sus ojos. El reflejo de las nubes naranjas en el espejo negro de sus pupilas. Y me hizo recordar ese otro atardecer en la playa, dos días atrás, cuando salí del hospital. Busqué la concha en el bolsillo de mi pantalón mientras miraba por la ventanilla. Ambas nos quedamos absortas contemplando esos colores irracionales hasta que la escuché arrastrar la voz:

—Hace catorce años que no veo un atardecer.

Una lágrima imprudente cruzó su rostro.

—¿Dónde has estado? ¿En la cárcel? —respondí bromeando, sin venir a cuento.

A lo que ella respondió muy seria:

—Más o menos.

Quise tragarme mis palabras. No supe reaccionar. El caso es que se recogió dentro de sí misma como un caracol al que hubieran echado tierra y yo me refugié en la pantalla de mi portátil.

Un rato después llegó la cena.

La azafata nos ofreció el clásico «¿Pollo o pasta?», a lo que respondimos al unísono cada una con una opción, como un salmo. Me fijé que sacaba del bolsillo delantero una bolsa ziploc con blísteres y botes; toda una colección de pastillas. Las reconocí. Y creo que ella reconoció las mías, aunque traté de disimularlas sin éxito bajo la servilleta. Las pequeñas verdiblancas sólo podían ser diazepam. Distinguí también los antidepresivos, somníferos… Nos lanzamos una mirada furtiva y ambas tragamos con prisa nuestros tratamientos de choque.

2

Tiempo restante para alcanzar el destino: seis horas.

El capitán prendió el aviso para que nos abrocháramos los cinturones porque llegábamos a una zona de turbulencias. Cuando se cumplió el vaticinio, un pasajero sudoroso, demasiado trajeado para un viaje tan largo, tuvo la ocurrencia de levantarse dando tumbos hacia el baño, lo que provocó la ira de una de las encantadoras azafatas, quien, transformándose en un orco infernal, le ordenó sentarse de nuevo.

Me había impresionado comprobar que a mi compañera se le escapaban las lágrimas mientras dormía, como si se hubiera dejado el grifo del dolor abierto. Me fijé también en que sujetaba unas cartas manuscritas como si fueran su chaleco salvavidas. La entendí. También yo necesitaba estar en contacto con mi pequeño souvenir marino. Tenía la absurda esperanza de que me ayudaría a recordar lo que me había pasado cuando pisase Madrid de nuevo. Y aquí la tengo ahora, junto a mí, mientras escribo estas líneas y recupero las fuerzas para el día que me espera mañana.

He llegado a la conclusión de que conservo algunos vicios de mi época como periodista. El principal: no puedo evitar escanear a las personas que me llaman la atención de una forma que a veces roza la descortesía. Tampoco puedo evitar especular sobre ellas. Sobre todo cuando recibo información tan contradictoria: ¿cómo era posible que mi compañera de asiento no hubiera visto un atardecer en catorce años si parecía tener treinta como mucho?, ¿por qué lloraba?, ¿qué contenían esas cartas manuscritas que agarraba como si le dieran la vida?, ¿por qué parecía vestida con ropa de cuatro personas diferentes?, ¿por qué su estilo, algo masculino,

contrastaba con la femineidad de sus maneras? Y sobre todo…
¿por qué me había hablado?

La miré de nuevo. Su rostro estaba abrasado por las lágrimas. Cerré el ordenador. Tenía el ceño fruncido y se había echado la manta como un velo, por la cabeza. Había algo maternal en su forma de llorar. ¿De verdad había estado en la cárcel? Sus maneras eran educadas, su piel saludable no mostraba signos de drogadicción, las manos cuidadas de alguien acostumbrado a trabajar con la mente, su desenvoltura en el avión, como acostumbrada a viajar a menudo…

Se revolvió un poco en el asiento y las cartas se fueron al suelo. Abrió con esfuerzo los ojos y yo disimulé buscando el mando de la pantalla.

Se desperezó, recogió los papeles como pudo y, al incorporarse, se tocó el pelo buscando la manta, azorada, como si la hubiera avergonzado que la viera dormir o llorar o las dos cosas. Ambas buscamos una película en nuestras pantallas.

Tiempo restante para alcanzar el destino: cinco horas y quince minutos. En mi pantalla, los créditos finales de *La vida de Pi*, curiosamente la misma película que estaba viendo ella. A toro pasado pienso que no fue casualidad. Ella también llevaba un buen rato observándome con cierto impudor. Nos habíamos analizado mutuamente con curiosidad científica evitando que nuestras miradas se cruzaran. Hasta que, finalmente, cuando el bebé de la última fila por fin estalló en berridos, ocurrió:

—Siento haberte hablado antes —dijo—. Y siento volver a molestarte ahora.

—No hay problema. —Sonreí, cortés—. Con este recital de llantos ya sí que no hay forma de concentrarse.

Ella se llevó la mano a la cabeza con un gesto de desnudez.

Alargó la mano buscando a tientas el botón del aire acondicionado y añadió:

—Te dejo con lo que estuvieras haciendo; además, me prometí no volver a hablarle a nadie en un avión.

Ese es un gran propósito, pensé yo, pero sin embargo pregunté:

—¿Y eso?

Inspiró como si la voz se la hubiera dejado también en tierra, pero no contestó.

La ayudé a quitar el aire acondicionado. Era cierto: nos tenían conservados como trozos de carne en una cámara frigorífica. Y no, desde luego que no tienes por qué obligar a una persona a escucharte cuando está atada a tu lado durante siete horas.

—Puedes estar camino de una operación a vida o muerte —especulé— o abandonando tu país para siempre o yendo a un entierro…

Mi memoria voló involuntariamente hasta aquel viaje terrible, seis años atrás, para recoger los restos de mi padre.

—O puedes haberlo perdido todo e ir muerta —concluyó ella, cubriéndose de nuevo el pelo y el cuello con la manta.

—Sí… —asentí, pensativa—, a veces necesitas que respeten tu silencio.

—Perdona, te estoy interrumpiendo otra vez —se disculpó, y buscó algo con nerviosismo en el bolsillo delantero.

Por fin encontró sus auriculares. Reclinó más su asiento y apretó los párpados. Me pareció que la tristeza había dejado paso a algo que le hervía por dentro.

La almohada del pasajero de delante cayó en mis rodillas. La recogí. Un ojo irritado y agradecido se asomó entre los asientos.

No sé por qué me dio miedo que mi compañera volviera a recogerse en su guarida, así que tiré de ella hacia fuera:

—¿Te ha gustado la película?

Se quitó los cascos.

—¿Perdón?

—Si te ha gustado. Está basada en una novela que leí hace tiempo y…

—Sí, la leí —carraspeó—, el final es un poco distinto pero es bonito.

Me gustó que hubiera leído aquel libro.

—Me encanta la historia del chico con el tigre en la balsa —dije—. Cómo debe enfrentarse a él. Convivir con él. Es muy mágica.

—¿Tú crees? —Se quedó pensativa—. Qué curioso. Yo la veo muy realista.

El avión bajó un escalón de aire. El estómago se me pegó a las costillas. Ella se agarró a los reposabrazos.

—¿Te parece realista viajar con un tigre en una lancha cruzando el océano? —pregunté.

—Bueno —susurró relajando su cuerpo de nuevo—. Es que yo entendí que el tigre era él mismo. Viaja con su miedo.

—Vaya —me sorprendí, y apreté el botón de la azafata—, ¿y cómo llegaste a esa conclusión?

—Los indios creen que cada uno tiene un animal en que te conviertes para sobrevivir. —Dejó la mirada perdida en las líneas de sus manos.

—Pues es bonito…

Me sobresaltó la azafata, que se materializó ante nosotras como un fantasma. Le pedí un vaso de agua que me ofreció al instante como si me hubiera leído el pensamiento. Mi compañera le pidió otra manta.

—¿Y cuál sería el tuyo? —quise saber.

—¿Mi animal? —dijo ella, y asentí—. Creo que un pájaro. Aún no sé cuál. No he tenido mucho contacto con ellos.

—¿Con los pájaros?

—No. —Me miró con una chispa de diversión—. Con los indígenas.

Me recosté en el asiento.

—¿Y qué animal crees que sería yo?

Fijó su mirada en mí. Parecía esforzarse por darme una respuesta acertada.

—Tendría que conocerte más —dijo al fin—. Y tú tendrías que soñarlo.

Había demasiadas cosas que me preguntaba sobre mí misma, y en qué animal salvaje me convertiría para sobrevivir, desde luego, no encabezaba la lista. Me tapé la boca antes de obsequiarla con uno de mis irremediables bostezos.

—Es por la medicación —me disculpé—. No sé cómo seguimos despiertas después de todo lo que nos hemos tragado.

Ella asintió con un gesto de agotamiento y seguimos con la mirada a una anciana que pasó apoyándose con esfuerzo en los reposacabezas.

—No siempre me hacen efecto. —Se restregó los ojos—. Sólo me tranquilizan un rato.

—Ya, a mí también. —Y entonces me aventuré—. ¿Llevas mucho tiempo tomándolas?

Mi pregunta la inquietó y no quería eso, así que le lancé una confesión como muestra de paz:

—A mí sólo me han medicado dos veces. —Aproveché para

buscar distraídamente algo en la pantalla—. Ahora, por exceso de trabajo, y hace años, cuando murió mi padre y me separé.

—Yo también estoy guardando un luto. —Me miró directa a los ojos por primera vez—. Me he divorciado de Dios.

Aquella afirmación abrió un silencio inmenso y un camino. No nos dijimos nada más hasta que unas turbulencias nos hicieron buscar precipitadamente los cinturones.

3

El avión nos agitaba como si fuéramos los ingredientes de un Dry Martini gigante. Cuando nos hicieron recoger las mesitas auxiliares, mi compañera, que había sacado dos carpetas, estaba concentrada en rellenar los papeles de inmigración y se le cayeron los documentos al suelo de nuevo. La ayudé a recogerlos y, al hacerlo, no pude evitar ver la foto de su pasaporte. Me dejó contrariada. Mi cerebro empezó a hacer un puzle de datos. Así que era eso…

Me los arrebató de las manos. Me dio las gracias muy seria. Guardó todo en un sobre de plástico blanco, intentó reclinar su asiento, pero fue reprendida por la orco-azafata. A los pocos segundos me pareció que volvía a llorar.

Le toqué el brazo.

—Oye… ¿puedo ayudarte en algo?

Ella volvió su rostro hacia mí y, como si no pudiese evitarlo, dijo:

—Tengo miedo. —Tenía el gesto de una niña perdida—. Y rabia. Tengo mucha rabia.

—Igual te sienta bien hablarlo.

Ella negó con la cabeza.

—Has visto mi foto… —Se secó las lágrimas.

Asentí.

—No quiero que nadie la vea. —Hizo una pausa—. Aunque yo también he visto tu pasaporte antes.

Me froté la nuca. Recordé haber estado ordenando mis documentos sobre la mesita unas horas antes.

—¿Eres periodista? —preguntó, interrumpiendo mis cavilaciones.

—No, lo pone en mis documentos pero ya no ejerzo.

No logré descifrar si aquella noticia la había alertado o desilusionado.

—Bueno… en eso estamos igual, mi pasaporte tampoco dice ya quién soy. Ni mi foto—aclaró. Se frotó las manos entre sí—. Da igual. Tampoco sé muy bien quién soy ahora mismo.

Intenté superponer sobre ella la imagen que acababa de ver en su pasaporte: le borré las ojeras negras que ahora enmascaraban sus ojos y cubrí su pelo corto y rizado con una toca negra. Sus labios gruesos y tristes se convirtieron en una sonrisa agradecida. En aquella foto no se veía su hábito, pero lo imaginé, y también las manos juntas delante del pecho y una cruz colgando en su centro. Qué distinta la veía ahora. Tengo que admitir mi fobia a las prendas que cubren la cara —da igual que sean burkas que tocados, mantillas para ir a misa o velos de novia—, y también a cualquier forma de sacerdocio. Pero traté de sacudirme aquel prejuicio.

El hombre-oso que teníamos detrás nos sobresaltó con sus ronquidos, sustituyendo al llanto del bebé.

—Antes has dicho que llevabas catorce años sin ver un atardecer —recordé.

—Coincidía con los horarios de rezo —contestó sin vacilar.

—¿Y ahora?

Fue a contestar algo pero se detuvo. Finalmente dijo:

—Ahora ya no rezo. Me lo han quitado todo. —Se mordió los labios.

Quise preguntarle «Qué te ha pasado», pero intuí que guardaba un silencio lleno de interrogantes y podría haberme respondido con otra pregunta, «¿Y a ti?», para la que yo tampoco no tenía respuesta.

Es curioso que fuera un rato después, cuando nos encontramos en la parte trasera del avión —ella había pedido agua y parecía en un estado de gran ansiedad y yo hacía mis estiramientos porque sentía de nuevo aquella zozobra previa a mis mareos—, cuando, no sé por qué, empezó a contarme por fin. Y yo empecé a entender por qué le costaba hablar de aquello. Era difícil de resumir, me advirtió, pero aun así, apoyada casi simbólicamente en la salida de emergencia como si aquella cortina fuera un improvisado confesionario, hizo un intento:

—Cuando cumplí la mayoría de edad, ingresé en una orden religiosa. Durante catorce años me he sentido una inadaptada, por muchas razones que son complicadas de explicar —bebió un sorbo de agua—, y a mis treinta y tres años justos, tras un calvario y una crucifixión, bueno… he sido expulsada, enferma y sin ningún recurso económico. Por eso he vuelto a Colombia con mi familia para recuperarme unos meses y ahora regreso a España, donde quiero reconstruir mi vida desde la nada más absoluta. No, no es una historia fácil de resumir.

Me dio la espalda. Su rostro apareció ahora en la oscuridad de la ventanilla de emergencia.

—¿Y por qué vuelves a España? —me sorprendí.

—Porque es donde se rompió mi vida, donde dejé mis pedazos —respondió abriendo mucho los ojos—. ¿En qué otro lugar podría recogerlos?

El silencio se alió con la imagen del abismo negro en el que estábamos suspendidas. En Colombia no tenía un horizonte, continuó; en su ciudad, Ibagué, se encontraría con sus exalumnas, con vecinos por la calle —«¿Y tú no eras monja?»— que no le permitirían ser alguien nuevo, y a su edad y con su experiencia laboral limitada a una orden religiosa sería difícil encontrar trabajo. Eso sí, dijo de pronto con un brillo de esperanza en la voz, en su bolsa de viaje traía artesanías y bisutería hecha de semillas que sólo se encuentran allá. Quería empezar un pequeño negocio en Madrid.

Observé que buscaba algo en su cuello, quizá una cadena, un recuerdo, algo que no pude ver. Y allí, de pie sobre el océano, desovilló algunos de sus temores a una desconocida. Uno de los peores: no saber cuándo volvería a ver a su madre. Se llamaba Felisa. Y le había escrito unas cartas para que las leyera cuando se sintiera sola. Su familia le había asegurado una y otra vez que todo saldría bien, sus hermanos le dejaron ropa, le dieron la idea de las artesanías, pero ella no podía quitarse de la cabeza que había fracasado después de dedicar catorce años a una congregación, de país en país.

—¿Eras misionera? —pregunté.

—¡Ni mucho menos!, ese es un estatus reservado para las mejores religiosas y yo no estaba entre ellas, te lo aseguro. Mi orden es muy poderosa y tiene casas, colegios y noviciados en distintos países. A mí me llevaron de uno a otro para ver si encajaba —respiró profundamente—, en realidad y si lo pienso, he imitado el camino de Cristo al pie de la letra.

Había estado en cuatro comunidades, me explicó. La primera en su Colombia natal, la que llamó la Comunidad del Bautismo para no dar el nombre, fue donde encontró a su mentora y tomó contacto al mismo tiempo con la fe y con el pecado; la segunda fue la Comunidad de los Pobres, en Venezuela, en la que pudo dedicarse a los más necesitados, «en la que amé y me amaron», dijo con ojos tristes; la tercera fue en México, la Comunidad de los Apóstoles, en la que halló a sus aliadas, en ella se reencontró con Dios pero también nació su rebeldía hacia la Iglesia, y la última, en una ciudad del norte de España, la llamó la Comunidad del Calvario, en la que apareció su judas y la castigaron.

—Soy una crucificada. —Sus ojos me buscaron en la semioscuridad—. Hablé de lo que no debía hablar, vi lo que no debía ver, cuestioné lo incuestionable, amé a quien no debía amar… y no sé cómo resucitar y vivir en el mundo exterior ahora. —Se tocó la cabeza como si se buscara el velo.

Sin saber los detalles de lo que le había ocurrido, sin conocerla de nada, temí por ella como había temido en el pasado por aquellos que me confiaban sus historias. Porque yo sabía que iba a llegar a un país del que los inmigrantes estaban huyendo y que no terminaba de recuperarse de la crisis. Con treinta y tres años era una mezcla desconcertante, tan culta como naif. Intenté ponerme en su situación. Pero no lo conseguí.

¿Quién podía pensar hoy en día que era buena idea vivir en un mundo cerrado al mundo? Un pequeño universo de mujeres regido por otras reglas totalmente desconocidas para mí. ¿Cómo sería haber vivido en distintos países pero siempre presa?

Interrumpió mis cavilaciones y sí, quizá mis prejuicios, con un nuevo dato: aún tenía un año de visado como religiosa para salir adelante y convertirse en una persona normal.

—¿Normal? —le pregunté—. Como si eso fuera tan fácil…

—Sí, como tú —asintió con ingenuidad.

Aquello sí que me hizo reír y a Santiago le habría provocado una de sus imprudentes carcajadas.

—Lo digo en serio —insistió mientras bajaba la voz—. No sé de lo que habla la gente, por ejemplo, no entiendo las bromas que gastan… Por eso, desde que he salido, no me atrevo a hablar con nadie. Salvo contigo… —se sorprendió—. No tengo de qué. Me da miedo. Pero me interesa todo de los demás.

Se quedó observando a una mujer que dormía al otro lado del pasillo con un antifaz de leopardo; a su lado un joven jugaba con una consola a matar guerrilleros. Ella parecía diseccionarlos como un forense, como haría yo.

—Voy a tener que vivir entre vosotros ahora. Y no sé cómo hacerlo.

¿A quién tengo delante?, pensé mientras observaba su aspecto andrógino, sus gestos atolondrados: a un recién nacido de treinta y tres años; a Cocodrilo Dundee llegando a Nueva York; a un alien que observaba nuestro mundo por primera vez, ese que sólo conocía por referencias pero que nunca había tenido que interactuar con él.

—¿Sabes una cosa? Si aún fuera periodista —dije en un impulso que no pretendía ser tomado en serio—, me habría encantado contar tu historia.

Greta me miró de forma indescifrable.

—¿Puedo preguntarte ahora yo algo? —Asentí con recelo—. ¿Por qué dejaste el periodismo?

Bingo. La peor pregunta que podría haberme hecho. Hice como que buscaba algo en mi bolso. Me di unos segundos.

—Fue más bien el periodismo el que me dejó a mí —respondí secamente.

Su interés creció proporcionalmente a mi incomodidad. No eran recuerdos que me apeteciera revisitar. De pronto me molestaba la ropa, el olor de los lavabos y, cuando la azafata exigió que nos sentáramos, me molestó su sola presencia.

—¿Te echaron?

—No, me fui, y no me apetece mucho hablar de ello.

Y me aventuré por el pasillo esquivando pies con calcetines y las cabezas que asomaban por los asientos.

—Oye, lo siento —la escuché susurrar mientras me seguía—. Es que me da pena, porque seguro que eres una buena periodista.

Me dejó pasar a mi sitio.

—Vaya… —Soné irónica—. ¿Y eso?

Escarbé entre las mantas buscando mis auriculares antes de sentarme.

—Porque da confianza contarte cosas. —Y reclinó su asiento—. Hasta ahora no he podido hablar con nadie de lo que me ha pasado. Es muy extraño, ¿no?

—Gracias —murmuré de mala gana—. Bueno, ahora soy publicista. Y cobro mucho más.

Se hizo el silencio.

—Pero tomas las mismas pastillas que yo —replicó.

Hubo otra larga pausa sólo rota por el hombre-oso y el bebé diabólico que ahora se aliaban en un insoportable dueto.

—Y si pudieras volver al periodismo, ¿lo harías? —dijo por fin.

—No. No lo sé. Sólo volvería por una muy buena razón. Me enfadé con la profesión y ella conmigo, supongo.

—Te entiendo. —¿Me entendía?—. Yo también estoy enfadada con Dios. Me parece muy injusto que a algunos les haya bendecido con una familia, felicidad, trabajo, amigos, amor… y a mí me lo haya quitado todo. —Tragó saliva—. Me ha fallado como amigo. Yo creía en él y me ha abandonado.

Me incorporé. Mentiría si dijera que mi olfato no había detectado lo que en periodismo llamábamos «una historia de interés humano». Me interesó, sí. Pero ¿por qué?, ¿qué podía interesarme de la historia de una monja expulsada por a saber qué? Entonces dije algo de lo que ya me arrepiento:

—¿Qué te ayudaría ahora mismo?

Lanzó su mirada lejos, como si quisiera atravesar la primera clase y la cabina del piloto, y volar sobre el océano, hacia el futuro.

—No lo sé… sacar lo que llevo dentro, quiero salir adelante, y curar este dolor y… —me miró anhelante—, y me gustaría que nadie más tuviera que pasar por lo que yo he pasado.

No entendí a qué se refería. Lo que sí entendí fue su último deseo.

—¿Cuánto tiempo te queda de tu visado como religiosa? —pregunté.

—Un año, más o menos.

—¿Y después?

—O consigo trabajo y un visado de persona normal o tendré que irme.

Apreté mi amuleto marino dentro de mi mano derecha hasta hacerme daño.

—Mira, no te conozco de nada y no sé lo que te ha pasado exactamente, tampoco sé por qué te voy a decir esto —mis palabras, veloces, se me escapaban de los labios—, puede que sea por efecto del dopaje que llevo encima, pero... ¿tú me contarías tu historia si yo te prometo tratar de publicarla?

Se quedó rígida como una estatua de sal.

—¿Dando mi nombre?

—No, si no quieres... De todas formas —recapacité—, qué digo, ya no estoy en activo. Quizá no se publique nunca. No, olvídalo. No sé por qué he dicho esa tontería.

Entonces ella pareció respirar a otro ritmo; hasta el avión pareció detenerse en el aire.

—Espera —dijo de pronto—. ¿Y si nos diéramos un año justo contando desde hoy?, para que yo consiga mis papeles de persona normal y tú consigas volver a publicar. Publicar mi historia.

En guardia:

—¿Por qué supones que quiero volver a publicar?

—Pero si lo has dicho tú... —se sorprendió.

—¿Lo he dicho? —pregunté, confundida—. Bueno, da igual. ¿Y si no lo conseguimos?

—Pues yo tendré que volver a Colombia y tú te olvidarás para siempre del periodismo. ¿Qué podemos perder?

El tiempo. Y no. Yo no tenía tiempo, pensé mientras me envolvía en la absurda manta que no abrigaba nada y me daba friegas en la nuca para relajar mi cabeza. Yo ya había tomado una decisión en el pasado, la de separarme de lo que me hacía daño, y el pasado nunca vuelve si no es en forma de espectro. Eso era. Supondría enfrentarme a mis fantasmas. Aunque la verdad es que sentí un chispazo, algo que había cargado un poco mis baterías.

—Eso sí —continuó—, tendría que contarte toda mi historia. Desde el principio.

Lo que faltaba, pensé. Pero tengo que admitir que me enterneció, tan aparentemente frágil e inocente. Yo también sabía lo que era que te arrebataran lo que amabas, aquello en lo que tanto habías trabajado. Y nunca lo había dicho. No fui capaz. Y si pudiera pedir un deseo también habría pedido que nadie, nunca, tuviera que pasar por lo mismo.

—Está bien. De primavera a primavera. Pero va a ser difícil —dije, por fin.

Ella se ajustó el cinturón como si se preparara para más turbulencias y susurró:

—¿Y qué no lo es?

Si nuestro propósito llega a buen puerto, siempre recordaré que todo empezó a bordo de ese Boeing 747 con destino Madrid en el que una desconocida decidió confiarme su historia. Una historia que ahora mismo no tiene hoja de ruta, ni posibilidades de publicarse, sólo un documento abierto en este ordenador que tecleo con una torpeza que me desespera antes de acudir a la cita con Santiago y cuyo único combustible es la necesidad de una desconocida de empezar de nuevo y mi curiosidad innata. Si me va a utilizar para hacer una denuncia o para instrumentalizar una venganza, lo sabré con el tiempo y cuando descubra todos los detalles.

Empezó su relato allí mismo. Como si tuviera que expulsarlo, creo que sorprendida de poder hacerlo, ni siquiera había podido hablarlo con su familia con tanto detalle, y, tras el primer y estremecedor episodio que me contó en ese avión y que extraeré de mi memoria esta noche si no caigo redonda víctima del diazepam, creo que intercambiamos una mirada cómplice. Hablamos sin descanso hasta el momento en que se encendieron las luces, como si nos avisaran del final de un show y el comienzo de otro: el rotundo desfilar de las azafatas por los pasillos, el olor a huevos revueltos, el canon de bostezos y los berridos del bebé diabólico, furioso de hambre y odio a la Humanidad.

Cuando el avión tomó tierra en Madrid, la ayudé a bajar su bolsa de viaje.

—Por cierto, me llamo Patricia —me presenté, tendiéndole una de mis tarjetas de visita.

Ella la leyó con atención desmedida y se la guardó en el bolsillo de los vaqueros. Luego me alargó su mano tímida y cuidada. La estreché.

—Y yo Estrella del amanecer.

—¿Es que no vas a decirme tu nombre? —me sorprendí.

—Es mi nombre —insistió—. Mi nombre indio.

—¿Cómo sabes que no he visto el otro en tu pasaporte? —Y tiró de mí la periodista—. De hecho, tengo que reconocerte que me sonó más alemán que colombiano…

Otra vez aquel gesto de desconfianza indígena.

—Seguro que tienes la capacidad de olvidarlo. —Su tono fue casi de súplica y aclaró—: El sacerdote que me bautizó era alemán, pero esa es otra historia…

Sonreí zanjando aquel pequeño tira y afloja. Y en ese momento, quizá por asociación de ideas, me vino a la mente el nombre de una de mis mejores amigas de la facultad, austriaca, el ser más libre y valiente que he conocido jamás.

—¿Qué te parece si te llamo Greta?

Supuse que no me había escuchado porque estaba ya alejándose por el pasillo del avión, empujada por el rebaño de zombis somnolientos, cargando su pesada bolsa llena de artesanías, pero sí, me había oído, y se dio la vuelta.

—Me gusta… —Se detuvo un momento—. Me gusta Greta.

Así nos despedimos. Y volví a sentir esa punzada de nostalgia que en el pasado me provocaba la despedida de un anónimo compañero de viaje. Aunque esta vez sospechaba —o deseé, en el fondo— que no fuera por mucho tiempo.

Burnout

4

Se ha abierto como si lo hiciera sola, pero no; detrás estaba el propio Santiago, como hecho a medida del alto y ancho de la propia puerta de su consulta, con su gesto habitual de hartazgo.

—Anda, ingresa...

No sé si su actitud es una forma meditada de que el paciente le quite importancia a lo que trae consigo o verdaderamente le aburrimos tanto. El caso es que he arrastrado mis pies hasta el sofá de cuero blando que me ha recibido con un ruido fofo. Él se ha sentado delante en su butaca. Llevaba un amplio blusón negro con cuello mao que le daba un aire de santón o líder de una peligrosa secta, ha suspirado levantando mucho las cejas y ha dicho:

—A ver... ¿qué te ha pasado?

—Pues todo parece indicar que mi carrera contrarreloj tras mi propia vida ha provocado que mi cuerpo cortocircuitara por fin.

—Uy... qué literario eso de la carrera contrarreloj...

—Santiago, vengo muy asustada, no estoy para bromas.

Él se incorpora apoyándose sobre sus rodillas y levanta sus ojillos por encima de las minúsculas gafas cuadradas.

—Es que no es una broma. Es algo a lo que tienes que poner freno.

—He sentido que me moría.

—Tranquila, es sólo la sensación. Pero de un ataque de ansiedad no se muere nadie. A no ser que tengas un problema coronario, claro...

—Entonces, te puedes morir.

—Sí, pero no del ataque de ansiedad, sino del ataque al corazón.

Levanto las manos como si le pidiera a Dios un poco de paciencia. No, de veras no estoy para batallas dialécticas con mi psiquiatra.

—Un «colapso» lo llamaron allí —especifico por si no me ha escuchado antes por teléfono.

A él parece que le hace gracia el término porque da una palmada.

—Uy, «colapso»... Los neoyorquinos siempre han sido tremendamente hiperbólicos, tanto para ponerle nombre a un huracán como a un proceso psicosomático.

Vuelve a recostarse en el sillón. Cruza una pierna. Se quita las gafas y las deja colgando de sus dedos.

—¿Y cómo te sientes ahora?

—Bueno... —cojo aire y velocidad—, después de parar por obligación diez días en ese hospital de Long Island, he vuelto y, sin esperar a que me recupere del jet lag, todo mi entorno se ha empeñado en sacarle una panorámica a lo que soy y a por qué he llegado a este límite y, claro, la conclusión es que se veía venir, que así no puedo seguir, bla, bla..., de modo que he llegado a Madrid, me he sentado en mi sillón con un té con limón en lugar de un café, que es lo que más me apetece en el mundo, intentando darle un sentido más profundo e íntimo a esa pequeña gran palabra que llamamos VIDA y preguntándome por qué todo el mundo coincide en que me la estoy jodiendo. Así me siento.

—Eso me pasa por preguntar... —dice él limpiando sus gafas con uno de esos pañitos que siempre tiene a mano—. ¿Has pensado en pedir una baja?

Suelto una carcajada cínica.

—Déjalo —prosigue—, era una pregunta retórica. Me aburro; llevo demasiados años diciéndote que tu cerebro lleva mal el silencio y el vacío.

Santiago me ha pedido que haga el esfuerzo de recordar, cronológicamente, cómo se dio esa escalada de angustia. Las cuarenta y ocho horas previas al viaje de vuelta: creo que empecé a sentirme mareada ya durante el cóctel después de la presentación. La verdad es que la campaña de Mascarade NY ha sido un infierno de cambios hasta última hora, aunque no fue hasta llegar al JFK cuando el cuerpo me empezó a arder. ¿Cómo iba a imaginarme que una crisis de ansiedad podía disfrazarse de un brote alérgico? Dicen que mi organismo, agotado como un ordenador que lleva meses sin apagarse, se fue colgando programa a programa; un catálogo de fallos en cadena con los que podría escribirse otro vademécum.

Recuerdo muy bien al médico con cara de actor secundario de series de la Fox que me dio el alta en el hospital de Long Island una semana después. Lo hizo a regañadientes tras advertirme que aún estaba débil y que, a pesar de que no había sido una crisis cardiaca, el cuadro de ansiedad que presentaba había vuelto del revés todos los niveles de mi cuerpo en los análisis. Un viaje de ocho horas era muy arriesgado en mis condiciones de agotamiento físico y mental, me previno.

A lo que yo respondí que el estado al que podía llevarme no atender mis asuntos en Madrid podía generarme, como mínimo, un ictus.

Me miró con una mezcla de desprecio y lástima colocándose las gafas sobre su tupé canoso, lo que le dio un aire extraño de surfero en sus horas bajas, y me preguntó: «¿Cuántos años tiene?». Yo estuve a punto de preguntarle lo mismo, pero le devolví un largo bostezo que no pude reprimir y luego respondí: «Cuarenta y uno». Él negó lentamente con la cabeza como si no lo aprobara, mientras se volvía a colocar las gafas y me firmaba el alta. «Pues si sigue así… no llegará a los cuarenta y dos», y luego, meneando la cabeza mientras se alejaba por el pasillo, como para sí mismo: «Pero ¿qué les pasa a todos? ¿Es que no aprecian su vida?». Y allí lo dejé, peleándose con la máquina de los expresos. El caso es que el hospital aquel me ha obligado a parar diez días que casi, casi, los considero mis primeras vacaciones en tres años. Esto último no se lo voy a decir a Santiago porque es capaz de insultarme. Aunque él, como buen sabueso de las mentes, olfatea el hueso por muy enterrado que esté.

—¿Recuerdas la última vez que estuviste una semana entera sin hacer nada? —Y apunta algo en su libreta.

Es muy cierto, no. Sólo descansando, no. Y le sigo relatando cómo la tarde en que Pete y Dana fueron a sacarme de mi cautiverio —no me merezco amigos así—, cuando pararon en Orient Point para que me diera el aire, cuando caminé sola por esa playa desierta entre semana, fui consciente de que tampoco recordaba la última puesta de sol que había visto. Lo primero, ahora que lo pienso, que me hizo conectar con Greta unos días más tarde cuando por fin pude coger ese avión. La puesta de sol. La respiré entera. Con ansia. Me la guardé dentro. Como un lobo que no sabe cuándo comerá de nuevo. Y me prometí que nunca volvería a estar así.

—Aún no sé cómo, Santiago, pero sé que no quiero. —Clavo la vista en mi terapeuta, que ha dejado de escribir y sujeta mis pupilas con las suyas.

Algo me dice que se prepara para soltar una frase apocalíptica.

—Patricia, ese día puede estar salvándote la vida. O al menos una vida mucho más bella de vivirse que no es la que ahora estás viviendo.

Me lo temía. Me quedo unos segundos noqueada. Me pregunta si hay algo más que recuerde reseñable de ese día y le respondo que sí: el momento en que me llamó la atención una pequeña concha en la playa. Estaba aislada en un montículo de arena. Puro y frágil nácar que podía quebrarse en cualquier momento.

—¿Por qué crees que te llamó la atención?

—No sé, creo que la recogí porque me recordó… a mí misma. Perdida en medio de una playa desierta, vacía y anaranjada.

Le cuento que me la guardé y que no volví a encontrarla hasta que metí las manos en los bolsillos de mi gabardina cuando estaba a punto de cruzar el control de vuelta y el terror irracional que sentí a que me la confiscaran por considerarla material orgánico. Pero pasó la prueba.

Santiago no escribe, pero parece menos aburrido que de costumbre. Diría que está hasta interesado, porque dice:

—Guárdala. Y, cuando la veas, recuerda aquello que le encargaste que te recordara: el momento en que la encontraste y lo que significa.

Recojo un poco mis piernas en el sofá que vuelve a ventosear molestamente. Es cierto que por algún motivo viajó encerrada en mi puño durante todo el vuelo de vuelta mientras esa mujer me contaba lo que le estaba pasando. Esa concha era un cadáver marino, algo sin vida y vacío, una piel de nácar, y ahora de pronto soy yo. Qué cosas. Claro que para eso pago una terapia.

Suena el teléfono. Santiago me pide que le dé un momento. Contesta con un sí protocolario y a continuación pone los ojos en blanco. «Sí, hija… no, hija… haced lo que os parezca mejor… vale, oye, luego os llamo.» Cuelga con el mismo gesto de fastidiosa paciencia. Se disculpa.

—Entonces… ¿por qué crees que te ha pasado esto en Nueva York, Patricia?

Cierro los ojos un momento. Trato de prever hacia dónde quiere llevarme, pero estoy demasiado agotada para defenderme.

—No voy a quitarme ningún mérito en las causas de mi derrumbe. Como llevas diciéndome hace tiempo, he estado «haciendo algo» y «angustiada por algo», durante años y a un ritmo frenético…

—Es decir —añade mientras comprueba su perfecta manicura— que sufres una especie de adicción a hacer «algo productivo» con tu tiempo. Sin paréntesis. ¿Quizá porque así te sientes más viva y alguien «de provecho», como decía mi santa abuela? De ese modo puedes alegar ante todo el mundo y con autoridad que «estás muy liada» —afirma sosteniendo su bolígrafo plateado con aires de espadachín—. Consecuencia: el aislamiento.

Aprieto los labios.

—¡Pero si yo puedo tener un plan al día si quiero! —le protesto.

A lo que él, con su mirada más sarcástica, me responde:

—Ya, pero no los tienes. Y cada vez tendrás menos. A nadie, a nadie le gusta sentir que tu amigo o pareja o hijo, alguien a quien quieres, en definitiva, te está haciendo un grandísimo favor prestándote un poquito de su preciosísimo y escaso tiempo.

A eso no le respondo. Me limito a odiarle. Yo me doy mucho a los demás y no creo que nadie sienta tal cosa conmigo.

Espero.

Entonces se cala las gafas de escribir y arranca la receta que estaba garabateando.

—Piensa, Patricia, ¿por qué esta gota que ha colmado ese vaso que llevaba tiempo llenándose ha rebosado en Nueva York? Precisamente en Nueva York. —Y sin dejar que responda ha continuado—: Hacer y hacer y necesitar la sensación de que te pasen cosas constantemente, Patricia, es una adicción idéntica a la del chocolate, al tabaco o al alcohol…

»Y no supieron a qué fue debido tu brote alérgico porque en realidad te has convertido en una alérgica a tu propia forma de vida.

—¡Ja! Maravilloso —exclamo levantándome—. ¿Y qué quieres que haga con una noticia así? ¿Cómo voy a evitar eso?

—Empezando a confiar en ti misma —me interrumpe.

Eso ya me parece indignante.

—¿Te parece que confío poco con los fregados de campañas en los que me meto?

Él me escucha boquiabierto.

—¿Todavía no te has enterado de que ahora no te estoy hablando de trabajo, Patricia? ¡Me refiero a ti!

Me hace un gesto castrense para que vuelva a sentarme. Apoya sus codos en las rodillas y me tiende la receta haciendo un esfuerzo por incorporarse en la blanda butaca desde la que siempre me escucha.

—Quiero decir que tú te vuelcas en el trabajo porque es lo único que puedes controlar.

Echo los ojos al cielo de nuevo, pero este no se apiada, y Santiago tampoco porque continúa: aparcar mi salud, defenderme de cualquier hombre que amenace con verme más de un día a la semana, todo ello son para él síntomas de una cosa. Y no la dice. Sólo suspira —odio cuando hace eso—, un mal asunto, profetiza, muy malo.

—A ver si lo entiendo. —Me revuelvo en ese sofá demasiado bajo—. ¿Me estás recetando que folle más para que me relaje? Porque, si es eso, no me hace efecto. Voy bastante bien servida de amantes.

—No —sentencia ahora muy serio—. Lo que te estoy diciendo, cabezota, es que reconocer que «sientes» hace que creas que eres vulnerable ante los demás y ante ti misma —hago un intento de decir algo pero me corta—, cuando cualquier persona inteligente, o sea yo, lo primero que ve en ti es un gato que se defiende panza arriba porque tiene miedo.

Se levanta y me da un toquecito paternal en el brazo que me molesta.

—Confía e invierte también en esto. —Y se toca el pecho—. Puedes estar perdiéndote lo más importante.

—Todo son buenas noticias —resoplo.

Lo que no he querido admitirle es que, si me pongo a pensar, fue ya en mi primer trabajo con responsabilidad en aquel apestoso pero vibrante gran cenicero que era la redacción del Canal 7, cuando empezaron las quejas de mi cuerpo en forma de taquicardias. Con el tiempo, mi trabajo en la agencia también se había convertido en una carrera sin meta, y ningún resultado, por bueno que sea, supone un alivio real. Una vorágine en la cual mi terapeuta insiste en que no he tenido tiempo para pensar qué quiero. Ni por qué «cojones» quiero lo que quiero —me hace gracia cuando enfatiza con un taco que no le pega—. No me ha dado tiempo a pensar. Punto.

¿Y qué? Quizá de eso se trata. En tiempos el problema fue que le daba demasiadas vueltas a todo.

—¿Por qué en Nueva York, Patricia? Piénsalo —insiste.

Vuelvo a sentir que se me cierran los pulmones y que la piel me arde...

—Allí las campañas son muy exigentes... —contesto, pero Santiago niega con la cabeza—. ¿Qué quieres que te diga?, ¡no puedo cambiar ahora! Me han programado desde que era niña una frase: «Lo más importante es el trabajo».

Entonces me interrumpe con una exclamación que me sobresalta:

—¡Ahí quería yo llegar! —Hace una pausa y me lanza una sonrisa cruel—: Querida Patricia, no podemos echarle la culpa a papá o al colegio o al Canal toda la vida de lo que nos pasa. Tienes cuarenta años. Tiempo de desactivar ciertas toxicidades y fabricar creencias propias, ¿no crees?

Este comentario me ha dolido y aliviado a partes iguales. No he querido ponerme triste, así que sí, centrémonos en mí, y en mi carrera hacia delante en una empresa de publicidad en la que me he recluido de forma voluntaria. Me ha parecido un buen momento para comentarle mi encuentro con la exmonja y mi compromiso de escribir un reportaje sobre su caso, algo que ahora no sé cómo quitarme de encima, a sabiendas de que Santiago me va a reprender por meterme aún en más cosas. Sin embargo, después de escucharme con atención, dice:

—Qué gran idea, Patricia... —y su tono no parece irónico por una vez—, creo que debes escribirlo.

—¿En serio?

—Llevo tres años insistiéndote en que deberías volver a escribir, ¿eres consciente?

—No, tú me decías que debería volver al periodismo. Y no tengo gratos recuerdos de él, precisamente.

—Es lo mismo —insiste—, a lo que me refería era a que creo que sería importante que volvieras a escribir.

—Esto no es para ningún medio —digo. «Mejor», responde él—. Es para mí, igual no consigo venderlo, ni siquiera sé si la historia merecerá la pena...

—¿Y por qué no empiezas a escribir lo que te ha contado esta misma noche y lo decides cuando lo leas mañana? —Junta las manos—. Y, si no merece la pena, lo tiras a la basura y borras su número.

Le he observado durante unos segundos, confundida. ¿Por qué tiene ese empeño desde siempre? Le prometo que al menos esta noche lo haré.

Los últimos minutos de terapia con Santiago podrían escribirse con la rotundidad de una profecía. Después de llamarme el ascensor —ya no sabía cómo echarme— ha dicho: «Siempre llega un momento en el que algo nos obliga a parar, y entonces... puede ser devastador chocarnos contra "nuestra realidad". El sinsentido que hemos construido por estar sólo concentrados en el presente».

—Yo sólo espero no chocarme de bruces nunca contra nada —le he asegurado ya dentro del ascensor—. Y menos contra la realidad, que ya se sabe que es muy dura.

Antes de que se cerraran las puertas él ya caminaba con desinterés hacia su consulta mientras se despedía con su tradicional: «Sé mala...».

Ya estoy en casa, me he tragado mi cóctel de pastillas y me dispongo a hacer los deberes por una vez. Curiosamente yo nunca he pensado en mi vida como un buen material para escribir nada. Siempre me interesó más la vida de los otros. Ni siquiera con Santiago me acostumbro a ser yo la que contesta y no la que pregunta. No puedo enumerar las personas que a lo largo de mi carrera me han asegurado que si las entrevistara tendría la mejor historia jamás contada. Afortunadamente, no lo hacen. Sin embargo, Greta no, ella no empezó a contarme su historia para que la publicara, fui yo —y ya me estoy arrepintiendo— quien se lo propuso, saltándome también mis propias reglas, esas que me recitó Ramiro Coronel en mi primer día en Informativos, mientras dejaba caer la ceniza de su cigarrillo sobre mi teclado: he obviado lo peligroso que es escribir una historia mientras esta «sucede» y que voy a trabajar sin conocer su destino. La historia de Greta, por inusual e incómoda, podría desde encabezar el titular de un periódico hasta terminar en un cajón. Estoy oxidada yo y lo están aún más mis contactos. Mi última crónica tiene casi doce años —volver a publicar va a ser casi imposible—, en fin… qué absurdo. Como si me sobrara el tiempo.

Por asociación de ideas, tras la terapia de hoy, lo he buscado en una de las cajas que llevan un siglo sin abrir al lado de la estantería. Aquí está, ese trofeo a la Periodista Revelación de 2014. Parece mentira. Curiosamente hoy hace seis años. Papá murió el mismo día, a la misma hora, en que me subía al escenario del Teatro Victoria a recogerlo, abrumada por los aplausos insinceros de los colegas y los mensajes de orgullo de los amigos. Supe de su muerte tras recogerlo y él no supo de mi premio.

Lo he hablado con Santiago en diversas ocasiones. Sé que estaba muy enfermo, que no pude hacer más, que mis viajes a Houston eran constantes, mamá me lo ha repetido tantas veces, que fue él quien se empeñó en que volara de regreso a España cuando me llamaron para comunicarme el premio. Se encontraba mejor. O eso dijo. «Lo más importante es el trabajo», repetía como un mantra. Se lo escuché durante años. También aquel día. Fue una de sus últimas frases, la misma sentencia que lo mantuvo alejado de mi vida durante casi toda mi niñez —se perdió todas mis funciones de ballet, mi miedo al agua, mi alergia al clamoxil, mis episodios de sonambulismo—, por eso creo que en el fondo entendió mi reproche en forma de silencio hasta los dieciocho años. La realidad es que yo, digna hija de mi padre, volé hasta aquel acto separándome de su lecho de muerte. A los padres siempre se les hace caso, al menos cuando están moribundos.

Mi niñez no volverá, ni su último suspiro tampoco. Sin embargo, ese trofeo seguirá indiferente al paso del tiempo en mi estantería.

No sé por qué ha venido a mi mente este recuerdo cuando soy incapaz de recordar una efeméride. Puede que sea una secuela del estado mental al que me ha conducido ese «lo más importante es el trabajo» cincelado en mi cerebro desde que nací. Llevo días en que siento la memoria rota y escarbo en ella buscando cachitos de teléfonos, nombres sin apellidos, calles sin número. Pero, sin embargo, la tapicería de American Airlines del vuelo del otro día la visualizo al detalle, con sus manchas y sus roces, la misma que me hipnotizó durante aquel otro viaje hasta su entierro. Y no, tampoco quería que nadie me hablara, como dijo Greta. El caso es que, desde que me he despertado, estoy recordando obsesivamente el vía crucis que fue despedirle, porque llorarlo no me dejaron: luchar contra la administración Bush para arreglar todos los papeles, vender la casa, el entierro…

Mi padre era el estadounidense y se había ido, y yo, su hija, una extranjera. Me quedó todo muy clarito. Y allí estaba yo seis años después, incrustada en uno de esos incómodos asientos de American Airlines que le han declarado la guerra a los patilargos pero, esta vez, en un viaje de vuelta tras mi propio «colapso».

También acabo de darme cuenta de que prefiero dejar de escribir sobre mí y escribir sobre ella. Ese primer episodio revelado a seis mil pies de altura. Una historia que comenzó relatándome por el final como lo haría un buen thriller. Mientras enciendo el ordenador, vuelve a mi cabeza la última imagen que recuerdo de mi padre.

Su lápida tiene grabada la misma fecha que mi trofeo.

Prefiero guardar esa escultura que guardar su esquela.

El hábito roto

5

Bogotá, invierno de 2017
Cuatro meses atrás

Aeropuerto de Bogotá. A nadie le llamó la atención aquella joven monja que avanzaba por los pasillos tambaleándose: ni a los agentes de aduanas apostados a la salida del avión, tampoco a los dos que vigilaban de brazos cruzados la entrada de los baños, sólo el perro adrenalínico que paseaba un policía de dientes amontonados cerca de la cinta de recogida de equipajes ladró a la religiosa que se detenía a cada poco a descansar sobre su maleta. Y no por lo que percibió en su interior sino porque los perros tienen un olfato entrenado para detectar el sufrimiento.

El animal arrastró a su dueño hasta Greta, quien se incorporó alarmada.

—Perdone, hermana —se disculpó el hombre, tirando de aquella bestia confundida.

Se fijó en que su frente rezumaba sudor como si fuera de barro, las ojeras sobre los pómulos, el hábito arrugado, como si hubiera dormido con él varias noches, las manchas de la pechera y un gesto febril que parecía no enfocar a la imagen que le estaba hablando.

—¿Se encuentra bien? —quiso saber el policía, y dio un gran tirón al pastor alemán, que siguió lloriqueando a su espalda.

Ella hizo un gesto tranquilizador con la mano.

—Sí, sí, no se preocupe. Tengo que salir… sólo tengo que salir. Me esperan.

El policía le indicó la dirección de la salida y ella siguió los carteles como si fueran un reguero de migas en medio de un bosque. En su cabeza sólo la voz de su madre cuando la llamó desde España y le anunció que la habían expulsado: «No pasa nada, m'hija, yo voy a estar ahí, junto a ti». Apretó los labios para no llorar. «¿Va a venir?» «Sí, sí, yo voy a estar ahí para recogerla, no se preocupe por nada, m'hija. Yo voy a estar ahí.»

La puerta. Esa puerta de salida o de entrada. Aceleró el paso y tropezó con algo invisible que casi la hizo caer. Los ojos le ardían por dentro, también las piernas enfundadas en los leotardos. Había huido de una España más fría que nunca.

La puerta automática se abría y cerraba delante de ella. ¿Serían las puertas del cielo o del Infierno?, pensó Greta. Alcanzarlas parecía un viaje imposible. A través de ellas atisbaba de forma intermitente una masa de rostros expectantes, globos de colores, cuerpos que sujetaban carteles de bienvenida como extraños expositores. Caminó un par de pasos más y tuvo que detenerse de nuevo, exhausta. Era como caminar bajo el agua, le costaba respirar, pero entonces reconoció el cuerpecillo menudo y delgado de su madre metido en uno de sus vestidos gastados, con las manos entrelazadas sobre el pecho. Se llevó la suya al corazón, lo golpeó dos veces como para bombearlo de nuevo y reemprendió la marcha. Su madre se fue dibujando ante ella con más y más nitidez. Por un momento temió que fuera un espejismo y que al tocarla se deshiciera en arena, pero entonces le llegó su olor a ropa planchada.

Soltó el carro de la maleta, que se precipitó al suelo con un estruendo metálico, y se abrazó a ese calor que le había dado la vida con la secreta esperanza de que se la volviera a resucitar. «Resucíteme», dijo. «Resucíteme, madre, porque vengo muerta.» Felisa sujetó el rostro de su hija con las dos manos. «Ya pasó, m'hija», le dijo besando sus lágrimas. «Ya pasó…»

Sus piernas se doblaron como si le faltaran los huesos, pero la realidad fue que, al abrazar a su madre, sintió su cuerpo de nuevo.

—Hasta entonces, no había podido sentir mi cuerpo, ¿entiendes? —me confesó mi compañera de viaje desde el asiento contiguo—. Me dolía entero. Mi madre, con setenta años, fue a recogerme al aeropuerto. La pobre mujer tuvo que hacer seis horas de viaje de Ibagué a Bogotá, un hormiguero por el cual no sabía moverse. Hacía dos años que no me veía. Yo había espaciado las llamadas en la última etapa, le había dicho que estaba enferma, pero sin entrar en lo que de verdad me estaban haciendo. Y ella, al otro lado del teléfono, inconsciente de la gravedad, siguió como siempre, agrandando sus penas hasta que alcanzaban el tamaño de las mías, y terminó contándome que no sabía si cocinar un pollo para la cena. Por eso creo que, hasta que caí en sus brazos, no supo de verdad cómo me encontraba. Más tarde, cuando hablamos me confesó que, al verme así, con el hábito chorreado, sin cambiarme —«Con lo bien puestecita que siempre ha sido», me dijo—, se le partió el alma. Qué le han hecho a esta criatura, a mi niña, pensó. Qué le han hecho…

Tuvo los reflejos suficientes para proteger la cabeza de su hija cuando esta se desplomó a sus pies como un hábito sin cuerpo. Y allí quedaron ambas, abrazadas y llorando, como si el aeropuerto se hubiera vaciado de pronto, y fueran una versión contemporánea de La Piedad.

Mi compañera negó con la cabeza y se protegió de nuevo con la manta del avión. Según ella, había una especie de arrogancia que te inculcaban cuando eras monja y que se trasladaba a tu forma de vestir, de ir bien planchada, impoluta, perfecta; era algo que los demás debían notar, para infundir respeto, como los soldados. «Mi madre fue testigo de cómo todo eso se había caído», dijo con dolor, «el respeto por mí misma».

Tomaron un taxi hasta la terminal de autobuses y, de ahí, una Vans polvorienta en la que viajaban otras diez personas. Les tocaron asientos separados. La sacudida del olor a cerrado del vehículo le dio arcadas. Su madre iba detrás y a cada rato le ponía una mano caliente en la espalda, como cuando era un bebé y no dormía.

En ese trayecto tampoco durmió. «Ahora estaríamos rezando las completas y no las he rezado», se decía obsesivamente.

Se estiró agotada y me miró. Sí, qué curioso, al ver a su madre volvió a sentir su cuerpo, el dolor de cabeza, la rigidez en la espalda… Aunque el cuerpo era lo de menos, porque el dolor del alma era mucho más grande.

El calor.

Sólo recordaba de ese trayecto la asfixia y el calor. A medida que se desciende desde Bogotá, las zonas son cada vez más calientes, por lo que sintió que bajaba al mismo Infierno. El Infierno al que le habían prometido sus hermanas que caería si la echaban, y es que ya lo llevaba dentro. En la furgoneta empezó a hacer un calor insoportable. Sintió un agobio intenso. Ni siquiera le habían dado tiempo a cambiarse; había salido de la Ciudad del Norte con el hábito, el abrigo, las medias y las botas, y todo ello parecía haberse incrustado en su piel por el sudor y la humedad.

De vez en cuando se volvía hacia su madre y le susurraba «mamá» con ojos suplicantes, como si le rezara a un santo, «mamá»… escuché a Greta susurrar también a mi lado en aquel avión, y Felisa, sentada detrás de ella, apoyaba su mano protectora sobre su hombro, mientras repetía como un salmo, una y otra vez: «Ya vamos a llegar, no se preocupe», le decía ella, «otro poquito más y ya llegamos, no se preocupe, m'hija, no se preocupe».

Su destino era una humilde casa frente al Nevado del Ruiz sobrevolada por pájaros de colores. Rodeadas del sólido silencio necesario para cualquier ritual, Felisa preparó el baño mientras Greta temblaba de fiebre sentada en una baqueta. No se dejó desvestir. Así que, muy despacio, la madre sumergió a su hija completamente vestida en la bañera, como en un bautizo invertido, para ayudarla a desprenderse de su antigua piel. Una piel que ya no era suya, que se pudría, que la ahogaba. La gruesa tela blanca se hinchó sobre el agua: una novia ahogada en un río. La madre tiró de los leotardos con el mismo gesto diestro con el que despellejaba a un conejo, y el tirón arrancó las costras de los tobillos provocadas por las rozaduras de las botas que empezaron a sangrar dentro del agua como estigmas. Después le desabrochó el hábito y la enagua, que cayeron al suelo con un ruido flácido. Por último, limpió con una toalla mojada en hielo la frente de su hija y le arrancó el velo. Mientras empapaba ese cabello tan corto y tan negro, contuvo las lágrimas: así de mojada y rendida, le pareció tan frágil como cuando era una recién nacida. Besó su frente para bendecirla pero, por primera vez, no dibujó en ella la señal de la cruz.

—Sólo sé que luego dormí… dormí mucho —me dijo Greta—. Hasta que un día desperté y comenzó mi verdadera pesadilla: recordar.

6

Durante los primeros días, al despertar, no sabía dónde estaba. En su cabeza retumbaba la voz de la madre Dominga, su maltratadora: «No vas a volver a España porque no vas a tener con qué…», recordó Greta durante aquel trayecto que cogió tono de confesión.

Del tiempo que pasó con su familia, sólo recordaba el silencio. Era lo único que necesitaba.

Nadie le preguntó nada. Ni qué había pasado. Ni por qué había vuelto. Ni qué le habían hecho. Ni su madre, ni su padre, ni sus hermanos. Ese silencio era una muestra de respeto y de amor. Porque todavía no podía pensar con claridad.

—Aún creía que había sido culpa mía. —Se aclaró la voz—. Todavía lo pienso.

De España se había traído ansiolíticos para muchos meses. Dormía, pero lo hacía con grandes desarreglos y los despertares eran más bien sobresaltos, como si la verdadera pesadilla estuviera esperándola tras el sueño.

Su mente reproducía sin parar las imágenes de los últimos días antes de dejar España, retazos de una historia que no conseguía hilar del todo.

Cuarenta y ocho horas para abandonar una vida.

Recordó la mano de su superiora entregándole la carta. «Por fin te largas», le dijo la madre Dominga, antes de que Greta la rompiera y, junto con la carta, todo su mundo. Recordó cómo guardó con prisa todos sus libros, Rilke, Paul Valéry, sus verdaderos amigos allí dentro, su refugio durante catorce años… Se habían comprado con dinero de la comunidad, le había dicho alguien, y allí se quedarían. Más tarde, enviaría a una amiga a recogerlos o volvería a por ellos. Eso les dijo, pero la respuesta que recibió aún envenenaba su cerebro: «No vas a tener con qué…». Recordó su reflejo quebrado en el espejo del armario cuando sacó titubeante unas cuantas cosas para vestirse.

—¿No vas a llevarte zapatos? —le preguntó la hermana Bernarda, fiel a su superiora, a su ama, sujetando un par con la misma pose de un verdugo.

¿Quería saber qué llevaría puesto para ir al patíbulo?, pensó

Greta. Pero no, no quiso llevárselos. Nunca más usaría zapatos negros, y así se lo dijo a Bernarda mientras daba tumbos por la habitación, descalza, disimulando su rabia; nunca más zapatos de monja. Sólo el hábito con el que iba vestida y las botas. El hábito también pertenecía a la comunidad, le había advertido alguien a su espalda, que pudo ser la hermana Baltasara, con su voz rígida de obispo, tendría que devolverlo al llegar a Colombia. Esa última noche en la Comunidad del Calvario, su última noche como religiosa, tampoco consiguió dormir, ni siquiera frotándose las piernas la una contra la otra. Llevaba haciéndolo muchos meses, o no había forma de dormirse, hasta que las llagas aparecieron en sus tobillos.

Durante las primeras semanas en Ibagué se despertaba envuelta en sudor sitiada por sus pesadillas y le llevaba unos segundos reconocer la luz anaranjada de su infancia que se colaba por la persiana. Le parecía estar viendo aún el resplandor de la nieve que la había despedido en España. Esa fue la fría y bella bendición final del que había sido su último hogar, la Ciudad del Norte: una ventisca de nieve que le decía: te puedes ir, pero no en paz.

No quise interrumpirla con mis preguntas. Me limité a observarla mientras me hablaba protegida por la penumbra catedralicia de aquel avión en el que sólo ella y yo estábamos en vela y en confesión. Con los ojos entornados por el diazepam siguió recordando cómo, el día que la echaron del convento, al salir de la guardería de la comunidad en la que había trabajado mientras vivió en la Ciudad del Norte, tras despedirse de los niños, sintió un frío tan aterrador que no supo si venía de fuera o si lo llevaba dentro. Alguien le tocó el hombro. Se volvió, pero no había nadie. Notó de nuevo el roce en su espalda y descubrió que eran los copos de nieve que caían sobre su abrigo. Le recordó otra situación similar que había vivido, mucho más luminosa, cuando vio nevar por primera vez en su vida en ese mismo lugar, recién llegada a la Ciudad del Norte: bajó corriendo a la calle sin abrigo como si llegara tarde a una fiesta y dejó que esos confetis helados se le colaran por la boca.

Nada parecido al invierno en crudo que la despedía para siempre. Ahora nada conseguía abrigarla. Nada.

Por la mañana, horas antes de recibir la carta que significaría su expulsión de la Orden, Greta se vistió como acostumbraba: una camiseta interior térmica, la enagua de cuerpo entero, el grueso hábito y, sobre este, el jersey, el abrigo y el velo. Cómo iba a sospechar que sería la última vez que se vestiría de religiosa, que pasaría así vestida dos días, durante los que volvería a la tierra a cuarenta grados que la vio nacer.

Camino del aeropuerto y con la frente apoyada en el gélido cristal de la ventanilla, comprobó cómo se deshacía aquel paisaje que, cuando lo vio por primera vez, le había parecido tan bello. El azul se fundía con el verde como si fuera una blanda témpera. Posó una mano angustiada sobre la luna trasera, ahora todo se lo tragaba un remolino de hielo, como si su vida hubiera sido un cuento de hadas y brujas que llegaba a su fin. ¿Quién se lo había leído? ¿Quién?, pensó. ¿En qué libro estaba? ¿En qué libro?

Del viaje en avión que la devolvió a Bogotá no recordaba casi nada. Durante el trayecto no sintió ni frío ni calor. Tenía náuseas, eso sí lo recordaba, y los párpados le ardían como dos brasas.

—Quizá de haber llorado tanto —dijo acurrucándose como pudo bajo la manta raquítica del avión—, había llorado mucho, muchísimo. Era involuntario. No es que quisiera llorar, es que las lágrimas me salían solas. Me daba igual. El cuerpo era lo de menos.

Durante el vuelo, evitó hablar con el chico que estaba sentado a su lado. Era español y viajaba a Colombia por primera vez. Le había preguntado por el clima, las playas… ¡Hasta por Pablo Escobar!, ¿podía creerlo? Diez horas y trece mil millas haciéndose la dormida.

—Era el momento más duro de mi vida —dijo ahora con los ojos secos—. ¿Sabes? Cuando eres monja, y yo aún iba vestida con el hábito, la gente cree que les perteneces, que tienes que darte a los demás y repartir felicidad por el mundo. Pero yo tenía ganas de decirle: «Cállate, gilipollas, llevo setenta y dos horas sin cambiarme y voy inflada de antidepresivos».

Me eché a reír, no pude evitarlo, y ella conmigo. Alguien de la fila central nos chistó con virulencia.

—Por eso en aquel momento me prometí que nunca volvería a hablarle a nadie en un avión —afirmó—. A invadir de forma irrespetuosa ese espacio.

—Pues has tardado exactamente cuatro meses en incumplir esa promesa.

Mi mirada vagó por la cabina, por todos y cada uno de esos cuerpos silenciosos que cargaban sus silenciosas historias, todas diferentes, envueltos en las mantas pardas como gusanos gigantes.

Y tras ese primer episodio que era en realidad el desenlace de una historia que parece haber venido a buscarme, me pregunto inevitablemente qué le ocurrió a Greta para llegar hasta ahí. También me pregunto, al transcribirlo ahora sin ayuda de una grabadora o de una libreta, cómo es posible que se haya quedado registrado de una forma tan nítida en mi memoria. ¿He memorizado todos los detalles por algún motivo? ¿Para qué va a servirme la historia de Greta? La madrugada impone un ritmo pesado a mis pensamientos. Hasta mi ordenador se fatiga. Y mañana no sé ni lo que me espera. Sólo sé que todo será, de nuevo, ruido. Apago la luz.

Homo laborans

7

Preparados... listos... ¡ya!

A las ocho de la mañana ya estaba en boxes como un enfurecido caballo de carreras cuando sonó la alarma del móvil. Durante el desayuno he escarbado en la bolsa de las medicinas de la maleta y sólo he encontrado parte del tradicional cóctel de vitaminas —Q10, vitamina C, magnesio, vitamina D, probiótico y otras redonditas que no recuerdo para qué son—, he marchado por el salón buscando una carpeta y la taza de café, ¿por qué siempre juega al escondite? Lo que no alcanzo a entender es qué hacía humeando dentro del armario de los zapatos.

Cuando he recuperado el café, he desfilado hasta la mesa del comedor, y la montaña de tíquets de gastos que tenía delante me ha parecido el K2. Si no me da tiempo a llevarlos a la gestoría estoy jodida. Y no habrá servido de nada que ayer me quedara a clasificarlos hasta las tres de la madrugada.

¿A qué viene quejarme ahora? Soy autónoma. Freelance. Yo fui quien negocié con la agencia trabajar desde casa. Desde mi búnker. Qué más quiero. Puedo crear una campaña de publicidad entera desde mi zulo. O bien les vendo mi creatividad como proveedora. A veces me siento un panadero que amasa sus ideas arremangado por la noche y prefiere permanecer manchado de harina y lejos de la perfección refrigerada de los expositores, donde terminarán sus delicados pasteles. Sin embargo, Andrés, mi Bombilla particular, sí es el típico creativo que necesita lloriquear por la oficina porque se siente maltratado y porque nunca le dejamos tiempo para desarrollar sus grandes ideas, pero la realidad es que, como me ha confesado alguna vez, no podría vivir sin la seguridad de una nómina, como yo, pero, sin embargo, sí es capaz de desayunar todos los días con el Tiranosauro —creo que Rosauro le debe su mote a un momento de sinapsis descontrolada entre Andrés y yo en el que hicimos la mezcla de un depredador carnívoro, una especie en extinción y un tirano... y salió él—. El caso es que Andrés es capaz de desayunar con ese monstruo un cortado y un par de vejaciones con mantequilla y mermelada y eso no le crea inseguridad... Yo tengo claro que sólo quiero ir a la agencia para reuniones concretas y a presentar las campañas a los clientes. No puedo quejarme. Me hice freelance para sentirme más libre y, no nos engañemos, para no tener que aguantar a nadie más de lo estrictamente necesario. Supongo que la convivencia me ha dejado escaldada. Más que con-vivir, en mi caso ha sido con-morir.

Convivencia... esa es la palabra que me ha perseguido toda la mañana desde que he metido a presión los tíquets en esas carpetas que no sé por qué me empeño en etiquetar para nada. Convivir para mí ha supuesto tratar de adaptarme sin éxito a la mediocridad de otros o sufrir su violencia. Y a veces no es que no quieras adaptarte —que también—, es que no puedes.

¡Qué maravilla!, ¡soy freelance!, me he dicho mientras me lavaba los dientes con el colutorio porque no sé dónde demonios está la pasta; eso significa literalmente «lanzado libre». Mi propia jefa. Si es así, debería despedirme de mí misma en este instante. Por tirana. Por falta de empatía. Por hija de puta. Por no darme vacaciones ni bajas por enfermedad. Por no tener nunca suficiente. Por no felicitarme por mis logros en su justa medida. Por llevarme al límite y cuestionarme por deporte.

También significa —o así me siento hoy— que soy mitad mujer, mitad factura. ¿Free? Hay que joderse... Y ahora me llama mi asesor para hablarme de ciertas «ventajas fiscales»... ¡Ja! Nota para mí misma: «ventaja» y «fiscalidad» son dos palabras que cuando las lees juntas cortocircuitan en tu cerebro, se corta la mahonesa y la digestión del mundo.

Soy una «emprendedora». Otra palabra desgastada por el uso.

En estos tiempos todos somos emprendedores.

Libres y esclavos por el mismo precio.

No está mal, ¿verdad?

Esto lo he escogido yo. Y con esa letanía en la cabeza salgo de casa una vez más empuñando el móvil como si fuera una espada láser con el teléfono del asesor preparado en la pantalla para rogarle que espere. He vuelto a entrar dos veces: la primera, para coger los auriculares del teléfono —otra de esas promesas hechas a mamá porque me bombardea por WhatsApp con artículos sobre extravagantes cánceres de cerebro—, y la segunda, porque me había olvidado las gafas y mis ojeras siguen compitiendo con las de cualquier extra de *La noche de los muertos vivientes*.

Así he comenzado mi último día de baja.

De descanso.

Y es lo que hay.

Mientras descendía las escaleras gastadas de tres en tres, me ha detenido en el tercer piso el señor Postigo, que estaba dejando unos paquetes a un vecino.

—Buenos días, señorita Patricia —ha dicho con la voz siempre sorprendida y sus ojos pálidos—, tengo un sobre para usted…

Me da mucho apuro dejarle con la palabra en la boca, pero, considerando que ya he comprobado muchas veces que cuando vuelvo cinco minutos después no recuerda que me ha visto salir, no es tan grave. Extraña cualidad la de olvidar a corto plazo para un portero. Mientras corría calle arriba he intentado recordar por qué quise ir por libre: me hice freelance para invertir mi tiempo en función de mis necesidades, pero, claro, las necesidades son infinitas, por lo tanto, el trabajo también.

Como dijo Agatha Christie: «Las ideas amanecen dulces, pero envejecen feroces». Aun así, soy muy consciente de que la palabra «jefe» nunca me ha salido natural y menos si tengo que dirigírsela a una especie no extinguida del Pleistoceno como Rosauro, con su inquietante sonrisa de dientes largos, juntos y perfectos, y que es capaz de decirle a un creativo: «No te pongas creativo». Prefiero explotarme yo a que me explote este joker sin maquillar. O eso creía entonces. Por eso, a las nueve de esta mañana primaveral de mi último día de baja, último día para presentar los impuestos, último y apocalíptico día para presentar un papel en Hacienda de mi nueva, joven y unipersonal empresa, he trotado plaza de Oriente arriba hasta llegar al invariablemente gris edificio de recaudación.

Una máquina me ha escupido un número.

Una hora y media de espera.

Una pantalla me ha arrojado mi turno.

Cuando me he acercado a la mesa que pensé que me había tocado, había un señor mayor sentado.

—Perdone, creo que me ha tocado en esta mesa.

La funcionaria, de rostro redondo y moreno, coleta gruesa, de unos sesenta, ha levantado los ojos.

—¿Es que no ve que estoy con este señor?

Y me ha señalado la mesa contigua con gesto de maestra de parvulario.

Allí, un funcionario hipster que me había parecido un bajorrelieve en piedra hasta que ha bostezado, me ha soltado un desapasionado: «Esto ya no puede hacerlo aquí, desde el uno de enero tiene que hacerlo desde casa con su firma digital».

En un ataque de locura transitoria, he valorado la posibilidad de echarme a llorar y relatarle a ese pequeño ser emboscado detrás de una barba de capitán Haddock que he estado hospitalizada, que tendría que pagar un gran recargo y que, aturdida como estoy bajo los efectos de un cóctel de ansiolíticos, sería incapaz de descargarme la maldita firma digital y mucho menos desentrañar cómo actuar con ella en una hora. Pero... ¿para qué?

Entonces me roba la atención de nuevo la mesa de al lado.

—A ver, señor..., cómo le explico —escucho decir a la funcionaria de antes—, el problema es que esas gestiones ya no se hacen presencialmente. —A él le habla con la condescendencia amable de maestra de escuela.

Al otro lado de la mesa, un hombrecillo galdosiano, silencioso, con pañuelo al cuello y manicura francesa teme quedarse sin Seguridad Social por un error que han cometido con sus datos.

—Es mucho más ágil así —continúa la funcionaria con la voz cada vez más tierna—. La reclamación sólo puede ser telemática. Entra usted en nuestra página web...

—¿Qué es eso? —pregunta por fin el hombre entre expectoraciones.

—A ver..., no se preocupe, se lo apunto, es www...

—Pero ¿eso dónde lo pongo? —se impacienta.

—Tranquilo, se lo dejo apuntado, por si hay alguien que le

pueda ayudar a… Mejor si tiene otro servidor que no sea Google, Firefox, por ejemplo, porque le puede dar problemas. —La funcionaria se aprieta la coleta. Tiene el rostro dulce y duro, como si estuviera hecha de chocolate—. Por los cortafuegos —aclara.

—¿Cortafuegos? —se alarma el hombre, secándose los labios con un pañuelo bordado con sus iniciales.

Ella inspira como si buscara otra forma de explicarse que no encuentra y le pide un momento, va a tratar de solucionárselo hablando con su supervisor, y es entonces cuando mi hipster arremete inexplicablemente desde su puesto:

—Mire, señor, aquí no estamos para explicarle esto. —Mientras habla hace un molesto clic, clic con su boli sobre la mesa—. Si no sabe siquiera lo que es Google…

Entonces, ese pulido hombrecillo, como si se hubiera tomado una pócima secreta, empieza a crecer y crecer en su silla.

—Mira, hijo, es verdad —confiesa—, no sé lo que es el google ese y parece ser muy importante.

—Señor… —clic—, no estamos aquí para discutir —clic, clic—, hay mucha gente.

—No, no, no… —explica con tono sereno—, no voy a discutir, sólo tengo una pregunta más y marcho. —El hipster me dirige una mirada esperanzada—. ¿Sabe usted quién es Cortázar?

—¿Perdone? —protesta el barbudito después de un último y conclusivo clic.

—Bueno… —prosigue el anciano, mientras lo veo crecer dos centímetros más—. No se preocupe, dígame entonces la fecha de la Constitución de Cádiz.

—Esto es el colmo —susurra el funcionario mirando la hora.

—¿O quién inventó la penicilina? —continúa el ya gigantesco viejo, abriendo mucho sus ojos antes sepultados por las arrugas—, ¿fecha y lugar de la primera Declaración de los Derechos Humanos…?

—Yo no tengo por qué decirle a usted nada —se indigna el otro.

—Pues yo creo que sí —argumenta, el superanciano, asombrado—. Porque yo le estoy pagando a usted, y esas preguntas no están al nivel de la oposición que se supone que ha ganado usted para sentarse en esa silla y no solucionar nada, es que son de enseñanza primaria. Lo inmediatamente anterior a ellas es aprender a leer. —Sus palabras, los pasos sobre el mármol tienen de pronto un eco de santuario—. Siento no saber cómo manejar un ordenador, pero le ruego que no me hable como si fuera yo el analfabeto. Supongo que a los ochenta años da un poco de aprensión quedarse sin Seguridad Social, ya disculpará mi inquietud. Buenos días.

Concluida su homilía y tras regresar a su tamaño anterior, se levanta apoyándose con los puños en la mesa, me realiza un pintoresco besamanos y cruza el suelo de piedra a pasitos cortos y arrastrados, como si quisiera sacarle brillo.

La funcionaria de chocolate ha vuelto a su puesto.

—Pero ¿adónde ha ido este hombre? —nos dice sin disimular su acento canario—. Ahora que creo que se lo he solucionado…

Intento disimular una sonrisa que me brota veloz como una mala hierba. Decido no añadir nada. La barba con ojos que tengo delante no podría asimilar mucho más esa mañana.

Salgo del edificio de Hacienda haciéndome a la idea de que me enfrento a una sanción. Hemos creado un mundo en el que resulta muy difícil vivir.

Últimamente mi vida es una continua desconfiguración. Lo que me recuerda que se me han desconfigurado los canales de la televisión, la impresora, el wifi… Mi propio cerebro se desconfiguró hace unos días.

Hasta hoy creo que nunca me había dado miedo cumplir años.

8

Doce de la mañana. En el enjambre de la ciudad de Madrid se abre paso una palabra en las estresadas almas que la habitan: paz. Y otras que flotan a su alrededor como satélites: sosiego, calma, relax, armonía… Las buscamos en el deporte. Las buscamos entre las líneas de los libros, en los parques, en los spas, en sudorosos talleres intensivos de bikram yoga… Yo me había decidido por el boxeo; Leandro, por el budismo.

—No es budismo. El budismo es lo de menos. Lo importante

es la meditación. —La voz de Leandro se tabica en el aire sólida e indestructible como un holograma.

—Habla más bajito, por favor, me estás aturdiendo —protesto, acodada en una de las mesas de espejo del pequeño Café de la Ópera en la que trato de recuperar fuerzas.

Me lo imagino mientras hablamos. En mi cabeza, el personaje de Leandro siempre va con bata blanca y armado con unas pinzas, y ahora me lo figuro volcando sus rizos aún negros de su flequillo sobre la mesa de disección, observando las antenas para él extrañamente largas de uno de sus bichos.

Su voz al otro lado del satélite y su cuerpo desde la Ciudad Universitaria se alían para embarcarse en una de sus machaconas hipótesis con las que siempre trata de ganarme la batalla por aburrimiento.

—Cuanto menos comes, menos te apetece comer; cuanto menos sales, menos te apetece salir; cuanto menos amas, menos te apetece amar; cuanto menos hablas, menos te apetece hablar —su tono, forzadamente monótono como un martillo—; cuanto menos cuentas, menos te apetece contar; cuanto menos follas, menos te apetece follar; cuanto menos lloras, menos te apetece llorar...

Me he arrancado el auricular. He puesto el manos libres y le he adelgazado la voz hasta convertirla en un sordo ronroneo de mosca.

—Cuanto menos viajas, menos te apetece viajar; cuanto menos duermes, menos puedes dormir; cuanto menos vives, menos puedes vivir; cuanto menos compartes, menos te apetece compartir... —vuelvo a ponerme el auricular. Entran dos estudiantes cargadas de apuntes, cada una escribiendo en su propio móvil—, y así entramos en una anorexia vital en la que todo adelgaza, el sexo, el sueño, el hambre, el hambre por vivir, el hambre...

—¡Para, Leandro! —casi he gritado.

—El cuerpo está desapareciendo... —ha dicho entonces.

—Ay, de verdad, no estoy para filosofar a estas horas de la mañana.

—...y la voz también —ha proseguido—. Si no te llego a sugerir que nos llamemos, habrías seguido escribiéndome mensajes toda la mañana como una ametralladora.

—Estaba en Hacienda.

—Lo haces siempre.

—Siempre que estoy ocupada.

—Es que siempre estás ocupada. —Ese silencio que suena a reproche—. La otra versión es escucharte teclear de fondo en el ordenador y que tus respuestas monosilábicas me lleguen con un decalaje de unos segundos, como si me hablaras desde América.

Bingo, reproche recibido.

—No, no es un reproche, Patricia. Es una advertencia de alguien que te quiere.

Había tenido avisos. Había perdido pelo. Había tenido desarreglos menstruales y alimentarios. Había empezado a somatizar todo tipo de enfermedades por riguroso orden alfabético.

Y cuando hablamos desde el hospital le había prometido sacar tiempo para meditar y hacer ejercicio.

—Pero estaba drogada, Leandro, no cuenta.

Apuro de un sorbo el café. Consulto la hora en el móvil escoltada por un póster tamaño natural de Plácido Domingo con peluca a tirabuzón que parece dedicarme el do sobreagudo de *El Trovador*.

—No se trata de que descanses sólo para volver a sobrecargarte, ¿entiendes? —Ya modula de una forma más conciliadora—. ¿Vendrás a meditación?

De pronto la imagen de ambos sentados en la postura del loto sobre un cojín raído casi me hace escupir el café de una carcajada.

—¿Un judío y una católica delante de un ejército de Budas de ojos apacibles?

—Y eso qué más da. Ninguno de los dos somos practicantes.

—Por eso, del budismo tampoco vamos a serlo. Yo, al menos.

Consulto los mensajes de la agencia mientras hablamos. Parece que Mascarade NY quiere grandes cambios en la campaña, aunque les ha gustado. Mierda, mierda, mierda.

—Me lo prometiste, Patricia. Veintiún días. Sólo se trata de que te des un tiempo para probar algo nuevo. —Trato de contestar al email mientras mantengo la conversación. Él prosigue—: Para detenerte y meditar un poco. Y si no te gusta… no vuelves.

Hago un silencio que hasta a mí me resulta incómodo. Intento retomar el hilo de la conversación.

—Lo tomaré como un sí —decide—. Vamos el jueves. Y esta

tarde, para celebrar que aún estás viva, podrías venirte conmigo al Jardín Botánico. En el invernadero ya hay una nueva población de mariposas. Es uno de los días más emocionantes del año.

No, Leandro, no tengo tiempo, no físico, sino mental. Cambios, grandes cambios, anuncia ese fatídico correo. Y yo no tengo fuerzas. Estoy sin fuerzas. No para cambiar, no. Para seguir. La cabeza me da vueltas otra vez y una soga invisible aprieta mi cuello. Siento unas ridículas ganas de llorar. Las estudiantes engullen tarta de chocolate a mi lado mientras siguen chateado una enfrente de la otra. Podría berrear a gusto y no se darían ni cuenta.

—No, te dejo a solas con tus insectos —decido, mientras se me fruncen los pulmones—. Hoy soy capaz de arrearle un manotazo a alguno. Además, he quedado con alguien que conocí en el avión.

Esto parece interesarle porque suelta uno de sus:

—Vaya, vaya, vaya... qué gran noticia.

—No te emociones, es una mujer que... bueno, quizá hagamos un proyecto juntas.

Decepción.

—Por supuesto —murmura—, soy un optimista, trabajo tenía que ser...

—No, Leandro. —Pido la cuenta con un gesto mudo—. No es exactamente trabajo. Ni es una obligación. De hecho, aún no sé muy bien lo que es. Ya te contaré.

Sé que le dejo más que intrigado, pero Leandro es el ser humano menos invasivo que conozco, así que trata de cerrar la conversación con un «Sí, ya me contarás el jueves». Compruebo que sigue su «ley de no intervención en los procesos naturales» que le ha convertido en una celebridad en las redes, siempre lo ha practicado conmigo y también con sus mariposas, algo que, si lo pienso, viniendo de un científico, es más que extraordinario. Admirable, incluso. Sí, admiro a Leandro. Por saber siempre lo que necesita un amigo, por encabezar todas las marchas en contra de la experimentación con animales, y por cómo le sale el arroz con leche. Leandro, el gran observador de la vida, del deterioro y de la muerte.

—Vale, iré contigo el jueves. Pero... cariño, ya tenemos una edad. Yo soy como soy. Y no voy a cambiar.

—Tu principal problema es que piensas así.

—La gente no cambia.

—Claro, los que no son inteligentes, no. Pero había presupuesto que tú estás en el otro grupo. Lo siento.

No tengo ánimos para aguantar por más tiempo este pulso, así que decido emplazarme con él y seguir mi marcha. El Café de la Ópera queda sumido en un silencio de oratorio con sus dos silentes estudiantes cuya principal herramienta, el dedo pulgar —ese apéndice que, según Leandro, será el único dedo que conservará el «homo digitalis»—, sigue escribiendo en sus móviles a velocidades sobrehumanas.

La expulsión del paraíso

9

He tardado casi cuatro días en decidirme a escribir a «Estrella del amanecer», como la he guardado en mi móvil. Antes tuve que tomar la decisión de tirar o no ese primer capítulo a la basura, como me había ordenado Santiago. ¿Fue ayer cuando le mandé el whatsapp? La verdad es que alguna parte de mí deseaba que no me contestara. En el fondo hay muchas cosas que me incomodan, no sé si de ella o del hecho de volver a escribir un reportaje. Por un lado, no sé si el resto de su historia es tan interesante como promete. Y, por otro, no sé qué voy a ganar yo, si es que gano algo, con publicarla. Si es que no pierdo… Por último, en el caso de que salga bien y lo publique, tampoco quiero volver al periodismo, eso lo tengo claro.

Y luego… es monja. O lo ha sido. ¿Cómo vamos a entendernos? La última vez que estuve en misa fue por la boda de Diana y al pasar el cepillo, como no llevaba cambio, estuve a punto de dejar un billete y coger las vueltas. El caso es que a las doce de la noche cuando ya estaba en la cama vibró mi mesilla. Miré el móvil adormilada, y no respondí.

Qué curioso, nunca antes me había fijado en que el barrio de Ópera y La Latina están cosidos por el Viaducto: como una inmensa grapa une esa especie de París monumental con una suerte de Lisboa bohemia. Los cuidados jardines escoltados por héroes y dioses de piedra dejan paso a una pradera silvestre que en estos días se llenará de margaritas, verbenas y chulapos. ¿Estamos ya en San Isidro? O eso, o este puente también sirve para desandar un siglo. Activo el móvil con mi huella digital y saco una foto a una pareja que va del brazo, con el vestido chiné y un bebé con un clavel en la frente, aunque aún no tiene pelo.

«Hola, Patricia. Me alegro mucho de que me hayas escrito. Por supuesto que me encantaría que nos viéramos. Dime dónde y cuándo. Yo vivo en La Latina», decía el mensaje que he leído en la oscuridad de la mañana.

Al menos vivimos cerca. No supone un gran esfuerzo. Eso me ahorrará tiempo. Al menos no se había despedido con un «Ve con Dios».

Demasiado ruido.

Desde que me he levantado hay demasiado ruido, pero no fuera, sino dentro de mi cabeza. Cruzo la plaza de Oriente escoltada por sus níveas y orgullosas estatuas y de pronto envidio su silencio. Su falta de oídos. Ojalá mi cerebro fuera también de piedra por un momento y mi único objetivo en la vida consistiera en dejarme calentar por los rayos de esta primavera precoz y que me cagasen encima las palomas.

Todo el mundo corre.

¿Hacia dónde? Yo misma, ahora mismo.

Miro la hora en el móvil. ¿Cuándo dejé de llevar reloj? Pero no voy tarde. Aun así, camino todo lo rápido que puedo. Intento seguirle el paso a la ciudad, supongo, aunque admito que esta vez me está costando. Le he tomado el pulso a Madrid y lo tiene demasiado rápido. Desde que he llegado, me ahoga. Será que estoy débil. Pero tengo que activarme antes de mañana.

Mañana. Empieza a darme miedo el día de mañana. Apenas tengo tiempo de leer todos los mensajes que me están llegando. Si hay más cambios en la campaña de Mascarade, se me solapará con la de Renault y ahí tendré un problemita. ¿Cómo lo voy a hacer? Desde primera hora intento apretar el paso, pero siento como si las aceras fueran de gomaespuma y me costara hilar las palabras. Las letras juegan a desordenarse cuando escribo un mensaje. Se me olvidan datos básicos, por ejemplo, el número de teléfono fijo de Diana, y es mi amiga más antigua, siempre me lo he sabido, desde que estudiábamos juntas, y tengo que confirmarle que me ha llegado todo lo del bautizo. Pensé que las madrinas sólo sujetaban al bebé en brazos intentando que no llorara, pero no, ahora tengo que leer y comprender el rito. En fin, lo haré porque sé que es importante para ella, y por Lilo. Me hace ilusión. De pronto me detengo perpleja sin saber qué iba a hacer. Sigo caminando como un fantasma que no necesitara ser esquivado —los demás parecen más corpóreos y más vivos que yo—, hasta que mi deambular errático de ciego me hace chocar de bruces. La mujer, a la que parece que le han trasplantado el pelo de un caniche, lleva un perfume de canela tan intenso que me revuelve el estómago. Ella también va consultando su pantalla. Me gustaría ser vieja o turista o ambas cosas. Son los únicos que ocupan los bancos a estas horas y parecen escuchar el ruido de la fuente.

Dejo atrás el gran palacio y la insulsa y blanca catedral de la Almudena y comienzo a cruzar el puente. A un lado, la ciudad; al otro, las luces de la sierra. Hacía mucho que no cruzaba este límite de Madrid, y eso que lo tengo al lado de casa. Bajo su estructura de hormigón intuyo el rumor de ese abismo sin agua, ese río que arrastra cuerpos, coches y árboles y que se hace cada vez más abrumador.

A la mitad del viaducto, me detengo.

Solía hacerlo hace años justo en este punto y así fui acumulando muchos atardeceres en mi memoria. Hace tiempo que no puedes asomarte a la barandilla de hierro porque el ayuntamiento ha colocado unas altas vallas de metacrilato; también es el lugar preferido por los suicidas madrileños.

Ya no te dejan ni saltar en un arrebato.

Hay que tener verdadero empeño.

A mis pies, entre el cristal y la barandilla de hierro, descubro unas zapatillas deportivas colocadas como lo haría alguien que se va a dormir, o en la orilla de la playa antes de un baño o en la Noche de Reyes si ha sido bueno. Alguien las ha pintado a brochazos blancos y ha dejado un ramo de margaritas del mismo color a su lado.

Termino de cruzar sin detenerme y me pregunto por qué los que saltan al vacío se descalzan. Quizá vislumbran la muerte como un zambullirse en el desconocido océano. Ahora viene a mi memoria un dato que me dio Santiago durante la terapia el otro día, no sé a cuento de qué. En España los suicidios doblan los accidentes de tráfico. Y nosotros pensando que sólo se suicidaban los suecos. Me pregunto por qué, entonces, hay tantas campañas para prevenir los accidentes y ninguna para evitar los suicidios. Pero aquí no se dice, me explicó Santiago con la ceja derecha erecta, su indicador de la ironía, no sea que nos dé mala prensa, que además no van al cielo, aquí todos amamos la vida sólo porque nos da el sol.

Nada más cruzar, bajo hacia las Vistillas y reconozco las farolas azules del María Pandora. En el cristal de la puerta han colocado una pegatina nueva, un círculo con la bandera multicolor sobre un visillo de casa de abuela que anuncia ZONA SEGURA LGTBI y, debajo, tres parejas de alegres muñequitos recortables se dan la mano: dos hombres, dos mujeres y una parejita mixta. Hecha esta aclaración, entro en el local.

Las mismas fotos antiguas de anónimos madrileños: impávidos niños de comunión, bodas de feos novios, macabros entierros de mantilla negra, paseantes sonrientes de los años treinta, estampitas de santos, máscaras de dragones chinos; los anuncios vintage de Coca-Cola compartiendo pared con Frida Kahlo, un mártir atormentado y un desnudo femenino a lápiz abierto de piernas; las mismas velas rojas derretidas dentro de botellas bajo cuya luz monacal escribí mis primeras crónicas en la época universitaria. Todos los trastos viejos del mundo siguen colgando de estas paredes: antiguos termómetros, básculas, instrumentos, partituras, teléfonos, máquinas de café, de coser, de escribir, estas asomando entre los libros de estanterías que parecen pertenecer al estudio de un escritor caótico, borracho y genial.

En el María Pandora todo ha tenido varias vidas, menos yo. Todo sirvió para algo que ya no sirve, bueno, quizá en esto sí me siento algo más reconocida. Es un santuario al «porque sí», a lo inútil, al todo vale.

Me acerco a la barra. También le ha declarado la guerra al tiempo aquel altar al sincretismo: bajo la luz rojiza de las velas, máscaras africanas miran a la cara a relojes parados, colgantes chinos de la buena suerte se reflejan en espejos de estilos dispares, y el camarero, un atractivo delgaducho —con mandil de cuadros escoceses, brazos y el cuello tatuados con dibujos manga, ojos claros, barba de tres días y sonrisa de hoyuelos—, aparece tras el altar de su barra, escoltado por el ejército de sus reflejos, y se acoda en el mostrador riendo bajito con dos habituales. Al menos antes el María Pandora se jactaba de ser Champanería, así que, poseída de una inconfesable nostalgia, le pido una copa de cava, aunque ahora las burbujas le sientan fatal a mi colon irritable.

Echo un vistazo al local. Compruebo que al fondo la estantería repleta de libros en equilibrio sigue formando ese pequeño y acogedor escenario en el que recité tantas veces, y, al lado de una de las grandes cristaleras, siguen las dos butacas de leer bajo la cálida luz de una pantalla de tripa, que decido que me parecen el entorno perfecto para este primer encuentro. Al sentarme me ha sorprendido una curiosa sincronicidad: sobre un aparador de los años cincuenta hay un cómic del corsario negro blandiendo su espada, un retrato de unos novios en blanco y negro y... otro de Greta Garbo. Como si los novios fueran estrellas, o Garbo, de la familia. Me propongo esperar a ver si mi Greta capta ese detalle y se decide a rebelarme su nombre, ese que ya conozco y me pidió olvidar. Pero yo tengo una deformación profesional: no olvido. Nunca. Ojalá.

Qué. Quién. Cuándo. Dónde. Por qué. Cómo. Llevo diez minutos repasando esa pirámide invertida mirando por la ventana. Pasé muchos años escribiendo en función de estos peldaños porque me enseñaron que así se captaba el interés de los lectores en un artículo. Sin embargo, ahora que lo pienso, mi interés no se rige por esta norma. Nunca lo hizo. De algunas historias me interesa más el quién, de otras, el qué, y de la mayoría, el porqué. ¿Por dónde empezaría a contar la de Greta?

Observo la catedral al fondo tras la pradera de San Isidro. Me doy cuenta de que es como una de esas personas que son guapas sólo de lejos. Su estructura blanca y nerviosa absorbe las luces tornasoladas del atardecer de Madrid. Y la veo cruzar por delante, haciendo un esfuerzo por apresurarse empujada por las revoluciones de la ciudad a su pesar. Se detiene en la puerta y observa la fachada con perplejidad.

Entra en el local acompañada de un celestial campanilleo que me hace gracia.

Se queda congelada en el centro del local como si se le hubiera acabado la batería. Gira sobre sí misma observándolo todo con un detenimiento exagerado y, en un punto de ese giro, me descubre. Intenta una sonrisa.

—Siento llegar tarde —se disculpa tartamudeando ligeramente—. Me he perdido un poco.

Viste unos vaqueros, una sencilla camiseta y un pañuelo al cuello de un color ambiguo que le da el aspecto de que toda ella ha desteñido en la lavadora. Ningún anillo, ni pendientes, ni maquillaje. Sólo su rostro limpio y agobiado.

Le pregunto si quiere tomar algo y pide una Coca-Cola. Parece llamarle la atención mi copa de champán. Estoy a punto de aclararle que me trae recuerdos, ni siquiera me gusta mucho, por si piensa que soy una de esas publicistas que consume cava a la hora del café. Pero ¿por qué demonios me preocupa lo que piense de mí?

—¿Vives por aquí cerca, entonces? —Mejor romper el hielo preguntando lo que ya sé.

Ella asiente y dice:

—Pensé que en un barrio que se llama La Latina me sentiría en casa —bromea sin gracia, y dobla meticulosamente su pañuelo—. Pero la idea ha sido del Aitá.

—¿De tu padre?

—No, de un amigo que me está ayudando a encontrar casa y trabajo.

Se acaba la música. O yo dejo de oírla. Vaya, un amigo. Y un padre, o a eso juegan. Siempre me han interesado los motes, porque nos volvemos semidioses y rebautizamos a una persona. Es un mal vicio que tengo porque a menudo se me olvidan los nombres reales. Vale, eres Pedro porque así lo quisieron tus padres y lo eres ante la ley, ante la Iglesia y ante tus amigos, pero en mi universo serás «el patillas» o «Peter» o «Pedrolo», «Pedrito», o simplemente «mi gordo» o «mi toro». La versión de ti que eres para mí.

—¿Y vive aquí el Aitá? —indago.

—No, en la Ciudad del Norte. Es jesuita y tiene ochenta años. —Se asoma inesperadamente a sus ojos el cariño hacia un religioso—. Me ha ayudado a alquilar una habitación. Me ha ayudado siempre.

Quizá yo conozca a alguien que alquile barato, me ofrezco, intentando ser amable. Mi móvil vibra sobre la mesa y monopoliza nuestra atención durante unos segundos. El camarero vuelve con unas galletitas saladas y deja también una sonrisa. Cojo el móvil y ella queda atrapada por un pensamiento y por la gran estantería de libros amontonados con gesto de niño ante una pastelería. El mensaje me arroja el plazo para hacer los «grandes cambios». Lo firma Rosauro, con su sonrisa de joker y sus uñas recién esmaltadas. «Mañana por la tarde…», dice otro mensaje más.

—Perdona… —me disculpo mientras contesto un lacónico «Ok» que me revuelve el cava en el estómago.

Ella se incorpora de pronto y dice:

—Te lo agradezco, Patricia… pero no quiero una salvadora.

Hace una pausa, se mira las manos. Creo que se da cuenta de que el comentario ha sido borde. Hace un gesto de abrigarse, pero no hace frío.

—Quiero decir que no sabes cómo te agradezco que me escuches —añade—, y nuestro reto… creo que me dará fuerza para intentar conseguir mis papeles cuanto antes. Pero he estado pensando mucho y no quiero ser una carga para ti.

—Bien, no sabía que íbamos a establecer unas reglas —enfrío la voz—. Me parece bien, dime las tuyas y yo te diré las mías. ¿Te parece?

Ella me estudia las manos, el gran anillo de piedra volcánica que llevo en el índice, mi pelo, lee el cartel de mi camiseta FREEDOM sobre dos alas de ángel. Quizá piensa que la he escogido ex profeso, pero no. Por fin se atreve a plantear sus condiciones:

—Me gustaría que cada una viva su proceso, aunque nos acompañemos, sin intervenir en él —dice.

Mientras, analiza una de esas galletas en forma de pez y yo me pregunto por qué habla en plural; yo no estoy en ningún proceso y quiero decirle: «Tranquila, la gente no cambia, aunque Leandro crea que sí, y los Budas de ojos apacibles y todos los seres inteligentes de este mundo estén convencidos de ello».

Entonces se aclara la voz.

—Patricia, no quiero que pienses que desconfío de ti, es sólo que me he pasado toda la vida refugiada en algo o en alguien y si tú me salvas, de alguna manera, te perteneceré —susurra, y mira hacia atrás como si temiera que la escuchara alguien—. Yo ya he vivido eso. No quiero seguir siendo una menor de edad toda la vida.

Baja la mirada porque me quedo observándola quizá con demasiada intensidad. Soy incapaz de corregir ese mal hábito de plumilla. La verdad es que como monólogo de arranque está bastante bien, pienso, y me avergüenza un poco sentir alivio al escuchar que lo único que va a querer de mí es que la escuche. La palabra «carga» podría provocarme en estos días un ictus. En ese momento viene a mi cabeza Leandro y su «no intervención» y hasta junto las manos como él para decir:

—Vamos a quedar en algo. —Hago una pausa—. Tanto tú como yo sólo podremos ayudarnos si nos pedimos ayuda. Si no... dejaremos a la otra equivocarse. ¿Te parece bien?

Creo que participa de mi alivio porque por fin se come la galleta, y en la barra, apoya la escena un estallido de aplausos del grupito de habituales ante alguna ocurrencia del camarero tatuado.

—Me parece bien. Es la única forma en que voy a poder aprender a ser libre. —Bebe un sorbo de su Coca-Cola como rúbrica—. Ahora me siento como Mafalda. ¿Has leído a Mafalda? Cuando dice eso de: «¿Y ahora qué hago yo con tanta libertad?».

De pronto recuerdo su expresión viendo aquel atardecer en el avión que me hizo preguntarle si había salido de la cárcel. Y más tarde me reconoció que se sentía igual. Había visto películas de presos que tienen que reinsertarse; cómo iba a imaginarse que le tocaría vivir algo parecido. No sabía cómo comportarse, ni qué hacer. Y mucho menos en aquel vuelo.

Le doy un sorbo al cava. Bueno, ha comido y ha bebido. Esa misma noche de vuelo me contó también que si un indígena come y bebe contigo es porque te demuestra su confianza, porque no siente el peligro de ser envenenado.

Me pregunto si debo sacar o no mi libreta ahora que parece más relajada. Quizá la coarte.

—¿Puedo preguntarte algo? —Qué tontería. Voy a hacerlo—. ¿Por qué yo? Quiero decir que soy agnóstica, hace años que no ejerzo como periodista, y soy una absoluta desconocida.

Ella parece atrapada por la fuerza de gravedad del templo que acaba de descubrir tras la ventana. Entorna los ojos como si le dolieran.

—Precisamente por eso. —Asiente con la cabeza—. Ninguna religión deja bien parados a los agnósticos. Les hacen perder clientela, y sin embargo no he conocido a personas con más luz.

Una sonrisa de medio lado. La primera. Al fondo, una simpática pareja de mochileros sesentones se informa sobre los cavas y felicitan al camarero por su prodigioso acento británico.

Le señalo la librería que tanto le llama la atención y proclamo:

—He ahí mis santos y mis profetas.

Pasea los ojos deslumbrados por los títulos.

—Pues mira —dice—. Creo que los míos también están ahí.

Admito que me ha sorprendido. A mí y a mis prejuicios. Observo que también ha dirigido una mirada rápida al retrato del aparador desde el que la estrella de Hollywood nos observa, arrogante.

—¿Puedo llamarte ya por tu nombre? —le pregunto con complicidad.

Se remueve en su butaca. Se lía más el pañuelo al cuello. Tiempo para hacer yo mi declaración de intenciones:

—Mira, como quieras llamarte, yo también he estado pensando mucho, y sigo sin tener claro en qué nos beneficiará todo esto. —Dejo la mano en el aire para llamar al camarero—. Pero hay algo que está claro: si te cuesta incluso revelarme tu nombre, esto no va a funcionar.

Se tensa. Como un pájaro que no sabe si debe emprender el vuelo. Volar sola cuando no se sabe. Salto. Nido. Vacío. Pero yo también corro mis riesgos: no conozco los detalles. Sólo intuyo que su historia es muy dura. Y quiero conocerla. Y, sí, quizá sea un refugio ahora que no quiero pensar en la mía. Y me atrevo a lanzar mis normas:

—Hay algo que me enseñaron mis años de profesión y es que, si vas a contarme una historia tibia o descafeinada, es mejor que no lo hagas —su rostro está en pausa, pero yo ya no puedo parar—, tendremos los mismos problemas y no servirá para absolutamente nada.

Amén, digo, eso sí que sé lo que significa: «Así sea». Me recuesto en la tapicería vieja y floreada de la butaca al final de mi sermón. Sus ojos rasgados son ahora las puertas entreabiertas de una sacristía por las que quiero mirar pero que pueden darme un portazo. El miedo se hace sólido. Y entonces no huye, habla:

—Entiendo y no te culpo. Tú tienes una serie de prejuicios hacia mí, es inútil negarlo. —Yo lo niego, pero ella insiste—: Sí, sí, los tienes. Y es normal. En Europa hay mucha cristianofobia y, en serio, lo entiendo, porque se lo han ganado a pulso. —Sin poder evitarlo, mi mente va dibujando sobre ella el velo y el hábito y sí, sus palabras pierden por momentos unos gramos de peso. Y la sor concluye—: Soy monja. Y soy india. Y es bueno que sepas que yo también los voy tener hacia ti, prejuicios. Los indios somos muy prejuiciosos.

Mi fantasía pagana culmina añadiéndole unas plumas y unos curiosos tatuajes de caracola en las mejillas a la religiosa aún con velo que tengo delante, ahora con el pecho sólo cubierto por una gruesa maraña de collares de colores. Si nos sentáramos ambas en una balanza con nuestros miedos, ninguna de las dos se iría al suelo.

—Vale, ambas tenemos prejuicios una hacia la otra. ¿Y qué? Partamos de esa base e intentemos vencerlos. ¿Te parece?

Así ha comenzado nuestra primera entrevista. Estableciendo las reglas de nuestra liturgia: caballeros, arrojen las armas. Por fin, Greta ha dejado que su cuerpo entero se relaje en la butaca y yo, tras contestar un email al director de marketing de Mascarade y mandarle uno de mis órganos como despedida —un «bazo» en lugar de un «abrazo»—, me he lanzado al génesis de cualquier historia, esa pirámide invertida que hace tanto tiempo que no desciendo. Respetemos las normas por ahora. Primer escalón: «Qué».

—¿Qué te ha pasado, Greta? —Y al pronunciar ese nombre, me ha sonado tan líquido y bautismal como si lo hubiera vertido sobre su cabeza.

10

Ella hurga en su bolso de rafia y por toda respuesta me entrega una carta. La observo. Está fechada en marzo de este año y parece que ha arrancado algo en la parte superior, puede que el membrete de la congregación.

Estimada hermana Greta:

Recibe mi fraternal saludo acompañado de las palabras de San Pablo, «El reino de Dios consiste en la fuerza salvadora, en la paz y en la alegría que proceden del Espíritu Santo» (Rm 14, 17; Gal 5, 22). Te comunico que en reunión de Consejo y al analizar tu situación en cada una de las comunidades de las que has formado parte se manifiesta tu dificultad de vivir fraternalmente la vida comunitaria ocasionando serios conflictos y malestar... Insisto en lo que te dije el día que hablamos por teléfono: Dios te quiere feliz, y el tiempo y las situaciones demuestran que tu lugar no es aquí. Por tu bien hemos decidido que te reintegres a tu hogar, tus padres te confiaron a la comunidad y es nuestro deber devolverte a ellos.

Con afecto fraterno te ofrecemos el apoyo de nuestra oración,

María Celeste de la Santa Cruz Ortigues HMSS
Superiora General

Según me explica, intentando rescatar su voz de algún lugar muy profundo, la carta le había sido enviada por la máxima autoridad de su Congregación, la persona que aparentemente más había creído en ella, la madre Celeste, a la que yo llamaré a partir de ahora la Súper Superiora, que a su vez llegó a llamar a Greta «la esperanza de mi comunidad».

La hoja tirita entre sus dedos como si tuviera frío. Según parece, Greta estaba en España, y la Súper Superiora, en México, cuando todo ocurrió, de tal forma que Greta estuvo a expensas de los informes de su superiora inmediata, Dominga, alias Judas, en España, la última casa por la que pasó en la Ciudad del Norte, la que llamó «la Comunidad del Calvario».

—¿Qué me ha pasado...? —repite mi pregunta, frotándose de nuevo las manos como si las tuviera manchadas—. Que me han apartado de todo aquello que le daba sentido a mi fe y a mi trabajo. A mi vida. Eso me ha pasado.

El alegre jazz del local añade dramáticas sombras al dolor de mi entrevistada.

—¿No vas a decirme el nombre de esa ciudad?

—Prefiero llamarla así. El nombre no importa.

—¿Y a qué se refiere esta carta? ¿Qué es lo que has hecho mal?

Ella suelta una risa que no lo es.

—Todo. —Se encoge de hombros—. Intentar hablar con normalidad de aquello que no se quiere hablar. Cuestionar. Y tener inquietudes que no son propias de una monja, supongo. He visto demasiado. He hablado demasiado. He amado demasiado…

Me aparto el flequillo de los ojos. Quiero verla con claridad y no puedo. Su historia es extrañamente cercana y lejana a la vez.

—¿Siempre quisiste ser religiosa?

Me esquiva:

—¿Siempre quisiste ser periodista?

Vuelve a meter el dedo en la llaga y en el platito de las galletas, porque no quiero responder e intuyo que lo sabe, pero sí, claro que siempre quise, desde que recortaba los periódicos del abuelo y pegaba las crónicas en mi diario. Desde los diez años. Pero esto no se lo cuento. Qué tendrá que ver. Y ella prosigue:

—Pues ahora imagina que, después de dedicarte con toda devoción y amar tu profesión como la amas, se dicen cosas horribles sobre ti y de pronto te lo arrebataran todo, cuando estás a punto de conseguirlo.

Siento cómo por un momento se borra el María Pandora: sus turistas ingleses ya en la segunda copa, el camarero predicando a sus acólitos en la barra, las velas rojas de santuario… Claro que lo sé. Sé exactamente a qué se refiere.

—Yo quería ser santa desde los nueve años. —Deja sus ojos perdidos en el pasado y en esa librería imposible—. No era tan difícil, entonces pensaba que sólo tenía que ser buena.

Pero me explica que sí lo es. Ser buena. Muy difícil, matiza. Se leyó todos los libros *Los santos niños*: san Francisco, santa Jacinta, santo Domingo, san José Luis…

—No sé si ahora tendré la oportunidad de ser santa —me dice, fría como un retablo—, pero desde luego cuando era religiosa no. Ahora sí puedo intentar estar en la comunión de los santos.

—Perdona, pero voy a necesitar que me hables en cristiano, nunca mejor dicho.

Es cierto, me doy cuenta de que hay conceptos que repetíamos en clase de religión como papagayos: «la comunión de los santos», «el perdón de los pecados…». Nunca supe lo que estaba diciendo.

—No te preocupes —me interrumpe con mirada absolutoria—. La Iglesia habla de ello, pero tampoco lo entiende. Quiere decir que la gente que es buena se reúne. Como nosotras ahora.

El caso es que me cuenta que como estaba tan obligada a ser buena había hecho todo tipo de méritos durante su infancia llegando a ser considerada casi un ángel por su madre, quien la responsabilizaba de haber traído luz a su vida. No en vano había nacido un «Viernes de luz».

Entonces cierra los labios como un sobre. Coge mi copa de cava con ambas manos, lo huele y vuelve a dejarla, con el mismo respeto que si fuera una custodia, y prosigue:

—El problema fue que yo siempre supe que por muchos méritos que hiciera tenía un gran pecado. Mi gran secreto.

Un silencio. El más largo del mundo. Hace como si le interesara el cónclave de fumadores que interrumpen ahora la vista de nuestra ventana.

Pide disculpas y se levanta para ir al baño. Desde luego sabe crear intriga, pienso mientras tomo algunas primeras notas con rapidez en la libreta. Pero mi instinto felino hace que pueda esperar con una paciencia sobrenatural a que llegue el mejor momento para saltar.

Así que, cuando llega, sólo le pregunto:

—Me dijiste en el avión que ya no rezas —ella niega con rotundidad—, ni que tampoco entras en una iglesia. —Vuelve a negar—. ¿No lo echas de menos?

Parece que busco que niegue tres veces. Se lleva la mano a la boca como si se ordenara silencio. Observa la gran catedral con esa distancia de seguridad que le ofrecen la pradera y los cristales.

—Quizá… lo que echo más de menos es el rito. Me he dado cuenta de que en el fondo vivimos sacramentalmente.

Y entonces la luz de la tarde dibuja sobre nosotras las sombras de una celosía. Según ella, ahora mismo estamos haciendo una confesión, me explica, nos habíamos recibido, comemos y bebemos, comulgamos, y levanta con dos dedos una galleta, y luego nos despediremos. En una palabra: eucaristiamos. Al fin y al cabo, los ritos no hablan de lo que está fuera sino dentro de nosotros.

Hago el gesto de coger mi libreta del bolso, pero me contengo. Zumba mi móvil y ahí no hay remedio. Andrés, mi pequeña Bombilla, amenaza con fundirse de nuevo con su lloriqueo desde la agencia. Que no me localiza. Le contesto brevemente un «¿es urgente?». Siento de nuevo ese peso encima de mis costillas; así comenzó mi crisis neoyorquina. Respiro en tres tiempos. No… no quiero volver a ese punto. Mientras, Greta ha sacado su pastillero y pide un vaso de agua. Sus ojeras la delatan.

—¿Tú no crees, por ejemplo, que cuando nos enamoramos hay una «transubstanciación de la materia»?

—¿Cómo dices? —Dejo el móvil bocabajo, sorprendida por el volantazo.

—Sí —traga su pastilla—, de pronto esa materia llamada amigo es tu «amor». Y cuando ese amor está contenido en un cuerpo físico nos degustamos los unos a los otros, ¿no es eso el sexo?

—Pero ¿las monjas tenéis sexo? —sonrío—, yo pensaba que erais como los ángeles.

—Claro que lo tenemos. El sexo era algo desconocido hasta que entré allí dentro. —Hace una pausa—. Ese fue parte del problema.

Sigue con la mirada a algo o a alguien tras la ventana que no consigo registrar, mientras intento procesar esa nueva información y me pregunto si debo tirar del hilo ahora o seguir disfrutando de la madeja. Ella se apoya en la mesa con aire infantil para mirar hacia fuera, y vuelve a quedarse en un silencio que empieza a indignarme, como si una mala cobertura me hiciera perder la mitad de las frases.

No sé por qué no me atrevo a preguntar directamente y busco dentro de sus ojos negros una respuesta clara que de momento no va a darme.

«El ritual soy yo, la eucaristía soy yo, el pan soy yo…», la oigo susurrar como un rezo, pero de pronto retoma:

—Es todo tan kafkiano… Ahora ni siquiera estoy segura de si lo que sentí allí dentro cuando me enamoré fue producto de vivir en un mundo de mujeres. Eso sí, nunca lo viví como un pecado.

Un silencio. Bebo un sorbo largo de cava. Hace que me pregunte tantas cosas… pero escojo una:

—¿Qué es lo que menos echas en falta de todo aquello?

Se levanta como si pesara toneladas. Camina hacia la librería.

—Lo que menos… pues, vengo de un mundo en el que es pecado pensar en ti mismo, eso no lo echaré de menos. —Curiosea ese retablo de libros, sin tocarlos—. No puedes tener amigos particulares ni deseos particulares. Lo único que tenía eran mis libros. Y ya, ni eso. Lo malo es que todo se me ha quedado allí dentro: mi juventud, mi vocación, mi familia, mi amor, mis amigos… Ahora tengo que reeducarme en el egoísmo. —Tira del canto de un libro blanco, muy fino, y se vuelve—. Por lo menos ya puedo tener amigos, aunque sean nuevos… por eso te he elegido a ti.

Su tono es tan dogmático… incluso para hablar de lo cotidiano. Me siento como ante una niña demasiado sabia para ser niña y una adulta demasiado inocente para sobrevivir en esta selva, pero a la que no puedo ni quiero coger de la mano.

¿Qué hago? ¿Se lo digo o no se lo digo? Que aquí fuera las cosas no funcionan así. Que la amistad no es un título que te otorgan y aceptas sino que se demuestra con el tiempo. Que va a ser muy difícil que seamos amigas como esos que cacarean en la barra, porque todos ellos van tatuados y están cantando esa canción de los Héroes del Silencio que bailaron en su adolescencia, porque somos diametralmente opuestas en casi todo. Que será muy complicado que consiga salir adelante sin ayuda. Pero no. Hemos quedado en que no puedo.

Apuro mi copa de champán y, aunque no mezcle bien, ahora sí pido un café. Es inútil negarlo después de esta cita. Nosotras tampoco mezclamos bien a priori: dos mujeres que se encuentran en un avión Nueva York-Madrid. Dos mujeres de razas distintas, una medio blanca y la otra medio india. Dos mujeres de nacionalidades híbridas, una medio estadounidense y la otra medio colombiana. Una se ha separado de su profesión y la otra se ha divorciado de Dios. Una es exmonja y la otra, experiodista… Pero ahora de pronto se dibuja una extraña interjección en mi cabeza: parece que ambas han sido expulsadas de su camino por decir lo que pensaban y ahora se necesitan para no saben muy bien qué. Ella ha vuelto a sentarse y me observa. Sus pupilas se mueven como si me estuviera leyendo.

—De momento me has contado el final de tu historia, el momento en el que te arrancaron el hábito… pero ¿por dónde quieres empezar? —le pregunto, ahora sí, sacando la libreta, y el camarero, como si quisiera ritualizar también ese momento, abre todas las ventanas del María Pandora y nos deja sentadas casi en la calle. Un manotazo de aire con olor a hierba cortada se lleva las servilletas.

—Creo que por mi expulsión del paraíso.

Y allí nos quedamos, en medio de la acera, sentadas en nuestras butacas de leer, de leernos, alumbradas por una lámpara de pie que hará falta en breve, como si nos hubieran teletransportado desde el salón de casa, y, en ese momento, los afinados graznidos de los vencejos se van agravando hasta ser gaviotas, y el bramido de un mar lejano y pacífico se impone, sin avisar, al carraspeo de las máquinas sobre el asfalto.

Nacida de un tsunami

11

Tumaco, Colombia
Año 1

Y el mundo rompió aguas para dar a muerte y no a luz, y sin embargo a Greta le dio la vida.

Yo nací la madrugada que mi padre se fue, un viernes de luz. Esa noche del siete de diciembre, las aceras, los balcones y las ventanas se llenaron de velas... La voz de Greta suena cada vez más lejos sobre el centelleo de un mar limpio que avanza, silencioso, inundando la pradera de San Isidro y en cuyo reflejo se mira ya, sorprendida, la catedral. A nuestro alrededor brotan los palafitos como castillos de naipes. Sus maderos decapados —blancos, azules— crean irregulares y enclenques estructuras hincadas en la arena que esquivan la crecida de la marea.

No tengo recuerdos del lugar en el que nací, me dice, mientras cierra los ojos para recibir la brisa cargada de frutas y pescado. Se llama Tumaco —debió de ser un catalán que fue por allí y le puso el nombre—, ríe, ahora sí, por primera vez la escucho reír como una niña, su risa que se rompe como un cristal muy fino. Allí estuvo hasta el año y medio, y luego la naturaleza decidió expulsarlos como bacterias. No había vuelto porque hasta hace poco era zona conflictiva. Tumaco, de genes afroamericanos, por un lado linda con el mar, donde trabajaba Felisa lavando ropas, y por el otro, con las montañas indígenas de los kwaiker, donde su padre subía a vacunar a los indios de la malaria, internado durante semanas en la selva. Era un buen puesto, del gobierno, ganaba un buen sueldo, lo consiguió porque hablaba los dos idiomas, y les daba confianza, añade, mientras deja una mano en el aire, que invoca ese horizonte verde que ahora se dibuja ante nosotras. Ya he dicho que son muy prejuiciosos, mi padre era de los suyos, aunque evangelizado, y le gustaba, porque allí arriba podía escuchar la radio y beber biche. Se lo compraba siempre cuando iba de camino a una de las vendedoras morenas de la carretera en cuanto la oía gritar: «Siete poooolvos, tumba braaagas», y así no le encontraba su mujer enganchado a la botella. Pablo era silencioso y calmado como el Pacífico, pero con el aguardiente se volvía loco y no le quedaba un peso del sueldo, que al bajar le reclamaba Felisa, en la orilla del mar, con sus tres hijos con la boca abierta como galluelos: «Ya has estado bebiendo, vago, mira que ni has tapado las goteras, eso, tú a leerte tus revistas de mecánica, si no sabes ni manejar». Y se iba Felisa, cargando con su orgullo y el de su marido, y con un barreño lleno de ropa lavada apoyado en la cadera para ganarse esos pesos más que él les daba de menos. Y él sólo apretaba los puños mirando de reojo a sus hijos.

Pablo no había querido ese cuarto bebé.

Felisa tenía dos hijos más de un matrimonio anterior y tres con él, así que, cuando ella no quiso arrancarse esa vida del vientre, la ira lo llevó a abandonarla a punto de parir. Greta no lo descubrió hasta que tuvo veintitrés años, en México, durante una constelación familiar. Aquello cambió tantas cosas…y le dio sentido a aquel muro de escombros del pasado que había construido durante años entre su padre y ella, a pesar de sus cariños, que después fueron muchos. La noche en la que una Greta adulta por fin sentó a sus padres en el salón y les preguntó por el día de su nacimiento, Pablo lloró, mi padre lloró mucho, con la cabeza gacha y anciana, por cómo nos abandonó, por lo que nos hizo en su momento.

En Tumaco casi todo el mundo vivía en palafitos sobre el agua, construidos con tablas que no encajaban bien. Cuando subía la marea se anegaban y, cuando esta se retiraba, bajo sus patas quedaba chapoteando sobre la arena un regalo de langostas y peces que se encargaban de recoger los niños. Bueno, antes quedaban langostas, ahora queda mierda, me aclara ella, mientras me guía paseando por la arena de su infancia.

De madre mulata y padre indio, Mendel les había encargado

hijos dispares: Juan, el niño mayor, era blanco y con el pelo de fuego, y Greta, un bebé broncíneo y de ojos kwaiker, como su abuela.

El día que nació Greta, su hermano Juan iba a hacer la primera comunión y el único regalo que recibió fue el abandono de su padre. Quizá por eso quiso ofrecerle a la recién nacida, al menos, su vela. «Me llevó su velita, mi hermano, la más bonita de la fiesta de la luz, para alumbrarme el camino en este mundo y, a partir de entonces, me convertí en la obsesión de ese niño, decidió ser también mi padre», y Greta traga con esfuerzo algo que iba a decirme, pero que aún no quiere que vea: «Cuando mi padre volvió, mi hermano fue destronado». Y es que fueron tiempos en los que Felisa se quedaba dormida de pie como un mástil, trabajaba en lo que podía para alimentar a sus cuatro niños y lloraba cada noche. Hasta echaba de menos reñir a su marido cuando el dinero desaparecía como la marea por la mañana. Estaba sola ante el mundo. Sola ante un mar más negro cada noche. Hasta aquella última noche.

Son las seis de la mañana y el sol parece que madruga más cada día, la bebé llora entre los brazos de Felisa, que llora con ella, como si fuera otro recién nacido, porque es la más pobre de todos sus hijos, ni sabe cómo se ha salvado, ha tenido tétanos en el ombligo, y no le extraña, no tenía nada que darle, ni una cestita para echarla cuando se la sacó de las entrañas, ni un padre, ni siquiera un padre. Menos mal que tiene a su hijo Juan, piensa Felisa mientras acuna a la niña. Cuánto le ayuda. Todo el día quemándose en la playa buscando caparazones de tortuga y qué bien se le da venderlos. Lo escucha ahora machacar plátano en el tejado para hacerle la papilla, se ha convertido en un papá chiquito, carga a su hermana a todas partes, aunque ya le ha dicho que no vuelva a hacer lo de llevársela en el bote, como el otro día... Madre de Dios bendito, qué niño este... Felisa se seca las lágrimas y encara el mar como un mascarón de proa vestido de estar por casa, por Dios Santo, casi se le había parado la sangre en las venas cuando no los encontraba ni en la casa ni en la playa y le dijeron unos vecinos que se los había llevado mar adentro, el mayor, a pescar, por no dejarlos solos. No le gusta, no le gusta nada a Felisa que haga eso, sólo tiene once años, pero sus otros dos hermanos son muy pequeñitos y la bebita tiene meses. Felisa siente cómo la leche moja su blusa y la bebé la olfatea como un animalillo, porque abre su boquita redonda de pez, y boquea para recibir el jugoso pezón de su madre. Qué niño este…, suspira Felisa, mientras se lo mete en la boca, distraída, pero cómo quiere a su hermanita.

Todos en Tumaco veían a Juan tan bello: la llamarada de su pelo, un faro encendido en medio del negro océano. Cómo era posible que ese le hubiera salido tan rubio, no se lo explicaba. Al principio Felisa pensó que la había bendecido un ángel, pero el carácter de su hijo le llevó la contraria. En cambio, el de su bebé sí era angelical, un angelito moreno que le sonreía a la vida, aunque esta la hubiera recibido llorando.

Esa noche los niños estaban intranquilos.

La bebé no lloraba de hambre, retiraba la cara de las papillas que le daba su hermano, echaba sus ojitos a las ventanas. Dicen que los niños predicen las tragedias porque están aún más cerca de los animales. Felisa se asomó por la ventana. No se escuchaba ni un perro, ni un pájaro nocturno, nada. Ni siquiera el mar, que aún andaba lejos. Un detalle que a Felisa no le habría pasado desapercibido si hubiera mirado la hora. La madre les propuso rezar el rosario porque a base de repetir se quedaban dormidos. Mientras, la bebé, sentada en el suelo, jugaba a meter los deditos por las tablas porque bajo el suelo siempre se veía el agua. Pero hasta a ella, desde su único año de edad, le extrañó que esa noche no se viera el brillo bajo el suelo, ni la cadencia de las olas que la acunaban, chocando contra las columnas de madera del palafito. Debajo, sólo se agazapaba una oscuridad reseca y sorda, una ola que se había recogido como una alfombra de agua hasta mucho más lejos que nunca, dejando las barcas que solían flotar en el embarcadero tumbadas en la arena.

Desde que se había ido el papá, Juan atrancaba la puerta con su cama y eso hizo también esa noche, sin saber que el enemigo al que esperaban en Tumaco no necesitaba entrar por la puerta.

Entonces Felisa escuchó algo rugir debajo de la casa, como un cerdo gigante y, después, un solo golpe blando como sobre la tripa de un tambor inmenso.

84

Nunca se acordaría de más.

Cuando despertó era de día y estaba desnuda. Luchó por mover las piernas, pero no pudo. Enterrada viva en la arena hasta la mitad, sintió un dolor fuerte apretándole el pecho que le impedía respirar. Se llevó las manos al corazón y tocó un bulto de carne que no tenía sensibilidad. Quiso gritar, pero no pudo. Fue entonces cuando se dio cuenta de que llevaba a la bebé sobre el pecho y que sus deditos se le agarraban desesperados con las uñas a la nuca, como un mejillón a una roca. Su cuerpo caliente soldado al suyo. Respiraba.

La mujer excavó la arena desesperada. Sintió sus uñas romperse una a una y algún dedo crujir. Cuando por fin pudo desenterrarse, agarró con las fuerzas que le quedaban a la niña, se arrastró entre cuerpos reventados y desnudos, trepó sobre ellos sin detenerse a qué se agarraba, cuencas de ojos, cabezas o cabellos, se levantó como pudo y buscó en aquellos rostros enterrados a cada uno de sus hijos hasta que los encontró. Y entonces sí, dio un grito terrible.

12

Su grito. Es lo único que ella recordaría en el futuro. Tocó la frente de cada uno de sus hijos para comprobar los ojos vivos y abiertos y, cuando se convenció de que podía, dio ese grito terrible y volvió a desmayarse.

Todos mis hermanos han bloqueado ese recuerdo, me explica Greta, mientras contemplamos la tragedia del mar cuando decide tomar la tierra y violarla hasta la devastación. Ellos sabían nadar muy bien, por eso se salvaron. «Yo no pude salvar a mis hijos», eso lamenta mi madre aún hoy, «yo no pude salvar a mis hijos».

Sin embargo se salvaron. Todos. Lo increíble de los milagros es que suceden. Cuando ocurrió, Pablo estaba en el campamento, en el bosque. Se había quedado dormido columpiándose en su hamaca, con la radio encendida, como casi todas las noches. No había bebido, por una vez, por eso recordó nítidamente el sueño: soñó que un ave negra venía y le daba en la cara con las dos alas, como si quisiera despertarlo con esa bofetada de la naturaleza. Y lo consiguió.

En ese momento mi padre escuchó que Tumaco había desaparecido, me susurra Greta, enternecida, lo que él escuchó es que había perdido a toda su familia: a sus cuatro hijos y a su mujer. Y mientras Pablo bajaba de su Olimpo verde hasta el mismo Infierno, en él, Felisa seguía desnuda vagando con sus hijos por aquel Hades inmenso, rodeada de trozos de casas, trozos de coches, trozos de árboles, trozos de cuerpos, trozos de un pueblo hecho jirones.

Cuando por fin le tiraron la ropa desde un helicóptero, cuando llegaron las unidades de rescate, comenzó la evacuación. Enseguida empezarían las epidemias, le advirtieron, y los saqueos, le explicaron. Tenía prioridad, tenía cuatro niños. ¿Dónde está su marido?, le preguntaron. Y ella apretó las cabezas de sus hijos contra su cuerpo. «Sabe Dios…», se dijo, «Sabe Dios…». Le dieron dos billetes para irse a Cartagena donde vivía su primogénito de veintiún años. Estarían seguros allí.

Quince horas en autobús hasta que llegaron hasta él.

La memoria de Felisa tenía recuerdos a partir de ese trayecto, y lo recordaría muchas veces con tanta angustia… «Los llantos de Wilson cuando empezó a gritar de hambre, es lo más duro que puede pasarte», diría después, pero no llevaban dinero, ni comida para un viaje tan largo, y ella, que nunca había pedido nada, pidió por primera vez para darles de comer a un viajero que tenía delante y este se lo negó. La suerte quiso que lo oyera un hombre joven que iba al lado del conductor y les pagó unos panes de los que subían a vender. Felisa se arrepintió muchas veces de haber tenido tanto orgullo, de no haber mendigado para darles de comer. Desde entonces no podría ver a un niño en la calle con la mano abierta. «Antes de enviar a un niño a pedir, me habría humillado yo», le escuchó decir Greta muchas veces. Un día después enfermaron todos de viruela, afirmaron que del susto. Todos menos la bebé, que seguía insólitamente inmune a cualquier enfermedad o tragedia.

—¿Sabes, Patricia? —Se interrumpe a sí misma, sacándose la sal de las mejillas—. Cuando caí en la depresión, en el convento, a menudo le preguntaba a Dios: «¿Por qué no me llevaste enton-

86

ces…?». —Cierra los ojos, los aprieta—. Lo que es cierto es que nos unió el tsunami. Mi padre se reunió con nosotros en Cartagena. Regresó a casa todo arrepentido. Bueno, más bien regresó a nosotros porque casa ya no había. Eso es todo lo que tuvimos para empezar de nuevo: nada. Vivimos en Cartagena hasta que tuve cinco años. Mi madre me cuenta que a mi padre no le reconocí cuando volvió. No estaba acostumbrada al rostro de un hombre porque mi padre había sido un niño. Le miraba, ponía mi dedito sobre su ceño y le preguntaba: «¿Y usted… por qué está tan bravo?».

En ese momento percibo que está cambiando la luz. Miro alrededor: las fachadas amarillas y violetas se destiñen hasta volverse grises, y esos mismos colores se imprimen en el cielo, y vuelvo a ver la pradera de San Isidro que ya está seca, y se ha llenado de adoradores del Sol que observan el atardecer naranja, morado, sentados o de rodillas, como si rezaran sobre la hierba a ese astro que se despide para que les regale un instante de belleza, y a las palmeras de Cartagena de Indias les crece una cabellera de ramas hasta transformarse en los pinos ancianos que escoltan Las Vistillas desde a saber cuántas verbenas.

Greta está sentada otra vez frente a mí y me sorprende que sus ropas estén secas tras nuestro tremendo viaje.

—¿Y cuál fue a partir de entonces la relación con tu padre? —necesito saber.

—Mi madre lo perdonó y hoy siguen queriéndose mucho. —Aprieta los labios. Nostalgia. Esa distancia que no se mide en millas marinas—. Mis hermanos también, todos salvo mi hermano Juan y yo, que lo conseguí a los veintitrés años.

—¿Qué pasó a los veintitrés?

—A los veintitrés años experimenté un tsunami mucho más importante que el que viví nada más nacer. —Se prepara para coger aire—. Ahí fue cuando descubrí que fui rechazada en el vientre de mi madre y otros recuerdos que escondí en un lugar demasiado profundo.

Poner un pie en este mundo para ella fue muy duro, pero, antes de que tenga la tentación de compadecerla, Greta me advierte que no quiere ser considerada una víctima. Nunca ha podido con eso. Se ha preocupado por sanar.

—Yo me he preocupado por sanar, Patricia. He hecho mucha psicoterapia. Hay gente que se justifica argumentando que les han pasado cosas muy duras. Ahora tampoco quiero que me vean como una víctima porque me han echado. Por eso me he ido enseguida de mi casa. No quiero ser una carga para mi familia, una de esas religiosas que echan y tiene que mantener. No quiero eso.

El María Pandora ha empezado a absorber como un agujero negro a todos aquellos que aún sienten demasiado frescas las noches de primavera. Decido no seguir bebiendo café y propongo pasear un poco. Pedimos la cuenta. Mientras esperamos en la barra, me sorprende de nuevo explicándome que hizo constelaciones familiares de Bert Hellinger para sanar sus relaciones familiares. Es una especie de terapia de grupo, en la que los participantes juegan el rol de las personas con las que tienen un conflicto, pero eso ya me lo contará otro día, dice, y se lleva las manos a la nuca. También había estado cuatro años en psicoterapia en Colombia…

—¿Y es normal que una religiosa haga estas terapias? —me sorprendo.

Niega con la cabeza.

—No, pero yo siempre he querido, he intentado adaptarme.

Me dice que las monjas lo consideraban una extravagancia. Se gastaban mucho dinero en otras cosas, pero no en sanar su mente, que no sería una mala idea, añade. A través de las constelaciones, pudo tener a su padre enfrente encarnado en otra persona antes de tenerlo de verdad, un ensayo de la realidad. Pudo decirle lo que sentía por haber sido rechazada y acabó refugiada en los brazos de un hombre desconocido y se sintió feliz.

Recuerda que al terminar se le acercó la psicóloga que dirigía el grupo y le hizo una sola pregunta:

—¿Tú qué crees, Greta? ¿Es mejor para ti tener un padre que no tenerlo?

—Tenerlo —le contesté—. Tenerlo.

—Entonces déjate de reproches y disfruta de tu padre.

Una pregunta sólida como un meteorito que había impactado también en el centro de mi infancia. Luminosa como un cometa que ves cien años más tarde. Porque, mientras escucho a esta mujer llegada del otro lado del mundo, soy consciente de que para mí también había sido mejor tenerlo que no tenerlo. Y para eso, egoístamente, había tenido que aceptarlo.

Ojalá alguien me hubiera hecho esa pregunta antes.

Mucho antes. Siglos antes.

Ella se ha quedado perpleja ante un cuadro que cuelga al lado de la caja. Al acercarme, entiendo por qué. Es un óleo no demasiado bueno, pero el motivo lo es.

Una crucifixión de un Cristo mujer.

Casi puedo escuchar a Greta, su voz interior, desde sus también treinta y tres años, pronunciar estas palabras: «Dios mío, Dios mío… por qué me has abandonado».

«Todos los escritores nacemos de una pérdida», me dijo una vez Rosa Montero durante una de esas entrevistas mágicas que se convierten en charla. Y puede que sea verdad.

El dolor te transforma.

¿Estoy diciendo que te hace mejor? No.

Hay personas que se transforman en animales heridos. Esa es mi última pregunta para Greta mientras caminamos juntas hacia el puente, hacia la puesta de sol.

—Yo creo que una herida no te hace más puro, como dice la religión —el sol de la tarde anida en sus ojos como en aquel avión—, una herida te hace más humano y sólo si ha cicatrizado.

Mientras las campanas de la Almudena llaman a sus fieles intentando competir con el espectáculo del cielo ardiendo, me queda claro que aquello no se lo ha enseñado la Iglesia. Se lo ha enseñado la vida. Qué más misterios le ha revelado es algo que de pronto me apetece descubrir, invocar sus recuerdos me ha despegado durante unas horas de la letanía de mensajes estériles que esperan, impacientes, a ser leídos.

Principios felinos

13

—¿Qué tal te encuentras hoy, Gato?

La frase típica de mamá cuando me llama desde el norte de Madrid, donde últimamente ha recalado su espíritu nómada. En los últimos tiempos su saludo me llega en forma de mensaje, como esta mañana. Si tras un silencio de unas dos horas no le he dado una prueba de vida, entonces sí, me llama. Sobre todo si ha llegado la noche, como ahora. Y si mañana salgo de viaje.

Trepo a una de mis inestables sillas de hierro. Si me viera, me llevaría una bronca, tengo que tirarlas, están todas cojas. Resulta que un día, al parecer, me dije: «Viva lo vintage». En ese momento pensaba incluso en decorar la casa. Tiro de la maleta de viajar de cabina. La voz de mamá se abre paso a través del altavoz y me llama de nuevo por mi condición, en lugar de por el nombre que me dio al nacer, tras pelearse con aquel sacerdote que siempre me cuenta que estaba empeñado en bautizarme Dolores como su tía abuela. En este caso sé que no es un apodo. No se trata de lo que yo soy para ella. Se trata de mí.

Soy un gato.

Desde pequeña. Ahora ya lo tengo claro. Tampoco se trata de que me gusten los mininos —no soy de esas que cuelgan compulsivamente vídeos de YouTube con sus simpáticas ocurrencias—. Va mucho más allá.

Me baso en el hecho de que cuando era un bebé, al parecer, no tenía conciencia alguna de ser humana. Siempre me sentí más identificada con ellos. Champán —la fiera familiar— me enseñó muchas cosas. Acabo de encontrar su foto desgastada posando en primer plano conmigo detrás, con la boca abierta en una sonrisa grande y mellada. Estaba dentro de *San Manuel Bueno, mártir*, que, tras mi encuentro con Greta, me apetece releer. Era el siamés más grande y gordo que he visto jamás; su color chocolate del setenta por ciento y el contraste con esos ojos alienígenas azul zafiro le daban un aspecto faraónico. Pero para mí siempre será el primer ser vivo que me enseñó a decir una palabra llena de sentido: «Miau».

Y no es nada fácil de pronunciar. Con el tiempo, he sabido que el gatuno tiene tantas entonaciones y palabras como el chino, y todas ellas tienen distintos significados. Una semiótica muy sutil. El caso es que Champán, poseedor sin duda de un mundo interior tan complejo como su lenguaje, y no siendo un felino muy hablador, recuerdo que conmigo sí hablaba sin descanso. De hecho, me enseñó a imitarle de forma tan precisa que, aún hoy, cuando le hablo a un gato en su idioma se me acerca estupefacto y comienza a tener comportamientos impredecibles. Me muero de la risa cuando los niños de Diana me lo piden como si fuera un show. Sé hablar su lengua y esas pequeñas e indomesticables bestias lo perciben claramente. Lo que no saben es que no tengo ni idea de lo que les estoy contando.

—¿Has vuelto a tener mareos, Gato? —me pregunta ella sin dramatismos—. Si estás mareada, por favor, te vas a casa. Nos hemos prometido que si nos pasa algo nos los contamos, ¿te acuerdas?

Sabe que me acuerdo. Esto va para largo, así que enchufo el auricular, me meto el móvil en el bolsillo trasero de los vaqueros y tiro la maleta encima de la cama. Hace un silencio de espera y estoy a punto de decirle: claro que lo recuerdo, mamá, no me hagas que te recuerde yo el contexto en el que nos lo prometimos. Esa manía suya de cargar ella sola con todo dolor… A veces pienso que llamarla Pilar fue un vaticinio o una disuasión: columna, apoyo. De verdad, hay que tener cuidado con los nombres, que las palabras no están huecas. A veces cargan fantasmas, herencias, más pasado o más futuro. Aquella tarde, cuando le hice jurarme que no le dirigiría la palabra nunca más si volvía a ocultarme algo grave, a guardárselo egoístamente, me indignó. ¿Egoístamente? Sí, eso es egoísmo, para ella sola. Pero mamá siempre cumple sus promesas y, la verdad, no ha vuelto a hacerlo. Y yo soy digna hija de mi madre.

Voy tirando de faldas, camisas y trajes, y contabilizando la ropa interior que necesito para los días que pasaré en Barcelona.

—Ya sé que sabes cuidarte, cariño. Guarda las uñas. Es sólo que no quiero volver a verte como te he visto esta vez. Te lo digo de corazón.

Me estudio en el espejo. Mi ceño. Sigue ahí, como si me hubieran hecho un zurcido entre los ojos. Ayer dormí en su casa. Le impresionó que durmiera toda la noche con el ceño fruncido, nunca me había visto así, nunca, me ha dicho varias veces. Pasé mi dedo por la frente y traté de alisarlo sin éxito. Hasta que no te tratan como un adulto no te dejan crecer, ni tus padres, ni tus hermanos, ni tus parejas. Y ahora que lo soy, desde que mi eterna fortaleza empezó a flaquear, no me importa admitir que me dejo mimar por ella de nuevo como si fuera una cría. Eso sí, cuando se viene de una relación tan estrecha madre e hija, para poder tener otra mejor, es necesario cortar ese grueso cordón umbilical a hachazos. Ahora lo sabemos ambas. Porque tuvimos que hacerlo. También parece que Greta ha tenido que tirar del suyo con Felisa por lo que me va dejando caer. Y hablando de Greta… Tengo que seguir el rastro que me ha dado Aurora. La llamaría al bufete, pero ya es muy tarde. Mi querida picapleitos es la única que trabaja tantas horas como yo. Me la imagino con su rostro delgadísimo y blanco, el pelo rubio atado hacia atrás en una coleta minimalista, tecleando sobre su mesa de caoba mientras masca chicles de clorofila sin parar, detrás de dos montañas de informes y los restos de un take-away de sushi. Aunque su campo no es el derecho laboral, sí me asegura que es imposible que Greta haya trabajado, como dice, en España, sin ser dada de alta. ¿Por qué no está cobrando entonces una indemnización?

Preguntas… Las buenas historias siempre te generan preguntas. Esa es una frase que le he escuchado tantas veces a Ernesto desde aquellas primeras semanas en la redacción bajo su tutela. Lo que me recuerda que tengo que quedar con él para contarle esta movida. Camino a zancadas hasta el baño. Sí, su relato me llena la cabeza de interrogantes: ¿por qué no me estoy preguntando si miente?, ¿y dónde está la bolsa transparente para el avión y los cinco botecitos?, aquí sólo hay cuatro, joder.

Con la misma concentración científica con la que Leandro se

sienta ante su microscopio, comienzo el trasvase de cremas, champús y tónicos mientras, con las prisas, derramo la mitad de todo sobre el lavabo.

—Si estás ocupada, te dejo, cariño, que no quiero entretenerte.

—No, mami. Tranquila. Mejor ahora, tengo que acostarme pronto.

Camino con todos los bártulos del baño hacia el dormitorio, estiro la colcha y me siento. No me gusta que me diga esa frase. Me parece notar el molesto toquecito de Santiago en mi brazo. Mi atención vuelve a priorizar la voz de mamá. He debido de empezar a contestarle con monosílabos.

Ha ocurrido de nuevo. Acabo de olvidar lo que estaba haciendo. Me provoca angustia. Me sube de pronto desde el pecho hasta la garganta, como en Nueva York... Respira... ¡Ah!, la bolsa de los líquidos. Eso buscaba. Y el tema de Greta... ¡Ya sé! Tengo que conseguir su certificado de vida laboral. Ahí se verá si ha estado dada de alta y me despejará algunas dudas. Un momento... otra vez. Cierro los ojos. Siento como si mi cerebro fuera una bola suspendida dentro de mi cráneo que lo golpeara al moverme. Mi memoria se fragmenta como un caleidoscopio. ¿Cómo será aburrirse? Ese aburrimiento profundo del que habla Walter Benjamin y que conduce a la relajación espiritual. Según él, la pura agitación no genera nada.

Al menos nada nuevo. Nada creativo.

Sólo reproduce lo ya existente. Dice que el día en que el ser humano se aburrió de caminar empezó a bailar. Pero, claro, para eso tuvo que caminar hasta aburrirse durante mucho tiempo.

Igual por eso tengo la sensación de que mis campañas empiezan a clonarse entre sí, como mis días, que parecen tener plantilla; da igual que sean domingos o festivos o miércoles. Bueno, tranquilidad, quedan tres días para el jueves, mi cita con Leandro. Calma. Hay esperanza. Quizá averigüe en esas clases de meditación todos los secretos del aburrimiento.

—¿Sigues ahí, Gato?

—Sí, sí... es sólo que tengo muchas cosas en la cabeza.

—¿Por qué no me cuentas más del reportaje ese en el que te has metido? ¿Sigues con ello?

—Sí, pero no sé cuándo voy a poder dedicarle tiempo y... no sé si merecerá la pena y...

—¿Y? ¿Qué más? Verbalízalo.

—Pues, por un lado, no sé si la estoy ilusionando y se quedará en un cajón, y, por otro, me preocupa un poco no saber dónde me estoy metiendo.

—Eso antes te gustaba.

—Sí... ¿verdad?

Y pienso que es cierto, pero que lo había olvidado. Antes eso me gustaba. Y me hace preguntarme qué se me perdió en el camino.

14

Es curioso que mamá, cuanto más mayor me hago, más me habla de cuando era pequeña. A veces lo hace por asociación de ideas y otras pretende llegar a algún lado con ese flashback. Hoy me está recordando que siempre fui un bebé extravagante. Mientras que todos mis contemporáneos comenzaban a hablar con el tradicional mamá y papá y agua o ajo... yo —gateando bajo la mesa de la cocina y todo porque a mi abuela se le ocurrió decir: «Mira, parece un gatito»—, yo fui y, muy ufana y orgullosa, pronuncié mi primer «miau». Hasta mi peludo maestro saltó al suelo desde la encimera y me observó, hocico con hocico, entre incrédulo y orgulloso.

Parece que entonces se desató una gran celebración. ¿Habéis oído? ¡La niña ha dicho miau! ¡La niña ha dicho miau! Y yo, sobrexcitada por haber provocado tal explosión de júbilo familiar, seguí diciéndolo muchas veces y muchos días, introduciendo los más variados y disonantes matices, de tal forma que aquel bebé, que también empezó a hablar muy pronto el idioma de los humanos, antes había aprendido a maullar perfectamente.

Puede que ese fuera el primer síntoma de que mi familia no me iba a juzgar. Si de algo estoy segura es que ahora, escriba lo que escriba, tampoco van a hacerlo. Quizá fuera eso lo que sembró en mí la semilla de rebeldía de la que siempre me habla Leandro. Tengo que admitir que no he sido consciente de ella hasta que me lo apuntó: una rebeldía no agresiva, que no se detecta, según él, en mis formas sino en el fondo de mis acciones y reacciones a la vida. Si él lo dice… Ahora que lo pienso, si aquel día me hubieran castrado, mi instinto felino en lugar de reforzarlo, considerando mis peculiaridades y todo lo que me esperaba en el colegio y en el Canal, no habría sobrevivido a los intentos de derribo a los que me ha sometido la vida.

—¿Esa gentuza te hace viajar al final, entonces? —quiere saber, mientras escucho su microondas de fondo.

Casi puedo olerlo. El café con poquita leche bien caliente. Uno de los olores de mi infancia. Espero que descafeinado y con muchas sacarinas en lugar de azúcar, porque últimamente le ha subido la glucosa.

«Te hace»… repito y sonrío. «Gentuza.» Mamá siempre sabe escoger cuidadosamente las palabras. Es la única persona capaz de encajar con naturalidad términos como «pundonor». Me la imagino ahora en su casa de paredes blancas —tuvo su época de los colores, como Picasso—, siempre llena de demasiadas cosas pero escogidas con tanto gusto como sus libros, con un café con leche humeando al lado de un cigarrillo extrafino —sólo si está en la terraza— y una tostada con mantequilla y azúcar, esa que sabe que no puede tomar pero que, tras nuestro juramento, ya no me oculta que lo hace. ¿De dónde habrá sacado ese rubio casi nórdico y sus ojos verde safari que funcionan como un detector de lluvia? A veces sólo se pinta los labios y ya podría ir de fiesta. Me siguen impresionando las fotos de cuando nací. Era una insultante versión suavizada de Brigitte Bardot, con cincuenta y dos kilos, la tripa plana, los muslos generosos y una melena rubia hasta la cintura a la que me encantaba hacer trenzas. Una muñeca tamaño natural. Siempre fue mi mejor muñeca. Los años han querido pasar por su rostro sin apenas dejarle huellas, sí en su cuerpo, ahora más mullido y cálido, el único ser humano al que me gusta abrazarme para dormir. No sé por qué siempre huele a frutas —antes a violetas y ahora a limón— o a hierbas frescas. Y es la persona que mejor acaricia y rasca la espalda del mundo. Y no hay nada, nada, que más feliz pueda hacer a un gato.

Enciendo el ordenador, le inyecto una memoria USB con cabeza de Silvestre, y coloco la voz de mamá apoyada en la pantalla.

—¿El anormal de tu jefe no entiende que has estado hospitalizada hace menos de una semana? —Chasquea la lengua.

No, nadie entiende nada. El Tiranosauro, menos aún que cualquiera. Y comprendo su frustración. Pero yo tengo más tolerancia a ese término que mamá porque ella nació el día de la Revolución francesa. Supongo que eso también imprime un carácter. Puede que le decepcione mi falta de rebeldía de los últimos años, que haya preferido ocultarme en un trabajo donde, según ella, no me merecen. Dejé mi rebeldía descansar por un tiempo.

Según ella, siempre lo he sido, y vuelve a recordarme que lo supo desde el episodio del tacatá y lo confirmó cuando a mis cinco años me llevó a aquel acto por los Derechos Internacionales del niño. Se le ocurrió comprarme un póster que luego le pedí que colocara en mi dormitorio. Y, desde entonces, cada vez que no estaba de acuerdo con una instrucción familiar, les recitaba los artículos concretos para desesperación de mi padre y mis abuelos.

—¡Joder! —exclamo.

—No hables mal… —me reprende desde el interior de mi móvil.

—Es que acabo de tiznar de laca roja mis vaqueros preferidos. Tengo la mitad de las uñas descascarilladas. Vaya manos… no me ha dado tiempo a hacérmelas.

—Claro, te habría dado tiempo a hacértelas en el hospital —apunta ella, aunque no soporta la ironía.

—Me hacen viajar, sí, mamá, pero ya estoy muy recuperada. —No me cree, consigue tomarle la temperatura a mi ánimo con sólo escucharme una palabra—. De verdad, no te preocupes. Tengo que reunirme con el nuevo presidente de COTOR, el indio que te conté, mi nuevo cliente. Parece que dirige la empresa en diez países, así que seguro que lleva a una corte de directivos haciéndole uno de esos rendibús molestos de ver.

Entonces, mamá hace una de esas pausas de levantar sus pupilas verdes por encima de las gafas que sólo ha necesitado a partir de los cincuenta, y dice:

—Cariño, a mí no me impresionan ya la belleza ni el dinero, sólo me impresionan la inteligencia y la bondad, porque las primeras caducan.

Por frases como esta, creo es una de las personas con las que no me aburro jamás.

Y hablando de productos caducados... abro la nevera y me meto una loncha de pavo en la boca con una mano mientras, con la otra, empiezo a tirar verduras y yogures. Después de frotar infructuosamente los vaqueros con acetona, encesto en la maleta una canasta de tres puntos con la bolsa de los zapatos.

—¿Qué es ese ruido?

—Estoy tirando media nevera que se ha caducado.

—Mira a ver cuándo expira tu contrato de trabajo y aprovecha.

—Mamá...

—Que hay que reciclar papel.

—¡Mamá!

—¿Qué? ¿Quién ha dicho algo?

Y se desmadeja ahora en una de esas carcajadas que provocan contagios cercanos a una pandemia. Lo del humor surrealista creo que ya es mérito de la genética.

Oigo un sonido familiar, el de cuando excava en su bolso, siempre grande, buscando algo que nunca encuentra.

Todavía me da la risa recordando una de esas charlas nuestras hasta la madrugada en que, no sé por qué razón, necesitó acordarse urgentemente de la fórmula de la Relatividad —aún no sé cómo había salido a colación, creo que hablábamos sobre el tiempo: si era igual a cero o si vivíamos en un presente continuo, en fin, esas cosas sobre las que ella habla a veces—, y no se le ocurrió más que llamar a información para preguntarlo. Intenté disuadirla y cuando al fin dijo: «Sí, buenas noches, ¿me podría dar la fórmula de la Relatividad?, sí la de Einstein», creí ahogarme de la risa. El caso es que, contra todo pronóstico, se la dieron. Y eso que en aquel momento creo que no existía Google.

—Por cierto —siempre dice eso, aunque no venga a cuento—, ¿has visto lo del nuevo escándalo de la financiación de las elecciones? —No, mamá, no he visto ni un telediario desde que he vuelto, algo insólito en mí hace años, pero sé que ella es un resumen de todos y allá va—: Si los fiscales no se ponen duros ya, yo me exilio de este país, Patricia, te lo digo en serio.

Cierro las bolsas de basura, le doy un par de vueltas enérgicas a la llave que suena como la de un carcelero, abro y las tiro en la puerta. La cierro de una coz y pego un portazo. La oigo preguntar si me voy a algún lado. Camino hacia el ordenador y… no, por Dios, descubro que no reacciona y los archivos no se han cargado.

—¡Mierda!

—¿Y ahora qué pasa?

—Nada, nada… que todo es muy difícil últimamente.

Su ira. Quizá por eso, para compensar, yo he trabajado el autocontrol de ese gen explosivo. Mamá, cuando está de buenas, está muy de buenas, y cuando está de malas… La verdad es que nunca le ha hecho falta gritarme, pegarme o soltar un taco. Hoy por hoy, es el único ser sobre la Tierra capaz de dejarme sentada o muda con un solo gesto.

Siempre he sospechado que su genio es lo que la llevó a hacerse abogada, aunque sus verdaderos amores fueran la literatura y la ciencia. En realidad, creo le interesa casi todo. Al contrario que las personas. Que le interesan muy pocas.

No me lo puedo creer, ahora no aparecen los archivos en los que he transcrito todo lo hablado con Greta. Lo voy a encender de nuevo. Espero que estén… ¿Con qué excusa puedo pedirle su vida laboral? ¿No debería hablar con su comunidad en algún momento para contrastar todas las fuentes? No digo que mienta, pero quizá exagere. Ha estado muy confundida. Bueno, tal vez es mejor esperar a ver qué es exactamente todo lo que le ha ocurrido allí dentro y los motivos concretos por los que la echaron. De pronto el «Qué» y el «Por qué» se juntan en este caso en igualdad de importancia. Qué curioso. Quizá hasta haya indicios de delito. Me pongo posos de vino en una copa. Aquí están los malditos archivos. Voy a guardarlos en un pendrive. La verdad es que sigo impresionada con su historia del tsunami, aunque no tenga nada que ver con el reportaje que nos ocupa. Hay una realidad: no voy a poder contarlo todo. Al final, tengo la sensación de que hablamos demasiado del pasado y poco de lo que «le ha pasado». Quizá debería centrarla más para ir al grano, pero me gusta el tono de conversación que tiene esta entrevista. Pero no tengo tiempo para divagaciones. Sin embargo, qué fascinantes son esos primeros pasos sorteando la tragedia.

El pendrive absorbe los primeros archivos de esta historia como una jeringa.

15

Los primeros pasos de Greta… son tan distintos a los míos, aunque, según me sigue relatando ahora mamá, también rebeldes. Me dice que ha encontrado esas viejas películas y conseguido que se las pasen a vídeo. «Estás para comerte», asegura con la voz joven y elástica de los veinte años. Al parecer me negaba a gatear. El pediatra preocupó a todos cuando les preguntó si hacía, al menos, algún intento, pero nada. Tuve la misma reacción que cuando a Champán le pusieron una correa y «venga, a pasear», porque Lucy, mi tía, animalista de pro, había visto en Londres a un señor muy atildado paseando a un gato birmano. Algo que a Champán no debió de impresionarle demasiado porque nos miró con cara de póker y se tiró de lado. Me cuenta que lo único que conseguimos fue sacarle brillo al suelo con aquel enfurecido felpudo con ojos. En mi caso, seguí el ejemplo de mi mentor gatuno, aunque probaron de todo: por ejemplo, a ponerme un juguete lejos —y yo me lo acercaba tirando de mi manta— o simplemente me entretenía con otro que sólo existía en mi imaginación.

En un momento de desesperación, papá tuvo la brillante idea de comprarme un revolucionario tacatá con ruedas que encargó en Nueva York y que aún sigue desmontado en el trastero. De pronto necesito ver esos vídeos Super 8 en los que mamá me dice que estoy rodando con él por el pasillo con temeridad de piloto de Fórmula 1… pero, según me aclara ahora, de espaldas. Muero de la risa. ¿En serio iba siempre de espaldas? Y ella me dice que sí, entre carcajadas. De hecho, en la grabación, a mamá y al abuelo parece divertirles tanto como a mí que me propulsara estrepitosamente contra los muebles. A papá, sin embargo, no le hace ninguna porque trata de enderezarme sin éxito. Según el relato de mamá, seguí corriendo en el tacatá hacia atrás como un cangrejo, hasta que una noche en que ella veía sentada en el sofá *La soga* con uno de sus cafés con leche y yo jugaba sobre la alfombra, olfateé un poco el aire, me levanté y, muy erguida aunque un poco vacilante, salí andando. Y le pedí café. Sólo me mojó los labios, pero desde entonces me hice adicta y desconté los días para poder volver a probarlo.

Papá no estaba, como siempre.

Ahora que lo pienso, en eso sí coincido con Greta.

Siempre he pensado que fue la señal que esperaba ella para pedir el divorcio, convirtiéndose en una de las primeras mujeres de la Transición en atreverse. Es curioso, mamá siempre dice que tiene el síndrome contrario a mí: ha sido siempre precoz y, según ella, se precipita en todo. Ahora pienso que no en aquello. A pesar de reconocer que no ha tenido suerte en el amor, recuerda que de pequeña rezaba para enamorarse y nunca la he escuchado arrepentirse de haber amado.

Quizá por eso jamás me ha peleado con esa especie llamada «hombre».

También argumenta que el hecho de que yo naciera a los casi diez meses me ha dotado de una paciencia innata que me hace saber esperar siempre hasta el momento oportuno —nací muy grande y muy hecha, según ella, pelo espeso y muy despierta—, pero luego tiendo a saltarme los pasos intermedios; por lo tanto, al final llego antes. Debe de ser una especie de modo de «ahorro de energía». O la necesidad de sentirme muy segura antes de cazar una presa. Ahí entran desde mis proezas laborales hasta mis relaciones sentimentales. También por eso, según sus teorías, tengo una impuntualidad genética digna de estudio que la saca de sus casillas.

—¿Sabes ya cuándo te vas a dar vacaciones?

—Aún no, mamá… —Bufo—. Cuando tenga un hueco.

—¿Con alguien en particular? ¿Qué ha pasado con ese chico con el que te fuiste hace poco a los Pirineos?

—Sí, es encantador, pero no sé si me apetece marearle.

—Pensé que te gustaba mucho.

—Me gusta, pero no tanto como para pasar con él varios días seguidos. Se nos agotaron los temas al mismo ritmo que los troncos de la chimenea. Como amante, bueno, sí.

—Mujer, tampoco hace falta que habléis. Se trata de que lo paséis bien de vez en cuando, ¿no?

—Creo que él busca otra cosa, así que no quiero que pierda el tiempo.

—Gato, ¿por qué no dejas que sean los demás los que decidan qué les compensa en lugar de hacer tú todo el trabajo?

Sí, esa es otra. Gato. En masculino. O en genérico. Con toda naturalidad, todos los miembros de mi familia dicen: «¿Va a venir a cenar el Gato?». «Oye, Gato…» En fin. Cuando te han criado, como es mi caso, con Champán, los felinos te imprimen un carácter. Los que me quieren saben que soy capaz de ser arisca y mimosa a un tiempo, que sólo puedo acercarme mucho a quienes me gustan de verdad, que me acicalo varias veces al día, aunque no salga de casa, saben de mi instinto de caza y de mi tendencia callejera y a vivir en los tejados, y que mi curiosidad innata me lleva a subirme a lugares sin preguntarme antes cómo se baja. Sólo necesito estar mucho al aire libre, ver las cosas desde arriba, un par de carantoñas diarias y que el resto del tiempo me dejen silenciosamente en paz.

Verbalizar esto me hace bien, ya que con estas páginas no sé adónde me estoy subiendo, como tantas veces. Pero por alguna razón me están dando la energía vital que me falta.

A ella también se lo ha verbalizado y, como siempre, me anima en la escalada. Si me tengo que tirar, intentará recogerme, me dice.

Esta semana no podré ver a Greta, pero he pensado mucho en ella y nos escribimos a menudo. Al parecer ha conseguido un trabajo de lectora por horas a una señora que tiene Alzheimer. «Me han encargado que le lea los libros que más le gustaban, pero que ha olvidado, para intentar que le regrese la memoria», me escribe en un mensaje. «El problema es que tiene toda la obra de Paulo Coelho. Lo considero un castigo divino, Patricia. ¡Esto sí que es un sacrilegio!»

Me ha hecho reír. La verdad es que me siento algo culpable por no haber tenido tiempo para nuestro «reto» esta semana. Pero, de todas formas, me ha dicho que va subir a la Ciudad del Norte para ver al Aitá, ese anciano sacerdote jesuita que parece que la protege tanto, y a su amiga Arantxa, con quien trabajó en la guardería de la comunidad, de la que aún no me ha dado más datos, aparte de que no es religiosa. Dice que está nerviosa por volver al lugar de su calvario. «¿No es un poco pronto?», le he escrito. «Mejor cuanto antes», me ha dejado en un luminoso mensaje en mi móvil.

Yo no puedo contar una historia de pobreza y de tsunamis, pero sí me une a ella, de momento, un padre ausente y una vocación rota. Esta noche creo que he tomado una decisión: voy a avanzar en su historia y me haré una lista de excompañeros a los que tantear la posibilidad de publicarla. Me da un poco de pereza reconectar con ellos. Puede ser como abrir un desván o una tumba. Empezaré con Beltrán, que es el más convencional. No sé si seguirá informando desde el Congreso. Sólo le contaré la temática —aún no sé lo que Greta va a contarme—, para testar un poco la repercusión que su historia podría tener. En cualquier caso, aún es pronto.

—Sí, aún es pronto —ha estado de acuerdo la única persona a la que se lo he contado—. Tú siéntete libre, Patricia, yo soñé con que fueras así, y es la primera vez en mucho tiempo que te veo hacer algo sólo porque deseas hacerlo.

No sé por qué, pero se me cierra la garganta. Congoja. Su alivio. Su protección de la única manera en que puede protegerme: me amamanta con su fuerza. Sus palabras actúan ahora como cuando tenía miedo a dormirme y se metía un rato conmigo en la cama. Descubro en mi escritorio la pequeña concha naranja, semiescondida detrás del ratón. Viene a mi cabeza la voz de Greta el último día; es como si se hubiera obrado esa transubstanciación de la materia, entre ese pequeño objeto y yo, la tarde que asistí a esa misa privada por mí misma, en la playa de Long Island, viendo el atardecer.

—¿Sabes algo que me preocupa, mamá?

—Dime.

—Que me criasteis en una familia... —Juego con la concha entre mis dedos—. Quiero decir que ni tú ni los abuelos habéis sido nunca muy practicantes, pero sí sois creyentes y católicos, y luego está Diana, que ya sabes que es muy tradicional, pero nos respetamos, en eso consiste la amistad, ¿no?, y que se ha alegrado mucho de saber que he vuelto a escribir. Fue la primera que me animaba a ello cuando estábamos en la facultad, pero aún no me he atrevido a contarle, en fin, que lo que no querría...

—Frena, cariño. Frena un momento. Mira... —me interrumpe y hace una larga pausa como siempre que necesita meditar algo—, tú siempre supiste escoger tus historias y no te ha gustado el camino más recto. Cualquier creyente merece una Iglesia que le dé lo que nos piden: un comportamiento ejemplar. Si no es así, es mejor saberlo. No sé si he sido clara.

—Diáfana. —Siento que los pulmones me crecen un poco.

Y ella continúa diciendo que tampoco los religiosos que hoy se dejaban la vida por los demás se merecían una Iglesia que no evolucionaba, que había perdido la capacidad de autocrítica, que consentía el machismo y que no protegía a los miembros de su comunidad, se despacha, mientras la oigo avanzar por su largo pasillo camino de la cocina. Así que cualquier católico que se precie de serlo debería darnos las gracias por nuestra valentía, concluye tras el portazo reconocible de la nevera. A los valientes había que apoyarlos, siempre.

—Fue Jesucristo quien dijo: «La verdad os hará libres», y tú sólo vas a contar la verdad. —Esa pausa es una de sus sonrisas orgullosas—. Sé libre, cariño.

—Ay, mamá... qué haría yo sin ti.

—Lo mismo... pero peor.

Y se desarma en una de sus sonoras carcajadas y yo dejo caer ese amuleto que me regaló el mar dentro de la bolsita de los anillos.

La verdad es que siempre ha sido una madre atípica. No recuerdo que me haya prohibido nada porque sí. Bueno, sólo los libros de la última estantería. Esos que me advirtió que sólo podría leer cuando estuviera preparada. Ahora sé que fue su forma de educarme en la lectura. Recuerdo a mi yo adolescente trepando cada noche al viejo sillón chester de mi abuelo para robar *La montaña mágica*, Sartre, Camus, Freud... y supongo que ella descubría por las mañanas, muerta de risa, los huecos que yo había intentado disimular en aquel mellado estante de la librería. Desde que pude hacerlo, nunca me hizo la cama. Nunca me puso una lavadora. No sabe cocinar, pero lo que se inventa le sale riquísimo. Y, a pesar de ser creyente, le agradezco que no me haya impuesto un solo sacramento. La propia Diana se escandalizó un poco cuando le conté que fui yo quien le sugerí a mamá que me bautizara con siete años después de que me explicara lo esencial sobre las religiones mayoritarias. Cuando no quise confirmarme, no hubo ningún revuelo. Es posible que su forma de educarme haya dejado muchas pelotas en mi tejado y me haya hecho reflexionar sobre mi vida de forma muy temprana. Había que tomar decisiones para vivir. Muchas. Tantas...

—¿A qué hora sale tu vuelo?

—No, voy en Ave.

—Qué bien. A ver si puedes darte un paseíto por la Barceloneta y ver el mar. Te sentará de maravilla.

Le digo que lo haré, pero sé que no tendré tiempo. Cierro mi maleta.

Librepensadora, justiciera, generosa, intuitiva, obsesiva, inconformista, inteligente, coqueta, vengativa, leal, valiente, dura, divertida, artista, ciclotímica, a veces madre y otras niña, fotografías sin revelar y poemas en servilletas, corazón de amiga y vocación de madre, amor sin contemplaciones, complicidad y pellas consentidas, madre en soledad, hija coraje, refugio de carne y alas cosidas a mi vestido de hada, Navidad con purpurina, noches insomnes de café con leche, reírse por tonterías, llorar hasta sanarse, películas con cinefórum, leer cada palabra escrita, leernos libros en alto...

El caso es que he escuchado esta mañana la voz brillante y llena de cosas de mamá.

—¿Cómo te encuentras hoy, Gato?

—Mejor, mamá —y sé que ha sido cierto y por su culpa—, mucho mejor...

Recursos humanos

16

No sé por qué no he dicho nada y me he limitado a observar esa maleta abandonada en el andén. Era de ejecutivo, de esas para viajar un día. Especulé con la idea de que la persona que la hacía rodar hasta hace unos segundos podría haber sido súbitamente abducida por una molesta civilización alienígena. Entonces, un mirlo de pico naranja, de tantos pájaros que se cuelan en la estación de Atocha, ha aterrizado sobre el carro aún abierto, y ha inflado el buche como si cantara una canción de despedida dentro del fotograma mudo que enmarcaba mi ventanilla. He agradecido tanto ese chispazo de naturaleza viva atrapada dentro de esta mañana en blanco y negro... Pero entonces, levanta el vuelo súbitamente y entran en el plano tres policías nacionales. Han rodeado la misteriosa maleta mientras hablaban con agitación por sus walkies, y otro más, que ha llegado corriendo, ha comenzado a dar órdenes transformando mi película de invasores espaciales en un thriller trepidante.

Realmente, hasta que he oído el pitido de arranque no me he despegado de la ventanilla, y entonces he reparado en el cincuentón atractivo de mandíbula norteña, entre otras cosas porque me ha despeinado cuando arrojó su trajera sobre mi cabeza mientras hablaba por el móvil. Creo que, al traspasar el cristal, ha sido cuando ha localizado con horror el resto de su equipaje que, al parecer, se quedaba atrás y estaba siendo acordonado y posiblemente detenido como sospechoso de pertenecer a una célula yihadista. «Me cago en la hos...», he oído, al tiempo que se estampaba contra la puerta que separa los vagones, y, tras luchar con ella hasta abrirla a mano, le he oído gritar, cada vez más lejos: «Mi maleta, mi maleta, ¿y el supervisor?, ¡dónde se para esto!», ante la mirada de topos somnolientos del resto de los viajeros. Decepcionada porque mi historia se hubiera transformado de pronto en una secuencia insulsa de una mala comedia contemporánea, he cogido mi portátil y me he levantado casi detrás de él, aprovechando que su histeria iba abriéndome pasillo hasta la cafetería entre los rezagados que buscaban sus asientos, donde he pasado gran parte del trayecto.

Nota para mí misma:
«Cosas que te pueden pasar en un tren y por las que debes viajar zen»:
Ir despotricando por el móvil mientras buscas tu asiento. Lo menos que te puede pasar es que acabes detenido como sospechoso de pertenecer a ISIS.
También hay que prever la furia de las puertas automáticas. Sobre todo cuando huyes de la cafetería porque huele insoportablemente a queso churruscado y pides el café con leche para llevar. Si te quedas retenida en el estrecho espacio de la doble puerta automática entre los vagones porque dos niños absurdos están jugando a adelantarse, ay de ti. Es una doble guillotina. Una trampa mortal. La puerta se cierra justo para darte un golpe seco siempre en la mano del café, abrasarte un brazo y salpicar toda tu camisa, el día que sólo te has llevado esa para la reunión. He blasfemado en todos los idiomas vivos y en varias lenguas muertas, pero, considerando que mi tensión últimamente es la misma que la de un reptil, y lo que me esperaba al llegar a Barcelona, ha estado bien que me obligara a aguantar de nuevo la cola.
Pero, sin duda, lo que me ha convencido de que hay otra cosa aún más peligrosa en un moderno tren de alta velocidad ha sido mi experiencia cuando estaba a punto de bajarme y que no quiero olvidar: esos baños del Ave, a los que siempre he tenido reparo, más espaciosos que los de algunos apartamentos en Madrid, que se abren mediante una gran puerta en forma de media luna y que, si no averiguas que ese botón rojo no la bloquea hasta que parpadee el candadito, se abrirá cuando alguien pulse el botón desde fuera. Y esa puerta, por lo visto, jamás se detiene, nunca, hasta replegar-

se por completo. Gracias a todos los dioses, esto último no me ha pasado a mí, sino a esa pobre y elegante mujer del traje rojo, a la que no hemos podido evitar ver sentada en la taza con los pantis bajados hasta las rodillas cuando un gran número de personas esperábamos para bajarnos en fila india. Viva la tecnología.

Mientras me abría paso entre el tumulto de viajeros buscando a Andrés, me ha alegrado recibir la voz de Greta digitalizada para confirmar nuestra próxima cita. Porque me ha parecido feliz. Y en ese momento lo estaba: un golpe de suerte, una señora le había ofrecido cuidar de su hijo, un angelito llamado Samuel. Así, sin conocerla de nada. Con los tres días que lo cuidaría no iba a poder mantenerse aún, pero sí empezar a soñar con ello y, quién sabe, gestionar sus papeles. La noticia me ha alegrado la mañana fría de primavera, pero luego he sentido esa punzada de culpabilidad. O quizá debería llamarlo responsabilidad, no sé. En ese momento Greta estaba más cerca de cumplir su reto —sus papeles «de persona normal»—, y sólo ha pasado un mes, mientras que yo aún casi no he tenido tiempo de verla ni de llamar a uno solo de mis antiguos compañeros de la lista para pulsar la posibilidad de publicar su historia.

En lugar de eso, me he deslizado otra vez por el filo de cuchillo de esas vías, una célula más de ese torrente sanguíneo de trabajadores, rumbo a la reunión en Barcelona, estéril y aburrida. Siento terror cuando un cliente me propone eso de «un brainstorming para centrar la campaña». Pero allá que hemos ido Andrés y yo, una vez lo he localizado liándose un cigarrillo en la parada de taxis. Desde que descubrí la ilusión que les hace en una empresa que les lleve a una bombilla, lo hago en la primera reunión. Y no ha fallado: intentan sorprender al creativo con sus grandes ideas, a él, porque, claro, se dedica a crear. Lo ideal es que Andrés las alabe aunque luego haya que darles una vuelta de campana y de campaña. Supongo que no hace falta que sepan que yo soy, en realidad, un creativo. No me presuponen imaginación ni pensamiento. Sólo necesitan a alguien que ejerza la, para ellos tranquilizadora, y para mí estresante, tarea ejecutiva de una jefa de equipo.

—¿Cómo estás? —Le doy dos besos y me recuerdo que esa es la pregunta prohibida.

—No me ha dado tiempo a tomar café —balbucea Andrés, por todo saludo, y me regala su sonrisa tristona de dientes separados—. Vaya mambo ha montado el atontao ese de la maleta, ¿no?

Pequeño y desmadejado, con ojos permanentemente inyectados en sangre —falta de sueño o exceso de coca—, es cierto que Andrés da más el pego como creativo que yo. Le observo dentro de ese jersey de peces de colores, los vaqueros agujereados por un diseñador conocido y las llamativas zapatillas color flúor de deporte que se dan de tortazos con el resto de su indumentaria. Todo ello le convierte en un interesante personaje de tebeo. Durante el trayecto en taxi me desarrolla la respuesta a ese «cómo estás», «De bajón», responde somnoliento, «es que Rosauro se cree que esto es una fábrica de rosquillas», y yo añado que el Tiranosauro no piensa, no está en su condición ni en su extraordinariamente pequeño cerebro, pero él no me escucha, y sigue diciendo que así no puede crear, y menea la cabeza como si la tuviera suelta y pestañea más veces de lo normal. Ayer, incluso, le había dado una llorera al escuchar a la Gaynor cantar «I Will Survive». Y yo le escucho como si ese discurso fuera nuevo. Luego se me agarra como un niño de dos años, pone su cabeza en mi hombro, me coge la mano. «Jo, si no fuera por ti…» Últimamente no le hacía ni caso, ojalá volviera a la oficina.

Mientras le acaricio la cabeza de mi pobre Bombilla como a una mascota, él contesta una docena de mensajes que le llegan por Tinder. No le pregunto qué tal de amores porque volverá a decirme que está de bajón. Sin embargo, me va relatando el primer y único encuentro con cada una de sus conquistas digitales. No encuentra lo que busca, se lamenta. Nadie encaja con su forma de ver la vida —mensaje desencriptado: voy a pedirle a esta aplicación que busque a alguien que se adapte a mí—. Gran estrategia, pienso. El mundo entero se está volviendo loco.

Antes de entrar en la desproporcionada y futurista sala de reuniones de COTOR, casi podría haber escrito un guion de la escena que íbamos a vivir: mesa hecha de remaches de barco, catering a base de frutas liofilizadas y tazas de café transparentes como las paredes, desde las que se contempla un extrarradio barcelonés, tan pelado y gris como cualquier extrarradio. Llega una secretaria ajirafada, con las piernas tan largas como el cuello, y nos informa de que el gran jefe indio y su helicóptero se harán esperar hasta la próxima reunión —mala señal de que en algún momento llegará y querrá cambiarlo todo—, pero delante de nosotros se sientan por orden jerárquico sus directivos más próximos mientras van deslizando sus tarjetas de visita sobre la mesa: el alto y sin pelo con cara de enterrador, el más bajito y más joven que no despega las pupilas del móvil, y el director de Recursos Humanos, un tipo que mira bien dentro de los ojos pero sorbe la nariz de forma extraña —«recurso», caigo, «fuente o suministro que produce un beneficio, algo que se consume hasta que se agota». A quién demonios se le ocurriría llamar «recurso» a un humano.

Los tres sacan sus agendas como si asistieran a una clase. El directivo que sorbe sin parar nos explica que la campaña es una idea del nuevo presidente —el indio—, quien, preocupado por el rápido crecimiento de la empresa y por tanta fusión, desea cohesionar la ilusión de los empleados frente a la competencia y mejorar la comunicación y el «factor humano» entre sus empleados de todo el mundo —«factor», pienso, algo que puede multiplicarse hasta formar un producto. ¿Factor humano?—. Los carteles y las acciones de motivación serán presentados en la convención de junio y se colocarán en más de seis países, concluye el bajito que aún no nos ha mirado a los ojos y sigue enredando con su móvil.

No me importa admitir que hoy, mientras metía en mi boca un cruasán del tamaño de una pipa de girasol, he empezado a sentir un desproporcionado acceso de ira hacia ellos. Algo que me revienta y que hasta ahora no he sabido qué es. Y es que creo que he sido consciente de que en los últimos años, mis clientes —personas muy válidas, la mayoría, incluso brillantes— confunden sus trabajos consigo mismos. El lenguaje. ¿Por qué hablan así? Si lo medito, al final, lo de esta mañana —la famosa «tormenta de ideas fundamental para que entendiéramos lo que necesitan»— se ha resumido en lo siguiente:

—Bien —comienzo—. Para centrar el tema: vosotros, como directivos de COTOR, ¿qué soñáis aportar a vuestros empleados con esta campaña?

—Aportar valor —me dice el enterrador, con los ojos muy redondos, como si acabara de descubrir la penicilina.

—Ajá... —Hago que escribo.

A mi derecha, las manos de Andrés tamborilean de forma molesta sobre mi tablet.

Ahora es el bajito, sin levantar la mirada de su móvil, quien corta a su colega y, muy convencido, abre fuego:

—Alcanzar la excelencia y ser proactivos.

He mirado de reojo a mi creativo y disimulo mi crispación. Su naturaleza de bombilla implica estar enchufado a un modernísimo ordenador, parapetado en su zulo decorado con inspiradores recortes y muñequitos de superhéroes. No sabe lo que es esto. Lo que yo aguanto aquí fuera. No, no ha tenido que habituarse a tantas palabras vacías juntas, así que por un momento he temido que su cerebro cortocircuitase. He cogido aire en tres tiempos y me he felicitado por haberme apuntado a boxeo con el Muro hace meses. Ah… las mismas cáscaras de palabras, los mismos enunciados sin vísceras se propagan por las empresas como una lepra imparable, y estos papagayos amaestrados con traje las repiten en cada reunión. He sentido una especie de mareo, un *déjà vu*, eso que decía Benjamin, la repetición de lo ya existente, porque no hay tiempo para la contemplación, sino para seguir; creo que ya empiezo a confundir unas campañas con otras. Podían ser intercambiables. Ni un atisbo de personalidad. Quiero decir, ni un destello de la persona que habla y piensa dentro de esta colmena. Hasta para hablar de sus emociones, utilizan esas frases hechas inyectadas en sus cerebros por la Gran Empresa que me revientan. ¿Qué podemos hacer con ese material?, me he preguntado mientras congelaba en mi rostro una media sonrisa de atención. Ha sido todo un atentado contra las palabras. Durante las dos horas de reunión en las que he tratado, infructuosamente, de sonsacar una esquirla de emoción, sólo he recibido conceptos tan fascinantes como «poner foco», «transmitir visión», «proyectar liderazgo», «visibilizar mandos intermedios», «recibir feedback», «priorizar motivación», «alinear objetivos»… y, mientras conectaba y desconectaba de la reunión como si a mi cerebro le fallara la wifi, me he preguntado por qué esa gente ha perdido los artículos y las preposiciones en el camino de su ascenso.

Puede que sea una de las cosas que hacen que mi cerebro se resetee cuando hablo con Greta. Que está virgen de todo esto. Posee su propio lenguaje. Le da valor a sus palabras. Unas que no suelen estar en nuestro vocabulario. Ya no lo llevaba bien cuando estaba en el Canal y se ponían de moda esos términos que saltaban por contagio de compañero en compañero como los piojos: recuerdo la época de la «logística», los «daños colaterales», la «resiliencia». Durante la crisis, hasta los taxistas o tu vecina de ochenta años que bajaba a comprar el pan te hablaban de la «prima de riesgo», un grotesco vocabulario macroeconómico para nuestra microvida en peligro de extinción. Y ahora me peleo a puño cerrado contra el «empoderamiento» y la «sororidad».

Antes lo llevaba mejor, pero hoy, sinceramente, no he podido más.

—Creo que con esto ya podemos ponernos a trabajar una imagen y unos eslóganes, ¿verdad, Andrés? —Les he cortado de mala manera, hasta mi compañero ha dado un respingo—. Mil gracias por su tiempo y ayuda, caballeros, y díganle al señor Reijeban que le presentaremos una propuesta la semana que viene.

Cuando perseguíamos a la larga azafata que galopaba por los interminables pasillos de cristal negro, Andrés, que caminaba blandamente detrás intentando alcanzarme, me ha dado un codazo: «¿Es que he roncado o qué?». Y luego: «Madre, qué cenizos, qué bajón... ¿Un chute de nicotina antes de subir al tren?». Le he arrancado de la chaqueta la acreditación y he intentado sin éxito meterlas por la ranura del torno que me indicaba con insolencia el guardia jurado.

—¿Puede abrirnos, por favor? Nuestro taxi es ese.

He señalado la puerta. Mientras el guardia seguía al otro lado de esa absurda aduana dándome indicaciones, he agarrado a Andrés de la manga de su colorido jersey y nos hemos colado a trompicones detrás de una mujer. Antes de salir, le he arrojado al mostrador nuestras tarjetas. Ya en el taxi, he respirado hondo. Andrés me ha ofrecido el cigarrillo que se acaba de liar. Quizá sí, quizá deba empezar a fumar para echarle un poco de niebla a estos episodios de mi vida.

Cuando volvíamos en el Ave y tras conseguir que Andrés ocupara sólo su asiento y no el mío, después de sortear sus reproches disfrazados de cariño, que si ya no me quieres, que si nunca nos vemos, y dame un achuchón, ya sabes que te quiero y te echo tanto de menos en la oficina, desde que estás por libre ya no es lo mismo… —por mucho cariño que le tenga, su cercanía me deja el cuerpo como si hubiera estado sometida a radiactividad—, he pensado que una de las cosas que más añoro ya no es sólo contar una historia, sino trabajar con las palabras.

La lengua es un organismo vivo. Y si la escuchamos con atención nos informa de tantas cosas… Va unos kilómetros por delante de nosotros, dejándose impregnar por el subconsciente colectivo. Y las palabras, como células ansiosas, se asientan sobre lo que pronunciamos y escribimos, como moldes de cemento de nuestras emociones, fallos o aconteceres diarios, se posan y se solidifican, hasta que un buen día acaban en el diccionario de la RAE. Esa gente que no se para a pensar qué significan esos conceptos que tienen todo el día en la boca no sabe que está fabricando la argamasa con la que soñaremos en el futuro.

Nadie parece ser consciente de que una sola palabra es capaz de hacerte feliz o desgraciado, de condenarte a muerte, de declarar el amor y la guerra.

He vuelto caminando desde la estación hasta casa y he pensado que no, no debería rodearme de quienes no conozcan el valor de las palabras. Debería empezar a tomar, a ese respecto, una serie de decisiones. Es como vivir rodeada de personas que llevan una pistola cargada sin saber para qué sirve.

Cadena de favores

17

Hoy tengo una presión en la cabeza y en el pecho como la que pudo sentir el personaje de Schwarzenegger en *Desafío total* cuando aterriza sin escafandra en la superficie de Marte.

He empujado la puerta de cristal del restaurante justo en el momento en el que Bruno caminaba a zancadas hacia ella para coger el teléfono. «Ouh!», ha exclamado al verme y, por fin, me he sentido en casa. En el interior suena «Tu vuo' fa' l'americano» de Renato Carosone, que Bruno va tarareando y parece escogida para mi entrada en escena. Descuelga y dice:

—Restaurante Ouh Babbo, buenas tardes, un momento, per favore. —Y luego me lanza una mueca imitando mi rostro serio, suelta el teléfono y exclama—: ¿Y este pibón?

A lo que respondo con un «Hola, querido», mientras su abrazo de talla grande hace que mis pies se despeguen un poco del suelo. A continuación, escucho su tradicional y clarkgableriano «Bésame y calla», y me lanza hacia atrás como al final de un tango, mientras fabrica esos cómicos morritos que amenazan con darte un beso que nunca te da. Me obliga a bailotear con él, mejilla con mejilla, provocando un reguero de sonrisas entre sus clientes. Tras este historiado saludo que siempre me hace reír cuando vengo sin ganas, me indica que me siente con él, si me apetece, porque va a picar algo. Se lo acepto, sólo un aperitivo, le advierto. Greta llegará en cualquier momento, pero ya he averiguado que una de sus virtudes no es la puntualidad. Otra cosa en la que nos parecemos.

Me deja mis llaves encima de la mesa, ese juego que me ha salvado la vida un día como hoy: si me las he dejado dentro, sólo espero que no estén puestas. Le escucho tomar la reserva a ese nuevo cliente que de pronto parece un viejo conocido. ¿Su apellido es valenciano?, porque él es mitad italiano mitad levantino, comenta, apoyado en el pequeño podio de las reservas. Le disfruto como quien asiste a un show, porque Bruno lo es sólo por el hecho de estar. Y observándole ahora pienso que es normal que su metro noventa de estatura nunca se lo pusiera fácil como actor en España. El eterno galán, algo de lo que siempre me he quejado, porque sólo hay que conocerle un poco para saber que la comedia en él es medular. Ahora es «restauractor», como dice él.

Los mestizos nos buscamos y nos entendemos. Creo que es lo primero que me unió a Bruno —ambos hijos de padres extranjeros y madres españolas—, alumbrados en una España aún demasiado homogénea, ambos fuimos estandartes de la raza impura. Nunca supimos dormir la siesta ni bailar sevillanas —y no porque no lo intentáramos—, condenados a destacar como algo «medio ajeno» pero enamorados y fieles a nuestra mitad española. Demasiado largos y llamativos para pasar como un producto cien por cien nacional, una desventaja que, cuando la asumes y la potencias, puedes convertir en ventaja.

Se ajusta el mandil negro —a Bruno le gusta vestirse de cocinero—, coge el bolígrafo y la libreta de las comandas, y me guiña uno de sus ojos verdes, pequeños y canallas. Antes de sentarse, ya ha cantado con aires de barítono «Tanti auguri a te» a una mesa y le oigo impartir a mi espalda una breve clase de italiano, «después de *grazie* se dice *prego*», que culmina con un *prego* a coro de la mesa.

Por fin llega a su atalaya, esa desde la que controla sus dominios, porque Bruno nunca descansa, otra cosa en que nos parecemos. Tampoco lo hace cuando se sube a un escenario y me dice:

—¿Sabes que un bebé sonríe veinte veces más al día que un adulto?

Y sí, me hace sonreír por primera vez en el día.

—Entonces nosotros, un poco niños, sí seguimos siendo.

—Bueno, cada vez menos…

—¿Niños o risueños?

Me pellizca un carrillo. «Cada vez estás más flaca», me advierte. Hoy también le siento cansado y más delgado de lo habitual. Hace un gesto a Carlos con los ojos y este camina hacia una mesa del fondo. Se sirve un poco de agua. «No paro —me dice—. Ni un segundo.» Tiene dos camareros con gripe y los está supliendo, porque hoy va a venir una influencer, ¿las llaman así?, que tiene un millón y pico de seguidores, quiere que el Ouh Babbo funcione igual que siempre, ni más ni menos, y si luego no lo recomienda... pues *va bene*. El camarero le trae una pasta sencilla, con pocos ingredientes. «¿Quieres?», pero le cuento que he quedado con una amiga para cenar. Compruebo que está sentado en equilibro en el borde del banco, como si fuera un corredor esperando el pistoletazo de salida, sin perder el contacto visual con sus clientes.

Me sirve un Nero D'Avola. Le cuento que hay náufragos y presos a los que se les olvidan las sensaciones musculares de la sonrisa y que si seguimos en este grado de esclavitud igual se nos olvida también. Y añado:

—¿Sabes lo que deberíamos hacer? —Él me devuelve un gesto de interrogación quijotesco—. Colocarnos un cartel al lado del espejo que nos lo recuerde. Sonreír —aclaro—. Para verlo cada vez que nos miremos. Y dedicarnos, al menos, una al día. Leandro dice que sólo el acto físico de la sonrisa nos provoca un bienestar químico —argumento.

Y le dejo pensativo hasta que pregunta:

—¿Ese no es el amigo tuyo, el de los bichos?

Yo asiento. Es verdad, ¿por qué un bebé sonríe sin saber por qué lo hace? Bruno levanta el mentón que señala a Carlos: en esa dirección están pidiendo una cuenta y revuelve su pasta enérgicamente en el plato, luego me observa con ese gesto tan suyo, cuya natural melancolía contrasta con la boca alegre y su nariz rotunda —él dice que demasiado grande—, yo le digo que es romana, pero siempre me corrige que es de Lazio, y pronuncia «Lazio» exagerando su acento de la zona.

—Pues lo que dice Leandro es verdad, como actor también te provocas el llanto a través de la sensación física —me asegura, y me ofrece más vino.

Creo que Bruno es una de las personas que conozco que mejor escucha, y su inquietud hacia casi todo es constante. Por eso tiene dos vidas. Como Greta. Como yo.

Aún recuerdo cuando abrió el restaurante con su mujer. Después de tantos años juntos me impresionó que decidieran, juntos también, apagar momentáneamente los focos de los escenarios en los que él estrenaba musicales y Trini bailaba español, elástica como un junco que quitaba el aliento, para encender esa gran cocina, para mí, el mejor italiano de Madrid y mi comedor de casa. Recuerdo cuando un Bruno de mirada vidriosa me reveló el nombre que le pondría, «Ouh Babbo» —oh, papá—, su homenaje al hombre que acababa de dejarle en herencia su pasión por la cocina, su «italianismo», como lo llama él, y la expansividad que le lleva a reunir los jueves de serenata a sus amigos, los que acabamos encerrados dentro: magos, leyendas de la ópera, conocidos actores, directores y algún afortunado cliente que queda atrapado por la pequeña fiesta casi familiar. Esos que antes de irse le preguntan si no es acaso el actor de tal serie o tal musical, mientras Trini se ocupa de las cuentas y cruza el restaurante con la espalda recta, la sonrisa alegre y sus zancadas aún abiertas y graciosas de bailarina.

A mí me gusta verlo como un superhéroe urbano que disimula durante el día su identidad nocturna, y durante la noche, la primera. Su mandil funciona como las gafas de Clark Kent. En este caso no tengo claro cuál de las dos es la que contiene su superpoder. Sobre todo después de revolver ese huevo escalfado con trufa y *parmiggiano* sobre la pasta del *Tartufone di Bruno*. Mientras espero a Greta, me coge del pescuezo y me hace seguirle hasta la cocina. «Te veo cansada, y a ese cuerpo hay que alimentarlo», me sermonea, casi maternal. Me enseña a hacer una *stracciatella*. La sopa huele muy bien. Es una receta de su padre muy sabrosa y muy nutritiva, me asegura. «Ya sé que no tienes tiempo, pero esta la haces en diez minutos», me dice, mientras contemplo, fascinada, cómo el horno de leña abre su boca de fuego tragando y escupiendo pizzas de colores hasta que Greta entra en el restaurante.

18

Como siempre, comienza su peculiar reconocimiento del terreno: se queda prendida de las marionetas sicilianas de reyes y guerreros, de los carteles de *Falstaff*, *Tosca*, *Butterfly* que cuelgan de las paredes, y se sorprende aún más cuando me ve salir de la cocina.

Detrás de mí sale la voz de Bruno. «¿Adónde vas?, a ver, dime otra vez los ingredientes, que se te van a olvidar.» A continuación, sale el resto de él secándose las manos.

—Vaya, vaya, lo que está entrando hoy en mi restaurante… ¿Y esta bella morena es tu amiga Greta?

Ella no sonríe aunque lo intenta.

Por un momento me divierte su consternación ante esa bomba de protones que es mi amigo. Mientras nos preparan la mesa, le cuento el terrible día que he tenido, la alienación, la falta de ideas, el vacío. Cómo esos directivos competían entre ellos por que su idea se quedara en mi libreta, y no había ideas, no había nada, para poder contárselo a su nuevo presidente indio. Ella me escucha con interés.

—¿Y qué sacarían con ello? —pregunta.

—Un ascenso, supongo, o un aumento de sueldo tras la fusión…

Escuchamos a Bruno piropear a una señora de mil años encapullada dentro de una estola fucsia que ha pedido sacarse una foto con él.

—Qué curioso —apunta Greta—, hasta ahora nunca pensé que se pudiera competir por dinero.

—Sí que es curioso —repito como su eco—. Porque mi instinto me decía que tu expulsión había tenido que ver con la competitividad.

—Tu instinto no te falla del todo —se sorprende y casi susurra—. Pero la mía es una congregación muy rica. Tiene propiedades y colegios por todo el mundo. Como te dije, yo estuve en cuatro países hasta llegar a la Ciudad del Norte.

—¿Y en todas trabajaste en lo mismo, había colegios?

—No, en la que llamo la Comunidad del Bautismo, la de Colombia, había un colegio, pero yo aún estudiaba en el noviciado. Después me enviaron a la de Venezuela —«La Comunidad de los Pobres», dije yo, y ella pareció sorprenderse de que me acordara—, sí, allí sí daba clase en un barrio muy deprimido de Maracaibo; luego fui enviada a la de México, que es la Casa General.

—«Una especie de nave nodriza», volví a interrumpirla y esto le hizo reír—. A México la llamo la Comunidad de los Apóstoles, porque allí encontré a mis grandes amigas. A personas que por fin se cuestionaban «el vivir comunitario», como yo. Paradójicamente me enviaron para, como dicen ellas, «volver a beber de las fuentes», de la esencia. Y eso hice. De alguna forma también resucitó mi fe. Es un honor ir allí. Muchas religiosas no tienen la oportunidad. Allí no hay colegio. Mi función era más bien administrativa. En la última, la Comunidad del Calvario en la Ciudad del Norte, había una guardería muy cara y muy conocida. Trabajé con bebés hasta que me echaron. Así que hay para todas.

—Entonces ¿por qué se compite?

Deja los ojos perdidos en el cartel de *Tosca*.

—Por el poder. Mi principal problema siempre fue caerle bien a la gente importante cuando pasé por la Casa General, como la madre Celeste. —Se lleva la mano al cuello, esa cadena de la que cuelga algo que nunca veo.

—¿La Súper Superiora? Ella estaba en México, ¿verdad? —Ella asiente—. Pero ¿no es ella quien firmó tu carta de expulsión que me enseñaste el otro día?

Parece escocerle este comentario.

—Sí… empiezo a conocerla de verdad ahora. De todas formas, que te valoren «las altas instancias» no te sirve de mucho cuando estás indefensa en la pequeña comunidad en la que vives. Y tu superiora inmediata es quien reporta sobre ti.

Ella deja el cubierto en el plato silenciosamente y bebe sin casi posar los labios en el cristal. Necesito pensar, así que le propongo que salgamos a fumar un cigarrillo. Ella se ajusta su pañuelo ocre, ese tan feo del que no se separa. Lleva un chaquetón que parece que le hubiera pedido prestado a un profesor pobre.

—No sabía que fumaras —me dice.

Y yo, mientras me apoyo en el quicio y enciendo el mechero, le aseguro que no, que no fumo. Me fijo en su forma abatida de apoyarse en la pared a mi lado y busco un rastro de la voz alegre que me llegó por teléfono días antes, pero no la encuentro.

—Pues me dan pena tus clientes —suelta de pronto.

—¿Pena? Si te digo lo que cobran…

—Pero tienen que alienarse para sobrevivir ahí dentro. En la comunidad ocurre. A los espíritus que no puede convertir los machaca, en lugar de aprovechar su talento. —Alza los ojos al cielo buscando la lluvia—. Es curioso; ayer mismo pensaba, recordando mi viaje al norte, que las personas más buenas las he conocido fuera de la comunidad, pero las más inteligentes las he conocido dentro.

En la esquina hay un subsahariano vendiendo paraguas sobre una manta. El pobre hombre está empapado. Creo que no se atreve a abrir ni uno para poder venderlos.

—¿Las más inteligentes? —me sorprendo, porque nunca he tenido esa imagen de las monjas.

—Sí, y con diferencia —continúa mientras se aparta el humo de mi cigarrillo—. Mujeres llenas de talento que querían estudiar Matemáticas, Derecho, pero que terminaron haciendo Ciencias Religiosas como borregas.

Le pregunto en qué consiste y me explica que es una especie de magisterio que se inventaron para las monjas que daban clase. Los sacerdotes siempre han tenido más opciones, incluso la Teología implica el pensamiento. Pero una monja intelectual… tiene que trabajárselo mucho para que se lo permitan y si no alcanzan los grandes despachos, acaban fregando y planchando como todas. También le pregunto por su viaje a la Ciudad del Norte. Si ha visto a sus amigos, cómo se ha sentido…

En ese momento ha pasado un coche rompiendo el brillante charco que teníamos delante y nos ha salpicado las piernas.

—¡Gilipollas! —grita ella de una forma inesperadamente rabiosa.

Se da cuenta de mi estupor.

—Bueno… ¿no estás un poco agresiva?

Bruno, que había asomado la cabeza para avisarnos de que la mesa estaba libre, ha cerrado la puerta, estupefacto. Ella se da la vuelta y respira, parece que aliviada.

—Mira, Patricia —se me encara—, después de haber vuelto a esa ciudad y de lo que me ha pasado hoy, he decidido que me gusta la grosería. —Se sacude el agua de los pantalones con fuerza—. Prefiero que alguien me mande a la mierda y no lo que fue capaz de hacerme la madre Dominga, mi «judas», como la llamaste el otro día, desde su pequeño despacho de superiora en la Ciudad del Norte. Allí todo es tan… correcto. ¿Sabes? Pasé años sin escuchar una palabrota. En España al principio me impactaba. Pero ahora prefiero que la violencia me la expresen con violencia. ¿Vamos dentro?

Y empuja la puerta de cristal como si fuera la de una cantina del Oeste. Yo la sigo hasta nuestra mesa ante la mirada guasona de Bruno.

Ya sentadas de nuevo, Greta recuerda la sonrisa amable y el tono hasta dulce con el que la madre Dominga la apartó de sus estudios con un solo argumento: «Hemos pensado que, por tu bien, porque te queremos, si quieres tomar los votos perpetuos, es mejor que dediques este año a disfrutar de la comunidad, de los niños, porque antes que… ¿cómo lo llamas?, "comunicadora", eres religiosa y la facultad te quita mucho tiempo…».

—Y todo eso… ¿por qué?

—Por un conjunto de cosas, Patricia. Porque cuando yo ingresé en esa comunidad siendo casi una niña me salpicó un escándalo que no busqué y, a partir de ese momento, se ha utilizado contra mí y se me ha recordado cada vez que he destacado en algo, cada vez que me he equivocado en algo, cada vez que he cuestionado algo.

Greta se saca la chaqueta que oculta un traje con el que no me la habría imaginado nunca. Le ha crecido un poco el pelo y ahora lo lleva pegado con gomina al cráneo de forma algo anticuada. También se ha colocado una diadema.

—Cómo no voy a entender lo que viven tus clientes —dice con una carcajada sarcástica que no le pega.

Y entonces me cuenta la historia de una monja que era un genio musical, tocaba todo tipo de instrumentos, y, sin embargo, también tuvo problemas con la comunidad.

—¿Y sabes cuál era su terrible problema? —Su voz cada vez más indignada—. Que decían que dormía demasiado. Ya ves tú… sólo quería estudiar música, pidió hacerlo y se lo negaron.

Mordisqueo un trozo de pan de pizza. El olor del orégano de pronto me hace echar de menos el campo.

—Quieres decir que estáis obligadas a ese perfil bajo para que parezca que no tenéis ningún talento.

—Hay mucho talento desperdiciado ahí…

Y por la decepción que me revelan sus labios apretados, empiezo a entender por qué le tenían miedo. Ahí está. Delante de mí. Su gesto de decepción y su mirada de hambre, siempre tuvo hambre, hambre de aprender.

—¿Y por qué dirías que lo hacen? —pregunto—. Castrar así.

122

—Porque hay mucho temor a que te salgas de la norma. «Te vas a perder...»

Corta el borde grueso de la pizza como si le estuviera haciendo una autopsia mientras deja salir su desacuerdo:

—Si le dedicas más atención a los estudios que a ellas, te vas a perder; si ves lo que hay fuera, te vas a perder. La Iglesia es una empresa millonaria que no quiere renunciar a los trabajadores en los que invierte.

Sacude la servilleta sobre sus piernas como si quisiera azotarse.

Yo le dirijo una mirada de interrogación. Algo le pasa.

—Me voy a quedar sin trabajo, Patricia —dice por fin, luchando por disimular su dolor.

—¿El del niño? —me asombro—. ¡Pero si hace unos días estabas feliz!

—Ya, pero eso ha sido antes de que mis «hermanas» hablaran con los padres.

—¿Con sus padres?

Se apoya en la mesa sujetándose la cabeza con ambas manos y empieza a contarme: aquella oportunidad le había caído del cielo la semana pasada cuando se detuvo a mirar a un niño que estaba pegado, cual polilla a la luz, al escaparate de una juguetería. Cuando se quiso dar cuenta, el pequeño se le había colgado de la mano, me dice, y se interrumpe cuando Bruno trae dos platos de humeante sopa. «Buen provecho», nos desea, con complicidad. Ella le agradece con nerviosismo y baja los ojos. No continúa hasta que lo ve alejarse preguntando por las mesas si necesitan algo.

Detrás del niño había llegado su madre, bellísima, y le preguntó si conocía a alguien que pudiera cuidarlo unas horas al día. Así, tal cual. Le respondió que ella misma, curiosamente había trabajado en una guardería muy buena. Greta, incluso, le dio el nombre.

—Porque es una guardería muy conocida y muy buena —me dice—. Trabajé allí dos años, pertenecía a la comunidad en Ciudad del Norte. Por la tarde, la madre me recibió en un piso precioso en el barrio de Salamanca.

—¿Le dijiste que eras monja?

—No, no quise; además, allí también trabajan civiles, mi amiga Arantxa, por ejemplo. —Se pone la mano sobre los labios, que le tiemblan un poco—. El caso es que hoy, cuando he llegado a la casa, emocionada deseando ver a Samuel, al niño, me encuentro a los dos padres sentados en el sillón, esperándome. Ella me ha advertido que lo que me iba a decir era cosa de su marido, pero que había llamado a la guardería para pedir referencias, es normal, quiere que su hijo esté seguro, y le han explicado que soy un gran peligro…

—¿Un gran peligro? ¿Por qué? ¿Para quién? —me indigno.

—Para el niño. Le han dicho que estoy loca. Que intenté prenderle fuego a la guardería. Que por eso me echaron.

—¿Cómo? —me alarmo.

Se refugia de nuevo en el póster de *Tosca* que cuelga sobre nuestras cabezas y allí se queda un rato, mientras intenta contener las lágrimas y mira con disimulo a derecha e izquierda, como un animal que tuviera miedo de volver a ser apaleado. Un ave que lleva demasiado tiempo dentro de una jaula y que salta una y otra vez intentando confiar en sus alas con atrofia, y a la que derriban cuando se separa medio metro del suelo. Cuando es capaz, continúa:

—Esto no es nuevo, Patricia. —Saca brillo con los dedos al mango del tenedor, veo en él su reflejo—. Cuando estuve en la Ciudad del Norte, me enteré de que la madre Dominga llamó hace semanas a Arantxa, mi única amiga allí con quien trabajaba en la guardería, y le dijo lo mismo. —Traga saliva—. Cuando intenté contactar con ella este fin de semana, ¿sabes lo que me ha dicho? Que no quería verme: «Las hermanas me han explicado lo que intentaste hacer. Tienes que ponerte en tratamiento. Lo tienes jodido, ¿eh?», eso me dijo por teléfono, literalmente. Es tan injusto… Me lo habían quitado todo. Todo lo que tenía. ¿Por qué quieren ahora quitarme hasta los pocos amigos que tengo fuera? Incluso mi futuro…

Hasta Tony Pacino ha dejado de cantar «Come prima». Bebo un sorbo de mi vino y la veo resquebrajarse por momentos como si estuviera hecha de barro. Bebe ella también, pero agua. Lo de Arantxa le ha dolido tanto, se lamenta, niega con la cabeza, era su compañera en la universidad, con quien soñaba abrir algún día una revista, con quien se escapaba alguna vez y le prestaba unos pantalones para que pudiera saber cómo era caminar por la montaña.

—Así que ya veo que me va a ser muy difícil encontrar trabajo.

No puedo contenerme:

—Lo que no entiendo es cómo Arantxa siendo tu amiga... y la madre de Samuel, ¿también las ha creído?

—Ella dice que no. Es una mujer muy inteligente. Me ha dicho: «Yo, por mi parte, no he creído una palabra, y Samuel sabe ver dentro de las personas, como yo». Y que haría bien en alejarme lo más posible de esas personas porque me odian y quieren hacerme mucho daño. —Levanta los ojos que parecen pesarle como dos plomos—. Yo jamás habría intentado hacerles daño a esos niños. Tú me crees, ¿verdad, Patricia?

Rehúyo su mirada sin saber por qué. ¿Por qué me miento? Sí, sé por qué. Porque aún hay una pequeña parte de mí que me dice: Patricia, acabas de conocerla. Sólo has visto con ella un atardecer y medio. Pero decido concentrarme en observarla: la forma en que se le abren los alveolos de la nariz, el agotamiento de los palos acumulados, y sí creo reconocer las huellas de ese tipo de maltrato que por momentos te convence de que te lo mereces. Y ahora es un Cocodrilo Dundee llegando a Nueva York, un pez fuera del agua tratando de disimularlo dentro de ese traje arrugado y feo.

—Te creo. Sí que te creo. —Aunque sigo intentando amordazar a esa Patricia racional que aún duda, y ella quizá lo nota, porque sigue escaneando mis ojos—. Aunque no entiendo qué pretenden. Ya te han echado.

Deja caer la cabeza hacia atrás con agotamiento.

—Que me vaya cuanto más lejos, mejor. Saben lo que me hicieron. Y yo sé demasiado.

Casi no la reconozco dentro de ese trajecillo color gris que no le pega. Aun así, trato de relajar la conversación de modo que he alabado su indumentaria. Parece que venga de la oficina, bromeo. Eso le gusta. Sé que es un pequeño triunfo en su intento de normalidad. Me cuenta que se lo ha comprado por diez euros en una ONG en Lavapiés, a la que la gente lleva ropa usada que luego revenden a bajo precio. Se estira las mangas. «Se arruga un poco», dice, «pero se ve bien. No podía ir a una asistente laboral vestida como iba».

Aprovechando que está yendo a una empresa de trabajo temporal, encuentro el momento que estaba esperando y le pido que solicite una copia de su certificado de vida laboral. Sus ojos se abren alarmados. ¿Y si no ha estado dada de alta en España?, ¿aparecería en ese documento?, pregunta, pero yo sigo insistiendo en que según mi amiga Aurora, que es abogada, eso es imposible. En este país es ilegal seas religioso no, le explico. ¿Cómo ha podido dar clase en un colegio o trabajar en una guardería? Todo me parece muy extraño. O bien ella se equivoca y sí la han dado de alta —en ese caso podría pedir el paro—, o bien, si no lo hicieron, habrían cometido un delito. En cualquier caso, serían buenas noticias. La única mala sería que no me esté contando la verdad.

Parece reticente a pedir papeles. Eso me inquieta un poco, para qué nos vamos a engañar. Me dice que se siente a veces como una delincuente, que en las entrevistas todo va bien hasta que le preguntan cuánto tiempo lleva viviendo en España.

—Cuando les respondo que he vivido aquí dos años, todas las frases comienzan con: «¿Y cómo no sabes ya…?». —Abre los alveolos de la nariz en ese gesto que ya me resulta familiar—. Y es normal, Patricia, hay algo que no les cuadra: nunca he tenido tarjeta sanitaria, ni he abierto una cuenta… Si hasta me voy de los bares sin pagar un café, nunca lo he hecho yo, venía la económa y lo pagaba. —Levanta la voz—. ¿Cómo voy a explicar que yo no existía aquí fuera hasta ahora?

—¿Y por qué no dices la verdad? —le pregunto mientras pido más vino.

—¿Que he estado en un convento? —Levanta las manos como si fuera a dar una bendición—. Mira lo que acaba de pasar. Si piden referencias, dirán auténticas barbaridades sobre mí.

Según ella, las pocas veces que confesó su antigua condición, como el otro día a una compañera de piso, acabó ofendiéndola: no entendía que alguien inteligente hubiera caído en esa forma de vida.

No quiero decir lo que voy a decir, pero lo hago:

—Para serte sincera y sobre todo ahora que te conozco, yo también me he hecho esa pregunta. —Ya me estoy arrepintiendo—. Es decir, cómo puede ser tanta tu desconexión de la realidad si tú ibas a la universidad, por ejemplo…

Un silencio. Uno durante el cual repasa con los dedos las dedicatorias de la pared en rotulador plateado. Bruno se acerca: «Estas son todas de artistas de verdad —dice, orgulloso—. En las paredes del Ouh Babbo, nada de famositos de medio pelo, ¿ves?», y señala mi firma. Me da un beso en el pelo y se aleja, sonriente. Compruebo fascinada cuánto le cuesta a Greta tratar con un hombre.

—Verás, Patricia —dice por fin, después de beber medio vaso de agua—. Es difícil de explicar si no lo has vivido. Cuando vives en un mundo tan cerrado, aunque tengas contacto con el exterior, tu cerebro está en una caja. Recuerdo ir caminando por la calle de vuelta de la universidad rezando el rosario. No haces vida con tus compañeros porque no está bien considerado. Sólo ves lo que tu estrecho mundo te deja ver. Y estás totalmente convencida de que el mundo que has escogido es el perfecto. —Hace una pausa y mira alrededor—. En ese mundo reservas mesa en un restaurante, no charlas con personas como tú, no hay Brunos, ni escuchas las risas de la mesa del fondo. Así que ahora tengo que saber lo que la gente normal escucha y de lo que habla, y me fijo en tu forma de dar la tarjeta de crédito para cuando yo tenga que pagar con una.

Respiro hondo. Ahora entiendo de dónde viene la palabra «claustrofobia». Abro mi bolso. Saco mi cartera. Deslizo un puñado de tarjetas encima de la mesa.

—Esta es de débito, la única que debes utilizar si quieres saber lo que gastas. Esta es de crédito, esta otra te fríe a comisiones. Luego está la del metro, que te enseñaré cómo se recarga, la de la biblioteca, la hemeroteca, y esta otra es para los descuentos donde me hago las uñas.

Se echa a reír. Yo también. Era cierto lo de los prejuicios. Qué razón tenía.

—¿Pudiste al menos ver a tu amigo?

—¿El Aitá? Sí... personas como tú y como él me devolvéis la fe en el ser humano.

Lo encontró en su confesionario, en el mismo en el que lo había conocido dos años atrás cuando le salvó la vida. Con él podía sincerarse y sacar toda su ira, me cuenta, templando su voz con unas cucharadas de la sopa que aún no ha tocado. En su tierra se hacen muchas sopas, me explica, sobre todo de hueso. Y luego sigue hablándome del viejo jesuita, su único gran amigo ahora que han contaminado a Arantxa. Por eso, porque conocía su carácter apasionado, la llevó a caminar por la playa y de pronto se encontró gritándole al mar: «¡Las odio!».

—¡Las odio!, eso grité hasta que las olas se me tragaron la voz.

Le dije al Aitá que pensaba denunciarlas, pero él me ha aconsejado que no lo haga. Dice que no voy a sacar nada con ello.

Me detengo en esa palabra. Odio. Quizá porque es tan mayúscula, y ella, tan pequeña. Porque siempre es más grande que quien la pronuncia y siempre se desborda. También, por primera vez, me fijo en cómo se tensan los músculos de su cara, la arteria de su cuello y en que es la primera vez que menciona la posibilidad de una denuncia. Pero para eso habrá que saber por qué delito y aún lo veo todo muy borroso. Todo ello alerta a mi yo felino, que se mantiene con una apariencia relajada, aunque, por dentro, mi cuerpo se prepara para dar un salto ágil y salir corriendo. Me relata la escena; de pronto, el dolor ha cedido de nuevo ante la ira.

«Tú no me entiendes —le había dicho al jesuita, hincada en esa playa como una bandera rota—, tu comunidad nunca te haría esto.» Entonces él la abrazó. «Sí, sí lo entiendo —le dijo—, y lloro contigo.»

—Creo que parte de la clase de santidad del Aitá es que sabe que la Iglesia está equivocada.

—Me gustaría que me hablaras de él un día.

Sonríe con ternura y empieza a hacerlo:

—Tiene más de ochenta años. En el fondo, creo que nos hicimos amigos porque nos conocimos en un punto en que nos sentíamos dos niños confundidos aprendiendo a vivir.

Mientras da vueltas con la cuchara al plato de sopa sin llevársela a la boca, me cuenta cómo le conoció. Acababa de volver del Congo donde había pasado los últimos cuarenta años como misionero. Se marchó con veintitantos, sin conocer el idioma y sólo se pudo comunicar al principio a través de un lenguaje universal: la sonrisa. Su congregación consideró que estaba demasiado mayor para seguir en África. Pero no para arrancarlo del continente al que había dedicado su vida. Ni para traerlo de vuelta a una ciudad que ya no era la suya o para aprender vasco porque ya no podían dar las misas en castellano. Y le pusieron un profesor.

—Y él, ¿qué piensa de todo esto?

—A él nunca le haría algo así su comunidad. Pero el Aitá me ayudará. Es un hombre muy solidario.

—No, me refería a qué piensa de que me lo estés contando. Y de que intentemos publicarlo.

No duda ni un segundo.

—Dice que haga aquello que me ayude a curarme. Pero que no haga nada que vaya a hacerme más daño. Le gustó lo que le conté de ti.

Por algún motivo me ha gustado ser bendecida por el Aitá.

—Y entonces... ¿por qué no dejas que te ayude yo también?

—Porque ya lo estás haciendo. Y no todo puede caer sobre ti.

—Esto no es caridad, Greta...

Suelta su cuchara con un ruido metálico que suena a punto y aparte.

—Lo sé, Patricia. Tengo muy claro que hay una gran diferencia entre la caridad y la solidaridad. El Aitá y tú sois solidarios. Porque no dais lo que os sobra, sino lo que no tenéis. Tú me das tu tiempo, que es justo lo que más te falta. Y ya es bastante. Y el Aitá, por ayudarme, se puede meter en un problema.

Me cuesta refutar ese argumento. Bruno nos propone ser sus conejillos de Indias porque está probando una nueva pasta. Eso significa que va a invitarnos, le explico a Greta, de modo que ambas aceptamos encantadas.

—La solidaridad, sí... —repite mientras sigue con la mirada a Bruno, ahora más relajada, y enrolla en su tenedor los interminables *fettuccine* con setas—; la solidaridad, ese ponerse en los zapatos del otro, ese anticiparse a que el otro te pida.

Una cadena de favores. Así se hizo su casa de Ibagué. A hablar de ella destinamos el segundo plato.

19

Lo recuerda perfectamente, tenía doce años. Los vecinos de su nueva ciudad sabían que su familia lo había perdido todo en el tsunami. Se hizo una minga —me da la risa, le pregunto qué es eso, en España tiene otro sentido—. No, aquello tampoco fue caridad.

Mira alrededor y me pide que me imagine que Bruno... «Se llama Bruno, ¿verdad?», y él levanta la vista distraído desde el mostrador. Greta me pide que imagine el momento en el que él, de pronto, necesita cambiar de vida y montar su restaurante, y entonces todos sus amigos, yo misma, y los vecinos, hubieran venido aquí a levantarlo, pintarlo, trajeran los carteles de las óperas, y él hubiera preparado pasta para todos.

—Eso es una minga —concluye—. Lo interesante es que no se convoca, por tanto no sabes quién va a venir a ayudar. Así que se hizo mucho sancocho y mucha bebida y vinieron amigos y vecinos y la construyeron.

Me quedo pensando en ese escenario impensable en una ciudad como esta hasta que llegó la crisis. En esos días sí nos reunimos para pintarles la casa a unos vecinos que habían desahuciado, la que había sido la portería y estaba vacía. Pero la nuestra fue una crisis de la clase media. Sumergida. Embarazosa para quienes la vivían hasta que rezumaba por las puertas cerradas. El resplandor.

Aquella no había sido su primera casa después del tsunami. Antes vivieron unos años de alquiler.

—Yo nunca he sido pobre, pero mis padres sí —me dice—, ellos sí lo son.

Su congregación era muy rica, así que, desde que Greta ingresó, siempre había vivido en buenas casas, con posibilidades de viajar, de tener los libros que quería. Sin embargo, en realidad, no había poseído nada más que sus padres.

De pronto la visualizo en esa pequeña ciudad que no conozco, a cuatrocientos kilómetros de Bogotá, donde suena la música en las calles y en los conservatorios, con cinco años, sentada en la arena de un patio con una camiseta de Superman que le ha conseguido su padre, para sofocar la pataleta porque andaba enamorada de Wonder Woman. Era la pequeña de la familia, la que nació sin nada, así que en esa época todos le hacían rueda para observar sus maromas y sus ocurrencias.

De hecho, en la última casa de alquiler a la que se mudaron, recuerda que llevaba un disfraz de la heroína que le había regalado su tía y que no se había querido quitar en seis días, hasta que Felisa amenazó con bañarla con él puesto. Y es que Felisa estaba cansada, cansada de su nomadismo de alquiler en alquiler, en lugares tan estrechos para tanto niño, y de que los vecinos se quejaran si jugaban a la pelota.

Greta deja imágenes en el aire como si fueran polaroids en movimiento:

Toda la familia entrando en una nueva casa, cargados con la mudanza. Todavía no está puesta la luz y en esa nueva y fresca oscuridad gruñe un monstruo del color de un león y sale corriendo hacia ellos. De pronto, son conscientes de que han alquilado la casa y al monstruo que vive dentro. Una cueva con su dragón.

Nadie se atreve a sacarlo.

Aquella bestia, que parecía rabiosa, estaba llena de llagas y le habían arrancado media oreja. Los vecinos explicaron que se llamaba Tribilín y que había masacrado a todo el barrio. Felisa agarró a la pequeña, gritando: «Pablo, va a morder a la niña, Pablo», y Greta, desde sus cinco años, se escurría como una lagartija porque quería saludar al monstruo.

—¿Y sabes qué hizo mi padre? —dice Greta, con la voz animada por ese recuerdo—. Habló con el perro.

—¿Habló con él? —pregunto.

—Sí, los indios hacen esas cosas. —Ríe—. Y se lo fue ganando poco a poco.

Otra polaroid imaginaria: Pablo sacando de una caja una olla grande con sopa de hueso, y el perro, con el pelaje desmarañado y lleno de calvas, se acerca echando espuma por la boca, olisquea un buen rato, aguanta la mirada al hombre con el hocico fruncido hasta que se pone a comer. Y da comienzo la negociación.

El resto de la familia se encerró en la casa y el perro se quedó fuera. Todos asomados por las ventanas como si estuvieran en un safari. Felisa se lamentaba: «Vaya bienvenida, no podía tender la ropa, ni nada, a ver ahora…», mientras que Pablo, en el patio, dejaba comer a la fiera hasta que se hartó.

«¿Qué hace papá?», lloriqueó Wilson, que aún siendo mayor que Greta siempre andaba amenazando con reclamar la atención a gritos. Felisa se asomó por la ventana y vio que había cruzado el patio hasta un baño donde, subido a una escalera, estaba empezando a desmontar el tejado. «Qué hombre este…» Felisa se retiró el pelo sudado de la frente, «Si pudiéramos abrir las ventanas», y entonces vio a su marido llamar al perro hasta que lo hizo entrar con engaños en el habitáculo del lavabo y cerró la puerta. Desde allí, lo enchufó con la manguera. Lo oyeron ladrar, gruñir, gemir y volverse loco, hasta que se fue calmando. Al rato se volvieron a asomar.

Ya no se escuchaban más que los pájaros.

—Sólo recuerdo a mi padre sentado al sol, en el patio, durmiendo, con el perro a sus pies —dice Greta, después de pintarme esa versión indígena de san Francisco de Asís.

Tribilín fue el perro más amoroso del mundo. Cuando salía el matrimonio, sólo había que decirle: «Tribilín, cuide a la niña» para que impidiese a la cachorra acercarse a las ventanas.

Por eso, cuando llegó el momento de dejar la casa no quisieron volver a abandonarlo como hicieron sus anteriores dueños. Pero esa mañana tan temprana no hubo forma de hacerle subir al camión. No pudo superar su miedo. La pobre fiera nunca había viajado en uno.

Hasta que el camión tuvo que arrancar y el animal se quedó allí, con la lengua fuera y la mirada incrédula. Contemplando cómo su nueva familia volvía a abandonarlo.

—Mientras nos alejábamos en el coche se fue haciendo chiquitito… y nosotros, todos, empezamos a llorar en silencio.

Pero una sacudida de su cerebro perruno lo obligó a salir corriendo.

Lo vieron llegar como uno de esos épicos leones de los documentales, levantando una polvareda, y se tiró al camión. Nunca se le olvidaría a Greta cómo jugaba y traía piedras y se revolcaba al llegar a la nueva casa, su color de fuego. Vivió sólo un año más, pero quizá el más feliz de su vida, protegiéndolos, territorial y fiero, como hacía siempre.

En esa época los recuerda tan felices, sí, y eso que se habían mudado a la única habitación de la casa que estaba construida.

—Ahora cuando voy a ver a mis padres les digo: «¡Esto es ya un palacio!».

—¿Cuánto se tarda en construir una casa? —pregunto, y compruebo que la pasta se me ha quedado fría.

—¡Toda la vida! —Ríe—. Se va haciendo por trozos.

Así se hacían las casas los pobres; habría gente que las haría de una vez, pero los demás lo hacen todo con mucha dificultad.

Llegó primero la familia. Luego los vecinos. Hacía un calor sofocante. Los hombres estaban sin camisa y se la habían amarrado a la cabeza. Tuvieron que tumbar la casa y fue muy difícil porque los cimientos de la anterior eran tremendos. Había sido un antiguo cultivo de sorgo.

—Si las bases eran buenas, tendríamos una buena casa —decía mi padre—, pasa como con las personas.

Los hermanos mayores empezaron a animar el trabajo rasgando sus guitarras.

Escucho a Greta tararear otra canción compitiendo con el tema de amor de *El Padrino* que suena ahora. La primera guitarra que se hizo su hermano fue una caña de bambú con cuerdas, ella también canta y toca, y le digo que me gustaría escucharla un día, pero ella niega con la cabeza.

—No creo… es que es algo que también me arrebataron, ahora sólo me sé acompañamientos de canciones de monjas.

Quizá esa felicidad se pegó a sus cimientos como un cemento invisible y las risas pintaron las paredes de colores más vivos; el caso es que todo el mundo se sentía bien en aquella casa. Ahora a sus padres los llamaban «los abuelos», porque fueron los primeros en llegar allá, y con los años ayudaron también a mucha gente. La cadena de favores. Si no abrían un día una ventana, los vecinos se preocuparían. ¿Eso era también solidaridad? «Sí», asiente Greta, ya instalada en el presente, «porque saben que algún día también se harán viejos.» Con mucho esfuerzo, construyeron, cuarto tras cuarto, una casa donde anidara la paz, la misma que le dio a Greta para coger fuerzas estos meses y recuperarse.

—Mis padres son muy buenos, los dos… son gente muy muy buena. En mi casa nunca ha habido peleas, tragedias… Bueno, salvo cuando me arrebataron a mi hermano, mi papá chiquito.

Busca su móvil en el bolso. Vuelve la luz del restaurante y la voz de Bruno aletea en una mesa cercana ofreciendo los especiales de la carta. Me enseña una foto que lleva en el móvil hecha a otra que se intuye estropeada por el tiempo y no hace falta que me diga que es su hermano Juan. Me la entrega como si fuera la estampita digital de un santo, una reliquia, por todo ello intuyo que ya no existe y el agudo dolor que le provoca. Me sorprende su pelo rubísimo tanto como a sus vecinos. Pero la misma mirada urgente y los labios gruesos de su hermana, en una versión más tensa y provocadoramente en desacuerdo con el mundo.

En ese momento me entra un mensaje en el móvil. Me disculpo. «Un momento», le digo, y lo leo a pesar de que no quiero. Los de COTOR no nos dan una semana sino dos días para presentar la campaña. El mensaje lo firma Rosauro, con esa absurda contundencia habitual que pretende desafiar las leyes del espacio-tiempo, las de la gravedad y, por supuesto, las de la decencia. «No es posible», le escribo. A lo que contesta que «tiene que serlo», y se despide con un «beso grande», él, el gran responsable de crear con su sonrisa cínica y pusilánime una jauría de clientes malcriados e inseguros que nos maltratan, sin que mueva un dedo para proteger a su equipo. Recojo sobre mi cuello las dos toneladas de tensión que tiene la cuerda de un piano y que, a continuación, empiezo a repartir yo misma injustamente entre mi equipo: redactores, creativos, dibujantes, productora, comenzando por Andrés, que asegura estar ya fibrilando en casa. La soga, de nuevo siento la soga atada a mi cuello, como si me estuvieran apretando la nuez. A mis pulmones vuelve a no llegarles aire suficiente.

Mientras respondo a esta histérica cadena de mensajes, Greta se pierde por el gran ventanal del restaurante. Ha dejado de llover, así que propongo pagar la cuenta, esa que Bruno ha decidido no traernos, y salir a la calle y tomar el aire.

Bajo al baño. Me saco el enorme anillo de plata y lo guardo en el bolsillo de mis vaqueros mientras me lavo las manos. Ya he perdido dos este mes. Y al levantar la vista descubro en el espejo, escrito con un rotulador indeleble, un mensaje:

«Ridi» (Sonríe).

La soga afloja un poco. Cojo agua en mi mano en forma de concha como si quisiera bautizarme en otra cosa, con otro nombre, en otro lugar lejano. Siento cómo se desliza con esfuerzo por mi garganta demasiado estrecha. Suena «Ridi Pagliaccio», sí, ríe, payaso, porque esta vida es una broma. Muevo los labios sin querer y Pavarotti surge con fuerza por ellos. «Sul tuo amore infranto… Ridi del duol che t'avvelena.» Ríe, porque la comedia ha terminado. A mi lado, una chica con flequillo brillante de muñeca me ignora mientras se lava las manos y, al contrario que yo, sonríe al ver el cartel. Sujeta su móvil, saca pómulos y se dispara una foto.

Luego estampa una pegatina en el espejo en la que recomienda el local.

El evangelio de Juan

20

—¿Cómo quieres que le llamemos? —le pregunto.

Sus ojos están irradiados por el azul del móvil o quizá es otra luz la que ilumina ahora su cara. La de ese otro rostro que se le parece pero en rubio y adolescente. Creo que nunca he visto a un ser humano contemplar a otro así. Con la intensidad de quien adora en la oscuridad y la distancia.

—Le llamaremos... Juan. Un nombre dulce. —Echa a andar y yo con ella—. Él era el centro de mi vida, Patricia. Era mi sol. Ese año que te conté, el de mi tsunami psicológico en México, cuando traté de recuperar mi fe en la Casa General, también intenté sanar su ausencia.

Cruzamos la plaza de Oriente. Las farolas han derretido ámbar en los charcos. Huele a flores caídas por la tormenta. Un cantante vocifera un «Nessun Dorma» furioso en la puerta del gran teatro como si lo hubieran olvidado fuera y conservara la esperanza de que se dieran cuenta. Delante de él, una caja de terciopelo rojo, el pequeño ataúd de sus monedas.

Greta se detiene. «Un momento», me dice, y me pide la mano para apoyarse. Se levanta la pernera derecha hasta la corva. En la pantorrilla morena, la huella alargada de una quemadura. La repasa con sus dedos como si pudiera leerla y lo hace:

Su hermano Juan, a sus dieciséis, vestido con vaqueros, sujetándole la misma pierna delgada. «Tranquila, déjeme verlo, mi niña», mientras Greta lloraba desconsolada, vestida con su uniforme, un peto de pequeños cuadritos color beige. Le bajó el calcetín hasta el tobillo. La niña había sentido su piel encogerse como si fuera un plástico. Siempre le decía que tuviera cuidado al subirse a la moto, siempre, pero a ella le gustaba tanto que su hermano la llevara así al colegio, el viento jugoso del volcán le daba en la cara y le alborotaba el pelo grueso y rizado. Al llegar al colegio parecía una loca. Así podía abrazarse a su espalda todas las mañanas, a su papá chiquito. Para él su moto lo era todo y le relataba sus competiciones de motocross en el circuito de Neiva y de Gualanday. Cómo disfrutaba su hermano de esa moto que a Greta le parecía un insecto chepudo, blanco y rojo. La traía siempre manchado de barro. Le parecía un príncipe cuando iba vestido con su mono blanco de carreras cosido de parches. Sus galones, como los llamaba él, y Greta los repasaba con sus deditos sin saber que algún día los conservaría en una caja, como una viuda que guarda las medallas al valor después de una guerra.

Era el mejor, hacía cosas increíbles, hasta sabía cómo quitarle el dolor, como un santo, pensó Greta, mientras él le secaba las lágrimas con las dos manos, y, cuando comprobó la quemadura en la fina y nueva piel de su hermana, apretó los ojos como si se los hubieran quemado a él también con el tubo de escape. Esa cicatriz crecería con su cuerpo en el futuro, como su recuerdo.

Le hizo una caricia en el pelo, «Ya, mi niña, vamos a curarla esto», y Greta sintió el bálsamo de esos ojos que guardaban el color y el temperamento del mar de Tumaco, capaces de dar la vida y provocar tsunamis, pero no con ella.

Con ella era distinto.

Hasta donde podía recordar, si la alcanzaba la vista de Juan, estaba protegida, pero entonces pudo ver cómo ese azul se embravecía, cuando este se volvió hacia su máquina con otro gesto, ese que los demás sí veían pero que Greta iba a borrar de su memoria hasta muchos años después.

—Fue hacia la moto y la cogió a patadas —me relata parada delante del músico. Sin verlo. Sin escucharlo—. La pateó hasta destrozarla. De la rabia.

Juan era un chico rebelde y furioso con la vida que se convirtió en el vertedero de las iras de la familia. «La verdad es que lo ponía fácil. Y le echaban la culpa de todo.»

Mientras habla de él, a Greta se le dibuja un gesto soñador y de conformismo a un tiempo. «¿Sabes, Patricia?, creo que a la única persona del mundo que amaba ese niño era a mí.» Juan era un chico que odiaba a sus padres. A día de hoy, Greta se pregunta si era hijo de ellos. Pero había una realidad que recordó durante la catarsis de psicoterapia a la que se sometería años después en la comunidad de Bogotá: tuvo que reconocer al Juan violento también. Y aprender a amarlo con eso. No se puede guardar luto por un Dios. No se puede enterrar a un mito. No se puede. Para ello hay que darle antes categoría de hombre. Y a sus veintitrés años, Greta se vio obligada a hacerlo.

Llueve de nuevo, pero ahora dentro de sus ojos. «Me costó mucho», me asegura. Cruzamos la plaza de Oriente en dirección a sus jardines. Las parejas juegan a ser estatuas unidas por los labios. Durante aquella terapia, Greta tuvo que recordar a ese hermano que rompió una botella y amenazó con ella a su madre.

Ángel y demonio, como todos, en él se dieron los extremos. Que Juan era violento era un hecho, pero con ella se transformaba, me asegura mientras bajamos a tientas las escaleras de los nocturnos jardines de Sabatini.

—Yo veía la bondad en él y él me necesitaba a mí para reconocerla. Era mi papá chiquito…

Un príncipe de cabellos de oro como los de Disney, pero destronado muchas veces como el de Delibes. El mismo que con once años machacaba harina de plátano en el tejado para hacerle biberones a la recién nacida, al que le retiraron el pecho para dárselo a su primera hermana y años después le nació otra, el día de su comunión, el mismo que su padre los abandonaba; al que dejaron a cargo de un bebé que amó más que a sí mismo, al que alimentó y envolvió en su camisa para que no lo quemara el sol de la playa mientras buscaba caparazones de tortuga, al que protegió con su propio cuerpo cada noche atrancando la puerta hasta que volvió ese hombre que ya no quiso más como padre y se lo arrebató.

Bajo la mirada imponente de nuestros testigos de piedra que escoltan ese laberinto de arbustos por el que nos internamos, Greta se interna más y más en el de su memoria, y me repite lo que me contó al principio, que ella había nacido sin nada, ni un pañal para ponerle, porque era una niña no deseada, pero a cambio le tuvo a él. Y aquel pequeño se quedó a cargo de la familia cuando su padre se fue. ¿Cómo puedes asimilar tantos cambios siendo tan niño? Vuelve a sacar su móvil y el rostro siempre arisco de Juan se aparece de nuevo ante nosotras, un fantasma digital que viene de tan lejos, tiempo y espacio, y que ahora es el único brillo en el corazón de las tinieblas de unos jardines reales. Greta repasa con su dedo cuidado esas facciones planas y de cristal que le son tan queridas como si acariciara una urna: lo primero que había visto al abrir los ojos en este mundo fueron esos otros azules. Cuando le llevó su velita y ella estaba aún bañada en la sangre de su madre.

—Me llevó una ofrenda. Mi hermano. Y para mí, desde que pude hablar, se convirtió en «paquito», que quiere decir «papá chiquito».

En algunas historias la pirámide invertida no sirve. Por ejemplo, en la de Juan, el primer escalón es el «Cuándo». ¿Cuándo fue cuando todo cambió? Ese suceso que Juan no perdonaría nunca. Greta me relata aquella tarde en la casa de la abuela, en Ibagué. Los niños fueron llamados por los mayores. Toda la familia estaba consternada en la sala. Y empezaron los interrogatorios, aunque ya tenían un culpable.

Sentados en el suelo y apoyados en la pared, los dos primos mayores: Juan y Cristian. Delante de ellos, el jurado de los adultos, con el gesto grave, desencajado. «Nunca había pasado nada así en esta familia», dijo el tío Fidel, con su voz entrenada para obedecerla, que sólo con dar los buenos días ya daba miedo, y sacaba la pistola de militar, su «risueña», encima de la mesa durante el desayuno.

—Un candado no se abre solo —insistía la tía Sergia, pero miraba únicamente a Juan cuando lo decía.

Lo repetía una y otra vez, convertida en un jarrón, frente a ambos. No podía con el disgusto de que el dinero del tío Fidel, el que le había confiado para guardar en su casa, hubiera desaparecido. En la familia había un ladrón, eso no podía negarlo. Y en su cabeza sólo había un culpable, el resto de los niños eran muy pequeños y su Cristian era un ángel, frágil, medroso, ¿cómo iba a ser de otra forma? Desde que perdió a su santo marido no se había dedicado a otra cosa que a educar a ese niño en el temor a Dios. «Qué disgusto, Virgen Santísima», repetía, respaldada por el resto de los adultos presentes, y el apoyo de su hijo llorando a mares mientras que Juan, con los brazos sobre sus rodillas llenas de costras, sólo los observaba. En silencio. Desafiante y retador, como siempre. Comprando todas las papeletas para cargar con el muerto. ¿Quién era el culpable? ¿El niño bonito que lloraba tan sentidamente?, ¿el único que no había crecido como pobre?, ¿o el malencarado y rebelde de la familia?

—Le echaron la culpa y le echaron de casa —me dice Greta, sentada en un banco de piedra sin importarle que esté mojado—. Y él no había sido. Jamás los perdonó. Y yo sufrí tanto…

—¿Por qué sabes que no fue él? —pregunta mi periodista.

Era fácil repetir el juicio desde el futuro. Su primo acabó en La Modelo de Bogotá años después por extorsionar al padre de un compañero de su muy cara escuela de cadetes, pero añade enfriando su mirada:

—Y porque me hizo algo que sólo pude recordar tras mucha psicoterapia y que yo tapé. Mi hermano lo habría matado.

Algo escarbó la tierra a nuestro lado. Unas gotas se derramaron de los árboles por culpa del viento. Sí, en este caso, también tenía importancia el «Cuándo».

—¿Cuántos años tenías cuando ocurrió?

—Cinco.

Decido no escarbar yo también en ese recuerdo. Porque es de noche. Porque es otro el protagonista que ha venido a vernos y aún parece tener mucho que contar.

21

Ibagué, Colombia
Año 13

Como todas las historias, toda vida tiene al menos un gran punto de giro vital. Y ese fue el momento en que la historia de Juan cambió. Siguió haciendo motocross en ese circuito de las afueras y en los pueblos cercanos, y llenando de polvo las calles de Ibagué cuando iba a recoger a su hermana. Ya lo patrocinaban, pero empezó a hacer locuras y acababa en el hospital de cuando en cuando. Se partió el cráneo varias veces. Se agarraba a los puños a la menor oportunidad, como con aquel muchacho, Lorenzo, que casi se queda sin el ojo porque miró a su novia una de las noches en que salía a bailar a la calle Cuarenta y dos. «A él le gustaban los buenos lugares», dice Greta con una sonrisa, «y comerse a la salida perritos calientes y hamburguesas, como si fuera yanqui».

Así, Juan decidió representar con esfuerzo el papel en el que el resto del mundo lo había encasillado. No fumaba ni bebía. Su ira era consciente. Cuando se daba con los demás era por rabia, hasta el punto en que mordía un puño antes de lanzar el otro, para que no le cayera toda encima al que la recibía.

Con veinticinco años llegaba con la moto a las dos de la madrugada y luego se iba. Si Felisa le dejaba un poco de carne o de sancocho, era reprendida por su marido y por sus hijos, que no le consintiera, pero, madre, ¿es que no veía que no se enderezaba? Pero ella sabía que así se aseguraba tenerlo a la vista, qué presión, pensaba mientras escondía su plato en lo alto de un mueble, qué presión sólo por querer a su hijo toda la vida. Y él llegaba por la noche, como un duende, se comía lo que encontraba en el plato y luego llamaba a la ventana de su Greta, y le pasaba un bombón bum de esos con chicle de fresa ácida por la ventana. Luego lo veía desaparecer en la moto con aquella camiseta de Ducati que le encantaba y que nadie tenía en Ibagué, eso le dijo, porque era sin costuras, y sus vaqueros Levis.

Y Greta, aun teniendo pocos años, sabía que a su hermano mayor no podía decirle lo que el primo le había hecho cuando la dejaban en casa de la abuela y se iban todos a trabajar. Ella tenía cinco años; su primo, dieciséis.

—Soy muy afortunada —la oigo decir en la oscuridad del parque sin que yo le pregunte por ello.

Me vuelvo hacia ella, perpleja. ¿Afortunada? La humedad me ha calado los huesos. Sus pupilas le añaden más negro a la oscuridad.

Hago una pausa. Me sorprende que cuente algo así tan desapasionadamente. Y sólo espero que no me salga con el argumento del perdón y la caridad cristiana.

—¿Dices que te sientes afortunada?

—Sí, porque yo soy testigo de que un abuso se cura.

Ella lo había callado, era cierto. Con cinco años lo ocultas porque crees que has hecho algo malo. Lo guardó tan dentro de su cabeza que se olvidó que estaba. Y hasta los veintitrés años no lo encontró de nuevo.

—Yo nunca me he considerado una víctima.

—Pero lo fuiste.

—Sí, en ese momento, pero decidí que sería otra cosa en el futuro —dice con firmeza—. Por eso me he trabajado mucho. Hay que verbalizar más la herida.

—Llama la atención el aplomo con el que lo cuentas. —Busco en mi bolso los cigarrillos de Andrés.

—Es que si no superas algo así corres el riesgo de que te sirva para excusarte de tus acciones el resto de tu vida. —Se envuelve en su chaqueta de universitario.

Y viene a mi cabeza Santiago y esa frase sulfúrica que me hizo tanto daño como bien: «No vamos a echarles la culpa a los demás de lo que nos pasa toda la vida…».

Durante esos últimos años Juan se dedicó a sus motos, pero no sólo a montarlas, sino a curarlas en aquel taller de la Veinticinco con la Quinta, en el que trabajaba de día, y por las noches siguió visitando a su hermanita a escondidas, el único ser al que amaba incondicionalmente, el único que no le había fallado. A Greta le encantaba que su hermano le relatara las dolencias de cada una de sus máquinas, y cómo había extirpado esa mañana una bujía o trasplantado un motor a esa vieja Honda plata que ya rodaba feliz por la carretera.

—Mira, ¿la ve?, es en la que he venido. —Y la señaló orgulloso la noche en la que Greta no recuerda más que estrellas—. ¿A que no se le nota nada?

La pequeña Greta, al otro lado de la ventana, descalza y dentro de su pijama rosa de Pato Donald, negó con la cabeza con fascinación y orgullo mientras chupaba su ración de caramelo nocturno.

—¿Sabe lo que vamos a hacer cuando tenga quince años?

—¿Qué?

—La voy a montar en esa moto y la voy a llevar al lugar donde nacimos.

—¿A Tumaco?

Él asintió y los ojos de hielo de Juan brillaron en lo oscuro. «¿A que le gustaría?», siguió diciendo, y le hizo un cariño en la nariz. Después se desbordó en una descripción de cómo era antes del tsunami, cómo se la llevaba a la playa cuando era un bebé, parecía un pececillo blando y brillante en la orilla. «¿Un pez? —protestaba ella—. ¿Es que no era un bebé bonito?» «Claro que sí, tonta, el más bonito», y le hacía un toldo para protegerla del sol, con su camisa.

De pronto Juan consultó el reloj y dijo que ya era tarde. Que tenían que dormir. La niña se quejó un poco. Vendría a verla mañana, pero ella le contó que no estaría, se iba a un retiro de oración con el colegio.

Él volvió todo su cuerpo con aire socarrón.

—No se irá usted a meter monja, ¿no?

Y después de apretarle la mano, esa mano que su hermana siempre sentía que se le escapaba entre los dedos, se montó en su corcel metálico, lo hizo toser discretamente y se fundió con el silencio de la oscuridad.

—Esa fue la última noche que me visitó. —La voz adulta de Greta se quiebra—. Se lo tragó la oscuridad, la misma que me dejó en el alma desde entonces. Mi hermano desapareció. Se borró del mundo. Nunca supo que me hice religiosa. Nunca me vio crecer. Nunca supimos qué le había pasado. La novia con la que estaba entonces no quiso hablar.

El último día que lo vieron, Felisa estaba en el lavadero del patio, bajo un sol de justicia, y Juan le dijo a su madre que le dejaba un pantalón blanco para que lo lavara, que iba a ver a su novia al volver. En ese momento descubrió a Greta en la ventana.

—Bueno, negra, nos vemos —exclamó.

Sin saber que no, que no volverían a verse. Y que esas serían las últimas palabras que le dedicaría a su hermana.

Más tarde supieron que al taller en que trabajaba llegaban motos de gran cilindrada que los niños se acercaban a contemplar con fascinación. Que él quería buscar otro trabajo. La tarde luminosa en que desapareció iba a entregar una de ellas en un pueblo, en una finca apartada de El Chaparral, pasando las montañas, pero nunca llegó. Un amigo lo vio ese mismo día a las cinco de la tarde en el Espinal, en dirección contraria, y le pegó un grito. Juan no se paró. No orilló la moto en la carretera como habría hecho en otro momento. Sólo miró de reojo y aceleró. Iba con un hombre atrás, quién sabe si era a su ejecutor al que llevaba ya pegado a la espalda.

22

Para Felisa, su desaparición fue de esos dolores que te provocan paz. Le daba el pésame a su hija pequeña porque sabía que quien había perdido a su padre, a su amigo, a su amor, había sido ella. Y después de los años fue la misma Felisa quien le recomendó ir a psicoterapia.

—Porque mi madre lo había superado, pero yo no. —Su rostro aparece de nuevo en la oscuridad como un holograma.

Sólo conserva esa, me dice, porque nunca estaba en las fiestas familiares… Juan, de frente, aún en la adolescencia, como si posara detenido. La mirada azul, fija como una advertencia en el objetivo, los labios gruesos y sellados que acostumbrarían a callar, el pelo de un rubio rebelde y despeinado sobre la tez bronce. De pronto el gesto del chico me parece más apacible como si su foto se hubiera relajado.

A lo lejos, volvemos a oír al cantante huérfano terminar su pieza y recibir aplausos. Ella se levanta, «Me he empapado», dice recuperando las fuerzas, y sacude sus pantalones de traje. Caminamos a oscuras por el laberinto de arbustos como dos Teseos buscando al minotauro: «Mi querido Juan, ya tengo más edad que tú. Ya he visto muchas cosas…», la oigo decirle, «he viajado a Europa…».

—¿Sabes, Patricia? Durante muchos años le he escrito cartas, le contaba todo, toda mi vida, como si estuviera allí o fuera a leerlo: «Si tú me vieras ahora…». —Carraspea un poco para ocultar una emoción pegajosa.

En su día empezó a escribirle en su diario, le contaba cómo estaba cambiando el mundo porque, cuando desapareció, le prometió que todos los lugares que ella viera, que iban a ser muchos, lo haría por él.

—Los vería por él. Y él los vería con mis ojos.

Al poco, nos hallamos ante la alta verja abierta y salimos a los ruidos de la ciudad, como dos expedicionarias en el tiempo que por fin han encontrado una ruta hacia el presente. Mientras caminamos hacia la luz y empiezan a derramarse unas gotas sobre los charcos de nuevo, me pregunto, por cómo me lo cuenta, que quizá pudiera ser este también el objetivo de Greta, sin que ella misma lo sepa: contarle a su hermano lo que le ha pasado y hacerlo a través de una pluma más experta.

—A nadie le hacía falta como a mí. Él me cuida. Él está conmigo. Siempre sueño con él. Sonriendo. Por eso creo que está bien.

—¿Crees que aparecerá?

—Si estuviera vivo, me habría buscado. Si hice terapia, fue sobre todo para poder enterrarle.

Durante un tiempo vivió con la angustiosa sensación de que alguien la buscaba.

—¿Qué le dirías si apareciera?

—Nada. —Sonríe como si lo imaginara delante de ella, con canas en las sienes sobre su pelo rubio, y su gesto de enfado apaciguado por los años, quizá alguna cicatriz más de muchos años de peleas. Se abraza con sus propios brazos—. No le pediría explicaciones. Sólo lo besaría mucho.

Se vuelve hacia mí mientras caminamos.

—¿Sabes, Patricia? Hay cosas en tu vida que marcan un antes y un después. Pero sobre todo que establecen un baremo del dolor. Nada, nada ha sido más duro que perder a mi hermano. —Vuelve a buscarse eso que cuelga de su cuello—. El dolor fue doble porque fue sólo mío. Sufrí también que a nadie le importara. Ni siquiera mi madre pudo estar a la altura de ese dolor.

Estoy de acuerdo, pienso mientras le doy varias vueltas a mi pañuelo de seda. Las heridas de corazón son más profundas si hay agravantes. La forma. El cerebro registra el dolor objetivo: la pérdida. Pero luego en el corazón se abre una herida mucho más profunda en función de la forma que toma ese recuerdo: porque fue de noche, porque nunca se supo, porque era una niña. Greta inspira con dificultad.

—Siempre que me ha pasado algo doloroso a partir de ese

momento me pregunto: ¿esto ha sido más duro que perder a Juan?

Nos quedamos en silencio un rato. Pero la ciudad no lo guarda. Fuera del parque: los coches, una ambulancia, el camión de la basura.

—¿Y ha habido algo más duro?

Se queda pensativa. Luego parece haber caído en algo.

—Creo que ahora, por primera vez después de tantos años, sí he cruzado mi umbral del dolor —admite, sorprendida—. Sobre todo por la manera, el cómo y el porqué.

Siento un escalofrío al comprobar el tamaño del dolor que le causa su expulsión y al escucharla mencionar el orden de los primeros dos escalones de su pirámide: «Cómo» y «Por qué». Me llevo la mano a los riñones. La humedad se me ha metido dentro. Es evidente que hay mucho aún que indagar en su expulsión y en su herida.

En la esquina sigue ese hombre subsahariano, ya hecho una sopa, con todos sus paraguas cerrados a la venta. Me acerco y le compro uno. Cuando me lo da, tira de unas cuerdas y su manta se transforma en un saco que carga a su espalda. Parece que estaba esperando a vender el último para recogerse. Ambas luchamos por abrirlo.

Por fin lo consigue. Parece aliviada por ese pequeño triunfo. «Llévalo tú —me dice—, que eres más alta.»

Le pregunto cómo consiguió dejar de buscarlo.

A los veinticinco, después de dos de terapia con Bárbara —su terapeuta durante muchos años y una de las personas que según ella más le ha ayudado—, le hizo un funeral con las monjas.

—Al menos él está honrado. Por mi memoria. Ha tenido sus velas, sus misas y su sufriente. Porque ese es el drama de los desaparecidos. Los desaparecidos son aquellos a quien nadie honra.

Y de pronto esa historia terrible me parece tan hermosa…

Greta no tuvo nada al nacer, fue abandonada, y su hermano la acogió y le llevó su vela. Él no tuvo nada ni a nadie al irse y ella le acogió en la muerte. Encendió sus velas. Le indicó el camino.

—Por eso yo no vivo ya preocupada por tener un colchón para mi vejez. A mí me cuida mi hermano y me cuidarán aquellos a quienes yo he cuidado. —La lluvia arrecia y nos moja los zapatos—. Creo en esa cadena de favores. Que en el caso de mi vida, comienza en mi hermano, cuando me trajo esa vela. Los ángeles van llegando. —Me lanza un gesto divertido—. Mira, tú llegaste mientras cruzábamos el cielo…

Y nos despedimos casi en mi portal. No acordamos nuestra siguiente cita, pero las dos sabemos que será pronto. Le insisto en que se lleve el paraguas. Yo estoy casi en casa y está empezando a llover en serio.

—No seas tozuda, mujer —le bromeo—. Técnicamente estoy siendo solidaria según tus teorías porque no me lo has pedido, así que…

Ella lo acepta.

—Eso me pasa por contarte tantas cosas —despotrica, y oigo el cascabeleo de su risa, mientras se aleja hacia el viaducto que separa nuestros dos mundos.

Antes de subir, escarbo en mi bolsa buscando el último y lacio cigarrillo de Andrés y el papel se consume con rapidez por el extremo al que no llega el tabaco.

Mientras contemplo cómo se moja la plaza, pienso que hay personas a las que echas de menos, no sólo por lo que fueron, sino por la función que cumplieron en tu vida. Es esa condición la que te deja un hueco.

Los que desaparecen nos dejan su hueco en lugar de sus huesos.

Una novela sin terminar.

Un inmenso signo de interrogación con el que te despertarás cada día. Su foto había dejado de cumplir años y ahora Greta ya es mayor que él y le tiene que enseñar el mundo. «Ya le alcancé —me había dicho tiernamente—. Ahora él es el pequeño.» Quién sabe si ella misma acababa de entender esta noche lo que busca contándome su historia. Puede que sea un vaciarse o, quién sabe, quizá sea también una carta. A Juan, por si, esté donde esté, la termina leyendo.

Sobre el Infierno y otros paraísos

23

Me entusiasma que el despacho de Leandro en la facultad siempre me sorprenda con excitantes novedades. Incluso su mesa va cambiando de lugar como si estuviera poseída por un poltergeist. Ahora que lo pienso, creo que nunca la he visto en el mismo sitio. El principal cambio de hoy es esta litografía de *El jardín de las delicias* o, más bien, del fragmento de *El Infierno* que ha pegado encima de su ordenador, en cuya pantalla han brotado como setas decenas de pósits de colores con anotaciones ilegibles. A su lado, una jaula donde un hámster corre obsesivamente dentro de su rueda me hace temer los planes que Leandro pueda tener para él. Como siga así, uno de estos días se va a meter en un buen lío.

Lo cierto es que nunca me había detenido a observar con detalle esta escena de El Bosco. Por alguna razón jamás le tuve miedo al Infierno. Siempre he preferido el calor extremo al frío helador, así que la perspectiva de un lugar tan calentito plagado de personajes interesantes nunca me provocó terror alguno. Tampoco la representación del diablo, ni de su pueblo. Sí, sin embargo, he conocido a personas instaladas en infiernos terrestres donde los consumían el maltrato, el miedo o la angustia, o extraviadas en los abismos de su mente, protagonizando una pesadilla de la que eran incapaces de despertar.

Creo que Greta es una de esas criaturas que está buscando desesperadamente la puerta de salida.

Cuanto más la escuchaba hablar el otro día sobre la presión en la que ha vivido, más me alegro de ser libre. Ese es el motivo de que en el fondo me repatee que el antro al que pretende arrastrarme Leandro esta tarde sea budista. Ojalá no tarde mucho en aparecer porque quizá me arrepienta; además, no paran de llorarme los ojos, espero que sea alergia, no puedo permitirme ahora mismo un catarro.

Vuelvo a concentrarme en el baileteo desquiciado de El Bosco. Ni ángeles ni demonios, ni cielo ni Infierno.

Todo el mundo quiere entrar en el paraíso, pero pocos preguntan antes el precio de la entrada. Todas las iglesias cobran un precio demasiado alto. De hecho, ahora recuerdo que le pregunté a Greta algo al respecto en nuestra última cita:

—¿Tú crees en el Infierno?

—Yo viví en el Infierno un tiempo. —Y lo dijo como quien ha vivido en Londres—. El Infierno es despertarte y que las personas que te rodean te hagan sentir en peligro.

Luego recordó fragmentos de esos dos años en la Ciudad del Norte, el final de su etapa como religiosa en España. Las conversaciones de las monjas durante las comidas consistían en recordar con nombres y apellidos a las que habían salido y, en consecuencia, se habían vuelto locas o eran maltratadas por sus parejas o habían caído en la indigencia. En definitiva: se habían perdido. Para ellas, el Infierno estaba aquí fuera. El Infierno era la libertad.

—¿Y tú te planteaste alguna vez cómo sería salir al mundo? —le pregunté.

Abrió mucho los ojos como si aún le aterrara.

—¿Salir al mundo? ¡No! Era perder mi identidad. Mi horizonte. Sentía pánico hacia este espacio exterior desconocido y peligroso. Terror.

Oigo unos pasos que, por su cadencia, podrían pertenecer a Leandro. La luz del pasillo entra por la puerta describiendo una sombra hitchcockiana. Desde mi última charla con Greta, mi cabeza es un sembrado de nuevas preguntas: me pregunto hasta qué punto influyó la desaparición de su hermano Juan para que se metiera a monja. A la vez, me pregunto por qué me empeño en buscarle explicaciones a su vocación, si me ha explicado que la tenía desde niña. Es evidente que es cierto. Que tengo prejuicios. Aunque trate de amordazarlos, ahí están, agazapados como arácnidos en esas zonas de mi cerebro donde nunca miro porque hay demasiadas telarañas.

Y luego están las dos noticias de esta mañana. Menos mal que son una buena y una mala. La mala me la esperaba. Una negativa de *La Verdad*. Las cosas como son, nunca pensé que publicarían un tema como este. Era lo lógico. Quizá era demasiado pronto o me falta aún encontrarle el foco. Todavía no conozco tanto la historia de Greta y no he podido venderles la chicha que necesitan. De momento sólo es un reportaje que pretende observar la actual situación de la mujer en la Iglesia y cómo Greta ha sido sometida a un trato injusto, creo. La realidad es que, haya hecho lo que haya hecho, la han mandado a la calle sin un euro. De hecho, hasta me extrañó que Beltrán se jugara su imagen como jefe de sección, planteándoselo a la muy conservadora dirección del periódico; lo preguntaría, afirmó, eso sí, con discreción. Y me lo dijo ya con demasiada discreción, enflaqueciendo su voz, que me recordó a aquella vez, hace ya demasiados años, en que, después de ir juntos a nuestra primera rueda de prensa como estudiantes, sin venir a cuento me cogió de la mano en un semáforo. Recordé su mano blanca y blandita, un poco sudada, que hoy estaría sujetando su móvil. Como su flequillo. Demasiado largo y casi siempre sucio de tanto tocárselo. No había sido un chico feo. Pero sí blando. Ese es un adjetivo que le define y que me impidió salir con él. Beltrán, el Blando. Su voz es blanda. Sus manos son blandas. Sus crónicas también. Blando y discreto. Puede que de pura y blanda discreción ni lo haya preguntado.

El hámster desquiciado sigue dando vueltas en su rueda. Es increíble que hasta ese rodar pueda desconcentrarme ahora. A mí, que he sido capaz de escribir mis crónicas en una redacción en la que todo el mundo se comunicaba a gritos y el canon de teléfonos era una música para mis oídos. Voy a tacharlo de la lista en la libreta. Tengo que averiguar qué más contactos puedo tener en los medios. La verdad es que casi todos los de mi quinta han ido subiendo peldaños en la profesión, salvo Diana. Y salvo yo. No quiero abrirle los cajones a Leandro, pero es que no tiene un solo bolígrafo que pinte, joder.

Lo que sí ha sido una gran noticia fue recibir el certificado de la vida laboral de Greta. Ahora ya está claro que nunca la dieron de alta mientras trabajó en España. Primera irregularidad.

Greta 1, monjas 0.

En este punto, mi siempre crítica periodista me lanza una nueva pregunta: ¿debería comprobar que Greta trabajó en esta guardería o confiar en su palabra? Mientras lo decido, tengo que avanzar. Siguiente paso: a ver qué me responde ahora Gabriel, al que podría llamar Gabriel, el Recto, si es que continúa en *El Observador*. Él, al contrario que Beltrán, prefiere quedar para que nos veamos y que le cuente. Siempre miró bien a los ojos, condición indispensable para un buen entrevistador. Y él lo es y lo era, sin duda. La verdad es que me da pereza reencontrarme con todos los de esa etapa. Es como si pertenecieran a un país del que me exilié por motivos morales y al que no quiero volver. Pero con Gabriel, en el fondo, me resisto a perder el contacto. De hecho, en este caso sí creo que a ambos nos habría gustado tener algún contacto mayor, bíblicamente hablando. Pero, o no éramos libres o no lo estábamos o no nos sentíamos o todo ello junto. ¿Me pregunto si seguirá teniendo ese rostro alargado y pretendidamente serio, si aún tratará de frenar su risa tras esa sonrisa arrebatadora de medio lado, si seguirá intentando parecer cada vez más joven? Sí... puede que no sea mala idea reencontrarme con Gabriel en persona después de todo. Y contarle.

Me siento y doy dos vueltas en la silla giratoria de despacho que suenan a óxido. Mi atención vuelve ser reclamada por ese peculiar infierno nudista en el que mi amigo ha garabateado varias anotaciones. Por lo menos hay río y música y zambra allá a lo lejos donde cientos de figurillas forman ejércitos, peregrinaciones y alocadas fiestas. Desde luego, no parece aburrido. Esa diversidad de criaturas, híbridos de varios animales, al menos no me habrían hecho sentirme fuera de lugar. Leandro ha rodeado con un círculo de rotulador un curioso diablo: una especie de pájaro-insecto con alas de mariposa que le indica amablemente a un hombrecillo en cueros que suba por una escalera.

—«Maniola jurtina» o «Anglaisurticae», esa es la cuestión —dice por fin a contraluz desde la puerta de su despacho.

—Qué mala suerte —protesto, y cierro mi libreta—. Tenía la esperanza de que te hubieras olvidado.

Me da un beso en la mejilla. Enciende el flexo de su mesa y lo enfoca hacia la lámina como si fuera a interrogarla.

Señala las manchas en forma de ojo de las alas. «¿Ves los ocelos?» Se cala las gafas finas de profesor, siempre recién abrillantadas, se aparta los caracoles negros y espesos de la frente. Me cuenta que hay varias teorías para esos ocelos: la científica es que son un diseño para ahuyentar a los depredadores hambrientos; la mágica es que son enviados de Dios para vigilarnos o eso pensaban algunas culturas precolombinas.

—Eso convertiría a las mariposas en espías morales de los hombres, según un reportaje de Mary Colwell que vi el otro día en la BBC. —Me tiende el bolígrafo que sujetaba en su oreja izquierda.

—Sin embargo, ahora somos nosotros quienes las observamos —añado.

—Y hablando de ojos. —Gira la lámpara hacia mí—. ¿Qué les pasa a los tuyos?

—No sé. Ahora no veo una mierda —protesto, deslumbrada.

Y aparto la lámpara de un manotazo. Según él, hoy tengo un aire a uno de los sapos que robó la semana pasada del laboratorio de su jefa. «¿Robado?», me alarmo. Me coloca bien el cuello de la camisa y avanza hacia su pizarra en la que ha dibujado un diagrama de las alas de la familia de las «ninfoides».

Había vuelto a hacerlo. Podía verlo en su media sonrisa. Ese sapo estaría ahora mismo brincando por el río Manzanares alimentándose de mosquitos urbanos y alcohólicos de tanto chupar sangre contaminada de viernes noche.

—Aquí nadie se preocupa por mejorar las cosas.

Observo de nuevo el diagrama y me pregunto si es esa la mariposa de la que le había encargado un estudio aquella sospechosa multinacional. Los que querían fabricar minidrones que las imitaran. Me dice que sí, pero que tiene serias dudas sobre si entregarles o no los resultados de esos estudios. Aunque su experimento ha sido un fracaso en cuanto lo que le encargaron, lo considera un éxito para él.

—Al final, no te lo pierdas, conseguí instalarle a un ejemplar de «dama pintada» una mochilita con una cámara capaz de registrar hasta tres mil fotogramas por segundo —me explica fascinado, mientras señala el dibujo en la pizarra.

El experimento le ha permitido, al parecer, captar con detalle cada movimiento de las alas del insecto que se agitan unas veinticinco veces por segundo. «Algo extraordinario si lo piensas», me dice, y que de momento le ha servido para sus propios estudios y de paso derrumbar ante sus obtusos colegas el mito que decía que la poca masa de las alas de las mariposas no afectaba al vuelo.

—Pero no es verdad —prosigue—, las extienden y recogen como los brazos de los patinadores para controlar la velocidad de giro, ¿no es maravilloso? —E imita graciosamente el movimiento—. En resumen, querida, algo irreproducible hoy por la ingeniería y sus robots. Aun así, no he entregado los resultados de mi investigación a la empresa. Por si acaso.

Su voz suena cavernosa y, mientras recoge, continúa diciendo que en realidad nadie se preocupa de lo importante. Por ejemplo, de que no hay dinero en la universidad para seguir investigando, a no ser que acepten las grandes sumas de patrocinadores con dudosos objetivos morales. Nadie se preocupa tampoco de que se torturen a animales gratuitamente.

—¡Pero si tenemos el mismo cadáver para las prácticas desde la crisis! —Ordena un taco de folios—. Al pobre ya lo hemos cosido y recosido cien veces. Los estudiantes ya le han puesto nombre.

Me da la risa.

—¿Le habéis puesto nombre?

—Sí —dice—, Isidro.

Y nos interrumpe de nuevo el sonido veloz del hámster que ha aumentado el ritmo de su carrera desesperada. Sin meta ni alivio.

—¿Y este? —le pregunto—. ¿También lo vas a liberar?

Se acerca y le cambia el agua del depósito. El roedor baja un poco las revoluciones y parece debatirse en una duda existencial: bajarse de la rueda para meter su hocico en el refrescante elemento o seguir su carrera.

—Primero tengo que bajarle los niveles de ansiedad o le dará un síncope en cuanto la suelte. —Suspira con preocupación, se quita las gafas—. El pobre está acostumbrado a correr en esta noria y no por el campo, y a que todos sus días sean idénticos. Ahí fuera le espera una aventura diaria. Es demasiada libertad que gestionar, ¿verdad?

Mientras cierra uno a uno los treinta archivos que tiene abiertos en el ordenador, le pregunto si hay forma de saber si un alumno ha estado matriculado en una universidad. Él levanta los ojos, intrigado. Desde que le conté en lo que andaba no se ha permitido aconsejarme nada, pero supongo que piensa que me estoy metiendo en un lío.

—Dime lo que estás pensando.

—Me pregunto ¿por qué? —responde sin vacilar.

—¿Por qué hago esto? Pues…

—No —me interrumpe—. Por qué tengo la sensación de que no la crees.

Hago girar su silla hasta enfrentarle.

—No es que no la crea. Sólo quiero contrastar datos.

—No lo estoy juzgando. Es más, me parece bien. En realidad, no la conoces.

Se acerca a un terrario en el que una pequeña oruga roja y negra devora parsimoniosamente una jugosa hoja verde y le deja con delicadeza otra ración al lado. Se agacha para mirarla. Queda iluminado por esa caja de luz en el centro de una oscuridad infinita.

—¿La ves? —Me acerco—. De momento sólo podemos apreciar los colores de su exoesqueleto. Un dimorfismo sexual que la diferencia de los machos de su especie. Pero nada indica aún la forma que tendrá este bicho dentro de unos meses y sólo puedes intuir la que tuvo antes. A veces ni siquiera se corresponde el color. Tú todavía no sabes en qué se va a transformar esa nueva especie llamada «Greta», pero sabes que está en pleno cambio. Es normal que la estudies.

—¿Algún consejo? —Me intriga.

Se resiste un poco, pero al final:

—Que pase lo que pase, no intervengas en su proceso natural. —Hace una pausa—. Y que te cures ese resfriado.

Iluminada por la luz del terrario, observo a ese pequeño y peludo reptante que mastica con deleite su hoja y de pronto, no sé por qué, me recuerdo ahora cuando era pequeña, subida a algún lugar alto, esperando a que se me posara una mariposa. Me dio por pensar que concedían deseos. Por mi culpa, los niños del pueblo de mi abuelo empezaron a poner sus manitas en alto como si fueran a cantar el «Cara al sol» cada vez que descubrían en el cielo algo que volaba, ante la mirada confundida de sus padres.

—Siempre has estado muy loca —sentencia.

Luego se pregunta si debería llevarse al hámster ya a casa o no. Hablando de comportamientos anormales, le indico que quizá sea un poco extraño acudir con una rata a meditación, aunque igual le sienta bien para el estrés, continúo, argumento que corta cogiéndome del cuello como si fuera a ahogarme.

Estornudo ruidosamente. Mi móvil vibra casi a la vez como si también tosiera. Le pido un kleenex. Mensajes de Andrés en ráfaga. Dice que le ha dado una llorera, que no puede más, que no llega, que con estos plazos es imposible. Y es verdad. Escucho a Leandro revolver en un cajón. «¿Dónde he metido los pañuelos?», y yo contesto a Andrés que «tiene que poder», un mensaje que me recuerda terriblemente a Rosauro, y me pregunto si yo misma me estaré convirtiendo en un Tiranosauro más, así que añado que «se tranquilice». Que mañana me paso por su garito y nos ponemos juntos. El corazón se me ha desplazado de su sitio y bombea ahora cerca de mi clavícula. También me late un párpado. Estornudo otra vez. Y detrás de esa pecera que son ahora mis ojos, intuyo la mano de Leandro tendiéndome algo blanco. ¿Una señal de paz? No. Lo cojo. Me sueno.

—No puedo permitirme caer enferma ahora, Leandro… —Me falta la respiración y vuelve a dolerme el pecho—. Ahora no.

Entre brumas acuosas, la voz de mi amigo:

—¿Te has parado a pensar en lo ridícula que es esa frase, cariño? —Pausa—. Porque la dices mucho.

Tengo que contestar a Andrés o se vendrá abajo y no trabajará esta noche, le aclaro, y de paso me lo advierto a mí misma. Entonces, sí, estamos jodidos. Le observo de reojo quitarse la bata como si estuviera enfadado con ella y la cuelga en la percha detrás de la puerta. Yo me sueno con una mano y contesto con la otra, mientras le balbuceo que, por idiota que le parezca la frase, es una realidad.

—A ver, Leandro, estoy trabajando en una agencia y por mi cuenta. Yo escogí libremente esta forma de vida.

Él se estira y deja las manos sobre su cabeza como si estuviera castigado.

—Hago lo que quiero… Tengo que poder… —continúa—, sintiéndote mal y llevándote a estos extremos…Vale, según tú, eres libre: ¿es eso lo que quieres? ¿Tú crees? ¿Y por qué?

—Vale —digo, furiosa—. El mundo está organizado así. ¿Qué podemos hacer?

Y de pronto, en lugar de tirar el pañuelo a la papelera, he tenido un momento de dislexia motora y he tirado el móvil, que se ha precipitado con un ruido metálico.

—Por ejemplo —dice él tras una risa guasona.

—Joder, me recuerdas a mi madre.

Él sigue riendo.

—Gracias. Soy fan de tu madre. Por cierto, ¿cómo está? ¿Le fueron bien las pastillas?

Me lanzo a la papelera y escarbo con grima entre guantes de látex, tubos y papeles. No tiene gracia. Ninguna gracia. Si pierdo este móvil, pierdo la vida.

Leandro no me ayuda, se limita a recoger su gabán largo de profesor con escasos recursos económicos, aunque las dos patentes que ha logrado como inventor le imprimen un aire de glamour que no logra sacarse de encima. Luego se burla de mí y me da las gracias por regalarle esa imagen. «Has tenido un fallo de sinapsis», me insulta, y aprovecha que estoy entretenida para darme una conferencia sobre esa absurda manía de hacer mil cosas a la vez.

—¿Cómo lo llaman ahora? ¿Multitasking?

Esa palabra le produce un prurito por todo el cuerpo.

—Ahí estamos igual —murmuro.

Y sigue diciendo que no deja de asombrarle que haya quien se jacte de tener esa capacidad.

—Por Dios, hasta las células tienen momentos de reposo —dice, apoyando los pies sobre su mesa con chulería tejana.

Y la pregunta es: «¿Debemos hacerlo?», dice. Mientras yo sigo escarbando como un mendigo en la basura, continúa explicándome que esa habilidad no es tal, el multitasking de los cojones es sólo un recurso primitivo de los animales cuando están en la selva y no tienen otro remedio que la supervivencia. Y por eso necesitan fragmentar la atención en muchos sitios para sobrevivir. Deberían empezar a tratarnos etólogos y veterinarios. La psiquiatría les queda grande a los problemas del hombre actual, y baja las piernas al final de su discurso.

Por fin, rescato mi móvil. Compruebo que sigue funcionando. La pantalla me arroja el rosario de mensajes de Andrés llenos de exclamaciones y caritas llorosas e histéricas. Me levanto, me sacudo las manos.

—Si lo que estás sugiriendo es que estoy involucionando a un estado salvaje por culpa del multitasking, ya lo he pillado.

Algo pequeño estalla al final de la sala.

—Otro cortocircuito. Cualquier día salimos ardiendo —se lamenta—. Así estamos. No… lo que quiero decir, cariño, es que con tantas cosas a la vez y con esa carrera hacia delante que te traes no hay tiempo para crear y esa es la única facultad que te diferencia de esa ratita estresada.

El hámster, que ahora resulta ser hamsteresa, sigue corriendo a la misma velocidad en su noria sin percatarse de nuestra existencia.

—*Horror vacui* —dice.

Y yo pienso: Vale, ¿y qué?

—Insisto, Leandro, querido —siento que me estoy alterando—, ¿qué puedo hacer? Voy a ir contigo a ese centro. A cambio, para poder hacerlo, llevo la oficina a cuestas.

Empuño mi móvil.

—¿Te refieres a ese campo de trabajos forzados portátil?

Dejo los ojos en blanco.

—¿Que qué podemos hacer? —me imita—. Rebelarnos.

Camina de un lado a otro en la semioscuridad. ¿Es que no me daba cuenta de que no tenía fin?, exclama. Estaba llegando al punto de competir conmigo misma. Que mirara a la pobre Carolina. ¿La rata se llama Carolina? No puedo más y me echo a reír.

—Sí, ríete, precioso y altivo gato, pero piensa una cosa: ¿en qué se diferencia esa lámina de su jaula? Eso también es el Infierno. —Y a mí se me corta la risa—. Ya no recuerda que vive en una cárcel. Tiene una vida con aspecto de libertad que contiene todo lo que necesita para seguir corriendo en esa rueda: comida, agua, una temperatura óptima… sólo que ya no corre hacia ningún sitio. Pero no lo sabe. Siempre te escucho decir que estás cansada y que no llegas, es como si nunca tuvieras suficiente y no hubiera una meta. Mira lo que te pasó en Nueva York. Me da miedo que de tanto rendir vayas a terminar rindiéndote.

Se acerca a mí con la misma curiosidad y cariño con los que estudia a sus especímenes. Me siento paralizada bajo su mirada de microscopio. Los músculos no me responden.

—Sólo quiero hacer las cosas bien —consigo decir—. Como sé que soy capaz de hacerlas.

Esto parece indignarle porque suelta su bolsa sobre la mesa.

—¿Y esa es tu felicidad? Pues hay que tener cuidadito con lo que designamos como felicidad, Patricia, porque vas a ir a por ello como una loca. —Camina hacia su pizarra y coge una tiza—. Vamos a buscar tu fórmula: ¿en qué unidad se mide esa felicidad tuya? ¿En repercusión, en dinero, en infartos, en soledad? ¿En qué?

Suelta la tiza. Se desempolva las manos y prosigue:

—No me hace falta sacar esa fórmula para darte el resultado. O al menos una hipótesis: nadie te ofrecerá las llaves del paraíso por inmolarte, Patricia. ¿Sabes por qué lo sé? Por demostración empírica. El noventa por ciento de la población vive así. Cuando tu propio instinto de supervivencia no te está alertando de que le estás haciendo daño a tu cuerpo y a tu mente, es que ya estás en peligro. —Se vuelve hacia el roedor—. Al margen de las judiadas que le vayan a hacer aquí dentro, si no libero a ese animal del bucle en el que está metido, se quedará tieso en cualquier momento.

Apaga la luz y me deja salir delante de él.

«Ni calma, ni alivio, ni meta… un Infierno atrezzado de Paraíso.» Sus palabras retumban en mi cabeza.

Tras la puerta seguimos escuchando las patitas de Carolina en su infinita carrera hacia ninguna parte.

He caminado en silencio a su lado hasta Malasaña mientras seguía distribuyendo el trabajo de la campaña a golpe de mensaje, y Leandro, que me ha guiado para cruzar los semáforos como si fuese un malhumorado lazarillo, no ha parado de protestar en tono más calmado: que si me iba a tragar un bolardo, ¿no podía dejarlo un poco? Luego, ya más impaciente, ha optado por las ciencias políticas: ¡tantos años luchando desde la Revolución Industrial por la reducción de la jornada laboral, y ahora, con la revolución digital, de un solo clic se habían tronchado las frágiles fronteras entre el tiempo de ocio y el de trabajo…

—¿Dónde están los Marx de este siglo? —Alza los brazos al cielo—. Qué digo… estarán posteando sus teorías de veintidós caracteres en Twitter.

Habría que ser un hereje, como decía Han.

—¿Un hereje? —pregunto—. ¿Y quién coño es Han?

—Sí, hereje es quien se atreve a elegir otra cosa en contra de la violencia del consenso —me explica—. El hereje es quien dispone de una elección libre. Herejía significa elección. Hay que fomentar la conciencia herética —declama como si fuera una cita. Y luego matiza—: Byung-Chul Han, un filósofo coreano. Necesitas leerlo.

Cuando por fin he conseguido tirar el móvil dentro del bolso, he tratado de verbalizar algo que necesitaba:

—¿Y si estuviera loca de verdad?

Él ha frenado en seco, su marcha y su discurso, delante de un luminoso escaparate blanco.

—Pues entonces os llevaréis divinamente.

Delante de él se ha abierto una puerta de cristales invisibles. Le he observado caminar hacia el interior mientras llega a mi cabeza otra voz, la de mamá hace unos días: «Hay que apoyar a los valientes, porque no son muchos». Tendré que seguir mi instinto si es que lo encuentro, pienso. De momento, esta tarde me toca seguir al pesado de Leandro y adentrarme en este nuevo mundo suyo que me resulta tan ajeno.

24

Es un espacio blanco con grandes vigas decapadas de las que cuelgan tiestos con plantas dispuestas con simetría. El ambiente pulcro, diáfano, con sillones para sentarse a leer, una pequeña cocina con galletas, tés y café. Una mesa ancha y alta que invita a congregarse y una librería llena de títulos que ya me echan para atrás. Ojeo alguno. *Cómo transformar tu vida*, de Gueshe Kelsang, *Los ocho pasos hacia la felicidad*. Esto no va a ser para mí… Cojines, inciensos, licencia y casi obligación de dejar fuera aquello que traigas contigo: empezando por el móvil. Tras otra puerta invisible, algo más parecido a una sala de conferencias con una treintena de sillas encaradas a, sí, lo que me temía, un buen número de Budas de distintos tamaños, y que parecen ser también atento público de la sesión.

Mientras espero a Leandro, observo a las especies que se asoman a esta ventana blanca. Algunos cruzan caminando deprisa y retroceden unos pasos, cegados como cuando deslumbras a un animal nocturno con una luz muy potente. Otros se atreven a dar unos pasos en el interior y a preguntar. «Aquí no hay matrícula», oigo decir al sonriente y sosegado chico del mostrador, «son siete euros cada sesión y vienes cuando puedas o quieras».

Me sorprende gratamente. Así puedo dejarlo dentro de ese mes prometido, sin problemas.

Tomo posición al lado de Leandro en una silla de la última fila y le pregunto si no hay que sentarse en el suelo y hacerse un nudo o algo así. Él me hace una mueca. Luego me va señalando a los que conoce, aunque sólo los veo de espaldas. Este señor con barba y las gafas de ver en la cabeza que ocupa dos sillas se llama Isaac y está tratando de calmar su ansiedad por la comida a través de la relajación; a su lado hay otro más joven, Toño, este viene siempre, dice, sonrisa cínica y cuerpo atlético y vestido de gimnasio que contrasta con su silla de ruedas; luego está aquella delgadita delante del todo, la única sentada en un cojín, que Leandro no se acuerda de cómo se llama, pero por cómo se le marcan las paletillas a través de la ancha camiseta parece tener anorexia. Su madre se llama Luciana y parece un clon mejorado y rubio de Coco Chanel, me explica, una mujer estupenda, y al parecer tiene prohibido venir con ella. La recoge siempre en la puerta. Luego está Petra, de unos cincuenta, cuerpo prieto y muy pequeño como si hubiera encogido en la lavadora, pelo corto y disparado, con un mechón azul, como de pájaro carpintero, que es enfermera de urgencias; una pareja de modernos que vienen siempre juntos y llevan siempre las mismas zapatillas de deporte, algunos oficinistas de la empresa de seguros de enfrente, y esa otra morena que lleva el pelo hecho un grueso nudo, delgadita y sólo vestida con una sudadera larga y botas altas es Serena, y no, según él, no hace honor a su nombre. «De hecho, es peor que tú», asegura. Le pido que se explique y lo hace: aún más pesada con el móvil, no lo deja ni durante la clase con la excusa de que escribe notas en el iPhone, pero un día se le escapó que tiene unos horarios muy rígidos para postear en Instagram. Y entonces, cuando nos da el perfil, la reconozco. Su flequillo de muñeca. Es la influencer que fue al Ouh Babbo. Curiosa coincidencia.

—Como ves, casi todos somos tarados como tú con *horror*

vacui y terror a dejar que un solo segundo de nuestra vida sea improductivo. —Saca su libreta de anillas—. Te sentirás como en casa.

En ese momento se abre una puertecita blanca que parecía parte de la pared y todo el mundo se levanta con las manos juntas. Algo muy naranja sube a la tarima. Cuando nos sentamos, la veo colocarse la túnica sobre el hombro dando la espalda a la fila de Budas, y se sienta sobre un cojín: pelo rapado, gafas verdes de diseño, cara redonda, sonrisa de emoticono, como mucho de cuarenta.

—¿Es monje? —pregunto a Leandro, que parece estar gozando mucho con mi cara.

—Más bien monja —me corrige.

No… otra no, pienso. Y luego frena mi intento de huida tirándome de la manga de la chaqueta y me obliga a sentarme. Le he prometido un mes, me recuerda. Dejo el bolso en el suelo donde, en el interior, sigue brillando mi móvil.

La maestra Jedi, como he decidido llamarla, es, cuando menos, un personaje. Tras sentarse, ha empezado por desliar con parsimonia un hatillo de la misma tela de su túnica y, cuando pensé que iba a extraer de él un incunable lleno de polvo, ha resultado ser una moderna tablet que ha fijado delante de ella sobre un soporte. Luego se ha colocado un micro de diadema y nos ha sonreído con aire travieso.

—Bueno… ¿a ver cómo venís hoy…? —Nos estudia detenidamente y muerta de risa—: ¿Cómo lo veis? ¿Tratamos de amansar a la fiera?

Y luego ha imitado algo parecido a un animal salvaje y sus pupilos se han reído con ganas. Esto me desconcierta.

La clase de hoy ha consistido en la importancia del silencio, algo a lo que según ella no estamos acostumbrados, pero que es fundamental para empezar a disciplinar nuestra mente.

—Sé lo que estáis pensando. —Otra vez su mirada aguda de juego—. Qué rollo estar en silencio sólo porque la monja esta me haya asegurado que la paz que voy a encontrar es como un orgasmo. —Rueda su carcajada por la sala como una bola de billar que provoca la de su público.

Hasta a mí me ha hecho gracia. Efectivamente. Sabe leer el pensamiento.

Me pregunto por qué últimamente parezco destinada a encontrar monjas por el mundo. Reconecto: está contando su experiencia durante su primer retiro serio en Inglaterra cuando quiso comunicarle, muy emocionada, a un monje en un pasillo que era su cumpleaños, y este sólo le señaló el cartel que llevaba colgado en el cuello y que decía: SILENCE. Sus pupilos vuelven a reír. Pensé que esto de la meditación era más serio.

A mi lado, Leandro garabatea en su libreta. «¿Hay que tomar apuntes?», le digo, y él me pone su huesudo dedo de pantocrátor sobre mis labios. Por fin, vamos al grano y la maestra nos propone meditar sobre «el enfado». Nuestro reto de esta semana.

—Vamos a comprometernos a no enfadarnos durante un tiempo, el que escojamos —explica como si nos propusiera adentrarnos en un thriller—. Porque es una perturbación mental que nos quita mucha paz. Pueden ser minutos, horas o días.

Me acerco a Leandro.

—Es fácil. Yo nunca me enfado —le cuchicheo con rapidez, orgullosa.

Y luego le comunico que me comprometo a no enfadarme durante el fin de semana. Él levanta ambas cejas.

La maestra continúa con su voz redonda y luminosa:

—Me conformo con que seáis conscientes de cuándo os enfadáis y lo que os pasa por dentro. —Hace una pausa de intriga—. Luego ya trabajaremos cómo evitarlo.

Parece sencillo, pienso. Y entonces comenzamos una meditación, o eso creo, porque los ojos se me abrían solos como si tuvieran un muelle durante esos diez minutos en los que mi cabeza me ha lanzado un show de diapositivas mentales, por las que ha desfilado Andrés, ahorcándose con el cargador de su móvil, el presidente indio cruzando en helicóptero, la ola del tsunami se ha transformado en el agua jabonosa de la ropa que no he sacado desde ayer de la lavadora y que olerá a cueva y luego, como créditos finales, toda la lista de tareas que he escrito en la agenda. Eso sí, me he quedado con el mantra sobre el que reflexionar esa semana, ese antídoto, al parecer, contra el enfado: «Todos somos iguales ante nuestro deseo de ser feliz».

Y a mí qué.

Abro los ojos. Tengo las mandíbulas encajadas.

Creo que me va a estallar la cabeza. Joder, no tengo tiempo para esto. Ni ganas. No tengo. He cogido el móvil y Leandro me ha reñido. «¡Es sólo para consultar la hora!», le miento, y leo un email en el que el Tiranosauro me anuncia una nueva campaña del refresco Jungle-Fresh. Vaya nombre de mierda, pienso. Que me vaya preparando para un viajecito a Shangai, dice en otro con demasiadas exclamaciones y en sus tradicionales e irritantes mayúsculas, que hay que coordinar que se hagan bien esas dos sesiones de fotos. Y digo yo: ¿no les sirve el parque del Retiro y los tres rascacielos de la plaza de Castilla quintuplicados digitalmente?

—Sabía que no iba a poder seguir —le he dicho a Leandro cuando nos servíamos un té en la pequeña cocina del centro.

Y como prueba fehaciente he intentado mostrarle los mensajes. Ha apartado la vista.

—Puedes venir cuando quieras y puedas —insiste.

Escurro la bolsita con la cuchara que sangra dentro de mi taza.

—No, eso no es realista, profesor chiflado. Lo primero que ha explicado esta mujer es la importancia de la constancia —le discuto.

—Bien, si quieres ponerte una excusa, vale. Te espero fuera fumando.

Estupendo. Ahora parece molesto de verdad. Lo que faltaba.

Cuando le sigo con la mirada hacia la puerta, de camino saluda a Serena y esta le pide que le saque una foto delante de la estatua de la entrada. Se pinta los labios en el reflejo de su móvil. Imita el gesto de ese Buda dorado. Cierra los ojos, manos juntas. Luego le da un beso. A Leandro, no al Buda. En ese momento aparece el enorme y mullido Isaac —gafas de pasta y barba tupida, tras la que asoma un rostro infantil, camisa azul sábana, con una pluma brillante asomando por el bolsillo— y dice:

—¿Te importa poner tu bolso delante de las galletas?

Me quedo perpleja durante unos segundos. Localizo el tarro.

—Sí, claro.

Me devuelve un gesto aliviado, agradecido. Me parece un Papá Noel de joven. La clase de ser humano que llamarías «bonachón» o «entrañable», posiblemente a su pesar.

—Ay… —suspira—, pero ¿qué os costará dejarlas en el armario? —exclama su voz perezosa como un cojín—. Que soy obeso, no ciego.

—Dentro de poco podrás mirarlas sin desearlas. Como yo

cuando desnudo a un paciente —bromea la mujer pájaro carpintero, agitando su flequillo azul tras él y luego a mí—: Hola, soy Petra.

Extiendo mi mano.

—Patricia.

—¿Eres amiga de Leandro? —pregunta Isaac abanicándose con un folleto de mindfulness.

Yo asiento.

—Sí, hasta hace un momento.

Alguien que no veo dice que se aparten, que va a pasar el gran Toño, y la voz que pertenece al dueño del nombre pasa acompañada del zumbido del motor de su silla de ruedas. «Ten cuidado, Fitipaldi», le advierte Petra, retirando una silla para que no la atropelle. Tras él se une también la delgada chica-loto que carga una mochila desproporcionada, me pide perdón con ojos huidizos para abrirse el poco hueco que necesita para prepararse una taza de té. Observo cómo empieza a oler muy concentrada, una a una, las bolsitas. Su rostro es tan enjuto que casi se le transparentan los dientes.

—¿Y en qué hospital dices que trabajas? —le pregunta Toño a la pequeña pájaro carpintero. Aunque esté sentado son casi del mismo tamaño.

—No sabía que eras ginecólogo, Fitipaldi —responde Petra con voz enérgica y su corto brazo en jarras. Viste ropa amplia y negra con estampados psicodélicos de colores.

Fitipaldi le dice que sí, mientras juguetea con el mando de su silla hacia delante y hacia atrás, que trabaja donde otros se divierten. El comentario provoca la risa del grupo. La mujer-loto se dobla un poco como si la hubiera vencido el viento y se sienta sin quitarse la mochila, y Petra corta el paso a Toño, ya en jarras del todo. «Pues oye, yo soy pesada para escoger médico, porque los conozco más de lo que quisiera, y justo estaba buscando un ginecólogo que me diera confianza, ¡porque debo de tener telarañas!» A lo que el otro responde que no se preocupe, que si las encuentra se las quita.

—Esta es Patricia —balbucea Petra mientras se come una galleta a escondidas de Isaac—, es amiga de Leandro hasta hace un momento.

Toño aprieta uno de los mandos de su silla y se desliza hacia mí frenando a un milímetro de mi pie.

—Muy buenas, ¿también trabajas con insectos?

Pienso en Rosauro.

—De alguna manera… sí —respondo—, sólo que algunos son prehistóricos.

Me da un apretón de manos de esos que hace que se te monte un nervio. Tiene un rostro varonil, alargado y rectangular, con hoyuelo en la barbilla, y una espalda que se ha visto obligada a ensancharse para responder por el resto de su cuerpo.

Luego se vuelve con silla y todo hacia Petra. «Lo dicho, si quieres que te haga un seguimiento, ya tienes mi tarjeta», y entonces, contra todo pronóstico, la silenciosa chica-loto deja de dar sorbitos a su té y me dice:

—Es que Petra insiste en que se le están cerrando todos los agujeros, los de las orejas y el de la vagina.

Una mano con un gran anillo negro aparece por detrás y le tapa la boca interrumpiendo el final de su frase.

—Que no tienes filtros, hija…, es que es piscis —me dice sonriendo la que se presenta como Luciana, su madre, melena corta, rubia y afrancesada, con olor a peluquería, ropas amplias, pesadas y negras, y le da un beso en el pelo y luego a los demás—: ¿Y vosotros? ¿Qué tal el puente?

Parece que el grupo se alegra especialmente de verla. Hasta Leandro la observa desde fuera con una sonrisa. La tal Luciana nos enseña un libro que acaba de coger de la tienda. Me detengo en su forma pulcra de pasar las páginas, las huele, las examina y lee en alto un par de citas del comienzo. Su hija-loto la contempla absorta, casi con idolatría. No se parecen ni en el blanco de los ojos: la madre es alta, tiene cara de mofletudo castor y arrugas de sonreír.

En ese momento se acerca Serena.

—Perdona que no te haya hecho ni caso —dice móvil en mano—. Era la hora de colgar un post. La verdad es que tu cara me suena. Es posible que de Instagram…

Nos damos dos besos. Huele a perfume caro y floral. Tengo la tentación de decirle que nos vimos en el Ouh Babbo, pero no sé por qué omito esa información.

—¿Te dedicas a recomendar algo en concreto?

Sus largas y tupidas filas de pestañas se abren y cierran deprisa como dos conchas y dejan ver las perlas negras y brillantes en el interior.

—Bueno… en realidad recomiendo mi vida, por extraño que parezca decirlo así.

Y sí, trato de disimular lo extraño que me parece dando un sorbo a mi té y quemándome los labios.

—¿Tu vida?

—Sólo comparto las cosas que me parecen bellas, las que me gustan… En fin, comparto mi vida, sí. —Hace una pausa, me lanza una sonrisa infantil—. Eres periodista también, ¿verdad? Me lo dijo Leandro.

—No, bueno, ya no.

Y me cuenta que ella también lo era, pero cuando se quedó sin trabajo decidió hacer un curso de marketing y redes y quién le iba a decir que ahí estaba su futuro. Luego abre el tarro de las galletas para desesperación de Isaac, se hace un selfie como si estuviera a punto de darle una dentellada y luego empieza a roerla con deleite, mientras me cuenta que Leandro ha dicho tantas veces que iba a venir que ya me consideraban un mito. Toño asiente burlón:

—Sí, de hecho te llamábamos su amiga invisible.

El comentario provoca una carcajada en el grupo y en mí una punzada de culpabilidad.

Entonces, una voz a mi espalda:

—Hola, Patricia. —Aflautada, lenta—. Eres nueva, ¿verdad?

Me doy la vuelta y ahí está, mi monja budista, ahora debajo de una amplia chaqueta roja que le cubre el hábito.

De pronto no tengo claro cómo saludarla, así que adelanto la mano, pero en el último segundo me arrepiento y casi se convierte en un ademán de besársela como a un obispo. Finalmente, bajo el mentón un poco.

Ella sonríe, se acerca y me da dos besos.

—Muy interesante su clase —digo por cortesía—. Pero, como le he dicho a mi amigo Leandro, es una pena porque me va a ser imposible. Viajo mucho por trabajo. Y como para esto hace falta constancia…

—Bueno, si eres buena viajera, nosotros también tenemos un viaje —dice, mientras va saludando con la cabeza redonda a todo el que sale.

—Yo viajo más de lo que quisiera —digo, tajante.

Ahora me observa como desde lo alto, como se miraría a un niño. Entorna esos ojos azules y limpios de E.T. y dice:

—Sí, yo también, pero hay un lugar al que al menos yo no había ido nunca. —Hace una pausa—. A mi interior.

Otro de sus silencios; uno cómodo, un reloj parado, un avión sin wifi entre las nubes. Y reconecta:

—¿Sabes, Patricia? Estuve muchos años ejerciendo la psicología y pensé que sabía muchas cosas. Pero un día me di cuenta de que no llegaba hasta el final. Allí donde está nuestro hogar. —Se toca la sien—. Ahí es donde de verdad estás bien. Pero si nunca lo hemos ordenado es normal que no nos apetezca estar en él. A todos nos pasa.

Le sonrío cordialmente mientras pienso que no, que este rollo no va conmigo. Y entonces decido zanjar la cuestión:

—De verdad que me encantaría y seguramente me vendría muy bien porque me estreso con facilidad, pero mi vida es muy complicada —le explico, y hago un gesto de que Leandro me espera fuera.

Ella asiente despacio y sonriendo, como si no le sorprendiera ni una sola de mis palabras.

—No sabes cómo te entiendo —continúa—. Pero piensa, Patricia, en lo revolucionario que es que alguien te diga que aún puedes cambiar si lo deseas.

En ese momento Serena la reclama para hacerse un selfie. La maestra Jedi me desea un buen viaje y posa con Serena, que sigue al lado del Buda como si este fuera un photocall.

Doy un paso para que se abran las puertas transparentes automáticas que me devuelven al ruido de la calle. Leandro tira su cigarrillo.

—A ver… —le digo mientras camino detrás de él calle Malasaña abajo—. Tampoco es un drama venir algunos días sueltos. Total, una monja más o una monja menos…

Y él me da un empujón como por descuido y yo otro hacia el lado contrario, antes de agarrarle por la cintura y observar cómo aflora su sonrisa de perfil. Nuestro equilibrio de fuerzas.

La pirámide invertida

25

Acaricio la espalda de mi juvenil amante tendido a mi lado. Su cuerpo largo, blanco, parece esculpido en el interior de las sábanas como si fuera un *non finito* del *Cinquecento*. La verdad es que es una buena idea el sexo por la tarde. Así no hay peligro de dormir juntos. Ese momento siempre acaba transformándose en un molesto pulso que me deja escasas ganas de repetir.

No consigo dormir con ellos. Con mis amantes. Tengo que asumirlo. Y es verdad que prefiero quedar en su casa y no en la mía. Y que, cuando la relación se prolonga, tampoco quiero que me llame su novia o su chica. Ni nada que sugiera que soy alguien especial en su vida. Sobre todo, que es alguien destacado en la mía. Santiago ya me dejó clara su teoría al respecto. Que este comportamiento no me protege; al contrario, según él, me hace parecer más vulnerable. Que expresar los sentimientos se percibe como un signo de valentía y seguridad en uno mismo. Que ocultarlos señala públicamente una gran debilidad tuya: el miedo. Y todo el mundo puede olerlo. Una fría armadura que protege la falta de madurez y sobre todo de carácter. ¿Miedo a qué? Da igual, dijo. Miedo.

Gabriel se da la vuelta y me descubre, como si le sorprendiera. A mí también me sorprende que se haya dado así nuestro reencuentro después de tanto tiempo. Sí, sigue conservando su rostro alargado y serio y sigue mirando muy bien a los ojos. Comienzan las caricias y los besos en el cuello y, entonces, todo su cuerpo se convierte en la raíz limpia y blanca de un árbol que se me enrosca, que busca agua, hasta que un extremo de ella penetra en mí de nuevo para encontrarla. Me sonríe con sus ojos limpios, a un palmo de mi nariz, su inocencia inteligente. De pronto, le envidio. Por su juventud. Por tener menos vida que yo. Porque no es tan consciente de que se nos escapa. Para él, ahora mismo parece no existir el tiempo. Es un oasis hecho hombre. Sabe dedicarse a mi cuerpo. Y le gusta. Me lo dice sin cesar. Ese fue siempre su superpoder: hacer sentir único a quien tenía delante. Por eso, de todos nosotros, siempre fue el mejor entrevistador. Me besa larga, lenta, profundamente, y sí, a mí también me apetece dedicarme a él. Unidos por esos dos puntos nos hacemos un nuevo trasvase de energía.

No sé cuánto tiempo ha pasado, quizá otra hora o dos y, tras otro buen rato abrazados, busco el móvil que brilla con insolencia sobre la alfombra, a los pies de la cama, y le digo que debo irme ya. Se estira, me da un beso y se levanta de un brinco. «Pero ¿tú no me dijiste ayer que te habías apuntado a meditación para desestresarte?» Saca dos toallas de una cómoda que se atasca, me arroja una y luego se queda apoyado en el quicio de la puerta con un gesto de diversión incrédula y la toalla enroscada en la cintura. Me observa, desnuda y tirada en la cama. «Qué fuerte, Patricia.» Sonríe maravillado. «¿Nos hemos acostado?» Me levanto y camino delante de él con la toalla en la mano y un impudor que me desconcierta. «Eso parece», me río. «Ya ves, qué cosas.» Y sigue, como para él: «Después de tanto tiempo… qué fuerte».

Yo voy recogiendo mi ropa, que está diseminada por el salón. «Bueno, no pasa nada», añado. Y él sonríe con los ojos y dice: «No, no pasa nada. Creo que había que hacerlo».

Antes de irme le recuerdo que me pase su documental sobre las sectas, estoy deseando verlo, y él me desea suerte con Greta hoy y me asegura que hará todo lo posible por convencer al editor de su sección. Opina que es muy interesante tener la perspectiva de una religiosa ahora que se habla tanto de los derechos de la mujer; es un melón que aún no se ha abierto, dice. Pero, dependiendo de qué tipo de injusticias haya sufrido, podríamos tropezar con otros impedimentos, como me había advertido durante la comida, antes de que decidiéramos pasar a otro registro; no era muy optimista.

—Hace quizá siete años esta historia se habría publicado —me había dicho mientras se metía en la boca un trozo de pan de pita.

—¿Y qué ha cambiado? —me asombré.

—Todo. Las redes sociales, para empezar. Tú te fuiste y no lo has vivido día a día, pero las redes han sometido a la información a un reduccionismo peligroso, Patricia. No siempre es verdad eso de que lo bueno, si breve... no. Depende. Hay historias que necesitan más tiempo para ser contadas. Y espacio para la reflexión. —Dio un largo trago a su cerveza negra y se alborotó un poco el pelo fosco y claro en el espejo de la mesa—. Tu historia no sólo necesita un editor valiente. Necesita espacio, joder. Quizá un gran reportaje en un dominical o un documento de investigación en un programa de televisión. Pero, según lo que me cuentas, tienes dos problemas: que careces de imágenes y que no puedes dar nombres. Además de todo eso, es muy difícil que te ofrezcan el espacio que necesitas para contarlo bien. Pero te prometo que voy a intentarlo.

Me sonrió con los labios juntos, como sólo lo hace en la intimidad, pero nunca en público, ni en las entradillas de sus reportajes por alegre que sea la noticia. Él también se protegía. Todos lo hacemos. Pero conmigo, a pesar de no haber estado en contacto en tanto tiempo, no lo ha hecho, y me ha seguido relatando lo que han sido estos años desde que me aparté de las redacciones y cuánto le apenó que le pillara todo «mi asunto» cuando estaba destinado fuera. A mí, sin embargo, me apenó pensar que hubiera visto demasiado: guiones de noticias para los informativos a los que el director del mismo se olvidaba de quitar el membrete de la sede de un partido; ruedas de prensa convocadas antes de unas elecciones para comunicar la desarticulación de una célula yihadista, a sabiendas de que la familia detenida no tenía nada que ver; escuchar ese «qué más da, ya saldrán cuando las papeletas estén en las urnas» de un ministro, al que no le importa destrozar la vida de personas honradas. Y luego, como corresponsal: demasiada muerte. Demasiados muertos. Por eso, él también se había apartado de la vida política y ahora se dedicaba a su verdadera pasión, allí donde según él aún rezumaba la savia del auténtico periodismo: la prensa local. Alejado de los grandes despachos y del vocabulario macroeconómico. Sí, Gabriel, el Recto, también amaba las palabras.

Tengo que reconocerme que hasta ese momento no visualicé la posibilidad de acabar en la cama con él. De haber sido así, me habría negado a que pidiéramos hummus. Pero, de pronto, escuchándole hablar, a él y a sus valores, a su vocación indeleble, esa valentía umbilical surgida de la víscera, a su decepción lúcida sin victimismo… me resultó tan atractivo, con esa barba insumisa de dos días, que nunca se dejó cuando éramos más jóvenes, y su eterno gesto de colegial travieso, que, a partir de ese momento, creo que tuve claro que debía saldar con él una cuenta pendiente.

Pero dormir no.

Dormir no puedo.

Nunca entienden que para mí es un acto mucho más íntimo que el sexo. De hecho, llegó a ser lo que Diana y yo llamábamos en la facultad «mi detector de relaciones acabadas». Si no conseguía desconectarme del mundo al lado de una persona, se había roto el vínculo, el hilo invisible, la conexión remota.

De hecho, acabo de ser consciente de que para mí hay dos tipos de relaciones: las personas con las me apetece dormir y aquellas con las que no. Hay amigas con las que soy capaz y otras con quienes ni me lo planteo. De mi familia sólo puedo dormir con mamá. De mis relaciones, en toda mi vida sólo me apeteció con uno y tuve muy claro a partir de qué momento mi cuerpo firmó su independencia. Porque no se trata sólo de si es el hombre con el que te gustaría pasar la noche, sino de si es la persona al lado de la cual te gustaría despertarte.

Me he despedido de él con un beso divertido, que ha comenzado en su nariz y ha descendido como por un tobogán a otro más cómplice y apasionado en los labios y, ya desde la puerta, he visto que meneaba la cabeza mientras sonreía con incredulidad. Qué fuerte… y ha cerrado la puerta despacio, como si imitara el final de un thriller.

He bajado en el ascensor contagiada por su feliz desconcierto y me he peinado con los dedos. Tengo la barbilla y los carrillos abrasados. Froto con mi dedo húmedo en mi párpado inferior los restos de petróleo del naufragio, lo mío sí que es pasión por investigar, y salgo hincando los tacones con fuerza en la acera.

Hace un calor de chimenea. No sé si ha llegado de golpe el verano o es que aún me arde el cuerpo por dentro.

Es curioso porque Gabriel tiene una perspectiva de mí con la que no me reconozco. Opina que siempre he ido a contracorriente, como los salmones. Según él, siempre hice las cosas a mi manera por muchas presiones que recibiese. Pasó lista a todos nuestros compañeros que sucumbieron al rito y que siguen en la profesión, y me asegura que están destruidos por el agotamiento, calvos y atrapados por complejas custodias compartidas. Yo, sin embargo, según él, me fui a tiempo y me comprometí lo que pude, tanto en lo profesional como en lo personal, tras muchos años conviviendo sin necesitar un papel. Llegué al periodismo sin saber controlar mi lengua ni mis emociones, supe lo que era el éxito y me fui antes de que me destruyera. «Yo de mayor quiero ser como tú...», me dijo. Pero no, yo no querría. Yo quería haber resistido como él, Gabriel, el Recto, el Fiel, y, pese a todas las trampas sembradas por los viejos faraones, haber profanado esa pirámide invertida y entrar en ella.

La pirámide cuyos seis peldaños tenía que volver a subir después de tantos años y sin calentar, que en el caso de Greta me parecían un Everest: qué, quién, cuándo, dónde, por qué y cómo... y, además, la dificultad añadida es que creo que necesito subirlos en otro orden. Era cierto lo que decía Gabriel. Me faltaban datos para vender bien esta historia. Quizá estaba siendo un poco impaciente. Pero habíamos cambiado de estación y el verano era un cronómetro en marcha que me recordaba que con la llegada de la primavera se nos acabaría el tiempo. El tema es que, a pesar de todo, le dije, mirándole a los ojos más sincera y más fijamente de lo que hubiera querido, que pese a todo habría querido ser una buena periodista.

—¿Y ahora qué busca Patricia Montmany? —me preguntó mientras se delataba buscando las llaves con disimulo en el bolsillo y miraba el reloj, antes de invitarme a subir a tomar aquel café turco que tanto había tenido que regatear en una medina y que nunca tomamos.

No le respondí antes. Así que lo hago ahora. Supongo que busco la felicidad. Y el amor. Como todos.

No quiero llegar tarde. Greta me ha advertido que sólo podemos vernos mientras la dueña de la casa no esté, porque es una persona muy conflictiva.

Introduzco la dirección en el GPS del móvil. Está claro que estoy perdida.

26

Me ha costado encontrar la casa y eso que Greta me ha dejado todo tipo de indicaciones en su mensaje. La zona de Conde Duque es un pequeño laberinto de calles con casas de avanzada edad que no se molestan en disimular sus arrugas y muy similares entre sí. Al entrar, me ha sacudido el olor ácido de jaula humana sin ventilar. Es grande y lúgubre y está llena de objetos, pero predominan los libros y papeles que invaden los muebles como si les hubieran granizado encima. Las contraventanas de los balcones están entornadas y de ese caos penumbroso surge Greta, «Hola, Patricia», me dice, entrando en el salón, y secándose el cabello con una toalla. Todavía le queda un poco, pero podemos ir charlando mientras termina de poner unas lavadoras. Me invita a pasar a la cocina recorriendo un largo y estrecho pasillo. Allí sí huele a café y a limpio, la única habitación que de momento le ha dejado tocar, me explica. Porque el salón, no, imposible.

—¿Y dónde está ella ahora? —pregunto, tirando de una silla que se queja—. ¿No se enfadará si me encuentra aquí?

—Tranquila, está en la iglesia. Va todos los días, una o dos veces. Nos habremos ido antes de que vuelva. —Luego me pone la mano en la frente—. Te noto sofocada y cansada. ¿Estás bien?

—Sí.—Me abanico con una revista llena de polvo—. He venido caminando muy rápido y hace mucho calor aquí dentro.

Parecía mentira que ya estuviéramos en verano, le digo. En Madrid siempre llegaba así, de golpe, y ella me dice que lo prefiere, cualquier cosa al invierno, aunque eso también supone que pasa el tiempo.

—Una estación menos para la primavera —señala.

—Sí… aún sigo tanteando el interés de distintos medios, pero es difícil hasta que no tengamos más que mostrarles. —Y le cuento esa verdad a medias, porque sé que los impedimentos van a ser otros.

—Entonces avancemos —dice.

—¿Y cómo va tu asunto de los papeles? ¿Crees que te los podrán hacer en esta casa?

Resopla, no lo ve muy claro. La persona a la que cuida no está en condiciones de hacer casi nada y, mientras vierte café en una taza de loza para el que le pido hielo, me cuenta que Deirdre es una feligresa del Aitá. Se enteró de que ahora vive aquí porque la han prejubilado en la Universidad de la Ciudad del Norte por esquizofrenia con sólo cuarenta y dos años.

—Una pena —se compadece—. Necesita a alguien con quien vivir y yo también. —Y suelta la toalla sobre el respaldo—. Así que es una solución transitoria. Me da mucha pena. Le he visto cicatrices en los brazos.

—¿Cicatrices?

—Sí, puede que drogas, autolesiones…

—Pero… ¿está controlada? —me inquieto, y trato de frenarme el corazón, que aún me galopa por inercia.

—Al parecer sí, sufre brotes de vez en cuando. —Abre un armarito y reordena un ejército de botes de pastillas que forma filas en su interior—. Me ha dado una lista de cosas que debo hacer si alguna vez tienen que ingresarla.

Me sorprende su valentía. Se lo digo, «Eres muy valiente», las cosas hay que decirlas, y quedo atrapada por el recorrido de mi café entre los pequeños glaciares que crepitan a su paso. Ella introduce una montaña de toallas sucias en la lavadora. Deirdre es maja, admite, además parece una mujer interesante, pero es cierto que se mueve de forma constante y tiene unos ojos azules desatados, siempre alerta, que dan un poco de miedo. A veces le cuesta entenderla porque tiene un discurso desorganizado y se viste de forma excéntrica. El otro día se puso la ropa interior encima de la camisa y gafas de sol para estar en el salón.

—Yo que necesitaba fijarme en alguien para aprender a vestirme… —me dice.

—Igual acabáis creando tendencia.

Nos echamos a reír. Habrá que tomárselo con humor. El plan que ha diseñado con el Aitá es cuidarla durante un tiempo mientras ahorra para poder matricularse en la universidad.

—No sabía que querías volver a la universidad.

Se levanta y se echa un poco de café solo en una tacita descascarillada y antigua.

—Pues mira, he pensado que me lo debo. Sobre todo después de recibir esto hoy.

Busca su móvil apartando los cacharros de la cocina. Me pide que la llame y por fin produce un pequeño estruendo encima del microondas. Me muestra la pantalla. Es un email enviado por una tal Fátima.

—¿Qué es? Y... ¿quién es?

—¿Aún no te he hablado de Fátima? —se sorprende, y luego sus ojos se ablandan—. Es mi mejor amiga. Ella es de México, coincidimos allí, en la Casa General. Por eso la llamo la Comunidad de los Apóstoles, porque por primera vez encontré amigas que pensaban como yo. Pero cuando me echaron le escribí un email muy duro, diciéndole que de momento no podía estar en contacto con nadie de allí, hasta que me curara.

—¿Y sigue siendo monja?

—No, la echaron poco después de mí. Me escribió hace un mes para contármelo.

—¿Y por qué la echaron?

—Se enamoró de un cura mozambiqueño que conoció allí.

Contengo un principio de carcajada.

—Pues a mí no me hace gracia —dice, secándose las manos y yo me disculpo con las manos juntas—. Ya dije en su momento que ese tipo no me gustaba nada. Pero esa no es la cuestión. Él le hizo algo imperdonable, pero nuestra «piadosa comunidad» le ha hecho algo peor. —Coge aire—. Pero no me escribía sobre eso, sino para reenviar un email que mi judas particular, la madre Dominga, envió desde la Ciudad del Norte a toda la congregación en todo el mundo unos días después de que me echaran: contiene fragmentos de mi carta de expulsión, explicando, además, todo lo que han sufrido y hecho por mí.

—¿Lo dices en serio? —Me pongo el café helado en la frente con una mano, mientras sujeto el móvil con la otra.

Greta empieza a meter los cacharros en el lavavajillas provocando un gran estruendo.

—¿Y esto suele hacerse así?

—Claro que no. Es una carta privada, sesgada y manipulada. —Se pone en jarras—. Un procedimiento que nunca se hace...

Leo con dificultad la carta de Fátima en la pequeña pantalla de su móvil: «Qué terrible, Greta, cuando he recibido esta carta, he confrontado a la madre Celeste». «¿La Súper Superiora?», pregunto, y Greta asiente. Prosigo leyendo: «Le pregunté en qué Dios creíamos para hacerte algo así. Y su respuesta fue que se estaba actuando con justicia y que yo era libre de creer en el Dios que yo quisiera. Ay, qué dolor».

Sigo leyendo la carta en cuestión. En ella se deja a Greta desnuda, se explica «el gran pesar» que ha causado a su comunidad, su incapacidad para adaptarse, y no puedo evitar que me llegue a mí otro email, uno que está aún en la bandeja de entrada de mi memoria, el que envió en mi contra el propio Comité de Empresa del Canal, cuyos representantes ni siquiera me conocían, pero sí Mario Cordón, su vocal, mi cámara en muchas salidas, quien me esperaba fumándose un porro en su garita, a quien tantas veces salvé el culo cuando se le perdieron los planos, no él, manipulado por otros, nada más conocer mi ascenso me convirtieron en una muñeca de trapo contra quien dirigir los golpes que no se atrevían a asestarle a quien les esclavizaba. Aquel email también fue distribuido como una heroicidad a todos mis compañeros cuando me echaron del Canal. Los senadores se enjuagaron la sangre de sus manos tras un apuñalamiento por la espalda. Sube por mi garganta el mismo reflujo de indignación y vergüenza que sentí entonces, con un buen chorro de culpa por no supe bien qué, una borrachera de dolor que sudé en la cama durante días.

—¿Cómo estás? —le pregunto desde mi pasado.

Ella no se vuelve. Sólo respira hondo.

—Cansada, Patricia —le oigo decir—. Muy muy cansada.

Le pido que se siente a mi lado un momento y nos tomemos el café tranquilas. Sus exhermanas quizá han incurrido en un delito contra la intimidad y le aseguro que voy a averiguarlo. También le pido que me lo reenvíe y que empiece a recopilar cualquier email de este estilo.

Tiempo para pasar al segundo escalón de la pirámide: «¿Quién?».

Le pregunto cómo es la madre Dominga, su judas. Me enseña una foto. Salvo su estatura, todo lo tiene pequeño: la sonrisa de dientes largos y apelotonados, los ojillos también juntos —eso nunca es un buen síntoma—, la frente estrecha… Como si el rostro fuera demasiado pequeño para que boca, ojos y cejas encontraran su espacio. Una mujer con la inquietante inexpresión de pez, y que deja colgando las manos en las fotos de una manera extraña. No podrías describirla fácilmente porque toda ella es un lugar común. Según Greta, es de mediana edad y mediana inteligencia.

—Lo único que tiene grande es su cinismo —dice—. La que me ha echado y da en esa carta lecciones de moral es la misma que, cuando me recibió, me dijo que menos mal que le enviaban a alguien como yo, «estoy harta de que me manden ignorantitas salvadoreñas», fue su frase, y a continuación les decía que las quería mucho a todas.

—¿Es española?

—No, lleva mucho en España. Es mexicana, pero se le olvida.

—¿Y por qué te enfiló de esta manera?

—Siempre le intrigó mucho que la madre general, la madre Celeste, me mandara a estudiar Comunicación a España. Desde el momento en que lo supo, creo que decidió destruirme.

—¿Y eso te convertía en un peligro? —Saco mi libreta y apunto el nombre de Dominga—. ¿Qué le molestaba?

—Yo y lo que aprendía.

Su vida, aun siendo la superiora en España, era mucho más insulsa que la de Greta. La madre Dominga había estudiado Magisterio como la mayoría. Se le pudo ocurrir que aquella joven eléctrica podría querer más. Su sitio. Greta se recuesta en el respaldo. «Pero yo no quería "su sitio", Patricia.» Y se seca el sudor con el paño de cocina. «A mí, después, iban a enviarme a Roma.» La joven juniora que era Greta proponía mejorar las circulares y la comunicación en el convento; hacer todo tipo de actividades, pedía tiempo para estudiar… pero fallaba en el cumplir.

—Cumplir, cumplir, cumplir… ¿sabes cómo se llama eso? —Deja el móvil en la mesa—. Se llama cumplimiento. Bendita depresión en la que caí.

Vuelve a mi cabeza Gabriel, pero no para rememorar nuestro fogoso reencuentro, sino por algo que he recordado con él hoy: mi último trabajo en la redacción, el castigado y siempre sonriente y dentón rostro de Inés Cansino, cuando aún jugaba a ser mi «mentora», mientras afilaba los cuchillos en cada telediario a mis espaldas. Debí sospechar desde el principio que una mujer que había cargado desde la infancia con ese apellido tenía que tener mucho odio en las cloacas de su cerebro. No, yo tampoco quería su puesto; de hecho, para mi sorpresa, me ofrecieron uno mucho más alto, ni siquiera habría trabajado a su lado. Ese puesto que no quise aceptar por no soportar más presión y críticas a mis espaldas, y dimes y diretes de miembros del comité por los pasillos.

La observo: carismática, bella, comunicativa, inteligente…, tenía lógica, ¿cómo no iban a odiarla? Ella era la única que iba a la universidad, eso causaba comentarios entre sus hermanas.

—Algunas se quejaban por detrás por tener que hacer más labores, como limpiar los cristales del edificio o lo que fuera, porque yo estaba estudiando —tose una carcajada—, su forma era decir en alto: «No pasa nada, Greta, yo me ocupo de tu parte». Pero luego iban a quejarse.

—¿Y por qué crees que te pasó en la Ciudad del Norte?

Prende un ventilador grasiento. Hace calor, sí, hace calor.

—Me había ocurrido en otros lugares, pero tenía amigos. Allí no. Allí me encontré sola. Lloraba por las noches y no podía contarle nada a nadie. Sólo a Fátima. Ella estaba en África con su doloroso amor. Y yo con el mío…

Ahí la tenemos de nuevo. Salta mi alarma de nuevo ante esa palabra, aunque lo ha dicho en un susurro.

—¿Tu amor?

Ella parece incómoda. Mucho.

—Ya da igual quién fuera. Ya no importa.

Y abre el grifo para fregar lo que queda aunque aún no está el lavavajillas lleno. El ruido del chorro de agua nos distancia por unos momentos.

Contemplo esa muralla de agua crecer más y más entre nosotras como un nuevo tsunami y parece advertirme que no, no es el momento. Por eso aprovecho para leer la carta otra vez y recuerdo alguno de los datos que me ha ido revelando en estos meses.

Me imagino la decepción que está sintiendo al ver la firma de puño y letra de quien sentencia a muerte su vocación:

La firma de la madre general, la madre Celeste, máxima autoridad de la Congregación, rubricando su expulsión. La misma que la apoyó tantas veces, con su rostro regio y avellanado, siempre vigilante como una abeja reina que anida en su colmena. La misma que le dijo «aquí dentro necesitamos personas inteligentes». «Y es que aquí fuera la mayoría somos inteligentes», me había dicho Greta una vez, «porque la experiencia nos da esa inteligencia. Pero piensa, Patricia, que en un universo tan cerrado es muy difícil desarrollarla». Recuerdo lo mucho que me impresionó aquella reflexión.

La madre Celeste era matemática y le gustaban, como a ella, otras cosas: las mandarinas, comer lentamente y las palabras sinceras. Detestaba la adulación a la que se veía sometida por su cargo, así como las constantes comilonas con las que la agasajaban. Por eso se llevaron bien desde el principio. Le gustaba la iniciativa e inquietud de aquella joven juniora, y quizá por eso iba disculpando sus rebeldías, como su impuntualidad en los horarios de rezo cuando se quedaba leyendo, sin pararse a pensar que la inteligencia, a menudo, va unida a la capacidad crítica. Chispas. Qué lástima. La realidad es que no estaba con ella en el día a día, sino al otro lado del mundo, en su colmena de despachos mexicanos con olor a cera y a tinta, y tuvo que creerse lo que le llegaba de la tiburonesca madre Dominga. Bernarda, su secuaz y a la que llamaban «su marida», actuaba, según Greta, como brazo ejecutor de su cobardía. A cambio, gozaba de privilegios: no llevaba velo con la excusa de que había sufrido una meningitis en tiempos y dormía en la misma habitación de la superiora.

Según ellas, Greta tenía un gran problema en «el compartir comunitario». Le pregunto qué es eso, casi a gritos, para competir con el grifo. Lo cierra.

—Yo propuse un poco de flexibilidad: poder estudiar después de rezar, en lugar de ver el telediario juntas todas las noches. Ese tiempo de expansión yo lo llevaba mal porque necesitaba más horas en la biblioteca. En la comunidad no había un triste diccionario.

De hecho, la primera Navidad pidió un diccionario María

Moliner y no sabían ni quién era. Se ríe a carcajadas tristes, eso, secretamente, parece que lo disfruta.

Deja una bandeja llena de copas de cristal mojadas y se sienta al otro lado de la mesa de la cocina con un paño en la mano. Se dispone a secarlas.

—¿Y cómo habría sido la hermana Greta perfecta?

No duda ni un segundo:

—No debería haber protestado ni cuestionado nada. Ellas son muy de «hacer». Eso no debería haber sido un problema en mi caso porque yo soy casi hiperactiva. Pero allí me parecía absurdo que las que teníamos una carga mayor como estudiar postgrados y, teniendo mucho dinero, tuviéramos que invertir tanto tiempo en tareas superfluas.

—¿Y limpiabais vosotras? —pregunto mientras le pido una copa.

—Daba igual lo que yo aportara ni mi dedicación en otros aspectos —continúa ella—, daba igual lo que yo estudiara, la hermana Greta perfecta tendría que haber lavado uno por uno hasta los posavasos. Te aseguro que la guardería de la Ciudad del Norte era la más desinfectada de Europa cuando yo estaba. —Lanza el paño a la pila—. ¿Cómo habría sido la hermana Greta perfecta? La hermana Greta perfecta tendría que haber asistido a todas las horas de rezo puntualmente y cenar y ver el telediario todos los días. No haber cuestionado jamás nada. Y estar feliz.

Gracias a eso se le da fenomenal abrillantar copas, me dice. Y se seca las manos antes de coger el móvil y posar sus ojales en la carta que la precipitó al vacío. «Por fin te vas», fue lo que Greta escuchó de labios de la madre Dominga cuando le dieron la carta. Esa carta que resumía todas sus pesadillas. El miedo constante a que la echaran había tomado forma.

La carta tenía un plazo: 6 de marzo, el del día siguiente.

—Como viste, es una carta mediocre.

Veinticuatro horas para salir del país como si fuera una peligrosa delincuente, pienso. ¿Sólo porque le costaba «la vida comunitaria»?

Veinticuatro horas para abandonar todo un sistema de vida y sin derecho a un solo día cotizado en catorce años de dedicación a la comunidad y a la enseñanza. Se había ordenado al día siguiente de cumplir la mayoría de edad. Sales del seno de tu familia y a ella te devuelven.

—Un billete de avión para dejar España en veinticuatro horas y mil dólares en el bolsillo, sólo por cuestionar... —recuerda con aquel pedazo de papel soldado entre sus manos.

—¿Eso sabes dónde se hace? —salgo de pronto de mis cavilaciones.

—¿Dónde?

—En las dictaduras.

Greta sonríe.

—Eso escríbelo.

—Ya lo he hecho. —Y apuro mi café hasta que los hielos me queman los labios.

Recibir esa carta fue uno de los episodios más duros de su vida, y la entiendo, cómo no voy a entenderla. Lo recuerda repasando esa balacera de palabras que impactó en su alma, cruzó de nuevo su umbral del dolor, el que había marcado la desaparición de su hermano. Y continúa con el relato de esa escena que, desde que la conozco, me va llegando rota como un mosaico, y que quizá ella visualiza como una película, obsesivamente, una y otra vez.

Abrió el sobre y vio un billete, un taco de dólares y la carta. «¿Esto era lo que usted quería?», le preguntó a la madre Dominga tras leerla con los dedos rígidos, delante de ella. Y su superiora, como uno de esos militares de despacho, poco acostumbrada a los enfrentamientos cuerpo a cuerpo, pero envalentonada por su victoria, con algo parecido a una sonrisa temblona en la cara, sólo dijo: «Qué bien que te largas de una vez de aquí». Entonces Greta rompió la carta y salió corriendo.

Lo primero que hizo fue llamar al Aitá. El viejo jesuita llegó a grandes y pesadas zancadas por el paseo marítimo en media hora, su cuerpo anciano subió los gastados peldaños de su parroquia de dos en dos arremangándose la sotana, y cuando la encontró sentada en el primer banco, escoltada por los cangrejos que no corrieron a esconderse, la abrazó.

—Lloramos juntos, me dio un abrazo profundo y me dijo: «Greta, mi dolor es tu dolor». —Se le anegan los ojos—. Y sentí que era cierto. Él no entendió la decisión. Le pareció injusta.

—¿Te lo esperabas?

—No. Inválida y enferma como estaba, no. Y aunque pasen los años no lo perdonaré jamás. —Su voz es clara ahora—. «Si Dios existe, tendrá que arrodillarse para pedirme perdón.»

Eso lo escribió un preso de Auschwitz en las paredes de un barracón. Ella querría escribirlo en los muros de esa capilla en la que le dijo a su Dios que la había decepcionado. Durante el largo silencio en el que nos ha sumido esa última frase, me sigo haciendo preguntas.

—¿De qué te acusaron para provocar esa decisión tan radical de la madre Celeste?

—Dijeron que estaba desquiciada. Que había amenazado con quemar a los niños.

Se refugió por un momento en el giro monótono de la lavadora, como si sintiera que daba vueltas también con esas toallas. Me contó cómo la madre Dominga había escrito a la madre Celeste para manipularla. Y ahora había enviado su carta de expulsión a toda la congregación como tiro de gracia: en ella, e incluyendo sólo los fragmentos que le interesaban, su judas relataba cómo ella misma y su comunidad habían sido desestabilizadas, siguió diciéndome, como si le costara encontrar las palabras, pero continuó, aunque arrastrando la voz:

—Ellas eran las víctimas de mi enfermedad, es decir, de mi soledad, de mi dolor... yo se lo he hecho pasar muy mal.

Cerró los ojos y se abanicó con una revista.

—¿Y qué razones dio para justificar su decisión de que dejaras de estudiar?

—No lo sé. —Niega con la cabeza, mueve la pierna como si tuviera vida propia—. Lo único que sé es que ese día hubo un punto de inflexión. Llevaba un año estudiando Comunicación. Todas las materias me entusiasmaban. Había hecho amigos... Cuando la madre Dominga me envió a «su marida», la hermana Bernarda, con su cara seca, para decirme que ya se había pasado el plazo de inscripción y que era una buena oportunidad para que me dedicara más a ellas... supe que estaba atrapada. Que habían empezado a ganarme la batalla. Ese día conocí al Aitá.

Una iglesia colonizada por el musgo y los crustáceos en la Ciudad del Norte, delante del mar. Era noviembre. Con la excusa de ir a devolver un libro, Greta salió del convento, desesperada, sin saber a quién reclamarle, así que decidió reclamarle al mar. Tras la noticia de que la apartaban de la universidad, dentro de aquellos muros todo le olía a podrido. Sentía sus pulmones encogerse y del tamaño de una nuez. Ni siquiera podía llorar. Necesitó tomar el aire. Caminó por el antiguo paseo marítimo y dejó que el aire cargado de sal le diera en la cara hasta que sintió que quería arrancarle el velo. Quiso que se lo arrebatara. También su hábito. Hasta su piel. Quiso ser un esqueleto sin alma y haber acabado con todo. Caminó por la única nave del templo y algo correteó a su lado. Un pequeño cangrejo oscuro cruzaba el suelo de piedra, tan desubicado como ella. Entró en un confesionario y pudo intuir el rostro del sacerdote sentado tras la celosía. Tenía una sonrisa plácida de ojos cerrados que la hirió porque ella se sentía muerta por dentro, por eso sólo dijo:

—No creo en tu Dios. No creo en la Iglesia. Ni en nada. Sólo en Rilke, en Paganini y poco más.

Al otro lado de la celosía oyó un breve silencio que olía a algas muy antiguas. Y luego, su respuesta cadenciosa, como las olas:

—Muy bien… ¿Te puedo pedir sólo un favor? —Ella se encontró con los ojos de animal anciano y ya muy abiertos—. ¿Puedo ser tu amigo?

Y Greta empezó a llorar.

«Empecé a llorar», me dijo Greta llorando de nuevo como no la había visto llorar antes. No como aquella novicia, ni como la mujer decepcionada que era ahora, sino como una niña perdida. Empezó a llorar porque no se lo esperaba, me dijo mordiéndose los labios, llevándose una mano agradecida al pecho. Ella quería provocarlo y pensó que la iba a agredir como todos los demás. Quería que la desafiara, pero no lo hizo.

Se seca las lágrimas con la manga.

—El muy cretino del cura aquel me sonrió y me preguntó si podía ser mi amigo para siempre… Desde entonces para mí es el Aitá.

Luego supo que había estado cuarenta y cinco años en el Congo. Venía de estar con los más despreciados, se fue con veintiséis años, un joven bello, demasiado, con lo puesto y sin hablar una palabra de francés. Se iba con los enfermos y aprendió a comunicarse con un solo gesto universal: la sonrisa. Había vuelto recientemente a la Ciudad del Norte, su ciudad natal, y, como ahora era obligatorio dar la misa en euskera, su superior le había puesto un profesor.

—A él le dio la gana de ser mi amigo y se metió en mi vida sólo para eso.

Lo más importante que le había enseñado el Aitá era que lo único que necesitas en la vida es eso: tener un amigo.

—Así que ese llanto fue un «sí, quiero» —le digo, feliz de conocer a ese gran personaje.

Y ella asiente con el mismo alivio de la tarde en que salió de aquella iglesia, escoltada por los cangrejos que corrían a esconderse entre los bancos, y volvió al convento para comunicarles a sus hermanas que iba a coger un director espiritual. Iba a ayudarla un jesuita. Cosa que les pareció bien. Quizá habían conseguido meterla en cintura.

Hablaban de todo. Ella había sido para él la conexión con este mundo tan extraño en el que él había reaparecido después de cuarenta años.

—Uno en el que los religiosos íbamos a museos, teníamos coches de alta gama, portátil, móvil... No como él, que había vivido la pobreza de los pobres.

Eran dos desubicados. Dos exóticos peces fuera del agua. Quizá por eso tenían la misma capacidad: la de cuestionarlo todo. Greta compartía libros con él. Recordaba muy bien cuando le dejó los *Cuadernos* de Paul Valéry, ese tomo que no le dejaron llevarse de la Ciudad del Norte y que ahora tanto echa de menos. Cuando el Aitá leía algunos párrafos, la miraba maravillado y le decía: «¿Y tú entiendes esto, Greta?», y luego: «Eres una persona extraordinaria. Increíble».

—Él siempre ha tenido miedo a mi rebeldía y la locura que podía traer mi rabia —admite.

Me enseña una foto del Aitá: tendrá ochenta y tantos. Es un hombre alto, de una belleza que permanece. Había sido un rotundo moreno de un metro ochenta. Con sonrisa de hoyuelos y ojos cerrados, de labios blancos y finos.

—Él es tan perfecto... —dice ella, deslumbrada—. Yo siempre me meto con él porque es jesuita, y le digo que es una élite, porque tienen clase y su propio Papa. Le digo: «Mucho Congo, pero vosotros sois unos pijos, sois los científicos de la Iglesia...».

Él le seguía la corriente en todo.

Recuerda con cariño todas sus charlas por el paseo marítimo, su forma de bajar arrastrando la sotana por las escalinatas blancas hasta la arena. El Aitá era una persona muy sencilla, se había dedicado cuarenta años al ser humano, y no le importaba quién pintaba un cuadro, quién tocaba un concierto, quién escribía un libro, sólo que fueran felices, que tuvieran una vida digna, que no pasaran hambre, que no sufrieran.

Había días en que Greta se empeñaba en que la acompañara a lugares que nunca había pisado.

—Aitá, tienes que venir conmigo a una exposición, pero es pintura contemporánea.

Ella estaba aprendiendo a valorarla, le dijo muy seria, a sentir y no a comprender.

Entraron en la galería blanca y minimalista con grandes lienzos manchados de colores, y el Aitá se mostró muy interesado. La recorrieron en silencio, él la seguía con las manos atrás, como hacía siempre, y cuando salieron, tras despedirse cortésmente de la galerista, Greta le preguntó qué le había parecido, qué había sentido, cómo había recibido aquel estallido de vanguardia. Él se detuvo en medio de la calle, que ya lamía una lluvia diminuta, y empezó a reírse como un niño y luego dijo:

—Tú me das un cuaderno y unas pinturas y mis niños del Congo te hacen algo precioso. Y lo vendemos aquí. ¿Qué te parece?

Greta salió caminando furiosa paseo marítimo arriba.

—Pero qué ignorante puedes ser, Aitá, te hubieras quedado en tu Congo —exclamó, perseguida por sus risas, que aumentaban exponencialmente el enfado de su joven amiga—. ¡Y que sepas que no te vuelvo a llevar a ningún sitio!

Y allí lo dejó, muerto de risa en el paseo marítimo.

Poco después comprendería que, aunque le seguía la corriente en todo, a él, estas arandelas de la vida le parecían muy bien, pero no le importaban nada. Al final siempre se iba a la esencia y le decía lo mismo:

—Greta, sabes mucho, pero a mí lo único que me importa eres tú. Tu sonrisa. Tus ojos.

Habla del Aitá como quien le reza a un santo con el que tiene sus ritos privados. Cada vez que se despiden, antes de colgar, siempre le dice: «Oye, oye... te quiero». Y ella le contesta: «Y yo... no te puedo querer más». Él repite su nombre muchas veces y lo pronuncia de otra manera. Tiene esa capacidad. Nunca nadie la ha vuelto a llamar así. Dando valor a su nombre, asegura, acercando su rostro al ventilador y dejando que le alborote el pelo, ahora un poco más largo. Llama a cada ser humano como algo único: el Aitá dice que ha aprendido a amar al ser humano en el Congo.

—¿Y tú eres capaz de hacer eso, Greta?

—¿El qué? —Se vuelve hacia mí.

—Amar al ser humano.

—No. Yo no.

Dicho esto, me ofrece mi chaqueta. Hace mucho calor allí y en la calle ha bajado el sol. Me advierte que Deirdre estará a punto de llegar y cualquier novedad es algo que puede desestabilizarla.

—Hora de salir para las criaturas de la noche —le digo—. Además, hay un lugar al que quiero llevarte.

27

La casa está detrás del cuartel de Conde Duque. Le pregunto si conoce ese espacio que ha sido reconvertido en centro cultural. Uno de esos maravillosos lugares de Madrid, a menudo infrautilizados, pero que ahora tiene un ciclo de conciertos de verano. Hoy toca Goran Bregović: una oda gitana a la alegría. Así que nos pedimos dos cañas con limón en la pequeña taberna de la plaza de Guardias de Corps que está delante, un cubículo hecho de madera de cuba, para hacer tiempo hasta que tomen el escenario los gitanos de los Balcanes. A un tipo capaz de soltar píldoras como que todos los gitanos del siglo xx no alcanzan a robar lo que un banquero en quince minutos hay que escucharle.

La pequeña plaza es de arena sin asfaltar, exhibe un muestrario de sillas de terraza de plástico, de aluminio, sin preciosos parasoles, los perros de tamaño considerable se socializan en libertad, sin vestiditos, y se olfatean el culo, mientras sus despreocupados dueños, vestidos de estar por casa, fuman, esperan o tertulian en pequeños grupos. Me gusta esta plaza. Aprovecho para actualizarle mis indagaciones periodísticas. Me escucha con atención mientras sorbe a poquitos su cerveza sin alcohol sobre una mesa que anuncia la misma marca que está tomando. Sé que no suena muy optimista, le digo, pero ya sabíamos que no iba a ser fácil. Aun así, acabamos de empezar y son los medios más grandes. También le hablo de Gabriel y de nuestro encuentro, obviando el fin de fiesta, claro; aún me impone la imagen mental de sus fotos con hábito. También me atrevo a confesarle esa preocupación que me ronda según avanzamos en su historia: la reacción que, de publicarse todo esto, pueda provocar en conocidos y desconocidos. Ya no tanto en los medios, sino en mi medio. Si bien es cierto que, de momento, sólo estoy tanteando el interés en la historia.

Ella agrava el gesto. Busca un pañuelo y limpia la condensación de la mesa.

—Imagina si a ti te preocupa, lo que me preocupa a mí.

Al otro lado de los altos muros de ladrillo, en el patio del antiguo cuartel de Conde Duque, se escuchan unas tubas afónicas, la última prueba de sonido.

—Quiero decir, que no me gustaría hacer daño a las creencias de nadie —insisto—, pero entiendo que en tu caso es normal que estés enfadada con la religión.

Ella parece sorprendida.

—Pero si yo no estoy enfadada con la religión, Patricia, eso ya se me va pasando. Estoy enfadada con la Iglesia, que es distinto.

Extiende la mano y deja que un golden que ha detectado nuestras patatas fritas le lama los dedos salados. El dueño, un treintañero con camiseta de los Ramones, se disculpa desde la mesa contigua.

—Entonces —continúo—, contemos esto desde algo que me dijiste en aquel avión y que me convenció para hacerlo.

—¿Y fue? —pregunta acariciando al perro como si se tratara de su Tribilín.

—Que a nadie más vuelva a pasarle algo así. Ese «algo», Greta, que aún no me has contado en toda su magnitud.

Ella me mira fijamente y asiente.

—Pero voy a hacerlo, Patricia, no te preocupes, voy a hacerlo.

Claro, pienso, mientras escucho los gritos del público reclamando a la estrella de Sarajevo. Y, si no, para qué se contaba una noticia. No era el morbo. No era la venganza estéril. Era una forma de limpieza. Como una profilaxis contra la impunidad. Un exorcismo que expectoraba la injusticia del silencio. Una forma de avanzar hacia algo mejor. Visibilizar una injusticia debería impulsar la autocrítica. Aunque ambas sabíamos que no siempre era así. Yo lo había sufrido en mis carnes y algo me decía que ella también. Porque Greta, en algún momento, tomó la decisión de ingresar como religiosa, inspirada por seres humanos como el Aitá, que nada tenían que ver con Dominga. Por eso decido preguntarle por ellos.

—¿Sabes lo que pensaba el otro día? —le digo, mientras busco las entradas del concierto en mis bolsillos.

—¿Qué?

—Que también me gustaría rescatar en este reportaje a todas esas mujeres inteligentes e incomprendidas de las que me vas hablando y que la institución no valora en su justa medida.

—Es una idea muy bonita. —Acaricia su vaso y escribe algo en la condensación, quizá alguno de sus nombres.

—Esas mujeres valiosas. Intelectuales. Me ha dado la idea una conversación con un amigo.

Muchas ya se habían salido o las habían echado, como a Greta, y el problema era que la rigidez de la institución —su machismo y su falta de evolución— llevaba a dudar a las que aún seguían dentro en los momentos en los que estaban más frágiles.

—En las casas de las monjas ancianas, es muy triste ver que la mayoría acaban locas. Y hay muchos suicidios. —Borra la condensación de su vaso con una servilleta—. No se puede llevar toda la vida una doble moral. En la vejez sale lo que has reprimido toda una vida. Es verdad —dice, nostálgica—. Aún no te he hablado de mis muertas…

—¿Suicidios? —pregunto.

Ella asiente. El primero del que había tenido noticia fue el de la monja que preparaba su primera comunión. Era tan bonita que frente al colegio había siempre una fila de hombres sólo para verla pasar.

—Nos dijeron que sufrió una locura mística y se envenenó.

Y mientras se escuchan ya los primeros compases de «Kalashnikov» encaramarse sobre una ola de gritos emocionados, vemos pasar rezando el rosario a la Bella, indiferente a la trepidante fanfarria de tubas, trompetas y a la admiración y a los ojos hambrientos de sus pretendientes, que la esperan como cada tarde, sólo para recibir el regalo de verla caminar, con la mirada protegida por la clausura de sus pestañas que traspasa sin verlos. Y Greta empieza a descontarse años, hasta aterrizar en una niñez extasiada ante la belleza fría y digna de aquella mujer intocable.

La tentación de la manzana

28

Ibagué, Colombia
Año 14

—Apúrese, madre.

Ninguno de sus hijos había corrido tanto para ir al colegio, pensó Felisa, y menos un sábado. Greta, ya en la esquina, con los zapatos sucios de polvo y las coletas peinadas con colonia de baño, se impacientaba. Madre, ¡que llegaba tarde! La verdad es que no se la habían tomado muy en serio cuando a los doce años dijo que quería ser religiosa. Felisa la observó apretar el paso con su libro en la mano, el que pidió al colegio sobre la vida de la madre fundadora, de la que le contaba últimamente tantas cosas como si hablara de una aventurera. Ya empezaba a ser mujercita, pensó Felisa, apurando el paso, Aunque se había quedado pequeña y por eso parecía más niña, en el fondo, no lo era. Qué calor. Qué sofoco. Sólo le quedaban tres años para alcanzar la edad, la misma a la que ella se equivocó y cómo le escocía el vientre con aquel recuerdo, pensó, mientras la seguía a unos metros. No, por eso Felisa no había querido niñas. Ella había sido demasiado desdichada, también había sido demasiado guapa. Ese fue el problema.

Pero Greta era distinta.

Había venido al mundo para sanarla: su presente, su pasado y su futuro. Un alivio como si te quitaran una tonelada de carga, pero una mochila cargada de piedras que la pequeña Greta llevaba a la espalda sin saberlo. Tampoco se sabía si había crecido educada para darse a los demás o quizá eso lo traía de fábrica. El caso es que, cuando había dicho que quería ser monja de mayor, nadie le hizo caso. Sólo su hermana Mari Ángeles, que se lo escuchaba decir todos los días al hacerle las coletas y de la que aún no sabían que seguiría ese camino antes que su hermana pequeña ni que le salvaría la vida gracias a su condición de religiosa cuando Greta enfermó de dengue hemorrágico, fletando un autobús de monjas donantes de médula para su hermana. Para Felisa era más sencillo. Su hija prefería a Dios que a los chiquillos, y Dios no iba a dejarla embarazada. No dudaría ni un segundo en escopetear a cualquier paloma con aires de Espíritu Santo que se le acercara. A su niña no se la tocaban.

Pero toda la familia recordaría que hubo un antes y un después: ese día había venido la madre superiora al colegio. Era una monja muy importante, le dijo Greta a su madre, mientras esta lavaba en el patio. Todas las niñas la saludan con adoración, era como una virgen con años, le llevan flores, pero ella, por ser tan pequeña de estatura y no ser de las mejores estudiantes —eso no lo dijo—, no fue escogida. Por eso le había pedido a su madre que la llevara a un concierto del Conservatorio Alberto Castilla, donde la célebre monja iba a asistir. Había un colegio de niñas pobres y otro de niñas ricas, y este era un acto privado para esa élite. Y allí, sin saberlo, iba a conocer por fin a esas monjas de la otra comunidad. Su futura familia. Su futura casa. Cuando llegaron, Greta se acercó a la más joven y le pidió que le ayudara a saludar a la madre y así lo hizo. A Greta le galopaba el corazón. Era tan emocionante como conocer a Wonder Woman.

Se quedó tan rígida y muda como una de las imágenes de la capilla. La monja joven intermedió: «Madre, esta niña la quiere saludar», y entonces Greta alzó los ojos grandes, aquellas dos heridas oscuras de su rostro, y se encontró con aquel otro tan blanco y sonriente, de la edad de su madre, la imagen misma de la bondad. Ese fue el primer momento en que vio a la madre Juana. Era la primera superiora colombiana. Le habían hablado tanto de ella… Venía de Italia y se había convertido en una celebridad. A través de aquella joven monja que se convirtió en su intérprete, le fue susurrando al oído que quería ser religiosa. Ella besó a la niña en la mejilla con los labios duros y secos: «Entonces tiene usted que seguirlo cultivando…», le dijo. Pero algo vio en aquel rostro, algo debió de llamarle la atención porque le preguntó: «Y usted, Greta, dígame, ¿con quién ha venido?». La niña le contestó orgullosa que su madre la había traído.

Y de madre a madre, saludó con la mano desde lejos a Felisa, como si lo hiciera a cámara lenta.

Esa fue su primera relación con ellas y comenzó de alguna forma lo que Greta llamaría después «la conquista». Greta le había dicho a Felisa que estas madres eran más majas que las de su colegio. Casualidades de la vida, cuando había tenido que empezar a prepararse para la primera comunión, como no había inscripciones en el barrio, Felisa tuvo que apuntarla en ese colegio del centro para la catequesis, y desde entonces iba todos los sábados. Y allí se encontró con la Bella. Cómo iba a imaginarse que esa misma mujer se envenenaría en un convento pocos años después.

La llamaban la Bella, sólo así, en su Antioquia natal. Procedía de un pueblo donde, aún hoy, casi todo el mundo se hace religioso como si por el río corriera agua bendita. Durante las clases, sus alumnas miraban con fascinación a aquella talla viva que parecía haberse bajado de un retablo. Cómo no adorarla a cada paso. La nariz dibujada con regla, los ojos grises y tristes, Greta nunca supo el color de su pelo porque, al contrario que otras monjas que se colocaban el velo hacia atrás para verse más bonitas, a ella le crecía desde las sienes como una cabellera y enmarcaba su rostro perfecto. Felisa ya no sabía cómo decirle a Carlitos, desde que entró nuevo en el restaurante, que no se empeñara en aquella virgen, pero él salía a verla al entrar en el colegio, cada tarde, con el corazón en llamas, como quien espera una procesión. Ella nunca le dirigió siquiera una mirada. Pasó por delante de él, rígida e incólume, como cualquier estatua. Porque estaba enamorada de Dios, tanto que se quiso ir con él. Le entró la impaciencia y se mató. Los que la encontraron la compararon con la Bella Durmiente. Tumbada en la cama vestida con el hábito, con las manos juntas, los labios pálidos y entreabiertos y un transparente hilo de saliva, como un río, manando de su boca en un intento de expulsar el veneno que había ingerido.

Pero Greta se compadecía cuando salía del colegio a mediodía y escuchaba al pobre Carlitos apoyado en la barra de La Pola lamentarse de la frialdad de su amada. Allí trabajaba Felisa y se iba a comer con ella todos los días. Después, por la tarde, tenía instrucciones de irse a hacer las tareas al conservatorio, siempre sin cruzar la calle, le había dicho Felisa, blandiendo su dedo rígido y mulato en el aire. A no ser que hubiera concierto, si lo había, su madre le dijo que se metiera a escucharlo, que las tareas ya las haría más tarde. Si no, se iba a la Biblioteca Darío Echandía a buscar la sala de música, donde dejaba el carnet, se sentaba en uno de los mullidos sillones, le daban unos cascos y escuchaba a Schubert y a Beethoven. Y luego Felisa, como no podía entrar porque no tenía carnet, la esperaba a la salida y le preguntaba al volver a casa qué había escuchado, ella no se sabía los nombres de los músicos, pero siempre le decía: «Usted, m'hija, pida de los más antiguos, que son los buenos». Y así, aquel pequeño pez que aprendió a nadar en un tsunami, aquel pez fuera del agua, que no veía la tele, que no se enteraba de lo que hablaban otras niñas, sí aprendió a tocar la guitarra sin clases cuando tenía doce años y decidió que sería santa.

Y entonces llegó la hermana Imelda, la Profeta. Era tan grande, tan negra, de esas guapas que son feas, caminaba dentro de su hábito como bailando y siempre llevaba una sonrisa cruzándole el rostro. Greta se fascinó con ella. «Me enamoré de ella», me dice, «porque yo era una rata a su lado». Ver a una mujer de metro ochenta en Colombia sobrecogía.

La conoció en el colegio donde empezó a sospechar que la hermana Imelda llegaba sólo cuando cambiaba el viento, como Mary Poppins. Desde el principio, aquella religiosa azabache sintió hacia ella una empatía enorme. Llamaba a Felisa para que Greta fuera a las actividades y se escribía cartas con la niña. A Greta le parecía tan colosal, tan encantadora, que se sentía tocada por el Divino por haberle regalado una inspiración tan profunda. Cómo iba a imaginarse que se reencontrarían años después, en México, ambas con hábito, por culpa de una maleta rota. La hermana Imelda se convirtió en un referente de su vida futura. «Sí, fue un referente, aunque durante un largo tiempo me abandonara», me dice Greta. Ella creyó seguramente que por su bien, pero la abandonó. Aunque la historia de su mentora, la gigante Imelda, era bella y triste a la vez, a la que tendría que dedicarle un capítulo más adelante.

Un día de invierno, años después y en la imponente Casa General de México, Imelda le confesaría a su joven protegida que tenía un instinto maternal tan grande que no podía dejar de coger hijos, algo que ella suponía una debilidad. Y le relató cómo a la madre Teresa de Calcuta, con setenta años, un buen día sus pechos empezaron a darle leche.

—Yo creo que ese instinto lo desarrolló conmigo, a muchas monjas les pasa de tanto escuchar «madre» y no poder serlo. —Hace una pausa—. Y le dio mucho miedo. Incluso teníamos cierto parecido físico. Yo era como su versión en miniatura.

—¿Y eso qué tenía de malo? —pregunto, volviendo por momentos a nuestra plaza de arena animada por la percusión.

—Pues que cuando eres religiosa no puedes desarrollar ese instinto de madre adoptiva sin cortapisas. —Queda atrapada un momento por el oleaje musical contenido tras el muro y sonríe—. ¿Por qué grita así la gente? Hay tantas cosas que no entiendo…

Eso me provoca ternura y de pronto hasta a mí me parece curioso el acto de gritar sólo porque nos gusta algo. Supongo que me es tan difícil entender el mundo en el que ha vivido mi pequeña Cocodrilo Dundee como a ella el nuestro.

Greta recordaría más tarde muchas grandes frases de la hermana Imelda que se le quedarían a vivir dentro. Cuando decía con una sonrisa: «Greta, nosotras somos prostitutas. Hablamos tanto de caridad y luego… ¿a quién le vendes tu corazón? Se lo das al primero que encuentras».

—Y tenía razón… —asiente—. Te das sin cultivar antes cosas más importantes.

—¿Y cuando todos se van? —pregunto.

—El vacío. En muchos casos, son mujeres que no saben estar solas.

Deja en el aire una mirada de admiración nostálgica, pero le cuesta sonreír para seguir recordándola.

—La gran Imelda tenía la rareza de los genios.

—¿Y cómo llevaban esa rareza en la institución? —la interrumpo.

—Mal. Ella criticaba muchas cosas. Por ejemplo, los grandes banquetes de las monjas. Cuando entraba en uno, decía bien fuerte para que todas la escucharan: «Hola, pueblo israelita», y soltaba una carcajada como hacia dentro. Para ella, comer así, con ese dispendio de bandejas, tartas de nata, carnes asadas, panes, era «una marranada».

Se ríe.

—Era un personaje maravilloso… —Y busca en su móvil una foto que no encuentra. De pronto me doy cuenta de que habla en pasado, pero no quiero preguntarle—. Imelda te hacía sentir único —reconoce—, como Jesús, pero no eras único. Y, al final, sentías un poco de celos porque acababas dándote cuenta de que había muchas personas que te contaban que habían tenido de ella la misma atención y experiencias casi idénticas.

—¿Y qué fue lo que te enseñó?

—Que lo más importante era ser libre. E hizo cosas muy dolorosas para que lo entendiera. Como irse de mi lado o dejar de hablarme.

—¿Por qué?

Suspira. Apoya su cabeza en la barra de aluminio de su silla y busca el brillo de alguna estrella.

—Ay, mi Patricia… los profetas son muy difíciles de entender, pero aún más lo que estoy a punto de contarte.

Y pide otra cerveza, por primera vez con alcohol.

29

Miro el reloj. Si entramos al concierto tendremos que hacerlo ahora, cuando empiece la segunda parte. Hay ya una pequeña multitud fumando en la salida durante la pausa. De pronto irrumpe en mi cabeza de nuevo Gabriel: «Una historia como la que tienes entre manos necesita tiempo y espacio», casi al mismo tiempo de un mensaje de mamá: «Pon Antena 3, hay un documental sobre la Iglesia muy interesante. ¿Qué tal hoy, Gato?». El resto de los mensajes son de la agencia, con un grado de histeria que me sobrepasa. Pido la cuenta pero no me levanto, es Greta la que parece haber levantado el vuelo hacia Colombia de nuevo, pero ahora tiene dieciocho años y su decisión tomada. Ha comenzado el «aspirantado», «un momento en el que aún no te has sumado a la comunidad, duermes en tu casa, pero te van preparando», me explica, mientras yo tomo notas sobre la mesa mojada, ya sin ningún pudor.

Cuando la madre Imelda fue ascendida a vicaria y enviada a México fue sustituida por Valentina, que ya no es bella como la Bella ni grande y admirable como la Profeta Imelda. «¿Qué es eso?», le pregunto. Y ella me responde que es un puesto muy relevante.

Por lo tanto, su promotora vocacional, es decir, la encargada de ser el puente hacia su vocación y consagración a Dios, era ahora la hermana Valentina: robusta, morena de piel, con la frente extrañamente ancha y cuerpo de palenquera.

Cuando Greta vea fotos de ella en el futuro, se preguntará cómo es posible que idealicemos tanto a las personas porque, igual que muchos niños con sus maestros, Greta se enamoró. Entre otras cosas porque Valentina jugaba a un juego tan desconocido para ella como revelador. Era un juego de roces casuales y largos abrazos, que devenían en caricias con cualquier excusa y, después, sin ella.

—¿Crees que lo hacía con más gente? —le pregunto, alarmada.

—Yo creo que sí. Pero ella me marcó un camino y no sólo el de mi consagración a Dios, te lo aseguro.

—¿Qué edad tenías?

—Quince años.

Hace una pausa premeditada en la que intuyo que intenta valorar mi reacción. Así que me limito a asentir como si me lo esperara, pero lo cierto es que no. Anoto ese número tan pequeño en mi libreta.

—¿Qué hacía?

—Nos tocaba. Ahora sé que en exceso.

El camarero deja la cerveza al tiempo que le grita a su compañero que unos se han ido sin pagar, y después de darle un sorbo a la espuma le pregunto lo inevitable. Si pudo influirle en su orientación lo que le había ocurrido con su primo. Pero ella me responde con un no tajante, a ella ya le gustaba una chica del cole. Pero ¿qué me pasa?, me pregunto ahora yo en silencio. Esa pregunta no es propia de alguien que considera la homosexualidad como un tercer sexo, ¿por qué, entonces, trato de asociarla a un trauma? Qué tirantes tenemos que llevar las riendas de nuestros prejuicios…

—Lo cierto es que ya entré en la comunidad enamorada de Valentina… y lo conté.

—¿Lo contaste?

Y entonces, sin dejarme reaccionar, me invita a pasar a uno de sus recuerdos más escondidos. Una noche fría de invierno en Bogotá. Penetramos en el noviciado al que han acudido para hacer una convivencia: una villa moderna al norte de la ciudad con fachada de ladrillo español, custodiada de varias hectáreas de jardines. No hay puertas, sólo cortinas gruesas y blancas separan las habitaciones sobrias de cuyas paredes cuelga, solitario, el cuadro de la fundadora. Nadie puede tocar esas paredes.

Valentina había llegado de visita al noviciado y les propuso a dos de sus pupilas predilectas que fueran a su habitación a charlar. Las había echado mucho de menos, sus niñas, les dijo con su boca siempre dulce y las envolvía por turnos en sus inevitables brazos de acarreadora. Parecía mentira, dijo al sujetarles el rostro, qué mayores estaban, diecisiete ya… y, en cambio, qué vieja ella, veintiocho, una vieja prontito, bromeó. Y hablaron y hablaron y cómo era posible que las horas volaran como palomas, cómo se les había hecho tan tarde… Se levantó a mirar por la ventana de su celda, no se veía ninguna luz, les dijo a las dos chicas, a quienes les pareció bien la idea de quedarse, ya no merecía la pena que se fueran. La cama era muy grande, ¿por qué no se sentaban y así podrían seguir hablando las tres juntitas? Que luego las echaría tanto de menos… así que había que aprovechar.

Como no cabían, su compañera fue a por un colchón a su habitación que dejó en el suelo y Greta se acomodó con cautela cuando Valentina dio dos palmadas suaves en la cama, sin apenas retirar la mano que le rozó el muslo.

Qué dulzura compartir aquel calor, pero qué extraño se sentía el aliento de Valentina tan húmedo y tan pegado a su cuello, mientras le acariciaba la mejilla, primero con el dorso de la mano, luego con los dedos, buscando la sensibilidad de sus yemas, los hombros y la espalda de su pupila. Greta, sintiendo el cuerpo arder, intentó espantar las fantasías que caían sobre ella como un bombardeo, a ratos desasosegantes, a ratos exudando una excitación nueva, eléctrica. Sitiada por ellas, no pegó ojo en medio de esa noche en la que también liberó sus manos y acarició la piel áspera de su maestra.

Pero, a la luz cenital del día, la realidad no produce amortiguadas sombras. Con la resaca destemplada de la noche en vela, caminó bajo la rosaleda y se quedó un rato observando a una araña reparar su tela y envolver un pequeño insecto volador para más tarde. El corazón se le había quedado revenido, como si lo hubiera tenido demasiado tiempo dentro del agua. Mientras caminaba por el pasillo con el estómago del revés, se sintió extraña, opaca y triste. Desnuda. Se le retiró el sueño. Algo se descolocó que no iba a volver a colocarse.

Y a mí se me ha retirado hasta la sed. Aparto mi cerveza como si todo le estorbara a mi atención: la plaza, los perros, las polillas que revolotean atontadas por el calor.

—¿Y qué te llevó a contarlo? —insisto sin comprender.

—¿Quieres decir que no debería haberlo hecho?

—No, claro que no, quiero decir que… ¿lo hiciste para denunciarla?

—No, yo no quería denunciarla —asegura—, se lo conté como un secreto a mi maestra de postulante. Le dije que me había quedado preocupada por lo que sentí esa noche con Valentina… y entonces me preguntó qué noche había sido esa, se lo conté y se lió parda.

—Toma, no…

El porqué.

La gran pregunta. La que para mí debería estar en la cúspide de esa pirámide… porque ella aún quería ser santa, porque quería ser transparente como una gota de agua, porque se sentía una extranjera de sí misma y no sospechaba que era tan grave. Lo contó como una confidencia, pero su maestra no lo trató como tal. Muy al contrario, corrió como un roedor por los pasillos y se lo vomitó a la superiora añadiendo un pequeño filtro distorsionador: según su opinión, esta Greta era una chica que iba a traer conflictos, muy inestable. Ella aún recuerda la impresión de que le dijeran que había venido expresamente la madre provincial a tratar el tema, que no venía nunca, a quien todo el mundo respetaba y temía de alguna forma, pero que Greta recordaba como esa Wonder Woman a la que llevó flores y que conoció siendo tan niña.

La madre Juana, quien había sido su primera mentora en Bogotá, la estaba esperando en una salita que parecía un estuche que le quedaba pequeño. Su personalidad y su poder no cabían en cualquier parte. Apoyada en un pequeño escritorio con un cuaderno abierto y su pluma de plata con el plumín rozando el papel, del que luego se desprenderían tantas cosas.

«Greta, cuente toda la verdad», y Greta fue desgranándole cronológicamente lo sucedido con Valentina a aquella mujer que, aun siendo para muchos la típica tirana, iba a ser tan importante en su vida y que tanto iba a protegerla. Porque sabía que la fe de Greta era real, la había conocido cuando su vocación era más grande que aquella mocosa que soñaba con ser religiosa y le llevaba flores con los infantiles ojos deslumbrados.

Durante el relato de esa joven enamorada —que insistía en que tras la actitud de su tutora, la hermana Valentina, había mucho amor—, la madre Juana fue destilando otro relato paralelo con su letra perfecta, estilizada, tan ordenada como sus cajones. Cuando la joven terminó su declaración, la superiora dibujó un punto final que ya sabía no iba a serlo y sólo dijo con la voz dura: «Otra vez... Valentina».

—La realidad es que se lió una buena. —Greta me saca de un tirón de aquel flashback.

Empezamos a escuchar el sonido del concierto que ha comenzado sin nosotras: la alegría de los violines cíngaros, su percusión cardiaca.

—¿Y cómo terminó la historia?

—Ese fue el problema —sigue contándome—, que no terminó hasta dos años después.

Incluso Felisa, cuando se lo contó su hija, la reprendió con dureza.

—¿No le has contado a tu madre tu identidad sexual?

—¡No! —se alarma—. Su entorno no tiene nada que ver con el nuestro, Patricia. Para ella sería algo terrible de asumir ante los demás... aunque me da pena que muera sin conocerme de verdad.

Se lleva la mano a los labios para disimular su temblor y regresa a su relato: las sombras de Valentina fueron alargadas porque la corpulenta Valentina, cuyo rencor tenía la misma musculatura que sus piernas, antes de ser enviada al pueblo más pobre y perdido de Colombia, se las apañó para pedir un informe psicológico de la joven postulante y que se lo concedieran. De una psicóloga que, casualmente, supo más tarde que era amiga de ella. O algo más. Consiguió que en ese informe se explicara que Greta tenía antecedentes de violación, que tenía problemas con su sexualidad y que era muy conflictiva. «Rasgos hipocondriacos, histéricos, depresivos y de fuga a la fantasía, falta de identidad psicológica sexual.»

—Incluso luego he sabido que se fechó un año después para ayudar a Valentina.

—Espera, espera, espera… —digo—. ¿Para que fueras mayor de edad? —Greta asiente como si no entendiera la gravedad de lo que le pregunto—. ¿Manipulan la fecha de un informe psicológico que además leen… cuántas personas?

Un vendedor de mecheros nos deja dos sobre la mesa. Ante nuestra negativa, nos ofrece unas diademas con cuernos de diablo.

—Esas igual sí nos pegan —dice Greta, como si tratara de echarle azúcar a ese veneno tan amargo, y añade—: Valentina me cruzó y desde entonces me peleó con mucha gente. Todo el mundo supo «su versión» de lo ocurrido. Ingresé desnuda y marcada, y me sugirieron hacer una larga terapia.

—¿Y qué fue de ella?

—Al final se salió. Como tantas. Ahora es una especie de sacerdotisa que da conferencias de autoayuda y organiza conciertos y tiene una fundación de niños.

—¿Trabaja con niños? —Me indigno tanto que casi tiro mi cerveza.

—Lo cierto es que Valentina siempre jugaba a seducirte. Creo que era una lesbiana que no lo tenía asumido.

Aquella había sido la primera mácula en el expediente de esa mujer que ahora tenía sentada delante. Una niña de quince años a quien trataron de hacer culpable por seducir a su preparadora diez años mayor, quien tenía estudios de Teología y de Sexología.

Tomo unas notas en la libreta de cara a consultarle a Aurora —ahora no estará en su despacho—, pero, echando mano de mis escasos conocimientos legales, me aventuro:

—Es increíble —bufo—. Además de ser un abuso a una menor, es estupro.

Greta se encoge de hombros, podría ser, no entiende de estas cosas, no lo ha pensado nunca hasta hablarlo conmigo, niega con la cabeza como si le costara creérselo.

—Sin embargo, ¿puedes creer que yo me sentí culpable?, y, peor, lo vi como un amor muy bonito, ya ves... Para colmo, Valentina había sido hija predilecta de la gran Imelda —hace una mueca—, pero Imelda era una profeta, y amaba y desamaba a una gran velocidad, como buena profeta.

Desde entonces y, según me cuenta, ha estado en terapia casi toda su vida religiosa. Porque lo ha querido y porque se lo han recomendado. Algo que me asegura que no le importa.

—¡Me encanta ir al psicólogo!, ¡estoy muy a favor! Sobre todo porque en ese momento pensé en, cómo decirlo, «enderezarme». —Aprieta los labios—. Lo de Valentina lo taparon y yo no quería irme de la comunidad. Yo, que había ingresado con ese gran pecado oculto, de pronto estaba en boca de todos.

Escribo en mi libreta más y más interrogaciones, mientras Greta deja la mirada perdida en la luz de una farola asediada por los mosquitos. Intento digerir cómo es posible que se culpe a una menor de un claro abuso y que este se quede sin consecuencias, que se permita a esa persona seguir trabajando con niños, por mucho que sea en un pueblo perdido de la selva. Me pregunto cómo es posible que se encargue a un psicólogo, religioso o no, una «orientación psicoespiritual». Y hablando de psiquiatras... pregunta para Santiago: ¿es legal que alguien que no sea el interesado solicite un informe psicológico? ¿Dónde estaban los límites de la intimidad de un enfermo?, ¿dónde los del secreto profesional?, ¿dónde?

—¿Qué le pasó a tu sexualidad? —pregunto ya sin más preámbulos.

—¿Te refieres a si me siguieron gustando las mujeres? —Asiente—. Sí. Pero el problema fue lo que le pasó a mi alma.

Ella coge nuestras cervezas y las separa hasta dejarlas en los extremos de la mesa.

—Surgieron dos Gretas muy contradictorias: dos yos que en el fondo habían estado conmigo siempre. Una es la que tantas veces ha dejado que la machaquen y la otra es la que se rebela y se convierte en líder. Ya te lo dije al principio. Yo sabía que tenía un gran pecado. Pero también una fuerte vocación.

Y creo que delante de mí es aún la temerosa Greta quien ha tomado la palabra. Seguramente es su portavoz desde que la echaron. Esa que había alimentado, según ella, su madre. La que aún tiene ese tic de buscarse el velo en la cabeza. De ella dice haber heredado muchos miedos, creció pensando que no ir a misa era un pecado mortal.

—Y vivía constantemente en el miedo de morirme —dice.

Hace una pausa llena de cariño. Quizá puede ver ahora a Felisa, la que la sujetó cuando cayó en sus brazos en el aeropuerto.

—Ahora mi madre ha madurado, ha crecido, pero yo he sido su salvadora, la madre de mi madre. Y el problema de ser la madre de tu madre es que te convierte en abuela.

Menea la cabeza… Durante mucho tiempo la convirtió en su única cómplice: le contó demasiadas cosas, por ejemplo, un aborto que tuvo, el primer hijo de su padre, y ella era tan pequeña que no podía procesarlo ni protegerla.

—Por qué me hizo depositaria de cosas que le hacían daño y responsable de una información para la que no estaba preparada, no lo sé. Pero se convirtió en una madre-hija a la que trato de no disgustar o acabo consolándola yo.

Me confiesa que a veces la deja hablando con el manos libres, mientras Felisa le cuenta sus asuntos porque no sabe hacer dos cosas a un tiempo.

—Mi amigo Leandro te diría que es un síntoma de evolución. ¿Y la Greta rebelde? —pregunto.

—Esa sigue siendo más niña y creo que viene de mi abuela Mayú Parú, que era india como mi padre. Al contrario que su hijo, nunca fue evangelizada. Comía y dormía sobre la tierra. Nunca se despegaba de la Pachamama. ¿Sabes que nunca se sentó en una silla ni durmió sobre una cama?

Mientras la escucho, inconscientemente, busco un árbol de esos que brotan con esfuerzo entre el asfalto y pienso en que es cierto, que quizá todos tenemos que volver a la tierra, a la naturaleza, para no volvernos locos. Cómo me gustaría apartarme por un momento de esa intelectualización carcelera que nos desconecta, no sólo de la piel del mundo, sino de nuestra propia piel. A veces se me olvida que bajo el hormigón hay tierra, agua y vida. Que hemos fabricado una cáscara que no nos deja verla y que nuestros pies descalzos necesitan hacer toma de tierra y nutrirse de su savia, como los árboles. De pronto me invade la alegría de comprobar que la plaza de Guardias de Corps no está asfaltada, y me recreo en las huellas que dejan mis zapatillas sobre la tierra.

Algo que se avecina, como un murmullo revolucionario, nos hace volvernos en nuestras sillas a todos los que estamos en la plaza.

Se abren las grandes puertas del cuartel de Conde Duque y, como si se hubiera roto una presa, vemos salir disparada a una multitud extasiada, bailando alrededor de la banda que preside Bregović, al que reconozco con su traje blanco, el pelo sudado, el cuerpo agitándose endemoniado por el ritmo que marcan las tubas de la fanfarria que llevan dentro. Y ese desfile, como un Mardi Gras gitano, nos rodea, nos invade, y pasa de largo llevándose cuanto toca, algunas sillas, algunas almas que deciden no seguir sentadas, como las nuestras.

—Ya está bien por hoy. ¿Vamos?

Y tiro del brazo a Greta, que coge su bolso al vuelo, y nos dejamos arrastrar por la loca marcha que sigue sin remedio a su flautista, como pequeños y felices roedores.

La destrucción de lo diferente

30

¿Cuándo corres el riesgo de dejar de creer en ti misma?

Cuando alguien detecta tu diferencia y te acosa para hacerte volver al grupo y diluirte en él. Has desafiado a la Normalidad. La has jodido.

No lo he pensado ni un segundo. He llamado al Muro —hasta que no empezamos a entrenar boxeo no supe que su apodo se debe a que aguanta tus puños como si fuera una jodida pared—, aún no ha llegado, pero, como me ha abierto la señora de la limpieza, por primera vez me encuentro sola con el saco.

Ni siquiera he pasado por el vestuario. Me he mirado al espejo y la he visto de nuevo. A ella. Una vieja conocida. Con sus ojeras y su sombría forma de hundir los labios y los brazos largos abrazándose el cuerpo.

Sin pensarlo dos veces, me he sacado la camisa sin desabrocharme los botones; he empezado a vendarme las manos con urgencia, separándome bien los dedos; he sacudido los polvos de talco de dos guantes que me quedan grandes; he tirado la comba a un rincón —ni de niña supe qué hacer con ella—, y me he lanzado contra el saco sin calentar como siempre me dice el Muro que no haga. Ya vengo bastante caliente.

Es tan importante saber pegar como saber defenderse, eso me dice siempre. No bajar la guardia. Nunca. Me busco en el espejo y pienso qué útil me habría sido conocer esa posición inicial para el combate que es la vida: aprender a proteger mis zonas vulnerables, a interceptar y desviar los golpes del adversario.

¿Que no me enfade?

Cada episodio desde esta mañana me ha recordado que tengo

motivos. El encargo de la maestra Jedi —a la que he rebautizado porque su nombre budista me resulta impronunciable—, al principio me pareció fácil, pero me temo que sus luminosos mantras hoy no van a servirme.

El primero ha sido recibir noticias de Gabriel. Que su periódico necesitaría fotos. Y nombres reales. Y cámara oculta con las monjas para difundir en piezas cortas por la red. Y relato de las relaciones sexuales o abusos o lo que fuera que hubo. Y viralidad —nota a mí misma: reflexionar sobre esta palabra más adelante, ¿«viralidad» de virus?—, y circo. En definitiva, «circo», me ha dicho. Una mierda, ha añadido. En resumen: que no publicarán el reportaje. No por miedo a la reacción de la Iglesia como podría preocuparle a los jefes de Beltrán; no por miedo a la polémica; sino, en este caso, por no poder crear toda la que quieren. Esto no lo han dicho ellos, pero sí Gabriel, cuya voz se había ensuciado de decepción. Una que no le pillaba de sorpresa, pero una más. El morbo. Ni Greta ni yo queremos eso, le he dicho, y él me ha respondido que sí, que por supuesto, que ya lo sabía.

Rodeo el saco y vuelvo a sacudirle con todas mis fuerzas. Me estudio en el espejo. Debo corregir esta tendencia a tener tan vertical el antebrazo. El Muro me lo dice mucho. Que cuando lanzo un directo mantenga alta la guardia izquierda. Que me desprotejo. Lo coloco en posición de disparo y elevo el codo para alinear las articulaciones. Directo izquierda, crochet derecho, gancho. Esquiva derecha.

¿Que no me enfade?

«Todos somos iguales ante nuestro deseo de ser feliz», repito ese mantra mientras golpeo y golpeo. ¡Y a mí qué! ¡Joder!, parece que me he tragado a un monje budista. ¿Debería entender esto para apaciguar mi ira? ¿Debería entender que la felicidad de Dominga de quitar de en medio a Greta se iguala al deseo de Greta de permanecer en su vocación? ¿Debería entender que la felicidad que me proporcionaría publicar esta historia es idéntica a la que recibe el editor pusilánime que me la rechaza? No, lo siento, no me sirve. Lo siento por la ley del karma y por todos los seres iluminados que me darán la espalda. Vuelvo a sacudirle al saco una y otra vez.

No me han servido mis mantras cuando bajaba por la calle Martínez Campos, tras colgar a Gabriel, quien me ha preguntado si se me había ocurrido llamar a Ernesto. Claro que se me ha ocurrido, como tantas veces, pero hoy no porque fue la persona que me dio la mano para hacerme periodista y quien me la sujetó cuando no pude más y decidí matar mi vocación, no porque Ernesto sea mi Aitá particular, sino porque es el único en cuyo consejo confío de verdad, y entonces… entonces me he encontrado con ella, avanzando hacia mí como un pequeño fantasma llegado de tan lejos para hablarme en el momento perfecto. Apenas podía creerlo. Violeta. Era la pequeña y cruel Violeta.

Qué causalidad o qué coincidencia.

Aquella diosa de la normalidad a la que todos queríamos parecernos en el colegio. Si bien es cierto que no lideró mi linchamiento, sí se reía ante las ocurrencias de esa grotesca pandilla de crueles enanitos que le dedicaba la ofrenda de cada maltrato a su Blancanieves. Violeta era rubia, mona y paticorta. De un tamaño que los niños de mi clase podían manejar. Cuando eres niño, ser del tamaño estándar, o ser la mejor versión de lo estándar, es admirado como belleza. Un adolescente se muere por pertenecer al grupo y diluirse en él. Se lo dicta su instinto de supervivencia, pero a este deseo se opone su naturaleza en pleno cambio.

La primera crisálida.

Violeta también podía permitirse ser buena estudiante —más bien estándar—, porque no tenía que preocuparse por sobrevivir entre aquellos tiranos que la habían convertido en su reina. Por lo demás, lloraba en cuanto tenía la ocasión y era, más que dulce, ñoña. Juzgaba a los demás con una sola palabra y apuntaba con el dedo a los que eran dignos de entrar en su reino de normalidad. La persona que marcaba el canon. He podido reconocerla porque está idéntica pero con incipientes arrugas. A ella le ha costado más. «Estás estupenda», ha reconocido tras reconocerme. «Hemos ido sabiendo de tus premios», ha dicho, y ha sonreído con sinceridad. Y ese «hemos» he supuesto que se refiere a ella y a esa ridícula reunión de antiguos alumnos que convoca y a la que nunca he ido. Y no sé por qué le he aceptado un café. Quizá porque a los fantasmas hay que escucharlos. Porque si se materializan es por algo. Y de pronto ha dicho esa frase cuyo recuerdo me sume en un desconcierto y en una ira que llevo todo el día intentado manejar y que ahora trato de sacarme a golpes.

¿Que no me enfade?

Me ato el pelo con una goma y me concentro. Tengo que practicar ese golpe de engaño, un directo poco acentuado, una forma de preocupar al rival. Soy de guardia diestra, pero a veces se me olvida. De pequeña era capaz de dibujar con las dos manos. Igual soy capaz de pegar con los dos puños con la misma mala leche.

Mientras la observaba hablar de su vida o más bien de la su marido, con su aspecto de llevarme diez años y vestida como para presentar un detergente, me he preguntado cómo pudo ser una reina de nada, una diosa adolescente. Y ha venido a mi cabeza el momento preciso en que pasé de ser una niña feliz a una desdichada. Algo que ella no recuerda, pero yo sí.

Once años, un grupito de mocosos, ante la mirada condescendiente de la reina Violeta, rodeando y riéndose de aquel pobre niño, porque su madre le había puesto unas botas de agua con nubecitas. «Maricón», le gritaban buscando la aprobación sonriente de Violeta, y ella: «¿No os parece un hortera?», el momento preciso en que yo me despegué del grupo y reclamé que le dejaran en paz. Que no le insultaran. Que ya estaba bien. Y sí, por primera vez me enfadé de verdad. Y entonces el foco empezó a girar y abandonó por un momento a mi compañero que lloraba en un rincón, de pie, con los pantalones grises mojados hasta las polémicas botas porque se había meado encima de pura angustia. La luz, aquella luz cenital y fría, cayó sobre mí. Y la jauría de lobos para la que hasta entonces había sido invisible empezó a verme. A analizar mis características. A comprobar mis diferencias: mi altura mucho mayor, mi delgadez, los rizos de mi pelo y su fogonazo de cobre después del verano, mi vocabulario ininteligible para ellos, mi opinión discordante. Mi criterio. Y comenzaron ese proceso quirúrgico sin anestesia de extirparme cada una de mis virtudes para trasplantármelas como defectos. Mis peculiaridades comenzaron a ser rarezas. Cómo iba a imaginarme que en ese momento me internaba en mi particular Infierno, que duró dos años.

31

¿Que no me enfade?

Me anclo con los dos pies al suelo y lanzo mi cadera, el hombro, acompañados del giro del cuerpo. Ahora habría desestabilizado a mi rival e iría al suelo. Sé que los ojos de esa desconocida que soy buscan en el espejo a la niña que fui para preguntarle:

¿Qué debería haber hecho? ¿Agarrarme a golpes en ese mismo momento? ¿Como ahora? Quizá. Pero a mí me habían enseñado a poner la otra mejilla. Y eso de que el mejor desprecio es no hacer aprecio. Pero ahora sé que eso no sirve para frenar según qué tipo de violencia. La violencia de la normalidad. Esa que he sufrido ya dos veces: cuando la viví en el colegio no se llamaba bullying, eran «cosas de niños». Cuando entré en el Canal aún no se llamaba mobbing, se decía «cosas que van con el sueldo».

En ese campo de concentración de lujo llamado colegio que mis padres pagaron religiosamente durante doce años, me enseñaron por primera vez lo que te ocurre al cuestionar a «la mayoría». Con el desprecio sistemático de sus risas. Con las burlas diarias cuando me encontraban escribiendo en un recreo o hacia mi forma de utilizar las palabras. «Ha dicho "ahuyentar", ha dicho "radiante", qué cursi…» Con los mediocres motes hacia mi delgadez, mi piel demasiado blanca o mi altura. Los recuerdo apostados en el pasillo del comedor, cortándome el paso cuando iba cargada con mi bandeja, de pronto recuerdo algunos de sus nombres hasta ahora olvidados, a aquel bestia de Fabio Rendueles que siempre se colocaba los huevos tras lanzar una humillación, y una menuda, ¿cómo se llamaba?, Elvira, que tenía cara de niña vieja y que disfrutaba haciendo muecas a mis espaldas.

La segunda parte de esa lección la aprendí ya de adulta, en el Canal, donde al principio se cantaban alabanzas a mi talento, el mismo que después se señaló como un defecto que me hacía ir demasiado rápido: ambición… y no, no lo era, para eso hay que tener mucha seguridad en uno mismo. Era sólo inquietud, pero imperdonable.

¿Que no me enfade?

Contengo la respiración y me abrazo al saco y trato de arrancarlo de su cadena imaginándome el cuerpo menudo y frágil de

Violeta. Y luego la empujo violentamente con treinta años de retraso. La vapuleo. Como debería haber hecho en algún recreo. Y camino por la sala como una fiera desafiante. Mi brazo describe una trayectoria perfecta paralela al suelo, crochet derecho que se dirige al rostro del rival.

Cómo no voy a enfadarme si acabo de entender que el convento de Greta era una isla casi idéntica al colegio en el que me maleduqué y que el Canal fue una versión adulta de lo mismo. Por fin lo entiendo. Aquí, que ocurra en un entorno religioso es sólo el agravante. El tema que me ocupa es el acoso que se produce en aquellos lugares en los que no es fácil mirar dentro. Islas en las que ser adoctrinados tras los gruesos muros. Dictaduras de bolsillo. Tras esas altas y elitistas tapias del colegio degusté un aperitivo de la corrupción en su estado infantil y más puro, porque también se fumaba droga y se follaba a destiempo en los lavabos y se maltrataba sin más a quien se salía de la norma, mientras los profesores tomaban el té a delicados sorbitos y los padres se reunían con importantes empresarios sin temer por sus retoños, cuya educación estaba asegurada por aquel privilegiado campo de exterminio de la identidad en el que nos tenían guardaditos todo el día. Un colegio en el que, siendo laico, se hacía una misa por la muerte del padre de un alumno porque «era de una familia importante». Qué gran clase nos dieron de «clasismo»… En el convento, según Greta, también había «clases». En ambos casos, los responsables de la seguridad de sus miembros habían mirado en dirección opuesta a la violencia que se daba dentro de sus muros, y nos habrían dejado morir por considerarlo un tema demasiado «embarazoso». Eso era lo más grave.

Busco su mentón invisible delante de mí, de abajo arriba, gancho izquierdo, gancho derecho. Uno, dos, uno, dos, y sigo golpeando con fuerza. Un ataque corto, rápido, a la frente, a las costillas, al hígado. Los domino todos salvo un golpe bajo. De ese nunca seré capaz. Por eso, mientras me tomaba ese café con mi pequeña y primera acosadora, fascinada y consciente por primera vez ante el hecho de que podría haberle machacado su reducido cráneo contra el suelo durante la clase de gimnasia, o haberla dejado unos minutos de más bajo el agua en natación, me he dado cuenta de que sí, se ataca la diferencia. Porque siempre lo fui: me recordé a mí misma a los doce años, leyendo el periódico del día anterior a escondidas durante los recreos, el que se dejaba mi abuelo en la cocina, y de cómo, a aquella absurda criatura que ahora me hablaba insulsamente de su día a día, le pareció gracioso que su grupito de secuaces llenara de típex blanco todos mis cuadernos, en los que atesoraba mis primeras crónicas, hoja por hoja. Recuerdo el momento en que los descubrí, después de un recreo, cuando sujeté el cadáver de mis escritos, rígidos como si estuvieran escayolados, entre mis manos. No he vuelto a soportar ese olor químico desde entonces. Mi primer pecado fue escribir demasiado pronto y demasiado bien. Tener un mundo propio. Una opinión propia. Pero no fui la única. Hace poco lo hablaba con Olga, cuando salimos de ver esa película durante su último viaje a Madrid, que nosotras nos convertimos en hermanas por lo que nos pasó. Ella cree que le cayó el foco encima sólo porque cambiaba de país cada tanto, por el trabajo de su padre y, como a Greta, le costaba adaptarse a las conversaciones de la mayoría, no escuchaba la misma música, se perdía muchas películas, y decidieron que aquello no era «normal», y que tenía acentos raros, además, era demasiado callada, siempre sentada al final de la clase. El otro día admiré a mi amiga y en lo que se ha convertido, cuando levantó su mano elegante para llamar al camarero y me contó el curso que está impartiendo por el mundo en distintos idiomas como alto cargo en una institución internacional, y pude entender mejor lo que nos había pasado. Luego estaba la bella y muy precoz Cloe —«labios de goma», la bautizaron, curiosamente una vez leí en una entrevista a Kim Basinger que la llamaban igual—, a quien después de gimnasia le pegaron una compresa abierta en la espalda manchada de tinta roja sólo porque tuvo la ocurrencia de hacerse mujer antes de tiempo. Las tres almorzamos muchos días solas en el comedor en esa zona donde apenas había luz, para pasar desapercibidas. Y volvíamos casi todos los días llorando a casa, todo lo que nunca lloramos en público, a veces tras una larga caminata aún a riesgo de perdernos por el enjambre de calles de Madrid, con tal de no pasar el último trago del día: escoger asiento en el autobús escolar. Ninguna de las tres entendimos por qué algunos de nuestros compañeros, como Elvira, la niña vieja con la que coincidí fuera del colegio en ballet, en la intimidad se consideraba, incluso, mi amiga y compartíamos risas y confidencias en el vestuario. Sin embargo, luego y para mi estupefacción, lo negaba ante aquella pequeña sociedad infantil por la que tanto temía ser juzgada. Otras dos importantes materias aprendidas: Primero de cobardía. Primero de hipocresía. No fuimos las únicas: estaba David de Blas, quien era un monstruo del piano y le cogieron ojeriza cuando le dejaban saltarse clases para irse a ensayar las entregas de medallas; estaba Jorge Molins, el típico caso de genio del ajedrez, que había ganado muchos torneos pero, claro, los únicos torneos valorados allí eran los de golf.

El caso es que, al contrario que los anteriores que fueron goteando fuera del colegio, nosotras, supongo que porque nos quedamos, llegamos por pura supervivencia al mismo punto de inflexión: el día en que decidimos no llorar más y sacar los dientes. Olga desarrolló una táctica de respuestas afiladas como navajas que dejaban KO en el primer round. Yo pegué mi primer bofetón el día que aquella niña ridícula que siempre se sonaba trompeteando en clase me empujó fuera de mi pupitre de mala manera para grapar unos carteles en la pared, convirtiéndome en la alumna que más visitaría el despacho de la subdirectora y empezamos a ver a Cloe con la falda del uniforme cada vez más corta, hablando con el delegado de la clase de los mayores, pistoletazo de salida para que empezáramos a quedar con los chicos de COU.

Hizo falta demasiado tiempo para llegar a ese punto. Demasiados golpes intermedios. Y ahora lo sé. Que lo prioritario es la economía de movimientos.

Veo mi sudor gotear en el suelo. No me seco. Me preparo para el siguiente asalto.

Giro sobre mí misma, el brazo en guardia, en uve, para que no ofrezcan resistencia los músculos antagonistas y alcanzar la máxima velocidad, una contracción muscular violenta que condiciona la potencia del golpe. Y sí. Ahora que sé defenderme, golpeo.

Por eso, antes de pagar el café y de frenar en seco la tediosa conversación de la anodina Violeta, la he mirado desde mi medio metro de más, mis muchos años de menos y, cuando ella seguía admirada por lo mucho que me había visto en las noticias, le he dicho algo lleno de sinceridad:

—Te lo debo a ti y se lo debo al colegio. —Le he aguantado la mirada—. Lo pasé muy mal. Y tuve que luchar mucho para re-componerme.

Ella ha bajado un poco los ojos y luego ha hecho un gesto triste de contrariedad, como si lo comprendiera, y, entonces, lo ha dicho:

—Es que, Patricia, tú siempre fuiste muy independiente.

Me he quedado inmóvil. Me he convertido en piedra. De to-das las respuestas, esa era la última que me habría esperado. La última que mi yo niña habría esperado también.

Lo dijo como una disculpa o como algo reflexionado después del tiempo, pero lo que más me ha impactado es que la explica-ción de lo que yo era, o de mi pecado, fuera esa: que fui por libre. Nunca lo habría imaginado ni ahora ni en aquel entonces, y mira que, según mamá, nací con una imaginación desbordante.

Y lo más increíble es que creo que está en lo cierto. Yo nunca me di cuenta de ello. Iba por libre porque, por más que quisiera, por mi madurez, por mi educación, no lo sé, porque mis gustos no encajaban con los de la mayoría, por más que lo intentara. Me aburría. Tan simple como eso. Aunque trataba de disimularlo, me aburrían. Y me gustaba jugar con mis vecinos más mayores, pero también leer el periódico y pasarme un recreo escribiendo.

¿Me convertía eso en una niña rara?

Seguramente. Si nos acogemos al significado menos peyorati-vo de lo «raro». Pero yo siempre fui amable. Nunca me metí con nadie. Y, sin embargo, se me castigó duramente por ello durante años.

¿Era aquello una rebeldía? Quizá. Pero mi rebeldía no agredía a nadie. O eso creo. Quizá les hacía plantearse preguntas. Algo, a todas luces, imperdonable. ¿Independiente? ¡Si sólo traté de per-tenecer! Y, cuando no pude, de invisibilizarme.

¿Que no me enfade?

Pero ¿qué fraude es este?

¿Por qué nadie se puso en mis zapatos? ¿Por qué nadie me preguntó cómo me sentía?

Sí, he ido por libre. Free. Freelance. Leandro estaría orgullo-so. A ojos de los demás, siempre fui una pequeña hereje. La que eligió libremente ir en contra de lo consensuado. ¡Vaya mierda! ¿Por qué nadie me advirtió que tenía un precio tan alto?

He salido del café antes de arrancarle de cuajo su cabecita

después de un breve adiós que pretendía ser para siempre. Un adiós a esos años de cárcel y de maltrato en los que también me reeduqué en todo aquello que tenían que haberme enseñado en casa: a enseñar los dientes, a que tener valores me dejaría indefensa ante quienes no los tenían.

¡Que no me enfade!

Me ajusto los tirantes del sujetador, que se me caen con algunos impactos. Sitúo el brazo derecho ligeramente adelantado al mentón con una distancia aproximada a la del dedo pulgar extendido. Separo el codo unos centímetros de la zona hepática para bloquear con este brazo un posible impacto. Hay que vigilar todos los frentes.

Lo importante es no dejar de moverse, me dice siempre el Muro.

Lo importante es no dejar de bailar. Porque, en un acoso, cada miembro de la jauría nunca ataca en solitario. Mientras se ceben con otro no va a tocarte a ti. Se convencen de que la víctima es un adversario, uno que no es consciente de serlo ni de su poder. Y lo tiene: el de la nota discordante. Pero sólo lo sabrá si sobrevive. Y si se cura. Si.

¿Cómo no iba a solidarizarme con Greta? ¿Cómo no iba a enfadarme con cada portazo recibido en un periódico, con cada intento de circo de un programa?

Hasta mi encuentro con Violeta no me he dado cuenta de hasta qué punto reconectarme con Beltrán, el Blando, y con Gabriel para este tema me ha resucitado lo que viví, cuando aún no existían palabras para definirlo.

Y es que el bullying y el mobbing son lo mismo. Los efectos de una jauría liderada por un mediocre sin empatía: lo que ahora llaman un «psicópata organizacional».

Lo llamen como lo llamen, cualquier acoso trata de destruir una creencia esencial, ¿no es así? Esa que no nos han enseñado a fortalecer.

La de creer en ti mismo. La de creerte. La de quererte.

Me parece oír un portazo. O quizá es el eco de mis golpes. El espejo también ha empezado a sudar y mi cuerpo se derrite en su reflejo. No me importa quién pueda entrar. Ya he calentado. Que venga.

Nos lo enseñan desde que somos niños. Si formamos parte del grupo, estamos protegidos. Pero, ay de ti, si tu voz se alza entre la multitud, si el color de tu piel o tu pelo no es el estándar, si tu indumentaria te hace saltar del plano…

¿Que no me enfade?

Hace falta tener muchos huevos para atreverte a no gustarle a los demás por ser tú. Esa, al menos, es la cualidad de las personalidades; sin embargo, hay sociedades adolescentes que también se niegan a madurar y se aíslan y se ceban con los diferentes hasta que los diluyen en el consenso.

Por eso, tras el encuentro con Violeta, y al hacer repaso de aquel primer acoso y derribo de mi infancia, me he vuelto a sentir identificada con Greta. Porque aquel primer ataque a mí también me escindió en dos. Y entonces apareció Miércoles. Mi melliza.

32

Yo también sabía lo que era ser dos yos contradictorios. Ese desdoblamiento necesario para sobrevivir.

Miércoles fue la que le pidió a su madre, en cuanto alcanzó la adolescencia, que le enseñara a hacerse la toga para alisar sus largos rizos y le rogó que le oscureciera el pelo; la que, incluso, llegó a cortarse ella misma su larga melena con las tijeras de costura de su abuela porque no quiso hacerlo la peluquera y que se convirtió en una especie de ojeroso miembro de la familia Addams, uniforme y corbatita incluida: más flaca, aún más alta, lánguida y pálida de lo normal. Y, poco a poco, fue borrando la sonrisa que le era tan propia cuando era niña. Antes de defender a Ángel Olaizola. Antes de que se señalara su talento como rareza. De que destrozaran sus escritos. De que castigaran severamente su disidencia.

Mientras que Miércoles pedía notas falsas a su madre para estar exenta en gimnasia inventándose un problema de espalda culpa de su rápido crecimiento —para no tener que competir, para no destacar en nada, porque a aquella «yo», toda introspección y todo cabeza, no le pegaba destacar en ninguna actividad física—, en el exterior seguía viviendo la otra melliza, la que seguía creciendo desde aquella niña que dijo «miau» debajo de la mesa, la felina, la que, en cambio, en el exterior estudiaba danza clásica y cuyo cuerpo era un chicle, y acumulaba toda la fortaleza de la que carecía su lánguida, frágil y enfermiza melliza.

A Patricia le gustaba la danza porque era «arte», no había competencia o eso pensaba yo entonces, hasta que ambas fuimos cumpliendo años. Y entonces, el día que a Margarita, mi mejor amiga en ballet, le destrozaron las zapatillas antes de un examen, Miércoles me miró con sus ojos tristes y comprensivos desde el espejo en que nos peinábamos un moño con redecilla, y pareció decirme: «¿Ves? Ten cuidado, Patricia. No bailes demasiado bien. Te lo dije… también aquí. Y también a ti puede volver a pasarte». Dejé la danza de un día para otro. Y con ello, dio comienzo la era en que Miércoles dominó a ambas.

El reinado de la Miércoles preadulta fue dictatorial. Luchaba porque permaneciéramos en el justo medio de todas las cosas, como su día de la semana: no era ni la primera ni la última de la fila cuando tocaban la campana, no aireaba sus sobresalientes en literatura ni pedía ayuda si suspendía en matemáticas, no competía en gimnasia ni presentaba mis escritos para la revista del colegio, simplemente intentaba no llamar la atención por el bien de las dos, para que nos dejaran durante un tiempo en paz.

Patricia y Miércoles se las arreglaron para vivir vidas separadas: Miércoles se sentía marginada en el colegio cuando había que formar parejas —daba igual que fuera en una excursión que en el autobús escolar, acababa sola, es decir, con la profesora— y mientras, Patricia la lideresa controlaba la pandilla tanto en su barrio, donde era consultada sobre quién entraba o no, como en el pueblo de mar donde pasábamos las vacaciones. Mi yo felino se había cincelado dentro de mí, y el otro se había dibujado encima como un calco más triste en blanco y negro, el que veían de mí en el colegio.

¿Cuál de las dos era el fraude?

El problema es que cuando el yo íntimo y el yo social están divorciados el uno del otro acaban causando perplejidad y sufrimiento a la persona y a los que la rodean, me había dicho Santiago cuando, sentada en su blando sofá, le conté esta historia. Un flashback habitual en nuestras primeras sesiones. Y eso que en teoría acudí para superar lo sucedido en el Canal, o a lo que él por fin dio un nombre: mi «mobbing». «En la madurez hay que intentar hacer coincidir a esos dos yos en un punto», insistió colocándose un fular de seda adamascada durante aquella primera sesión, «o puedes desembocar en una depresión muy grave cuando menos te lo esperes».

Creo que cuando Greta me habló de lo que le pasó con Valentina, de la crueldad con la que se le trató y de cómo tuvo que protegerse siendo dos personas en un mismo cuerpo, tendría que haberle dicho que yo también la entendía. Que sé lo que es eso. Quizá lo haga cuando surja otra oportunidad.

Y creo que es verdad lo que dice Santiago. Que para crecer y no enloquecer hay que ser valiente y tomar partido por una. Porque hoy he recordado el día en que Patricia y Miércoles entraron en conflicto. No lo había hecho hasta ahora. Mamá me había llevado a un mercadillo de Navidad con dos de mis mejores amigas, mis vecinas, y de pronto nos encontramos con unas compañeras del colegio. ¿Cómo reaccionar? ¿Como la Patricia que era la niña más popular de su pandilla, la que se inventaba juegos que todos seguían y canciones, la que escribía una novela por entregas que tenía enganchados a todos mis vecinos?, ¿o como la extraña Miércoles a la que ya saludaba con condescendencia Violeta escoltada por la risilla de sus secuaces? Me sentí un fraude. Iba a ser desenmascarada. Pero… ¿cuál de las dos lo sería?

Le pedí a mamá que nos fuéramos simulando un fuerte dolor de estómago. Ella nunca sospechó por qué su hija de pronto se había convertido en una niña enfermiza. Y no lo era, aparte de mis somatizaciones, pero sí recuerdo haber salido a la terraza en pijama en medio de una helada esa noche, para levantarme con anginas al día siguiente y perder el autobús del colegio. También recuerdo haber salido otra noche de primavera cercana a mi cumpleaños, unos meses después, cuando todos dormían. En esa ocasión llegué a pasar mis largas piernas al otro lado de la barandilla hasta que mis pies tocaron, descalzos, la cornisa.

33

Patricia nunca quiso soltarse de esa barandilla.

Apoyo la frente sobre la superficie fría del espejo. El rímel describe ríos de tinta negra por mis carrillos. El pelo empapado. Los ojos de mi melliza a un milímetro de mis ojos. Aparece y desaparece con intermitencia, según la borra el vaho de mi respiración agitada. Hasta que me propulso hacia el centro del tatami de nuevo.

Creer en ti es difícil cuando eres dos, por mucho que te expliquen que tu horóscopo es Géminis. ¿Con cuál quedarse? ¿A cuál ponerle una inyección? Las dos eran yo. Por lo tanto, no podía despedir a ninguna. A pesar de que Miércoles surgiera como un disfraz para proteger a Patricia hasta que estuviera lista para reclamar su hueco: la felina, la cazadora, la instintiva, la que era salvaje y dulce a un tiempo, la que nació esa tarde con apenas unos meses bajo la mesa de la cocina esperaba su turno. Y empezó a reclamarlo cuando dejamos la adolescencia. Entonces, Patricia, en su camino hacia la edad universitaria, fue reemplazando poco a poco a Miércoles hasta que llegué a la facultad y, a través de un curso de protocolo, la fichó una agencia como modelo. Esa yo que empezó a sacarse un dinero y a ser consciente de las virtudes de su cuerpo aprendió también a guardar las distancias… ella fue la que reclamó la fuerza de sus palabras y encontró en el mundo periodístico su medio, un lugar al que subirse para ver el mundo con perspectiva y combatir la injusticia de la que había sido objeto: en aquella época se sentía Catwoman. Se vistió de negro. Soltó su melena, que también reclamó su color. Y aprendió a afilarse las uñas. Su aparente frialdad le valió en el mundillo el apodo de «la princesa de hielo» por parte de algunos dicharacheros colegas masculinos, en ese momento todos más veteranos y más mayores que yo. En aquel momento no me pareció mal. Incluso creo que alimenté el mito. Era, a pesar de la admiración que despertaba, «una más de los amigotes». Quizá sentí que me protegía también de otro tipo de «acoso», que a mí no me tocó, pero que viví de cerca en otras compañeras.

El colegio me había enseñado lo duramente que se castigaba salirse del conjunto y lo mucho que tendría que fortalecerme para sobrevivir si quería luchar por ser quien era: yo.

Gancho de derecha. Gancho de izquierda. ¡Mierda! Cómo no voy a enfadarme cuando resulta que ha sido ahora, al escuchar la historia de Greta, cuando me he dado cuenta de que en el Canal volví a sufrir lo mismo que en aquel puto colegio. Cómo no me voy a enfurecer si llevo culpabilizándome mucho tiempo por haber tirado la toalla sin saber que no estaba en un combate limpio. Que mis adversarios eran capaces de dar un golpe bajo tras otro y… ante eso, estaba indefensa. Me tambaleo. Apoyo la frente en el espejo para sentir su frío.

Es verdad. Después de tanta lucha abandoné el capullo antes de que Patricia estuviera lo bastante fuerte. Antes de que tuviera alas. Pero ahora de pronto siento el alivio del perdón. Pienso que quizá no pude hacer otra cosa.

¿Que no me enfade?

Pues no puedo. Lo estoy con todos y conmigo misma.

Porque querer ayudar a Greta me ha hecho ver que no hice lo mismo por mí cuando me echaron. Pelear por lo que era mío. ¿Estaré a tiempo de ajustar cuentas? ¿De volver a mi esencia?

Hay una realidad: dejé el periodismo por la misma razón que quise dejar el colegio pero no me lo permitieron.

Mientras caminaba furibunda por la agotadora Gran Vía en dirección a mi cita con Ernesto, el Sabio, mi Aitá, mi mentor y amigo, he recordado mi primera y luminosa época como periodista. El momento en que empezaron a aparecer artículos o reportajes con mi nombre en televisión. Todo el mundo comenzó a verme como una triunfadora, aunque yo seguía luchando por no llamar la atención. Miércoles seguía ahí, pequeñita y agazapada en un pliegue de mi mente, silbándome lo que nos había pasado cuando el foco nos iluminó.

Quizá el hecho de que Greta se atreviera a contarme con tanto detalle su Infierno me dio la pauta para verbalizar la otra noche lo que me ocurrió en el Canal, aunque sin entrar en detalles, con el concierto de Goran Bregović de fondo, que al final escuchamos con las entradas en la mano desde la plaza contigua. Ella me atendió con esa atención desmedida que la caracteriza y luego me preguntó: «¿Y cómo has conseguido seguir creyendo en ti misma cuando una y otra vez te han querido convencer de lo contrario?». Cómo decirnos: confía en ti. Confío en mí. Y en que nadie, lo intente como lo intente, me va a sacar de mi camino. No pude contestarle a esa pregunta. Porque aún tengo que respondérmela. Si sigo creyendo. No lo sé.

El caso es que allí estábamos, compartiendo unas cervezas y una herida, dos mujeres que no estaban destinadas a encontrarse: una había vivido en una isla apartada del mundo y la otra se había apartado de su espíritu. Ambas habían sufrido la violencia por cuestionar lo establecido. La condena de la diferencia.

—Mi superpoder era escribir —le dije en un momento dado aún garabateando en mi libreta—. Siempre fue escribir. Y es a lo que me he dedicado de una forma u otra, a pesar de todos los intentos, malintencionados o no, de quitarme la ilusión por hacerlo.

Ella levantó su cerveza ofreciéndome un brindis:

—Quiero que sepas que el hecho de que vuelvas a escribir es para mí la prueba de que una vocación fuerte al final encuentra su camino, como el agua.

Pero no, yo no soy el ejemplo de nada: esa noche aún no le había informado de esa nueva negativa. La que le han dado a Gabriel, como un sopapo, en su atractiva jeta.

Golpeo de nuevo. Golpeo y golpeo. Me despego el pelo de la frente. Pero me prefiero así antes que sentada en una silla con el gesto apaciguado por la comprensión hacia los demás. Lo siento. Lo he intentado. Y no puedo.

Que no me enfade, dice, que no me enfade...

Pensándolo con distancia, hay distintos motivos por los cuales una persona trata de quitarte tu sueño: por envidia, por protegerte... y por costumbre. Quizá, la última, por gratuita y desapasionada, es la que más me enerva. Voy a quitarte tu vida por tradición. La vida con la que sueñas. Porque la mía me aburre y no estoy dispuesto a admitir que tú quieras «ir por libre»; porque ya he asimilado sin aspavientos que no había otro sendero y nunca pensé que tenía la posibilidad de elegir. Y ahora me jode que tú lo hayas encontrado.

Sin embargo y según me recordó Ernesto esta tarde mientras tomábamos dos cafés con hielo debajo de su casa en Atocha, en aquella época en que nos fichó a todos en su equipo y nos alumbró un camino, yo sí seguí disfrazada de aguerrida y bohemia periodista hasta que él, ejerciendo de mi mentor, de mi Aitá, y sobre todo, de mi amigo, cuando iba a recoger el premio que luego serviría de esquela a mi padre, me dio una contraorden: «Déjate de disimular, Patricia, y sal a ese escenario con un vestido con el que te sientas profundamente tú y guapa. Y recoge ese premio que te mereces. Sal radiante». Como dice la gran Espido Freire, mujer culta y bella por dentro y por fuera a partes iguales, las escritoras también tienen cuerpo. Y no hay nada de malo. ¿O sí? Sólo se trata de que nadie dude de nuestra capacidad intelectual por tenerlo.

Y eso hice.

Subí a aquel escenario con un vestido rojo de seda salvaje, como diría Escarlata O'Hara, «en mi papel». ¿Cuál? No sé. El que me habían dado. El de ambiciosa. El de *Eva al desnudo*, como me bautizó Inés Cansino, al parecer, esa misma noche. La que se convertiría en mi judas, nada menos. Contra todo pronóstico disfruté de aquella tormenta de flashes al recoger mi trofeo. Y se lo dediqué a mi padre, que estaba enfermo. Pero no. Yo aún no lo sabía. Que ya no estaba enfermo. Estaba muerto.

—El problema no fue el vestido, el problema fue el premio —me dijo esta tarde Ernesto, el Sabio, mi Aitá, recordando ese momento.

Luego cabeceó lentamente y se tocó su cuello fino como siempre que piensa en algo. Su cuerpo delgado e intemporal vencido un poco hacia delante con aire de confesor. Sus manos siempre hablando por él, calmadas, sensatas y tajantes. Ha sido providencial que pudiéramos quedar hoy.

Y sí, lleva razón, el foco cayó sobre mí y, a pesar de que no fue un mal consejo, ahora sé que aún no estaba preparada. Alguien declaró la guerra a esa joven periodista vestida de rojo.

Ernesto trató de protegerme a su manera. Siempre me insistió en lo buena que era. Posiblemente porque lo era. Pero se equivocó al pensar que era más fuerte. Me decía que yo había tenido la suerte de encontrar mi vocación muy pronto. Y eso sí es cierto. Siempre quise contar historias. Historias humanas. Historias que tuvieran importancia. Y, quizá porque soy consciente de no ser tan marciana, mi único criterio fue que si me importaban a mí podrían importarle a un gran número de personas. Mi gran talento, según Ernesto, era detectar dónde se escondían y ponerles corazón. Era una buscadora de oro en un río. Gabriel, sin embargo, era experto en encontrar el río. Ernesto siempre dice que nunca ha vuelto a tener un equipo con tanta garra y talento como aquel, sobre todo un tándem como Gabriel y yo.

A Ernesto siempre soy capaz de confesarle aquello que ni siquiera me cuento a mí misma: que el día de mi encuentro con Greta en ese avión volví a sentir una euforia perdida desde que colgué mi pluma. Y eso es lo que más le ha importado de todo lo que hemos hablado esta tarde.

—No había vuelto a ver ese relámpago en tus ojos.

—Pero no me van a dejar, Ernesto…

—Da igual. Ahora sí estás preparada para luchar por ello.

Se me vinieron todos los hielos del café a la boca y me puse perdida la camisa. Lo que faltaba. Esa tontería estuvo a punto de hacer que me echara a llorar. Y es que no basta con ser buena. No basta con tener vocación, le protesté mientras me limpiaba como podía, porque en el fondo esta vez no había quedado con él para que me animara. A veces se cruzaba en tu camino una jauría de desalmados que normalmente carecen de ambas cosas y cuya única forma de sobrevivir en su mediocridad es invertir en machacarte el tiempo que podrían destinar a trabajar. Quitarte de en medio. Hacerse un pasillo libre de obstáculos hasta los grandes despachos.

—Sí, pero, sin embargo, nosotros hemos tenido que invertir tanto tiempo en trabajar como en creérnoslo —sentenció con sus ojos pequeños, azules y cómplices.

Y pidió al camarero que nos limpiara la mesa.

—Pero luego vinieron ellos y destruyeron mi fe.

—Nadie destruye tu fe si no se lo consientes. —Dio un último sorbo a su café—. Eso sí, si me permites un consejo, no seas impaciente, no airees demasiado esta historia por los medios hasta que no sepas con exactitud lo que tienes.

Me refugié en su gesto calmado y en la verdad a la que siempre olían sus palabras. ¿Temía por mí? Una serie de infartos emocionales le habían hecho así. También había tocado fondo y vuelto a resurgir varias veces, atravesando los angostos desfiladeros de las drogas y el alcohol; él ya no estaba en el Canal cuando pasó todo, por eso no pudo ayudarme. Le habían ofrecido el puesto de director de informativos en la cadena rival y le pilló fuera. Gabriel aceptó ser trasladado como corresponsal y andaba dando tumbos por el mundo árabe. Y me quedé sin amigos allí dentro. A la intemperie. Como Greta en la Ciudad del Norte. ¿Y Greta? ¿Se había sentido igual de desarmada cuando iban sus informes psiquiátricos de mano en mano y novelaban su comportamiento?

Que no me enfade… Pues sí, me enfado. Por mí y ahora también por Greta. Y por eso quizá, paralelamente a su historia, estoy escribiendo esta especie de notas al pie de mi propia experiencia. También eso se lo he contado a Ernesto.

Sí, tiene razón, qué gran frase, hay que invertir tanto tiempo en trabajar como en creérselo, sobre todo cuando escoges una profesión tan difícil o mal pagada como el periodismo.

—La nuestra es una profesión desclasificada legalmente —se lamentó detrás de sus gafitas invisibles con una sonrisa sabia—, la mayoría de las veces ni tus asesores fiscales saben qué impuestos debes poner en la factura.

Bromeamos sobre quién de los dos se quedaba con el tíquet de la merienda. Esta profesión nuestra que compartía epígrafe con los escritores, los pintores y los toreros, una que mucha gente ni siquiera considera como tal, y a la que puede dedicarse cualquiera con o sin un título bajo el brazo.

No, Ernesto no ha querido bajarme la fiebre ni desanimarme ni protegerme.

—Va a ser duro, pero estás preparada para volver —me ha dicho—. Da igual donde se publique. Tú escribe.

Y yo le he odiado y amado a partes iguales por echarme gasolina.

Quizá es cierto lo que dice Leandro de que estamos siendo reducidos a un estadio de vigilancia propia de un animal salvaje. Por eso el acoso laboral, me ha dicho Ernesto, estaba alcanzando dimensiones pandémicas. Luego se levantó hueso a hueso de la silla con su porte de ciprés y se colocó sus gafas de sol graduadas. Antes de despedirse me ha dicho que me había traído unos artículos. Eran estudios de varios psicólogos sobre el tema.

—¿Sobre qué tema? —le pregunté, por si él, ya que estaba y que era el Sabio, podía aclararme lo que estaba escribiendo.

—Sobre el mobbing y sus consecuencias —dijo por fin.

Una revelación en una sola palabra.

Mientras caminábamos por la calle Atocha llena de vallas como si fuéramos dos caballos en una carrera de obstáculos, le conté la teoría de ese filósofo que estaba leyendo Leandro, el tal Han: decía que la precariedad laboral nos había lanzado a una lucha más básica que ya no tenía que ver con la calidad de vida, sino con la lucha por la supervivencia. Una lucha que conducía a un agotamiento que cansaba, que aislaba, que dividía. Destructora del concepto de comunidad y de cualquier relación emocional de convivencia. Ese tipo de cansancio de pantalla azul del que tanto se queja Leandro: sin voz, sin cuerpo. Sin presencia. El caldo de cultivo perfecto para que el mobbing prolifere como un virus mortífero.

—Y cada vez, según envejeces, te haces más huraño y te es más difícil compartirte, Patricia, si pierdes la costumbre. Eres más desconfiado. Es mejor no aislarse mucho tiempo. Ten eso en cuenta.

Y de pronto sentí que me estaba hablando por propia experiencia. Me sobrecogió. Siempre pensé que su soledad era buscada.

No me pasa desapercibido que me lo dijo cuando ya estábamos en la puerta del metro y le hablé de mi reencuentro con Gabriel.

—Dale recuerdos —me ha dicho—, es un gran tipo. Me alegro de que hayáis vuelto a coincidir, habéis sido el mejor tándem que he tenido como equipo… —Y luego ha hecho una mueca guasona—: Además tiene dos discos míos, recuérdaselo.

De esa forma tan sutil ha dado por hecho que le veré en breve. Siempre le hablo de mis amantes, pero sabe que tienen una obsolescencia programada de pocas semanas.

—Ánimo —ha sido su despedida, tras darme un beso suave de labios finos en la mejilla.

Luego se ha alejado lentamente buscando la estrecha sombra de los edificios.

Cuando caminaba hacia el centro de meditación para «calmar a la fiera», como dice la maestra Jedi, no he podido evitar sentarme en un banco a la altura de la plaza del Dos de Mayo y he abierto el dossier. No puedo quitarme de la cabeza algunos titulares.

El primer artículo es de un psicólogo de la Universidad de Alcalá de Henares. En él habla de las características de este tipo de acoso: como el agresor, ese «psicópata organizacional», es una persona normal, a veces es alguien de tu propio equipo, un igual o alguien que está por debajo, «una persona que al principio puede resultar encantadora, servicial y cómplice y que a menudo se presenta como una "víctima de la organización"», pero que no tiene ni conciencia moral ni ética ni empatía». En el fondo es un «narcisista» que trata de disimular su mediocridad, instrumentalizando a aquellos que considera brillantes, y que los elimina de su alrededor si estos no se dejan. ¿Por qué? Porque teme que le puedan hacer sombra. Para que el acoso sea efectivo, se rodea de personas mediocres y sumisas. Al principio lanzará a la víctima pequeños desafíos, comentarios que pongan en entredicho sus virtudes. Luego pasará a volverla paranoica convenciéndola de que los demás son los que la critican. Y, cuando calcule que ya le ha bajado sus defensas al mínimo y no puede defenderse, llegarán las humillaciones explícitas, las críticas, las falsas acusaciones, el aislamiento, el apartarlo poco a poco de sus antiguas atribuciones para que cada vez se sienta más prescindible, entre otras conductas que, continuadas en el tiempo, la lleven a la destrucción absoluta de su fe. Su fe en sí misma. Cuanto más avanza el acoso, el trabajador tiene menos fuerzas para recuperarse entre ataque y ataque… Leo y leo mientras se me instala en mi pecho un peso de diez toneladas, y sigo leyendo: «Hasta que la situación destruye su autoestima y la confianza en sí misma». Un retrato robot perfecto de Domingas e Ineses. Un retrato doloroso de Greta y de Miércoles. Y los siguientes tres titulares desbordan el vaso:

Uno de cada cinco suicidios consumados obedece a una situación de mobbing.

El mobbing afecta a uno de cada seis trabajadores y las víctimas de este tipo de acoso piensan a diario en quitarse la vida.

Y… el 70 por ciento de ellos no sabe que lo padece.

Me levanté de ese banco como si me hubieran anunciado que había pasado un cáncer y había sobrevivido a él sin saberlo. Le envié un mensaje al Muro por si aún estaba en el gimnasio y cuando me contestó «Ok, bracitos de pollo, estaré allí en una hora», viré noventa grados el rumbo del centro de meditación, hacia el gimnasio. Cuando he llegado, me he sacado la camisa y así, sin cambiarme, de cintura para arriba sólo con el sujetador y con estos guantes que me quedan grandes, me he liado a golpes.

Respiro honda, profundamente. Me coloco de nuevo en posición de guardia. Desde aquí puedo hacer todos los movimientos ofensivos y defensivos, esquivas y desplazamientos, paradas, desviaciones y bloqueos de los golpes del rival. Ahora sé cómo conservar el equilibrio. Todo el peso de mi cuerpo está repartido en ambas piernas. Mi cuerpo ahora es duro y fuerte. No como entonces.

¿Que no me enfade?

Ya es tarde. Ya lo estoy. Desde hace mucho.

Knock-out. Se ha salvado por la campana. Esa que a mí nunca me salvó en el recreo. Esa que ahora mismo no va a volver a sonar. Vuelvo a pegar.

Veo al Muro entrar con el casco de la moto en un brazo vestido de negro, su cabeza afeitada, la perilla recién recortada y me mira frunciendo el ceño con sus ojos de bestia buena.

—¡Eh, eh! —me grita con autoridad— ¡Para, no seas bruta! Tengo que enseñarte a pegar mejor si lo vas a hacer tan fuerte, o te harás daño.

No me vuelvo. Mi respiración se va calmando como las aguas tras un tsunami.

—Pues enséñame, joder. —Y me encuentro a mí misma en el espejo, a mí, sin rastro de Miércoles por primera vez, con mi cuerpo semidesnudo, el sujetador empapado y cada uno de mis músculos en tensión—. Si no sé… enséñame.

Las herejes

34

Me pregunto cuántos kilómetros tendría mi vida si me hubieran instalado el contador de un coche. Y cuántos de ellos serían en metro. Me siento un chimpancé de circo vestido con una faldita de flores rojas. Agarrada a la barandilla superior entre frenazo y frenazo, pienso que quizá sea ese mi animal. Leandro es un visionario. Claramente estamos involucionando. A mi alrededor los pasajeros parecen pintados: la mirada extraviada en sus pantallitas, unos sentados, otros colgados de una barra como yo, lanzados a gran velocidad dentro de este supositorio de metal que recorre los intestinos de la gran urbe.

Cada cerebro en una caja.

Cada hámster en su rueda.

Me echo el pañuelo por los hombros. Cualquier día me da una embolia por culpa de uno de estos chorros de aire acondicionado. ¿Acondicionado? ¿Para quién? Estas condiciones climatológicas sólo están indicadas para un husky siberiano.

Hay una semana en Madrid y es distinta cada año, en que el verano empieza a avanzar cual ángel exterminador por los termómetros, por los calendarios y por las calles del centro: las plantas mueren a su paso, las fuentes se secan y van desapareciendo los vecinos, puerta por puerta, hasta que el edificio queda prácticamente vacío.

Todo lo demás sigue su inercia: Carolina, la hamsteresa, está ahora en régimen de acogida en casa de Luciana, la compañera de meditación de Leandro, desde que este muy hábilmente comentó a sus colegas del laboratorio haber detectado en ella una enfermedad infecciosa que deseaba analizar con calma, para luego, cuando se hubieran olvidado de ella, certificar su baja. Parece ser que la hija de Luciana, la chica-loto, tiene Asperger, y un animalito en casa le puede venir bien para desarrollar su empatía. No sabía que Leandro tuviera tanta relación con Luciana. Greta sigue abducida por Deirdre y su dependencia feroz, así que apenas nos vemos. Por otro lado, creo que Gabriel empieza a sentir que le doy largas, aunque hablamos mucho por teléfono. Mientras la agencia siga fagocitando mi vida, no habrá manera de entregarnos al placer, y menos ahora que estoy volcada en la maldita campaña de refrescos Jungle-Fresh. Para colmo, en el horizonte y en mi agenda se dibuja ya Shangai como una exótica pesadilla que me dejarán de nuevo sin vacaciones.

Y luego está lo de esas llamadas extrañas.

Todos los días a las doce de la noche. Como un ciclo. Como si supieran que ya estoy en casa. Llamada y cuelgan. Llamada y cuelgan otra vez. Siempre dos veces, así que, como le he dicho a mamá bromeando, quizá sea el cartero. Mi yo paranoico sospecha que no se equivocan, porque al otro lado alguien permanece unos segundos escuchando mi voz. Escuchándome. Quizá es cierto lo que dice Leandro, que son comprobaciones de cacos especializados en saqueos veraniegos y sólo quieren saber que no me he ido. Pues no, querido caco, no me he ido y no me voy a ir. No te hagas ilusiones. Si eso, te aviso. (Nota a mí misma: es importante que le deje a Bruno las llaves en el Ouh Babbo cuando salga hacia Shangai, porque serán dos semanas.) Según Leandro, hay un protocolo a seguir: que me recojan el correo cada tres días, que dejen encendida alguna luz de vez en cuando y suban y bajen las persianas cada dos. Él siempre tan cartesiano.

Nos hemos parado en medio de un túnel. Me contemplo en el cristal al que se añaden ahora los cables de alta tensión y otras inquietantes arterias que hay al otro lado y que convierten mi reflejo en un terrible mutante bladerunneriano. Este incomprensible silencio me hace llegar a la conclusión de que un móvil para un adulto tiene la misma función anestésica que un chupete para un bebé. ¿Es que nadie se ha dado cuenta de que esto no funciona? Nadie se inquieta. Nadie llora. Lo dicho: el móvil es el mejor invento después del chupete.

También estoy comprobando que últimamente aborrezco la

palabra «exprés». Todo es exprés: la tintorería es exprés, los túneles de lavados son exprés, los cursos de inglés, las dietas son exprés, los divorcios son exprés, hasta el maldito supermercado es un Carrefour Express. ¿Es que no puedo tomarme mi tiempo para algo? De pronto odio la comida rápida y desconfío de mi restaurante a domicilio porque se llama El Chino Veloz.

¿Qué me está pasando?

El gigante gusano de aluminio llega por fin a la siguiente parada, evacúa una masa de cuerpos y engulle otra idéntica que se hace sitio entre empujones. Empiezo a no distinguir los rostros de la gente. El móvil vibra reclamando mi atención en el bolsillo de mi chaqueta como un berreante bebé malcriado. Se me ocurre algo insólito. ¿Y si lo pongo en silencio? Me siento a punto de hacer una travesura. Lo ignoro. Para que empiece a acostumbrarse. Pero al salir del metro algo me empuja a mirar la pantalla silenciosa. Ojalá no lo hubiera hecho.

35

A veces es preferible que te llamen para permanecer en silencio que para hablar de más. Ninguna de esas llamadas anónimas que han comenzado con el verano me ha dejado tan mal cuerpo como la de Diana. De alguna manera me la temía. Le confesé mis temores a mamá. «Es tu amiga, habéis estudiado juntas, da igual que sea creyente, sabrá que actúas de acuerdo a tus principios…», me tranquilizó. Ayer, cuando cogí el móvil, había tenido el arranque por fin de desembalar esas cajas de libros pendientes desde hace tres años, y esperaba que su voz estuviera impregnada del aire festivo de los preparativos del bautizo de Lilo. Es consciente de que no estoy familiarizada con los ritos, así que supuse que me llamaba, como me había anunciado, para darme «instrucciones». Me había hecho mucha ilusión que me lo pidiera aún sabiendo como sabe que no soy creyente. Sobre todo que el puritano de Juanjo no haya puesto pegas. Supongo que él también nota que adoro a ese bebé gordo y moreno desde que se asomó a este mundo.

Es cierto que cuando descolgué ya me extrañó su voz turbia

como un río que arrastraba un vertido en lugar del deje cantarín habitual, ¿tenía un rato para hablar?, y yo, aunque estaba secándome el pelo y a punto de salir trotando hacia una sesión con la maestra Jedi, le dije que sí. Me pidió un momento porque iba a cerrar la puerta.

—¿Todo bien? —pregunté.

—Me he leído lo que me pasaste. —Su voz endureciéndose como una esponja fuera del agua.

Supuse que en algún momento se referiría a ello. Siempre le he enviado lo que escribo, desde que estábamos en la facultad, pero en este caso tenía un doble motivo.

—¿Y qué te ha parecido? —Aposté a una sola mano.

Por un momento creí que se había cortado pero no. Después de un momento, dijo:

—¿Por qué quieres escribir esto, Patricia?

Uno a uno, los músculos de mi cuerpo se fueron tensando y corrí a internarme entre la maleza de mi cinismo:

—Ya te lo dije. Estoy planteándome volver al periodismo.

—¿Y te has planteado también que vas a herir a mucha gente? —El ritmo de sus palabras se aceleró. Un discurso ya escrito.

—Diana, mi objetivo no es hacer daño, sólo estoy mostrando algo que ocurre, como otras tantas veces hice en el pasado.

Escuché a Lilo llorar muy lejos como si ya fuera un recuerdo.

—No —sentenció—, en este caso estás atacando a una institución donde también hay personas muy valiosas…

—Y también voy a hablar de ellas.

—… atacas unas creencias de millones de…

—Perdona, Diana—empecé a morderme con ansia el dedo pulgar—, pero qué hiere más a tu Iglesia: ¿el hecho de que se cuente o el hecho de que esto ocurra?

Sólo sé que desde ese momento su voz fue *in crescendo* como la de un predicador:

—¡Por el amor de Dios, Patricia, qué necesidad hay de decir que las monjas hacen… esas cosas entre ellas, y en un convento!

Hizo un silencio de palabras, pero su respiración hablaba por ella. Me la imaginé empijamada a esas horas, apartándose el grueso flequillo castaño de los ojos, con su cuerpo enjuto y tenso que apenas se transformó durante los embarazos y esas minúsculas perlas que sospecho que le taladraron en las orejas al nacer y que no se quitaba ni para dormir ni para ir a la playa.

Caminé hacia el baño y aproveché para lavarme las manos llenas de polvo. Activé el altavoz y dejé el móvil encima del lavabo. Me senté sobre la tapa del váter. Cerré los ojos. Así que eso era lo más grave. No, no puedo decir que no me lo esperara. Cogí aire para sumergirme en un elemento irrespirable.

—Tengo que contarlo, Diana, porque sufrió un abuso y han utilizado en su contra sus tendencias sexuales, cuando es muy habitual, te guste o no, y habla de la represión en la que se ven obligadas a vivir. ¿No te parece?

—¿Represión? —dice, indignada—. No es una represión, es una opción. Aceptan voluntariamente unos votos…

—Diana, estamos hablando de un maltrato. De un acoso. No puedo creer que no veas más allá del tabú del sexo. ¿Dónde has dejado tus principios cristianos? ¿Es esta la Iglesia que quieres? ¿Estarías de acuerdo con que no se denunciara un caso de pederastia?

—¡Claro que no! Eso es distinto. Un momento. —La oigo abrir la puerta, caminar por el pasillo a grandes zancadas llamando a la cuidadora.

—¿Por qué? ¿Por qué es distinto? —sigo ya, incontenible—. ¿Porque en este caso se trata del acoso a una mujer? Yo escribiría de ello igual si se tratara de un abuso fuera de la Iglesia, y lo sabes. Pero, en este caso, hay un agravante: resulta que las personas implicadas son las guardianas de la moral de la tuya y de la mía, y «forman» moralmente a otras. —De pronto me enervo—. Si de verdad me estás diciendo que lo que te parece más escandaloso de lo que has leído en mi crónica es descubrir que las monjas también follan o se enamoran, en lugar del hecho de que se produzcan acosos como este y delitos muy graves que se ocultan, sinceramente, creo que tienes un problema.

Otro silencio. Luego llega su voz de nuevo en equilibrio, como caminando sobre un cable.

—Quizá el problema lo tienes tú, Patricia. —Y dispara una flecha envenenada—. ¿Sabes? Creo que estás muy perdida. Hace tiempo que lo pienso. Y te diré algo: el problema de dejar de creer en Dios es que puedes empezar a creer en cualquier otra cosa.

Mientras busco el antídoto sin encontrarlo, sólo tengo fuerzas para decir:

—Si vas a juzgarme, Diana, al menos hazlo con tus propias palabras y no citando a Nietzsche. —Encajé las mandíbulas—. Y quizá tienes razón, pero yo creo que es más peligroso empezar a creer en los demás antes que en ti misma, ya ves.

—¡Felicidades! —soltó forzando una ironía que nunca ha sabido utilizar—, has caído en la tendencia de moda, Patricia, enhorabuena por sumarte al pensamiento «único», por ser uno más de esos seguidores del culto al presente, que sois mucho más listos que los demás. Los que no teméis a Dios, pero en cambio teméis al futuro. —Tose unos segundos como si se le atascara todo aquello en la garganta. Bebe algo y sigue—: ¿Y ahora qué? Estás en medio de un ataque de «ansiedad presencial», ¿y sabes por qué?: porque te aterroriza pensar en un final donde sólo e irremediablemente te espera la muerte, sin un Dios que te proteja. Lo sé. Acojona. Mucho. Sí, mejor no pensar en el futuro, Patricia. Tú sigue corriendo como un pollo sin cabeza por tu vida desnuda.

—¿Desnuda? ¿Desnuda de qué?

—De todo lo que no sea ese narcisista traje de ejecutiva perfecta.

No le he contestado. Sólo he aguantado los golpes sin devolverlos. Cuando terminó de vaciarse aproveché su silencio para hacer una última pregunta:

—¿Has terminado?

Ella pareció desconcertarse por unos segundos y al final dijo:

—Sí, he terminado.

Y nos despedimos con un adiós seco. Como si nos hubiera atacado un Alzheimer repentino y no nos recordáramos.

Caminé con el móvil en la mano hasta el dormitorio y lo tiré con fuerza encima de la cama para que por lo menos cayera en blando. Luego me tiré yo a su lado, encendí el ventilador y cerré los ojos. Temía que esto pudiera pasar. Por eso le mandé parte de la crónica. Y eso que era sólo una pequeña dosis para pulsar la envergadura de la reacción alérgica que tendría cuando se publicara completa. Sé que gran parte del problema es Juanjo. Si ella se ha puesto así, quiere decir que él entrará en shock anafiláctico. De hecho, creo que es su reacción la que le preocupa. Es por él por quien todos los domingos se sientan en familia en un banco de la iglesia mientras a ella se le abre la boca. Por muy creyente que sea Diana, su mente es abierta y aborrece la injusticia igual que yo. Aunque no debo olvidar que ella dejó el periodismo porque eran demasiadas horas fuera de casa. La familia es la familia.

Ninguna mala noticia, ninguna conversación importante debería nunca darse a través de un satélite. Sentí ganas de llorar, pero no pude, así que me fui a la calle. No soporto hacer daño a alguien a quien quiero. Y menos por teléfono. Es como si me fuera devuelto el dolor que causo por partida doble y me es imposible digerirlo. Luego me he preguntado qué sentido tenía habérselo enviado considerando que lo más probable es que esto nunca vea la luz, sobre todo después de que Ernesto me confirmara esta mañana que los valientes de «Los puntos sobre las íes», ha dicho visiblemente molesto, tampoco se han interesado por el reportaje.

Es mejor no poner a las personas que quieres a prueba, me dijo una vez mamá el día que le conté en la cocina que estaba esperando a que aquel primer y adolescente novio me llamara en lugar de hacerlo yo. Es mejor no ponerlas a prueba porque cuando las pillas desprevenidas no la suelen pasar, dijo con su siempre humeante café con leche. Y corres el peligro de decepcionarte. Ahora, supongo, que lo estábamos las dos.

«La vida desnuda», ha dicho Diana. Es posible.

Es posible que hayamos llegado a un agotamiento espiritual.

Es posible que la vida humana nunca haya sido tan efímera. Pero ¿acaso tengo yo la culpa si el mundo que habitamos lo es?

¿Cómo narrar nuestra propia existencia si carecemos de cualquier tiempo verbal que no sea el «ahora mismo», el «ya»?

Contar nuestra historia en tiempo presente va en contra del propio acto de narrar. Siempre contamos un cuento en pasado. Ahora ya no existe un «Había una vez» ni un «y fueron felices». Ni siquiera nos permitimos crear una expectativa, una ilusión, que nos invite a vivir el siguiente capítulo. Tenemos que encontrar una nueva narrativa que no sea esta agotadora improvisación o nos volveremos locos.

Es cierto. Ya nada, nada nos libera del miedo a la muerte. Pero lo peor no es eso. Lo peor es que le hemos cogido miedo a la vida.

Cuando he conseguido levantarme de la cama he sentido el

cuerpo como si me hubieran apaleado. He caminado hacia el salón y, después de echar un vistazo a las malditas cajas recién abiertas, las he vuelto a apilar unas sobre otras. Mejor saldría a la calle.

36

Tengo que admitirme a mí misma que esta semana me apetecía ir al centro de meditación. Supongo que necesitaba una bellota mágica. Un placebo. O, al menos, un lugar en el que no estuviera permitido el paso del tiempo. Al entrar, encontré a Leandro apoyado en su maletín de profesor, hablando alrededor de la mesa de la cocina con Serena —falda de vuelo con margaritas gigantes y sandalias que la elevaban veinte centímetros por encima del mundo— y con Isaac empapado en sudor, quien pedía por enésima vez que le retiraran de la vista el bote de galletas de avena, por caridad, sin que nadie le hiciera caso. Serena se llevó una a la boca. Sin parar de masticar, daba con su voz de taladradora toda una *masterclass*:

—A ver, la diferencia es que Facebook es como vivir en un pueblo e Instagram es como vivir en Nueva York.

Sacudió su flequillo. Se disparó un selfie que pilló a la chica-loto —hoy supe que se llama Amelia— saliendo del baño: mallas negras que acentuaban su extrema delgadez, blusón de rayas, su eterno mochilón a la espalda, la piel sin maquillar sobre la que se estaba extendiendo algo amarillento. Le pidió por favor que no la publicara, lo sentía, pero es que le daba mala suerte aparecer en las redes. «Mira, esto es soriasis, me sale de los nervios», dijo, y luego se volvió hacia mí: «A esa Serena sólo le preocupa si está bien en las fotos, los demás le damos igual», comentario que hizo a la otra pestañear muchas veces con incredulidad.

Después, la chica-loto sacó una toallita húmeda, limpió la banqueta y se sentó en vilo.

—Hola, gente —saludé, y lancé mi bolso al lado de Serena.

Esta le hizo un rápido y eficiente escáner.

—¡Mira qué cool…! Me encanta Furla, tiene el tamaño perfecto, ¿no crees?

—No lo sé. Me lo regalaron cuando les hice una campaña —admití.

—Eres mi heroína —dijo.

Y su cuerpo menudo se abrazó súbitamente al mío. «Uy… Patricia viene pachucha, vamos a darle un abrazo buenrollero.» Pero aborté esa misión a tiempo asegurando que estaba bien. Sólo algo cansada. Luego besé a Leandro en la mejilla; daba concentradas vueltas a su té y me observaba como si fuera una nueva especie. La influencer siguió dándome las gracias, gracias mil, me dijo, porque ya la habían llamado de mi agencia para hacerle una oferta: iba a publicitar a algunos de nuestros clientes en su cuenta de Instagram. Estaba feliz, feliz, feliz —cuando quiere enfatizar algo siempre lo repite tres veces—, y se probó mi bolso en el espejo del baño con todo su catálogo de poses graciosas.

—Ten cuidado porque no tienen medida —le advertí—. Rosauro te explotará hasta no dejar de ti ni los huesos.

Y es que sé reconocer el menú preferido del Tiranosauro: joven, guapa y *workaholic*.

—Oído cocina, mi Patri. —Odio que me llamen «Patri», pero no se lo dije—. Puedo con ello, no te preocupes. Puedo con todo. Total, ¡si ya no tengo vida!

Esa frase que parecía ser uno de sus lemas me dejó pensando. Mientras la observaba mordisquear la galleta como nuestra hamsteresa, comprobé que no me recordaba a ella sólo por eso. Me llamaron la atención sus manos por primera vez, en cómo contrastaban con el resto de su perfecta y cuidada indumentaria. Las uñas pintadas hasta la mitad a brochazos imperfectos. La pequeña masacre que sus dientes fluorados habían dejado en los padrastros. Después de coger otra galleta, arrastró una banqueta hasta mí, trepó a ella para estar a la misma altura y, como sin darle importancia, me estuvo contando que hacía tiempo que no dormía de un tirón porque su cuenta de Instagram era como tomar un antibiótico, como un bebé que necesitaba comer cada tres horas. Así que, aunque dejara los post preparados, se veía obligada a atender a los mensajes que le llegaban. Todo ello lo relataba con una mezcla de agobio orgulloso. Como si le diera contenido a su vida aquel agobio. Sus *followers* la necesitaban y no podía decepcionarlos. En un momento dado sonó su alarma del móvil y salió disparada porque no allí dentro no tenía buena cobertura y debía colgar sí o sí el post de las ocho.

—¿Me acompañas a fumar? —me preguntó Leandro sujetando su taza con ambas manos.

Llevaba su gabán negro, que acentuaba su aire bohemio, un complemento a sus párpados caídos de animal cansado.

Cuando salimos, buscó con ansiedad su mechero y me preguntó:

—¿Cómo va la historia de tu monja?

—Mañana he quedado con ella —respondí—. Pero está secuestrada por la esquizofrénica que cuida y yo por la agencia, así que...

—¿Y has hablado ya con alguien para publicarla? —Pidió fuego a una pareja que pasaba abrazada. Protegió la llama con sus manos.

—No estoy teniendo muy buena acogida, la verdad...

Soltó una bocanada de humo y dijo:

—Pero no es eso lo que te preocupa.

Negué con la cabeza. Empezaron a pesarme los brazos. Le pedí una calada y me puso el cigarro en la boca. Aspiré toda esa toxicidad con la esperanza de que neutralizara la que llevaba dentro.

—Leandro, ¿tú crees que mi vida está vacía?

Y le conté la conversación con Diana. Él me escuchó con la mirada perdida en la fachada de enfrente. Cuando terminé, se despegó de la frente sus rizos negros y pesados.

—Creer o no creer. He ahí la cuestión, ¿verdad? —Guardó el equilibrio sobre una pierna, luego sobre la otra—. Esa es la balanza. Si lo piensas, la Humanidad se divide en dos grandes grupos: los que tienen una relación con lo mágico y los que no. Pero tú crees que lo espiritual ¿se refiere a la religión y a la superstición o a creer en intangibles? ¿Es que tú no crees en la libertad o en el amor, por ejemplo?

No le contesté. Sólo me derrumbé en la pared a su lado.

—¿Y tú? —pregunté al rato.

—Yo sólo espero que el amor crea en mí.

Dio una calada larga y lenta que encendió el ascua de su cigarrillo. Me miró con gesto interrogante retomando la pregunta y yo asentí con inseguridad. Entonces dijo:

—En ese caso, tu vida no está tan vacía como cree Diana. Nadie lucha o busca aquello en lo que no cree y, desde que te conozco, criaturilla, tú has luchado por la libertad. Y sé que buscas el amor. Incluso mucho más que ella.

Las palabras de Leandro eran un bálsamo que aliviaba el escozor de unas quemaduras que ahora sentía de tercer grado. Por eso le abracé y él me devolvió el abrazo con fuerza mientras apartaba el cigarrillo para no quemarme. Toda esa «ansiedad presencial» mía, como lo ha llamado ella, aflojó un poco. Luego le conté mi encuentro con Violeta y el revelador estudio de Ernesto y cómo había llegado a la conclusión, uniéndolo todo, de que, al contrario de lo que opinaba Diana, el eje de mi crónica no era un reportaje sobre la Iglesia, sino sobre un mobbing especialmente llamativo por darse dentro de esa institución. Leandro me escuchó con los cinco sentidos y luego empezó a asentir.

—Ahora lo veo claro. —Boqueó un poco de humo con cada vocal—. Qué interesante...

—¿El qué?

—Llevo todo este tiempo preguntándome por qué tienes una conexión tan fuerte con esta historia. —Tiró el cigarrillo y lo pisó distraídamente.

—¿Y?

—Estás ayudándola en su proceso de cambio.

—Claro, pero...

—Espera... —su dedo índice se posó en mis labios como una de sus mariposas— ese que sientes que tú aún no has hecho.

Nos quedamos atrapados por un momento en un silencio hueco. A lo lejos, escuchamos a Serena y su voz molesta, que si los *trolls*, que si los *haters*, como si perteneciera a otro cuento. Entonces Leandro pareció recordar algo:

—Hablando de artículos que te pueden venir bien...

Buscó en su móvil, copió un enlace y le dio a enviar. Mi pantalla se iluminó.

—Échale un ojo. Pensé en ti cuando lo leía.

—Gracias —le digo, iluminada yo también—, por todo lo que has dicho antes.

Leandro me devolvió un saludo budista y ambos entramos arrastrando los pies en el local.

En la última sesión con la maestra, hemos compartido nuestras experiencias durante el reto de no enfadarnos. Isaac abrió fuego con su voz fatigada de micrófono que suena mal y confesó que sólo había conseguido no enfadarse durante medio día, justo hasta que no pudo acceder a su buzón de voz desde Nueva York. La broma se saldó perdiendo dos reuniones que había reagendado, con lo cual cruzó el charco para darse un paseo por Central Park, mientras insultaba a distintas operadoras que le respondían desde países tropicales por conferencias que ascendieron a mil euros. Las empresas de telefonía tenían la virtud de subirle el azúcar, dijo, y la silla crujió un poco bajo su cuerpo para darle la razón; Petra, la enfermera pájaro carpintero que hoy llevaba el mechón morado, dijo haber perdido el control cuando le trajeron a urgencias a otro individuo a soltar bolas de cocaína escoltado por la poli, y le obligaron a atenderle saltándose el turno de otros pacientes. Se las habría hecho comer después, dijo con la voz hirviendo; Serena tenía el récord: el mismo día que asumió su reto lo perdió. Según salía del centro leyó que alguien había publicado un comentario en el que la acusaba de ser anoréxica. ¿Podíamos creerlo? ¡Menuda se había montado entre sus fans! En ese momento intervino nuestra anoréxica real, Amelia, que permanecía silente en primera fila como un alfiler en su posición de loto, porque a ella también le decían que tenía anorexia y no era verdad, era sólo que no necesitaba comer, la meditación ya le alimentaba mucho, se quejó ante la estupefacción de la propia maestra, y admitió que había conseguido no enfadarse hasta ahora mismo al escuchar a Serena.

—Enhorabuena a todos. —La maestra Jedi se recolocó el micro—. Habéis descubierto de buenas a primeras que estáis perturbados, ¿no es genial? —Silencio en la sala, nos observamos unos a otros sin reaccionar—. Ahora sois conscientes de que el enfado os roba la paz. Así que… vamos a por él.

Y nos ha lanzado el primer mantra para combatirlo: «Si no tiene solución, ¿por qué te enfadas? Y si tiene solución… ¿por qué te enfadas?». Mis compañeros han cerrado los ojos y yo los he dejado en blanco tras un hondo suspiro de escepticismo que ha sido reprendido por Leandro, sentado, manos juntas, a mi lado. Mientras escuchaba la voz de la maestra —infantil, agradable y curva, cada vez más lejos—, sólo he sido capaz de visualizar el rostro anodino de Violeta y repasar en bucle todas las frases de Diana que me habían dolido como aguijones. Ella, precisamente, que vivió tan de cerca lo que me ocurrió en el Canal, en ningún momento había valorado mi intento, creo que valiente, de recuperar mi vocación. No, era más importante su maldito bautizo y lo escandalizado que iba a estar su maridito cuando leyera mi trabajo.

«Si no tiene solución, ¿por qué te enfadas? Y si tiene solución… ¿por qué te enfadas?» Mi atención volvió a conectarse con la maestra.

—Hay que neutralizar el enfado porque es estéril —escuché de nuevo su voz dentro de mi cabeza—. Si alguien te ha tratado mal, te enfadas… —¡Pa chasco!, me dije yo—, pero ese alguien actúa en función de su propio deseo de ser feliz, y, cuando lo entiendes, pasas de odiarlo a compadecerlo.

—No sé yo… —Creo que esto último lo dije en alto porque Leandro me dio un codazo y se oyó alguna risilla en los asientos contiguos.

Y, no sé cómo ocurrió, pero de pronto sentí que mi enfado era menos enfado y más dolor.

Así que volví urgentemente a mis cavilaciones y a lanzarme por mi tobogán de odios: seamos claros, soy latina. Y vengo de una familia de «pasionales». No lo digo con una carga peyorativa ni al contrario. Aunque quizá es cierto que no me viene mal saber cómo manejar el enfado. Recuerdo que durante un tiempo, para dar salida a nuestra ira familiar, se puso de moda en casa tirar algo como punto final de un arrebato. No a nadie. Sino al suelo. O, al menos, golpearlo. Nuestro objeto favorito: el teléfono. Sobre todo cuando el objeto de nuestra ira lo provocaba una llamada. Hoy mismo he hecho casi un homenaje familiar tras hablar con Diana. En el fondo, eran actos dramáticos controlados que no iban a más y el teléfono no era caro de sustituir. Eso sí, no acababa con la ira, sino que encendía como una mecha la de otros miembros de la familia, indignados ante esa salida de tono, por otra parte conocida. Quizá por eso yo salí más controlada y puse las riendas a mi naturaleza.

¿Y qué cosas he descubierto durante estas semanas que ceban

mi incalculable odio a la Humanidad?: echarme jabón en las manos en un lavabo público, que no haya agua y llevar las manos pegajosas durante horas. Que me llenen de leche un cortado. Los coches que aceleran desafiantes en un paso de peatones cuando estoy cruzando. Las personas que realizan ruidos salivales al hablar —agravante: si lo hacen por un micro—, por poner un ejemplo.

Abrí los ojos al tiempo que la maestra Jedi abría un turno de preguntas. Sin pensarlo dos veces y más agitada aún que antes de «meditar», levanté la mano.

—¿Sí?

—¿Y qué pasa si llegas a la conclusión de que quieres estar enfadada porque lo que te ha ocurrido no es justo?

Toda la clase se volvió como si acabara de hablar un alien, salvo Leandro, que me miraba de perfil con pose de moneda. Hasta Toño, desde su silla de ruedas, me dirigió una mirada de sincera compasión.

La maestra recogió su sonrisa perenne como si fuera un yoyó.

—No se trata de que no pidas justicia, Patricia. Se trata de que no lo hagas desde un lugar en que te haga daño.

—Pero a veces tu enfado es lo único que la gente entiende —insistí.

—¿Tú crees? —reflexionó—. No sé. Quizá… Mira a ver qué ocurre cuando te enfadas. —Y empezó a enumerar con sus dedos infantiles y rechonchos—: Exageras las faltas del otro, le das vueltas, te inventas conversaciones que no has tenido, sueñas con ello, confundes a la persona con tu enfado, hasta que este se hace tan sólido y obsesivo que te hace perder mucha paz. Además, desestabiliza a los demás por el mismo precio. —Alza el mentón y tengo la fantasía de que su cuello empieza a alargarse—. Sin embargo, si expones tus argumentos desde un lugar donde no hay desgarro, serán más consistentes y, sobre todo, tú te harás menos daño, ¿no crees?

Tras ese pequeño arrebato quedé en silencio. Supongo que les parecía una criatura muy poco evolucionada…

Al salir, le pedí a Leandro que me esperara y fui al baño. Al momento entró la maestra a lavarse las manos o a encontrarse conmigo, no sé bien.

—Mi amiga, la viajera, ha vuelto… —Comprobé que tenía los ojos más gigantes que he visto en un ser humano.

—Pero no por mucho tiempo —le aseguré.

—Bueno, Buda viajó por el mundo en busca del conocimiento para, a su vuelta, devolverlo en forma de amor.

Me apoyé en el lavabo y la busqué en el espejo.

—Me siento tan llena de rabia… —le dije sin pararme a pensar.

—Ya lo veo… —Secaba sus manos pequeñas y rollizas con lentitud—. ¿Y has identificado ya a tu enemigo?

—¿Enemigo?

—Sí, al destinatario de toda esa rabia. —Sonrió a cámara lenta—. Ya sabes, esto que solemos decirnos: si no fuera por este gobierno, por mi pareja, por mis hijos… yo estaría bien porque soy muy maja. Esas cosas.

—Tengo toda una lista, sí.

—Te lo digo porque la mayoría de las veces nos equivocamos identificando al enemigo. Te voy a hacer una pregunta, Patricia: ¿Tú qué crees? ¿Esta zozobra que tienes te la está provocando otro? ¿Seguro? Porque quizá te la está provocando tu ira. Nadie más.

De pronto sentí un golpe de calor. Dejé mis manos debajo del grifo para que el agua fresca cayera sobre mis muñecas.

—Pero es que necesito sacarla o no habrá paz posible.

—Ya. —Asintió como lo haría un médico que intenta convencerte de un tratamiento—. Sólo digo que ahora estás en la peor de las situaciones, Patricia: estás enfadada pero tampoco pides justicia. Y ahí es donde has decidido estar.

Se cruzó su manta naranja sobre el hombro, me dirigió una sonrisa de auténtica compasión y me deseó mucho ánimo. Antes de salir, añadió:

—¿Por qué no intentas separar tu problema externo de cómo te hace sentir internamente? A mí me ayuda. Es la única forma de solucionar lo primero y sólo tienes control sobre lo segundo.

Ay, qué hartura de monjas, pensé, mientras la observaba caminar pausadamente por ese espacio blanco en el que siempre era un irreverente golpe de color.

37

Hoy apenas he podido escribir nada. Me he dedicado a organizar los archivos, lo que llevo de entrevista con Greta, a leer la documentación que me dio Ernesto y el artículo que me pasó Leandro. Me ha impresionado tanto que he decidido incluirlo en el reportaje. Tenía razón. He encontrado rápidamente ciertos nexos con el tipo de acoso que ha vivido Greta y quizá con el mío también. Creo que sería buena idea enviarle a Aurora un avance de todo ello por email para que pueda valorar legalmente la posibilidad de que este sea un caso denunciable de mobbing. Eso me ayudaría a centrar el reportaje. Creo que voy a enviar ese email antes de que termine el día; aunque me ha dicho que tiene un juicio esta semana, quizá pueda echarle un vistazo.

No puedo dejar de pensar en el artículo de Leandro.

Trata sobre la brutalidad obediente, el experimento con el que el tal Stanley Milgram intentó demostrar en los años sesenta, en la Universidad de Yale, que los seres humanos somos crueles por obediencia. Toma como ejemplo el Holocausto, y el buen hombre se hace esa pregunta que todos nos hemos hecho alguna vez: ¿cómo una sociedad instruida y madura como la de la Alemania de la Segunda Guerra Mundial pudo participar en algo así y cómo los criminales de guerra fueron capaces de declarar que simplemente cumplieron órdenes? Así que Milgram pensó en un experimento en que pudiera aislar los mecanismos que se disparaban cuando un ser humano es cruel dentro de un grupo. Es decir, todo lo cruel que no consigue ser por sí mismo. Y su experimento dio una primera respuesta: eran capaces de ser crueles porque se sentían liberados de su responsabilidad.

¿Y en qué consistió?

A Milgram no se le ocurrió otra cosa que poner un anuncio para reclutar una serie de ciudadanos que pertenecieran a ese reino de la normalidad. Algo del tipo: «Se buscan voluntarios para un experimento sobre memoria y aprendizaje dirigido por notable científico».

Para que todo resultara creíble fue necesario un gran despliegue de producción: uno por uno, hizo entrar a aquellos incautos en una sala aislada de la universidad bajo la atenta mirada de un científico: la «autoridad». Ante su supervisión manejarían una máquina, cuyos interruptores indicaban distintos niveles de carga. Algunos de ellos fueron marcados con etiquetas rojas de «peligro». Al otro lado del cristal había un estudiante voluntario tumbado en una camilla conectado a decenas de cables. Naturalmente, el generador de descarga era falso y sólo reproducía ruido, y los hombres y mujeres que recibían las descargas eran actores. Pero los «ejecutores» no lo sabían.

¿Y a qué vino este circo?

Milgram quiso responder a una pregunta: «¿Cuánto tiempo puede una persona aparentemente normal hacer daño a otra, si alguien "autorizado" le pide que lo haga?».

El resultado fue alarmante: la mayoría de los sujetos, a pesar de sentirse incómodos, incluso angustiados, tras asegurarse de que el director del experimento se hacía responsable, pasaron de los trescientos voltios. Descarga que, de haber sido cierta, habría hecho peligrar la vida del falso estudiante. Mientras leía el artículo, me imaginé los alaridos de aquellos entregados cómplices y a los otros, sudando incómodos al otro lado del cristal, acatando la orden de un desconocido, sólo porque llevaba una bata blanca.

No sé a quién detesto más, si al psicópata en cuestión o al que mira hacia otro lado porque no le toca, esquivando la culpa como una sabandija.

El cómplice es, además de violento, un cobarde.

Y si no ha participado es responsable, como mínimo, de una omisión de socorro.

¿Qué diferencia existe entre el que no se detiene cuando se encuentra un coche en la cuneta y quien no auxilia a un acosado que puede ser conducido incluso al suicidio? La tibieza en un ser humano me da tantas arcadas como el agua caliente.

La tibieza es también un rasgo de cobardía.

Hay momentos en la vida en que hay que posicionarse.

Si lo hiciéramos, ni a Greta ni a mí nos habría pasado lo que nos pasó.

He llegado a la conclusión de que si no se hubieran sentido amparados por el grupo, nuestras «ejecutoras» no se habrían atrevido a tocarnos.

La masa es un conjunto de cerebros inteligentes que forman

un gran cerebro retrasado. El grupo te libera de la responsabilidad ética.

La vida no es dramática. Ni cómica.

La vida es irónica.

La brutalidad obediente: qué gran explicación para explicarme por qué una jauría humana actúa como tal sin cuestionar la autoridad de un pequeño psicópata. Tengo que contárselo a Greta. No me ha hecho estar menos furiosa, es verdad, pero sí me ha ayudado entenderlo.

38

Mentiría si dijera que no tengo una sensación agridulce después de mi encuentro de hoy con Greta y que no me preocupa la situación que está viviendo en casa de Deirdre. Hoy por fin hemos quedado en nuestro confesionario, como llamamos ya al María Pandora y, como no había llegado aún, me he sentado sobre la hierba frente a la catedral. Puede que hiciera un siglo que no me sentaba en el suelo y al hacerlo he pensado que entraba en contacto con la Pachamama, por si me transmitía un poco de la energía que me falta. Hay un olor a churros que alimenta. Al principio me han sorprendido los puestos en los jardines. Tan abstraída estaba que no me he dado cuenta de que Greta llevaba un rato sentada a mi lado con idéntico gesto de derrota. Contemplaba a los chulapos con sus gorras de piqué, y a ellas, con sus mantillas y claveles paseando del brazo por la pradera.

—¿Y estos? ¿De qué van disfrazados? —preguntó.

—¿Qué día es hoy? —le respondí por todo saludo.

—Diez.

—¿Diez de agosto? Ah, entonces es la Verbena de la Paloma. Empieza mañana. Dios mío, cómo pasa el tiempo…

La observé de perfil. De frente no parecía tan chata. Le está creciendo muy deprisa el pelo. Ahora lo tiene casi por los hombros y puede hacerse una pequeña coleta. Llevaba unos vaqueros oscuros sin desgastar y una camiseta verde militar sin letreros. Y, primera novedad, unos pendientes pequeños de coral.

Dejé caer la cabeza hacia atrás. Alguien había pintado el cielo a brochazos amarillos y morados.

—¿Sabes? Mi amigo Leandro opina que somos unas herejes.

—¿Herejes? —Arrancó unas minúsculas y secas margaritas.

—Sí, herejes son aquellos que se atreven a elegir otra cosa, algo fuera del consenso.

—Me encanta. —Me ofreció su pequeño ramo—. Pero me temo que de momento han elegido por nosotras.

—¿Tú crees? —Acaricié la hierba como si fuera un animal—. Yo creo que lo que nos ha pasado tiene que ver con nuestra herejía vital.

—¡Sólo que nosotras no sabíamos el precio de serlo! —Se tumbó en la hierba seca, la cabeza sobre sus brazos—. Ah, pues mira, visto así, ¡hasta me hace ilusión que nos hayan jodido la vida!

—¡Seamos heréticas! —Y lancé un poco de hierba al aire como si fueran verdes confetis.

Liberarse de la dictadura de la normalidad, ojalá rebelarse sirviera de algo... Los vencejos volaban por encima de mis cavilaciones como pequeñas y veloces flechas cuando me percaté de su sonrisa. Estaba contenta. Por eso, mi propósito fue no compartir con ella mi decepción. No me atrevía a confesarle que, después del comodín de Ernesto, no se me ocurren más puertas a las que llamar, que me siento desilusionada y lo mucho que me remueve su historia y lo que me aterra que Miércoles vuelva a hablarme. De momento sólo me ha parecido escuchar el murmullo de mi melliza, agazapada como un tumor benigno, pero latoso, en algún lugar entre mi hígado y mi corazón. Pero ahora es distinto. Me he enfadado con ella también. Por haberme convencido de que abandonara mi camino. Por cenizo. Pero esa es mi movida, no la suya.

Mientras estuvimos en la pradera, Greta me contó el último episodio de Deirdre. Hace unos días ocurrió algo con lo que aún tiene pesadillas.

Durante la noche la había oído reírse a carcajadas como si alguien le estuviera contando un chiste eterno. No era la primera vez, por eso no le dio importancia. Cuando se levantó al baño, se sobresaltó al encontrar la puerta de la calle entreabierta. Salió al descansillo. Le pareció escuchar la voz de Deirdre resquebrajándose en la oscuridad hablando con alguien invisible. Casi le dio un infarto ante la aparición que se recortó en lo negro.

Allí estaba, desnuda al lado del ascensor, cubierta por sus propias heces. Los pechos largos y descolgados sobre su cuerpo blanco y esquelético. A Greta le pareció un superviviente del OVNI de Roswell.

Una avispa hizo que Greta se incorporara dando manotazos al aire.

—Al final, como no conseguí hacerla entrar en la casa ni que se dejara bañar o vestir, tuve que llamar al Samur y se la llevaron —dijo, encogiéndose de hombros—. De momento va a quedarse en el hospital.

Un chico negro y pequeño nos interrumpió en alemán para que le hiciéramos una foto. Se agarró por la cintura a una mujer rubia vestida de chulapa que le sacaba una cabeza. Greta les hizo posar delante de la catedral poniéndose cuernos el uno al otro.

—¿Y ahora? —pregunté cuando terminaron la sesión.

—Deirdre me dejó instrucciones por si alguna vez la ingresaban. Tengo una lista y su cuenta y su tarjeta para que haga algunas cosas.

—¿Y no es mejor que esperes a que vuelva? —me alarmé sin saber por qué.

—Es que no sabemos cuánto tardará en recuperarse —explicó consultando su agenda—. Su tía es su única familia y vive en Escocia. La he llamado y me ha dicho que la última vez estuvo ingresada un mes. Y que ella es muy mayor y que no se puede mover.

Greta parecía tenerlo todo controlado. Me enseñó listas y listas con tareas tachadas. Durante este tiempo pretende aprovechar para reorganizar la casa. Una de las tareas que le encomendaba era ordenar su armario y tirar ropa. Habría querido consultarle algunas cosas cuando fue a verla al hospital, pero la encontró amarrada a la cama con cintas, muerta de risa, diciendo que era una tripulante de una máquina espacial y que la habían atado para que no sufriera durante el aterrizaje.

—Yo soy la única que va a visitarla. —Torció la boca, conmovida.

Me mostró la lista con su letra redonda de niña aplicada. Deirdre le había anotado en tíquets de supermercado lo que tenía que hacer, tanto cosas inmediatas como planes de futuro: pedir que arreglaran la humedad del baño, comprar una bicicleta, viajar a Escocia... «¿Viajar a Escocia?», me sorprendí, y los dos ojales de mi compañera se abrieron el doble de su tamaño.

—Quiere que la acompañe. La verdad es que me encantaría ir a Escocia...

No se podía quejar, dijo Greta, aspirando el olor a verbena, tenía trabajo y debía dar gracias. Cuando estuviera un poco más estable, le preguntaría si podía hacerle los papeles. Eso le permitiría ahorrar lo de la casa para matricularse en la universidad. Incluso parecía ilusionada por poder arreglar un poco el lugar sin que la siguiera todo el día como un cachorro desquiciado; al final no le dejaba terminar nada. Ahora le estaba haciendo el bricolaje del baño. Cuando volviera a casa se llevaría una gran sorpresa. Incluso, como el médico había dicho que debía hacer cosas que la animaran, le había comprado un telescopio de segunda mano que encontró en internet, porque un día le comentó que quería ver las estrellas desde su habitación, dijo, y tachó algo de la lista con aire orgulloso y cerró su agenda.

—¿Has guardado facturas de todo? —le digo, de pronto.

—Sí —se sorprende—. Bueno, algunos son tíquets.

—Pues pide facturas.

—¿Por qué?

—Por si acaso. A su nombre. Con sus datos.

Me doy cuenta de que tengo programadas alarmas por dentro que ella nunca va a escuchar. Aquí no se hacen mingas ni sancocho ni arreglamos las casas a los que no conocemos.

—¿Y tienes la lista? —Ella asintió—. ¿Es de su puño y letra? —Asintió de nuevo—. Pues guárdala.

—¿Qué te pasa? —dijo, colocándose delante del paisaje sentada sobre sus rodillas.

—Nada. Bueno sí. Que estoy jodida —respondí sin filtros, como la chica-loto.

Y allí, sentada sobre la hierba como una niña, dejé salir mis propias preocupaciones por primera vez con ella: las llamadas anónimas, el disgustazo con Diana, esos dos viajes a los que he cogido miedo después del episodio neoyorquino, y el hecho de que no encuentro tiempo para sacar adelante nuestro reportaje y temo desilusionarla. Es decir: la verdad.

Ella me escuchó frotándose las manos y luego dijo:

—Bueno, no hay que venirse abajo. La vocación siempre encuentra su camino, como el agua, ¿recuerdas?

Y entonces, para terminar de rematar mi catálogo de enfados, me enfadé también con su inocencia.

—¡Tú no lo entiendes, Greta! —Me encontré con sus ojos sorprendidos por mi tono—. No quiero hacer ese viaje. No quiero llevar esa campaña. Me paso el día rodeada de personas que se desviven por que su empresa les quiera, como si estas fueran entes superiores con sentimientos. Y quieren que me sienta igual y que me entregue igual y no puedo porque... ¡porque no me lo creo!

Ella se dio unas palmadas en las piernas como si quisiera despertarlas.

—¡Pues bienvenida al club! —elevó el tono—. Es la historia de mi vida. ¿Cómo no voy a entenderte?

Sentí que algo me levantaba en contra de mi voluntad, de nuevo la soga en mi cuello, como si alguien tirara de ella desde el cielo y no quise decirlo así pero lo dije:

—Mira, Greta, he tratado de pulsar entre mis contactos la posibilidad de publicar el reportaje, pero la realidad es que unos no quieren escuchar tu historia y otros quieren que te transforme en un animal de circo. —Tragué saliva, esto iba a costar—. ¡No puedo hacerlo a mi manera! ¡Nunca pude! Por eso me fui... Así que igual esta es la prueba que necesitaba para saber que mi vocación no es tan fuerte.

Sacudí de mis pantalones un par de expedicionarias hormigas. Ella se quedó sentada. Inmóvil. Con los ojos perdidos en ese rastro de brillantes insectos. Y de pronto temí que fuera ella quien se viniera abajo.

Tras un silencio eterno, levantó los ojos.

—Aún quedan seis meses —me recordó.

—¿Para qué?

—Para que se cumpla el plazo de nuestro reto.

—Greta, no lo voy a conseguir. Puedes hablar con otra persona. O puedo presentarte a algún periodista que...

Una desbandada de pájaros sobre nuestras cabezas dejó unos segundos de silencio. Entonces ella negó con la cabeza.

—Por favor, Patricia. Yo no me fío de nadie más.

Cogí aire. La catedral se había iluminado y los puestos empezaron a abrirse como grandes moluscos en medio de la plaza exhibiendo todo tipo de frituras y bebidas. Escuché dentro de mi cabeza las palabras de mi Aitá: «Tú escribe, y luego ya veremos dónde acaba. Lo importante es tener un buen reportaje». La voz de Ernesto se disolvió como la masa de aquellos pájaros.

—No lo sé… —le admití—. Pero, en cualquier caso, si seguimos voy a necesitar que me des más detalles, Greta. Si no puedo apoyarme en documentos gráficos, si no puedo ofrecer nombres reales, sólo contamos con la fuerza de la palabra. Necesito detalles que le den cuerpo a la historia.

—Vale, pues dime qué necesitas. —Se puso en jarras.

—No lo sé… —me impacienté—, por ejemplo… cuáles eran tus síntomas cuando te pusieron en terapia. Necesito datos, detalles para intentar contar esto como el caso de mobbing que creo que es, en el que hubo, además, una omisión de auxilio, como me ha sugerido mi abogada —¿y qué más?, preguntó desde el suelo y yo busqué en mi cabeza—, también… sería importante que un profesional diagnosticara lo que tenías cuando te echaron para alegar tu indefensión. Necesito el nombre real del psiquiatra que te puso Dominga, quiero comprobar si está colegiado. Emails que conserves. Pruebas que, además, es conveniente que tú tengas. Esas cosas…Sé que esto es muy difícil para ti, pero no puedo contar esto si no hay un voto de confianza total por tu parte.

—¿Un voto? —exclamó—. ¿Es que no había otra palabra?

Bajé los ojos y la encontré aún en el suelo, sonriendo, y me sacó la lengua. Nos echamos a reír. Y yo le di una patada en el culo.

Se levantó agarrada de mi mano.

—Vamos a tomar un vino y empezamos —dijo, poniendo rumbo a María Pandora—, las dos vamos a necesitarlo.

39

Enciendo la grabadora.

Su voz, que por primera vez ha dormido como un genio atrapado en su lámpara, se despliega por mi apartamento y se escapa a través de las ventanas por las que entran las luces de la plaza dormida. El simple hecho de que me haya permitido grabarla por primera vez ya es ese voto de confianza que buscaba. Adiós a las notas manuscritas, a descifrar mi propia letra por las noches. Me hace feliz escribir a mano, pero no sus pensamientos, sino los míos. Porque a los míos no les guardo un respeto, pero a sus palabras sí, la literalidad de lo que me han contado y cómo lo han hecho para mí siempre fue importante cuando ejercía.

Esta última charla ha sido crucial porque creo que, por primera vez, nos hemos mirado como si nos reconociéramos después de mucho tiempo y porque dentro de mí crece la certeza de que nadie que no lo haya vivido puede narrar así lo que se siente cuando sufres un atentado contra tu fe en ti misma. Pero ahora tengo que ayudarla a demostrarlo.

«El 70 por ciento de las personas que sufren mobbing no lo saben.»

Ese terrible titular es el que palpita en mi cabeza desde que lo leí. El que me hizo continuar escribiendo. El mismo que me hizo pedirle a Aurora un informe detallado sobre qué sería, según la ley en España, un caso de mobbing demostrado. Su respuesta es tan esclarecedora que me va a servir para crear una hoja de ruta de las futuras entrevistas con Greta y, por qué no admitirlo, un documento muy útil para mí misma. Cómo me gustaría haberlo tenido en mis manos cuando me estaba pasando.

Aurora ha respondido pulcramente a las seis preguntas que le envié por email:

¿Cómo saber si el caso de Greta es o no un caso de mobbing?, y, si lo es, cómo podríamos demostrarlo. Aún no he leído el documento que me has enviado con tu entrevista pero, a grandes rasgos, lo primero que debes tener en cuenta, Patricia, es algo que mis clientes no tienen muy claro y es crucial: el mobbing es una actuación en cadena. Aunque hay muchas formas, sí puedo darte una serie de conductas para que le hagas un test a tu entrevistada, por ejemplo: si han existido malos tratos de palabra y obra sistemáticos y reiterados en el tiempo; si ha detectado acciones que traten de aislarla de sus compañeros o clientes; si han divulgado rumores sobre ella, y si han existido comentarios despectivos reiterados, aunque estos se lancen disimulados como una broma, que afecten a su imagen o profesionalidad —y en este capítulo entran discriminaciones sobre orientación sexual, chistes sobre la raza, origen o género, hacia la apariencia física o alusiones a su intimidad o vida familiar—; otro síntoma claro sería que Greta hubiera vivido sobrecargas de trabajo o, lo contrario, trabajos degradantes para sus capacidades, amenazas constantes de despido, obstáculos a su promoción profesional, invisibilización, puenteos, traslados o evaluaciones constantes de su trabajo o su persona, modificaciones de sus condiciones laborales…

Debes tener en cuenta que el mobbing, como cualquier maltrato y hostigamiento sistemáticos, va deteriorando a la persona hasta que destruye sus defensas y su autoestima. No se trata de una discusión puntual o de un choque de caracteres, como piensa la gente. Igual que una discusión de pareja, por violenta que sea, no puede considerarse maltrato. Puede ser algo reprochable, por supuesto, pero aquí estamos hablando de otra cosa. Legalmente y por definición, el acoso laboral debe darse al menos una vez por semana y durante más de seis meses para considerarse como tal. El acosador crea un ambiente hostil para el trabajador hasta el punto de hacerlo irrespirable, levantando falsos testimonios en su contra o, en otros casos, informando a la víctima, sea o no verdad, de que todo el mundo está en su contra hasta que caiga en la paranoia. La consecuencia es la pérdida absoluta de la autoestima y el derrumbamiento psicológico de la persona.

Eso es el mobbing.

Y ese es el motivo de que tenga una serie de consecuencias visibles y, en ocasiones, muy graves. Por ejemplo: disminuye el rendimiento laboral del acosado —al sentirse sojuzgado, le da reparo trabajar en equipo—, y paralelamente aumenta su absentismo al somatizar de forma constante, lo que puede terminar provocando el despido de la víctima por una incompetencia que no es tal. El aislamiento —según parece es el caso de tu entrevistada— suele ser una consecuencia a largo plazo en un proceso de mobbing, por lo tanto es importante comunicarlo y no dejar que eso ocurra.

¿Qué busca el acosador?

Bueno, claramente quitarse a la víctima de encima por celos, por inseguridad en sus propias capacidades y por miedo a que lo desbanque. Parece que en el caso de Greta ha sido generado por un superior, superiora en este caso, pero el acosador podría ser un compañero o un subordinado. Esta es otra característica importante: por lo general el acosador se rodea de una camarilla que le baila el agua porque sabe de lo que es capaz. De ahí que sea siempre muy complicado conseguir testigos dentro del trabajo. Lógicamente, como en el caso de Dominga, se dio desde arriba, pero te sorprenderías, Patricia, de la cantidad de casos en los que viene de un subordinado que, desde su *low profile*, inicia un acoso y derribo silencioso y muy efectivo para dejarse el camino despejado hacia ese puesto que supone que nadie le dará de otro modo. Con una cosa debes de tener cuidado antes de continuar —es mi consejo profesional—: comprueba que el caso de Greta no es un malestar o un encontronazo puntual con la superiora que está en ese momento gobernando en la comunidad que llamáis «del Norte». En el caso de una empresa, una bajada de sueldo, un cambio de turno o un traslado puntual no supondrían un delito de mobbing.

¿Qué pruebas deberíais aportar?

Esta es la madre del cordero, Patricia. Lo más difícil para demostrar un acoso laboral es conseguir pruebas, ya que quien acosa intenta no dejar un rastro, sobre todo delante de testigos. Pídele que busque a compañeras que puedan hablar en su favor, informes médicos, correos electrónicos —en los que se le encarguen tareas que no corresponden a sus obligaciones, sanciones o incumplimientos, traslados constantes, cambios de condiciones de trabajo repentinos, aislamiento de personas, responsabilidades y tareas—, grabaciones de conversaciones, de whatsapp, de lo que sea. Pienso en los informes que le han hecho los psiquiatras dentro de la Congregación que me contaste. Esa sería una muy buena prueba. ¿Los conserva? También serviría cualquier informe médico en el que se pruebe que ha sufrido ciertos trastornos —depresión, ansiedad, colon irritable, insomnio, dolores de cabeza, espalda, estómago—; serían de utilidad como pruebas de que la persona ha sido desestabilizada en esa etapa.

¿Grabar a alguien es ilegal?

Buena pregunta. Sí y no. Depende. Es importante que no hagáis nada ilegal, No me gusta tener que sacar a mis clientes de la cárcel. Así que prometedme que en ese reportaje no utilizaréis nombres reales, por ejemplo. Si ella pudiera aportar alguna grabación con su acosadora, aunque sea por teléfono o con alguien que admita que ha presenciado ese acoso, sea del entorno de su trabajo o no, sería admitida y legal, siempre y cuando esa conversación haya sido con Greta, no entre dos personas ajenas a ella. ¿Está claro?

¿Cómo está legislado el mobbing en España?

Pues desde el año 2010 el mobbing está recogido en el Código Penal con penas que pueden suponer la cárcel para el acosador. La ley lo define como «una violencia psicológica extrema, de forma sistemática y recurrente —al menos una vez por semana— y durante un tiempo prolongado —más de seis meses— sobre otra persona en el lugar de trabajo, con la finalidad de conseguir aislar a la víctima, destruir su reputación, perturbar el ejercicio de sus labores y lograr finalmente que esa persona o personas acaben abandonando el lugar de trabajo».

Si en el caso de Greta, por ejemplo, pudierais demostrar que dicho acoso fue causado por una enfermedad que la incapacitó para seguir con su actividad, sea esta física o psicológica, tendría derecho incluso a una pensión. Para ello debería aportar un informe médico o psicológico que lo pruebe.

¿Y en cuanto a la responsabilidad legal de la empresa y de la institución en la que se da el mobbing?

Pues te vas a sorprender pero ahí la ley es tajante. El problema es que suelen irse de rositas porque la víctima queda tan hecha puré que raramente quiere denunciarlos. Sin embargo, la ley dice: «La empresa siempre será responsable de los daños que sufren sus trabajadores. Toda empresa o colegio debe crear una serie de protocolos para detectar, informar y frenar un proceso de acoso. En el caso de demostrar un acoso laboral, el trabajador tendría derecho a dejar su trabajo y recibir la misma indemnización que con un despido improcedente». De mismo modo que, en el caso de tu entrevistada, un diagnóstico de depresión causada por su situación que vivió allí dentro podría considerarse un «accidente de trabajo», y percibir el doble como indemnización al marcharse, así como solicitar daños y perjuicios. Aunque, en su caso, como ni siquiera hay una indemnización al uso por todos esos años trabajados... en fin, qué fuerte.

Bueno, Patricia. Espero haberte despejado algunas dudas. Con esto creo que de momento podéis poneros a trabajar.

Un abrazo y ánimo, campeona,

AURORA

Este correo me ha dejado de una pieza. Hay tanto trabajo por hacer... Tengo que preguntarle a Greta tantas cosas... pero con sólo leerlo ya puedo orientarme mejor dentro de esta maleza.

Uno de los puntos de su informe me ha llamado especialmente la atención. Es importante denunciarlo ante la empresa o al menos pedir ayuda a familiares, psicólogos, pareja... Es curioso que durante la entrevista de hoy le preguntara a Greta por qué no pidió ayuda cuando yo tampoco lo hice.

Hoy parecía que al María Pandora le habían quitado la pared de la fachada. Viene ahora a mí la imagen de ambas, bajo el cartel del local, del que hoy colgaban tiras de colores sumándose a la verbena. Todas las puertas abiertas a la calle y nosotras sentadas en nuestro confesionario particular: las dos butacas frente a esa librería con Diógenes. Y allí, en el mismo lugar donde la primera vez se pidió una Coca-Cola, ha pedido dos vinos sin consultarme.

Brindamos. Iniciamos nuestra eucaristía. Saqué ceremoniosamente mis instrumentos para esa misa: mi libreta, mi pilot azul de punta fina y sí, ya por fin, mi grabadora, que dejé aposta cerca de su copa. Le di al ON, y esa luz roja que durante tantos años fue para mí un semáforo en verde nos invitó a adentrarnos en el «cómo», aunque aún no tocaba, aunque más adelante tuviéramos que volver a subir unos escalones de esa pirámide.

Volvimos juntas a la Ciudad del Norte, a ese fatídico septiembre en que no la dejaron matricularse y comenzaron los seis meses de su caída en picado. Nada en un acoso era baladí, le aseguré. Según explicaba el proceso en uno de los artículos que me pasó Ernesto, con la actuación de la madre Dominga se podía hacer un trabajo de campo: lo primero que había hecho era aislarla de todo lo que le diera energía; Greta tenía un sueño, licenciarse en Comunicación, incluso crear una revista con algunos de sus compañeros.

Imagino la escena que me llega desde su recuerdo:

—Te llamé para recordarte que era el último día para las inscripciones, ¿no te lo dijeron? —se sorprendió su compañera Arantxa, esa que ya no le hablaba por teléfono—. Ya se han cerrado.

Greta corrió por el pasillo hasta el despacho de la madre Dominga, a la que aún no había identificado como «Judas» y empujó la puerta. La superiora se sobresaltó detrás de su mesa.

—¿No sabes llamar? —dijo con la voz suave y sus huidizos y tiburonescos ojos muy juntos y clavados en su presa.

—Es que, madre, no me han avisado para que vaya a inscribirme.

—Baja la voz, si no te importa. —Volvió a sonreír intentando disimular sus dientes largos agolpándose dentro de su pequeña boca. Y como fue incapaz de darle la noticia, sólo añadió—: Tienes que hablar con Bernarda.

Y es que, como todo psicópata organizacional, la madre Dominga había designado sus sicarios, a la cabeza de los cuales estaba la que llamaba Greta «su marida».

Escucho ahora la voz de mi Greta, inflamándose de indignación, dentro de mi grabadora:

—Bernarda se limitó a decirme que ese segundo año en la Ciudad del Norte debía centrarme en la convivencia comunitaria, aunque me habían enviado allí expresamente para estudiar Comunicación. Pero hice un último esfuerzo por «pertenecer».

Adaptarse o morir, pienso, y viene a mi cabeza Miércoles esforzándose por no molestar, por diluirse en el conjunto. Y es que, como en cualquier maltrato, si te dan una hostia el primer día, la devuelves. Por eso, sus ejecutoras fueron bajándole las defensas poco a poco. Un goteo de pequeñas desilusiones y malestares. Sabían que Greta tenía talento para estudiar y enseñar, de modo que la alejarían de sus libros y de sus rebeldes adolescentes que tanto la llenaban. De todo lo que la hiciera brillar. Cuánto se acordaba de su Club de los Doce cuando subía las escaleras de la guardería y le llegaba su olor a papilla en polvo. «¿El Club de los Doce?», me escucho preguntarle. Pero ella me dice que eso fue antes, y a esos chicos tiene que dedicarles un capítulo entero, que se lo merecen. El caso es que de pronto sus días en la Ciudad del Norte se repartían entre acunar bebés, limpiar culos, cambiar pañales, hacer trabajos manuales y participar en las insulsas conversaciones que lideraba la hermana Baltasara —me enseña una foto: una especie de luchadora de pressing catch, cuello ancho, mandíbula hombruna, nariz de boxeador— que podría haber saltado a un ring como «La Monja Asesina».

—¿Y saben quién se salió? —dijo, mientras se relamía el chocolate del bigote.

Mientras las otras, con los ojos hambrientos, bebiendo a sorbitos en sus tacitas, preguntaban todas a la vez: «¿Quién?, ¿la hermana Rocío?, ¿en serio?».

—Pobre alma —continuó Baltasara—, ahora está con un hombre, en Cartagena, que sólo le monta escándalos…

Y unas alzaban las manos escandalizadas mientras que otras, las más piadosas, se santiguaban y pedían por ella, y la madre Dominga y su marida sin velo, siempre sentadas juntas, al igual que dormían juntas, intercambiaban miradas cómplices y maliciosas. Cotilleos de convento en los que Greta sólo participaba para provocarlas.

—¿Y tú qué opinas, hermana Greta?

—Pues depende —respondió ella, medio ausente, mientras terminaba de hacer unas margaritas de papel para decorar el aula.

—¿Depende de qué? —La luchadora de pressing soltó una molesta risotada.

—Depende de qué tipo de escándalos monte con ese hombre —explicó—. Si son nocturnos, igual quiere decir que la hermana Rocío está muy bien atendida.

Este tipo de comentarios causaban un gran estupor entre sus hermanas.

Ellas la despreciaban. Por eso, durante esa primera etapa Greta decidió darles motivos. Era como si hubiera asumido el rol de su hermano Juan en su momento. Con su comportamiento parecía decirles: si no me aceptas, si ya me has prejuzgado, voy a esforzarme por interpretar muy bien mi papel. Pero toda esa rebeldía se desmoronaba como un castillo de arena cuando llegaba la noche y los últimos rezos se fugaban de puntillas, y Greta se quedaba en la capilla vacía preguntándole a Dios por qué le hacía esto.

—Hasta que un día que recuerdo con mucho viento, me senté delante de la cruz y no sentí nada —me dijo, alumbrada ya por las velas rojas del local—. Se fue el amor. ¿No es increíble? Como en una pareja. Se fue la magia. Y le dije a Dios que no creía en él. «Ya no te veo aquí», le dije llorando a sus pies. «Si tú eres mi Dios, ¿por qué me olvidas?»

—¿Y qué fue lo que te hizo dudar? —me escucho preguntarle.

Ella pareció buscar las palabras en los posos de su vino.

—Te lo dije en aquel avión: yo creía en Dios como amigo. Como pariente. Me hizo dejar de creer el pensar que Dios permitía que en su Iglesia pasaran esas cosas. Yo había creído en la bondad humana y no recibía más que desprecio. Qué decepción, Patricia. Yo había creído en Dios de verdad...

Entonces se levantó y caminó hacia la librería dándome la espalda. Me pareció que secaba sus ojos y murmuró algo que no oí. Repasó los libros con la devoción de otras veces, abrió uno y acarició sus páginas con el mismo respeto que si fuera un misal. Y entonces sí, la escuché:

—¿Por qué hay frases de hombre que me parecen más verdad que lo que tú has dicho? —Hizo una pausa y me miró—. Eso le increpaba a Dios.

En ese momento sé que apagué la grabadora y cerré la libreta, pero lo que hablamos se me ha quedado grabado en la memoria.

—Lo que no entiendo es... —dije— ¿por qué no pediste ayuda? ¿Por qué no les contaste a tus padres lo que te estaba pasando?

—¿A mi madre? —Me miró, alarmada—. ¡Lo intenté! La llamé algunas veces para decirle que estaba muy mal, que me encontraba enferma y triste, pero yo no sabía qué me estaba pasando. ¿Y sabes lo que hizo? Siguió reclamando mi atención con su interminable lista de pesares. Fue muy egoísta.

—Quizá no sabía que estabas tan mal —argumenté.

—O quizá no quiso saberlo porque le hacía demasiado daño. —Se acodó en la mesa—. Y, como mi superprotección no tiene límites, la protegí también de mi dolor.

—Y te sentías culpable —aventuré.

—Y me sentía culpable —repitió como un eco.

—Y pensaste que el problema eras tú.

—Claro, todo el mundo iba a por mí, ¿cómo no iba a ser yo el problema?

Esa era la clave.

La luz del local se desplomó y el camarero paseó por la sala encendiendo las velas rojas de las mesas, cada vela por una de esas personas que nunca supieron lo que les estaban haciendo, por cada uno que no ha logrado reconstruir su amor por sí mismo, y por un momento creí que iba a anunciarnos que empezaba una misa.

Cierro mi libreta y la dejo caer sobre mi maleta abierta en el suelo al lado de esas eternas cajas de libros que vuelven a estar cerradas. Una metáfora de mi vida. Estiro la espalda contra la pared desnuda y pienso que este es gran parte del problema: la espiral del silencio. Todos sentimos el mismo miedo a contar lo que nos ha pasado, como si fuera indigno, porque en realidad no sabemos lo que nos ha pasado.

Le pasa a una mujer violada.

Le pasa a una persona maltratada.

Y a alguien acosado.

Porque, muy en el fondo, por terrible que me resulte reconocerlo, sientes que te lo mereces. Te han convencido de ello. ¿Cómo confesar a aquellos que te quieren, a los que sienten que eres perfecta, su luz, su última o única esperanza… cómo contarles que otros desprecian y atacan lo mismo que ellos adoran? ¿No sería una terrible decepción? ¿Una especie de insulto a su inteligencia? ¿Cómo contarles que te han convencido de que reúnes tal suma de rarezas que no mereces seguir viviendo?

Si encima, como Greta y como yo, has recibido al nacer todo

el peso de esa «unicidad» —la presión de ser la gran expectativa, una película que nace con vocación de éxito—, creces con la idea de que existes para dar respuesta a los sueños de quienes te sueñan. Hacer felices a los demás es una carga demasiado grande.

Me gustaría asomarme al balcón y gritarle a esta plaza dormida que no existimos ni venimos al mundo para curar a nadie. No venimos «para nadie» más que para nosotros mismos. Otra cosa es que colaboremos en la felicidad de los demás en lugar de hacerles la puñeta.

Por eso, quizá para endulzarnos un poco esa noche de verbena, regresamos ambas a ese momento luminoso en que aún ardía la llama de la fe en su pecho. La fe en sí misma y en su vocación: la tarde en que una Greta de diecisiete años estaba, junto a Felisa, reuniendo su ajuar.

Presiono el botón de la grabadora de nuevo y su voz, ahora más tersa, ilumina las sombras. «Mañana cruzaré un continente para llegar a China.» Y esto, su voz, es lo único que no puedo olvidarme de meter en mi maleta:

—Recuerdo la felicidad de mi madre y que yo no había visto tantas cosas nuevas en mi vida. Yo ya nunca sería pobre... —Y su voz va adelgazándose como el tiempo en esta madrugada de revelaciones, en la que he decidido permanecer despierta y adentrarme con ella en esa clausura oculta al resto de los mortales.

40

Comunidad del Bautismo, Bogotá
Año 18

Juego de sábanas, toallas, camisillas, enaguas interiores, uniforme azul, dos juegos de blusas blancas con cuello alto... medias de nailon, pañuelos de tela... Les habían dado una lista con todo lo que iba a usar durante su periodo de formación y todo ello tenía que ir marcado, por eso Felisa bordó delicadamente cada pieza con las iniciales de su ángel, su bálsamo, su luz. Todo lo habían ido juntando poco a poco durante el último año del bachillerato.

Su amiga Florinda, que tenía dinero, le regaló la maleta que iba a llevar, y allí lo habían ido guardando, el baúl del tesoro, según lo conseguían. Greta nunca había visto tantas cosas nuevas en su vida. El día que consiguieron la última pieza no podían creerse que lo hubieran logrado.

—¿Está todo? —suspiró Felisa a su hija mientras esta tachaba el último encargo.

—Sí, madre. Está todo.

La monja que la recibió hizo el recuento. Si le faltaba algo se lo podían completar, les aseguró, con voz de melaza. Al principio, como era natural, la comunidad no se comprometía con ese gasto, por si acaso se regresaban a los dos meses, les explicó.

—¿Regresarse? —dijo Greta por lo bajo—. Jamás.

Y su madre le tiró de una manga para que guardara silencio. Cada una se fue a una habitación. Greta se recordó subiendo a la zona prohibida, ya era mayor, pensó, porque su madre ya no podía llegar hasta allí. Felisa también dormiría esa noche en el noviciado, pero en el piso de abajo.

El día siguiente fue uno de los más felices de su vida. Ingresaba por fin en la que llamaría «la Comunidad del Bautismo», la primera, en su país. Su primer encuentro con Dios. «Los días felices son eternos, ¿cierto?», dijo Greta desde tan lejos. «¿Por qué no le dices a tu madre que te ayude?», le preguntó una hermana que le ayudó a bajar las cosas, y Felisa sí, la ayudó a mudar esa primera piel, la que no podía imaginarse que le arrancaría años más tarde en una bañera.

Y llegó la ceremonia. Toda la comunidad estaba presente para recibir a las nuevas postulantas. «Era mi sueño», dijo Greta con muchos más años en la mirada. Y después de la misa, una a una dijeron las palabras que habían ensayado para pedir permiso, para ser admitidas. Greta subió los escalones del altar con los tobillos flojos y una sonrisa que no cabía en la capilla.

—Yo, Greta, con plena libertad, le solicito a usted —agachó la cabeza ante la superiora—, reverenda madre, superiora provincial, que me acepte en su congregación…

Hubo un brindis con pasabocas. Hubo regalos, unos libros y un rosario. Como si fuera una fiesta de compromiso.

Pero pasó la fiesta. Llegó la noche y el comienzo del tiempo ordinario. Madre e hija habían pensado en cómo despedirse. «Que fuera rápido para que no fuera tanto», había dicho Felisa. Era la primera vez que se separaban, ellas, a quien no había podido separarlas ni el tsunami, así que ambas lloraron un llanto alegre, como cantado, porque confiaban en que lo que le aguardaba era hermoso. A pesar de todo, Felisa lloraría todo el camino de vuelta a Ibagué, porque su ángel había volado y ya no la encontraría soñando despierta mientras lavaba en el patio.

«Las monjas siempre estaban jugando a ser monjas», me había dicho Greta con cierto retintín. Una vez se ponían el hábito, este condicionaba su forma de caminar, de hablar e incluso colocaban las manos de una forma concreta. Y el noviciado era como «la mili». De modo que, mientras durara este periodo de adiestramiento, Greta no saldría y tendría que empezar a acostumbrarse a muchas cosas. La primera: la falta de intimidad y el silencio. Ahora formaba parte de una comunidad.

Lo primero que le llamó la atención al entrar en su habitación fue que no tuviera puerta, sino una sencilla cortina de hilo. A pesar de eso, esa simple tela sería más infranqueable que un muro de piedra, le explicó la hermana Castora, abriendo a duras penas sus párpados arrugados de rana. Nadie, nunca, abriría esa cortina si tú no dabas paso antes.

Dos años, uno canónico y otro pastoral, duraría esa mili en la que tendría que aprender a jugar a ser monja. Enseguida Greta se dio cuenta de que había cosas clave: una monja le daba mucha importancia a los zapatos. Todas utilizaban SAS, que venían de Estados Unidos, eran negros y muy caros. También le daban mucha importancia a las telas de los hábitos, siempre de muy buena calidad, almidonados y perfectamente planchados. «Las monjas son pijas», le diría en el futuro a una periodista, y a pesar de que la vanidad se consideraba un pecado, claro que la había, porque las monjas, aunque nunca se maquillaran, iban muy bien puestas y les encantaban los perfumes y las cremas.

Durante sus primeros meses, la hermana la perseguía día y noche anotando todo lo que le llamaba la atención y le leía sus interminables listas de cosas a mejorar una mañana a la semana: «Greta, está mal visto decir que algo no te gusta, empieza a tomar café con leche, hay que aprender a poner la mesa bien, te has dejado un cubierto, mira bien, el cuchillo va a la derecha, tienes suerte, hay novicias que llegan sin saber utilizarlos. No puedes reírte así a carcajadas en la mesa…», decía con los párpados a medio echar en sus ojos ahuevados. Y Greta se aguantaba la risa, mientras, al final de la larga mesa en la que estaban comiendo, su amiga Magda, de quien ya era inseparable, le hacía muecas. Magda sería su primera y única amiga antes de conocer a Fátima en México y a Arantxa en la Comunidad del Norte. La hermana Castora caminaba a su lado como un reflejo por los largos pasillos de clausura hacia los rezos. «Más deprisa, Greta, hay que ser puntual, hay que aprender a ser como una sola.»

Nunca más la soledad de hacer la tarea en la biblioteca o escuchar los conciertos en el conservatorio, ya nunca estaría sola, siempre estaría ocupada y en grupo, «porque la ociosidad, querida Greta, lleva al pecado», decía Castora mientras seguía garabateando su informe.

Allí fue donde descubrió otra clave fundamental: su obsesión por la limpieza. Había turnos para limpiar: a veces le tocaba pasillo y jugaban a hacer carreras, pero el máximo honor para todas era limpiar la capilla. Allí, Castora le iba nombrando todos los objetos que utilizaba el sacerdote, obligándola a repetirlos mientras los apuntaba con sus dedos de longaniza: casulla, estola, alba, cíngulo, incluso le enseñó a hacer el nudo.

—¿Y se lo tendré que hacer yo al padre, hermana?

—¡No! ¡Nunca! Ese es un honor que le pertenece a la hermana capellana, insensata.

—¿Y esa quién es?

La hermana Castora suspiró con dramática desesperación.

—Es un cargo muy importante: ella se ocupa de los vasos sagrados y demás instrumentos de la misa.

—Entonces ¿para qué tengo que aprender a hacerlo?

—Por si acaso.

A Greta le fascinó que incluso hubiera una forma de fregar los vasos sagrados.

—¿No ve que después de la transubstanciación ahí hay restos del cuerpo de Cristo? —le explicaba la hermana Castora con desesperación—. ¿Es que se lo tengo que explicar todo?

Ese servilismo hacia el sacerdote siempre le llamó mucho la

atención: el simple hecho de que ellos siempre desayunaran después de la misa en un lugarcito: el mejor plato para el padre, la servilleta del padre, la jarra del padre, cuidado como te sirvieras agua con la jarra del padre. Le enseñaron a que al sacerdote se le tenía una reverencia absoluta.

La comunidad de Bogotá fue para ella la del bautismo por muchos motivos, sobre todo porque quien estaba a cargo era la madre Juana, su mentora y protectora tras el asunto de Valentina. Y de ella aprendió tanto… Por ejemplo, estaba empeñada en que sus novicias hicieran deporte todos los días después de comer: básquet y béisbol. Más tarde entendería por qué la madre Juana siempre le daba tanta importancia y se sentaba en la hierba a observar jugar a sus novicias. En el deporte salían muchas cosas: la rebeldía, la mentira… por eso sólo miraba, sentada en la hierba con las piernas rectas como la espalda —siempre les llamó la atención cómo podía sentarse así la madre sin un respaldo—, sin interferir aunque hubiera enganchones.

Después, la siesta obligatoria de veinte minutos hasta que empezaban los turnos de oración.

—En el noviciado se cultiva el silencio —le decía la hermana Castora en un susurro cuando se daban las buenas noches agarrada como araña a su cortina—. Aquí se está solo para orar canónicamente. Tiene que concentrarse en servir, hermana Greta.

Servir… esa palabra por cuyo significado se preguntaría tantas veces. Servir a cualquier precio, pienso. Servir a cualquiera salvo a uno mismo. Curiosamente, todo lo contrario a lo que pregona la maestra Jedi, que siempre habla de la necesidad de cuidarnos para cuidar a otros. Esa prostitución de la que hablaba Imelda. ¿A quién le daban su corazón? A cualquiera. ¿A quiénes se entregaban? A todos. Pero en aquel momento Greta no se hacía preguntas. Sólo rezaba a los pies de su cama y apagaba la luz.

Yo también la apago durante tres horas antes de irme al aeropuerto, con el alivio de haber encontrado a alguien empeñado en tatuarme en el cerebro a golpe de mantra que no es un pecado pensar en ti mismo.

41

Otoño de 2017
En algún lugar a doce mil pies de altura

Doce horas y cincuenta y cinco minutos de vuelo por delante. Un oasis entre las nubes porque no tendré wifi, algo que siempre me produce un estado de ansiedad parecido al del tabaquismo. La buena noticia es que no llevo a nadie sentado al lado, así que he abierto el portátil, me he puesto los cascos y me dedicaré casi todo el viaje a avanzar en la transcripción de la entrevista.

No sé por qué, pero la última conversación con Greta me ha dejado una desagradable sensación de culpabilidad. Me arrugué por primera vez, lo reconozco, y le dejé ver mis inseguridades justo cuando ella parecía recobrar las fuerzas. Justo antes de largarme dos semanas. No fue justo ser tan sincera. No en ese momento, creo.

Por otro lado, nunca pensé que manifestarle mis dudas provocara en ella tal reacción de sinceridad. Su forma de abrirse me ha conmovido. Según me ha dicho, lo que me confesó la otra noche no se lo ha contado a ninguno de sus terapeutas, por mucho que han escarbado en su cerebro. Es ahora cuando empiezo a entender hasta qué punto permanecer en la comunidad habría sido como negarse a sí misma. Sé que ahora no lo ve así. Pero empiezo a pensar que la tiburona de Dominga le hizo un favor. Uno cruel. Pero se lo hizo.

No se puede adiestrar un alma.

Aun así, no debería haberle mostrado ninguna duda en cuanto a seguir escribiendo su historia. Ahora no…

¡Basta! Me lo ordeno con la voz de Leandro. No puedo caer en esto. ¿No habíamos quedado en que no se intervenía en los procesos naturales? Yo no puedo, no debo responsabilizarme. Hasta ella me lo pidió en su día; de hecho, fue su única exigencia: pase lo que pase durante este año, no intervendremos en la vida de la otra. Y hablando de mariposas y de transformaciones: no se me puede olvidar que Leandro me ha encargado sacarle fotos de todas las que vea en China o no me lo perdonará jamás. Según me explicó, hay algunas especies asiáticas que pueden comunicarse a diez kilómetros de distancia. Eso le dije a Greta antes de despedirnos. Que quizá nosotras también podríamos comunicarnos mentalmente, y le di un abrazo, uno de ya estoy mejor, de gracias. No quisiera que se quedara con esa sensación de que puedo abandonar. No, hasta que me decida a hacerlo. De todas formas, aquí sigo. Y me he traído tarea. Tengo que aprovechar para transcribir todo lo que me contó en nuestra última sesión ahora que sé que no veré al acaparador de Andrés hasta Shangai.

Antes de comenzar a escuchar la grabación, leo uno de los informes psiquiátricos que le pedí. Está fechado dos años después del episodio de la hermana Valentina y lo firma el padre Mariano, el jesuita aquel que le propuso la madre Juana como terapeuta. A toro pasado Greta pensaba que su mentora quiso una segunda opinión y no quedarse con aquel primer informe que la propia Valentina consiguió que se encargara a una psicóloga con la que, casualmente, había ido a la universidad.

Enciendo también la grabadora. La voz de Greta se abre paso de nuevo en la oscuridad del avión como lo hizo durante aquel viaje en el que nos conocimos y escribo:

Comunidad del Bautismo, Bogotá. Año 19.

No había entrado con buen pie. El suyo fue desde el principio un noviciado especial por la turbia y desagradable historia de Valentina, que andaba de boca en boca como si fuera el juego del teléfono estropeado. ¿Qué había pasado en aquella habitación? ¿Era verdad que Greta había provocado a la hermana Valentina? Habían corrido los meses por el calendario, pero a Greta no se le pasaban desapercibidas las miradas de algunas compañeras, incluso las permanentes críticas de la hermana Castora, cuando le tocaba con su dedo siempre rígido que le hundía en la costilla para que se enderezara en la mesa, cada vez que chasqueaba la lengua en señal de hartazgo. Estaba claro que, a pesar de haber manifestado la fuerza de su fe, tendría que demostrar mucho más que las demás. Su vengativa tutora se había encargado de sembrar todo tipo de mentiras de ese pequeño y corrupto diablo que la había tentado a quien la quiso escuchar.

Por eso mismo se tomó la decisión de que la joven Greta siguiera en terapia, cosa que a ella le pareció bien. En el fondo disfrutaba de las sesiones. Pero la madre Juana decidió que ya no serían con su antigua terapeuta —porque había descubierto que esta estaba vinculada con Valentina—, sino con el padre Mariano, un jesuita pequeño, con cara de mosquito y una gran capacidad para la empatía. Desde el primer día informó a la superiora que él no era muy de indagar en las personas con fríos test ni con preguntas lanzadas al aire, sino que charlarían una hora semanal de lo que fuera aflorando, y a Greta empezó a apetecerle que llegara el lunes para su charla con el padre. A él le encargarían un segundo informe de la novicia en el que el psicólogo, tras unos meses de terapia con la joven y después de comprobar la edad de la postulante que aparecía en el anterior, llegó a la conclusión de que, muy convenientemente, la psicóloga que lo firmó había errado al fecharlo y que su paciente, en el momento de los hechos, era menor de edad. Por lo tanto, aquello lo cambiaba todo y la gravedad de los mismos aumentaba.

Greta es inteligente, sensata, espontánea, con una madurez adecuada para su edad, y con la formación precisa podría ser una religiosa muy destacada. Dice mucho de su fortaleza interior el hecho de que hubiera podido afrontar un conflicto tan delicado en el que muchas de sus hermanas la han señalado e incluso estigmatizado. Por eso, como responsables de esa postulante, han tomado una buena decisión no sacándola de la comunidad sin más para evitar el problema. Ya que el problema era la hermana Valentina, quien, de no haber hablado Greta sobre lo sucedido, pretendía seguir teniendo relación con esta jovencita. Desde mi punto de vista, la hermana Valentina, a quien conozco, debe de tener un gran carisma porque ha logrado la admiración de Greta y de otras de sus asesoradas, a pesar de todo lo sucedido.

Desde mi punto de vista, Valentina, valiéndose de esas capacidades y conocimientos, incluso de sexología, seduce a Greta, una niña absolutamente ingenua que entonces tiene quince años. Hasta el momento en que hemos recordado juntos cómo empezó la relación, ni siquiera Greta tenía consciencia de haber sido seducida y utilizada.

De modo que contravino el anterior informe, algo que sin duda la madre Juana sospechaba que sucedería, subrayando la minoría de edad de Greta y recomendando que metieran en cintura a su acosadora.

Valentina fue enviada al pueblo más remoto de Colombia, al que partió para alivio de Greta, no sin antes envenenar todo lo que pudo en su contra. Hasta habló con la hermana Castora, lo supo después, para que realizara informes desfavorables sobre ella, prometiéndole que ayudaría a una hermana suya que estaba en la cárcel en Cali, donde conocía a otra psicóloga.

Qué habría sido de ella si no hubiera encontrado el apoyo de la madre Juana nunca podría saberlo. La había conocido con apenas nueve años cuando era una mocosa de la mano de su madre, cargando con unas flores recogidas en el camino, que no se atrevía a hablar. Por eso la había defendido de Valentina y disculpaba muchas de sus rebeldías, igual que le concedía algunos de sus caprichos, como cuando la joven novicia le pedía: «Madre, vayamos a rezar hoy el rosario paseando al aire libre mientras vemos la puesta de sol». Y allá se iban las dos, a convertir el rezo en otra cosa, en otra experiencia más bella y más libre.

Al contrario que Greta, que se sentía tan cómplice en su compañía, muchos la temían por su actitud de empresaria fría, algo que a Greta la hacía admirarla aún más. Con los años había conseguido llegar hasta esas entrañas tan blandas como las de un crustáceo. La madre Juana tenía una cara redonda y carnosa, en la que era capaz de dibujar un gesto de severidad que no le duraba mucho tiempo. Dadivosa y firme, creía en la belleza con objetivos empresariales. Siempre le decía a Greta que había que dejar un lugar, no sólo limpio, sino bello. Era ese jefe que a las tres de la mañana aún estaría trabajando.

—¿Ve, Greta? —decía dejando un enorme ramo de margaritas en el salón del recibidor—, si esta entrada no la ponemos bonita, los padres no querrán traer a los niños al colegio.

«La tacañería no es de Dios», era su frase más típica y no podía hacerle más gracia. No sabía Greta todo lo que iba a llorar la madre Juana cuando volvieran a verse muchos años después, en una fría cafetería de Bogotá, cuando su protegida fue a entregarle su hábito, ni a Greta se le olvidarían sus palabras: «Hay cosas de las que Dios tendrá que juzgar a la comunidad y una de ellas será esta».

Durante dos años, le contagió su sentido de la religiosidad y su pasión por las palabras. Y gracias a eso Greta encontró el amor. El amor por los libros. El que sería su refugio cuando llegara el frío. El primer enamoramiento fue con la Biblia, que estudió con devoción. En su casa no había libros y, por eso, encontró el placer más absoluto en leer. Leía a todas horas, todas las que no estaba dedicada a la oración o a las distintas tareas de la comunidad. Se fascinó con la escatolología —la interpretación del Evangelio— y, a través de la madre Juana y su manía a los tacaños, descubrió la Teología de la Liberación.

Recordaría muchas veces una conversación de tantas que tuvieron.

Esa tarde la madre Juana estaba en el salón de sus dependencias y parecía inspirada. La luz se filtraba a través de los preciosos visillos bordados en crema a juego con los almohadones. Todo en ella era orden y belleza.

—Hay que volver a las fuentes y a las pequeñas comunidades, mi querida Greta, como hicieron los primeros cristianos, a reunirse para repartir el pan entre ellos y recordarlo.

—¿Y no lo vive así todo el mundo, madre? —le preguntó la joven novicia desde su inocencia.

La superiora soltó una de sus risas sin sonido, ese agitarse como si le hubieran bajado el volumen.

—No, querida, pero hay religiosos que creen en una comunidad más humana. La Iglesia debe insertarse de nuevo en la comunidad y no la comunidad en la Iglesia. —Alisó lentamente la tela de su hábito sobre sus piernas—. Esos religiosos son jornaleros y trabajan mucho desde la pobreza.

Greta se sentó a su lado en el alto sillón de raso hasta que le colgaron un poco los pies y se quedó un momento pensativa.

—Pero eso es sencillo porque muchos de nosotros hemos sido pobres.

En ese momento Greta no supo a lo que se refería la madre Juana. No sabía que ella también viviría muchos años en bibliotecas preciosas, en casas gigantescas en las que no faltaba nunca nada y que averiguaría que cuando uno tenía dinero no se sentía frío, ni calor. Y que era verdad lo que decía su mentora: la Teología de la Liberación estaba con el pobre y la otra Iglesia, no.

—Querida Greta —y su rostro se suavizó por la luz tamizada tras los visillos—, la pobreza es tan fácil de olvidar…

Recostada en la butaca, la superiora se dejó sobrevolar por algo parecido a la nostalgia, a la duda, por una desbandada de recuerdos que esa mujer política debía mantener a buen recaudo.

Serían muchas las veces que Greta recordaría esa conversación en el futuro. Cada vez que se replanteó su vocación. La madre Juana le señaló con el dedo firme la punta del iceberg de una gran contradicción: todas las veces que se peleó por compartir los recursos de su comunidad con la población en momentos críticos. Todas las que quiso mejorar algo y escuchó el famoso «esto siempre se ha hecho así».

La gran contradicción en la que había vivido la resumió una noche ante una grabadora y un vino tinto:

—Es curioso, Patricia, te haces religiosa para ayudar a los pobres, pero luego te educan como una niña pija para ayudar a los que van a gobernar, para que sean ellos los que ayuden a los demás, y luego no lo hacen. —Se llevó su copa a los labios sin beber—. ¿Sabes? Hay religiosos que incluso olvidan a sus familias.

Son extraños los mecanismos de la culpa, pienso ahora, mientras me llega de nuevo su voz cautiva en mi grabadora y hago equilibrios para que las turbulencias no me lancen el café encima del portátil.

Hay una culpa dentro de la culpa. Una bomba que estalla en el centro de nuestro corazón y que provoca una reacción en cadena. Si has conseguido esquivarla, te ataca por otro frente inesperado que te hace plantearte: soy tan perversa y tan demonio que ni siquiera me siento culpable.

La culpa es una bomba atómica. Eso quiero decir. Una onda expansiva que destruye mucho más allá de su objetivo y cuya radioactividad enferma el ecosistema de un ser humano durante demasiado tiempo.

Eso era lo que Greta decía haber sentido tras los episodios que me confesó esa última noche. Al contrario que con Valentina, esta vez no se sintió culpable inmediatamente. Sigue sorprendiéndome que se haya atrevido a contarme tanto. Incluso a pasarme sus informes psiquiátricos. Desde luego, lo que no podía imaginarme es que ya en el noviciado no sólo hubiera descubierto su pasión por los libros, sino por esa juniora con quien compartió dos años de su vida y con quien más tarde se reencontraría al hacer esos primeros votos que también hicieron entre ellas.

Magda le llevaba seis años y era exalumna del colegio, de las pocas que llegaban a ordenarse, me dijo Greta, porque eran niñas pijas y casi ninguna acababa en el noviciado. Se convirtió en su única e inseparable amiga durante su noviciado en Bogotá. Su cuerpo era atlético y femenino; su padre, comerciante, y su vocación, una herencia de su madre.

Esa noche se habían quedado cotilleando sobre las adolescentes a las que daba clase.

—No hablan más que de chavos y de lo que hacen con ellos —dijo Magda entre risas asqueadas.

Luego encendió la luz de la mesilla de noche que proyectó extrañas sombras en las paredes y guardó su Biblia en el cajón.

—¿Y qué hacen? —preguntó Greta con una risilla nerviosa.

—Pues ya sabes…

Pues no, no sabía, pero algo llevó a Greta a cerrar la cortina, esa tela que les habían enseñado que era más infranqueable que un muro de piedra. Las iban a reñir, le advirtió a su compañera. Ya era tarde.

Fue entonces cuando sintió los senos duros de su amiga pegándose a su espalda y una lava de unos grados desconocidos que empezaba a subir por su interior hasta su boca que de pronto estaba pegada a otra boca.

El olor a cera caliente. A ropa de cama planchada. A sudor. Todo era mucho más puro, natural y cálido de lo que había imaginado. Esa noche ambas perdieron su virginidad y cuando se despidieron aturdidas por la primera luz de la mañana y el recuerdo de tantos besos, cuando se despegaron la una de la otra olfateando ese nuevo perfume que cubría toda su piel, Magda le dijo a su joven amante:

—Por fin entiendo de lo que hablan mis alumnas en el colegio.

Qué distinta la resaca interior de saciedad feliz a aquella zozobra agria que le dejó la noche con Valentina. Qué ganas de repetir y no de huir, qué certeza de que algo se colocaba en un hueco, qué liberación.

De modo que, aparte de la piel de los libros de esa inmensa biblioteca, la piel de Magdalena fue la que más se aprendió de memoria en esos meses.

Pauso la grabadora. Lo cierto es que me sorprendió y me gustó que Greta recordara ese primer romance de una forma tan natural. ¿Dos años, había dicho?, o eso me había parecido entender. Un recuerdo que aún hoy la hacía sonreír de forma pícara. Una relación que definió como sólo sexo, pero maravilloso, entre dos jóvenes a las que no les importaba que se las viera juntas todo el día, ni que murmuraran a sus espaldas. Incluso me confesó que la madre Juana las ponía en la misma habitación cuando se iban de convivencia. No se atrevió a sugerir que su mentora bendecía su relación, claro, pero sabía que daño no se provocaban o la habría apartado de ella como hizo con Valentina. De hecho, gracias a su relación con Magda, Greta pudo distinguir como tóxica la experiencia con Valentina y empezar a superar aquel desagradable primer encuentro con el sexo.

La luz de las velas en el María Pandora proyectaba fogonazos rojos en el rostro de Greta cuando abrió fuego con esto:

—Fíjate, Patricia —dijo frotándose los brazos como si tuviera aún el vello de punta—, que, aun habiendo recibido esa instrucción tan clara de la Iglesia, yo nunca me sentí mal por ello. Siempre me pareció muy natural. —Hizo una pausa—. Si lo piensas, fue en mi comunidad donde me enseñaron lo que era el sexo, en contra de mi voluntad. De modo que cuando ocurrió de forma consentida me pareció hermoso. Porque era puro. Me acosté con aquella chica y pensé que no era para tanto. Te han dicho que te va a caer un rayo y luego ves que no es así.

—¿No sentías que era un pecado?

Aspira una sonrisa.

—Es que en el fondo el concepto del pecado es tan infantil y aniñado que se te pasa con los años, ¿no es cierto?

—Deja que escriba eso —le dije, divertida, y ella asintió maliciosa.

—Además, fue una religiosa la que me inició en el sexo cuando yo no sabía lo que era, y aquello sí, aquello sí lo sentí como tóxico, impuro… porque lo fue.

—¿Nunca te sentiste culpable de tu relación con Magda?

—Sí. —Se le corta la sonrisa—. Me sentí culpable de no sentirme culpable. Eso sí que me dio miedo.

Han apagado las luces del avión y mi asiento es el único que seguirá iluminado toda la noche. Lo cierto es que no puedo parar. Admito que nunca me imaginé que entre las religiosas existieran este tipo de relaciones. Supongo que cuando un católico lea mi reportaje se escandalizará y, como Diana, se preguntará por qué una religiosa, a la que nadie obliga a ser religiosa y a hacer ciertos votos, no los cumple. Y es un argumento lógico. Aunque también cabría preguntarse por qué las relaciones sentimentales son el pan nuestro de cada día en las comunidades religiosas. Y, si es así, ¿no sería necesario que la institución evolucionara y los religiosos y religiosas pudieran tener una vida íntima normal? ¿Por qué el celibato garantizaba un mejor cumplimiento de sus deberes?

Quise preguntarle a Greta por la segunda comunidad a la que fue enviada, ya que recordaba por mis notas que la llamó «la Comunidad de los Pobres», en la que dijo que la habían amado y que amó. Ahora ya sospechaba que no se refería precisamente al amor fraterno.

Pulso de nuevo el play y escucho la segunda entrega de sus confesiones amorosas de esa noche, aunque fueron otra canción muy diferente.

42

Comunidad de los Pobres. Maracaibo, Venezuela
Año 20

Maracaibo era una comunidad pequeña y pobre con un colegio. Según la madre Juana, era el lugar perfecto como primer destino de Greta para que desarrollara su primera experiencia pastoral. Estaba a cincuenta grados y el calor y la humedad potenciaban el perfume dulce en el que siempre iba envuelta. La madre Dulce estaba a cargo de aquella pequeña casa y del colegio. Era hermosa, tenía los ojos de color esmeralda y ya había empezado a tener ese cuerpo más hecho de los cuarenta años. No había vuelto a ver unas manos como las suyas, tan deseosas de dar, por eso la bautizó «Dulce, la generosa», me dijo observándose los dedos manchados de rojo por la cera de las velas. Tenía los dedos perfectos, largos y suaves, la nariz fina como dibujada con tiralíneas. Siempre la recordaba quitándose el sudor de la frente, era alta de estatura…

Escucho mi propia voz interrumpiéndola dentro de mi grabadora: «Pero qué tendrás tú con las altas», y ella me responde un poco chulesca: «Debe de ser porque yo soy tan pequeña y me impresionan», y después se la escucha pedirle al camarero otro vino.

Es posible que la madre Dulce se enamorara de ella nada más verla. La trataba como a una hija, no en vano era su superiora en aquella pequeña comunidad perdida en el barrio más deprimido de Maracaibo, pero Greta tenía algo especial: aquella sonrisa traviesa, la boca siempre a punto de soltar una pequeña maldad intrascendente pero provocadora.

—Yo la quería —dice con ternura—, quería mucho a Dulce, era una gran amiga para mí. Yo le contaba mis rebeldías y ella me perdonaba como lo haría una madre.

Y es que las monjas, al no ser madres, cogían hijos postizos, como decía la gigante y negra Imelda, pero ella era una madre dura, estricta, era una profeta como Jesús y sabía manejar ese latoso instinto. Distanciarse aunque con dolor cuando lo consideraba preciso. Dulce, la generosa, no. La madre Dulce en cambio se enamoró. Era cierto que ella vivía a su aire, para eso se había ido a Maracaibo lejos de las presiones de «la corte». En veinte días le enseñó a Greta la clave para ser religiosa: «No ser tacaña… ¡caramba!», decía como buena discípula de la madre Juana. Dulce odiaba a los tacaños «en el dinero y en el querer», y, por pura generosidad también, en esos quince días se dedicó a ella completamente. Tanto que dejaba sus obligaciones en el colegio para ir a hacerle la comida, algo más que chocante en una superiora.

La madre Dulce disfrutaba mucho enseñándole el precioso Maracaibo: le explicó cómo el puente era una réplica del de San Francisco, pasearon por la orilla del lago que a Greta le pareció un mar, se sacaron fotos en la calle Carabobo pintada de colores, comieron helados en ese famoso local donde los hacían hasta de sopa… Pero, según pasaban los días caminando a su lado, la pasión de su superiora fue haciéndose más y más cargante porque Greta supo que caminaba también hacia una relación que no quería tener. Hasta que una mañana, Dulce, la generosa, llegó con un micrófono y un afinador para la guitarra de su protegida. «Toma —dijo—, para ti, corazón.» Greta no supo qué decir. Aún hoy conservaba ambas cosas. Y recuerda lo incómoda que se sentía porque la llenaba de cosas a las que, como religiosa, no estaba acostumbrada.

Y no es que Dulce no fuera buena administradora, había estudiado Empresariales y manejaba mucho dinero. Pero su enganche emocional y su necesidad de complacerla llegó a ser tal que Greta empezó a sentirla como una de esas madres controladoras que quieres quitarte de encima.

Hasta que el apego de Dulce fue tan evidente que llegó a oídos de la madre Juana en Bogotá, quien reclamó a Greta de vuelta en sólo dos meses.

—Incluso, cuando ya estaba de nuevo en Bogotá, Dulce vino a verme en un par de ocasiones.

Greta hablaba de ella con cariño condescendiente y luego la imita con el meloso acento venezolano de su enamorada: «Corazón, no me habías avisado que viajabas», le decía cada vez que no cogía el teléfono. Dulce se ponía muy nerviosa cuando Greta no respondía a sus demandas de atención constantes.

—Así que tuve que cortar. —Hace un silencio triste—. A lo Imelda. Sin saber todo lo que ocurriría más tarde…

Detengo la grabadora y empiezo a tomar notas sobre la mesita plegable. Lo que está claro es que había una relación proporcional: cuando Greta liberaba su naturaleza, su vocación flaqueaba, y cada vez que esto ocurría, se refugiaba en el estudio y en los libros. ¿Cómo podía uno vivir en contra de sus afectos? ¿Por qué la Iglesia había llegado a la conclusión de que este tipo de sacrificio te convertía en alguien mejor? Aunque en el caso de Greta no sólo era eso. Ella me había insistido en que le costaba la rigidez de la institución y su forma de minusvalorar a las religiosas: los inquebrantables horarios de rezos, la imposición de estudiar catequesis retrasando su ingreso en la universidad, el asignarte tareas por debajo de tus capacidades… Sufría al saber que las compañeras que habían ido con ella al colegio ya se habían graduado, mientras ella seguía su formación de novicia en la academia, apartada de cualquier actividad intelectual. La realidad es que ella nunca se vio dando catequesis a los niños.

Aun así, consiguió fascinarse con la transubstanciación de la materia, ese momento filosóficamente extremo en el que el pan se convertía en cuerpo, la fisicidad, el rito… También le pilló el gusto a la antropología teológica, el estudio del ser humano en la Biblia, hasta que un buen día se preguntó por qué iba sólo a estudiar la Biblia, por qué, si los libros contenían la verdad, por qué iba a estudiar sólo un libro, cuando podía acceder a «todos los libros». Y se inició otra reacción en cadena en su joven cerebro que culminó al leer a Rilke, aunque sería años más tarde, en su tercer destino mexicano, la que llamaría «la Comunidad de los Apóstoles».

—Y llegó un día en que me di cuenta de que san Pedro y san Pablo no decían la verdad —soltó, rotunda, aquella última noche, quince años después, plantada delante de la estantería del María Pandora.

E, iluminada por aquella vela, abrió un libro lleno de polvo que parecía haberla escogido, no ahora, sino hace mucho. Y como si le rezara al escritor alemán, con un ejemplar en la mano de las cartas a ese soldado que quiso ser poeta, dijo:

—Él era el gran profeta, él sí había escrito un evangelio. —Buscó una página.

Por eso, cuando volvió a su Bogotá, reclamada por la madre Juana, le pidió dejar la Teología y estudiar Literatura.

¿Por qué iba a estudiar sólo la Biblia, cuando la Iglesia sabe que esos primeros doce libros no son ciertos, sino un conjunto de mitos y leyendas?

—Sería cómo quedarse estudiando los cuentos de hadas que nos contaron de niños toda la vida, ¿no crees? —Y sacó otro libro que le hizo estornudar dos veces.

La verdad empezó a estar en la literatura y no en la Biblia, y le rezó a los poetas. Ese fue, sin saberlo, el primer punto de inflexión de su fe. Y así consiguió que pasaran dos años en los que de verdad trabajó su fe, aunque le costaban algunas costumbres y la rigidez de las respuestas, cada vez que cuestionaba algo.

Y mientras Greta me leía las *Elegías de Duino* —aunque lo que más le gustaban eran sus cartas, eso lo tenía claro—, a la luz de esa vela que parecía un cirio, como si fuera una oración, me pregunté qué pasaría con uno de mis libros de crónicas, después de veintiún siglos e infinitas traducciones, descontextualizado de su autor y de su época, si se hubiera perdido la pista de quién fui y no pudieran enmarcarlo con el resto de mi obra y mis contemporáneos.

Y se me ocurrió una teoría que compartí con Greta y que rescato ahora volando a Asia por primera vez y sobre el mar:

—Creo que se podría contar a través de él cualquier cosa. Las metáforas que un día escribí cobrarían el sentido de quien lo recopilara y tradujera.

Dio unos pasos hacia mí.

—¿Te imaginas? Incluso podrían sugerir que es anónimo y palabra de Dios a través de quién sabe qué profeta. ¿Por qué no? —Abrió los ojos como platos.

—Igual estamos escribiendo nuestros propios evangelios sin saberlo —continué fantaseando, divertida.

—Madre mía —dice ella con cara de santiguarse—, a ver si al final nos parte ese rayo...

El vino nos estaba haciendo efecto, le advertí, y ella se estiró sin pudor. «Sí, gracias a Dios», bostezó. Y me puse a escribir estas últimas notas mientras comía kikos compulsivamente y nos reíamos con ganas.

Y escribí esto que ahora leo en mi libreta: «Las palabras son cáscaras llenas de sentido que, con el peso del tiempo y de la manipulación de muchas mentes y muchas manos, pueden acabar fosilizándose hasta quedar vacías y listas para ser habitadas de nuevo por significados ermitaños».

Y, después de un punto y aparte, me di cuenta de que Greta había salido a la calle a contemplar la verbena. Me gusta recordarla ahora incrustada en ese fondo de farolillos de colores, tenderetes y música electrónica del concierto que ya competía con los organillos, como si fuera una figurita de un colorido árbol de la vida.

La sociedad del cansancio

43

Vive cada día como si fuera el último y algún día acertarás.

Proverbio chino

Shangai, octubre de 2017

Siempre me ha dado mucha información el dibujo de luces que veo de una ciudad desde el cielo: México y su tejido lumínico interminable que se pierde en el horizonte; Nueva York y los hilos dorados que unen sus islas con volúmenes de luz y docenas de luciérnagas que se cruzan y descruzan a tu paso; de Kinsasa sólo pude ver una diáfana y profunda oscuridad, un gigantesco signo de interrogación en el que iba a tomar tierra. El dibujo de Shangai es el de una gigante y perfecta tela de araña iridiscente en el que tu avión se posará como una mosca diminuta.

Mi apartamento tiene dos habitaciones con aire ochentero, una silenciosa mesa con nada en particular y una pared de cristal que ofrece unas increíbles vistas a los gigantes plateados del Bund que escoltan, como modernos guerreros, el templo budista y dorado de Ji'an. Por qué, desde que comenzó mi periplo junto a Greta, no hay forma de que no me encuentre a una monja o mis ventanas den a un templo es algo que se me escapa.

Podría no darle un sentido, pero hoy, y como un juego, he decidido otorgárselo, mientras lo observo detrás del filtro de la lluvia y de la orquídea azul que compré hace días para aportar algo de color a la habitación y que busca desesperadamente la luz haciendo equilibrios sobre el quitamiedos de la ventana. He pensado que, aunque peligroso, ese era su sitio, no muy distinto a donde yo me encuentro; al fin y al cabo, sigo caminando por la delgada e inestable línea que separa la salud de la enfermedad. Vuelvo a sentir mareos, me despierto con el pulso acelerado como si acabara de subir una escalera de mil peldaños y con una sensación de urgencia y angustia y la necesidad de huir, no sé de qué ni de quién. También camino en la historia de Greta por esa frontera que separa la ficción de la realidad. Todo es incógnita e incertidumbre. Voy a dejar mi pequeña concha/amuleto al lado de la orquídea. Es la primera vez que viajo fuera con la agencia desde Nueva York. Me aterra que Shangai sea otra Nueva York.

Lo que sí tengo claro es que este viaje no lo está haciendo Patricia, la publicista. Quién es la Patricia que escribe ahora sentada delante de esa inmensa ventana es difícil saberlo. De forma constante salen a mi encuentro tantos personajes que me ofrecen diferentes perspectivas sobre lo que estoy escribiendo que ya no sé muy bien lo que es. Por momentos creo que empieza a convertirse en una especie de complejo palimpsesto literario escrito a la manera de los Santos Padres porque, cada vez que releo lo que llevo escrito, bajo la escritura de este reportaje surge mi propia vida, como uno de esos viejos papiros en los que bajo un texto empezaban a transparentarse las líneas de otro más antiguo que había sido olvidado.

El resto, la campaña para la que me han contratado, se va encajando con ese otro trabajo personal como un puzle secundario. Hoy, después de esta interminable semana de papeleos y permisos, por fin hemos podido fijar la fecha de la sesión de fotos: la haremos el día anterior a que nos expire el visado. Sin embargo, he logrado que no me quitara el sueño porque me he dopado lo suficiente.

A Andrés sí le ha quitado el sueño.

Me conmueve que se desviva tanto por la empresa. Y que malgaste tanta imaginación en sus storyboards, al hilo de lo cual, mis alarmas saltaron cuando me explicó, liándose un cigarrillo en el hall, que nuestra misión en China era fotografiar a una joven bebiéndose una Jungle-Beer con las preciosas y muy reconocibles montañas redondas de Baisha de fondo… y un dragón a sus pies. Uno que parezca de verdad, matizó.

¿Por qué?

No sé, a un creativo ya no le pregunto según qué cosas. Pero, en el caso de Andrés, esa pregunta que es casi el último escalón de la pirámide invertida debería ser la primera en hacerse.

Tendría que haber insistido en pasar a un plan B directamente, porque no tenemos ni el tiempo ni la pasta para posproducir esto, ya me lo ha advertido Rosauro, a su estilo tiranosauriesco, en una serie de mensajes: «Si no se puede ir a Baisha, pues no vais», que cogiéramos dos guapos modelos chinos bebiéndose una Jungle-Beer en un barco por el río Huangpu con los rascacielos del Bund de fondo. A él le parece una imagen muy bonita. Muy moderna. No es muy original, le he advertido, y aprovecho para añadir, por si no lo ha pensado, que no lo ha pensado, que no tenemos los permisos necesarios para rodar en Shangai y que en China nada se improvisa —según escribo este mensaje siento una presión conocida en las sienes—, comentario que ha zanjado él diciendo: «Pues soluciónalo, y que Andrés no se ponga gilipóllas».

¿Y qué hago yo? Como otras veces, hiperventilar hasta que comienzo mi terapia de autoconvencimiento para sobrevivir a tanta mediocridad: al fin y al cabo, la ciudad también puede ser una metáfora de «la jungla», me digo. Además, se trata de que quede claro que Jungle-Beer también se bebe en China. Tendríamos el edificio de La Perla, bien iluminadito, de fondo. Pero esta vez no surte el mismo efecto y me indigno conmigo misma: él sí que era gilipollas… Además, ¿por qué siempre acentuaba «gilipóllas»? ¿Cómo iba a tenerle respeto?

Lo cierto es que cuando llegó a recogernos ese avatar hembra —traje de ejecutiva, zapato plano y yo creo que la única persona que nos ha hablado en inglés desde nuestra llegada— pensé que era la típica asistente jovencita que estaba haciendo méritos y que ni pincha ni corta. Pero, mientras nos paseaba por la ciudad para hacer las localizaciones, me fijé en que, aunque cuando sonreía su rostro triangular era claramente el de un inocente avatar, cuando se agravaba adquiría la seriedad de un samurái. Al final, creo que ha resultado ser ambas cosas: un avatar y un samurái del gobierno, destinada a hacernos de niñera en todos los sentidos. Menos mal que hoy nos ha dado tregua.

Lo que no me explico es por qué, y esta sensación va *in crescendo*, en esta ciudad me he sentido tan extrañamente en casa. Quizá porque cambian las estaciones sin transiciones lógicas como en mi Madrid. Empiezo a sentirme cómoda con las pocas palabras que me han enseñado para sobrevivir: *hóng jiǔ* (vino tinto), pero hay que decirlo como un disparo y con la garganta casi cerrada o te mirarán perplejos y te traerán lo que les dé la gana; *bujiao* (no quiero); *wǒ méiyǒu* (no tengo); *shì de* (sí), y *ha* (ok). También me desconcierta que convivan en la misma ciudad la serenidad de los oasis con un consumo tan desquiciado.

—Esto es como una Nueva York si la miraras puesto de ácido —dijo Andrés, con sus ojos tristones y su sonrisa contradictoria, la primera vez que vimos el bellísimo e histriónicamente colorido skyline desde el Bar Rouge.

Y en parte tiene razón. En Shangai todo se imita: el Bund es una imitación del Downtown neoyorquino; la forma de vestir de sus habitantes es una versión modernizada de un manhattanite de pura cepa; las pantallas de leds que cubren los edificios. Todo es aparentemente igual, como los bolsos, sólo que, según un arquitecto español que me contó su vida en el desayuno —cómo no—, durarán menos.

—No está mal la definición... —le admití a Andrés—, pero ¿te has dado cuenta de una cosa?

—¿De qué?

—Que es una Nueva York sin sirenas.

Y es verdad, no hemos oído ni una sirena desde que hemos llegado. Resultaba inquietante.

Creo que por culpa de mi comentario —que resultó una invocación— por fin hemos oído una, sólo que ha resonado en toda la ciudad. Un despertar así es justo lo que necesita mi ansiedad. Menudo susto. Nuestro avatar podría habernos avisado de que habría un simulacro de ataque aéreo, digo yo, y no con ese escueto mensaje al móvil cuando Andrés y yo ya estábamos sufriendo un ataque, pero de otro tipo. Nos hemos encontrado en el pasillo, yo con un kimono y el pelo mojado, y él enfundado en unos calzoncillos de Armani, preguntándonos si ya estábamos en guerra con Corea.

Más tarde, nuestro Avatar-Samurái nos ha llamado para invitarnos a una cena en el Medias Building, pero antes me he escapado para dar un paseo por el Ji'an Park. Me gusta sentarme en su terraza al lado de su pequeño estanque en forma de corazón y contemplar las plantas acuáticas que parecen bandejas flotantes, las carpas de tamaños irracionales y ese restaurante Tai, que parece hecho de palillos sobre el agua y que se ha convertido en mi principal proveedor de wifi. No sé qué habría hecho si no me hubiera descargado la VPN para esquivar la censura informática. Nunca pensé que fuera tan exagerada como me decía Leandro. Sin embargo, ahora que he pasado el síndrome de abstinencia, tengo que confesarme a mí misma algo terrible: me da mucha pereza volver a ese estado de conexión constante. Mucha.

En estos días he reaprendido a pasear mirando a otras personas a la cara, mientras el resto de los habitantes de mi ciudad anfitriona desfilaban a paso ligero observando sus pantallas y esquivándose para no darse de bruces entre ellos.

Me siento, de alguna forma, liberada.

Me reconozco una adicta, ahora sí, ahora lo sé.

He tenido que llegar a un país en el que se me impide conectarme con el mundo para desengancharme. Está siendo una profilaxis. Soy consciente de que se puede. Y de que me siento mejor. Como cuando un fumador que ha dejado el tabaco sube una escalera sin asfixiarse o descubre de nuevo los sabores.

Gracias a este redescubrimiento del mundo en directo, se me van a quedar grabadas todas esas fotos que no he hecho, como ese anciano del sombrerito que caminaba hoy delante de mí, lentamente pero de espaldas, sin chocarse. Parecía querer enseñarme otra realidad del mundo. No lo he vuelto a ver. Me dirigió una mirada de absoluta indiferencia, como si un día se hubiera dado cuenta de que era más interesante el paisaje que dejaba detrás que lo que tenía delante de las narices. Y creo que es cierto. Que, cuando subes una montaña, lo que tienes delante no tiene perspectiva. Lo que dejas atrás, en cambio, es el verdadero paisaje. La belleza. Hasta que me sumergí en la historia de Greta, no me había dado el tiempo para mirar atrás sin sentir vértigo.

Este viaje está siendo especialmente rico en seres humanos. Por rimbombante que suene, siento como si hubiera vuelto a reconectarme con la «Humanidad», con mis semejantes y recuperado mi antigua capacidad para escucharlos.

Por cierto, qué bonita la palabra «semejante»:

Parecido pero no idéntico. Con algo en común. Con mucho. Pero también con diferencias. Tengo que contarle a Greta la conversación que tuve durante esta recepción de expatriados recién llegados en una de las plantas más altas del Media Building, ese edificio donde se supone que están todos los medios de comunicación. «¿Todos?», creo que pregunté, estupefacta, a nuestro traductor chino-inglés. «Sí», aclaró Colin, «todos». Sigo sin saber su edad: por momentos me parece adolescente, mediana estatura, flequillo, modelo de chino-yanqui. Pero luego habló de sus clases en la universidad y de sus intentos de tener un hijo.

Qué mezcla más curiosa la de esa cena: cóctel de escritores, arquitectos, cineastas… Lo único que teníamos en común era estar en Shangai peleándonos con la burocracia por distintos motivos. La verdad es que fue una suerte que cayera en mi mesa la escritora Li Meiling y que me hubiera leído un libro suyo, fantástico, por cierto, y valiente hasta el extremo.

—Creo que se equivoca —me contestó, dejándome seca—. Yo nunca he escrito ese libro.

Admito que en ese momento sí eché de menos no tener wifi para mostrarle lo que dice su propia Wikipedia —esa que ella misma no puede consultar desde su país—, porque ese título aparece el primero, como he podido comprobar hace un momento. Pero, con su biografía de guerras y abandonos, de padres represaliados durante la Revolución Cultural y, considerando que ha tomado la decisión de quedarse en China, supongo que hay cosas a las que debes renunciar. Una de ellas: su mejor libro. Toda la tremenda hoja de su Wikipedia ha dado como resultado a esa Emperatriz de las letras, a la que no he podido quitar ojo durante la cena: su forma de comer fruta, lenta y constante como un metrónomo, su rostro imperturbable sin maquillar, la expresión anonadada de quien no concede pasión alguna a lo escuchado, pero que, de pronto, se rompe en una sonrisa inesperadamente franca, como un cristal blindado que hubiera empezado a resquebrajarse. Recuerdo que hablamos del reino del hijo único: esta generación de niños egoístas que no están acostumbrados a compartir le causaba una gran preocupación; y cómo se les educaba dejándoles tomar demasiadas decisiones le parecía un error.

Reflexionándolo ahora mientras lo escribo, lo que más me maravilla es su forma de reivindicar la necesidad de que «China debería estar más cerca del mundo y de comunicar su cultura».

—Ahora es una población más educada —añadió, y se metió con delicadeza extrema una uva en la boca.

Sobre todo, me impacta que se preguntara por qué no se encontraban sus libros en Nueva York. Que antes sí, pero ahora era peor que nunca, y siguió comiendo uvas lentamente, sin hambre, sin deleite.

Sentada alrededor de aquella mesa, en lo más alto de aquel edificio de transparencia irónica que concentraba todos los medios de comunicación, no supe qué responderle. Bueno, sí supe, pero me pregunté si era oportuno. Si merecía la pena. Fue entonces cuando caí en la cuenta de que no eran conscientes. Ni de su grado de incomunicación ni del porqué. Sensación que confirmé cuando siguió hablándome de la suerte que tenían, porque fuera de China había atentados y crisis económicas y que allí estaban a salvo. Protegidos de todo mal. Esa inyección diaria de miedo a la libertad que se encargaba todos los días desde ese edificio, una inmensa jeringa de cristal dentro de la cual yo estaba cenando, también había afectado a una Emperatriz de las letras. La misma vacuna que le pusieron a Greta día a día en su convento. Una muralla parecida a la que me había descrito ella, tras la que su comunidad se alzaba como la comunidad perfecta, como un padre que no quería ver los defectos de su familia y que los obligaba a vivir en un mundo que funcionaba con sus reglas, donde les decía cómo comportarse y las peligrosas consecuencias de la no obediencia.

Durante la cena me fijé en el protocolo con el que todo el mundo se dirigía a ella: con el respeto que muestras hacia un superviviente, a quien ha conseguido construir una literatura honesta, invulnerable a seísmos políticos o involuciones culturales, y en cómo su rictus pétreo se transformaba en una sonrisa sincera cuando hablamos de aquello que amábamos tanto: sí, la palabra. Siempre la palabra.

Supongo que fui yo la que saqué el tema de la religión en la mesa, de otro modo habría sido una sincronicidad extrema. Lo que sí fue curioso es que coincidiera con que alrededor de la misma había cuatro credos y nacionalidades distintas, así que el resto de la velada se convirtió en todo un trabajo de campo sobre las creencias: Esther, una provocadora novelista de Jerusalén de risa escandalosa, a su lado estaba Thachom, un cineasta indio de canas rizadas y gesto de analítico profesor de universidad; un poeta francés con un aire a Alain Delon de Nueva Caledonia —desde Sidney, cruzando el mar, a tres horas a la derecha, aclaró—, y el propio Colin, nuestro traductor chino-yanqui. El primero en decir algo realmente interesante fue este último, típico ateo por mandato gubernamental, cuando dijo que apenas podía creer que en España hiciéramos meditación budista. En China seguía siendo la religión mayoritaria, la única que no molestaba al gobierno.

—Yo pensaba que erais todos cristianos —se sorprendió mientras se servía más sopa de bambú.

—Bueno, nuestra cultura lo es —aclaré—, pero la filosofía budista se ha puesto de moda, supongo.

Sujetó sus palillos con diligencia. Le parecía curioso, sí, porque unas amigas suyas de la universidad, tras un viaje por Europa, quisieron bautizarse como católicas. Según le contaron, habían encontrado en esta religión algo que las definía mejor. Pienso que tiene su lógica, reflexioné en alto, que a veces busquemos respuestas en aquella doctrina a la que no reprochamos ningún daño ni se ha mezclado con nuestros estamentos de poder. Él dijo ser escéptico, y empujó lentamente la mesa giratoria, hasta que tuvo el pato glaseado delante: en el último templo que había visitado en Xi'an, los monjes le recomendaron comprar una pieza de artesanía en su tienda explicándole que estaban bendecidas y que le darían buena suerte. Soltó una risilla juvenil. Luego me reveló que el cristianismo fue introducido en Xi'an por un sirio y que fue una religión muy popular aquí durante doscientos años, algo que admití desconocer por completo. En su ciudad siempre hubo una gran tolerancia religiosa.

—¿Eres de Xi'an? —pregunté, aprovechando que Andrés se había acercado a la mesa.

—A mí me gustaría visitar a los guerreros de terracota, pero me da miedo ir con mi jefa —dijo señalándome, y luego a mi oído pero bien alto—: Que igual te da ideas y pides que me entierren contigo, tu asistente y dos o tres clientes para la otra vida.

Comprobé que ninguno de los presentes captó su peculiar sentido del humor.

—Prefiero ser enterrada con varias toneladas de chocolate y de café para tenerlo a mano cuando me despierte, gracias —contesté.

Y esto sí fue recibido como un chiste, aunque lo dije muy en serio. Andrés se acercó a mí, zalamero, y me abrazó por la espalda. «Es que ya no me quieres nada», dijo, ante el rostro boquiabierto de la Emperatriz de las letras. Y yo le susurré, mientras intentaba zafarme, que en China no se entendían estas demostraciones físicas de cariño en público y sin venir a cuento entre un hombre y una mujer. Y yo, que no era china, tampoco.

En ese momento abrió fuego el poeta caledonio. Él, sin embargo, se sentía espiritualmente más cerca de los aborígenes que del catolicismo, admitió. De hecho, habían inspirado mucho su poesía. Porque habitaron la tierra sesenta mil años y esto era algo único. ¿En qué creían?, pregunté yo, impresionada por ese dato. No eran metafísicos, me explicó mientras intentaba girar la mesa él también, como si fuera una ruleta, para alcanzar aquel sabroso pato cada vez más en los huesos.

—Ellos creen en «the great ancestor» y en la serpiente que creó los ríos y las montañas, pero sus ritos tienen más que ver con la tradición que con la religión. —Luchaba ahora inútilmente por sacarle tajada al malogrado pato con sus palillos—. De hecho, la religión es más bien un medio narrativo para pasar la tradición de boca en boca y que no se pierda.

La israelita, que había estado muy atenta, de pronto exclamó: «¿Bueno, y no es así siempre?», e intentó sujetar un poco de tofu hasta que uno de sus palillos salió disparado. Todos reímos, especialmente los chinos, y el indio le regaló los suyos porque había claudicado rogando que le trajeran cuchillo y tenedor. Ella volvió a sujetarlos, «Muchas gracias», y le pidió con humor a Colin que le diera una clase. Tras reírse un poco más de su torpeza, prosiguió: lo que trataba de decir es que ella, concretamente, había aprendido de la Biblia el arte de contar historias sin adjetivaciones exageradas. Esto interesó mucho al caledonio, que estuvo de acuerdo, porque lo mismo le pasaba a él: le impactó la forma en la que los aborígenes conectaban la narración con lo espiritual y por eso habían inspirado mucho su poesía.

—Los aborígenes tienen una gran roca que deben rodear caminando como viaje iniciático para encontrarse con ellos mismos.

La israelita lo encontró muy interesante y, mientras hacía un nuevo intento con sus palillos, añadió:

—Entonces te gustará Jerusalén porque también tenemos nuestra roca —dijo—; es la mejor ciudad del mundo para los poetas porque siempre tendéis a la tristeza, y esa gran piedra es muy útil para tener perspectiva sobre el tamaño de tus lamentos.

Una risa rodó por todos los comensales de la mesa.

—Eso sí —advirtió con tono de intriga—, debéis tener cuidado de que no os dé el síndrome de Jerusalén…

—¿El síndrome? —quise saber.

—Sí —afirmó pinchando desesperadamente un dado de tofu—. Una locura transitoria que sufre un buen número de visitantes que son ingresados cada año.

Me pareció muy interesante. ¿Qué era lo que lo causaba? Según me siguió explicando, no se sabía si la causa era la decepción por la expectativa que creaba la ciudad y que luego era imposible de cumplir, o era el hecho de tomar contacto con un lugar crucial para nuestra cultura, pero sí recuerdo que pensé en Greta y en una de nuestras últimas conversaciones sobre lo peligroso que es vivir en una ficción o con una expectativa inalcanzable, y cómo algunas monjas se volvían locas cuando por primera vez eran conscientes de que no existía «la comunidad perfecta». La misma que, me temo, estaban fabricando mis anfitriones en sus cabezas por mandato, aunque esto no lo dije.

En ese momento, la Emperatriz de las letras, que se había quedado inmóvil como un guerrero de terracota, pareció resucitar y le preguntó a Alain Delon por qué escribía poesía.

—Escribo poesía porque no sé cantar —dijo, comentario que le hizo exhalar a su majestad imperial una de sus imperturbables sonrisas.

Mi gran descubrimiento de ese día fue, sin embargo, el cineasta indio. Estaba en Shangai para presentar su última película en el festival, un drama histórico sobre un conquistador portugués que había llegado a la India. Me apetecía saber más de esa escisión entre el budismo y el hinduismo. Thachom se reía como un sátiro malicioso y su barbita blanca y rizada contrastaba con el tono aceituna negra de su piel.

—Mi casta adora a Shiva, el dios de la destrucción —me explicó—. Un dios necesario y positivo para la vida.

Pidió un whisky y se le iluminaron los ojos mientras me lo describía como un rastafari azul con una luna en la frente, y yo luchaba por entender su inglés atravesado de erres que se imponían al resto de las consonantes.

—Cada vez que Shiva bebe mucho —aprovechó para pegarle un buen trago a su vaso— empieza a bailar en el Himalaya sobre un cementerio. Es un baile cósmico que pone en funcionamiento el firmamento.

—Una imagen preciosa —visualicé.

Y luego aproveché para preguntarle por un concepto que me tiene atrapada desde hace tiempo: en el hinduismo, como en el budismo, cada uno tiene la responsabilidad de juzgarse...

—Y, para mí —proseguí—, delegar esa tarea en un dios te convierte para siempre en un temeroso menor de edad.

Él me escuchó con atención y añadió:

—Es posible. Para nosotros no hay nadie que pueda hacer ese trabajo por ti.

—¿Cuál? —preguntó Esther.

—El de perdonarte.

Un mundo sin culpa.

Solté mis palillos sobre su apoyo de porcelana en forma de mariposa. ¿Cómo digerir aquello? Sin culpa... Una culpa que te encarcela hasta que alguien decide darte la absolución. Y en ese momento, mientras diseccionaba un dumpling de cerdo para ver qué lleva dentro, pensé que nadie debería tener el poder de perdonarte por algo que no le incumbe.

¿No le da acaso a un ser humano un infinito poder sobre otro?

¿No es eso demasiado peligroso?

En esa deliciosa compañía creo que he aprendido muchas cosas: que según por dónde sujetes los palillos tendrás mejor o peor suerte; que el agua caliente prepara tu estómago para absorber mejor las vitaminas, y que quiero en mi casa una de esas mesas giratorias que obliga a los comensales a mirarse a los ojos, a intuir si se han servido ya o están esperando a que les pase por delante uno de los platos.

Cuando fuimos a brindar, Colin nos explicó que en China siempre se respetaban las jerarquías, por edad o por cargo, y que si se quería mostrar respeto a un igual, se competiría por que tu copa estuviera más baja. Así brindé con la Emperatriz de las letras, deslizando la mía hacia abajo, gesto que agradeció sin luchar con una leve inclinación de cabeza.

44

Los días siguientes habrían sido puramente de trabajo, de no ser porque no terminaban de llegar los permisos, cosa que ahora casi agradezco porque me ha permitido bajar el ritmo de trabajo y el de mi respiración. También me ha permitido un paréntesis para conocer mejor a Jun y a mister Nice. Y, por qué no, para bucear en la propia Shangai y en su ciclotimia; pasa de un sol abrasador a esa niebla tan tupida que luego me he enterado que es contaminación, o a las lluvias torrenciales de estos días atrás.

La lluvia.

Todos nuestros desvelos los ha protagonizado la lluvia.

Cuando me cité con mister Nice en las oficinas de Jungle-Beer de Julu Road, decidí por primera vez aventurarme en el metro después de que Andrés intentara infructuosamente atrapar uno de esos taxis que no paran y que luego nos hemos enterado de que aceleran cuando ven que eres occidental porque les estresa no hablar inglés.

La verdad es que coger el metro en la estación de Ying'an Temple es entender por qué en China no hay espacio privado. Simplemente porque no hay espacio, salvo para aquellos que son capaces de construir su burbuja y meterse dentro, mientras la ciudad ruge a su alrededor. En Occidente, sin embargo, tenemos tanto espacio privado que nos aislamos hasta volvernos seres huraños incapaces de compartir y de amar. No es que sea mayor o menor, es que en China no hay una distancia social porque no hay distancia posible.

He comprobado que tampoco coincidimos en el sentido del honor. Lo he entendido cuando me explicaron que esa cámara de Beijing Road graba a los que cometen infracciones y luego emiten su falta en bucle en una pantalla gigante. A ellos les parece un castigo horrible, un deshonor; sin embargo, Andrés está empeñado en convencerme para que crucemos mal y nos saquemos un selfie cuando aparezca nuestra imagen en la pantalla de leds gigante para fardar como si fuéramos estrellas de esa versión china de Times Square. En fin… que le he prometido que sí. Que lo haremos. Admito que me divierte de lo lindo agitar el cerebro siempre ávido de estímulos químicos de mi Bombilla; en el fondo es un sustitutivo de lo que pueda o suela meterse en casa. Me da terror que le pillen con algo aquí donde es un delito muy grave. No podría sacarle de la cárcel antes de que entreguemos la campaña, le he advertido. Hay que ser prácticos. Este tipo de argumentos son los únicos que le convencen.

Cuando hemos llegado a las oficinas nos ha recibido mister Nice, muy suizo, muy alto y muy guapo, vestido como un niño —pantalón corto, camiseta con ideogramas chinos y zapatillas de deporte—, uno de esos jóvenes ejecutivos que va a querer ponerse creativo con la campaña… tiempo al tiempo.

Lleva aquí un año. Es el director de marketing de Jungle-Beer cuyas fábricas, como todas, están en China. Después de repasar la campaña iríamos a conocer a la fotógrafa Jun Chao. En Shangai es una autoridad, nos ha explicado para vendérnosla; aunque en realidad es más una fotógrafa artística que de publicidad, me explica desde su metro noventa y su inglés apaciguado por un leve acento francés, pero estaba seguro de que su estilo iba perfecto con la campaña. Era, como todos los genios, una mujer muy peculiar, nos advierte, y había escogido un restaurante peculiar para nuestro encuentro en el que nos mostrará su trabajo. Sin compromiso alguno. Por supuesto, nos dice, la mía es la última palabra. Para hacer tiempo nos invita a un vino en El Jabugo, una vinoteca española en la que Andrés, cómo no, se hincha a hacerse selfies porque le «mola mazo» el contraste entre los ideogramas chinos y las patas de jamón que cuelgan debajo.

—Suiza es un país aburrido —me responde cuando le pregunto qué hace en China—. Y ya se había planeado mi futuro. Pero yo necesitaba encontrar unos valores en los que reconocerme. Unos míos, propios, y para eso necesitaba moverme por el mundo.

—¿Y te gusta Shangai?

Se echa hacia atrás en la silla. Los hombros no le caben en el respaldo.

—Yo vengo del negocio del dinero, así que me obsesiona investigar en otros países el dinero como valor. En ese sentido, sí, es más que interesante.

Me cuenta que en cada país al que viaja hace una sola pregunta a un taxista: «¿Qué harías si ahora mismo pudiera concederte un deseo?». Y en todas partes le responden lo mismo: tener mucho dinero.

—Pero casi nadie se pregunta para qué lo quiere. —Da un sorbo al vino—. Es una consecuencia en sí misma.

—Bueno, para nosotros es fácil decirlo —contraataco—. Venimos de países ricos. O más o menos.

—Ya, pero hay una acumulación de cosas y de dinero sin tiempo para disfrutarlo. Antes, los chinos no lo tenían.

Pero ahora sí, y miro a mi alrededor, ahora han entrado como todos en la desquiciada rueda del hámster. Las prisas porque sí, los grandes y lujosos coches, la tecnología avasalladora. Todo el mundo atrapa la vida en sus móviles para disfrutarla más tarde, si hay tiempo. Y no lo habrá. Hay que seguir construyendo el sueño de la China moderna. Hace veinte años, todos los rascacielos del Bund eran arrozales.

—¿Y cómo se han tomado en tu casa tu cambio de vida? —le pregunto.

Resopla un poco. Se recoloca en el asiento. La camarera pregunta si queremos algo más y él le responde que no con simpatía y en chino. Ella le devuelve una sonrisa tímida y coqueta.

—Hace meses que mi padre no me escribe.

—¿Está enfadado?

—No, está muy ocupado.

Ayer mismo, de pronto, le había enviado un email en que había un archivo adjunto con el ranking de crecimiento de los salarios en China: «Supongo que después de seis meses es su forma de decir: "Hola, qué tal te va por allí, hijo"».

Lo más irónico es que mister Nice había llegado a China obsesionado con el taoísmo y pensó que podría impregnarse de él, aprender una nueva forma de vida.

—Y has acabado en el reino del dios Yuan —sentencio, dándole ceremonia.

—Sí, por eso mi viaje no ha acabado todavía…

—¿Y qué queda de esa China cuna del Tao?

Hace un silencio reflexivo.

—Mucho, pero ellos no lo saben. —Suelta una risa extrovertida.

En ese momento alguien planta un bolso enorme sobre nuestra mesa.

—¿Mi jefe ya te ha con-Tao sus indagaciones espirituales?

Levanto los ojos y detrás del bolso me presentan a la tal Julieta, una argentina pecosa, una todoterreno, dice mister Nice, y ella saluda con un «¿Cómo estás vos?».

Mister Nice le pregunta por los permisos para la sesión y ella responde guasona que al final no lo había «necesi-Tao», broma que es recibida con una mueca por su jefe y que ella zanja diciendo que los había vuelto a todos «taoístas». Julieta lleva muchos más años que nadie en Shangai y es quien está gestionando toda la producción.

—Si necesitás algo, este es mi Wechat, ¿te escaneo o me escaneas? —La pregunta típica en Shangai.

Ahora sé que ese peculiar WhatsApp sirve desde para geolocalizarse hasta para pagar. Una aplicación que es también una herramienta de doble filo.

—Te escaneo —dice de pronto Andrés, tras haberla escaneado por delante y por detrás.

—Eso sí… mejor no decir nada inconveniente por aquí —advierte ella—. Últimamente desaparecen conversaciones…

—¿Y qué es algo inconveniente? —quiero saber.

—Qué sé yo… algo crítico, cualquier cosa.

Miro alrededor y, sin mucho esfuerzo, descubro varias cámaras. En la recepción, enfrente de la calle, y de pronto me alegro de no poder pagar con el Wechat y que todos mis movimientos, incluso los bancarios, puedan ser observados. Me siento una concursante involuntaria de *Gran Hermano*.

Nos despedimos de Julieta, quien nos promete que nos llamará en cuanto podamos ponernos en marcha.

De camino al restaurante donde nos ha citado la fotógrafa, me fijo en un detalle que antes de nuestras leyes antitabaco me habría resultado invisible. Casi todo el mundo fuma. Mister Nice me cuenta que el tabaco está esponsorizado por el Estado. Aquí todo es comercio, dice; hasta el Ying'an Temple tiene dentro dos restaurantes y, debajo, un centro comercial. «¿Te imaginas, Andrés, la catedral de Burgos con un restaurante vegetariano dentro y tiendas de moda?» Y este se desmadeja en una de sus impredecibles carcajadas.

Su aspecto de niña con gafas la hace estar a salvo porque nada hace intuir su rebeldía: cuando algo la emociona se encoge como una anémona y nunca sabes si está a punto de echarse a llorar o a reír. Me cuesta imaginarla como una fotógrafa genial. De momento sólo parece una criatura permanentemente asustada.

Empieza a enseñarnos su trabajo, y Andrés se enamora por segunda vez en el día: un hombre viejo envuelto en una manta que parece de pie sobre las nubes.

—¿Esto es el Tíbet?

Ella asiente.

Y luego se encarama sobre la mesa y nos susurra que el restaurante en el que estamos, también. Es tibetano, pero no lo dicen. Nos explica que una de sus mejores experiencias de su vida fue vivir con los Living Buda en el Tíbet.

—Ellos pueden cambiar el tiempo. —Deja abiertos los labios rojos y redondos de carpa y luego sigue devorando una sopa blanca en un cuenquito que casi no se despega—. Lo he visto con mis propios ojos —asegura.

Hay una foto que me quedo observando largo tiempo: es una mujer amarrada con una gruesa cuerda por la cintura, junto con grandes flores secas como si fuera parte de un ramo. Se la había inspirado un artículo que llegó a sus manos a través de una amiga rusa sobre los abusos de mujeres en China.

—¿Los hay? —pregunto.

—Claro que los hay —relame su boca pequeña y carnosa—, pero el gobierno no quiere saber nada sobre la tristeza.

Vuelve a zambullirse en su plato y el resto quedamos en silencio.

Durante la comida me llama la atención que estornuda y carraspea constantemente. Le pregunto si está bien, si quiere que pidamos que bajen el aire acondicionado. Nos ha gustado mucho su trabajo y la queremos sana para la sesión de mañana, bromeo.

—Es que soy alérgica a los seres humanos —contesta.

Ocurrencia que es recibida con gran jolgorio por Andrés, mister Nice y yo misma, pero cuando ella levanta esos grandes ojos tristes de media luna frenamos la fiesta en seco. Dice que últimamente ha visto demasiados y que le han vuelto a salir esas extrañas manchas rojas en la espalda y estornuda sin parar. Se agravó la semana pasada por culpa de la inauguración. Habría al menos doscientas personas.

—No es que no me gusten las personas —puntualiza—, simplemente les tengo alergia. No me pasa si son grupos pequeños.

En el centro de la mesa, un gran cuenco de piedra incrustado en el que el enorme pez ha sido lanzado vivo; le han dado tres hachazos y aún respira medio descuartizado. Andrés se ha ido inesperadamente al baño. No me extrañaría que estuviera vomitando. Creo que es una de las experiencias más duras que he tenido comiendo: ese pez medio troceado, aún con los ojos fijos en la nada, respirando, abriendo desesperadamente sus branquias y sus aletas. Luego ha empezado a tener movimientos cada vez más espasmódicos a medida que se acercaba el momento de volcar la sopa encima de él y, para finalizar la tortura, lo han cubierto con una especie de sombrero de paja que ha empezado a echar humo como si fuera una especie de cámara de gas hasta que, de forma rápida y efectiva, lo ha cocinado. Cuando han retirado el sombrero, ya no he visto un pez sino el cadáver cocido que tenía que comerme. Acostumbrada a la idea de que alguien haga el trabajo sucio por mí, se me ha encogido el intestino y me ha costado comer la carne de ese ser que hace un momento me miraba, suplicante, aleteando en el plato.

No sé por qué asociación de ideas, pero ha regresado a mi pecho la sensación de asfixia que me había abandonado por unos días en estas minivacaciones involuntarias mientras llegaban los papeles. Supongo que he sido consciente por primera vez de que podemos volvernos a España sin hacer las fotos y de que eso supone mi despido inmediato y el del resto de mi equipo. No consigo sacarme de la cabeza ese pez boqueando aire en un cuenco de sopa.

45

Día de la esperada sesión y ha amanecido lloviendo en Bladerunner-city. No hay más opciones. Mañana nos expira el visado. Si no fuera porque he regresado a los desayunos de diazepam, ya me habría dado un colapso.

—Nos van a despedir —dice Andrés colapsando por los dos, con los ojos más lluviosos aún—. Está a punto de darme una llorera…

—¿Sabes qué? —digo enérgica, y apuro los restos del bufet del desayuno—. Aunque fuera así, ya me ha merecido la pena el viaje —le aseguro, y hasta a mí me resulta extraño mi comentario.

Me cargo la mochila al hombro y me levanto masticando aún. Es una cuestión de supervivencia. No estoy dispuesta a aguantar más dramas. Salgo al hall para ver la lluvia rebotando en el suelo. Andrés, que me ha seguido, se acerca y me coge los carrillos con ambas manos.

—Patricia… ¿eres tú?, ¿o una imitación tuya que habla raro?

Llueve a mares pero nada se detiene. Hemos designado como cuartel general una librería-café en Beijing Road y nos decidimos a aprovechar cada vez que escampe. Mientras preparamos luces, reflectores y esperamos a Jun, saco mis propias fotografías mentales de Shangai: un joven de pelo amarillo vestido de dandi inglés sobre un patín eléctrico cruza delante de mí entre los coches con un paraguas abierto, como si fuera una versión masculina, asiática y futurista de Mary Poppins.

—Teníamos que haber hecho lo de Baisha —oigo que le dice Andrés a Julieta, con quien observo que ya tiene la complicidad de una reciente noche de sexo.

Y le cuenta una historia que escucho sólo de refilón, disimulando, para evitar que empiece a marearme lloriqueando sobre lo que pudo ser y no fue. El relato que le inspiró para la campaña y que no hubo tiempo de que me contara: hay un lugar en Baisha llamado el puente del dragón. La leyenda cuenta que bajó del cielo y se quedó tan estupefacto con la belleza del paisaje que decidió quedarse a vivir allí y no volver al cielo al que pertenecía, bendiciendo esas tierras para siempre. Tengo que admitir que, al escucharle, también me ha dado pena que no haya habido tiempo de hacer realidad la idea de Andrés y contemplar a ese dragón amable a los pies de la bella modelo bebiéndose la cerveza.

Al otro lado del cristal observamos una imagen cómica: a Jun caminando de un lado a otro de la calle como un gato enjaulado sin sacar una sola foto, perseguida por Julieta, quien, armada con un paraguas de tamaño familiar, va esquivando esas motos eléctricas, a las que he comprobado que no oyes venir como a las nuestras.

Esa es otra cosa que me deja perpleja. Las motos llevan paraguas. Una procesión de millares de setas de colores que parece que hubieran brotado por el chaparrón. Y, entre ellas, de pronto veo que Jun echa a andar, sin protegerse, aunque no ha cesado la lluvia. Su largo pelo empieza a empaparse, también su cámara, mientras Julieta intenta cubrirla sin éxito. Hasta que Jun se vuelve y le dice con sus ojos tristes: «Por favor, no», y ordena a los modelos que empiecen a caminar delante de ella con sus botellas en la mano.

Obedecen.

Se empapan bajo la lluvia torrencial. Y caminan, o más bien merodean libremente con Jun siguiéndolos como una cazadora que no deja de apuntarlos, de acosarlos entre la maleza. Entonces sí, empieza a disparar: y nos cruzamos con colas de gente esperando unos noodles, con las estilosas mujeres seguidas de sus novios caminando detrás cargados como percheros con sus bolsos y sus compras; con viejas que dejan comida a los gatos en esos parques donde no hay palomas. En su objetivo se cuelan cada vez más personas que antes contemplaba como una gran masa despersonalizada. Camino entre ellos y detrás de Jun, y de pronto soy capaz de verlos por separado, cada uno con su pequeña gran vida.

Dios, cómo querría no tener la barrera del idioma y que me hablaran, poder escuchar sus historias. Cuando no puedes comunicarte, desarrollas nuevas y simplificadas formas de acceder al otro. La mirada y la sonrisa vuelven a ser fundamentales, y es lo que activo para pedirles que no posen, que nos ignoren, que nos dejen caminar por su jungla. Creo que nunca he sonreído ni movido tanto las manos como esta tarde en Shangai. Lo que sale de mi boca, por primera vez, carece de importancia. «El cuerpo está desapareciendo. Y la voz también», me dice Leandro desde mi memoria. Y tengo que contarle que aquí no, Leandro, aquí no puedo comunicarme con mensajes escritos, ni de voz, ni siquiera con mi propia voz, ni con mis amadas palabras. Aquí, de pronto, para mí todo es carne y es mirada.

Cuando Jun pide hacer un descanso está hecha una sopa, con su falda larga adherida a los muslos por el peso del agua y las greñas pegadas a la frente. Dice que va a secar la cámara y Julieta se ofrece para comprar unas toallitas. Todo controlado, entro en la librería y me siento tan relajada de pronto que se me antoja un chocolate. Me doy cuenta de que todos los clientes están mirando la pantalla de un móvil; todos escriben en sus tablets o en sus notas de iPhone. Imagino cómo me ven desde fuera, con el bolígrafo entre mis dedos y la libreta abierta: una disidente, un reducto de otra Revolución Industrial, una especie de amish que estuviera utilizando un ábaco en lugar de una calculadora.

Pero ellos no están aquí. Contemplan el mundo en diferido.

Lo que ocurre en directo ya no importa. Lo que importa es poseerlo, grabarlo y guardarlo. Un Diógenes de información que es imposible asimilar por unos cerebros que se resetean constantemente porque no necesitan retener nada. Grabar la vida en lugar de experimentarla. Me siento tan sola en este café como si estuviera rodeada de fantasmas. O, quién sabe, quizá soy yo el fantasma.

Mientras estoy esperando al equipo, veo una llamada perdida de Bruno en mi móvil. Ya me parecía a mí que esta calma no podía durar mucho tiempo. Las llamadas desde casa, sobre todo cuando son de la persona que tiene tus llaves, son siempre inquietantes. Ahora llega también un mensaje:

«Llámame, Patricia. Es un poco urgente.»

¿Un poco urgente?, pienso. O es urgente o no lo es. Mi pulso otra vez. No logro ralentizarlo. Me llevo los dedos a la muñeca. Espero que los cacos veraniegos no me hayan tumbado la puerta. Intento llamar pero no lo consigo. Reviso todos los prefijos, pero vuelve a salirme una dicharachera voz china diciéndome que nanay. Bueno, paso por paso. Respiro profundamente. Si es urgente, dentro de un rato sólo será un poco más urgente.

Entra Julieta con las toallas e interrumpe mis pensamientos. Me tiende una y señala la ventana. Vemos a mister Nice cruzar la calle y se queda un momento fuera hablando por el móvil. Me ha parecido que cojeaba un poco y Julieta me cuenta que lo ha atropellado una moto cuando iba en bici. «¿Y está bien?», me alarmo. Ella dice que sí, sin dramatismos. Que viene de hacerse una radiografía de la cabeza. Por eso ha llegado más tarde. Julieta me explica que es muy normal. Lo de los atropellos de las motos. Lo llaman la novatada. Aquí todo el mundo conduce a lo loco.

—Es tan normal como la fiebre amarilla —se lamenta—. A ver cuánto le falta a este para que le entre.

—¿La fiebre amarilla? —Me alarmo más aún—. Pero si me aseguraron que no había que ponerse vacunas para China.

—Para esta cepa no hay vacuna. —Se ríe sarcástica con una especie de divertido galleo—. Quiero decir que es el único «expa» que conozco que no está con una china. Nuestra única esperanza —se lamenta—. Y mira que normalmente los expatriados me dan pereza. Pero este…

Entra mister Nice como si le hubieran dado su réplica en esta escena y, tras confirmarnos que está magullado pero bien, nos anuncia que la sesión ha terminado y que Jun se ha ido a casa porque se sentía vacía, palabras literales. Alza las manos en una especie de «es lo que hay».

—¡Pero no hemos visto ni una sola foto! —me indigno, y suelto mi libreta con fuerza sobre la mesa sobresaltando al resto—. Se trataba de que hiciéramos tiempo para que escampara, o al menos que viéramos el resultado antes de que se marchara.

Rosauro nos va a matar… y el cliente se va a ir, y yo soy la única responsable y estoy aquí, divagando, escribiendo chorradas en una libreta y bebiendo chocolate. Se me nubla la vista. Respira, Patricia, respira… Les pido que me esperen un momento, oigo la voz de Andrés muy lejos preguntándome si estoy bien. «Me voy al baño», digo, «creo que me ha sentado mal algo». El cuerpo me arde y las fuerzas se me escapan músculo a músculo, que ahora siento laxos, derretidos. El cerebro me escuece como si fuera a explotarme. Camino dando tumbos hasta el baño, Julieta me sigue. Entro a trompicones, empujo la puerta de la primera celdilla y vomito. Los minutos siguientes no los recuerdo. Sólo la voz de tango de Julieta, susurrándome: «Tranquila, loca, vos vas a estar tranquila, ¿me escuchás, Patricia...?», mientras me pone en la frente una toalla mojada y me da de beber unos sorbitos de agua de su botella.

Y rompo a llorar. Inconteniblemente.

Julieta me abraza y sólo me dice que me desahogue. Que no pasa nada. Que sólo me he mareado. Con este calor y la humedad es muy normal en Shangai, pero yo sé que no. Que no es normal. Me pregunta si quiero que vayamos a un médico, pero no. No quiero. Ni que le cuente a los otros. Sólo que me ha sentado mal el chocolate.

Julieta sale un momento para darles la versión oficial. Y al rato, cuando se me desanuda un poco el cuerpo y soy capaz de salir de ese cuarto de baño, me reúno con el resto que me esperan sonrientes; hasta Andrés sonríe por una vez, como se sonreiría a un niño para que no se asuste, a alguien a quien vas a dar una mala noticia para que se prepare... Pero no.

—Ha enviado un aperitivo por Wechat —dice mister Nice para tranquilizarme, y nos guiña un ojo.

Nos arremolinamos en torno a su móvil. Dentro del chat voy abriendo una por una: una lluvia fotogénica que parece tropical estalla sobre los modelos que caminan a cuerpo entre centenares de paraguas, corren y ríen felices, con sus botellas de Jungle-Beer en la mano, en el parque, cruzando por semáforos en rojo con los coches que describen estelas de colores ante la mirada sorprendida de los ancianos que venden paraguas y de los rascacielos de *Blade Runner* tras la gruesa cortina de agua. Son... maravillosas. La última es un regalo: mister Nice, Julieta y yo, sentados en una terraza, disfrutando de la tormenta, con el agua estallando sobre la mesa. Las hemos pasado varias veces, embobados. Y ha sido allí mismo, recordando la obsesión de mister Nice sobre el valor del dinero, cuando mi cerebro, con riego otra vez, ha fabricado una idea:

—Creo que tengo una idea para unir las campañas de Jungle-Beer en distintos países —le anuncio.

Y entonces le cuento una de las historias de Greta que aún no he transcrito, sobre la sequía terrible del barrio en el que trabajó en Maracaibo. Cómo no había agua para los niños. En Shangai llueve todo lo que no llovía en otros lugares del mundo, también llovían ahora los yuanes. ¿Y si Jungle-Beer lanzara su campaña bajo el *claim* «Cadena de Favores»? Una cerveza que une el planeta eslabón a eslabón. Podrían anunciar que un porcentaje de las ventas de un país se destinará para apoyar a otro. El primer proyecto: comprar tanques de agua para ese barrio de Maracaibo, por poner un ejemplo.

—Cadena de favores... —repite mister Nice, con sus ojos azules acero contagiados de la lluvia—. Es la idea más brillante que he escuchado desde que trabajo en publicidad.

Julieta no ha dicho nada, sólo se ha abalanzado sobre mí y me ha dado un sonoro beso en la mejilla, y Andrés, que venía del baño, se ha unido a nuestra alegría sin enterarse de qué iba la fiesta.

Pedimos unos vinos allí mismo para celebrar la sesión y tantos nuevos e ilusionantes planes. En algún momento de la celebración me llega un mensaje de un número desconocido. Espero que sea de Greta. Lleva días sin contestarme. Pero no, es de mi Gabriel:

«¿Cuándo vuelves, trotamundos?»

Y otro de Leandro:

«Criaturilla. Disfruta, respira y no te olvides de mis mariposas.»

Me ha alegrado el mensaje de Gabriel. Mañana mismo le escribiré y le contaré mi idea de la campaña para comprar el tanque.

Tres horas más tarde volvemos, cansados y felices después de que Julieta negociara arduamente con uno de esos insolentes conductores de tuctuc, en el que hemos atravesado la ciudad a toda pastilla mojándonos los costados. He subido a la habitación empapada y Andrés se ha quedado en el hall con Julieta. Algo me dice que esta noche también se secarán juntos.

—Ha sido especial trabajar con vos —me dice justo antes de darme un abrazo sincero—. Tenés mucha luz.

Y me dedica una caricia en la mejilla como si fuéramos viejas conocidas. Ese ha sido el momento en que ha sonado mi móvil y un número español se ha dibujado en mi pantalla. Consulto la hora. Quizá sea Bruno. No, el número indica que es del norte de España. Ojalá sea Greta. ¿Habrá vuelto a visitar al Aitá? Lo cojo en el ascensor pero se corta. ¡Mierda de desconexión!

Vuelve a sonar cuando estoy abriendo la puerta.

—¿Patricia Montmany? —Una voz de mujer. Aguda y sedosa, como de soprano. Desconocida.

—Sí, soy yo.

—Mire —hace una pausa—, le llamo en relación con una persona con la que creemos que está en contacto: Greta…

—Sí, ¿le ha pasado algo? —me alarmo—. Llevo varios días…

—Sí, le ha pasado… pero hace tiempo. —Otra pausa y una respiración cadenciosa—. Creemos que es importante que usted esté prevenida.

—¿De qué? —Entro en el apartamento apresuradamente.

—Ella… podría hacerla incurrir a usted en algunas ilegalidades.

—Ilegalidades… —mis músculos se tensan—, ¿como cuáles?

—Probablemente no sepa que tiene un trastorno —continúa—. Usted es periodista y podría estarle contando cosas que no son ciertas. De publicarlas, podría ser problemático.

Sujeto el aire en mis pulmones.

No voy a perder la calma. No voy a caer en la tibieza.

Yo no.

Me acerco a la ventana. Los castillos de luces de Shangai iluminan la oscuridad en la que me encuentro. Es el momento de posicionarse.

—¿Problemático para quién? —Espero la respuesta, y luego—: ¿Puedo saber con quién hablo?

—Yo no soy importante —dice la voz, ahora más flaca—, considéreme una amiga que le está advirtiendo.

—Bueno, lo siento pero yo conozco a todos mis amigos por su nombre.

Silencio. Empiezo a tiritar aunque no hace frío.

—Entiendo que usted obra con buena fe —continúa.

—Desde luego, la fe es muy importante en todo esto, ¿verdad? Pero dígame sólo una cosa.

—Sí.

Busco en mi bolso a tientas mi móvil de producción y disparo al aire:

—¿Usted sabe si la hermana Greta estuvo dos años trabajando en su guardería?

—Sí, de eso quería hablarle, precisamente —responde la voz, ahora más animada.

Medito durante unos segundos cómo voy a continuar esta conversación, cuyo contenido puede ser crucial. Coloco ambos móviles encima de la mesa. La humedad de la habitación me provoca un sudor frío. Y me lanzo:

—Ya imagino, pero le voy a contar yo antes algo, favor por favor: usted me advierte de que yo podría incurrir en un delito y yo, a cambio, le advierto de que ustedes han cometido un delito ya.

—¿Cómo dice? —La voz se agrava.

—Lo que trato de explicarle es que esta mujer ha estado trabajando en España sin ser dada de alta. Y sólo necesitaba confirmar que era cierto que había trabajado en esa guardería, es el único dato que necesitaba para creer en mi confidente. A partir de ahora me creeré todo lo demás.

Un silencio lleno de respiraciones cruza un continente. Compruebo que no se ha cortado la llamada, entonces escucho:

—Esto puede tener consecuencias para usted.

—¿Me está amenazando? —Se me endurece la voz dentro de la garganta.

—Esa mujer está loca, intentó...

—Yo también —la interrumpo—. Yo también estoy muy loca. Tanto que, como oigo voces, por si acaso no me creen, estoy grabando la suya desde hace un rato.

Ahora sí: cuelga.

Me tiembla todo el cuerpo. No sé si de nervios o de ira o de frío. Siento de pronto la habitación congelada. Tiembla también mi orquídea por el motor del aire acondicionado que dejé al máximo para combatir la humedad. Me descubro en el cristal de la ventana que enmudece al silencioso y bello monstruo chino del exterior, que escupe todos sus colores como si fueran veneno. Una angustiosa certeza se disfraza de premonición. Y el silencio se hace sólido. El de Greta, insoportable. El mío, imposible. El que me niego a guardar de nuevo.

Suividarse

46

No hay mayor desgracia que la de
no saberse nunca contento.

LAO-TSE, *El libro del Tao*

El correo de Greta se ha abierto en mi móvil según se ha conectado a la wifi de mi habitación y me he encogido por dentro, víscera a víscera.

Mi querida Patricia, te escribo esta carta para romper mi silencio, antes de sumirme del todo en él. He decidido apartarme, porque he tocado fondo.

Menos mal que había guardado todas sus listas. Aún las guardo. Por lo menos mi honor estará más o menos a salvo. Han pasado tantas cosas desde que te fuiste que no sé por dónde empezar.

Deirdre volvió a casa y se obsesionó con que la había robado. Dijo que alguien la había prevenido: que yo estaba vendiendo sus cosas. Los cambios que hice en su casa debieron de desestabilizarla y se puso como loca. Después de insultarme y llamarme ladrona a voz en grito, telefoneó a los jesuitas de la comunidad a la que iba y les dijo que yo había intentado quedarme con su casa mientras ella estaba enferma. Llamaron también al Aitá y, lo peor de todo, es que si ha llegado a la Ciudad del Norte seguramente se haya enterado la madre Dominga también.

Al día siguiente llegaron a la casa cuatro sacerdotes, además del Aitá, y me sometieron a un tercer grado. De nada sirvieron los antecedentes de Deirdre: todas las veces que ha denunciado a personas por todo tipo de cosas que luego no se han probado: desde violaciones hasta una vez que se cayó y dijo que le habían partido la pierna unos vecinos tirándola por la escalera. Quiso denunciarme, pero el Aitá la desanimó a hacerlo. Fue horrible, Patricia. Horrible. Fue como estar de nuevo en la congregación siendo acusada de cosas que no he hecho. El caso es que, después de lo ocurrido, he tenido que abandonar la casa de un día para otro y no me han pagado mi último sueldo, pero no he querido decirle nada al Aitá. Ya le he causado demasiados problemas.

Unos días después fui a ver a la trabajadora social para comunicarle que estaba disponible para buscar trabajo y me comentó que la habían llamado del convento para saber mis datos personales y que no se los habían dado. Después la sentí extraña conmigo. Puede ser una paranoia. No te digo que no. Pero sentí pavor. Así que no he vuelto.

Hay una realidad, Patricia: está terminando mi mes de alquiler y ya no tengo para el siguiente. Me siento como si me hubieran marcado como una res a los quince años y fuera incapaz de huir de ello. Y, sobre todo, me siento demasiado débil y cansada para volver a empezar. Antes sí, Patricia, pero ahora la soledad que siento es impresionante. Tengo la sensación de que me va a pasar lo mismo una y otra vez, y ese no poder confiar en nadie hace que mi vida no tenga ningún sentido. Así que han pasado los días hasta que ayer vi que me quedaban sólo cinco euros y una tarjeta con una llamada de teléfono. Esa es la frontera que separa la vida y la muerte, Patricia. Cinco euros y una tarjeta de teléfono.

Te escribo esta carta para que entiendas mis razones.

No, no le eches ahora la culpa a mi orgullo indígena. Ya te dije desde el principio que tenía que hacer ese proceso sola.

Me levanto. No, no, no… me niego a seguir leyendo. Me niego a llegar al final de esta carta. Un fantasma conocido mucho más grande y antiguo que la habitación en la que me encuentro empieza a materializarse a mi lado. El aterrador monstruo de mi armario: podía haberle dejado dinero antes de irme por si tenía algún problema; o que ella me hubiera dejado el teléfono del Aitá o de cualquier otra persona por si no la localizaba. ¿Por qué tengo tanto terror a llegar al final de esta carta?

Ahora sé lo que es pasar hambre. Aquí. En Madrid. Y tampoco he pedido para comer. ¿Orgullo? Quizá. El mismo que tiene mi madre. Aunque yo lo llamaría más bien dignidad. ¿Sabes una cosa curiosa? Pasar hambre me ha enseñado mucho estos días. Mucho. Cuando pasas hambre es algo tan absolutamente físico que no lo puedes detener. Y no puedes estar triste por tener hambre. La supervivencia física lo llena todo y saca lo mejor o lo peor.

He tocado fondo, Patricia. El día que ocurrió lo de Deirdre, me sentí tan débil y acosada de nuevo que me dio terror encontrarme con las hermanas en ese juicio. La última vez que había ido a la Ciudad del Norte a visitar al Aitá llegué a ver a alguna de lejos y me escondí como un perro apaleado.

Cinco euros y una tarjeta de teléfono con una llamada. Ese es todo mi patrimonio ahora mismo. Quiero decirte que he pensado en llamarte, pero la conferencia iba a ser cara, así que a ti te ha tocado el email, y a mis padres, la llamada. Estoy segura de que lo entiendes.

Querida amiga, a veces hay que saber dónde parar.

A veces a la vida hay que ayudarla un poquito a terminarse.

En estos días, mientras caminaba por la ciudad, me he sentido tan invisible como si ya fuera un fantasma desplazándose entre los vivos. Tanto que ni siquiera sentía su desprecio, sino algo peor, la indiferencia.

Además, siendo realistas, y sé que para ti es incómodo cuando digo estas cosas, pero la realidad es que pienso: Eres negra, india, chaparra… ¡Lo tienes todo! Y lo peor no es que los demás tengan prejuicios hacia mí, sino que me he dado cuenta de que yo soy ya la primera prejuiciosa conmigo misma. Te cuento esto, mi querida Patricia, para que entiendas por qué he llegado al punto de pensar que no hay salida.

Así que he decidido volver a la Ciudad del Norte con un billete que me sacó el Aitá para que fuera a verle más adelante. He viajado con el único equipaje de mis veinticinco minutos de tarjeta y los últimos cinco euros. He bajado del tren y me he sentado en el rompeolas, frente al mar. Y, de pronto, mirando este atardecer que ya tiene los colores del invierno, he pensado que es el lugar más sencillo para terminar con mi vida. Además, así les ahorraré a mis padres verme muerta, porque no me van a poder repatriar.

Llevo aquí muchas horas. Con la tarjeta y las cinco monedas pesando en mi mano. Y he pensado mucho en ese fragmentito de tiempo que supone levantarme y tirarme. Tengo mucha tristeza, pero no miedo. Es tan fácil, Patricia. Levantarme y tirarme.

Entonces he decidido llamar a mi madre. Me ha contestado ella. Creo que se ha quedado preocupada al escucharme la voz. Le he dicho que las cosas están muy difíciles, que no encuentro trabajo y que no puedo con mi tristeza.

—¿Ha comido?

Y en ese momento soy consciente de que sólo alguien que te ama puede preguntarte algo así. Quizá eso era todo lo que necesitaba. Saber que a alguien le importo de esa forma. Y luego, muy bajito, como si estuviera tapando el teléfono, le he escuchado decirle a mi padre: «Hay que traer a la niña como sea». Entonces se ha puesto él y sin más preámbulos me ha dicho:

—A ver, m'hija, usted desde bebé me ha dicho que era india, ¿verdad?

—Sí, papá —le he dicho—. Pero no puedo más. Estoy pasando hambre. Y me siento enferma. Agotada.

Y entonces me ha preguntado:

—Pero ¿usted? ¿Usted se está poniendo así? ¿Siendo india? No pasa nada por aguantar hambre, hija. No es tan grave. Usted nunca ha tenido que pasar necesidad, pero no es tan grave.

Mientras he estado hablando con ellos, la gente que pasaba por detrás ni me ha mirado. Creo que si me decido no me van a ver siquiera tirarme.

Sería tan fácil. Y estoy tan cansada…

Al principio me he cabreado mucho porque ellos no saben dónde estoy. Que les llamo desde este rompeolas, con un pie en el abismo, ni lo que voy a hacer, y mi padre se está burlando de mi estado. Pero ahora creo que me han dicho lo único que se puede decir en la distancia a alguien a quien amas. He querido despedirme bien antes de que se acabaran los minutos. Les he dicho: «Mamá, papá… les quiero». Y se ha cortado la comunicación antes de que pudieran responderme. Pero no hace falta. Ya lo sé.

Los cinco euros o el vacío.

Estés sola o acompañada, al final no hay nadie que pueda convencerte de vivir. En los momentos críticos hay que reducirlo todo a lo sencillo: o escoges los cinco euros o el abismo. A veces las decisiones más importantes son así de simples y no hay escala de grises: la vida o la muerte. Suicidarse o suividarse.

Y te escribo para contarte que los he cogido, Patricia, que después de no sé cuántas horas más y de quedarme dormida a ratos sin abrir la mano que conserva mi único patrimonio, Patricia, he pensado que con esto puedo empezar mi empresa para sobrevivir. Ahora sí. He hecho cuentas sobre cuánto puedo sobrevivir con cinco euros. He ido a un DÍA y he comprado un taco de mortadela con 1,25 euros, una barra de pan de 50 céntimos y unos tomates.

Te reconozco que en un momento de debilidad he ido a Cáritas, aunque ya sabes lo que opino de la caridad, pero cuando he llegado he visto a una monja que conocía repartiendo los bonos para las comidas y, ya imaginarás, no he podido entrar.

He pasado algo menos de una semana haciendo una comida al día.

Sé que no me va a ser fácil reconstruirme. Lo de pasar hambre, como dice mi padre, es lo de menos. Lo más duro va a ser aprender a vivir con esta desilusión y reconquistar el respeto por mí misma que me han arrebatado. Si no acepto esta decepción, no podré convertirme en otra cosa. Seguiré siendo esa monja maltratada, y no. A ella sí la arrojé por ese rompeolas. De momento, ya puedo decir que mi primera empresa la he creado con cinco euros. Porque mi primera empresa soy yo misma.

Por eso, mi querida Patricia, si te escribo es porque no quiero que te preocupes por mi silencio.

Ahora lo necesito más que el comer.

Confía en mí. Si la tristeza puede nublar tu instinto de supervivencia, te aseguro que el hambre te lo despierta. Puede que haya sido en uno de esos momentos de lucidez cuando se me ha ocurrido escribir a varios monasterios cistercienses para pedir unos días de retiro y oración. No te los pueden negar. Si he decidido que voy a vivir, antes tengo que descansar y fortalecerme. Uno de los monasterios me ha contestado en el momento, pero está muy lejos. Les he dicho que sólo tengo dinero para llegar hasta Bilbao y me dan la posibilidad de pagarme el viaje si no tengo. Está en la montaña. Los hermanos me tienen que recoger pero estaré bien. Dormiré todas las horas del mundo. Me pasarán comida por un torno. Y volveré a conectarme con la naturaleza y conmigo misma. Es lo que necesito para fortalecerme antes de hacer realidad la decisión que no me atrevía a tomar desde que me echaron y que ahora asumo con todas las consecuencias: volver a engancharme a la vida. Me pondré en contacto tan pronto como pueda.

Hasta entonces, te mando un gran abrazo.

Greta.

Cierro el correo que se extingue en mi pantalla y me tumbo en la cama, agotada. De miedo y de alivio. De impotencia y de esperanza. Y me imagino a Greta a esas horas al otro lado del mundo, como una de las exhaustas orugas de Leandro, buscando un lugar tranquilo y seguro en el que construir su capullo. La visualizo refugiándose en él sin saber por cuánto tiempo, obedeciendo a un instinto más poderoso que cualquier creencia.

47

Me resulta difícil escribir sobre mi última noche en Shangai. La conservo dentro de una nebulosa de emociones contradictorias y tan espesas como su niebla contaminada. Sólo sé que ahora cuento con una nueva y bella palabra en mi vocabulario: suividarse. Una palabra que es más bien un dispositivo que ha activado algo.

Después de tanto viajar, creo que durante esta última semana he descubierto por primera vez el valor espiritual del viaje. El tipo de trayecto que hicieron los maestros, esos a los que yo no llamo profetas, pero lo mismo da: Buda se marchó en busca de conocimiento, y se dice que Cristo llegó al Tíbet en sus años perdidos. La misma Greta me lo había dicho: que la inteligencia sólo era posible a través de la experiencia y que por eso resultaba tan difícil encontrarla tras los gruesos muros que te mantienen cautivo en un micromundo.

Ahora a mí me tocaba irme y a ella, volver.

Recuerdo que durante los días previos a mi marcha me habló de su fascinación por los anacoretas y su versión femenina, las Madres del desierto, esas primeras mujeres del cristianismo primitivo que decidieron llevar una forma de vida ascética; los que hacían caminos espirituales demasiado profundos y que los católicos decidieron olvidar; los que no creían en muros ni en tronos, ni en templos de frío mármol, sino sólo en el caminar a cielo abierto. Ellos descubrieron el valor del viaje y el viaje interior. Intentaron encontrar su propio ritmo y el silencio. Me convertiría muy a gusto en anacoreta. «Errar para hallar el hallazgo», como decía Carmen Martín Gaite.

Después de leer el correo de Greta necesité salir a la calle y sin querer les hice mi propio homenaje, y caminé por ese parque de atracciones para adultos que es Shangai, atravesé la Concesión francesa con sus imponentes palacios dormidos como viejas damas que sólo saben hablar del esplendor de su juventud. Qué extraño me pareció mi mundo desde esta nueva perspectiva y todos los que llenaban los bares a esas horas, intentando ahogar el estrés de un día de trabajo en una copa demasiado cargada. He escuchado tantas veces ese discurso paternalista de las personas del primer mundo lamentándose de que le damos demasiadas vueltas a la cabeza, no como los pobres, no. Ellos, en cambio, piensan de forma más básica porque su única preocupación es la supervivencia.

He viajado lo suficiente para saber que eso no es cierto. He conocido a personas en barrios deprimidos de Kinsasa con una visión mucho más profunda de la vida que los que salen de estampida cada mañana en Nueva York o Madrid, trabajan dieciocho horas, corretean como ardillas hasta su clase de yoga, beben deprisa y sin ganas en un bar, como si fuera su medicina diaria, y vuelven a su cubículo con el cerebro frito y el alma fatigada, incapaces de pararse a pensar ni un segundo en hacia dónde corren o qué les está pasando por dentro. A fin de mes, reciben un salario que compartimentan meticulosamente entre los gastos diarios y un seguro de jubilación y, al día siguiente, vuelven a salir corriendo. ¿Acaso no es eso trabajar para la supervivencia?

Creo que fue al cruzar el Wuding Lu, en la zona de bares, cuando me llamó la atención ese cartel que anunciaba REVOLUTION y caminé deslumbrada hacia él como una polilla nocturna. No quería pensar. Mi mente sólo necesitaba ruido y movimiento. El local era muy estrecho y me recibió un bombardeo lumínico que casi me dejó cataléptica. Me abrí paso a codazos hasta la barra que ocupaba todo el local. Tres cocteleros de distintas razas bailaban al otro lado del mostrador hasta que uno de ellos se subió encima, pidió atención con un silbato e hizo un gesto de que nos apartáramos. Entonces empezó a derramar el contenido de una botella sobre él, se bajó de un salto y su compañero, mechero en mano, le prendió fuego. La barra empezó a arder señalando una frontera de fuego rabioso, y se dibujó ante mí de nuevo ese infierno de El Bosco, con todas sus criaturas obligadas a bailar con el diablo. Cuando cesó el fuego, los tres bármanes se subieron al mostrador de nuevo empuñando unas máquinas expendedoras de dólares falsos y los hicieron volar sobre las cabezas de sus felices y enfebrecidos condenados. Y mientras bailaba al ritmo que me dictaba mi pequeño infierno chino, recordé ese libro de Han, que ahora mismo he convertido en mi propio evangelio.

Me dije, como rezando: bailemos, bailemos como buenos hijos de la sociedad del cansancio, del superrendimiento, de la supercomunicación y de la sobrestimulación aniquiladora de todo lo emotivo. Ofrezcamos un sacrificio a nuestros santos patrones: al dios Yuan, al dios del Dólar y al Santo Agotamiento. Ese que, como dice Han, produce infartos psíquicos, infartos del alma y *burnouts* en Nueva York. Y mientras seguía bailando por inercia tratando de matarme los nervios del email de Greta, contemplo la sonrisa rígida producto del alcohol de los que bailan conmigo y soy consciente de que ya soy parte de esa sociedad cansada. Esa que se cree libre. Esa que baila al son del «sí se puede» y del «tengo que poder» hasta que caigamos en la depresión del «no puedo no poder más». La obligación de rendir y la culpa si no puedo. La rueda del hámster, sin meta ni alivio. Porque nunca será suficiente. Y allí estaba yo, descendiendo varios escalones evolutivos, bajo una lluvia de dólares falsos. Cómo íbamos a rebelarnos en contra de nuestra propia tiranía. ¿De verdad queríamos estar en ese lugar que olía a sudor sin apenas poder movernos?

Han había escrito el evangelio de mis incipientes creencias, pero también mi apocalipsis.

Salí del Revolution después de varias horas y, haciendo honor a mi nueva naturaleza anacoreta, vagabundeé por la zona comercial ahora vacía, pero nunca apagada. Recordé a mister Nice cruzando unas horas antes por allí mismo con sus aires de newyorker, tras haber visto su joven vida pasar por culpa de una de tantas desquiciadas motos.

«El mundo se asfixia en medio de las cosas», me había dicho cuando me contaba sus teorías sobre el valor del dinero. Sufríamos la misma neurosis de acumulación que una puta hormiga. Y era verdad: contemplé los escaparates exhibiendo orgullosos zapatos, imponentes abrigos, altivos sombreros, coches arrogantes. Nos habíamos convertido en seres acumulativos dentro de nuestro hormiguero, daba igual que fuera dinero, propiedades o bolsos. Shangai, como cualquier metrópolis, había sido diseñada como una fábrica de deseos que nos haría estar siempre «deseosos». Y un día te dices: «Ahora tienes todas esas cosas y mira cómo estás».

Nadamos en el apego y el apego te roba la paz. O al menos eso dice la maestra Jedi. Deseas poseer eso que te causó felicidad al mirarlo, lo deseas, tanto, que exageras sus buenas cualidades hasta el extremo, y el deseo se vuelve tan desproporcionado que nuestra mente se queda adherida a él como una calcomanía. ¿Y qué sentido tiene? Ninguno. Pero no lo sabes hasta que lo consigues. Que estaba vacío de sentido. Que te decepciona. Y te enfadas. Porque ese bolso, ese trabajo o esa persona no nos da lo que prometía porque en realidad no nos prometía nada. Y así seguimos viviendo, ansiosos e insatisfechos, esposados a los objetos de deseo para que nadie nos los arrebate, mi tesoro... y llega un momento en que tenemos apego por todo: los objetos y personas del pasado, del presente y del futuro; un momento en que ya no somos capaces de desprendernos de nada, ni de nuestros traumas, ni de Miércoles o de la hermana Greta, y seguimos caminando como podemos, arrastrando ese pesado contenedor lleno hasta los topes.

«La felicidad parte del interior y, aunque deseamos ser felices, no sabemos cómo hacerlo y nos enfadamos.» Recuerdo ahora a Serena el último día en clase. No paraba de intervenir levantando la mano de forma impertinente, como en el colegio, como si el tema en sí también la enfadara. De hecho, se fue antes de acabar la clase. Y cuando la maestra dijo: «Para ser felices hay que simplificar la vida. La tenemos demasiado llena», levantó la mano, rígida como un pararrayos, y dijo desde su siempre extravagante sinceridad que a ella le daba «vidilla» tenerla muy llena, que le pasaran cosas continuamente, incluso necesitaba problemas para estar siempre distraída.

Por lo general, salía a postear un par de selfies y luego volvía a entrar a toda prisa, pero el otro día no. Parecía nerviosa y atribulada. Desapareció sin despedirse después de hacerse un par de fotos de rigor que vimos después publicadas al lado de uno de los Budas del exterior, fabricando sus cómicas poses de relax a las que asoció un texto mucho menos elaborado: «Zen... se ha parado el mundo. ¡Feliz martes!». Y, después, unas manitas juntas. Sin embargo, ella no estaba zen y su mundo seguía a mil revoluciones por segundo, y empiezo a sospechar que no era un martes feliz, ni mucho menos. La imagen de Serena deja paso en mi memoria a una mucho más reciente, de esta misma tarde, cuando esperaba con Julieta a que terminara la sesión de fotos refugiadas en ese café. Me sorprendí diciéndole:

—Esa sensación efímera del placer de poseer es como «lamer miel en el filo de una navaja».

—Qué buena esa frase —se maravilló mientras secaba su pelo con la toalla.

—No es mía. Es de Buda.

—Pues te informo de que «mi objeto de apego» acaba de cruzar la calle —dijo casi relamiéndose aquella miel mientras mister

Nice le lanzaba una de sus sonrisas sin armaduras y nos hacía un gesto para que no pagáramos aún.

No se me pasa desapercibido que en otro momento habría abortado la sesión por estar lloviendo. Por no tenerla controlada, hablemos con propiedad. Y ahora sé que me habría privado de las fotos más humanas que he visto en mucho tiempo. Igual que privé a Andrés, sin defenderle, de su idea. Una brillante. La mejor que ha tenido desde que trabajamos juntos. Era mi responsabilidad: sacar lo mejor de mi equipo. Y, en ese sentido, les había fallado.

Caminé por la misma Shangai, por la que hace sólo un día me preguntaba dónde había ido a parar el legado de esos sabios que cruzaron el gigantesco acueducto de ideas que fue la Ruta de la Seda, a través del cual el budismo y el taoísmo se encontraron. Esos que creyeron en una sabiduría natural y menos ambiciosa. Los que, como Leandro, creyeron en el Wu wei (el no actuar), la no intervención en el curso de los acontecimientos. Cómo no iban a ser sospechosos de subversión política si se replantearon nada menos que los conceptos del bien y del mal, si afirmaban cosas como que «el mejor gobernante es el que no gobierna». Nota para mí misma: tengo que contarle a Leandro que he descubierto que es taoísta. Creo que ni él mismo lo sospecha.

Casi sin darme cuenta y con los pies abrasados por la caminata, acabé frente al Ying'an Temple y me sorprendió que ya estuviera abierto. ¿Era posible que aún no hubiera entrado pasando todos los días por la puerta? Traspasé la entrada y me detuve un rato hipnotizada por las pequeñas campanas que sólo tocaba el viento. De cuando en cuando pasaba un monje hacia la zona de habitaciones donde pude ver colgada su colada. En el patio, la pira con decenas de inciensos hincados humeaba lentamente. Me pareció un dragón tumbado al que le hubieran hecho acupuntura. El árbol de los deseos mecía sus tiras rojas como una gigante medusa. Subí las escaleras interminables hacia el gran Buda que se fue agigantando por momentos. En el interior, la luz se fragmentaba entre las celosías de madera. El propio budismo era un anciano al que el gobierno quería sustituir por una creencia más práctica: el ateísmo. No había problema. Ya les dirían con qué llenar ese vacío. Y vino a mi cabeza también Diana, con eso que tanto me había molestado: el peligro de no creer en Dios es que puedes empezar a creer en cualquier otra cosa. Pues vale. Pero por qué creer en un dios inventado por otros. Yo tengo mucha imaginación. Puedo crearme uno. Quizá no tengamos por qué renunciar a la magia y buscar otro camino. El nuestro. Protegernos creyendo en un dios propio, no en uno infiltrado al nacer a través de un bautismo o antes, incluso, con un jeringazo de agua bendita.

Descendí las escaleras de ese templo dejando atrás el mismo olor a incienso de cualquier otro templo, las mismas imágenes vestidas de oro, la misma música de campanas: el agua, el fuego, el humo… Los mismos deseos de felicidad a cambio de dinero —daba igual si era en forma de vela encendida o de tira roja—, y con la convicción y el desasosiego de que todas las creencias nacían individuales y todas las iglesias pretendían lo mismo.

El Tao fue un invento de un grupo de burgueses estresados que mandaron todo a hacer puñetas y se fueron a vivir al campo. Una filosofía de unos seres humanos enfrentados al silencio y al vacío.

Ese es siempre el germen de una creencia: unos herejes que se atreven a desafiar el consenso. Una creencia nace individual siempre.

Luego, ese conjunto de creencias individuales semejantes se organizan en una colectiva y se le llama secta. Si sigue creciendo, lo llamamos religión. Y, después, esa religión seguida por miles de personas es absorbida por una institución llamada Iglesia, que reescribe esas creencias y les impone unas normas. Entonces aparecen unos dioses que nombran a sus ministros y estos vigilan el cumplimiento de una serie de normas recién inventadas. Y, después, esa Iglesia muerde la manzana de la política cuando esta intuye su poder.

Ya ha amanecido en mi parque y me siento con las piernas cruzadas sobre el pequeño embarcadero de madera para despedirme de él. Las últimas y gigantes flores de loto que aún resisten al otoño se desperezan tras la lluvia de ayer en el centro del estanque que, sin darme apenas cuenta, ha empezado a poblarse. Los camareros del restaurante Tai han colocado las mesas cerca del agua y pronto van siendo ocupadas por los más madrugadores que, no sé por qué, me saludan como si me conocieran. Un hombre totalmente vestido de blanco se sienta a mi lado y, antes de sumirse en su meditación, me habla durante un buen rato. Como si pudiera entenderle. Y de pronto me parece que sí, que le entiendo.

El mundo ha empezado a hablarme de nuevo.

El mismo que me había retirado la palabra.

Las historias se me rebelan otra vez, como pequeños y milagrosos fogonazos, como si me hubieran quitado unos tapones y una venda. Y me doy cuenta de que estoy llorando. Y no sé por qué. Tampoco sé por qué todos me hablan. Como si pudieran verme de nuevo. Y por fin creo que entiendo lo que ha cambiado:

Yo soy la que me he detenido.

Después de tanto tiempo... he parado.

En silencio, como si estuviera pescando, dejo que las historias se acerquen a mí igual que las carpas rojas del estanque, convocadas a un centímetro de mis pies descalzos que casi rozan el agua. Esto sí se parece ya a la felicidad: estar rodeada de historias y de peces de colores.

Cuando subo a mi habitación cierro el ordenador tras leer el correo de Greta y me sorprendo al encontrarme conmigo misma en el espejo del baño. Es como si estuviera mirando a otra persona que no es, afortunadamente, Miércoles. No he dormido nada, pero mi rostro parece haber descansado días enteros. En media hora nos recogerá el taxi para ir al aeropuerto.

Me ducho. Unto mi piel con una gruesa capa de crema para combatir la deshidratación del avión mientras contemplo la ciudad desde lo alto, y me pregunto si es posible crear una burbuja propia, un ritmo propio, una resistencia íntima para sobrevivir en este enjambre. Recojo mi concha y me despido de la solitaria orquídea china que se ha girado hacia la luz para contemplar con altivez el bosque de rascacielos.

Mientras Andrés y yo esperamos el taxi, Shangai me recompensa regalándome una última imagen que es casi una respuesta: un hombre muy viejo y muy delgado cruza delante de nosotros pedaleando en un triciclo. Lleva atada a una larga cuerda la silla de ruedas de su mujer, a modo de trenecito. Pasa lentamente entre los grandes y lujosos coches con la mirada serena, al ritmo que marcan su corazón viejo y su sabiduría, mientras ella contempla el paisaje a ambos lados de la calle, como si lo hiciera desde otro lugar, uno propio, y nos dice adiós con la mano y una sonrisa poderosa.

Silencio, se piensa

48

> No pienses que no pasa nada por-
> que no ves tu crecimiento, las gran-
> des cosas crecen en silencio.

BUDA

Madrid, noviembre de 2017

Sangre en los dinteles. Encima y en los laterales de cada puerta, de cada apartamento, en todo el edificio. Como un zarpazo de oso. Alguien forzó la entrada del portal el sábado, me explicó el señor Postigo con sus ojos azules y desorientados. Hasta que han analizado de dónde provenía, la policía no ha dejado que nadie la limpiara. «Pero la suya no», me ha explicado, «la suya es la única que se les ha olvidado, qué suerte», y se ha alejado caminando a pasitos minúsculos con las manos a la espalda.

Desde que he aterrizado, tengo la sensación de estar viviendo episodios de un thriller que no forma parte de mi película. La pesadilla ha empezado nada más recoger las llaves al Ouh Babbo: el gesto de gravedad con el que me recibió Bruno ya era un poema. «¿Qué ha pasado?», pregunté, «¿es que se ha incendiado la casa?». Él sólo se quitó el mandil. «Qué desagradable, Patricia», dijo, y cogió las llaves. Iba a acompañarme arriba, aseguró, aún no sabían quién había sido. «Pero dentro de tu casa todo está bien, no ha entrado nadie.»

—Es sangre de cordero —le he dicho a Leandro cuando me ha cogido por fin el teléfono.

—¿De cordero? —ha repetido como un eco.

—Sí.

—¿Y dices que la tuya es la única que se les ha olvidado?

—Sí, he tenido suerte. Piensan que puede tratarse de algún ritual satánico.

Hizo un silencio.

—Satánico… no creo. —Otra pausa, le escuché teclear sobre el ordenador—. Cariño, no quiero asustarte, pero yo tengo otra teoría.

Y entonces echó mano de su herencia judía, desempolvó de su memoria esos libros sagrados que estudió en el colegio y le escuché recitar: «Y Moisés convocó a todos los ancianos de Israel y les dijo: "Sacad y tomaos corderos por vuestras familias y sacrificad la pascua. Y tomad un manojo de hisopo, y mojadlo en la sangre que estará en un lebrillo, y untad el dintel y los dos postes con la sangre que estará en el lebrillo; y ninguno de vosotros salga de las puertas de su casa hasta la mañana. Porque YHVH pasará hiriendo a los egipcios; y, cuando vea la sangre en el dintel y en los dos postes, pasará YHVH aquella puerta, y no dejará entrar al heridor en vuestras casas"».

Me costó seguir tan bíblico razonamiento y pregunté:

—¿Y crees que la única casa que han dejado desprotegida es la mía?

—Creo que alguien está tratando de asustarte —ha concluido Leandro. Y le oí cerrar el libro.

—¿Con qué? ¿Con la posibilidad de que un ángel exterminador pueda entrar por mi puerta porque no la han protegido embadurnándola de sangre?

—En realidad es el mismo Dios, el Destructor, el que entraría por tu puerta —matizó.

—Tanto monta —suspiré, y hasta me dio la risa—. Esto es de locos…

—Bueno, dado que no tienes primogénitos a los que puedan aniquilar, no creo que tengas que preocuparte, como mucho se te morirán ese par de plantas raquíticas que tienes en la terraza.

—No —le interrumpí—. Sólo la primogénita.

Y le he escuchado reírse, forzadamente, como cuando trata de desdramatizar algo, y luego ha dicho:

—En fin, criaturilla, que será sólo una broma de mal gusto, pero hay mucho fanático por ahí, y yo me quedaría más tranquilo si pasaras unos días en mi casa hasta que se sepa un poco más.

—Nadie va a sacarme de mi casa, Leandro. Acabo de llegar.

Al final, no me ha hecho falta un ángel o un dios vengador para que me decidiera a buscar aislamiento. No sé si la decoración actual de mi edificio ha sido cortesía de las antiguas hermanas de Greta —que, sinceramente, no me las imagino hisopo en mano, piso por piso—, o de algún zumbado al que le haya llegado lo que ando escribiendo —los únicos que conozco con cierto nivel de fanatismo son la camarilla del marido de Diana, quizá ella le haya contado—. En realidad, lo que me ha decidido a hacer caso del consejo de Leandro ha sido el exceso de información de estas dos semanas, el email de Greta y, como guinda a tan macabro pastel, escuchar de labios de Leandro una frase:

—No te lo he querido decir mientras estabas fuera, pero... Serena se ha ido. —Su voz se cuarteó—. Pobre chica... se ha ido.

49

No éramos amigas. No nos contábamos intimidades. No nos dio tiempo o quizá nunca lo habríamos tenido. Pero de alguna forma me había reconocido en ella hace unos cuantos años: ese estrés vital, como si una sola vida no le fuera suficiente, aunque viviera cien años.

Se ha ido, como dijo Leandro, pero acabo de comprobar que no del todo porque su fantasma sonriente sigue atrapado en la red. Es escalofriante entrar en su Instagram, pero lo hago. Me recibe su cara menuda encajada en un gracioso sombrero de paja de gondolero: Serena delante de las olas con los brazos abiertos. Serena al salir de meditación con esa sonrisa que no concedía un segundo a la oscuridad. Serena poniendo morritos delante del espejo del Ouh Babbo tras recomendarlo.

Vivía con un intenso foco encima, la nueva y resplandeciente espada de Damocles, pero no lo sabía. Habían sido muy crueles. La habían cercado y atacado sin tregua. Ahora puedes ser acosado dentro de tu propia casa con sólo encender tu móvil, había reflexionado Leandro, quien había vivido con ella el proceso de estos días sin sospechar tan trágico final. Todo comenzó por un post en el que Serena se fotografió con un abrigo de pieles que le había prestado Alejo Hurtado, su diseñador fetiche, sin saber que este había hablado a favor de la caza unos días antes. Según ella misma explicaba en otro post posterior, nunca supo de qué era el abrigo. Desde «zorros para vestir zorras» hasta todo tipo de amenazas: «Esta noche te despellejamos y hacemos contigo un bolso». Leí en aquellos comentarios aún visibles tal catálogo de barbaridades que me quedé sin respiración. No habían sido los únicos: al linchamiento se unieron algunos grupos que la consideraron «la imagen misma de la mujer instrumentalizada». La acusaron de yonqui, de bulímica, como si eso fuera un delito, aunque yo la recordaba comiendo con ganas aquellas galletas de avena. Otros la llamaban psicópata, por contribuir a la matanza de animales inocentes; puta, por llevar un abrigo de pieles; alguno más se daba aires de historiador y fantaseaba con la idea de que, si Serena hubiera vivido en la Alemania nazi, habría lucido con el mismo garbo una cartera de piel de niño. «¡Genocida!», terminaba diciendo.

Cómo la habían conducido a un desenlace así es una pregunta que me habría hecho si no conociera la génesis de ese tipo de violencia. El tornado de desaires, insultos y menosprecios en el que te sume y con todo ello giras y giras. Rescaté de mi memoria aquel último día que tomamos unos vinos juntas con Leandro: «La gente me odiaría si me conociera de verdad», fue su frase, mientras se contemplaba a lo lejos, en el espejo del bar, y se peinaba el flequillo con los dedos.

Serena estaba triste. Serena estaba sola. Serena no tenía amigos de verdad. Su familia vivía en Marbella desde que se jubilaron y se pasaban el día viajando. Serena no tenía a nadie. Serena no podía permitirse un segundo de privacidad ni medio de melancolía. No dormía. Y vivía en un estado de constante paranoia.

Contemplo su penúltima foto y leo lo que escribió el día que decidió sincerarse ante su público. Tres días después se tomaría un bote de pastillas como consecuencia de esa temeridad: mostrarse en un post sin maquillar en ningún sentido, con el rostro ojeroso, triste; contó cómo se sentía por todo lo ocurrido durante esas dos semanas. Leo uno a uno los comentarios a esa foto y cómo sus «seguidores» le daban la espalda. Para una influencer, hasta la tristeza tenía que mostrarse de una forma estética. Ya no había comentarios de «qué guapa estás». Ni caritas sonrientes. Los impactos habían bajado a la mitad. Sólo algunos usuarios a los que nunca pondría cara le dijeron que ya pasaría, que ella era «divina» y que pronto volvería a estarlo, «ya verás»…

Una conclusión: ya no lo eres.

Y un mandato: debes volver a estarlo. Tienes que poder. A la de ya. Incluso alguno le indicó que no seguía sus publicaciones para que le deprimiera: «Sinceramente, nos podrías haber ahorrado una foto tan patética».

Como me había advertido Santiago: vivir en una ficción porque el choque frontal con la realidad puede ser mortal.

Tres días después se tomó treinta pastillas y se hizo un último selfie: su bella cabeza sobre la almohada, con el pelo negro y brillante, recién planchado sobre ella, de perfil, maquillada para la ocasión: «Sweet dreams», escribió, y tuvo la delicadeza de etiquetar la marca del bote de pastillas que había dejado sobre la mesilla.

Siempre me inspiraron ternura los payasos tristes.

Y Serena lo era. Uno de esos cómicos fabulosos entregados a hacernos felices, a sonsacarnos una sonrisa diaria, a regalarnos un intervalo de alegría en el que tomar aire. De esos payasos deprimidos está el mundo lleno. «Ridi, Pagliaccio», cantaba Pavarotti cuando me la encontré por primera vez en aquel espejo. Aún no sabía que era capaz de hacer sonreír a cualquiera menos a aquella chica que la observaba detrás de su reflejo. La mayoría de los payasos tienen en común una biografía terrible. Fue Chaplin quien dijo eso de que para hacer reír de verdad tienes que ser capaz de coger tu dolor y jugar con él. Pero Serena no estaba preparada para jugar tan fuerte. Hasta mi muy querido Robin Williams había admitido haber sido un niño gordo y solitario que seguramente fabricó aquella sonrisa única de ojos tristes en la soledad de su aislamiento.

Me habría encantado conocer más a Serena, pero es muy difícil conocer a un payaso. Se ocultan bajo miles de caretas y pocas veces dejan de interpretar su personaje. Hacer reír es su exorcismo para su tristeza endémica y se han colocado una máscara sonriente muy currada y demasiado gruesa. Supongo que Serena hizo un gran esfuerzo para convertir cada rincón de su casa en un bodegón perfecto: para tener flores frescas adornando su vida, libros y cojines cuidadosamente dispuestos en sillas y mesitas, para fabricarse esos «looks», como los llamaba ella, hasta en pijama. Cada sonrisa eufórica, cada frase positiva y cada expresión de felicidad histriónica tuvieron que convertirse en un auténtico calvario cuando se sintió desesperada y sola. El desconsuelo se vio subrayado por la obligación de dar luz a la vida opaca de sus lectores, ávidos vampiros del optimismo que irradiaba.

«Pero un vampiro sólo entra cuando lo invitas a entrar», me dijo un día mamá, no recuerdo a cuento de qué, pero esa frase hizo historia. Y Serena era en su Instagram una invitación constante, sin filtros. Leandro me contó que un día la acompañó a su casa después de meditación y se fijó en cómo iba recolocando cada silla, libro, cajita o revista para que nada se moviera del decorado en el que vivía. Nunca se sabía dónde estaba la siguiente foto.

Serena hizo un intento de liberarse de su maquillaje y fue severamente repudiada por sus seguidores. Quién le mandaba ser humana a estas alturas.

La puntilla fueron los comentarios de aquellos que antes la admiraban, y el tiro de gracia lo dispararon los que aguardaban con ansia una grieta por la que se colara una sombra en su vida. Y tiraron de ella como si fuera una oscura madeja que la envolvió hasta asfixiarla.

Salí de su Instagram y su felicísima sonrisa de dientes juntos desapareció de mi móvil para siempre. Descanse en paz.

50

—Me he despedido.
—Pero ¿tú estás bien?
—Perfectamente.
Mamá siempre reacciona a las noticias inesperadas e importantes con frases aún más inesperadas.

—Bueno, pues abrígate bien el cuello, que viene aún más frío.

Ya no ha necesitado saber más. Sólo me ha recomendado, como siempre, que si necesito hablar no deje de hacerlo y que no pase una sola noche aislada sintiéndome sola.

—Ahora sólo necesito pensar, mamá. Pero, gracias.

Lo ha entendido. Me ha pedido, eso sí, que le ponga un mensaje al llegar. Que daban mal tiempo y luego en la casa no había cobertura. Yo sigo cargando las cosas en el coche: dos edredones, el saco de carbón para la estufa, un par de linternas por si se fuera la luz.

No sé por qué he llamado a Ernesto para contárselo. Quizá porque es el único que nunca ha dejado de verme periodista. Ha reaccionado diciendo que siempre supo que era cuestión de tiempo, y Leandro me ha aconsejado que no me preocupara y que ahora me centrara por fin en lo importante: yo.

Los únicos que parecen habérselo tomado fatal han sido Rosauro y Andrés. El Tiranosauro porque, desde su pleistoceno particular, lo ha entendido como un arrebato por la bronca que he recibido al volver con unas fotos magistrales —según mi ya exjefe, era un concepto totalmente distinto que el cliente iba a odiar—. Ni siquiera me ha dejado contarle mi idea de campaña solidaria que tanto entusiasmó a mister Nice con el eslogan de «Jungle-Fresh: cadena de favores», la forma en que la marca podía posicionarse como un refresco solidario, todo eso se me quedó en la bandeja de salida porque Rosauro ya no atendía a razones: primero me ha llamado irresponsable, luego ha dicho que me olvidara de cobrar esta campaña, ¿será cretino?, que, además, había sido más que comprensivo con mi hospitalización en Nueva York, una exageración, según él, ¡una semana sólo porque estaba de los nervios...! Entonces yo le he anunciado, con todo el aplomo, que si no me pagaba le denunciaría, comentario que ha provocado una escalada de tensión y de gritos por su parte que se ha sofocado de pronto como un hechizo cuando he pronunciado estas palabras mágicas:

—Además, vengo a despedirme.

Entonces, me ha propuesto un aumento.

Tras asistir, perpleja, a su crisis de bipolaridad, le he dado las gracias, le he recomendado que dejara la cocaína y lo he rematado diciendo: «Por cierto, Rosauro…, con respecto a tus mensajes: que sepas que "gilipollas" no lleva tilde, pero se acentúa con el tiempo», comentario que él ha pretendido ignorar pero que el resto de la oficina ha celebrado riendo por lo bajo. A continuación, le ha llegado el turno a Andrés, que permanecía hecho una rosca como una marmota en su madriguera llena de muñequitos esperando a que pasara la tormenta. Lo ha llevado peor que un divorcio. Según él, yo no podía tomar una decisión así de un día para otro. Y le he dicho que sí, claro que sí, porque se trataba de mi salud física y mental. Luego me ha salido con un argumento emocional: éramos un equipo. Y, para finalizar, ha llegado al núcleo perverso de la cuestión: que le dejaba sólo allí dentro y que no podría sobrevivir sin mí en un territorio tan hostil. Un chantaje emocional absurdo, le he indicado: «Quiero vivir en el Infierno; por favor, quédate conmigo».

No he querido añadir más dolor a su desconcierto, así que me he limitado a decirle adiós y a darle un abrazo que él ha rechazado y se ha ido a su sitio, igual que un perro a su colchoneta, con los brazos cruzados y de morros, convirtiéndose en un niño grotesco de cuarenta y un años. Y, de pronto, he recordado el libro de Han, el único que he metido en la guantera del coche para leerme estos días, y me doy cuenta de que el pobre Andrés es un ejemplar prototípico de la sociedad enferma que describe el filósofo. Uno que necesita sobrestímulos para seguir en esa sociedad del dopaje, da igual que sea cocaína que un cóctel de vitaminas y probióticos, la gasolina para que la máquina siga rindiendo, o bien no seguir y caer en la angustia. No, yo no quiero convertirme en eso, que mi vida sea una novela con yuxtaposiciones, sin puntos y seguidos. «Por eso ahora voy a poner un punto y aparte», le he dicho.

«Te vas a arrepentir», ha sido su despedida. Pero no es verdad. Hasta ahora sólo me arrepiento de no haberlo hecho antes.

Por eso, para no arrepentirme, y elevando la voz para que me escuchara el Tiranosauro desde su cueva —había dejado la puerta oportunamente abierta—, le he dicho: «No, Andrés, no me voy a arrepentir. Me voy porque, efectivamente, somos un equipo, y estoy harta de colaborar en esta sociedad del malestar. Me voy porque no quiero seguir presionando de forma tiránica a un grupo de profesionales valiosísimos entre los que te encuentras, porque estoy harta de tirar por tierra vuestras ideas por falta de tiempo y porque nos piden siempre duros a peseta. Me voy porque no se respetan nuestras enfermedades ni nuestros descansos. Procrastinar es un mal vicio, ese que dices que tienes, pero ¿sabes una cosa, Andrés?, es peor cuando lo que se pospone es la vida. Y ese vicio lo tengo yo. Pero voy a mirármelo. Personalmente, no quiero seguir sacrificando mi sosiego y mi felicidad en el presente para que me rente en un futuro del que no sé si dispongo. Si sigo así, te aseguro que no lo voy a tener».

Y, mientras recuerdo los ojos rebosando de agua de Andrés, por primera vez creo que, fruto de una emoción no química, miro hacia atrás, como me enseñó a hacer aquel viejo de Shangai, para descubrir mi ciudad cada vez más pequeña enmarcada en la luna trasera y el sendero que dejan las huellas de los neumáticos en la carretera mojada, y sé que quiero dejar de ser esa persona que sólo puede pensar en dónde va a dar la siguiente pisada, sin levantar la vista, sin soñar con subir a esa preciosa cumbre que tengo delante. Me deprime. No quiero ser una de esas personas que dicen: «Cuando pueda y me jubile, ya haré lo que me gusta». Quiero ser capaz de disfrutar el presente y de soñar con el futuro, llegue o no llegue.

Y es que tenemos toda la vida, pero no todo el tiempo del mundo.

El contador está a cero cuando nacemos, pero lo miro ahora y no, ya tiene unos cuantos viajes, y es verdad, no sabemos cuándo se detendrá ese cronómetro. Podría ser mañana. El de Serena se ha detenido de un día para otro. ¿Ha decidido pararlo ella? Lo dudo.

Le ha dado al stop la brutalidad obediente.

La misma que ha intentado acabar con Greta y que quiso destruirme. ¿Qué más da que esa jauría de hienas te acose en directo que de forma anónima y cobarde a través de las redes?

Ha nevado en la sierra. El paisaje se abre inmenso y blanco ante mí. Piso el acelerador y cruzo hacia esa otra realidad que empieza a absorber el color de la ceniza. Repaso el perfil de las montañas con mi dedo en el aire y de pronto me pregunto si la última vez que estuvimos dejé abierto el tiro de la chimenea; igual está atascada y se me llena todo de humo. Repaso ahora mentalmente todo lo que podría echar de menos si me quedo sitiada por la nieve, ¡control y más control!, me niego, respiro, no voy a volver ahí, he dicho que no quiero. Trato de aquietar mi mente con el color de la nieve, y doy gracias a todos los dioses celtas que quizá habiten estas tierras por haber vivido de niña en un mundo sin redes sociales. Habría dado un paso más. Pero en el vacío.

51

Astorga, León

Hay que tener cuidado con lo que designamos como felicidad porque a partir de ese momento vamos a buscarlo como locos. Incluso puedes dedicar tu vida a ello y, un día, si tienes la fortuna de alcanzarla, puede que llegues a la conclusión de que te hace incluso infeliz. Esta reflexión de la maestra Jedi, certera como una espada láser, me ha acompañado durante las tres horas de viaje hasta el lejano mundo de Narnia, en el que voy a refugiarme estos seis días. Sobre todo, después de lo de Serena. Greta no volverá a Madrid hasta la semana que viene y yo necesito coger fuerzas para enfrentarme a la firme decisión que he tomado. Todo lo ocurrido en Madrid me ha hecho sentirme como un samurái que debe prepararse para una larga batalla.

Necesito una descompresión.

Todo se asimila mejor delante del fuego de la chimenea.

También y por primera vez en mucho tiempo me he dicho esta frase en alto que aún me suena a ciencia ficción: no hay prisa.

No sé a cuál de las tres se nos ocurrió llamar a este refugio «La casa de la escritora». Creo que nos pareció un lugar inspirador rodeado de leyendas en el que encontrar la paz para crear algo nuevo. Cuando la compramos, supongo que tanto mamá, como la tía Lucy y como yo sólo pensábamos en cómo desalojar cincuenta años de historia de nuestra casa familiar y hacerla rentable. Después del gran luto que supuso despedir a nuestros mayores, el último duelo lo guardamos por ese hogar que siempre olió a arroz con leche en la cocina, a Navidades bulliciosas y a perfumes variopintos en las habitaciones. Ahora sólo huele a polvo y a barniz. Se le fue la vida.

Ninguna de las tres tenemos una mente práctica, esa es la verdad. Cada una a su manera está instalada en lo emocional. Así que es normal que no encontráramos las fuerzas para venderla y regalar o tirar tantos recuerdos.

Creo recordar que el primer plan había sido alquilar un guardamuebles donde trasladar las cosas de aquellos seres queridos que no podíamos acumular en nuestros pequeños apartamentos del centro de Madrid. En el fondo quizá queríamos pensar que podrían volver en cualquier momento y reclamarlas.

Pronto nos dimos cuenta de que alquilar un trastero en esta ciudad es como pagar otra hipoteca. Fue entonces cuando Lucy, creo que fue ella porque es muy fan del turismo rural, nos dio la idea: desde que eran jóvenes siempre anda con mamá tramando algún lío. Y no se habló más: buscaríamos una casa de pueblo muy barata a la que llevar todas esas cosas y la iríamos restaurando poco a poco. Así no se estropearían y las podríamos disfrutar.

Y así nació mi idea del no-sitio. Buscaría un lugar en el que no tuviéramos recuerdos, que se convirtiera en un museo familiar y en el que poder descansar de nuestras vidas. Éramos tres y yo aún tenía conmigo mi pensamiento mágico, así que consideramos que el hecho de que la casa estuviera en el kilómetro 333 de la carretera de A Coruña era una señal. Cuando la encontramos entre la Maragatería y el Bierzo, en el centro de la mágica provincia de León, supe que era aquella. El monte bajo se alzaba en pinares norteños, a los pies del monte Teleno y del dios celta del mismo nombre: un dios indígena para los romanos, cuya manía de rebautizar lo convirtió en Mars Tilenus. La misma historia de siempre… Mi teoría del no-sitio me había funcionado invariablemente cuando tenía que concentrarme para escribir un reportaje importante. Nada mejor que salir del despacho o de la redacción para que mi cerebro sintiera que había ido a un spa.

Ahora que camino sobre la primera nevada del invierno y después de cómo me ha recibido Madrid creo que he tenido la mejor idea posible.

Menos mal que habían echado sal en la carretera y he podido llegar. Me ha sorprendido el paisaje prematuramente blanco, como si hubiera envejecido de un disgusto, pero me ha traído bonitos recuerdos tener que cavar con la pala para abrir el viejo portón azul y las pisadas que habían dejado una familia de zorros en la puerta.

Hoy he necesitado cumplir con todos los rituales: una sopa de cocido en Castrillo de los Polvazares y luego he dirigido el coche hacia el valle del Silencio sin pararme a pensar si estarían heladas las carreteras. Y aquí, en tierras de Narnia, lo he encontrado por fin, el silencio, como lo hicieron los anacoretas que llegaron siglos atrás sembrando un rosario de desvanecidos monasterios. La leyenda cuenta que el silencio era tal que a uno de los monjes llegó a molestarle hasta el ruido del río que cruza el valle y lo mandó callar. Cuando este enmudeció sus aguas, se ganó su nombre.

Camino escoltada por los gigantes esqueletos de cristal que son ahora los árboles y sigo el cauce del río Silencio, que también se ha detenido hasta el deshielo. Todos, Greta y su monasterio, los aborígenes y su roca y las Ammas del desierto, me dieron la idea.

Me deleito en el crujido del hielo bajo mis pies. Necesito caminar y caminar. Siempre me ha interesado que la nieve provoque esta campana de vacío. ¿Por qué silencia el mundo? Una luz de sesión de fotos enciende el paisaje que ahora brilla insolente. Camino sobre un diamante. No sé si en el lugar en el que Serena se refugia ahora habrá nevado también, o en el que hiberna Greta. Si es así, espero que se haya reconciliado con esta belleza, una ventisca parecida a la que borró su vida el día que la echaron de la Ciudad del Norte.

Recuerdo cuando me explicó que en el noviciado se cultivaba el silencio. Lo dijo como quien cultiva fresas. Era una de las cosas que más disfrutaba de su vida religiosa. «Ven, acércate y haz silencio», me dijo un día. Y ella empezó a orar y yo a meditar durante un buen rato. Fue agradable. Quiero imaginarla ahora en ese monasterio en el que ha pedido refugio, poniéndose fuerte, recuperándose como no pudo hacer Serena, con un libro de su amado Rilke entre las manos. Quién sabe lo que pasará cuando nos reencontremos. A saber si querrá seguir. Ella y la maestra Jedi me enseñaron que era posible este estado de reabsorción en uno mismo para descansar, reencontrarse y protegerse de un exterior a veces tan agresivo.

—Es una cosa que aquí fuera aún no he encontrado —reconoció Greta el último día en el María Pandora—. Es como si me lo hubieran arrebatado. Dentro de mi cabeza hay demasiado ruido.

—Dentro de la mía también —asentí contemplando los mensajes que se amontonaban en la pantalla—. Pensé que lo encontraría viviendo sola e insonorizando las ventanas, pero no.

Levantó su copa.

—A veces puedes encontrarlo más fácilmente al lado de la persona adecuada. Para mí un hogar es eso: compañía y silencio. El amor y el silencio purifican el espíritu, como el fuego.

Y brindamos. Por encontrar ese hogar, ese refugio de amor y silencio en el que pasar el invierno de la vida.

Qué más da si quien te dice algo así es una monja católica, budista, un amigo judío o un ateo suizo. Todos ellos tenían una musculatura en sus espíritus que yo, simplemente, no tengo. Hasta ahora no la he trabajado. Por eso, en esta época de reseteado espiritual, creo que es más que oportunista, oportuno, contar la historia de Greta.

Hablar de todo esto.

Como decía ese artículo que me pasó Ernesto: si el mobbing es una pandemia es porque no está de moda tener valores.

Cada uno llama espíritu a algo distinto.

Tengo que admitir que en algún momento llegué a juzgar a los demás por sus creencias. Ahora, sin embargo, pienso que no hay nada más sagrado e individual. Yo soy libre de creer o no, pero… ¿me supongo tan lista y tan superior para juzgar las de otros? Llámalo moral, llámalo ética, qué más da. El compromiso con uno mismo y con los demás no está de moda. ¿Quién se detiene hoy a comprometerse consigo mismo a no mentir, a no robar, a no envidiar hasta la destrucción? Nadie. Porque da lo mismo siempre que consigas sobrevivir. Y en ese hábitat desamueblado de valores es donde proliferan judas como Dominga o mi propia Inés. Tiene razón Han, el profeta. Es un hecho.

Subo una loma helada y lo hago de espaldas, despacio, como aquel anciano. Las nubes forman un velo violeta sobre la cabellera de pinos nevados. Me doy cuenta de que durante muchos años me ha dado tanto miedo hacer el amor como hacer el silencio. Lo primero, para no estar desarmada y a solas con el otro. Lo segundo, por no estar a solas conmigo misma. Ese era el *horror vacui* del que me hablaban Santiago y Leandro. He llegado a escribir los copies de mis campañas con la música y la tele encendida a la vez. Le echaba la culpa a mi etapa de redactora. Pero la realidad es que el silencio me pesaba.

Es peligroso quedarse a solas con la única persona que puede contarte algo sobre ti que ignoras.

El móvil. También lo enmudezco. No quiero que sigan vibrando en él mensajes de personas que me dan igual preguntando por puro morbo qué es lo que ha ocurrido y dónde estoy. Los que quiero, los que me quieren, ya lo saben.

Viene a mi memoria la frase de mamá una noche en que se preguntaba por qué no podía conciliar el sueño si no dejaba la radio encendida al lado de su almohada.

«Sólo faltaría que me hubieran robado el silencio.»

52

Dos días en mi oasis de desintoxicación. Cualquiera que me vea ahora plantada como un pararrayos en la escalera del campanario, empuñando el móvil como si fuera una versión rústica y leonesa de la Estatua de la Libertad, le daría un ataque de risa. No me preocupa. Es una imagen muy habitual en este pueblo. Recuerdo que en su día estuvimos a punto de descartar esta casa cuando descubrí que sólo había cobertura en este punto de la aldea. Total, sólo supone bajar la calle. Pero a aquella Patricia yonqui de los datos le provocó ansiedad sólo pensarlo. Ahora, sin embargo, me angustiaría que, tras los gruesos muros de mi pequeño monasterio, pudiera alcanzarme un satélite. Subo unos peldaños y, con ellos, la señal. Envío mi mensaje de «estoy bien, mamá».

Puede que en este pueblo la cobertura la dé Dios, imagino mientras bajo resbalando del campanario.

También he respondido a Gabriel. Me ha dicho que había hecho «ciertas averiguaciones». Y que le encantaría volver a verme. Le he respondido que a mí también. Independientemente de lo que haya descubierto.

Cuando regreso a casa, la luz del farol de la entrada asoma entre la nieve y me permite guiarme hasta el patio. La parra centenaria, que en primavera llenará la entrada de racimos negros, me parece la mano artrítica de una bruja. Cuando entro con dificultad en el patio helado de piedra no enciendo la luz y alzo la vista al cielo para descubrir mi propio cuadrante de gélidas estrellas.

En el interior, la gran cocina a dos alturas sigue fría, pero, detrás de la puerta azul de cristales, el saloncito ya está caldeado por la chimenea. Es curioso cómo los estilos de cinco décadas que decoraron una casa de ciudad conviven sincréticamente sobre los muros de piedra de esta rústica casa de labores: el espejo de pan de oro sobre la chimenea, las máquinas Olimpia, el sillón de terciopelo azul que tanto le gustaba a la yaya, algunas herramientas de labranza que encontramos en la casa, una alfombra persa...

Arrastro una de las butacas cojas de raso y caoba delante de la chimenea.

El silencio purifica, pero el fuego también.

Siento la necesidad de crear mis propios ritos para limpiarme de todo este ruido. Fuego para librarme de los vampiros; de las malas y tristes noticias. Cuando siento el calor sobre mis párpados y la habitación tirita anaranjada, abro ese primer libro de mis nuevos evangelios, el libro de Han, por una página al azar como si fuera un I Ching oracular, y funciona:

«Tendemos al dataísmo», dice el coreano. En un mundo que pierde su sentido, sin embargo tenemos datos y más datos. Vivimos en una sociedad del cansancio que genera enfermedades propias de vivir sólo en lo inmediato: depresiones, ansiedad. Y es cierto, pienso, que, hiperconectados como estamos y yonquis del rendimiento, ya no encontramos un lugar de refugio para ver un atardecer abrazados a la persona que amamos.

Serena se había convertido, como todos, en publicista y periodista de su propia vida, y es posible que en algún momento se sintiera hasta querida por la misma comunidad de desconocidos que acababa de despedazarla convertida en una jauría rabiosa. Sigo leyendo al filósofo: «La necesidad de esa multitud de amigos en Facebook es un indicativo de falta de carácter o depresión».

Levanto la vista y me relaja la imagen de mi móvil silencioso, sin cobertura, descansando sobre la alfombra.

Y es que es cierto, hemos sido fagocitados por nuestro avatar, ese que preferimos que viva la vida por nosotros en un espacio virtual, en diferido. Ese nickname, sustituto de nuestro nombre. ¿En qué momento me preguntaron si quería cambiar mi identidad por un «nombre de usuario»?

Yo soy yo, sin contraseñas, escribo ahora, y sin embargo ese, nuestro avatar, se alza ante la vida triunfante, porque no tiene problemas, ni arrugas, ni una mala pose. Ese Avatar nunca está solo, siempre está rodeado de una corte de amigos, y medimos nuestro éxito profesional y personal en función de los *likes* que nos proporciona, nos hacemos adictos a esa respuesta y variamos nuestro comportamiento en función de ella. Continúo leyendo: «Gracias a Facebook todos nos habíamos convertido en mercancía», dice Han, mi profeta.

Viene a mi cabeza Gabriel, apoyado con lasitud sobre su barba de dos días: «¿Cómo es posible que creamos que estamos comunicados?», me preguntó, hastiado del reduccionismo en el que ha caído nuestra profesión. Y es cierto, si de algo fue víctima Serena fue del aislamiento. Ni siquiera estaba con nosotros cuando estaba. Era sólo su cáscara. A base de entrenarse en el multitasking, conseguía seguir el hilo de la conversación mientras manipulaba su móvil participando en una docena más de sus seguidores o retocando una foto. Ahora que lo pienso, rara vez me encontré con sus ojos mientras hablábamos.

Tenemos tanto que contarnos todavía… No nosotras. Quiero decir, los unos a los otros. Las personas. Frente a frente.

Me sobresalta uno de los troncos que cede ante las llamas. Recoloco la leña que despide fuegos artificiales.

También lo he hecho demasiadas veces. Estar sentada delante de Leandro con la mirada extraviada en el móvil. Suele quejarse y con razón. Es una infidelidad constante. Le engañas. Le dices que estás con él pero no, estás con otros que te importan menos en realidad. Estoy harta del vicio de contestar de forma inmediata a una comunicación desprovista de urgencia, de la compulsividad de estar siempre en una reunión masiva virtual que recuerda a una de esas fiestas de *El gran Gatsby* cuando dice que las fiestas numerosas son las únicas en las que de verdad puedes estar solo.

«El cuerpo está desapareciendo», me dijo Leandro aquel día quejándose de mi adicción a las llamadas y a los mensajes, «y la voz también.» Ahora yo añadiría que es la expresión lo que se está desvaneciendo.

En cambio, nos hemos volcado en esa obsesión narcisista por transcender. Por «publicar». Por hacer público.

La ventisca empuja los viejos cristales y los congela en las esquinas. Quizá mañana me despierte dentro de un iglú. O es una glaciación que va a extinguirnos de una vez por todas porque hemos llegado demasiado lejos.

Escribo: «La adicción a comunicarse constantemente es una mierda. ¿Qué sentido tiene comunicar la vida?, si, como dice Stephen King, nuestras vidas no tienen un buen argumento. Informar de cada episodio cotidiano es pedir el beneplácito del otro sobre nuestra ficción photoshopeada de nuestra existencia». Y me hace recordar que cuando Diana y yo estudiábamos Comunicación, lo hacíamos desde todas las capas que se adherían a la palabra. Sin embargo, en nuestras dicharacheras redes sociales, ¿dónde estaba la piel, dónde el lenguaje no verbal del gesto, la entonación, dónde la humanidad que conseguía que empatizaras, asimilaras y dejaras de sentirte solo? Dice Han que en las redes hemos confundido la comunicación con el intercambio de información. Y creo que es cierto.

La ventisca. Ya la tengo encima. Me alegro de haber dejado el farol encendido en el patio porque ahora me regala el espectáculo de un remolino de hielo picado: parece que los dioses han decidido convertir el mundo en un gigante sorbete y bebérselo en una fiesta. Necesitaba tanto, tanto… volver a verme de mi tamaño. Rodearme de naturaleza. Aquí dentro empieza a hacer calor. Incluso me sobra la manta. Es increíble cómo están construidas estas casas. Ahora me alegro de que conserváramos los elementos originales, las vigas vistas y los grandes clavos que habrán servido para colgar guadañas, las anillas para atar los animales. Le pusimos imaginación. Me encanta el abrevadero con cojines para leer bajo la ventana, el trillo convertido una mesa y la mantelería antigua que ahora hace de visillos en las ventanas. Como en el María Pandora, todo a mi alrededor ha tenido varias vidas.

Ahora puedo decir que yo también.

Abro de nuevo el libro al azar y dejo mi pequeña concha, mi amuleto, encima de él: el símbolo de mi martirio y resurrección. Esta vez no puedo decir que el oráculo me haya dado la respuesta: me voy directa a un capítulo, uno en el que me reconozco y que empatiza con el fuego. *Burnout*. Porque intuyo que responderá a la pregunta que llevo haciéndome desde hace seis meses: ¿qué me pasó en Nueva York?

Lo más fácil sería decir que llevaba un año sin vacaciones. Según Han, el síndrome del trabajador quemado es un proceso complejo y el más común en nuestra era. El proceso consiste en que te ves forzado a aportar más y más rendimiento y nunca alcanzas un punto de reposo gratificante; por el contrario, acabas viviendo con una permanente sensación de carencia y culpa, porque piensas que siempre podrías hacer más y, como final, acabas compitiendo contra ti mismo, tratando de superarte, pensando que en algún momento encontrarás alivio, hasta que te derrumbas.

Ese colapso psíquico se denomina *burnout* o síndrome del trabajador quemado. «El sujeto se mata a base de autorrealizarse, haciendo coincidir la autorrealización y la autodestrucción.»

Cierro el libro y siento un repentino escozor en los ojos. Como si las llamas se me hubieran metido dentro. Y de pronto me doy cuenta de algo extraordinario: es la primera vez desde hace tres años que no siento esa presión que oprime mi pecho, ni la soga invisible que apretaba mi cuello. NI el mareo que parecía sacarme de mí misma. Contemplo esta ventisca sin que me angustie la posibilidad de quedar atrapada por la nieve.

Tiene tanta lógica: basta con entender que, si no te avisa tu instinto de supervivencia de que debes parar y no lo haces, es que algo en ti ya está cortocircuitando.

Si te preocupa más decepcionar al sistema que decepcionarte a ti mismo o morir en el intento es que ya estás en peligro.

Han dice que estas enfermedades del siglo XXI tienen su caudal en la falta de carácter que implica no saber decir que NO, plantarse, rebelarse. Y que esa incapacidad la enmascaramos con la falsa ilusión de que estamos en condiciones de hacerlo TODO. Como consecuencia, acabas hastiado de ti mismo, harto de darte con el látigo, aislado, incapaz de estar afuera y disfrutarlo, de confiar y compartirte con el otro, obcecado con tus logros presentes y futuros, lo que conduce paradójicamente al total vaciamiento del individuo. A la muerte del espíritu. O a la muerte, simplemente.

Echo más leña al fuego y escribo: «¿Cómo no voy a considerar este reportaje como una crónica de mi época, el primero de mis evangelios?».

53

Entierro unas patatas envueltas en papel albal en la ceniza y las ascuas ahora que ha bajado un poco la hoguera. Por si luego me entra hambre. Me siento de nuevo ante la chimenea. Antes me encantaba hacer esto. Me haría feliz poder compartirlas, este placer tan sencillo. ¿La felicidad? ¿Dónde coño estaba la mía? Desde luego que no era lo que apunté en su momento con el dedo y dije «quiero»... Y eso que yo nunca he sido de autoboicotearme como Andrés. Es sólo que la estaba buscando en otro lugar. Me dieron el mapa del tesoro equivocado. Recuerdo una frase de Santi Beba que le leí precisamente a Andrés en el avión cuando volvíamos de China por si activaba algo en su cerebro: «Aunque desean la felicidad, debido a su ignorancia, la destruyen como si fuera su enemigo». Como respuesta sólo se acurrucó en la manta, agarrado a mi brazo de forma molesta, y dijo: «Patricia, últimamente hablas muy raro».

Pruebo a fregar los cacharros convirtiéndolo también en un ritual que me calme, pero no nos pidamos demasiado. El día que consiga disfrutar este ejercicio planchando seré un Buda. «Para ser felices hay que simplificar la vida. La tenemos demasiado llena», dijo la maestra aquel día, esa frase que perturbó a Serena, quien no terminó la clase porque vivía tres vidas en una y todas aceleradas.

Ese multitasking que le daba «vidilla» pero quizá le quitó la «vida».

Nunca pensé en la felicidad como paz. Me habría parecido un pensamiento de viejos o de aburridos. Hasta que he sentido lo infeliz que eres cuando tu propia vida te la roba.

Puede que haya trabajado en contra de mi felicidad, incluso. Quizá mi error estuvo en pensar que no la conseguiría del todo hasta no lograr el equilibrio total. Esos escasos momentos en que conseguí que absolutamente todo estuviera en orden, lo disfruté como una loca. Para ello trabajaba sin descanso intentando sostener todas las piezas que formaban mi vida en el aire: mis relaciones, mi trabajo, dinero en el banco, conflictos familiares... Pero, de pronto, si una pieza se caía, todo el castillo de naipes empezaba a desplomarse y con ello llegaba el desasosiego y el lamento.

Todo lo que podría ser perfecto ya no lo era.

Como si no creyera en la felicidad si no era completa. Ahora el asunto es: ¿cómo lograr romper ese ciclo? Cómo dejar de hacer algo que has hecho toda la vida cuando ni siquiera he sido capaz de dejar de morderme las uñas.

Hasta la fecha tampoco he sido capaz de meditar si no era de forma guiada. La maestra Jedi nos insiste en que lo que importa es intentarlo una y otra vez y felicitarnos, aunque no lo logremos, pero he de decir que me sigue resultando frustrante. Está claro que la mente necesita ir al gimnasio para hacer según qué cosas. Así que, para completar el día, he decidido meditar precisamente sobre la felicidad. Por si en este momento de impás me aclaro. Se supone que debo de tenerla en algún lugar por aquí dentro.

Me siento en la butaca con la espalda recta y relajada. Ahora me concentraré en la respiración y poco a poco fabrico la imagen de que en mi corazón empiezan a brotar árboles y flores. ¡Igual se me va de las manos y alcanzo el Nirvana!

No, esto no está funcionando. Me molesta la ropa interior y las costuras de estos pantalones vaqueros. Igual debo cambiar de silla. O puede que sea mi cuerpo el que sea incómodo. O mi mente a la que le faltan cosas. No, he dicho que no voy a buscar culpables. «Una mente poco trabajada siempre busca culpables en los demás», la Jedi dixit.

Así que yo no pienso ni buscar otra silla. No voy a esperar a que baje el fuego. Ni a cambiar mi ropa por otra más cómoda. Se acabó. «Cuánta energía malgastada en reordenar el mundo en función a nosotros en lugar de ordenarnos por dentro», la escucho decir con su voz contundente de bola de billar.

Entorno los ojos hasta que sólo se filtra un poco de rojo por la celosía de mis pestañas. Respirar, sin forzarlo, sentir el aire cálido con olor a leña, entrar y salir de mi cuerpo cada vez más suavemente hasta que no puedo distinguir entre la inspiración y la espiración. ¿Seguiré respirando? Un hormigueo desconocido en la yema de los dedos. Y después de un tiempo indefinido el color empieza a cambiar rápidamente de abajo arriba como si una luz blanca tabicara mi cuerpo desde los pies, subiendo cada vez más rápido, y cuando llega a mi cabeza algo se cierra a la altura de la coronilla, porque dejo de escuchar el viento y las llamas crujientes.

El exterior ya no existe.

Tampoco mi cuerpo, que siento ligero como si colgara suspendido de un hilo de seda. Inmóvil y en silencio.

Se está tan bien aquí dentro.

SEGUNDA PARTE
Fase de crisálida

Metamorfosis viene de meta-morfe, más allá de la forma anterior, y es el proceso que se da en la fase de crisálida, que significa a su vez «del color del oro». De modo que la oruga se rebela, como si dijéramos, contra la vida que ha vivido hasta entonces, contra todo un sistema, y la naturaleza la recompensa con la capacidad de volar lejos de sus depredadores. Con la libertad.

En esta segunda fase, las orugas que han logrado sobrevivir a los peligros de su hasta entonces existencia escogen el lugar más apropiado y tranquilo en el que refugiarse: bajo los restos de madera seca, entre las piedras de un muro, para iniciar su proceso de transformación. Para ello fabrican una cápsula resistente y segura de quitina en cuyo interior se producirá la mutación a mariposa.

Durante esta etapa de latencia aparentemente pasiva, se reorganizará por completo la anatomía del insecto: se desarrollarán gradualmente las patas, un cuerpo con una estructura tripartita de cabeza, tórax y abdomen, y finalmente unas alas. Todos estos radicales cambios metabólicos y morfológicos darán como resultado un cuerpo drásticamente distinto al de partida. Todo un prodigio de la naturaleza. La duración de esta etapa es distinta según la especie: varía entre un par de semanas hasta varios meses, en los que el insecto hiberna hasta que las condiciones ambientales sean favorables.

La fase de crisálida resulta fascinante a muchas escalas: no sólo supone deshacerse para renacer, sino ser capaz de reorganizar la materia viva anterior, conservando en la memoria las capacidades y los errores que ha registrado el cerebro, que permanece intacto. Una forma de afrontar con experiencia la última fase de su vida, la más especial y la más emocionante, con una nueva capacidad: la de volar.

Leandro Mateos
El milagro biológico de las mariposas (2017, p. 110)

Cuestión de fe

54

Madrid, enero de 2018

—Es curioso. Todas las pesadillas las tengo de monja.

—Normal, a mí siempre me habéis dado mucho miedo.

Me mira de reojo y su boca sonríe del mismo lado. Sentadas en el primer banco, contemplamos ese bello Cristo torturado, cuya desnudez me destempla. En ese momento mi cerebro fabrica una divertida fantasía: me levanto en un arrebato, esquivo al largo y juncoso sacerdote que intenta placarme, pero consigo subirme al altar y ponerle mi anorak de plumas al Cristo. Entonces él, el Cristo, en cuya época nunca imaginó que tal milagro de calor fuera posible, obra otro milagro y esboza una aliviada sonrisa de madera ante el estupor de los tres fieles que rezan distribuidos por la iglesia como fichas de ajedrez y las ancianas monjas que interrumpen su godspell tras la celosía. Todos ellos serán entrevistados por la prensa, el Vaticano enviará a sus expertos para tasar tan extraordinaria intervención divina y ese lugar y mi anorak se convertirán en lugar de peregrinación. El Cristo del Anorak, lo llamarán, y sólo saldrá en procesión en pleno invierno. Habrá postales, escapularios y anoraks como souvenirs a la entrada para recordar el fenómeno.

Salgo de mi ensoñación cuando me escucho reír discretamente. Greta me está mirando jocosa preguntándose qué me pasa. El sacerdote, canoso, sigue recogiendo después de la misa y puedo intuir a tres de las hermanas, una mayor y otras dos mulatas más jóvenes, que bisbisean tras esa fina frontera de hierro que marca los límites entre dentro y fuera.

Y allí, fuera, estamos nosotras tras tres semanas de catarsis difíciles de resumir. Un tiempo entre paréntesis que también han sido una frontera para ambas. Un antes y un después: han pasado dos semanas desde que Greta le dio el sí a la vida, desde la llamada de la Ciudad del Norte, desde que ambas nos despedimos de nuestros trabajos, desde el suicidio de Serena y el morboso incidente en mi casa que hemos denunciado pero del que la policía no tiene pistas, tampoco de aquellas llamadas que ya no se producen. Aún no sé cuándo, cómo ni dónde buscaré trabajo. De momento tengo unos meses de ahorros para resetearme y terminar este reportaje. Mientras, nos hemos zambullido en el invierno y ambas sabemos que no hay tanto tiempo para hibernar; nos quedan sólo tres meses para cumplir nuestro reto: publicar este reportaje y conseguir sus papeles.

Bien. Y ahora… ¿qué?

El otro lado de la reja.

Sospecho que Greta las observa, por primera vez, desde el otro lado de la reja. Me pregunto qué piensa. Si se siente aún reconocida o si tiene la sensación de estar contemplando una galaxia muy lejana por un telescopio.

Es la primera vez que entramos en un templo juntas. Es curioso que me haya citado aquí para reencontrarnos.

—Creer o no creer, he ahí la cuestión —digo, para romper el hielo—. Joder, qué frío hace.

Ella sopla hacia arriba su ahora largo flequillo que sube un poco y se desploma sobre su frente.

—Yo por fin tengo claro que creer, creo. Aunque aún debo darle forma.

—En Europa es que está mal visto. —Las velitas eléctricas de las ofrendas titilan como si me oyeran—. Y en China, según mi experiencia, también.

Vuelve la cabeza.

—Qué curioso, porque en mi país es al revés. Está mal visto no creer. Quiero decir, socialmente. La verdad es que yo siempre he tenido tendencia a creer en todo lo oculto.

Me regala un gesto infantil; apoya los brazos en el banco anterior, primero las manos, luego la cabeza.

—¿Por ejemplo?

—En los extraterrestres.

—Mi madre también. —Froto mis guantes entre sí—. De hecho, una vez, cuando yo tenía unos doce años, me explicó su teoría de que Cristo podía ser uno.

Dirigimos de nuevo nuestras miradas a esa figura que representa la encarnación humana de un ser con quien te comunicas mirando al cielo.

—Tengo que conocer a tu madre inmediatamente. —Hace una mueca—. Yo también creo en los santos.

—¿Sí? Yo es que no tengo muy claro qué hay que hacer para ser eso.

—Desde luego, no ser como yo. —Le quito el gorro de lana azul y le revuelvo el pelo. Ya tiene forma de melena corta que le favorece.

Mientras vuelve a ponerse el gorro —dice que aún le cuesta estar descubierta en una iglesia—, me cuenta que santa Teresa de Ávila dijo que los santos eran personas que llegaban a un nivel de no tener miedo a perder lo que poseían: su vida, su libertad…

—En resumen, el santo se da a otros porque deja de verse a sí mismo. —Se encoje de hombros—. Están por encima de eso.

Me quedo pensativa unos segundos.

—Entonces es como un Buda, sólo que a ese ser iluminado se le atribuye también la sabiduría. Que en los santos parece que no puntúa. Alguien que piensa que darse es lo contrario a que te quiten algo. —Señalo un cuadro de san Lorenzo asado a la parrilla—. Con lo que no puedo es con el concepto de mártir. Pero a qué mente enferma se le ha ocurrido que el dolor pueda purificar a alguien.

Greta me señala otros cuadros que nos rodean: san Pablo, san Esteban… con sus rostros compungidos, su dolor y su extremo, sus lágrimas, y dice:

—Pues sí. ¿Qué bien puede hacer que tú te hagas un mal? —Se estira—. Yo creo que la Iglesia ha malinterpretado la idea del sacrificio: no eres bueno por ser una víctima ni por hacerte daño a ti misma. Tiene que ver con dar y con el esfuerzo. En la cultura indígena, por ejemplo, la espiritualidad no se regala. Tienes que trabajártela.

Nos sobresalta una puerta al cerrarse que no vemos.

—¿De qué puede servirte que te des latigazos en una procesión para arrepentirte? —pregunto—. ¿No sería mejor que pidieras perdón a quien corresponda o que dejes de ser un hijo de puta?

Alzamos de nuevo los ojos hacia la cruz.

—Yo creo que Jesús fue santo a su pesar —dice.

—¿Tú crees?

—Estoy segura —dice hundiéndose en su largo anorak blanco—. Sólo quería hacer ruido. Quería hablar de la generosidad. Y seguramente llegó a una casa un día, eran de más en la mesa, y dijo: «Hey, vamos a repartirla», y multiplicó la comida.

Me hace sonreír su imitación del mesías.

—¿Decías este tipo de cosas en tu comunidad?

—Y peores. —Sonríe.

Me da un codazo, pero, ya fuera de bromas, para ella la verdadera revolución para la Humanidad fue que Cristo hablase de ese tipo de contacto entre los seres humanos, sin distinción de sexos o clases.

Viene en ese momento a mi cabeza una clase de tarde de «Pensamiento político» en la facultad, bajo las deprimentes luces de neón. Mientras fumábamos en las filas de atrás, llegamos al capítulo de «Jesús de Nazaret». Aquel cigarrillo se quedó intacto y estudiarlo desde aquella perspectiva me dio la vuelta al cerebro. A Diana le indignó aquella clase. La recuerdo como si fuera hoy, sentada en el comedor de la facultad delante de aquellas bandejas metálicas, en las que revolvíamos la salsa pastosa de unas albóndigas. Colocándose el flequillo rebelde tras las orejas al que se había atrevido a dar unos reflejos, con sus perennes perlas y sus labios cubiertos por el mismo color carne que el resto del maquillaje. Era la época de la polémica de *Los versos satánicos*. Según Diana, de nuestra religión se podía hablar irrespetuosamente, de nuestros santos y de nuestro Dios... Comía mientras hablaba como siempre que estaba nerviosa, con el pelo rubísimo atado en una coleta alta. Pero, claro, al islam ni lo toques. Yo opiné que era una buena noticia que no fuéramos condenando a muerte a los escritores que ponían en tela de juicio a nuestra institución, pero en fin...

—Es que el cristianismo, por ejemplo, no es machista, pero la Iglesia lo es —escucho decir a Greta ahora, y sigue con la mirada al desgarbado sacerdote que mantea la sotana por el pasillo de nuevo—. Hay muchos ejemplos de historias preciosas con mujeres en el Evangelio. Sin embargo, la Iglesia nos deja al margen. Por ejemplo, la mujer del flujo de sangre. —Y recita de memoria—: «Evangelio de Lucas, 45-48. Ella le toca el manto a Jesús porque quiere sanarse. Y se sana. ¿Y acaso él se da golpes de pecho todo orgulloso? No, se quita méritos. Y le dice: "No, mujer, es tu Fe la que te ha sanado"».

—Y posiblemente estuviera en lo cierto —opino.

—Posiblemente... —Tose de forma repentina, hurga en su bolsillo, saca unos caramelos, me ofrece uno—. Yo estoy enamorada del Evangelio. Hay muchos libros que me he dado cuenta de que rescataría de mi época religiosa. Por ejemplo, *Las moradas* de santa Teresa: «El alma es de cristal, y en ese lugar es en el que ocurren las cosas más secretas entre Dios y el hombre. En ese espacio íntimo entre tú y tu Dios». ¿Acaso deja entrar ahí a curas, monjas y a todo el Vaticano en procesión?

Deslío el caramelo. Me lo meto en la boca. Sabe horriblemente a canela.

—Es verdad —digo masticando esa cosa—. ¡Qué falta de intimidad! Todo el mundo nos mira por dentro... ¿Puedo preguntarte algo? —Me apoyo en el banco, ella asiente—. Aquel día, en la Ciudad del Norte, cuando tocaste fondo, le dijiste al Aitá que no creías en Dios. ¿Y ahora? ¿Has vuelto a creer en él?

Deja la vista perdida al frente, como si pudiera traspasar la cruz, el sólido retablo de madera, los gruesos muros de piedra.

—¿Sabes, Patricia? Creo que nunca he dejado de hacerlo en realidad. Aunque te confieso que siempre me costó creer en un solo dios. Cómo explicarlo... —se frota las piernas en un gesto que ya me es familiar—, para mí es un dios compuesto de muchos dioses. En el fondo creo que se parece más al dios de mis ancestros que al católico. No es un dios intangible. Para mí, Dios es tangible. —Señala alrededor—. Dios está en todo.

Hago una pausa. Le repito una pregunta que le hice en aquel avión.

—¿Y rezas?

—Sí... sí, sí, sí... ahora ya sí. —Junta las manos, casi agradecida—. Sí, le pido a Dios. Siempre. Y también le doy las gracias.

345

Pero he tenido grandes crisis. La última, después de lo que me pasó con Deirdre. —Suspira. El caramelo cruje entre sus dientes—. Volví a enfadarme con él, pero esta vez me di cuenta de que siempre le reprocho, y no se le reprocha a alguien que no crees que existe, ¿verdad?

—En el fondo te envidio —me sorprendo diciendo—. Me gustaría sentir cómo es tener fe.

—Creer sin ver, Patricia; eso es la fe. ¿Estás segura de que no lo has sentido?

Viene a mi cabeza Leandro, su pregunta que no pude responder, aquel día en que me ayudó a lamerme las heridas que me hizo Diana, y esta vez sí, respondo:

—Creer en mí misma... en ese sentido me gustaría ser creyente. ¿Sabes, Greta? —Me vuelvo hacia ella y me encuentro con sus ojos callados—. En el fondo creo que empecé a escribir este reportaje por eso. Poder decir con convicción en algún momento de mi vida: creo en mí sobre todas las cosas.

—«Creo en mí sobre todas las cosas...» —repite como si rezara—. Qué bello... sí, qué bello sería.

—Ese debería ser el primer credo que nos enseñaran al nacer.

De pronto se incorpora y me coge las dos manos entre sus gruesos guantes.

—Pues hasta que tú puedas decirlo te lo diré yo: sí, yo sí creo en ti, Patricia, pero también he venido hoy para decirte que, después de estos días de reflexión, he llegado a la conclusión muy realista de que nunca lo conseguiremos. Y tú lo sabes. —Suspira, intento detenerla, pero prosigue—: No, espera, no quiero ni por un momento que te eches la culpa, por favor, sólo hay que admitir que mi historia no le interesa a nadie, por diversos motivos. Es lógico. ¿A quién iba a interesarle lo que le haya pasado a una monja?

Unos pasos se van extinguiendo por el pasillo. Se apagan un par de luces. Todo apunta a que es el final de algo y no, no quiero.

Me separo un poco de ella para que pueda verme con perspectiva. Este es un momento importante.

—Espera, espera un momento, Greta. De eso quería hablarte. Durante estos viajes he podido meditar mucho. Y, juntando todo lo que he investigado y releyendo las notas del reportaje —busco rápidamente mi libreta en mi bolso y le muestro sus páginas garabateadas—, ¿ves?, pues he llegado a la conclusión de que el tema de mi reportaje no es la Iglesia, nunca lo ha sido; tu historia es un caso de mobbing brutal, ¿entiendes? Porque yo lo he entendido ahora. ¡Por eso me sentí tan cercana a ti! ¿A mí qué me importaba que fueras monja? Un caso de pederastia también lo es y que suceda dentro de la Iglesia es el agravante. ¡Porque son los guardianes de la moral!

Señalo el altar. Ella me observa con ese gesto de atención desmedida que le es tan propio y se ahueca un poco la bufanda. Sí, la temperatura ha subido. Ahora soy yo quien le coge las manos.

—La diferencia con lo que me sucedió a mí es que yo podía volver a mi casa y respirar y pedir consuelo, pero tú dormías con tu enemigo, estabas en terapia con tu enemigo, te drogaba tu enemigo. La diferencia, Greta, es que cuando te echaron, te arrebataron también tu profesión porque dejaste de ser religiosa y afectó a toda tu vida, a tu identidad sexual, a tu esencia como persona, incluso a tus creencias. No sé cómo has podido soportarlo, pero estoy orgullosa de que lo hayas hecho y de que estés viva para contarlo porque, llegados a este punto, podrías ser un ejemplo para mucha gente. Porque tu reconstrucción está siendo de trescientos sesenta grados. —Hago una pausa para coger aire y le cojo con fuerza también la mirada—. Además, he avanzado mucho. Mi abogada, Aurora, me ha enviado mucha información, ahora sé que se han cometido muchos delitos contra ti: nunca te han dado de alta para trabajar, enviando aquella carta han vulnerado tu derecho a la intimidad, se han pasado por el forro el secreto profesional de un psiquiatra que, para colmo, no está colegiado; es decir, no estaba autorizado a hacerte terapia ni a medicarte. —Ella parece refugiar su mirada de nuevo en esa cruz—. Mírame, Greta, mira, vamos a conseguir que se escuche lo que te han hecho, ¿me oyes? No sé cómo ni dónde. Pero vamos a hacerlo público. Y lo haremos a nuestra manera. No a la de otros. Aunque no demos nombres ni lugares concretos. ¿Para qué? ¿Sabes?, hay una frase de uno de los artículos que he leído que no puedo quitarme de la cabeza: el setenta por ciento de las víctimas que sufren un mobbing no saben que lo sufren. Y por eso no pueden defenderse. Ni reaccionar. Vamos a denunciarlo para que las Domingas y las Ineses que lean esto se sientan desenmascaradas. Y para que las Gretas y las Patricias que conozcan nuestra historia sepan lo que les está pasando y nunca jamás sientan que se lo merecían. Para que salgan, fortalecidas, de ese infierno.

El silencio. El de la oración. El del análisis de conciencia. El de un templo después de un sermón. Hasta que ella lo rompe:

—¿Nos estamos vengando? —Greta fija en mis ojos su mirada inca.

Le dirijo una mirada de calma. Sé que eso la preocupa. Que no sabe, que no puede, y busco una metáfora:

—¿No me has dicho que en tu pueblo se cree en la magia negra y en la magia blanca? Yo creo en una venganza blanca a la que también podemos llamar justicia. Dame tu mano y no pararé, ni volveré a dudar, pase lo que pase, hasta que se sepa lo que nos han hecho. No tengas miedo.

—No, Patricia, ya no tengo miedo. Lo he perdido. Lo que no sé si tengo son fuerzas para seguir en contacto con todo esto.

Y la entiendo. Por eso la abrazo y siento que me abrazo a una almohada de la cantidad de ropa que lleva.

—Yo te las daré. Si no lo haces ahora, Greta, esta herida tardará mucho en cerrarse. Y créeme que sé de lo que te hablo. —Algo vuelve a escocerme por dentro—. Yo nunca pensé que estaría lo suficientemente fuerte para hablar de ello. Ahora me siento fuerte. Ahora estoy segura.

Y entonces ella dice algo justo, inesperado:

—No tengo por qué dudarlo, amiga, pero entonces... ¿por qué nunca me has contado lo que te pasó a ti?

Y he sabido que era el momento. Ha puesto en mis manos el relato de una vida entera. Siento que se lo debo. Qué mejor lugar que un templo iluminado sólo con velas para confesarme. No me arrodillo... ya lo hacen mis recuerdos.

55

En el silencio frío de esta iglesia de invierno, sentada a su lado de perfil, ha ido saliendo toda la pus de una infección mantenida demasiado tiempo: cómo llegué llena de ilusión a cubrir aquella baja en el Canal 7, mi primer trabajo en las noticias, y luego me ofrecieron quedarme para formar parte del equipo de Ernesto, todo un premio Ondas, al que admiraba desde hace tiempo. Después llegó aquel ascenso que yo nunca vi venir, pero sí Inés Cansino, quien detectó en mí un talento que yo misma desconocía, a la vez que hacía un estudio detenido de mis debilidades. Y entonces empezaron todos aquellos sucesos: la cafetería regada con cientos de copias de mi currículo del que alguien había borrado la mitad de sus méritos; la columna que me dedicó aquel periodista con el que luego supe que Inés estaba liada desde que trabajaron juntos en la Ópera: «Una señorita de dudoso currículo, P. M., parece haber sido ascendida repentinamente en el Canal 7»… Mis iniciales en un diario de tirada nacional, del que había quince copias esa mañana en la redacción, abiertas por esa página. Cómo me ofreció en sacrificio al comité de empresa en plena huelga, mintiendo sobre mis honorarios y los motivos de mi ascenso, para que me despedazaran… y lo hicieron. Los documentos que desaparecían por arte de magia de mis cajones con llave para meterme en problemas; todas las veces que se borraron archivos de mi ordenador; todas las copias que hice en mi portátil para poder seguir trabajando; todas las lágrimas de angustia por las noches; todas las arcadas en el baño de la cuarta planta para echar el desayuno.

Y recordé después de muchos años cómo empezó: el día después de que Ernesto, nuestro editor por aquel entonces, me felicitara por un reportaje sobre inmigrantes. Cuando se emitió, estábamos en la redacción aún, y, al terminar, se levantó para aplaudirme y, detrás de él, los compañeros que estaban trabajando a esas horas, Gabriel entre ellos, con su cazadora de cuero desgastada y sus aires de aguerrido reportero de calle. Hasta el propio Ramiro Coronel salió de su despacho de director para darme la enhorabuena. Recuerdo que se me acercó un colega de Internacional y me dijo: «Tú has nacido con una estrella en el culo. Acabas de llegar y esto no lo hace con nadie. ¡Qué suerte!».

—Desde entonces no he parado de buscármela, y no, no está —le dije a Greta—. La estrella esa.

También recordé el gesto de Inés Cansino, quien hasta entonces se había nombrado mi «madrina». Eso me había dicho cuando entré, sentada detrás de su ordenador con esa extraña melena larga y castaña, casi por la cintura, que acentuaba sus arrugas prematuras, su aspecto de numeraria del Opus. No aplaudió ni se levantó. Sólo me observaba con el hambre de un ave carroñera. Pero, claro, los carroñeros sólo comen carne muerta y yo aún estaba muy viva.

Había que matarme.

No, yo no creo en la suerte, Greta, sólo creo en la fuerza de creer incansablemente en algo y en el esfuerzo para llevarlo a cabo. El mérito está en ambas cosas. Pero ¿qué sabemos en este país de meritocracia? Mi mérito fue seguir la estela del único talento que estaba segura que me adornaba. Haber pretendido ser matemática me habría convertido en una imbécil y, desde luego, en una científica mediocre.

Luego le cuento mi época de «la princesa de hielo». A toro pasado creo que fue una buena estrategia. En aquel momento y pensando que afianzaba mi imagen de periodista seria, no escogía colores llamativos, ni faldas, ni me pintaba los labios cuando iba a trabajar y solía ser fría como un iceberg con los hombres que me rodeaban en el trabajo. De ahí mi frío apodo. Aun así, se empeñaban en avisarme una y otra vez de los castings de presentadoras, cuando yo lo que quería era escribir. Contar historias. Ser el autor y no el intérprete.

Creo que esta obsesión por disimular mis atractivos comenzó cuando gané aquel primer premio que tanto alegró a Ernesto, quien ya había sido fichado por el canal de la competencia. También Gabriel tentaba a la suerte cubriendo las inundaciones de la India. Entonces el propio Ramiro Coronel, periodista ya muy reconocido y más mayor que yo, me dijo algo que me creí durante años —y creo que lo hizo con la mejor intención—: observó mi foto en el cartel que habían hecho para el evento y arrugó los labios con fastidio. «Es una pena», se lamentó, «porque eres muy buena, pero vas a tener un gran hándicap: eres demasiado llamativa». Y luego lo remató diciendo que, además, sabía posar, como si fuera un agravante. Mensaje desencriptado por mi cerebro: no llames mucho la atención o van a despedazarte. Pero «era llamativa». ¿Y ahora qué? Sí, durante mucho tiempo le creí y me disfracé de periodista intelectual. Neutralicé todo aquello que era llamativo en mí. Ahora sé que, aunque lo dijo con buena intención, se equivocaba. O, más bien, me equivoqué yo en mis medidas radicales. ¿Qué es mejor cuando tienes un hándicap/rareza? ¿Disimularlo o jugar más fuerte? El periodismo, si es honesto, siempre se abre camino, eso me lo dijo después Ernesto.

—Eso se parece a algo que dijiste tú —le recuerdo sentada en mi improvisado y frío confesionario—. «La verdadera vocación se abre paso, como el agua.» Se cuela por cualquier rendija y encuentra su cauce. Quizá no en los medios tradicionales, pero, para salir a la luz, se va disfrazando de otras cosas. Poco importa de qué nos disfracemos nosotros para ejercerla.

Lo que me ocurrió con Inés Cansino fue la puntilla. Cuando me sentaron a trabajar con ella se me presentó como una amiga, esa compañera maja que se ofrece a enseñarte con una sonrisa condescendiente.

—¿Es una periodista conocida? —quiere saber mi confesora.

—No, quizá ese era su problema. —Intento calentar mis manos con el vapor de mi boca—. Que por mucho que haya destruido a quienes pensaba que le hacían sombra, su frustración es que sabía que nunca lo sería.

Cómo odio mi inocencia de aquel entonces, casi tanto como el olor a puré de patata de aquella cafetería. Cómo odio mis valores, esos que me dejaron indefensa, porque en el fondo no te cabe en la cabeza que puedan existir personas que no los tienen. Pensé que podría aprender de ella, que podría pedirle consejo, pero no sólo no lo hizo, sino que su inseguridad patológica la empujó a morderme hasta despedazarme. Estudiaba cada uno de mis movimientos, detectaba y comentaba cualquier novedad en mi forma de vestir —«Cómo se te ajustan esos pantalones» o «Mira que te gustan las botas altas», me decía desde su cuerpo grandón en el que sólo se atrevía a marcar la cintura, la melena larguísima, sus rasgos de baloncestista—, detectó en mí a alguien que podría apartarla de un manotazo. Pero lo que ella no sabía era que mi único deseo, la única fe inquebrantable en mí, y que me daba mi esencia, era que yo había nacido para escribir la vida de los otros. Y era lo único que pretendía. Mi puesto en aquel programa suponía mi gran oportunidad para hacerla realidad. Y eso hacía, parapetada tras mi ordenador, cortando y montando imágenes y prestando mi micrófono a vecinos a los que se les derrumbaba una casa, a jóvenes en las colas del paro, a madres de asesinados por ETA. Pero «todos somos iguales ante nuestro deseo de ser felices», y la felicidad de Inés Cansino era intrigar con el primer café del desayuno mientras devoraba palmeras de chocolate y echarme fuera de su camino y, de paso, del mío.

Se inició de nuevo el proceso. Inés empezó a bajarme poco a poco las defensas, a ponerme en contra de mis compañeros convenciéndolos de mi ambición, a confabularse con el comité de empresa, a quienes persuadió de tenderme trampas, sacarme de copas y, de paso, algunas conversaciones y grabarme, aprovechándose de la precariedad a la que estábamos sometidos por el Canal, y acertó en algo que yo ni sospechaba, que nunca pedí ni quise: el día que llegó, apareció Ramiro Coronel entre el humo acumulado en la oficina y me llamó delante de todos a su despacho para darme un ascenso, pero no al puesto de Inés, sino a otro mayor. Y entonces se desató la guerra sobre ese campo de minas cuidadosamente sembrado por ella. Para entonces, Patricia ya había empezado a escuchar a la Miércoles adulta, que había reaparecido alertada por el olor de esa pólvora conocida, y había empezado a crecer para proteger a su melliza, a su estilo, convenciéndola de todo lo que no era.

—Tardé demasiado tiempo en entender lo que me habían hecho —le digo, temblando de frío—. Pero contar tu historia me ha servido para sacarme mi propio veneno. Ojalá hubiera caído en mis manos entonces. Y la hubiera leído en alguna parte. Tengamos fe también en esto.

«La fe es sólo creer en algo más allá de uno mismo. Y luchar por ello.» Esta frase la escuché en la película *Premonición*. Pero yo la matizaría, porque tu espíritu, tu esencia, también está más allá de lo que eres tú objetivamente, y está formado por tus sueños, tus valores, tus afectos.

La naturaleza no soporta el vacío.

Mientras salimos de la iglesia a la plaza de luces heladas, me pregunto en alto si no podríamos construirnos una espiritualidad propia para protegernos. Una que pudiera convivir en harmonía con nosotros mismos. Sin ataduras externas.

—Sí, coger de cada filosofía o religión, por qué no, aquello que nos sirva, aquello en lo que creamos de verdad.

Ella me abraza fuerte. Su pequeña estatura le impide hacerlo por los hombros. Y le devuelvo el abrazo.

—¿Y no es eso acaso lo que ya estamos haciendo? —me rebela, creo que orgullosa.

Mientras caminamos dentro de la noche esquivando perros ateridos que dan su último paseo, alumbradas por los edificios afrancesados de mi plaza, pienso que sí. Si hay algo para lo que me gustaría que sirviera esta historia es para que nos alerte de no sujetarnos a esas creencias nocivas, a compulsiones por miedo a la vida: supersticiones, radicalismos, adicciones… Hay personas que se dan tan poca libertad a sí mismas, como una vez le escuché decir a Leandro con ternura sobre nuestra querida y neurótica compañera Amelia. Y es que vivir aterrorizados por si algo sale mal te convierte en un incapacitado para disfrutar del durante.

Es ahora cuando me doy cuenta de que Greta lo está perdiendo. El miedo.

—¿En serio quieres ir allí? —me extraño.

—Muy en serio.

56

Aún no puedo sacarme su carta de las tripas, pero no se lo digo. Hoy sólo quiero hablar de la vida. Al fondo, el gran puente. Ese en cuya barandilla pude haber dejado un ramo de flores y un libro de Rilke de no haberse decidido Greta a coger los cinco euros. Su puente fue el mar del Norte, pero este viaducto lleva impresas inevitables connotaciones.

—Hubo que echarle dos cojones para cogerlos. Los cinco euros —dice, adivinando mis pensamientos, y enfila el puente con decisión, cerrándose el cuello y la bufanda de cuadros—. Pero me prometí que si no me mataba ese día… iba a vivir. Y que, aunque se me cayera el puñetero mundo encima, nunca volvería a pensar en matarme. Y eso lo voy a cumplir.

Se acerca al metacrilato, la sierra de color plomo delante, el barrio de La Latina a la izquierda, la gran catedral a la derecha. El mundo se ha vestido de gris, pero nosotras hoy somos capaces de colorearlo. Dejo ambas manos sobre el cristal. El calor de mi cuerpo las serigrafía sobre el paisaje, y digo:

—¿Sabes que una de cada cinco personas se suicida por mobbing? —Y contemplo las huellas que han dejado mis manos como si le pertenecieran a un fantasma.

A raíz de esa pregunta, me pregunto por qué hay campañas para que la gente no se mate en las carreteras y ni un solo protocolo para prevenir el suicidio o el mobbing, si doblan el número de muertes por accidente de tráfico. Cuánto tabú arrastramos de una religiosidad mal entendida. Cuánto miedo. Cuánta hipocresía.

—Tienes mucha razón —dice meneando la cabeza, desolada.

—Ya que no se hace nada en este puto mundo que no sea por dinero, aunque sólo sea por lo que le cuesta a la Seguridad Social, podrían planteárselo.

Se sobresalta al escucharme. Se echa vaho en las manos y las frota entre sí.

—Creo que nunca te había visto tan enfadada —asegura—. Tienes que aliviarte. No es bueno.

—Acabas de tragarte a la maestra Jedi.

Se echa a reír y su boca se convierte en una chimenea.

—¡Pobre Patricia!, tu vida de pronto es un muestrario de monjas redichas que no paran de aleccionarte.

—Dímelo a mí…

Nos asomamos al precipicio que nos regala el puente y me cuenta que en Colombia la gente no se suicida.

—Con todo lo que nos pasa, ha sido nombrado tres veces el país más feliz del mundo. Ya ves…

Según parece, el tiempo en el monasterio le ha servido para recuperarse mucho. Aunque al principio había sido muy duro porque, cuando ocurrió lo de Deirdre, después de haberla visto dependiendo de tantas pastillas, había decidido dejar las suyas. Por un lado, le suponían un desembolso terrible, pero, lo más importante, necesitaba sentirse libre. Además, se le había acabado la serotonina, así que tenía grandes bajones químicos.

—Pensé que estaría bien, pero no lo estuve —resopla, y re-

cuesta sus ojos sobre el paisaje apagado—. El síndrome de abstinencia es algo horrible, Patricia. No puedes dormir, tienes ruidos
en los oídos, veía doble…

—Ay, Greta… eso te lo tenía que haber controlado un médico, podrías haber ido a ver a Santiago. Tengo que presentártelo.
Pero ¿por qué eres tan bruta?

Eso siempre se lo dice Fátima. Que es muy bruta.

—Pero, mira, al final me ha salido bien —dice orgullosa,
mientras se apoya en la pared transparente por la que hace unos
días podría haber saltado.

Cree haberse desintoxicado. En el monasterio había tenido
muchos momentos de soledad, sólo estaba ella y un tipo. Le pasaban la comida por un torno. Se frota las piernas buscando calor.

—¿Quieres que nos vayamos? —le pregunto.

Pero no, me dice que espere un poco, necesitaba volver aquí,
y continúa contándome que sólo quería estar en silencio, pero el
otro único huésped había empezado a jorobarla.

Cómo no, resultó ser sacerdote.

Cuando llegaba la hora de comer, se sentaban a una mesa co-
rrida y ella se iba al otro extremo, se ríe, pero él la había visto tan
mal que lo único que se le ocurrió fue ofrecerle sacramento. Me
hace gracia, dicho así parece que iba a darle la extrema unción, le
bromeo, y Greta me da un codazo, «Boba». El caso es que una
tarde la confesó.

—Interrumpimos el silencio de los dos para eso. —Una bru-
ma helada se le escapa de entre los labios—. Decidí que sería la última vez que me confesara antes de comenzar mi nueva vida.

Y le contó lo que le había pasado y que luchaba para seguir
creyendo. El pobre hombre la escuchó en silencio y se quedó tan
preocupado por ella que, antes de irse, le explicó, retorciéndose
las manos, que tenía un piso alquilado en Segovia y había una
habitación libre; por lo menos, comida y vivienda le podía garan-
tizar, le dijo.

—¿Ves como existen los santos? —dijo, sonriendo.

—¿Y lo has aceptado?

—No, porque, aunque fuera un buen hombre, necesito estar
lejos de la Iglesia un tiempo. Una vez terminemos nuestras entrevistas, pasaré página. Necesito dejar de pensar en todo esto.

Cojo aire y está tan frío que me duelen los pulmones. Ha mencionado terminar nuestra entrevista. Un alivio y una alegría recorren mi pecho.

—Bueno, en cualquier caso, no tienes por qué preocuparte. Te quedas en mi casa el tiempo que necesites y no te estreses por el dinero.

—No hace falta —me interrumpe—. Ya he conseguido un trabajo. Quería contártelo cuando nos viéramos.

—¿Un trabajo? —me asombro—. ¿Y dónde te quedas?

—Me dan alojamiento.

Me deja anonadada su capacidad para levantarse. Y me percato de que la perenne sombra que habitaba bajo sus ojos es más suave, su mirada, más limpia, y ya no adivino ese casi temblor de sus dedos que me recordaba al de las alas de una mariposa. «Supongo que haber dejado las pastillas ayuda», dice. Estamos en enero y le quedan dos meses y pico para que le expire la residencia.

Cuenta atrás.

Desde el monasterio había empezado a bucear en todo tipo de portales de trabajo y de repente, el mismo día que se confesó con su vecino, leyó: «Si te gustan las flores y quieres aprender cosas nuevas, necesitamos a un acompañante de una persona discapacitada. Madrid». Eso le encajaba. Llegó a un chalet en la zona de Fuencarral, lleno de lirios franceses de muchos colores. La recibió Alfredo, unos sesenta años, alto, canoso y con vestigios de haber sido guapo, enfundado en unos pantalones de bricolaje, así que dio por hecho que trabajaba allí, pero enseguida le presentó a su mujer. Tras un zumbido eléctrico, llegó conduciendo su silla de ruedas: cincuenta y tantos, rubia, una bella ruina. Tenía «esclerosis lateral amiotrófica», también llamada ELA, o «la misma enfermedad que Stephen Hawking», como ella misma aclaró. Podían vivir muchos años hasta quedar atrapados en su propio cuerpo y al final sólo podrá mover los ojos. Pero la sensibilidad de la piel estaba muerta. A Greta le dio miedo la forma en que aquella mujer era capaz de hablar de su enfermedad. Alfredo añadió, orgulloso, que Mercedes se había convertido en un referente en España y daba conferencias y entrevistas continuamente.

—Yo iba a ser contratada para ser sus manos. En la huerta de lirios franceses que le gustaba cultivar, le cambiaría las páginas del libro; si le trepaba una hormiga por una pierna, se la sacudiría. Sus manos le impedían ir al baño, acostarse. Si quería cocinar, yo la ayudaría. Yo estaba para ella.

Cuando desapareció en su silla hacia ese jardín que en primavera le prometió que estaría lleno de lirios fucsias y naranjas, «Ya verás, Greta, es un espectáculo de la vida», Alfredo le contó que habían sido los dueños de un club de vela. Mercedes había sido una mujer muy activa, atlética, pero contrajo la enfermedad con treinta y nueve y todo se fue al traste. «Tenemos para sobrevivir veinte años», le dijo él, quien había hecho los cálculos de hasta cuándo les llegaría el presupuesto si se volcaban en ella sin hacer nada más en función de su esperanza de vida.

Lo había vendido todo. «Sólo quiero vivir con ella. Estar con ella», le dijo varias veces, y Greta en realidad escuchó: «Quiero vivir con su enfermedad, dormir con su enfermedad…».

Le compadeció. Tanto o más que a ella. Greta sería sus manos de día; él, el enfermero de noche, y tenía indicaciones precisas de su mujer: había calculado que tenía que darle tres veces la vuelta cada noche, así que Alfredo apenas dormía.

—¿Y sabes lo más extraordinario de este trabajo, Patricia?

—¿Aparte de que vas a convertirte en una experta en robótica?

—Que por primera vez conté lo que he sido y la situación en la que estoy, sin avergonzarme. Incluso saqué mis documentos con mi foto con hábito.

Me deja sorprendida, pero me gusta la sorpresa.

Guarda las manos en los bolsillos. Se encoge de hombros.

—No sé lo que me hizo sincerarme, pero me sentí muy bien, sobre todo cuando no me rechazaron por eso.

Alfredo sólo le preguntó: «¿Tú qué sabes hacer?». Y ella le dijo que nada. Pero que aprendía muy rápido. ¿Cocinaba? ¿Cultivaba algo? ¿Tenía nociones de enfermería?, y Greta contestó una y otra vez que no, pero que quería ese trabajo —y se sinceró de nuevo— porque se quedaría sin tarjeta de residencia en dos meses.

—Y entonces, él lo dijo, Patricia, dijo: «Yo creo que podemos hacer que tengas contrato de trabajo en un mes». —Abre la boca y los ojos todo lo que puede—. Imagina mi cara, Patricia. Me quedé mirándolo, tratando de asimilar lo que me estaba diciendo: «Si tú puedes hacer que tenga contrato de trabajo en un mes», le contesté, «puedes hacer que mi vida cambie».

Aun así, se fue de aquella casa pensando que no la llamarían, porque era muy complicado que pudiera hacer un trabajo para el que se requería mover un cuerpo más grande que el suyo.

—¡Pero me han llamado! —exclama, entusiasmada—. Me dijo que les había impactado mi historia. Aun sabiendo lo que he sido.

La miro fijamente. La zarandeo un poco por los hombros para que despierte.

—Pero ¿te das cuenta de que quizá lo hayas conseguido? ¡Tu reto!

—Bueno, bueno —dice—. Espera a que estén los papeles.

Le insisto:

—Y yo aquí animándote. Ahora soy yo la que estoy en paro y sin luz al final del túnel. ¡Ya me puedo poner las pilas!

Empiezo a caminar. O nos movemos o dentro de poco seremos otras dos estatuas de la plaza de Oriente, le digo, y entonces ella decide que ya ha hablado demasiado, pero no hoy, en general, y que a partir de ahora le gustaría que yo también le contara cosas, sobre lo que siento y lo que vivo, sobre mis viajes y mis miedos, porque intuye que tengo miedo. A la incertidumbre. A esa amenaza que no veo. Y salimos del viaducto hacia la plaza de Oriente, el punto cardinal perfecto para contarle mis experiencias.

57

—Te he traído un regalo.

Escojo como testigos a los leones de la fuente siempre congelados en su silencioso rugido y dejo en su mano un colgante con el símbolo del yin y el yang. Ella repasa con sus dedos el círculo redondo. Sus dos mitades.

Quién sabe si Greta y yo habíamos conectado a través de lo espiritual, quizá sí, a fin de cuentas, y nuestra relación pudiera explicarse a través de la rueda cíclica de las compensaciones. Le cuento que se lo regalo como símbolo de nuestra amistad: Greta era el yang, la energía más masculina, la del cielo. Yo era el yin, la energía de la tierra, la más femenina. Quizá por eso no nos parecíamos, pero encajábamos de alguna forma, como un complemento. ¿Para qué? Creo que estamos empezando a descubrirlo. Yo había vivido demasiado tiempo pegada a la tierra. Desprendida de mi espíritu. Y ahora siento que tengo que encontrarle un hueco, porque la Patricia racional me había convertido en un instrumento de mí misma. Greta, por el contrario, había vivido demasiado tiempo sin tocar suelo, en un mundo irreal de contornos abstractos y de ideas. Ahora el hambre le había provocado un aterrizaje forzoso en el mundo físico. Puede que haya llegado mi turno para buscar la magia. Encontrarnos quizá suponga el equilibrio para ambas.

Se le iluminan sus ojos tropicales llenos de frío, y se sienta en el borde de esa fuente con estalactitas. «Qué bonito», dice, «muchas gracias», y después descubre su cuello para que se lo abroche. Veo que sigue llevando ese otro colgante de oro que nunca he sabido qué es. Ya me lo dirá llegado el momento. Mientras cruzamos la plaza, le cuento algunos de mis descubrimientos chinos: cómo el ateísmo era una creencia tan proselitista como cualquier otra que, aunque no lo supieran, tenía su propio panteón de dioses con sede en el Olimpo de Shangai, donde el dios Yuan y el Big Data bailaban como Shiva en el Himalaya. Saca la naricilla chata y enrojecida de su bufanda: «¿El Big Data?». Sí, le explico resumidamente que, según mister Nice, es un dios muy poderoso, que sirve de instrumento al poder para elaborar estadísticas a través de los datos, que ella y yo sembramos sin querer para condicionar nuestras mentes cuando están desprevenidas.

—Es capaz de leer en nuestra mente información que no sabemos que almacenamos e incluso de adivinar el futuro —digo, sentándome en un banco de piedra enfrente de la fuente.

—Entonces es verdaderamente un dios —asegura.

—Sí, sólo que un dios creado por el hombre, que se podría utilizar también para prevenir desgracias, pero, créeme, esta no es la prioridad.

Y entonces le cuento que mi amigo Leandro disfruta engañando al Big Data. Me lo imagino ahora mismo, en esta noche de invierno, entrando en Google o en Amazon y buscando las cosas más arbitrarias: desde cacerolas hasta películas de Paco Martínez Soria, pasando por veneno para pulgones o alargadores de pene. Luego se pone un café y disfruta muerto de risa comprobando cómo el Big Data intenta, sin éxito, catalogar sus intereses y le ofrece ofertas de todo tipo de demencialidades. Así es mi amigo.

El gran teatro iluminado delante, silencioso y hueco a estas horas; detrás, ese otro gigante bloque de luz, el palacio, con sus cientos de habitaciones vacías. Y entre los laberínticos arbustos de la plaza, algunas parejas encuentran la forma de calentarse. Respiro hondo. Hasta se han congelado los olores.

Enciendo un cigarrillo del paquete que empecé en aquellas tierras, vuelvo a ponerme los guantes.

—En China es fácil adivinar hacia dónde vamos. —Y continúo—: Ha vencido el Gran Hermano. O «el mundo feliz» de Huxley, o ambas cosas. Hay tanto ruido y tanta información que está todo el mundo narcotizado.

Alzo la vista y observo las ventanas de la plaza que se han ido encendiendo. Cada uno en su celda sin saberse vigilados. Pero en cada una de esas celdas hay alguien conectado. Todos nos observamos a todos, esas vidas de mentira en las que nos mostramos constantemente hiperactivos como buenas y atareadas abejas. Esta mañana, en el metro, me ha impresionado la manada de zombis que se deslizaba hacia los vagones.

—Deberíamos tirar tus toneladas de ansiolíticos y los de Deirdre al Canal de Isabel II para que se los trague la ciudad.

Nos echamos a reír, aunque no tiene ni puta gracia. Una vez le escuché decir a Santiago que el depresivo es aquel que se está ahogando en su propia existencia, a quien ya no le quedan fuerzas para ser dueño de sí mismo. Luego he sabido que es de Nietzsche, creo que de *Así habló Zaratustra*, concretamente. En ese sentido, todo el que está en la rueda del hámster está deprimido, pero no tiene tiempo para darse cuenta.

—Siento lo de tu amiga —dice de pronto y, para mi sorpresa, me pide un cigarrillo.

—Sí, yo también. Ahora estaba pensando en ella.

—Lo sé.

Serena siempre estaba proyectada en su positivo, su avatar;

había sido encarcelada en él, devorada por él. Igual que yo estuve a punto de quedar atrapada en mi negativo, la circunspecta Miércoles. Tan peligrosa era una cosa como la otra.

Porque el precioso avatar que decía ser Serena en las redes, ese conjunto de poses y fotos con la luz perfecta, era inalcanzable, y del divorcio entre esa Serena real y su perfecto avatar, un tipo de autoagresividad que se recrudece hasta destruirte por completo. Serena, arrodillada ante su perfecta creación virtual, cada vez que se veía una arruga en el espejo, cada vez que sufría un problema intestinal o se le hinchaban los ojos de llorar, se machacaría a autorreproches. Sin embargo, la vida de su avatar estaba siendo paradójicamente mucho más larga, y en estos días seguía en las redes recibiendo sin contestar las condolencias por su gemela.

¿Qué ha pasado para que desconfiemos así de nuestra memoria y nuestra humanidad? ¿Por qué no dejamos que sea ella quien haga su propia digestión, su selección natural y vuelva a archivar los recuerdos que le sirven? ¿Por qué sufrimos este Diógenes de datos e imágenes que acumulamos en una memoria artificial de USB? ¿Por qué preferimos la visión del mundo en diferido mientras la grabamos en un móvil que lo que perciben en directo nuestros ojos? ¿Por qué sustituimos nuestra voz por los mensajes de un chat sin entonación ni expresión ni vida? ¿Por qué preferimos que sea nuestro Avatar quien nos represente ante el mundo?

Sentadas en medio de una plaza desierta que parece un monumento al invierno, sólo se me ocurre una respuesta para todas esas preguntas:

—Porque tenemos miedo a relacionarnos emocionalmente. Miedo a sufrir. Y no nos damos cuenta de que no sentir es el peor de los sufrimientos.

Luego miro a Greta. «¿Y tú qué haces fumando?», le digo, «esto no es ser tu "yin", es ser una pésima influencia», y le calo el gorro hasta que casi desaparecen sus ojos y ella reaparece entre la lana azul. «Oye, grandullona. Un respeto a esta sor», dice, fingiendo un gesto de fastidio. La invito a que escoja dónde prefiere que trabajemos, porque vamos a necesitar el ordenador, le explico, y prefiero tomar las notas directamente.

Ella se seca los ojos que le lloran de frío. Nos quedamos atrapadas en ese silencio decisivo; sé bien que si decide seguir ahora, seguirá hasta el final. Me habría gustado saber rezar para pedirle a un dios justo que le dé fuerzas para que siga un paso más, porque ya hemos llegado hasta aquí, porque no lo voy a negar, ayudarla a ella es también ayudarme a mí misma, porque escucharla a ella es escucharme yo también. Nuestras conversaciones han ido adquiriendo un tono de confesión, de redención, pero, sobre todo, de comunión, de intercambio. Y creo que sí, que a las dos nos haría bien acompañarnos en este proceso al que nos enfrentamos, sea el que sea.

Llaman a mi móvil y no lo cojo. Greta rompe a reír. «¡Esto sí que es nuevo!», celebra, hace como que se pellizca una oreja. «No me lo creo», exclama, burlona. «¿Qué te han hecho en Asia?» Y finalmente dice algo que estalla como una hoguera en medio del invierno:

—Vale, pesada. Busquemos un lugar calentito, que tenemos tarea.

Respiro profundamente aun a riesgo de que se me congelen los pulmones, y la empujo. «Levanta de ahí y vamos a por ello», le digo.

Caminamos buscando un lugar tranquilo. Es lunes, así que hay muchos cerrados. Pasamos el gran teatro, cuyo olvidado tenor de la puerta de artistas debe de estar invernando. A nuestro alrededor todo el mundo camina a otras revoluciones, con la vista pegada a sus pantallas, y me siento como si viera por primera vez el mundo de Matrix, un mundo en el que, como dice Leandro, ya hay más móviles que personas.

Un mundo que está perdiendo intensidad.

Los únicos bares que encontramos tienen puesto el fútbol, y pequeños grupos de hombres dan la espalda a la barra con sus cervezas en la mano, bajo la luz demasiado triste y demasiado blanca de un neón.

No sé por qué recuerdo ahora a uno de mis primeros novios en el colegio que se empeñó en llevarme a un partido de fútbol. Yo lo aborrezco desde pequeña por haber vivido pegada al estadio Santiago Bernabéu toda mi vida, con sus atascos y sus hordas de borrachos que meaban mi calle y gritaban hasta las tantas. Sin embargo, fui al estadio por darle gusto y acabé envuelta en una bandera, gritando como una posesa en la grada, presa de una emoción incontenible. Ese día me di cuenta de que la emoción de lo que ocurre en el momento y que no podía sentirse a través de una pantalla. Lo mismo le pasa al teatro. Y, por extensión, a la vida.

El directo está dotado de otra intensidad. Es otra cosa.

Eso es a lo que le estoy dando vueltas.

La vida en diferido no se comunica con todos los lenguajes de los que es capaz: un trescientos sesenta grados de olor, de luz, de imprevistos y, sobre todo, de compañía. Si ponemos nuestra atención en fotografiarla, se nos pasa vivirla y nos tendremos que conformar con su plana retransmisión. Igual que se aplana la vida. La realidad es que hace unos meses ni siquiera celebré mi cumpleaños, porque estaba demasiado ocupada trabajando y sufriendo un ataque de ansiedad al día siguiente. Había convertido mi vida en una amorfa masa de tiempo ordinario, ya no había tiempo para la celebración —esa pausa de tiempo extraordinario—, sólo para un presente continuo dedicado a seguir rindiendo sin altos en el camino.

Por eso, aunque me ha prometido uno de los episodios más apasionados de su vida —cuando tomó sus primeros votos—, y aunque hoy debería preguntarle sobre muchas dudas que me han surgido estas semanas para poder seguir avanzando, le digo:

—Y si antes de ponernos a trabajar… ¿lo celebramos?

—¿Celebrar? —se sorprende—. ¿El qué?

—Que estamos vivas.

Le tiendo la mano y me la estrecha con decisión.

—Está bien —replica—, porque hoy voy a contarte cosas que van a sorprenderte —dice fabricando un gesto de intriga.

Y así, cogidas del brazo, encaminamos nuestros pasos hacia el Ouh Babbo, donde Bruno seguro que nos enseña a hacer una de las sopas de su padre.

La Comunidad del Bautismo

58

Bogotá
Año 23

En el futuro recordaría cada uno de los cinco niveles de la que había sido su casa en Bogotá con todo detalle: el estilo inglés de la fachada, el olor a lejía y a ambientador de rosas y esos pasillos estrechos que sabían guardar secretos. En el fondo se alegraba de que la madre Juana la hubiera hecho volver. La estancia en Maracaibo había sido breve, pero demasiado intensa, todo lo intensa que había sido la dependencia que sintió de ella la madre Dulce. Mejor regresar a su primera comunidad, su Comunidad del Bautismo, en la que la madre Juana gobernaba como una empresaria, con la distancia justa, pero por la que se sentía protegida también. Aquella casa fue su río Jordán, y ella, su Bautista. Aunque ahora tenía otros motivos para alegrarse de haber vuelto a su país…

Caminó sobre el suelo de goma en forma de panal y contó cada una de las silenciosas pisadas hasta la habitación de la vicaria, en esa planta de clausura a la que sólo podían subir las hermanas. Una vez dentro, cerró la puerta despacio, dejó la ropa recién planchada sobre la silla y se sentó a los pies de la cama. Sólo ella podía tocar su ropa. Ese era uno de sus muchos privilegios. Sólo ella podía entrar en su habitación. Qué distinta era la imagen que tenía ahora de Leonarda a la de la vicaria que le presentaron cuando llegó. La primera vez que le habló sintió miedo, porque todo el mundo la observaba con esa distancia que da el respeto. Y ahora, sin embargo, se había convertido en su secretaria, en la encargada de cada pequeño detalle de su vida.

Era cierto que había hecho méritos. No quería volver a pasarlo tan mal como en Maracaibo. Si se hizo monja fue porque siempre había sospechado que su esencia era mala y rebelde. Pensó que la religión la encaminaría bien, que sólo allí se encontraban los valores. Sin embargo, ahora el suelo de sus creencias se tambaleaba cada cierto tiempo, como las réplicas de ese gran terremoto que fue Valentina. La crisis de fe que vivió fue tan angustiosa y tan intensa la relación con la madre Dulce que se quedó agotada. Por eso, antes de volver a Bogotá y de tomar los primeros votos, se ordenó a sí misma curarse de aquella tendencia. Cuando dejó Maracaibo, dejó también a Dulce, no sólo por enmendarse —tenía que ser sincera consigo misma—, sino porque el amor de aquella mujer la agobiaba.

A pesar de eso se sentía mal, porque sabía que si la madre Dulce había venido a Bogotá no era sólo por revisarse las cataratas en Barraquer, sino por verla. Y la realidad es que no quería. Le habían dicho que la estaba buscando y que se quedaría a dormir esa noche.

Greta se recolocó la enagua, estiró la blusa por debajo y cogió aire. Incluso la agobiaba encontrarse con ella por la casa o a la hora de los rezos. ¿Cómo evitarla? La asfixiaba.

Repasó con la vista cada detalle de la habitación de la vicaria con la devoción de quien ha entrado en un lugar sagrado: el cuadro de la fundadora sobre la cama. Ese reloj antiguo que cantaba las horas y que a Greta le parecía que hacía correr el tiempo más deprisa.

La recordó cuando se conocieron. Las hermanas le habían dicho que la vicaria era una humanista, era compositora, profesora de universidad y que estaba en el gobierno provincial. De pronto, aquella mujer se había dibujado en su cabeza de veinticuatro años como un retablo de perfecciones.

—Hermana Greta —le dijo, cuando le presentaron a la joven novicia—, parece que va a tomar con nosotras sus primeros votos. Es una decisión muy importante.

Y Greta se quedó congelada ante aquella mujer que le doblaba la edad, malencarada, cuyos ojos desprendían esa verde ironía, y que, a pesar de su pequeña estatura, se le antojó inalcanzable. Leonarda era la imagen de todo lo que ella quería ser. Y entendió por qué todo el mundo se encogía ante el miedo que causaba su inteligencia.

—Véngase conmigo —le dijo—. Tengo una serie de tareas para usted, voy a necesitar ayuda.

Fue entonces cuando supo que era diabética y necesitaba que alguien se ocupara de su medicación. Aquello le añadió una fractura a tantas fortalezas, y Greta sintió compasión por ella. Todo el mundo la observaba en la lejanía como la estatua de un héroe. Pero cualquier enfermo necesita cuidados de verdad. Greta se ofreció a ayudarla y, poco a poco, le fue confiando esas pequeñas tareas, y ahora, de pronto, estaba a cargo de ayudarla a vestirse, ponerle las inyecciones, atenderla cuando tenía un pico de azúcar y le dejaba un zumo de naranja recién exprimido en la mesilla antes de que se despertara. Casi se muere de alegría cuando le encargó organizar el concurso fotográfico de la comunidad. Nadie había confiado en ella de ese modo. Nunca. Fue entonces cuando empezó a verla dentro de su disfraz de ogro.

Greta se levantó. Alisó esa colcha que había alisado mil veces. Ahuecó las almohadas como a ella le gustaba para que tuviera un buen sueño y dejó bajo la de la derecha una ramita de lavanda fresca. Colocó un vasito de plástico y contó sus pastillas de nuevo. Qué feliz le hacía atenderla. Qué regalo había sido aquel primer día en que tuvo fiebre y se pasó la noche cambiándole las compresas en la frente, frías y calientes, y hablaron sin parar.

Ya entonces empezaron a hacerlo bajito, recordó Greta, porque era muy tarde, pero el caso es que, a partir de entonces, siguieron bajando la voz a plena luz del día cuando charlaban. Hasta ese mediodía en que la citó en el despacho de la madre Juana para algo importante, que luego resultó ser sólo que tenía que archivarle unos documentos, ya sabía que era muy ordenada en sus asuntos, le dijo. Greta recordaba el olor de la madera antigua recién encerada de esa oficina, como si fuera el más exquisito de los perfumes, y el sol que se filtraba por las ventanas igual que un baño de oro que coloreaba la escena. Y en la intimidad de ese despacho a plena luz del día, Leonarda, la humanista, se acercó y la abrazó.

Qué momento tan mágico y tan dulce, recordó Greta. Cómo

iba a verla como los demás si se comportaba de pronto como si hubiera encontrado a una gran amiga. Y entonces los abrazos fueron cada vez más largos, y un día, sin saber cómo, se transformaron en los besos prohibidos de esa persona que había creído inalcanzable. Les sorprendió el amor. Eso era todo. Cómo no iban a quedar adictas a esos besos.

Greta suspiró y se tumbó en la cama. Qué largo se le hacía el día hasta que se encontraban: dormir juntas, acariciarse, besarse tan tierna y apasionadamente, ese era todo el sexo que necesitaba, no había más ni quería más que besarla y dormir con ella y salir de su habitación a las cinco de la madrugada antes de que amaneciera. A cambio, tenía el regalo al despertar de una carta de amor sobre su almohada escrita con su letra cuidada de profesora en un papel de rosas, dedicado a «su ángel moreno». Otras veces le hacía barquitos de papel durante sus reuniones, que navegaban hasta su habitación cuando se encontraban por las noches. Y ese muro de sabiduría y respeto que había visto ante ella, tan niña e insignificante, ahora la llamaba «su ángel moreno».

Miró la hora en el viejo reloj de porcelana que siempre le daba la mala noticia de que se les acababa el tiempo. Era ya muy tarde. ¿Por qué no había vuelto? Quizá no se verían esa noche. Se sintió desamparada. ¿Cómo iba a conciliar el sueño? Quizá se había enfadado porque anoche no quería irse de su habitación. «Venga, no seas perezosa», le había susurrado, dándole un empujoncito, «no te quedes dormida otra vez. Si nos vemos en poquitas horas». No, se tranquilizó, seguro que la habían entretenido con ese tema de las nuevas junioras.

Abrió la puerta y desanduvo el largo pasillo con esos pasos mudos que amortiguaban cada beso, cada caricia y las palabras de amor que se prolongaban hasta la madrugada. Esta vez serían sus cómplices para volver a su habitación sin hacer ruido. Se detuvo en seco. Al final del pasillo escuchó la voz alegre y rítmica de Dulce que preguntaba por ella. La revisión de la vista había ido bien, le explicaba a la hermana Drusilda, no la operaban hasta dentro de un par de meses cuando las cataratas estuvieran más hechas, pero no quería irse sin ver a la hermana Greta, dijo con la voz ansiosa, mientras esta entraba sigilosamente en su habitación sin encender la luz. Escuchó a la hermana caminar por el pasillo, qué raro, ¿y decía que no estaba en su habitación?, desde luego sí estaba en la casa.

Golpes en la puerta.

Greta contuvo la respiración. Al otro lado, su querida pero agotadora Dulce. No, ahora no podía verla. La llamaría por teléfono más tarde. Así era mejor. Se verían dentro de unos meses cuando volviera para operarse y la distancia hubiera hecho su efecto. Tocó su puerta muchas veces, pero no respondió. Nunca se pudo imaginar lo que se arrepentiría en el futuro de no haber abierto esa puerta.

Eso sí, al día siguiente Greta la llamaría por su cumpleaños y se alegraría de escuchar su voz, con la distancia justa que ahora necesitaban, la que había entre Bogotá y Maracaibo. Se reirían mucho y Dulce le contaría que tenía la cama llena de regalos que le habían llevado los padres del colegio. Era una directora muy querida. Escucharía su voz alegre sin saber que lo hacía por última vez. Su humildad le impedía creer en el merecimiento, así que le costaba recibir tantos presentes. Más tarde, le contarían a Greta que recogió los regalos para poder acostarse y a la mañana siguiente volvió a colocarlos sobre su cama sin abrir aún porque tenía que salir a una ordenación sacerdotal bien temprano.

Nunca llegó. Se estrelló en la camioneta de la comunidad que ella misma había comprado con su dinero. Cayeron doscientos metros por un precipicio en una curva. Una de las hermanas que sobrevivió quedó atrapada con ella en el coche, cabeza con cabeza, y pudo escucharla mientras agonizaba. Y la cama de la superiora quedó llena de regalos sin abrir como la puerta de Greta.

La joven novicia, escondida tras su puerta, no imaginaba en ese momento lo cerca que le rondaba a su amiga la muerte y que aquella sería la última vez que se podrían ver, así que se quedó inmóvil y a oscuras en su habitación hasta que escuchó que Dulce le daba a la hermana Drusilda las buenas noches y a Greta le sobresaltó un beso que supo orientarse hasta sus labios en la oscuridad.

—Shhh... no se asuste —dijo una voz amada—. Es que no podía aguantar más sin verla.

Y empezaron a besarse protegidas por las sombras hasta que las demás voces se sofocaron y pudieron encender la luz. Hablaron y durmieron, abrazadas como tantas noches. Y en ese momento, con el pecho estallándole de amor, Greta miró dentro de esos ojos verdes y se atrevió a decirlo:

—Vámonos, Leonarda. Escapémonos.

Y esa noche la gran Leonarda lloró.

Por primera vez lloró delante de su joven amor. En su habitación, invadida de culpa hacia su juventud y su compromiso.

—Dios mío… —La vicaria cayó de rodillas ante su cama más tarde—. Cómo me está pasando esto a mí. Tú sabes que he sido recta toda mi vida y ahora… a mis años estoy perdiendo la cabeza. —Roció de agua bendita su cama antes de acostarse para evitar encontrarse con su amada en sueños—. Ayúdame a sacármela de dentro. Ayúdame a salir de ella.

Con aquella mujer Greta aprendió a amar.

La recordaría como una de las emociones más puras, como algo que nunca había sentido. Supo que a partir de ese momento, donde estuviera ella, estaría su hogar. Su norte. A través de su recuerdo entendería que la ternura, la complicidad con una mujer no era una cuestión sólo de sexo, como había ocurrido con Magda. Había un más allá cuya puerta de entrada eran los besos de la madre Leonarda. Sus brazos cálidos entre los que querría envejecer. Greta nunca vio nada extraño en enamorarse de una mujer. Lo que nunca pudo entender era cómo podía una enamorarse de un hombre, algo que nunca confesó siquiera en un confesionario, por si incluso el sacerdote se sentía insultado. Cómo habría deseado poder pedir confesión con una mujer… por eso sólo se lo revelaría cuando escogió a una, una periodista, años más tarde.

Un hombre la podía excitar, pero nunca encontró nada tan atractivo como para enamorarse de uno. Qué le iba a hacer. Por eso, sus grandes amores siempre serían ellas. Una homosexualidad emocional que empezó arrastrando como un pecado, cuando su pecado era sólo amar. Poner en duda las tendencias de su corazón sería mucho más complicado que entender sus tendencias sexuales cuando fuera expulsada de ese mundo de mujeres. Un mundo en el que se necesitaba desesperadamente amar cuando amar a Dios no era suficiente y en el que no era posible sin culpa y sin secreto.

Por eso, para no soportar más dolor, intentó dar marcha atrás y someterse a un duro proceso de castrado emocional que le llevaría dos años.

59

Se llamaba Bárbara Sagel y, según le habían dicho a Greta, era muy mal bicho, pero muy buena psicóloga. Sin embargo, la madre Juana confió en sus manos a su protegida para que la ayudara a reconducir su mente, a aplacar esa tendencia suya a crear «lazos» inapropiados, y a limpiar de una vez por todas lo que quedara en ella del turbio asunto de Valentina que pudiera entorpecer su fe. Lo que no sabía la madre Juana era que Bárbara Sagel odiaba a las monjas y todo lo que representaban, aunque eran también una inagotable fuente de ingresos. La primera vez que la vio, a Greta le llamó la atención esa señora tan bien puesta, de unos cincuenta años, mirada perversa y algo psicorrígida, de una delgadez cuadriculada, pequeña de estatura y siempre encaramada al andamio de sus tacones del color y tono exacto al resto de su indumentaria. Más adelante, cuando Greta se enteró de que se había metido en política, no le extrañó lo más mínimo.

Aun despreciando la vida religiosa y haciendo gala de su profesionalidad y de tripas corazón, pasaba consulta a las hermanas cuando la requerían. Al fin y al cabo, era una cantera de clientes inagotable y pagaban muy bien, le confesó un día a una colega, cuando esta le preguntó por ello de forma algo maliciosa, y volvió a concentrarse en su plato de ropa vieja, mientras separaba esos minúsculos trocitos de pimiento verde que no podía soportar.

Fue con ella con quien Greta decidió emplearse a fondo y curarse de su homosexualidad, aunque no cometió el error de utilizar esa palabra, ni mucho menos de contarle sus experiencias. Ya había aprendido con el asunto de Valentina. Y menos mal que no lo hizo. Más adelante Magda, su primera amante con la que aún estaba en contacto cuando venía a Bogotá, le contó que la psicología pertenecía, al parecer, a una especie de secta que rechazaba a los homosexuales. El caso es que a través de Bárbara le llegaría a Greta lo que ambas bautizaron como su segundo tsunami.

Cuando Greta llegó a su consulta ese último día, tras casi dos años de terapia, estuvo un rato observándola a través de las cortinillas medio abiertas de su despacho. Estaba consultando sus informes para preparar la sesión; sin duda, felicitándose por el gran trabajo que habían hecho juntas. Tenía la sensación de que a Bárbara le costaba dejarla marchar; sin embargo, tenía que hacerlo. Pero también intuía que había llegado el momento. Bárbara abrió el diario de Greta sobre el que habían trabajado esos dos años encima de la pulcra mesa blanca, al lado de su portátil blanco y del iPhone blanco que tenía permanentemente en silencio. Durante aquellas primeras sesiones había sido muy dura con ella. Había mucho que limpiar, le había advertido cuando empezaron a escarbar en la mente de aquella joven novicia a la que siempre le decía que tenía, sin embargo, el alma muy vieja. A base de desescombrar su mente de tantas ruinas, consiguió que aceptara a un padre que la había rechazado antes de nacer; sacó los restos de ese abuso de su primo que había guardado en un rincón inaccesible de su mente que ya olían a podrido y, lo más duro, extrajeron juntas, pero con mucho cuidado, el recuerdo de su amado Juan, lo desvistieron de las ropas de príncipe bondadoso con las que su hermana pequeña lo había vestido cuando desapareció, para ponerle otras de ese chico violento y furioso con el mundo, por mucho que la hubiera adorado a ella.

Desde el principio Bárbara se había interesado mucho por Greta. Y más tarde y para su sorpresa y a pesar de los intentos de la terapeuta para que no sucediera, Greta sintió que le había cogido un gran cariño. Según ella, tenía algo especial: su rebeldía natural, su inquietud, tanto que la mayoría de las veces sus conversaciones se parecían más a una clase de psicología que a una terapia, algo que a Sagel, adiestrada para dar conferencias, la motivaba bastante. Incluso había devorado todos sus libros y eso encendía la llama del ego de la psicóloga. Ninguna otra de sus pacientes religiosas se había interesado nunca por leerla.

A Greta le divertían sus esfuerzos por no mostrarle demasiado interés, ni un atisbo de afecto. Uno de los grandes problemas que debían trabajar juntas era su dependencia emocional.

Durante esos dos años se habían visto tres veces por semana. Y Greta se había vuelto tan creyente del psicoanálisis que se lo recomendaba a todo el mundo. Sin embargo, en la comunidad todas preferían seguir viéndola como un bicho raro cuando hablaba de sus logros en aquella consulta.

Lo bueno es que ahora parecía darle igual. Disfrutaba escribiendo todas sus emociones en ese diario que le había regalado, y lo hacía en segunda persona, como si hablara con ella. A partir de esas páginas manuscritas trabajaban juntas y aprendió muchas cosas. Le enseñó cómo se generaban las respuestas en los seres humanos, le explicó conceptos revolucionarios: «En la vida lo más importante eres tú, Greta, trabajarte tú, si no, todo el exterior te hará daño. Eres tú quien lo convierte en daño». Qué distinta se sentía la Greta que estaba a punto de entrar en su consulta esa tarde a la atribulada novicia que llevaron como una oveja al matadero.

—Conmigo no van a servirle sus pataletas —le dijo durante esa primera sesión—. No me hable como una niña. Es grotesco.

Greta afirmaría muchas veces que esa mujer la ayudó a ser adulta. Era liberador tener tal confianza con alguien sin ningún enganche.

—Tenga esto claro —le dijo otra tarde cuando Greta se puso a llorar—. Yo no voy a ser ni su hermana, ni su novia, ni su madre.

Dos años ya…, pensó Greta mientras la veía cerrar su diario. Dos años para tomar sus primeros votos, en los que se había sentido protegida, en su país… Hora de emitir un nuevo diagnóstico, habría pensado la terapeuta, y decirle a su joven paciente algo muy arriesgado que no sabía cómo podía tomarse. Pero había madurado mucho. Y Bárbara confiaba en su fortaleza.

La sesión comenzó como cualquier otra. Greta le dio un beso en la mejilla y se sentó a su lado. Le contó los titulares de la semana y, como era habitual, gran parte de ellos se referían a la vicaria. Que si la hermana Leonarda hace, que si la hermana Leonarda dice, con una admiración enfermiza, una especie de enamoramiento del que nunca contó que fuera nada más. Pero esa tarde Bárbara la interrumpió:

—No es que me parezca mal su relación de amistad con la vicaria, Greta, pero debo advertirle algo: en primer lugar, no viene a cuento en su condición. —Y frotó sus tacones levemente entre sí como si fueran las alas de un grillo—. Pero, además, usted tiene un perfil de dependencia emocional y, para trabajarlo, debe distanciarse.

Greta se quedó rígida y no dijo nada. De pronto tuvo miedo de que todo comenzara otra vez, y de que Bárbara hubiera descubierto algo y le fuera con el cuento a la madre Juana, quien ya la había protegido bastante. Pero no, la psicóloga no estaba preocupada por sus relaciones amorosas y la distancia de la que hablaba era mucho mayor y no sólo de Leonarda.

Se levantó erguida sobre sus altísimos estiletos color burdeos como si estuviera clavada al suelo, bajó hasta las rodillas la falda de su vestido del mismo color. A Greta le pareció una delgada y brillante berenjena con tacones. Tamborileó con sus uñas a juego sobre la mesa y decidió no pensárselo más:

—Yo le recomendaría, Greta, que pida un año sabático. —La novicia la miró asustada—. Creo que necesita conocer el mundo. Escúcheme bien porque no lo diré dos veces y, además, negaré haberlo hecho... —Se apoyó en la mesa—. No sea religiosa. No lo sea, Greta. Es una vida parasitaria. Es una existencia con una plantilla de la que no puede salirse. Y que todo se lo da. Pero esa no es la vida real. Salga, Greta, salga y conozca la vida real. Usted es inteligente. Es creativa. Póngase a prueba a usted misma y lo que puede conseguir. Rétese.

Cuando salió de la terapia esa tarde se sintió entre triste y aliviada. Incomprensiblemente, le apenaba dejar las sesiones con Bárbara, pero experimentó cierto sosiego ante la perspectiva de marcar un alto en el camino, sobre todo ahora que la propia Leonarda había empezado a distanciarse. Dos días después, cuando le contó que quizá pediría un año sabático, esta recibió el comentario con frialdad. «Muy bien», le dijo, «genial». Sólo eso dijo. Era la única prueba que Greta necesitaba. Como no era capaz de dejar la relación, había decidido ignorarla. Y lo terminó así. Lo terminó mal. Y a Greta se le fue encogiendo el corazón hasta hacerse tan pequeño como el hueso de una aceituna. Tras aquella última conversación a solas, la vio caminar por el pasillo de goma en forma de panal hasta esa habitación en la que tan rápido habían pasado las horas. «Era la persona con la que quería vivir toda la vida y me doblaba la edad», confesaría muchos años más tarde, «yo habría sido feliz con ella, sin sexo, sin nada». Pero

Greta tenía la vida por delante, y la vicaria, una vida hecha que no quiso que se viera amenazada.

Tres días más tarde le comunicó a la madre Juana que su terapeuta le recomendaba que se saliera un año, obviando, claro está, el resto de la argumentación que le había dado.

A la madre Juana, sentada en su despacho de madera encerada, no le gustó nada. De hecho, y como le contaría años más tarde a la propia Greta, lo consideró una especie de traición por parte de la psicóloga porque, para colmo, había sido idea suya que Greta hiciera terapia con ella. Por eso, tras su reunión, la superiora se fue a la capilla y estuvo allí un buen rato pidiendo consejo ante la cruz. La madre Juana se las había apañado para llegar a los cincuenta sin dudas vocacionales y con una voz apaisada y firme que convertía sus recomendaciones en órdenes, de modo que no estaba acostumbrada a que la desafiaran.

Como no obtuvo respuesta del Cristo, se cambió de banco y probó suerte con la Virgen, ella que era madre de todas… de mujer a mujer: ¿había hecho bien dejando entrar a las ciencias de la mente en aquel hogar del espíritu?

Lo cierto era que su carrera frustrada había sido la psicología y, quizá por eso, se empeñaba en que todas las jóvenes pasaran por el diván, algo que en el consejo no veían mal, porque solían servirse de las terapias para «apagar fuegos». Pero, en su caso, no se trataba de instrumentalizar a un terapeuta para recortarlas como piezas a medida del puzle de su comunidad. No, ella nunca haría eso. La superiora, como conocedora de la mente humana, era muy respetuosa y nunca recibió informe de psicólogo alguno. No entendía por qué algunas de sus colegas lo hacían. El hecho es que veía a todas sus hermanas tan disconformes… se sentía rodeada de tanta frustración e hipocondrías que no sabía ya qué hacer.

Suspiró. Se ató las manos con el rosario de ópalo. Todo el mundo estaba enfermo. Incluso Greta recordaría este detalle con perplejidad cuando salió de la Ciudad del Norte con el cuerpo hinchado, con depresión, trastornos alimentarios y del sueño. El caso es que la madre Juana, aunque su mente era de empresaria, cuidaba a su equipo, y tenía noticias de que muchas de las que se salían no volvían a enfermar. Meneó la cabeza, suspiró en tres tiempos y se levantó del reclinatorio para seguir su itinerario.

Desde luego, se habría escandalizado si hubiera escuchado el razonamiento que Bárbara le había dado a Greta hacía un par de días sobre esta cuestión:

—Es que la monjita de turno no tiene responsabilidades, Greta, es un parásito... ¿Y qué hace? —La psicóloga cruzó las piernas, movió el pie nerviosamente enfundado en su tacón—. Pues enferma y está pendiente de lo que hacen las otras para criticarlas: a qué hora han apagado la luz, con quién andan más o menos, cosas así. Algunas de las que me traen llevan cuarenta años sin tener responsabilidades: voy a mi clase dos o tres horas, como, me acuesto temprano, rezo, a ver si esta crema me va bien... ay, otra vez los riñones. —Se cruzó también de brazos para dejar claro su rechazo a todo aquello—. Y ahora dígame, Greta, ¿por qué quiere convertirse en eso?

Greta no pudo articular ni una palabra con los ojos como platos. No esperaba aquella arenga final. Y le dio pie a que continuara:

—La madre Juana piensa que dirigir la comunidad es como jugar al ajedrez, pero no sólo consiste en eso —dijo mientras aprovechaba para ordenar distraídamente sus informes, cada uno con un nombre—. Pero las hermanas tienen que sentirse satisfechas con sus vidas. La parte humana es lo que está fallando aquí. ¿Se da cuenta? Me las mandan a los cincuenta cuando ya no te hace falta. —Y señaló con la mano abierta aquella montaña de papeles.

Pero Greta no estuvo de acuerdo. Porque conocía la parte blanda de ese caparazón y que a la madre Juana sí le importaba el bienestar de las hermanas. Aun así, la estratega era más visible que la parte humana, un registro que, si le hubieran dejado ejercerlo más, habría dado la religiosa perfecta. Quizá por eso la congregación la había dejado anclada al cargo de superiora de la provincia de Colombia.

La madre Juana no sospechaba lo lejos que había llegado la argumentación de la psicóloga para convencer a Greta de que se diera un tiempo, pero esa noche sí temió que la hubiera juzgado duramente. Se levantó ágilmente del banco y estiró su hábito. Echó una última mirada de reojo al Cristo: ¿qué debía hacer? ¿Debía conceder ese año sabático a Greta?, pensó la madre Juana mientras cruzaba el largo pasillo inmersa en sus cavilaciones.

Adoraba a esa niña a pesar de saber que resultaría conflictiva. Era una líder nata y tenía inteligencia, algo que supo que sería problemático en la comunidad porque, las cosas como son, esta era muy borreguil. Greta era como un viento fuerte que podía tumbar un barco, pero que, bien conducida, podía empujarlas con fuerza a buen puerto. Por eso se la trajo. Lo único en lo que la estratega y la parte humana estuvieron de acuerdo. La madre Juana, la bautista, la quería cerca. En una casa donde no hubiera un colegio se aburriría. Lo que no pudo prever la superiora es que, a medida que Greta se iba fortaleciendo a nivel humano en esa terapia, iba colisionando con sus creencias.

La superiora subió las escaleras con olor a rosas hacia sus dependencias, esas hasta las que nadie, salvo ella, tenía acceso y donde a veces la soledad era más espesa, y cerró la puerta de su apartamento envuelto en cuidadas tapicerías, rodeada de la belleza y del orden que necesitaba para pensar. Y pensó toda la noche en cómo lograr que Greta se quedara, sabiendo que debía dejarla marchar.

Radicales libres

60

La tinta del sabio es más sagrada
que la sangre del mártir.

Mahoma

Madrid, febrero de 2018

Hoy llevo todo el día dándole vueltas a esta frase de Mahoma. Es doloroso comprobar cómo colisiona con la noticia sobre cada atentado. Sin querer, ha provocado una traca sináptica en mi cerebro que ha ido uniendo todos los puntos con la historia de Greta. Yo también la he relacionado con experiencias propias sobre radicalismos de todo pelaje. He conocido a mucha gente que defiende una idea intelectual tan inmensa que les impide ver las consecuencias que esta provoca al aterrizarla en nuestras pequeñas vidas cotidianas... Esa ceguera me asusta.

Si algo tiene Madrid es luz.

Incluso en invierno.

Y si algo buscaba cuando alquilé esta casa eran puntos de fuga y que esa claridad no encontrara demasiadas barreras para entrar en mi casa. Que me despertara este sol de invierno insurrecto, capaz de calentar la ciudad por lo menos durante el día. Así que voy a aprovechar este día de luz de invierno para sumirme en la oscuridad. Que luego vendrá la helada por la noche y la astenia que provoca el frío.

Por eso he decidido ver hoy el documental sobre sectas de Gabriel. Hace tiempo que me lo pasó. Creo que me estaba resistiendo. Y ahora, a pesar de haberme dejado el alma destemplada, me alegro. Tanto que voy a mencionarlo en mi propio reportaje.

Apago la tele y enciendo el ordenador. El sol describe curiosas geometrías que hacen que mis paredes parezcan menos desnudas. Es increíble que aún no haya encontrado un solo cuadro que colgar. Ni fotografías. Echo de menos ver algún otro rostro por aquí, además de mi jeta en el espejo.

Lo que más me ha impresionado es la entrevista al abogado de Sahira, la chica musulmana que detuvieron por terrorismo: la pobre infeliz había buscado novio en una página de internet que resultó ser un avispero de ISIS destinado a captar adeptos. Vaya ojo tuvo: el presunto novio iraquí resultó ser de la secta y ahora ella, con dieciocho y sin comerlo ni beberlo, había acabado en la cárcel.

Vienen a mi cabeza los salvajes atentados en Barcelona y recordé también cómo había sido manipulada la noticia en China: estos eran los peligros de la libertad, decía la prensa gubernamental. ¿Quién querría vivir en Occidente? En esta época en la que sufrimos atentados en nombre de dioses vengativos ¡mucho mejor ser ateos!; en este siglo de agitaciones políticas en nombre de intelectualizaciones excesivas, ¡mejor no tener ideas políticas! Mejor vivir dentro de esa nueva gran muralla informática, aislados, sí, pero también protegidos del mundo. Lo cierto es que Occidente estaba haciendo méritos para solidificar el discurso del régimen del Dragón.

Escribo: que se crean que viven en su mundo feliz, allí dentro, podía entenderlo. Lo que verdaderamente me sigue alucinando es que algunos nos creamos que lo es, desde aquí afuera. Por asociación de ideas, me viene a la cabeza aquella filósofa suiza que conocí durante mi estancia en Shangai, presunta demócrata: unos cincuenta y risa de Santa Claus, a la que se le salieron ambos dedos gordos del pie por los calcetines agujereados cuando nos hicieron descalzarnos para tomar el té. Durante aquella velada sacó a pasear a Mao con admiración; consideraba que en Europa teníamos mucho que aprender de ese régimen. Yo, que la escuchaba pasmada mientras giraba una de esas mesas-ruleta con la esperanza de alcanzar la sopa de jengibre a falta de algo más fuerte, me limité a preguntarle desapasionadamente si se refería a que incorporáramos en nuestros países las tres mil ejecuciones legales al año, o quizá a que no existieran medios de comunicación libres ni una justicia independiente, o al hecho de que no pudieran acceder a internet. Por saber…

«Un típico caso de suiza que se aburría en su país», me explicó poniendo los ojos en blanco su conciudadano mister Nice cuando se lo comenté aquella misma tarde y que, según él, como se sentía culpable por ser rica, necesitaba darle emoción a sus días justificándose y fustigándose por nuestro manoseado rol de antiguos invasores. Cierto es que la suiza en cuestión me miró un poco mal cuando le comenté que a mí me preocupaba más cómo actuaban nuestros países ahora, en el presente, que en las colonias. Por ejemplo: le pregunté si, en su opinión, Suiza iba a ponerse dura por fin con la transparencia fiscal o iba a seguir guardando esmeradamente en sus arcas el dinero negro de todos los mafiosos del planeta.

Creo que no le caí muy bien.

Extraigo el BlueRay de Gabriel y la televisión se apaga con un fundido triste. Es bueno. Verdaderamente bueno. Tanto que necesito asomarme un rato al balcón a cielo abierto para cambiar mi estado de ánimo: grandes ideas, mucho más grandes que los hombres que las soñaron, fueron las que permitieron a Putin masacrar Grozni, la que hoy Naciones Unidas declara «la ciudad más destruida del planeta». Grandes y muy civilizados valores son los que hace una semana lograron que descolgaran de la galería de Manchester esa belleza titulada *Hilas y las ninfas* de John William Waterhouse, tras un encarnizado debate en las redes sobre su contenido machista. Grandes valores y las pétreas leyes de la moral son las que permitieron a la tiburona madre Dominga escribir aquella carta que echaba la vida de Greta por un desagüe, repitiéndose que era una gran idea a seguir y, mientras, bajo ese papel, la libertad se derramaba como se derrama la sangre, que no es tinta, que no es negra, que es roja, de seres humanos, cuya vida y vocación pesa lo mismo que las de las manos que sostienen ese papel.

Me apoyo en la barandilla del balcón y marco su número. Le sorprende y le halaga que le haya llamado sólo para felicitarle por el reportaje.

—¿Tú te acuerdas de lo que decía la jefa de Internacional de la cadena? —le pregunto mientras enciendo un cigarrillo en homenaje a aquellos días, y él me confiesa que no—: Que la Tercera Guerra Mundial sería la guerra del terrorismo y que el único y gran frente será el mundo.

—Pues era una iluminada —dice Gabriel al otro lado de la línea, con esa inflexión actoral de su voz que siempre conseguía respuestas a todas sus preguntas.

La iluminada en cuestión también decía que las naciones estaban desapareciendo y que los límites de las fronteras se difuminaban. Y es verdad, le digo, ahora el mundo es un gran centro comercial, un gigante Zara y desproporcionado Carrefour, o, más inquietante aún, una incorpórea empresa de telefonía o un omnipresente Amazon. Ya no sabemos si somos españoles o alemanes o estadounidenses, lo que sí somos todos sin saberlo es mileuristas de las multinacionales chinas. Invasiones silenciosas, solía decir, no sólo territoriales o económicas, eso es casi lo de menos, sino invasiones de la identidad.

—Si ya no sabes quién eres ni qué leyes rigen tu país… ¿cómo cojones vas a ser libre? —concluyo.

Él hace un silencio y luego dice:

—Gran discurso… Siempre me ha hecho mucha gracia tu vehemencia.

—¿Vehemente yo? —protesto con coquetería—. Eso no me lo dices en la calle.

—Sí, hoy mismo, en la calle o en mi casa, si quieres, te lo repito. ¿Qué haces esta noche?

Me defiendo. Y por eso miento a medias. Que si tengo que ir a meditación, que si a saber a qué hora terminamos… No insiste aunque quiero, deseo que insista. Soy idiota, me digo cuando colgamos. Una acojonada y completa idiota.

Me acerco con temor a esas cajas de libros de la esquina. Abro la primera y escarbo entre ellos hasta que aparece lo que estoy buscando. Esta misma puede servir, por el momento: mamá y yo en Tailandia, cruzando un río en equilibrio sobre un elefante. La coloco en equilibrio también en el centro de la estantería. Hoy por fin me siento con fuerzas de comenzar a hacer algunos cambios.

61

De forma inconsciente, mientras cocinaba unos trigueros y un filete de pollo, he empezado a diseñar la profilaxis mental que me preparará para mi nueva vida.

La primera medida ha sido tomar la decisión de que no voy a volver a comer delante del ordenador nunca más. Me acostumbré a que todas las horas de mi día estuvieran siempre a reventar y ahora tengo que luchar contra ese *horror vacui* que hoy, tengo que reconocerlo, me está provocando un poco de ansiedad. Supongo que sentirá lo mismo alguien que deja de fumar, o un prejubilado o alguien que es víctima repentina de un ERE voraz y desayuna por primera vez en casa con el abismo de veinte horas por delante que invertir en lo que se le ocurra. De pronto son más visibles los huecos que tienes, pero no en tu agenda, sino en tu vida. Un síndrome de abstinencia parecido al que pasó Greta. Para superarlo, ella dice necesitar separarse un tiempo de la Iglesia. Quizá yo necesito desintoxicarme del trabajo y de la hiperconexión constante del móvil y las redes, y aprender a entretenerme con otras cosas. Por ejemplo, por primera vez tengo tiempo para la experiencia no remunerada que es, según la maestra Jedi, la que más nos hace aprender. En palabras de Han, mi profeta, el equilibrio supone encontrar tiempo para el hacer y no hacer, para el estatismo y el viaje, para la soledad y el acompañamiento, para el trabajo y las vacaciones. Me relajo sólo con leerlo.

Espolvoreo un poco de sal maldon sobre las verduras que antes hago crujir entre mis dedos y pongo la mesa con todo: mantelito, flores, pan y una copa de vino. Buen provecho.

Otra de las medidas ha sido hacer una purga de contactos de mi vida anterior. Es un hecho. Tengo que empezar a desconocer gente. No me caben en el disco duro, no en el del ordenador, sino en el mío. Extirpar quirúrgicamente a todo el que me sobra de mi agenda está siendo terapéutico. Cada vez que un contacto es absorbido por la pequeña papelera del móvil siento como si se esfumara de mi vida. Al primero que he tirado ha sido a Rosauro, le he concedido ese inmenso honor, y me ha producido un placer inmenso. Aun así, ahora que estoy en fase de latencia, como dice Leandro, si hay algo que me prohíbo es pasar tantas horas delante de una pantalla que no sea la de un cine. Sobre todo por las noches. Y especialmente desde el último speech que me soltó ayer por teléfono cuando le reconocí que desde hace tres años tenía insomnio:

—Normal, estás todo el día recibiendo la luz azul. —Y oí crujir algo en su boca—. Perdona, me muero de hambre.

—¿La luz azul? ¿Y eso qué es?

—Toda. La de los móviles, la de los ordenadores, las tablets. Engaña a tu cerebrillo y le hace creer que es de día. Así que empiezas a segregar serotonina a punta de pala en lugar de melatonina, que es lo que te tocaría, como a todo bicho viviente, al hacerse de noche. Conclusión: que en lugar de entrarte sueñecillo, te pones como una moto.

Mientras le escucho, me lo imagino en su casa rodeado de luces cálidas, de pantallas de tripa o cristal soplado. Es verdad que en su guarida me entra sueño. Y me prometo no darme más chutes de luz azul a altas horas de la noche por un tiempo. A ver si soy capaz. A ver qué pasa.

Por último, y para marcar un verdadero antes y un después en el día de hoy, me he enrollado al cuello una bufanda que me compró mamá y que nunca me pongo porque mide tres metros, he abierto los balcones de par en par y, sentada en un cojín, he intentado meditar durante unos minutos. Creo que es una buena idea no exigirme demasiado, así que he repetido la que se me da bien: me he imaginado exhalando humo negro y con él todos mis miedos —no volver a trabajar en mucho tiempo, no lograr publicar el reportaje—, la humareda ha inundado la plaza de Oriente, ha ensombrecido el palacio y se ha perdido en el horizonte dorado de la sierra. A continuación, ayudada del sol, he inhalado esa luz dentro de mí y he tatuado en el cerebro la siguiente frase: «Mi cuerpo y mi mente son puros». Un mandato que antes me daba risa con sólo escucharlo, pero que hoy, poco a poco, ha vuelto a tabicar mi cuerpo con una fina y crujiente lámina dorada hasta encerrarme en ella.

Y me he serenado de nuevo.

Al salir de mi letargo, me sentía llena de energía y, mientras enjabonaba mi cuerpo lentamente debajo de la ducha, he pensado que Greta había tenido un gran coraje, y más voluntad aún, para no aceptar el trabajo que le había ofrecido el tipo del monasterio.

Porque tenía que romper un círculo. Probablemente es la única forma de reconstruirse. Creyó en sí misma por primera vez, con independencia de la Iglesia, y eligió decir que no, con cinco euros en el bolsillo y confiando en que encontraría otra cosa.

Nota para mí misma, esta vez por cortesía de Hegel: saber decir NO llena la vida de vida.

Tercera decisión y la más difícil de llevar a la práctica: voy a intentar encontrar mi propio ritmo, como aquel anciano de Shangai que arrastraba la silla de ruedas de su señora. Por eso hoy he salido a la calle y me he propuesto ir al ritmo de mis revoluciones. Esto me lo sugirió una vez Santiago, después de uno de mis ataques de estrés. Levantó los ojos por encima de esas gafas imaginarias que a veces se le olvida ponerse, y me dijo: «Busca un ritmo con el que estés cómoda y trata de comer a ese ritmo, caminar a ese ritmo, bajarte de un taxi a ese ritmo, sin importarte el de los demás. Rebélate, coño. Puedes hacerlo», y volvió a recostarse muy ufano en su butaca de piel oscura.

Reconozco que en aquel momento, en bucle como estaba, me entró por una oreja y me salió por la otra.

Hablando de Santiago, cuando hice el Camino de ídem, mi cerebro en plena sinapsis vuelve a conectar los puntos: aquella frase que ahora viene muy al caso y que resumió lo que aprendí durante aquellos setecientos kilómetros que caminé entre Roncesvalles y Compostela. Ya en Galicia, desesperada por la tendinitis dolorosísima de mi rodilla derecha, estaba yo sentada en la tapia de un pequeño cementerio devorando unas almendras cuando se me acercó aquel viejillo de esos con boina y empezó a contemplar el horizonte a mi lado. Me preguntó por qué tenía la rodilla vendada. Yo le reconocí que tenía pena por no llegar a Santiago después de tanto esfuerzo. Me dolía mucho. Él, guiñando los ojos y con su entrañable acento gallego, dijo: «Peregrina, camina como un viejo para llegar como un joven». Por un momento me asalta otra de mis fantasías en la que el viejo de Shangai y el del Camino de Santiago son en realidad el mismo viejo. Una especie de ángel de la guarda que me va lanzando claves por distintos países y que está desesperado porque no lo cojo. Si es así, la próxima vez que se me aparezca me dará una colleja de esas que despeinan, mientras me grita: «¡Pero que dejes de correr, joder!».

El caso es que, en aquel primer encuentro en el Camino, funcionó. Porque sí empecé a caminar más despacio y no llegué más joven, pero sí llegué y casi sin cojera. El problema, claro, es que le hice caso sólo hasta llegar a Compostela, porque luego, al volver a Madrid, seguí corriendo tras de mi propia vida sin hacer reposo durante los quince años siguientes, hasta que aquella tendinitis insoportable se me ha pasado de forma crónica al cerebro.

Llega el momento de pasar a la acción. He salido a la calle y he paseado un buen rato buscando mi ritmo interno bajo ese inesperado sol de invierno. Una vez he creído detectarlo, mi primer conflicto ha sido en el supermercado, con esa mujer que iba pegada detrás de mí diciendo: «Paso, paso, paso…». He frenado en seco y se ha chocado. Luego me ha empujado de forma impertinente. No sé cómo he tenido el cuajo de respirar hondo y devolverle una sonrisa, para seguir escarbando con parsimonia entre las bolsas de verdura con la puerta del expositor abierta, cortándole ese «paso» que parecía ser su palabra favorita. Resoplaba como un toro bravo, pero ha terminado no embistiendo.

Más tarde ha sido cuando he protagonizado ese momento de tensión en el Starbucks mientras decidía, plantada delante del mostrador, si me apetecía un cortado doble o un capuccino. Tras una de las cajas, la joven bajita cosida a piercings gritaba cada vez más alto: «¡Siguiente!», y yo, ni caso. «¡Siguiente!», estiraba el cuello todo lo que le daba de sí. «¡¡¡Siguiente!!!», este ya me lo ha dedicado a mí con incredulidad. He caminado pausadamente hasta su puesto. «Buenos días», he dicho, algo que ha bajado su irritación como la espuma de la leche, y creo que aún he estado un rato más pensándomelo, dudosa, hasta que he hecho mi pedido. Luego, aprovechando que la otra tecleaba nerviosa en su terminal, me he interesado por saber si le quedaban muchas horas —debía de ser agotador estar de cara al público—, y ella me ha dicho que sí. Sobre todo cuando la gente estaba «empanada», y ha descansado todo su cuerpo en una pierna de forma chulesca. Me siento orgullosa de haber pasado por alto la retranca e incluso haberle deseado una buena tarde sonriendo, como decía el Aitá. Ahí le ha cambiado la cara. Sabe sonreír y se llama Casilda.

Pero creo que el reto mayor, el que ha estado a punto de romper mi ritmo vital recién encontrado, ha sido cuando he cogido un taxi porque llegaba tarde a meditación. Por qué correr, me he dicho, hacía demasiado frío. Al ir a pagar con tarjeta, este ha provocado una pequeña caravana de coches detrás que han empezado a pitar con nerviosismo, tensión que se ha contagiado a mi conductor, al que le temblaba el lector de la tarjeta en las manos. «Joder», ha protestado, «lo tenía apagado, disculpe», y luego a los otros: «¡Ya está bien, hombre! ¡Qué prisas…!», y yo he buscado sus ojos en el retrovisor y le he dicho: «Usted, tranquilo, que nosotros no tenemos ninguna». Sé que ha agradecido mi comentario porque se le ha relajado la cara. Y después me ha deseado una muy buena tarde.

He cruzado la calle hacia el local esquivando el tiroteo de caras de odio profundo de los conductores, a los que había hecho perder un minuto de su tiempo. Madre mía… qué difícil va a ser esto. Y eso que aún me faltaba superar la prueba más dura de la jornada.

62

¿Por qué mi generación había perdido la escala de grises?
En el fondo no me ha sorprendido el motivo de su llamada.
Sólo me ha dejado triste.

Me alegro de que me haya pillado justo antes de entrar a meditación. Me ha servido para depurar cosas. He preferido hablar con ella fuera porque intuía que la conversación iba a ser corta y que añadiría más frío al frío.

—¿Te pillo bien? —ha dicho sin entonación alguna, y yo he pensado que no, para lo que iba a decirme nunca era un buen momento:

Que le daba mucha rabia, que sabía que lo entendería, que quizá no debería haberle contado a su marido lo de mi reportaje, pero se habría enterado de todas formas al publicarse.

He sentido que lo sentía de verdad.

«No te preocupes, Diana…», y he mentido, he disimulado mi disgusto: que había sido muy bonito que pensara en mí para ser la madrina de Lilo. Me quedaba con eso.

—¿Tienes ya donde publicarlo? —se ha interesado de pronto.

—No, pero tranquila. —Siento un dolor desconocido—. ¿Y tú? ¿Tienes ya otra madrina?

Algo se ha roto. Algo sin sonido. El vínculo. Su voz era de pronto la de una desconocida.

—No me malinterpretes, Patricia. Sabes que siempre te deseo lo mejor. Por eso me da miedo, esto no va a traerte más que pro...

—De verdad, no te preocupes más por mí —la interrumpo—. Hablamos pronto. Un beso.

Cuando he colgado, la congoja que ha aparecido en mi garganta me ha dicho lo contrario, que no, que no hablaremos pronto. Tenía que haberla detenido. Haberla citado para hablar. Haberla obligado a que me diera ese diagnóstico, ese portazo, a la cara. No, una amistad nunca debería romperse por teléfono.

Me quedo con un residuo de la conversación aquella con Diana, porque creo que dio en la ídem. Enciendo un cigarrillo de ese paquete que compré en Shangai. No es por fumar. Es que hay algo de pureza en el fuego que últimamente necesito. Y algo de ir a contracorriente, lo admito. Un pequeño acto de rebeldía. Empezar a fumar cuando nadie lo hace. Mientras lo observo consumirse sin apenas dar una calada, pienso que mi generación se ha polarizado en dos posturas radicales: un modelo de jóvenes-viejos al que pertenece Diana, quien decide apartarse del mundanal ruido cuando tiene crías, porque piensa que ya ha vivido todo lo que tenía que vivir como ser individual y es hora de retirarse a un adosado para llevar una vida familiar y tranquila. Es la ancianidad a partir de los cuarenta. Como si se hubieran jubilado de la vida. Y luego está el otro modelo, los Peter Pan que acaban, al final de sus días, lamentando lo contrario: los que salieron huyendo de todo lo que les oliera a «tradicional» buscando su libertad, cuando tampoco sabían muy bien dónde estaba, y se prohibieron todo vínculo emocional que pudiera arrebatárselo. Y nos pasamos la vida confundiendo el vínculo con la atadura. Por eso son importantes las palabras. Porque no son conchas vacías, están llenas y vivas, y encierran conceptos importantes. Tener una vida emocional o sentimental, me dijo una vez Santiago, como tener un hijo, no implica perder nada, depende de cómo lo integres en tu vida, puede que descubras que te da una satisfacción y una paz que te prepara mejor para morir porque inconscientemente tu cuerpo y tu mente saben que tienen su relevo. No te importa tanto morirte. O como me había dicho mamá más de una vez, siendo como es, liberal hasta la médula: quien no tiene un hijo se queda sin saber lo que supone el amor en su extensión más pura. El caso es que a los seguidores de la secta del presente se nos mete miedo a compartirnos, en general. Se nos dice que el individualismo radical nos hace libres. Y empiezo a pensar que no es cierto. El resultado es una vida mediocre, una mala película, repetitiva y machacona, en la que lo inmediato empieza a sustituir por completo a lo importante. Y un buen día, me ha pasado a mí esta misma tarde, sucede algo imprevisto, pequeño y definitivo que te libera del miedo a vivir.

63

Hoy he estado a punto de morir.

Así de simple.

Siempre he imaginado que un suceso tan trascendente debería estar precedido de una suerte de señales. Pero no. El día de tu muerte puede ser como todos los demás. Bueno, quizá sí hubo una señal, ahora que lo pienso.

Por primera vez desde que me apunté al centro, he llegado antes y me he sentado en la sala vacía. En el altillo donde se encarama la maestra Jedi, los Budas parecían más sonrientes con ese juego de sombras.

La primera en llegar ha sido Luciana, la madre de la chicaloto, de la que Leandro me habla cada vez más. Amelia siempre hace una parada técnica en el baño. Al parecer, queda con ellas los fines de semana y se van a ver exposiciones. Creo que el trastorno de Amelia le intriga como lo haría una nueva especie. Y Luciana es muy atractiva… «Cuánto tiempo sin verte», ha dicho apoyando su delgadez afrancesada en la pared, y luego ha echado un par de miradas atrás, para controlar a su retoña. Cuando entra Amelia con sus quince años atrapados en un cuerpo de veintitantos, pide perdón como siempre antes de hablar, luego me da un beso lánguido, y me enseña un dibujo de una muñequita con los ojos desproporcionados, el pelo por la cintura y un móvil en la mano. Sobre ella ha escrito con una letruja horrorosa: Serena. «Qué triste ha sido y qué cruel e irresponsable es la gente», dice Luciana, y cuelga su abrigo y el de Amelia en el perchero. «Sí, qué triste», he susurrado, sin poder evitar fijarme en la silla en la que se sentaba, en la última fila, para poder entrar y salir más fácilmente cuando le tocaba colgar sus fotos. Amelia se ha dirigido como siempre a la primera fila. «Ya le dije yo a mi madre», comenta sin pasión alguna, «ya le dije que Serena iba a morirse». Y suelta su cojín en el suelo, se hace un nudo y cierra los ojos.

Leandro ha propuesto que tomemos algo juntos después y recordarla brindando por ella, le comento a Luciana, y, al mencionar a Leandro, ella se coloca la melenita rubia tras las orejas con coquetería, pero Luciana me dice que con Amelia es imposible, que tiene unas rutinas muy estrictas porque no puede priorizar su atención, de modo que en un local muy lleno de gente lo sitúa todo en el mismo plano. La observo recolocarse algo atribulada en su cojín, buscando una postura que no encuentra. De modo que para ella el mundo es una masa atosigante de estímulos. Por eso Luciana la apuntó al centro, me explica, para entrenar su mente lo más posible. Antes no venía con ella a las clases para que se sintiera más libre, pero ahora está pasando un mal momento.

—Es para volverse loco —le comento a Leandro cuando se sienta a mi lado.

Y él, después de darme un beso, me dice que sí, y que admira a Luciana por cómo lleva el problema de su hija y lo mucho que investiga en su trastorno. Se ha vuelto una experta en tratar el Asperger. Tanto que le está ayudando a sacar conclusiones sobre la empatía animal, dice, como si necesitara darme o darse una excusa de por qué la ve tanto.

Los Budas se iluminan un poco, señal de que la maestra Jedi está a punto de salir al escenario.

—En el fondo a casi todos nos pasa un poco lo mismo —comenta.

Me fijo en que tiene las líneas de la cara más marcadas de lo habitual, como si se las hubiera repasado el cansancio.

—¿Estás bien? —quiero saber.

Echa la cabeza hacia atrás y suelta un no tajante: finalmente le han cortado el grifo de la investigación y se le han quedado dos experimentos a la mitad y toda una población de mariposas en fase de crisálida. Le paso la mano por la espalda. Se recuesta abatido en el asiento; y el problema no es que ahora se tenga que dedicar sólo a dar clases, no, es que van a cortar la luz y la calefacción a los laboratorios en menos de un mes.

—Se me morirán todas de frío antes de la primavera.

Quedamos en silencio. Le abrazo. Y él deja su cabeza, tan llena de prodigios, descansar sobre mi hombro. Sé lo que suponen para él esos «milagros biológicos», como los llama.

—Pero alguna solución tiene que haber —me indigno revolviéndome en el antipático asiento de plástico.

No me responde. Sólo se queda encajado en su silla con la boca un poco abierta y la mirada fija, como si se hubiera congelado justo antes de su respuesta.

Mientras, la sala se ha ido llenando. Primero ha llegado Toño derrapando en su silla de ruedas hablando con Isaac, con sus gafas de pasta sobre la cabeza, que se ha sentado fatigado a su lado, pero me fijo en que lo hace por primera vez en una sola silla. Desde que no le veía ha bajado de peso de forma considerable. Amelia ha entrado y salido varias veces, disculpándose cada una de ellas, con su caminar errático y desconcentrado, como si estuviera constantemente maquinando algo, e inicia su ritual: cambia cinco veces el emplazamiento de su cojín, se rasca la cabeza con manos alternas, luego se coloca la falda dejando ver un punto exacto de su rodilla, uno poco más arriba, luego un poco más abajo. A continuación, se da la vuelta para ubicar a su madre, que la sigue con la mirada, sonriente y vigilante.

—Se da tan poca libertad a sí misma… —dice Leandro, compasivo, y por un momento dudo de si se refiere a la madre o a la hija.

—¿Y qué es exactamente lo que tiene? Nunca lo he tenido muy claro —admito.

Leandro cambia su voz por otra que va de puntillas y se me acerca un poco: Amelia era un compendio de manías surgidas de distintos trastornos, y todos desembocaban en una palabra: el miedo. El Asperger le impedía comunicarse con los filtros habituales y entender los de los demás. Eso le generaba miedo, especialmente hacia los hombres, lo que le había provocado una anorexia, probablemente para defenderse de ellos, pero, para Leandro, una neurosis obsesivo-compulsiva era el peor de los trastornos para cualquier persona, como él, obsesionado con la libertad. Amelia, según le había contado su madre, no podía hacer viajes largos porque, para sentirse segura, tenía que sentarse en distintos asientos todos impares; Amelia no podía cocinar porque le daba asco tocar la comida y comía mal porque, para que le sentaran bien, los alimentos tenían que ser todos rojos; Amelia no podía tener relaciones sexuales porque, para no quedarse embarazada, nadie soportaría sus escrúpulos y la complejidad de sus ritos y medidas.

Es curioso, pienso, mientras la observo de nuevo sentada con la espalda tiesa sobre su cojín: de alguna manera se había construido un radicalismo religioso para ella sola que la encarcelaba en ritos agobiantes, su recurso para lidiar con la paranoia de que todo el mundo trataba de coartar su tan preciada libertad. Paradójicamente, al final, se la estaba arrebatando ella misma. Una forma de atribuir el poder de protegerla a algo externo creado por ella misma y controlar lo incontrolable. Así conseguía relajarse momentáneamente.

—Porque la neurosis es igual al miedo —insiste Leandro—. Llaman costumbre a lo que es manía.

—¿Y cómo puede romperse ese bucle? —le pregunto.

Él me dirige una mirada cómplice.

—Cambiando una de esas «costumbres inamovibles» y dándote cuenta de que no pasa absolutamente nada.

Recordé esa frase cuando Greta me habló de su primera relación sexual, cómo se dio cuenta de que no la había partido un rayo. «El pecado era un concepto aniñado», me había dicho, y en el fondo ahora yo añadiría que la superstición también.

Tan infantil y tan común como el miedo a la oscuridad.

Como me había dicho Greta sobre los santos y la maestra Jedi sobre los iluminados, una persona que se siente libre no tiene miedo de compartirse o de amar a los demás, tampoco de saltarse sus propios rituales y normas, porque la libertad se lleva dentro.

Hay quien sabe ser libre en una cárcel.

Ya no quedaba nadie por llegar. Sólo Serena. En el perfecto

bodegón de su vida sin margen para la tristeza nunca tuvo un espacio la muerte. Me habría gustado contarle mi viaje a China y aquella sentencia categórica de la fotógrafa Jun: «El gobierno no quiere saber nada de la tristeza», parece que la escucho susurrar, clavándome sus ojos de media luna. Ahora sé lo que le habría respondido Serena: «Instagram tampoco».

Hoy, la maestra Jedi —que ha llegado envuelta en un gorro morado y un plumas del mismo color bajo el que asomaba el hábito naranja— tenía un tono cualquier cosa menos dramático, a pesar de que nos ha anunciado con una sonrisa de oreja a oreja:

—Hoy vamos a meditar sobre la muerte. Qué buen rollo, ¿eh? —Y ha aterrizado en una de sus luminosas carcajadas.

Nos ha señalado la pared de la izquierda en la que hay varios símbolos colgados.

—¿Veis esa sombrilla?, en budismo ese es el símbolo del refugio que creamos para proteger nuestra mente de dolores físicos y mentales.

—Pues hoy me viene de perlas —ha comentado Leandro.

La maestra se cala sus nuevas gafas finas de aluminio verde.

Nos explica que no es el cuerpo el que experimenta dolor, es la mente la que lo experimenta. Por eso cuando hay un incendio se nos olvida que nos duele una pierna. Ese es el quid de la cuestión. Conseguir dirigir nuestra atención hacia otro lado. Porque nada existe como lo percibimos. Hay que experimentar la vacuidad de las cosas.

—Es más, si buscas en el interior de cualquier cosa no encontrarás nada —asegura—. Es como si desmontaras un reloj para encontrar el tiempo.

Sólo las mentes menos trabajadas —es decir, la mía— se aferran a una realidad que no existe. Y en ese momento me sorprendo pensando que ya en el año 400 antes de Cristo alguien hablara por primera vez del subconsciente. Buda dice que la mente sutil es la única capaz de percibir la verdadera esencia de las cosas. Y digo yo: ¿cuánto tiempo me ha llevado descubrir que lo que tengo contracturada es la mente?

Para finalizar, la maestra nos propone una meditación sobre la muerte. El mantra de hoy: «Es inevitable. Quizá me muera hoy, es posible».

—Vaya cara se os ha quedado. —Ríe con una condescendencia milenaria, con ternura—. Qué incómodo, ¿no?, no tengo nada controlado. Hoy está siendo durillo, ¿eh?

Y en este momento pienso en la cantidad de gente que pensaría: «Pues vaya, esto ya lo sé». Yo habría sido una de ellas. Pero, cuando abro de nuevo los ojos, me doy cuenta de que no es lo mismo saberlo que meditar sobre ello. Porque durante unos minutos he logrado ser consciente de verdad. Y ahora peso diez kilos menos.

Antes de despediros, la maestra abre el turno de preguntas. Hoy tenemos tiempo. Y levanta la mano Petra, que ni había advertido que estaba, con su flequillo mutante que esta vez es verde manzana.

—Yo quería preguntar qué puedes hacer para engancharte a la vida cuando no has hecho más que meditar sobre la muerte.

Y entonces nos cuenta algo que desconocíamos y es que ella se ha preparado para morir muchas veces, porque la han desahuciado en tres ocasiones y está hasta los ovarios, literalmente, de revivir.

—Me explico. —Habla con el desparpajo de quien le falta el miedo—. Yo soy enfermera, como algunos sabéis. Y lo he visto muchas veces. Es un cambio de planes muy duro. Te has desprendido de todo porque te han dicho que vas a palmarla, ¿vale?, pero de pronto no es así. Y ya van tres veces. Es como despedirte de todo el mundo en una fiesta de la que nunca te vas. Agotador.

Nos echamos a reír, ella la primera, y la maestra le asegura que lo pensará, que nunca dejamos de sorprenderla, pero que, a priori, estar viva no le parece una mala noticia.

Al terminar, sale envuelta de nuevo en su anorak morado, se detiene y me hace una inclinación de cabeza.

—Sí, he vuelto —anuncio, aunque es obvio.

Luego me atrevo a contarle que he empezado a meditar por mi cuenta, cosa que celebra con un gesto irónico.

—Date la enhorabuena, Patricia. —Y hace un gesto de estrecharse las manos—. Así. Ahora estás como una web: en construcción.

Cuando salimos, le deseo ánimos a Leandro, al final no tiene cuerpo para tomarse ese vino, pero el próximo día, seguro. Luego se ofrece a acompañar a Luciana y a Amelia hasta el metro. En ese momento ni imagino lo que estaba a punto de ver. Cuando camino por la calle combatiendo el gélido viento de febrero, me encuentro dos coches de bomberos y la calle cortada. Está llena de escombros como si fuera una escena de guerra. «Han evacuado el edificio», oigo decir. «Se ha desprendido la cornisa entera, de milagro no ha pillado a nadie debajo», explica un bombero. Y bajo esa marquesina que ya no existe me veo hace un par de horas, apoyada en la pared, recibiendo el portazo telefónico y cobarde de una amiga, fumando ese cigarrillo para aliviar una conversación que podría haberme costado la vida. Fantaseo con cómo le habría llegado la noticia a Diana al día siguiente: ¿la habría llamado Gabriel?, ¿se habría enterado al abrir el periódico que su marido siempre dejaba al lado de la taza del desayuno? Me pregunto qué tipo de agujero infeccioso habría dejado en su conciencia cristiana. Mi imaginación fabrica mi venganza.

Podría morir hoy, susurro, es posible... y me sorprende lo que pesa el miedo porque de pronto me siento otros tantos kilos más ligera. Me dan ganas de gritarle a la gente: «¡Vengo de meditar sobre la muerte y tengo un subidón...!». Intento conservar en mi memoria esta sensación de libertad que, sin duda, será pasajera.

Y tanta libertad... ¿para qué?

Para aprovecharla, pienso. Y hago una llamada pendiente.

64

He llegado a Abonavida y, a través de la gran cristalera, puedo verlo sentado en uno de los sillones que hay debajo de su jardín vertical. Hay pocas cosas que me resulten más sexis que un hombre sumergido en un libro. Sin pensármelo dos veces se lo digo al entrar, comentario que recibe con una coquetería que es nueva.

—Entonces ha funcionado la estrategia. —Y me da un beso en la mejilla.

Lleva un largo abrigo gris de lana, una larga bufanda blanca, pantalón vaquero gastado y zapatillas. Ese descuidado estilo que siempre le quita años y le suma seguridad.

—Me encanta este lugar —admito, y me deslío la bufanda como si se estuviera desnudando una momia.

La camarera me saluda con dos besos.

—Así que lo conocías —se sorprende. Yo asiento y le guiño un ojo—. Qué tontería. ¿Y qué no conoces tú?

—Últimamente, demasiadas cosas.

Le cuento que he visto su reportaje sobre las sectas y que me ha impresionado. Intenta disimular que se siente halagado. Desde mi punto de vista ha conseguido contar magistralmente el proceso de cómo las personas acaban confundidas y renunciando a sus aspiraciones en la vida, a su familia, a sus afectos; ha diseccionado las técnicas sistematizadas que utilizan para captar a la persona hasta que la personalidad queda rota; ha narrado el proceso de cómo el líder se autoproclama gurú... Pero lo que me ha llamado especialmente la atención ha sido cómo explica ISIS desde el punto de vista sectario y, por supuesto, la síntesis corpórea de todo esto: la historia de Sahira.

—Es una visión que, si la gente la entendiera, acabaría con la islamofobia —asegura.

En ese momento recuerdo una imagen del día de mi colapso en el aeropuerto y se la cuento. En el control de seguridad iba delante de mí un hombre alto, muy atractivo, vestido de traje cargando su portátil. Por alguna razón, la gente se iba volviendo a su paso y hasta el guardia de seguridad hizo una mueca irónica cuando se quitó la chaqueta. Entonces yo también pude leer el cartel de su camiseta. Decía negro sobre blanco: I'M NOT A TERRORIST. Y fue entonces cuando me fijé que era de origen árabe.

Gabriel coge el menú y entorna un poco los ojos desafiando su vista cansada. Ese gesto me derrite.

—Es una pena —dice—, pero así están las cosas...

A continuación, pide una ración de jabugo con pan de cristal, que no quiere emborracharme tan deprisa, dice.

Más coquetería. Bien.

En el exterior el viento jadea y arrastra vestigios de la ciudad, bolsas, hojas, papeles y los últimos y ateridos transeúntes. En el portal de enfrente distingo tres sacos de dormir, como si fueran tres gigantes y pardas crisálidas que están pasando el invierno.

Se apoya en la mesa. Le queda tan bien ese jersey de cuello vuelto…

—¿Y cómo llegaste hasta ella? —le pregunto—. Hasta Sahira.

Me cuenta que le habló de ella su abogado, quien intentaba desesperadamente sacarla de la cárcel. La juzgaban por presunta adhesión al DAESH. Según Gabriel, la historia de Sahira tenía un gran valor porque ayudaba a entender el proceso por el cual se ingresa en una secta, al igual que la de Greta ilustraba un mobbing y la relación actual de la mujer en la Iglesia católica.

—Son historias-espejo —dice—. Te implican emocionalmente y te ayudan a reconocerte y a explicar procesos más globales.

—Es verdad. Ambas tienen una tremenda historia de reconstrucción, con la religión de fondo —reflexiono—, pero para mí es sólo eso, el telón de fondo.

Efectivamente, según Gabriel, había un caldo de cultivo que tenía que ver más con la educación y con la anulación de la identidad, que eran la clave.

Brindamos con dos vinos de Madrid servidos en un cristal muy fino. Acercamos un poco nuestras sillas.

Los padres de Sahira eran gente humilde, normal, muy tradicional, pero eso no los convertía en radicales ni en terroristas. Eso sí, el tipo de educación era un caldo de cultivo perfecto: le habían propuesto casarse con un hombre mayor que ella que vivía en Francia, por eso la joven, agobiada por esa posibilidad, empezó a chatear con un chico a través de un portal que resultó ser una tapadera de la secta. Se enamoró a distancia de un neoyorquino de origen iraquí que llegó a pedirle matrimonio. La suerte quiso que su padre se negara a que lo visitara. Poco después, el novio de Sahira fue detenido y juzgado por pertenencia a grupo terrorista. Todo lo demás vino rodado. La Interpol. La patada en la puerta en la casa de la chica. Y la encarcelación sin fianza mientras esperaba el juicio.

—Al final siempre pagan justos por pecadores —se lamenta Gabriel, apurando su vino de un trago—, pero ahora, al parecer, se está mostrando muy valiente y quiere hacer una campaña de charlas y entrevistas para evitar que otros jóvenes como ella caigan en esa tela de araña.

Me quedo en silencio durante unos segundos mientras mordisqueo un trozo de pan poroso y crujiente.

—¿Sabes, Gabriel? Últimamente me ha tenido preocupada precisamente eso. —Trago un poco de vino—. Si esto se publica, habrá quien piense que estoy haciendo una simplificación gratuita, atrevida e incluso irreverente de sus creencias.

Él me sirve de nuevo, lenta, ceremoniosamente.

—Bueno, para entender los grandes conceptos no queda otra que reducirlo todo a lo sencillo, ¿no crees?

A Gabriel ya le había pasado. Muchas veces. Con este reportaje, sin ir más lejos, había recibido las críticas de algunos colegas. Adón Alonso, por ejemplo. ¿Adón?, hace una centuria que no escuchaba ese nombre. Gabriel me actualiza su estado: ahora no tiene rastas, está calvo y trasnochado. Y ha pasado de ser periodista a polemista —que no es lo mismo, aunque terminen en «ista»—, fabrica una media sonrisa de sarcasmo. Se había convertido en uno de esos aburguesados, vigilantes de la libertad, que dicen no tener prejuicios, pero que van cargaditos de ellos. ¿Cómo? Es sencillo. Casi un patrón: estando en posesión de la verdad; justificando según qué regímenes, sacando a pasear ideas políticas apolilladas y la imperfección de nuestras democracias que no podían dar ejemplo; de esos a los que se les iluminan los ojos, nostálgicos de revoluciones, sin importarles aquellas que se habían reencarnado en dictaduras, dejando que su moral salte ágilmente sobre las represiones y las condenas, que algunos de los periodistas exiliados en España con los que convivimos han vivido.

Escarbo en mi bolso buscando mi libreta. «Un momento», le digo a Gabriel. Y, mientras pido un boli a la camarera, pienso en Jun y en su necesidad de hacer un arte libre en China; pienso en Greta y en su deseo de amar a otra mujer; pienso en Sahira y en su necesidad de casarse con quien ella decida y en el maldito cuadro de las ninfas que los amantes del arte querrían seguir disfrutando, y garabateo en mi cuaderno: «Al final, todo radicalismo tiene como objetivo la misma meta: imponer una línea única de pensamiento, convencer o forzar a los que no la comparten a compartirla. En resumen: quitarnos libertad. De pensamiento, de expresión o de acción. ¿Cómo se pueden defender los derechos humanos y olvidar esos pequeños detalles? ¿Por qué intelectualizamos la libertad y la política? Con lo fácil que es. Si no puedes elegir, no es bueno. Ya es bastante con que te sientas manipulado, pero al menos tienes una oportunidad. Si es ilegal elegir, entonces no tienes ninguna».

Y, después de este punto y aparte, cierro mi libreta.

—Hoy estoy triste —le confieso sin atreverme a levantar la mirada.

Y me arriesgo a contarle lo de Diana. A mostrar mi reverso más débil. Mi dolor.

Tras mi arenga y mi confesión, Gabriel me está observando en silencio de una forma en que jamás me ha mirado nadie. Se acerca y me besa como tampoco recuerdo que nadie lo haya hecho antes.

En busca de la magia perdida

65

Siempre soñé con escribir. Desde que era pequeña. Para contar historias. Pero en mi cabeza infantil pensaba que podría escribir lo que me diera la gana. Mobbings aparte, descubrir que esto no sería así hubiese sido razón suficiente para abandonar. De todos modos, nunca me habría convertido en una buena periodista. Enseguida me di cuenta de que la objetividad no era lo mío. Necesitaba imprimir en mis textos mi forma de ver el mundo.

Si hoy lo verbalizo a estas horas, después de estar dos sin poder escribir nada, agazapada como una araña en la oscuridad de este salón, es porque, al pasar las notas de la larga y emocionante sesión de hoy con Greta, acabo de darme cuenta de que no voy a poder tratar esta historia con objetividad.

Me afecta.

Entonces… ¿por qué me he autoimpuesto el reto de volver a la prensa con ella? «¿Por qué quieres contar esto?», fue la pregunta de Diana. Y en el fondo era una gran pregunta. Lo que quiero decir es que mis dudas ahora mismo no tienen que ver con Greta, sino conmigo.

Hay historias que merecen la pena ser contadas. Eso lo tengo claro. Pero sólo si tienes la libertad para contarlas como quieres hacerlo.

Lo cierto es que, desde nuestro reencuentro y ya a nivel personal, presenciar su peculiar exorcismo, asistir a cómo se transforma y fortalece tras escupir el veneno en cada sesión, eso ya ha merecido la pena. Dentro de ella está surgiendo una pequeña justiciera, pero también una nueva identidad. La pregunta ahora es: ¿Qué forma debería tener lo que estoy escribiendo? ¿Debería centrarme en lo que le ocurrió? ¿O en cómo se está reconstruyendo? Tengo que admitirme que la segunda historia está ganando poco a poco terreno a la primera. Pero una es consecuencia de la otra. ¿Debería implicarme tanto como lo estoy haciendo? Esa es otra de las preguntas sin respuesta.

En mi último encuentro con Gabriel, mientras charlábamos abrazados en la cama, le confesé que cada episodio que me contaba Greta en su carrera de obstáculos por sobrevivir me recordaban a la joven Nell de *La tienda de antigüedades*. Él se estiró en la cama, gesto que aprovechó para enredarse en mi cuerpo de nuevo: «Es que vivimos tiempos dickensianos», y, mientras me dejaba pensando, se entretuvo acariciándome la espalda, centímetro a centímetro, hasta que estuve a punto de ronronear.

—Entonces… ¿por qué no tenemos más Dickens?

Era cierto. Había que ser cronista de aquellos que atravesaban este mundo de crisis encadenadas —económicas, políticas, religiosas—, que al final eran todas crisis sociales, ¿por qué entonces no teníamos más escritores que dieran voz a los desamparados? Era una buena pregunta, murmuró antes de irse a la ducha y después de que yo le diera un azote y le sugiriera elegantemente que se estaba haciendo tarde y necesitaba dormir.

No dije sola, pero creo que lo sobreentendió.

La gran novedad, le expliqué a Santiago en nuestra sesión del día siguiente, fue que le dejé entrar en mi búnker. En mi espacio. Santiago me aplaudió incorporándose en su blanda butaca con la misma impostura con la que aplaudía en la ópera cuando no le había entusiasmado la soprano y dijo:

—Eso sí, sexo en tu cama sí, pero perder la consciencia a su lado… ¡eso ya ni se te ocurra! A ver si pasa algo extraño mientras tanto.

Odio cuando se pone irónico conmigo, que suele ser casi siempre.

—Ya, vale… —protesté, y fui yo esta vez quien miró la hora.

O huía pronto o me saldría con que si no termino de depositar mi confianza en alguien nunca tendría una relación sana, dije imitando su voz, más bien haciéndole burla.

—No —me interrumpió mientras me acompañaba a la puerta—. Ese no sería un síntoma de que empiezas a confiar en él, sino de que empiezas a confiar en ti.

Pulsé el botón del ascensor con la misma desconfianza con la que marcaba el número de Gabriel en mi teléfono.

66

La vivienda está totalmente diseñada para ella. Hay seis grúas que aprender a manejar y toda la casa está llena de agarradores y rieles, como si fuera un doméstico parque de atracciones. Los espacios son amplios y parece que faltan muebles. Las alfombras han sido suprimidas para dejar paso a la silla de ruedas. Al lado de la chimenea hay una sola butaca a la derecha, a la mesa de comedor le falta una silla. Es una casa llena de huecos. Su ausencia tiene presencia.

Greta apareció tras la puerta lacada en blanco en la que aún resistía una corona de Navidad seca. Estaba enfundada en un jersey rojo y con gesto de niña en Navidad, tenía algo que contarme, dijo, y caminó delante de mí hasta llegar a un salón abierto a un enorme jardín que dormía el invierno.

—¿Preparada? —Estiró los brazos como si fuera a presentarme un espectáculo—: ¡Me han hecho el contrato de trabajo y han empezado a tramitar mis papeles!

—¿En serio? —grité, y ella asintió muchas veces. La abracé. Le revolví el pelo, que ya tiene por los hombros—. ¿Y ahora? —pregunto casi más impaciente que ella.

—Ahora toca esperar. —Y se desplomó en uno de los blancos sillones.

En el salón sonaba una canción, ¿podía oírla?, y nos quedamos congeladas en medio de la alfombra hasta que la escuché tararear:

«El suplicio de un papel lo ha convertido en fugitivo, y no es de aquí porque su nombre no aparece en los archivos, ni es de allá porque se fue…» Era de Ricardo Arjona, «Mojado», añadió, y en los últimos meses no podía escucharla sin parar de llorar. Hablaba de por qué demonios tenía que haber fronteras.

—Qué cosas… —Se retorció un mechón de pelo—. He vivido en cinco países, pero es ahora cuando sé por primera vez lo que es ser inmigrante. Lo que se siente al ir a las cinco de la mañana a hacer colas.

—Pronto eso va a acabarse, parece ser, ¿no? —La alegría no me cabía en el pecho.

—Sí, eso parece.

Le encontré el rostro cansado, pero le favorecía el rojo. Se había maquillado los párpados, creo que por primera vez, y la línea interior del ojo en un dorado suave que los destacaba sobre su piel bronce. El pelo le había crecido fuerte y con rapidez, y ahora, cuando se lo alisaba, le caía hasta debajo de los hombros. La seguí por un ancho pasillo hasta la cocina, dejando atrás nudos marineros y fotos de la familia de regata en regata, ventanas en forma de ojo de buey y maquetas de barcos antiguos. Le habían ofrecido ir a vivir con ellos, me anunció mientras conectaba el hervidor, aunque, después de lo de Deirdre, le daba miedo, y no entraba dentro de sus planes.

—Por otro lado, siento que se lo debo —dijo—, por lo de los papeles. Y, en la casa, la verdad es que hay espacio para tener intimidad.

Me agaché para sacar unas tazas de un armario, todos ellos atornillados a una altura para alcanzar a abrirlos sentado.

—Entonces… podemos decir que ya has cumplido tu reto.

—No, ellos han cumplido su palabra, pero no va a ser tan sencillo.

Echó un poco de agua hervida en cada taza. Le preocupaba que se hubieran ofrecido a ayudarla sin saber dónde se metían, y espolvoreó un par de cucharadas de café soluble. Ese café era un sacrilegio para una colombiana, se disculpó, pero al parecer a Mercedes no le gustaba el olor a café del bueno. No, Greta intuía que ni Mercedes ni Alfredo se imaginaban la cantidad de horas que tendrían que dedicarle, horas que ella no destinaría a sus cuidados: viajes a la embajada, agotadores trámites en lo que ambos tendrían que acudir para firmar los papeles…

Nos sentamos en un banco de la cocina en el que había, como siempre, un gran hueco para la silla de nuestra elíptica anfitriona. Dio un sorbito y un respingo.

—Ten cuidado, que quema.

—Te has fijado, ¿verdad? —Se repasó el labio escaldado con la lengua—. Es impresionante. Toda la vida gira alrededor de ella.

La organización de la casa, por ejemplo: la hora de comer llegaba cuando ella tenía hambre y comían como los conejos, se echó a reír, a base de verduras y hortalizas. Alfredo le había dicho que en verano lo harían directamente en la huerta, pelando las verduras y las frutas allí mismo y limpiándolas con la manguera porque a ella le gustaba.

—¿Crudas? —me sorprendí.

—Sí —dijo—. Todos parecían haberlo aceptado felices.

Se echó unas gotas de estevia, no endulzaba igual pero ya se iba acostumbrando. Tenían un hijo y una hija que apenas estaban, a veces ni subían al piso de arriba a saludar a su madre por la noche, parecía que se agobiaban, todo lo contrario que Alfredo, cuyas únicas salidas eran al médico y a la compra.

—En realidad —arrugó los labios—, cuando ella se va a la cama es cuando empiezan nuestras vidas. Yo me siento con él en la cocina y habla mucho y come sin parar.

Observé las fotos que colgaban en el pasillo. En esas imágenes se veía a un hombre bronceado, robusto, que aparecía siempre detrás de ella, muy atlética, excesivamente morena de piel para ser rubia y siempre ocupando el primer plano. Pero, según Greta, esa ya no era ni la sombra del hombre con quien se sentaba cada noche en la cocina. Por no hablar del deterioro que había convertido a la pobre Mercedes en su cabezona caricatura.

Alfredo era un empresario nato que había comenzado descargando camiones en Legazpi y llegó a tener un prestigioso club de vela. Y ahora, su hobby principal consistía en contarle a Greta cómo era su vida anterior: cómo se vestía, adónde viajaba, los vinos que tomaba, todo… su forma de repasar aquel álbum, su refugio del pasado, le había empezado a dar a Greta mucha pena. Había un antes y un después del ELA.

—¿Sabes? —dijo súbitamente animada—. Alfredo me dijo ayer que tengo madera de empresaria y me está enseñando a hacer negocios.

Levantó el hervidor, ¿quería un poco más de ese agua de radiador? Yo le agradecí el gesto pero dejé mi taza en el fregadero.

Por cierto, había hecho algo insólito: había abierto su primera cuenta con sólo cuarenta euros. Le había pedido a Alfredo consejo porque la necesitaba para poder tener la tarjeta del autobús y porque quería poder hacer giros, aunque fuera de veinte en veinte euros, a sus padres.

El caso es que el lunes por la mañana temprano, no le había dado tiempo a maquillarse, se hizo una coleta y se marchó al banco.

—Quiero hacer un giro —le dijo al empleado, traje arrugado, cortes de afeitado en la mejilla, pelo ralo.

—¿Un qué? —preguntó mirándola con desinterés.

—Un giro, quisiera hacer un giro —repitió, impaciente.

—Ah, un giro, es que no la entendía —explicó.

Greta se sintió incómoda. Quizá debería haberse vestido mejor.

—Bien —resolvió el hombre extrayendo un impreso—. Tiene que firmar aquí, aquí… ¿lo ve?

Ella buscó un bolígrafo en su bolso y el otro insistió inmediatamente.

—Que firme aquí, ¿o es que no sabe firmar?

Entonces Greta levantó sus ojos rasgados, se apoyó en ese mostrador que le quedaba alto y dijo:

—Mire, no… no, no sé firmar, pero sí sé hablar. Por eso quiero hablar con el director del banco.

El caso es que hizo algo insólito, a lo que, según ella, nunca se habría atrevido antes: se sentó delante del director del banco y se tiró una hora contándole cómo había llegado hasta España, que estaba colaborando con una periodista para contar su historia y lo que le había costado llegar hasta allí para abrir esa cuenta. ¿Qué derecho tenían a tratarla así? Cuando terminó, el director se levantó y, para su sorpresa, le pidió muchas disculpas. Cada euro que traía era parte del sueldo de las personas que allí trabajaban, le dijo, y que no se preocupara, que esa conversación con su empleado la iba a tener.

La observé, maravillada. ¿Quién era esa Greta que me estaba hablando? Ella se quitó méritos: Alfredo le estaba ayudando a verse de otra manera.

—Bueno, ya sabes —dije, intentando disimular, lo reconozco, mis celos—, cadena de favores…

Ella se apoyó en el mostrador.

—Sí, de hecho, hay algo aún más importante que te quería contar.

Y bajó un poco la voz como si la casa pudiera escucharnos. Todo fue porque habían venido de visita unas amigas de los hijos que iban a tener mellizos. Y esa noche, en la cocina, Alfredo, como un cotilleo, le dijo que las dos chicas eran pareja.

—Entonces, no sé por qué, se lo he dicho: Alfredo, yo soy lesbiana. —Abrió muchos los ojos—. ¿Puedes creerlo, Patricia? ¡Me salió así de natural! Creo que, salvo a ti, es la primera vez que se lo cuento a alguien.

—¿Y cómo ha reaccionado? —me sorprendí.

—Sólo dijo: «¡No me digas! Yo nunca había conocido íntimamente a una lesbiana…». —Parecía encantada con su reacción—. Creo que ayer nos hicimos amigos.

El caso es que tenía que admitir que el cariño que sentía hacia Alfredo después de ese día fue creciendo exponencialmente a lo antipáticas que le resultaban las reacciones de Mercedes con él.

Me puse la bufanda al cuello. Repasé con la vista todos esos rieles.

—Pero está enferma… —reflexioné—. Ponme un ejemplo.

Ella asintió.

—Pues que sólo podemos hablar de lo que ella quiere, comer lo que a ella le apetece y, si no hablas, se mosquea y te pregunta si te pasa algo…

Greta se levantó y tiró de mi brazo de forma infantil, iba a enseñarme una cosa, dijo, y me hizo seguirla escaleras abajo, cruzamos el garaje hasta una puerta pequeña que cedió con un quejido.

Entramos en un taller que podría ser el de un electricista. Observé a mi alrededor y me encontré rodeada de decenas de cables, estructuras, gadgets a medio terminar. Greta se acercó a la mesa y levantó lo que parecía el brazo de un robot, aquí era donde Alfredo pasaba sus escasos ratos libres inventando sin descanso artefactos para ella: para que pudiera encender y apagar luces, calefacciones, para que se abriera el horno, para que pudiera agarrar cosas… quién sabe si para hacerla un poco más independiente y ganar unos segundos de libertad para ambos.

—Y eso sería muy hermoso si ella no lo despreciara. —Apagó la luz—. Lo trata muy mal.

Cerró de un portazo y empezó a subir las escaleras con energía, casi con violencia. Ayer mismo, mientras hablaban en la cocina, Alfredo le había dicho algo que le impactó: «Me encantaría saber cómo está el centro de Madrid». Se detuvo en el rellano y me miró.

—¿Puedes imaginarte su nivel de encerramiento?

Pasé delante de ella y la encaré:

—¿Y qué vas a hacer tú?

Greta suspiró con rabia.

—¡Es que creo que no se quiere nada, Patricia! Como todos los presos. —Parecía desesperarse—. Ella es su cárcel. No se da ni un respiro. Ni uno. ¿Qué voy a hacer? Pues yo le animo a vestirse mejor, no como si fuera un mecánico. Y le intento convencer de que cualquier cuidador debe salir o se vuelve loco. Sólo ve la tele y va a la compra, el pobre. Y sé que no está bien que diga esto, pero le estoy cogiendo manía a ella.

Observé a mi pequeña exmonja justiciera y entendí por qué se estaba disparando su empatía, porque en aquel avión me sucedió lo mismo con ella, pero también le recordé que era Mercedes quien firmaba su contrato de trabajo y se podía jugar la residencia. Quizá ejercí de abogado del diablo, pero le hice ver que esa mujer corría una desesperada carrera contra el tiempo. Me impresionó mucho cuando Greta me contó que Mercedes había investigado cuántas veces debía mover la cabeza para el mismo lado cuando estaba tumbada, la temperatura idónea para sus tejidos, cada cuánto debía hidratarse durante la noche, todo, con tal de ganar unos segundos más de calidad de vida. De vida.

—Sí, Patricia —admitió con la voz dura—, pero hoy me ha preguntado de muy malos modos por qué he hecho patatas fritas y cuando le he respondido «porque a Alfredo le gustan», he sentido que a ella no. A ella no le había gustado. Nada.

—Pobre hombre —se me escapó, sin poder evitarlo.

Mercedes se había dado cuenta de que los cuidados, por primera vez, no eran sólo para ella.

—Eso le molesta —sentenció Greta con gesto de disgusto—. Mucho.

Y volvimos a entrar en el salón, donde todo volvía a ser extrañamente luminoso.

—Y yo me he dado cuenta de que quien necesita mis cuidados en esa casa es él. Porque él no se quiere ya nada. Y está vivo. Y va a seguir vivo —añadió.

Su discurso tenía una nueva gasolina. La observé zarandear enérgicamente las manos arriba y abajo mientras hablaba, tajantes como hachazos, esas que hace unos meses le temblaban tanto. De alguna forma siento que esta casa le está sirviendo de incubadora. Me gusta que se haya atrevido a decir quién había sido para conseguir ese trabajo y que le haya hablado a Alfredo de su homosexualidad, aunque, en el fondo, y como su gran confidente hasta la fecha, admito que hay una parte de mí que se siente un poco celosa.

Entonces, como si hubiera recordado algo, me anunció que había una cosa que quería compartir conmigo. Me pidió que la acompañara al piso de arriba y entramos en su habitación. Estaba decorada en tonos suaves y claros, invadida de cojines, cortinas y cálidas paredes enteladas con estampados de magnolias. Colocó dos sillas al lado del armario y me pidió que me subiera con ella. Sobre él, había una especie de altarcito en el que me llamó la atención no ver símbolos cristianos: una copa de agua, minerales de distintos tipos y colores, un trozo de madera del que no pude distinguir su procedencia, una botellita con tierra y un colibrí tallado colgando de un hilo de nailon.

Ella lo recolocó todo unos milímetros como si cada cosa tuviera su lugar exacto.

—He pensado que ahora que somos técnicamente herejes, y que hemos puesto en duda todo en lo que creíamos, voy a empezar por tener a la vista aquello que es simbólico para mí. ¿Qué te parece?

Su silla se tambaleó un poco. La agarré del brazo, «Cuidado», que aún tenía mucho que contarme. Fue colocando las gemas con mimo. Para empezar, me explicó que se había dado cuenta de que seguía siendo religiosa en el sentido de que no paraba de adoptar hijos.

—¡Es una maldición! —Levantó las manos.

—Hombre, Alfredo está ya un poco crecidito —bromeé.

Sí, respondió mientras observaba su pequeño altar, pero sabía cómo ayudarlo y era algo vocacional en ella. Estaba disfrutando al hacerlo. El caso es que, dentro de su recién estrenada vida, al igual que yo estaba haciendo mi propia profilaxis para transformarme en la nueva Patricia, la nueva Greta necesitaba poner en orden su espiritualidad, y para ello había pensado recuperar algunas creencias de sus raíces indígenas con las que pudiera comunicarse de verdad: las piedras que se encontraban en su zona, el agua para su espíritu antepasado, unas plumas de pájaros que había recogido paseando cerca del volcán cuando volvió... y todo aquello me hizo recordar mi concha que tenía un lugar privilegiado en la mesa de centro vacía de mi apartamento.

—Me parece bien. —Y me bajé de un salto—. En mi caso creo que voy a intentar hacerme politeísta.

—No seas idiota.

Yo sigo muy seria.

—No bromeo. Como no me considero de Iglesia alguna, no tengo fiestas de guardar, es una lata. —Ella levantó las cejas y me empujó fuera de la habitación y proseguí—: De verdad. Hacerse politeísta tiene muchísimas ventajas.

Esta idea me la dio mi brooklynita favorito, el poeta Alex Lima, quien me explicó una vez que en el instituto en el que daba clase, para no ofender a nadie, lo celebraban todo, y, claro, cuando no era Sabbath era Pascua y cuando no, el Año Nuevo chino. Así que, entre unas cosas y otras, estaban todo el día de picos pardos —y me quedé en jarras delante de ella—. ¿Cómo lo veía?

—Olvídate de mis ancestros —concluyó—. Me hago politeísta contigo. Y cierra la puerta.

La luz se derramaba por segundos, pero seguía resistiendo ese sol increíble. Le propuse salir al jardín. Alfredo y Mercedes estaban en el médico, así que tenía la tarde libre. Me producía cierto morbo curiosear en las vidas de las casas en las que trabajaba Greta y en todos esos personajes para mí elípticos, que nunca conocería, y que novelaba en mi cabeza a mi manera. También mi memoria visual quería interrogarla acerca de los diferentes objetos que recordaba en ese altar. Greta ajustó las guías de algunos árboles que se habían caído por el viento y, mientras retiraba con cuidado unas hojas secas, preguntó:

—¿Si te cuento algo no me mirarás raro?

Me eché a reír.

—¿A estas alturas me preguntas eso? —Me enrollé la bufanda alrededor del cuello.

Una urraca nos sobrevoló y se posó graznando histéricamente en el tejado.

—A ver… por dónde empiezo. —Hizo una pausa—. He averiguado que los kuarkier, el pueblo de mi padre, están especializados en quitar el mal de ojo. Me lo dijo una bruja orisha, en Cuba.

Me detuve en seco.

—No me fastidies, Greta. ¿Una bruja?

—¡Lo sé! ¿Ves por qué no se lo cuento a nadie?

Se hizo la enfadada, daba igual, no pensaba contármelo, y yo le tiré de la lengua, ya me va conociendo bastante, en el fondo sabía que estaba deseando que me contara la historia, aunque en mi cabeza la palabra «brujería» me cortocircuita.

Así que para ese minirrelato que amenazaba con poner un pie en la magia, Greta entró un momento a por dos mantas azules de jardín, sacudimos los cojines de un balancín oxidado y empezó por presentarme a su abuela Serafina, matrona e india, ¿aquella a la que no hubo forma de despegarla de la Pachamama?, le pregunté y ella asintió sorprendida, que sí, esa, y yo continué: ¿la que nunca se había sentado en una silla? Greta me tiró la manta encima.

—¡Ya te sabes mi vida mejor que yo! —celebró.

Y ambas nos adentramos en el mundo de los espíritus, en busca de la magia perdida. En ese momento, incluso abrazarme a un árbol me habría parecido una experiencia sobrenatural muy sana.

67

Cuba
Año 24

Una de las primeras decisiones que tomó durante su año sabático, al final de la terapia con Bárbara Sagel, fue que viajaría a Cuba. Si volvía a la congregación, debería mantener ese viaje en secreto. Contactó con ellos a través de internet. Había leído mucho sobre los orishas, me dijo, mientras ambas caminábamos dentro de aquel recuerdo, abriéndonos paso a través del humo. Eran todo mujeres y todas fumaban.

El humo denso del tabaco, el de las velas de colores derritiéndose sobre platos descascarillados, sobre el suelo de tierra, dentro de improvisados candelabros hechos de botellas. A priori, escuchando a aquellas mujeres exponer una a una sus problemas, si no hubieran ido todas vestidas de encajes blancos y llenas de pulseras, podría parecer una terapia de grupo.

—Ven, siéntate y haz silencio. Deja que el espíritu hable —le ordenó a Greta la bruja, muy bonita, de unos cincuenta años.

Estaba sentada en el suelo con la cabeza envuelta en una tela blanca de puntillas y una flor roja, del cuello le colgaba un muestrario de collares hechos de pequeñas cuentas de colores. Tras una empalizada de velas y botellas de plástico con todo tipo de brebajes, mantenía los ojos semiabiertos y un puro gigante pillado entre los dientes.

Los orishas trabajan con los muertos. Con el espiritismo. Y Greta siempre había sospechado que estaba guiada por uno. Se lo había dicho su padre.

—Quiero saber por qué necesito llevar algo de oro encima desde pequeña —fue su primera pregunta.

La bruja exhaló una bocanada de humo sólido y plomizo.

—El oro protege contra el mal de ojo, m'hija. Y los de tu pueblo son los hijos de Odín. —La voz era seca como hoja de tabaco—. Eres india y tus antepasados llevarían oro. ¿Es que no conoces a tus ancestros? —le preguntó la bruja, algo indignada, y pareció ir a masticar el cigarro.

Greta negó con la cabeza, avergonzada.

—¿Puedo pertenecer a su religión? —le preguntó ella, desde su crisis de fe.

—No —respondió la otra, cortante—. Eres india, no negra. Y tienes tus rituales. Pero mi religión sí puede ayudarte a iluminar tu camino.

Y se remangó un poco la falda larga y blanca de volantes, bajo la cual asomaron unas curiosas y coloridas zapatillas de deporte.

El caso es que recordando a esta mujer y tras su calvario en la Ciudad del Norte, por la misma regla de tres, Greta llegó a la conclusión de que quizá nunca debería haber sido monja.

—Igual debería haberme rodeado de plumas y minerales y no estar haciendo el tonto —me dijo, aún sentada delante de aquella bruja del pasado, mientras yo la observaba, impávida, tras el humo.

Hizo una pausa durante la que me pareció que analizaba mis reacciones, así que traté de mantener mi mente muy abierta y mis ojos inexpresivos, pero creo que ya me conoce demasiado.

—Ya ves, he pasado de monja a bruja. —Sonrió, burlona—. ¿Te parece muy demencial esto que te estoy contando?

—Mira —cerré los ojos para visualizar de nuevo aquella escena—, ya me ha costado asumir que eras monja, pero, si te haces bruja, dimito.

Rompimos a reír. A ver, se estaba reconectando con su cultura y con su identidad, y algo vibró en mi bolsillo sobresaltándome, ¿quién era yo para juzgar eso? Miré el móvil. Era un mensaje de Gabriel.

—¿Y te gustó Cuba? —quise saber.

—No.

—¿Por qué?

—Porque no es libre —respondió, tajante.

Le conté que precisamente el otro día hablaba con este amigo con el que salía —así lo llamé—, que eso algunos de nuestros compañeros no lo tenían tan claro. Ella pareció indignarse.

—¿Cómo va a ser libre un país que tiene hambre? —sentenció.

En ese momento decidí que tenía que conocer a Gabriel y se lo dije, y pensé que era cierto eso de que la única forma de entender los procesos más complicados era reducirlos a lo sencillo. Ella sí había pasado hambre y, no, tampoco se le pasaba una.

—Espera, espera… —me interrumpió como si lo hubiera procesado más tarde—. ¿He escuchado «estoy saliendo»?

—No, ¿quién ha dicho eso?

Y me dio un codazo, y yo aseguré que tenía demasiada imaginación, me levanté y merodeé por el jardín. Ella me persiguió pidiendo detalles que le advertí que me negaría a darle, pero… vamos a ver, ¿aquí quién estaba entrevistando a quién?, y allí, tirándonos de la bufanda, nos convertimos en dos adolescentes.

Mientras preparábamos la chimenea me sentí inquieta, tengo que admitir que ese tema de la brujería me había puesto en guardia. Por momentos me dio miedo de que el duelo por su fe cristiana la estuviera empujando a buscar desesperadamente algo en que creer, y de pronto, dentro del fuego, fabriqué la fantasía absurda de una Greta vestida de santera con flores rojas en el pelo, convertida en una iluminada sacerdotisa, que rompió la entrada de la otra Greta en vaqueros con su jersey rojo, eh, se me daba bien hacer hogueras, me dijo.

—A ver si la bruja vas a ser tú. —Me escarbó en el pelo como un roedor para fastidiarme y luego se puso más seria—. No creas que no sé que los orishas tienen todo un negocio montado en Cuba. —Se sentó en la alfombra—. Yo no quería quedarme a la misa si iba a ser un circo. Eso me asustó. Si algo tenía claro es que no iba a desestabilizarme más aún. Y por cierto: esto no lo irás a poner en tu reportaje, ¿no? ¡Van a pensar que estoy loca!

Me eché a reír al tiempo que echaba un tronco al fuego, relajada por su realismo y la confirmación de que indagaba en otras creencias sólo por curiosidad. El reportaje, sí... cómo y dónde podría publicarlo era aún una incógnita. Y el invierno avanzaba. Con la llegada de la primavera se nos acabaría el tiempo.

En el exterior había caído la noche, y alrededor de las farolas del jardín volaban los murciélagos como pequeños cazas. Atrapadas por esa hoguera, volvimos a aquella misa del pasado.

Le había parecido un ritual precioso, con flores, canciones, oraciones. Al final sólo consistía en hablar: agua, tabaco, conchas de coco... Y lo único que le pidió a cambio aquella bruja fue unas bolsas de plástico y las botellas de agua vacías para sus ritos. Eran tan pobres que hasta las bolsas las tenían que comprar a plazos.

—¿Y puedo saber qué le preguntaste a tu espíritu?

Admito que ya me picaba la curiosidad y empujé un poco la leña dentro de la chimenea.

Entonces me dirigió una mirada extraña contagiada por el fuego.

—Le pregunté si iba a sanarme.

—¿A sanarte?

—Si alguna vez conseguiría sacarme este dolor. Y me dijo que sí. Pero que sería en España —dudó un momento si continuar, escondió las manos dentro de su jersey—, y que conocería a una mujer mientras cruzaba el cielo.

Y entonces sí. Ambas hicimos silencio.

Uno extraño.

Uno bello.

Hasta que decidí romperlo como quien rompe un hechizo.

—Al final, en realidad, si lo piensas todas las misas se parecen —reflexioné mientras azuzaba el fuego y la conversación a partes iguales—. Una conversación en la que se invoca a un espíritu.

—Sí, claro —asintió, y se llevó la mano al cuello, donde seguía ese colgante que nunca pude ver—. En el caso de la Iglesia católica, el Espíritu Santo viene cuando lo invoca en la misa la comunidad cristiana.

Calenté mis manos sobre las llamas y dije:

—Con los orishas, por lo que veo, vienen espíritus más de andar por casa. —Sonreí.

—Sí —se abrazó a sus rodillas—, creo que es la única vez que he sentido que venía un espíritu a verme de verdad.

A su espíritu, ese que siempre la había acompañado pero al que había dado la espalda, lo ha bautizado «la abuela», aunque no sabe quién fue. Y me reconoció que su yo católica antes habría dicho: ¿cómo va a llamarse misa a unas viejas hablando y fumando?

Oímos un coche aparcar en la puerta. ¿Habrían vuelto antes? Al momento se escucharon una pelota y los gritos de unos niños. No, serían los vecinos, dijo, y luego se quedó de nuevo pensativa mirando la hoguera.

—En realidad, le llamamos religión a cualquier cosa que nos ponga en comunicación con nosotros mismos. Por eso necesito recolocar mi vida espiritual.

—¿Y qué te falta?

—Me falta el rito. El pequeño altar que has visto arriba. Orar…

—¿Y no te sirve reciclar alguno de los que practicaste entonces?

Empieza a arrancar papel de periódico y se lo da de comer al fuego.

—Es que están mal colocados, están dentro de una institución, Patricia, y yo ya no quiero instituciones.

Y pensé que era cierto. Y que era bello. Que llegara un momento de libertad tal en que pudiéramos prescindir de las instituciones y buscar nuestro propio espíritu y el de nuestros ancestros.

—Así que creo que he abrazado a mi india y he vuelto a casa.

—¿Y ahora?

—Ahora sueño con colibríes.

68

Esta noche, ya en casa, estoy echando de menos no tener chimenea para seguir contemplando el fuego. Me hace bien. Como el agua. Si pudiera pedir un deseo, ahora mismo sería que me instalaran en este salón una chimenea y una fuente. Para escuchar el agua y contemplar el fuego. Mientras leo. O escribo. Mientras medito o pienso. Porque en esta etapa sabática que he decidido que se prolongue hasta que esté preparada para buscar trabajo otra vez o empiece a quejarse mi cuenta corriente, estoy disfrutando de un tiempo muerto, que en realidad debería llamar «un tiempo vivo» para reconstruirme. En otro momento habría sido imposible dedicar toda la tarde a charlar sobre lo humano y lo divino, dentro del cálido invernadero de una casa ajena.

Qué extraño es no tener prisa.

Me da miedo acostumbrarme. Porque ahora mismo creo que podría.

Me siento en hibernación como uno de los bichos de Leandro y sólo temo que, por alguna razón, algo o alguien lo interrumpa antes de tiempo y se vaya todo al traste.

El tiempo.

Es cierto que no lo contienen los relojes. Esta noche alguien ha colgado la luna encima del Palacio Real. Me gustaría saber guiarme por sus ciclos naturales. Sujeto la grabadora en pausa. Tampoco esta historia cabe ya en una tarjeta de memoria. No hay prisa, pero sí urgencia. Con el cambio de estación debería conseguir que vea la luz y ya la siento de un tamaño que no cabría en ningún medio sin dejarme algo importante. Así que supongo que debo hacerme a la idea de que tendré que extraer sus titulares, y el viaje… el viaje que estamos haciendo juntas, eso sólo se quedará para mí.

Eso mismo le he contado a Leandro cuando me ha llamado para darme la última entrega de la crisis de su laboratorio.

—Es que la tacañería es lo peor que existe —le digo parafraseando a la madre Juana.

—Desde luego, criaturilla. Además, los fondos de ese laboratorio son ridículos. Es un problema de mala gestión... —le oigo remover una cucharilla con rapidez—, y quizá una cuestión personal. El rector actual fue antiguo compañero mío, uno de esos que tenía la costumbre de apropiarse de las ideas de sus asistentes..., ya sabes, y un día le paré los pies.

Cómo no..., me tumbo en el sofá, hay mucho bicho por todas partes, Leandro, y él me pide que no insulte a los bichos, que haga el favor. Entonces le cuento mi teoría de los golumizados que tanta gracia le hizo a Greta la otra tarde, al hilo de sus reflexiones sobre el mal de ojo. ¿Los golumizados?, pregunta Leandro al otro lado de la línea. Sí, le explico que son aquellas personas a las que, como al Gollum de *El señor de los anillos*, su avaricia y su mala leche les afecta, incluso, físicamente, retorciéndolas de forma desagradable.

Sí, yo también, como la madre Juana, desprecié siempre a los tacaños, sobre todo a los tacaños emocionales. Me parece un rasgo mezquino y muy poco inteligente. Los avaros en lo afectivo son incapaces de dedicarle un gesto de amor a otra persona y les pica tener que decir «te quiero» a alguien que lo necesita, porque su miedo y egoísmo naturales les lleva a pensar que si entregan una palabra de amor se están quitando algo a sí mismos: su libertad, su independencia, su orgullo... cuando en realidad se te devuelve con intereses. Me entristecen los tacaños, sí. Me dan pena y algo de grima. El Tiranosauro era uno, por ejemplo.

Leandro se echa a reír con ganas.

—El rector es claramente otro, se está golumizando por momentos.

Se despide dándome las gracias por haberle hecho reír un día como hoy. Y yo le digo que le quiero.

Al hilo de mi teoría de los golumizados, entre los cuales Greta y yo incluimos inmediatamente a Inés Cansino y a la madre Dominga, me contó una leyenda que me ha parecido muy ilustrativa y quiero rescatar. Al parecer, cuando Leonardo da Vinci pintaba *La última cena* encontró al modelo más bello de la ciudad para retratar a Cristo, el personaje más lleno de amor de su futura obra. Años después, cuando por fin estaba terminando la pintura, se dispuso a buscar a Judas, del que quería retratar la fealdad de un ser humano depravado y destruido por sus malas acciones, de modo que fue a buscarlo a una cárcel. Y lo encontró. Cuenta la leyenda que resultó ser, sin saberlo Leonardo, el mismo hombre.

Y es que hay circunstancias que te hacen perder la luz... igual que cuando amas, me explicó Greta, ese Espíritu Santo vuelve a iluminarte, puedes alejarlo cuando odias.

Al final de la tarde que pasamos juntas en su nueva casa, le propuse encender mi portátil para empezar a revisar todo lo que llevo investigado hasta la fecha. Me atreví a comentarle que le había pedido ayuda a Santiago para que, a través de la descripción de los síntomas que tenía cuando la echaron, pudiera diagnosticar qué era exactamente lo que había sufrido, o, dicho de otra forma, las cicatrices psicológicas que le habían dejado el mobbing en cuestión. Depende de las conclusiones a las que llegara, podría alegarse desde indefensión hasta omisión de socorro a un enfermo en el momento en que la echaron. Antes de comenzar a trabajar, Greta se levantó, «Un momento», dijo, y corrió escaleras arriba. Cuando bajó llevaba en la mano algo que, por la delicadeza con la que lo sujetaba, pensé que estaba vivo.

—Toma. —Abrió la mano.

En ella, un pequeño y delicado colibrí tallado en madera.

—¿Y esto?

—Es para ti —dijo con los ojos brillantes—. Quiero que lo tengas. Sólo carga cosas buenas. Y ahora voy a decirte algo que sé que te va a revolver, pero te pido que dejes que termine, ¿vale? —Se sujetó el pelo detrás de las orejas—. Yo tengo una teoría sobre ti. Eres una persona especial, Patricia, pero no puedes ir por ahí sin protegerte. Mira, en mi país se le teme más al mal de ojo que a la brujería.

—No me fastidies, Greta —interrumpí—. ¿No me dirás que crees en eso?

—¡Claro que sí! Y déjame terminar, no seas pesada. —Clavó los ojos en la figurita de madera con las alas extendidas—. Lo que trataba de decirte es que creen en la mala influencia de las personas tóxicas, esas a las que tú llamas «vampiros», que te roban energía.

Y continuó explicándome que, de la misma forma que había personas que eran portadoras de bendiciones, había gente que echaba un mal de ojo de forma voluntaria o involuntaria. Podía echártelo tu madre sin querer. O tu pareja. Ni siquiera tenían que desearte mal. Sólo tenían que robarte tu energía.

—Está en su carácter. Se roban tu vida y tu fuerza para prosperar. —Hizo una pausa y me miró como si comprendiera algo—. Y luego hay personas que portan lo que tú llamas «energía positiva» y yo llamo… «la luz». Tú eres una de ellas.

—¿Soy portadora de bendiciones? —le pregunté, y decidí no pelearme con ello—. Me gusta. Eso es técnicamente un «bien de ojo» —dije, y dejé que mi colibrí volara entre nosotras colgando del invisible hilo de nailon.

Ella dio una conclusiva palmada.

—Exactamente. Oye, pues me apunto el término pero o me dejas terminar o te coso la boca. —Y se concentró en el colibrí suspendido entre ambas—. Patricia, tú no eres consciente de tu virtud. Y por eso la infrautilizas. Todo el que se acerca a ti tiene más fuerza para hacer cosas, más fuerza vital. Todo el mundo lo nota como lo noto yo. Y esa luz que tanto brilla y que tú sólo estás empezando a conocer también la ven aquellos que quieren manipularla. —Y sin poder evitarlo vino a mi cabeza mi vampiro particular, el pobre Andrés, cuyo recuerdo aparté de un manotazo como a una polilla, y ella prosiguió—: Pero tú no puedes darte indiscriminadamente, amiga mía. Por eso quizá buscaste un canal: el periodismo. A través de tus crónicas, creabas una conexión con aquellos que no podían tenerte de otra manera. Y eso es muy generoso. Por eso te he insistido tanto, desde el principio, en que no quería pedirte nada. Quería que lo hicieras desde la libertad porque soy consciente de lo que puedes darme.

Me aseguré de que hubiera terminado su discurso, porque parecía sentirlo de verdad y luego, alumbrada por aquella hoguera que había ido creciendo y cuyo calor ya nos obligaba a apartarnos, pregunté:

—Y, según las creencias de tu pueblo, ¿cuál sería tu misión?

Se quitó el jersey. Se frotó los ojos brillantes del calor.

—Mi misión, según la bruja, es ayudar a aquellos que ya están siendo, por decirlo de alguna forma, vampirizados. —Echó más periódicos al fuego—. Por eso los miembros de mi pueblo siempre llevamos oro. Te protege del mal de ojo. Y a mí siempre se me parte. Luego me enteré de que, cuando se te rompe, en mi pueblo significa que has pulverizado un mal de ojo.

La observé con una media sonrisa y luego dije:

—Greta, estás como una chota.

—Puede ser. Pero tú eres una descreída irredenta.

—Eso seguro.

Nos empezamos a reír con ganas y nos insultamos cariñosamente durante unos minutos hasta que recogí de nuevo mi delicado colibrí entre las manos.

—Muchas gracias. —Hice un saludo budista—. Lo que has dicho es precioso y mi colibrí también.

Y sí, mientras escribo estas últimas notas en la soledad cada vez más confusa de mi apartamento, sé que me gustaría creer a Greta y verme a través de sus ojos como una Luciana Skywalker recibiendo la revelación de su fuerza. Lo que sí es cierto es que no puedo quitarle del todo la razón si pienso en mis relaciones con las personas. Sólo que ella lo atribuye a unas fuerzas y yo a otras. Una cosa es verdad, aprendí a darme sin protegerme y así me fue.

Apago la grabadora y empiezo a escribir por fin:

El bien y el mal. Bendecir y maldecir.

¿Cómo iba a tener alguien ese poder? «Yo creo en la bendición que me da mi madre», me aseguró justo antes de despedirnos, con los ojos húmedos de emoción y fuego, y eso yo también lo podía entender, claro, y un taoísta le daba más importancia a la bendición de un antepasado que a la de un Dios. Algo me lleva a buscar más fotos en esa caja, aquí la de los abuelos que pasean del brazo, la de mi madrina conmigo en brazos como una pequeña y rosada larva. Las voy colocando en lugares visibles y distribuyo por la estantería unas velas. Incluso la maestra Jedi nos dijo un día que, si no queríamos rezar, no lo hiciéramos, pero que sí recibiéramos bendiciones. Eso sólo suponía pedirle al maestro que tú elijas que te ilumine, apoyarte en alguien que sabe más que tú. «Cada uno lo llama como quiera, pero haceos un favor», dijo por primera vez muy seria, «pedidle a alguien que os inspire de manera informal», y juntó sus manos y cerró los ojos hasta que poco a poco se le dibujó en los labios una extraña sonrisa de reencuentro.

Creo que fue ese día cuando elegí a mi primer santo: a mi abuelo. Acaricio un retrato setentero en el que tiene esa sonrisa tan suya, con su bigote negro de la época. Lo aparto del resto y decido que su lugar estará al lado de mi concha/amuleto, y el colibrí y el libro de Han, de momento. Me siento de nuevo.

«¿Y las maldiciones?», escribo. Según Greta, en la espiritualidad cristiana teníamos oraciones que nos protegían «y líbranos del mal», por ejemplo, pero no te explicaban cómo. ¿Cómo librarnos de un maltratador? ¿De una Dominga o de una Inés? ¿De esos seres que se retorcían en sus inseguridades y odios hasta deformarse? Según Greta, eso la Iglesia no lo tenía nada trabajado.

Nos contaban que estábamos protegidos por el bautismo y no era cierto.

Podías aterrizar en infiernos terrestres mucho peores que cualquier averno nacido de la fértil imaginación del Creador.

Te dicen que no creas en la superstición, pero te inculcan otras.

Te indican que reces una novena y estarás protegido, y no, no es verdad.

Ya ambas frente al ordenador, creo que se dio cuenta de que luchaba a brazo partido contra mi natural escepticismo. Pero me gustaría decirle que algo ha cambiado. Que no la voy a juzgar.

—Supongo que hoy estarás alucinando. —Creo que fueron sus palabras—. Es sólo que quiero volver a abrazar lo espiritual, pero de otra forma. Ahora puedo. Me siento libre. No pasa nada. No voy a ir al Infierno por eso.

Abrí un documento de Word y escribí «México: la Comunidad de los Apóstoles». Luego me volví hacia ella antes de iniciar aquel nuevo viaje al momento más bello de su vida religiosa y dije:

—Dos mestizas como nosotras deberían tener creencias mestizas, ¿no crees?

Y, en ese momento, esta portadora de bendiciones en la que Greta me había convertido iluminó el camino hacia sus veintiséis años con la luz azul de un portátil —esa que tanto nos altera, según Leandro—, el momento en el que aún colgaba de su cuello una cruz del mismo tamaño que su rebeldía; la última vez en que se empeñó en luchar por su vocación, aunque supusiera «curarse de su homosexualidad», apartarse de su esencia. Y se recordó a sí misma llegando a México como aquel pájaro que aún sentía dependencia de la protección de su jaula.

La Comunidad de los Apóstoles

69

México
Año 25

Nunca había viajado tan lejos.

Y quizá, por la emoción o porque iba a reventar de todo lo que llevaba dentro, se le rompió la maleta nada más tirar de ella en la zona de recogida. Menos mal que al encender el móvil se encontró un mensaje de la madre Juana, desde Bogotá, anunciándole que había alguien esperándola que iba a alegrarse muchísimo de verla.

Greta consideró aquel reencuentro como una señal.

Volvía a ingresar en la congregación y volvía a ella la persona con quien nació su vocación.

Fue maravilloso. Cuando la vio avanzar por el aeropuerto de México con el manteo del hábito, ese caminar inconfundible, como si bailara, más gigante y más negra que nunca, colosal. Allí estaba Imelda, la Profeta. Su inspiración. No la veía desde que la enviaron a México para ser vicaria. Sus miradas se encontraron entre la multitud, desde lejos, y se la imaginó como la reina de un ajedrez sobre un tablero de frío mármol: Greta ya no era una niña e Imelda se había convertido en una de las monjas más influyentes de la congregación. Se preguntó si le habrían llegado hasta la Casa General de México sus aventuras y desventuras, los rumores sobre el escándalo de Valentina, la extraña obsesión que generó en la madre Dulce en Venezuela, pero, al ver la sonrisa de la madre Imelda, supo que daba igual, que de verdad tenía una segunda oportunidad tras ese año sabático y la decisión de volver. Desde ese día se inició entre ellas lo que Bárbara Sagel solía llamar «contratransferencia». Algo, según la terapeuta, muy habitual entre las religiosas. Una adopción mutua, de madre e hija.

—En México está la esencia de la comunidad —le explicó la madre Imelda, cuando entraron en el coche—. Pero ya va a darse cuenta de que esto no se parece a Colombia, donde todo es... bello, como le gusta a la madre Juana. Aquí es todo mucho más sencillo.

Y Greta supo que lo decía con admiración. La madre Imelda aborrecía los dispendios. Nunca se había imaginado tan austera la Casa General. Pero Greta volvía enamorada de nuevo de Dios. Debería ser feliz, se convenció, mientras subía las escaleras de su nueva casa. Tenía todos los elementos para serlo. Su vocación había descansado y resurgido de sus cenizas. Iba a vivir en la Casa General, el sueño de casi todas las hermanas... y tenía a Imelda al lado. Era una gran oportunidad. En ese momento intentó colarse en su cabeza Bárbara Sagel taconeando sobre unos zapatos azules a juego con su falda, intentando prevenirla de que no cruzara esa puerta, pero logró ignorarla gracias a la imagen que eclipsó su recuerdo.

Nunca imaginó que a su vuelta tendría tal recibimiento: en la recepción formaban en varias filas las junioras, que en México eran todas músicos, para darle una serenata de guitarra y mandolina.

—¿Y todo esto es por mí? —preguntó, emocionada, a la madre Imelda.

La Profeta asintió con el rostro brillante y una sonrisa sobria, y lo celebró dándole unas rápidas palmaditas en la espalda. Greta se fijó en cómo sus nuevas hermanas observaban cada gesto de la madre Imelda, como si en verdad fuera su madre y hubieran heredado un parecido. Incluso tuvo la sensación de que alguna imitaba su peculiar forma de reposar las manos siempre cerca del vientre y se recolocaban el velo, con cierta coquetería, antes de hablar ella. También le extrañó que las mexicanas no vistieran hábito, sino falda azul, chaleco y camisa blanca y el pelo extrañamente engominado. Imelda le explicó que a ella también le resultaba peculiar a la vista. Vestían así sólo en México desde 1910, porque hubo una persecución religiosa. Ellas, como colombianas, no tenían por qué seguir esa costumbre. Imelda siempre vestiría, como en el resto de la congregación, hábito riguroso.

424

—Vamos a enseñarle su habitación y a la hora de la comida verá a la madre general —anunció la gigante de ébano con un tono más frío.

La madre Celeste…, se dijo Greta. La máxima autoridad en la congregación en todo el mundo. Sólo escuchar su nombre imponía. Había oído hablar tanto de ella… Tras largos e interminables pasillos abrieron una altísima puerta de dos hojas. Greta se detuvo un momento.

Una humedad con olor a lejía se le coló dentro.

La habitación no era su habitación, sino la de otras sesenta más.

Contempló la gran estancia y el ejército de camas separadas por biombos de tela blancos y le pareció un hospital del siglo XIX. Sintió que Imelda analizaba sus reacciones, así que entró caminando con decisión. La condujeron hasta su cama. Le habían bordado la almohada con su nombre. Ese detalle le llegó al alma y de pronto se sintió en su espacio. Cuando la dejaron sola, se tumbó unos instantes sobre aquel colchón, cuyos muelles lo transformaban en la cama de un faquir, y respiró aquel curioso ambiente de fiesta tan fraterno. Sí, sin duda allí estaba el espíritu de la comunidad. Y esos cambios que, al principio iban a costarle, le harían mucho bien.

Se duchó en unos baños comunes cuyo alicatado parecía de los setenta; se cambió el hábito para refrescarse tras el viaje; dejó el resto de sus cosas en un vestidor común donde le habían asignado un perchero para colgar su ropa marcada, y a la una menos un minuto entró en un comedor gigantesco con las mesas en forma de U. En el centro de aquella vocal, como una versión femenina de Jesús, pudo a ver a la madre Celeste, en la misma actitud en la que la recordaría a partir de ese momento. Sus sesenta años no los había disimulado el tiempo, las arrugas enfatizaban su nariz rotunda y hacían un marco a una boca grande de rape que habitualmente estaba cerrada a cal y canto. Pero lo que más le llamaba la atención de la madre general era que parecía estar a cámara lenta. Le gustaba comer extraordinariamente despacio y, cuando lo hacía, jamás miraba el plato. Sus ojos pequeños y controladores encontraban más interesante pasearse por turnos por cada una las hermanas pestañeando muy lentamente, una advertencia de la serenidad de su poder y de que nada nunca podía escapar al registro de su atenta mirada de escáner.

Con el tiempo, Greta se daría cuenta de que para la madre Celeste comer era una tortura. Lo hacía muy poco y muy despacio porque tenía problemas gástricos, en parte porque todos intentaban cebarla, compitiendo por agasajarla y cocinarle más y mejor. Y ella tenía que dar ejemplo. No podía despreciar la comida así reventara, habiendo tanta pobreza en el mundo... Una tortura de la que Greta averiguó cómo aliviarla, y se la ganó inmediatamente, haciendo todo lo contrario. Durante una reunión, con mucho disimulo, le ofreció su plato, «Madre, écheme un poco a mí si quiere, para ayudarla», y así no se vio comprometida a decir que no. La madre general le pasó media pularda con un diligente y rápido movimiento apenas perceptible por el ojo humano, miró hacia los lados y luego a Greta con complicidad agradecida.

En cambio, le llamó la atención que no disimulara nada sus desafectos y le gustara que quienes la rodeaban hablaran mal de los que le caían mal y bien de los que le caían bien, algo en lo que Greta prefirió no entrar ya que enseguida intuyó que la madre Celeste y la madre Imelda eran como el agua y el aceite.

Esa primera noche Greta, de rodillas, con los codos apoyados en su cama, oró largo rato acompañada de los resoplidos de otras sesenta hermanas dormidas. Volver a la comunidad y entrar en la Casa General había supuesto tomar una férrea decisión: trabajar todo aquello que apuntó Bárbara en el informe psicológico previo a recomendarle el año sabático. Por mucho que le incomodara, debía escribirle para comunicárselo, pensó Greta mientras sentía el duro felpudo de lana clavársele en la piel, aunque seguro que se habría enterado de su reingreso, ¿cómo no? Si había algo en la comunidad eran cotilleos: imaginó a Bárbara de nuevo, vestida de azul desde la cabeza hasta los tacones, observándola por encima de las gafas con lástima y desaprobación: «¿Por qué quiere una vida así, Greta?».

Era consciente de que la enviaban allí a afianzar su espíritu comunitario tras la catarsis producto de la terapia en Bogotá; también sabía que Bárbara, aunque trató de ayudarla en su informe, tuvo que dar una de cal y una de arena. Al fin y al cabo, debía contentar a su verdadero cliente, y, por mucho que a ella le repugnara, la institución lo era.

Tiró de la maleta que había guardado debajo de la cama. Buscó entre sus papeles. Extrajo el informe del sobre, aquella sería su guía, y leyó: «Si reingresaba, Greta debía ser más obediente», había escrito Bárbara, seguramente con la secreta ilusión de que no volviera nunca. Apuntaba también que «sería muy buena estudiando literatura» —ahí le echaba un cable—, «y debería trabajar sus problemas de identidad sexual» —y eso que, en las sesiones, nunca mencionó ni una sola de sus relaciones—, pensó con un retortijón en el estómago. Menos mal. Porque ahora deseaba más que nunca enderezarse. Con todas sus fuerzas.

Introdujo el informe en el sobre de nuevo. Juntó las manos y apoyó en ellas su nariz. Cerró los ojos. No se metería en líos. Se concentraría en el estudio y en la oración. Le estaría agradecida a Bárbara toda la vida: con ella había sido capaz de enterrar a su hermano. Eso sí que había sido duro. Eso sí que le había parecido imposible. ¿Cómo no iba a poder enderezar sus tendencias? Pero lo que la joven juniora aún no sabía era que la fe no era cuestión de ansiolíticos; ni la naturaleza era reconducible; ni que la represión sólo podía curarse con la libertad; que ciertas decepciones no había terapia que las curase.

Se santiguó deprisa y esperó, mirando al techo, a que apagaran la luz y la encontrara el sueño. Su nueva vida estaba a punto de comenzar.

Reencontrarse con la madre Imelda había sido como reencontrarse con su vocación perdida. Se sentía privilegiada sólo por estar a su lado.

Imelda era una piedra en un zapato. Incómoda como todos los profetas, a pesar de ello, su carisma era tal que había ido escalando posiciones precisamente porque no lo pretendía. Tanto que en una primera vuelta salió con los suficientes votos para ser madre general. Pero al final lo fue la madre Celeste, mucho más política. Un hecho que generaría una dura competencia entre ellas a partir de ese momento, a pesar de que Imelda no lo quería. Ni el puesto ni competir. Era extranjera y no sentía ningún ansia de poder. De alguna manera, a la madre Celeste le irritaba que pareciera también por encima de eso. Greta, por su lado, se había ganado la simpatía de la madre Celeste y cuando esta supo que había pedido que la enviaran a México, tras su año de reflexión, para retomar su vida religiosa, se tomó especial interés por ella. Aunque Greta sabía que no había sido exactamente así. Ese fue el argumento que dio muy inteligentemente la madre Juana, verdadera artífice de la idea. Quizá porque pensó que en México podrían vigilarla mejor y esquivar las críticas hacia su pasado hasta que la vocación de Greta estuviera fuerte de nuevo.

El caso es que Greta se sintió muy honrada por que la madre general se tomara interés por ella, aunque el mismo día en el que se encontraron en el aeropuerto de D.F., Imelda intentó prevenirla y quitarle una venda que llevaría demasiado tiempo. Sólo dijo: «La madre Celeste no es quien tú crees», y trató de suavizarlo con una sonrisa que infló sus negros carrillos. Greta no supo a qué se refería hasta muchos años después, cuando contempló con incredulidad su firma estampada en aquella carta: su sentencia de muerte. Tampoco fue consciente de que entraba sin quererlo en un fuego cruzado. Estaba agradecida a la madre Celeste, pero la había parido Imelda. Y, como buena madre, esta quiso protegerla.

Pasaron los meses y Greta cada vez pasaba más tiempo en la oficina de su protectora. Era cierto que no era su superiora directa, pero Imelda puenteaba a todos los cargos intermedios para encargarse directamente de su pupila. Eso empezó a caer mal. Todo el mundo quería estar con la Profeta negra.

A pesar de ello, estaba tan ilusionada que no intuyó el peligro. La invadía una nueva energía. Había decidido que su vocación era ser guía espiritual y pidió estudiar para ello en Ávila o en la universidad de la mística o en México. Además de la universidad, la madre Juana, desde Bogotá, la había provisto de un dinero para que hiciera cursos y se integrara, ya que era la única colombiana que estaría en la Casa General de México, y llevaba un retraso con respecto al resto de las junioras mexicanas de su edad, que habían tenido noviciados sin tropiezos, abusos, terapias y años sabáticos.

Ellas llevaban otros horarios, así que, de momento, Greta sólo rezaba, desayunaba y hacía las tareas de aquella casa gigante con sus compañeras. Esa era otra. En Colombia tenían personal de limpieza. En México no. Y a Greta le costó acostumbrarse a recibir clase después de limpiar. Era cierto lo que le había dicho la madre Imelda. La Casa General era más austera. Casi como el ejército. No sólo las habitaciones y el vestidor, todo era común. Sólo la madre Celeste y su corte disfrutaban de una oficina y de una casita aparte. Allí vivía también Imelda.

Luego comían juntas y sus compañeras marchaban toda la tarde a sus clases de grado superior. Greta no iba a ser maestra en México, así que decidió destinar esos horarios libres para buscar cursos que la enriquecieran. Hasta que un día vio un anuncio de un retiro zen y pidió permiso para apuntarse. Lo recibieron como una idea extravagante, como ya sospechaba. A ellas nunca les parecería bien nada de lo que a Greta le interesaba, eso lo tenía claro, pero argumentó que posiblemente podría aprender técnicas con las que enriquecer la vida comunitaria. Aquello coló; sin embargo el curso de aquel jesuita, «La religiosidad según Madonna» no, aquello ya les pareció demasiado, por mucho que lo impartiera un religioso.

Se llamaba Frieda y era rubia, alta y zen, un elfo patilargo siempre vestido de negro con erres alemanas y deje de ranchera, que seguía a santa Teresa de Ávila y a san Juan de la Cruz. En tiempos, había sido modelo de Chanel y a sus sesenta años conservaba una sonrisa paralizante. Fue ella quien la introdujo en la meditación.

En cuanto pudo, dejó el mundo de la moda, estudió psicología, se divorció y sólo volvió a enamorarse cuando leyó a santa Teresa, hasta el punto de que, con su jubilación en el mundo de la moda, construyó una casa inspirada en el castillo interior de *Las moradas*, su libro de cabecera de la religiosa. Un pequeño fortín de piedra en medio de Ciudad de México, en el que vivía con su padre de noventa años. A ese elfo le gustaba el mundo espiritual, así que prestaba su casa a las monjas para hacer retiros.

—Las religiosas no suelen venir por estas meditaciones —dijo pestañeando mucho sus ojillos azules al verla.

Esa noche, cuando Greta entró en aquella casa, le pareció haberse colado en uno de sus libros favoritos: las habitaciones eran de piedra, no había luz eléctrica y la única iluminación era de lámparas de aceite y sólo se comían cosas de la huerta.

El retiro de silencio en Valle de Bravo duraba cinco días en los que Greta se dedicó a leer, a orar y a pasear por el bosque frío y húmedo que rodeaba la casa, acariciando los troncos de los árboles forrados de musgo que parecían dibujarse a lápiz en la niebla. También se dedicó a escribir porque le contó a Frieda que con Bárbara, su terapeuta, solía escribir en un diario sus sesiones y le pareció una idea grandiosa. Podía probar a escribir sus meditaciones, sugirió el elfo, y se alejó caminando, con su piel rosa enfundada en amplias telas negras y sus andares de flamenco.

Había una pequeña cabaña de piedra para cada persona y papel para escribir. La dieta era vegetariana y todos los días a la seis de la mañana hacían taichí en el exterior, tiritando de frío en medio de parajes majestuosos que el elfo escogía meticulosamente. Y veían llegar caminando entre la niebla a esa mujer con su larga melena rubia suelta, que parecía dar pinceladas en el aire con cada uno de sus movimientos de cadencias tan perfectas, con esa paz, con esa luz que a Greta le hacía preguntarse por qué no podía ser ella su superiora y no la siempre rígida y amargada madre Celeste.

Durante esos días aprendió a tener conversaciones a través de la mirada. Algo que años más tarde le confirmaría el Aitá que era posible. Fueron largas conversaciones silenciosas que crearon un curioso vínculo entre ambas.

Tras cinco días de silencio, se abrió la veda y todo el mundo parecía conocerse de toda la vida, aunque hasta entonces sólo hubieran intercambiado miradas cómplices o saludos con la mano. Y en esa última sesión conjunta que ya tenía audio, Greta empezó a leer lo que había escrito en lugar de hablar: un poema dedicado a aquella casa y al alma que vivía dentro. Frieda representaba la paz y el silencio.

Cuando terminó de leer, el elfo se le acercó.

—Greta, ¿podríamos hablar cuando terminemos?

Esa noche Frieda la llamó aparte y le dijo que le gustaría invitarla a su casa para formarla como guía de meditación.

—Porque ustedes rezan, pero no saben meditar y les hace mucha falta. —Se apartó unas briznas de pelo rubio y fino de sus ojos serenos—. Como yo soy laica, no vienen a las meditaciones. Pero me gustaría contarle a sus hermanas que santa Teresa, cuando fundó el convento de la Encarnación, lo primero que les encargó hacer a las monjas fue unos banquitos de meditar. Dígales eso de mi parte.

Y antes de irse le entregó una carta para que la comunidad le permitiera publicar en una revista. «Tiene que escribir, Greta, no lo deje.»

Por supuesto, se lo prohibieron.

Y Greta había decidido enmendarse. La obediencia era su asignatura pendiente.

Más tarde supo que Frieda se había comprado una montañita en Valle de Bravo para hacer sus retiros. Muchas veces pensó en lo feliz que le habría hecho poder aprender más de ella.

70

Nunca se imaginó que existiera una habitación de los milagros.

Entró al salón. Era descomunal, como casi todas las estancias de la casa, con unas grandes ventanas que daban a un pasillo. Estaba lleno de escritorios y forrado hasta el techo de estanterías con cientos de cajas archivadoras. Greta fue recorriendo las que le llegaban a la altura de los ojos, leyendo las etiquetas: Cartagena, 1979; Bogotá, 1935; Río, 1982. En esas cajas estaban archivados todos los testimonios de milagros de la orden en distintos soportes. Su primera tarea sería transcribirlos y luego darles forma. Se trataba de una gran responsabilidad, le había dicho la madre Celeste con su boca de pez, además de una actividad muy apropiada para ella, añadió, masticando cada sílaba al mismo ritmo que rumiaba sus comidas. Según la recomendación de su terapeuta, debían encaminarla hacia lo literario. Al final de la conversación, la madre general quiso saber dónde había estado. La habían intentado localizar durante toda la mañana.

—Salí con la madre Imelda, quien se ha ofrecido a ayudarme con los trámites del visado —respondió con inocencia—, y nos quedamos a comer fuera.

La madre Celeste no se molestó en disimular su disgusto.

431

Maldita Imelda…, pareció decir con aquella media sonrisa de desprecio, ¿qué le estaría contando de ella?

Como cada tarde, Greta esperó a que se marcharan las junioras a sus clases y se sentó en la sala vacía. Escogió una caja al azar, vació el contenido de 1963 sobre la mesa y se preparó para escuchar a todas las voces de ese año que dormían atrapadas desde entonces y que habían esperado tanto tiempo a ser escuchadas. Cogió la primera cinta, un casete grande de los que recordaba cuando era pequeña, buscó el aparato apropiado —tenía tres sobre la mesa para distintos soportes—, y le dio al play. La voz de un hombre, un agricultor de la zona de los cafetales, narraba a trompicones y con un acento tan negro y duro como el grano de café cómo la madre fundadora habría sobrevolado los sembrados el día en que le pidió que sanara su hijo de unas mortíferas fiebres. A continuación, una mujer joven le atribuía en Bogotá el nacimiento de su primogénito, tras haberle regalado una monja de la congregación una estampita, y así fueron desfilando ante Greta: iluminadas religiosas que habían asistido a cómo la madre se materializaba en capillas para guiar su vocación, solícitas misioneras que le habían pedido la lluvia y, sobre todo, multitud de felices y agradecidas embarazadas que sentían su mediación con Dios cuando gestaron, vía estampita, a sus bebés. La hiperactiva madre fundadora era responsable de curaciones de dengue hemorrágico, había remitido el sarampión del año 1961, había sofocado el fuego en el convento de la Encarnación y el caso preferido de Greta: había testigos del momento en que apareció el rostro de Jesús en la sagrada forma cuando iban a darle la extremaunción a la candidata a santa. Para muchos, la señal de las señales de que debía ser canonizada.

Cada cinta era un milagro. Es decir, y según la definición de la RAE, cada una era «un hecho no explicable por las leyes naturales y que se atribuye a intervención sobrenatural de origen divino».

—Estos testimonios servirán para llevarlos en forma de causas al Vaticano y justificar la santificación de la madre fundadora —le explicó la madre Imelda con un destello de orgullo en sus ojos—. Así que se ha puesto en sus manos una labor muy valiosa.

—¿Y estudian las causas de todo el que se las lleva? —preguntó Greta con inocencia.

—No es tan sencillo —señaló sonriendo la Profeta—. Mi querida hermana Greta, hay que tener mucho dinero e influencias. Los trámites los paga la congregación que los presenta.

Y la vio alejarse por el pasillo a través de las ventanas con su caminar bailado. Ese día Greta se dio cuenta de que ser santo salía muy caro.

Fue una de esas tardes en que trabajaba en la habitación de los milagros y la casa estaba vacía cuando se conocieron. La había visto algunos días cruzar el pasillo mientras ella seguía atrincherada entre archivadores, pero esa tarde se decidió, entró en la sala observando todos aquellos archivos como si también pudiera escuchar las voces atrapadas en su interior y dijo:

—¿Es verdad que la madre fundadora fue tan milagrosa?

Greta levantó la vista.

—Eso lo decidirá el Vaticano, supongo —respondió ella con cautela.

—Te preguntaba tu opinión.

—¿Es que acaso importa la opinión de una pobre monja extranjera sin demasiada buena fama?

—A mí sí.

Y se sentó a su lado.

Fátima era una mexicana, muy mujerona, blanca y guapa, y esa tarde supieron que compartían la misma edad, que ambas hacían un segundo juniorado para, como les habían explicado, «beber de las fuentes» y poder reincorporarse a la vida religiosa. Habían tenido un año de reflexión, aunque por muy distintos motivos: lo único que no compartían era la fama. De Fátima se decía que era muy buena religiosa y había pedido un paréntesis porque se sentía exhausta. El caso es que en ese mismo despacho, esa tarde, se contaron la vida y a partir de ese momento nunca dejaron de hacerlo. Aún no sospechaban que seguirían líneas paralelas en el futuro, y que algún día, tras unos años de luto y de dolor, recordarían riéndose que Greta, el mismo día en que se conocieron, le aseguró a su nueva amiga que pronto sería superiora, una broma que perpetuarían durante años, ya fuera de la comunidad, tras haber cumplido Fátima su sueño de ser misionera, tras haber superado también que se lo rompieron en pedazos junto con su alma y su corazón.

433

Qué fácilmente pasaban los días cuando tenías un amigo, pensaba Greta. La complicidad con Fátima daría sentido por primera vez a la palabra «hermana» porque a ella sí, a ella podía llamárselo de verdad. Junto a ella aprendería el sentido de la amistad sin condiciones y a hablar de tú a tú en todos los sentidos.

El comedor estaba lleno esa tarde porque habían llegado muchas junioras de retiro de distintos países. Fátima localizó a Greta sentada, como siempre, con un libro escondido sobre las rodillas. Se acercó con su bandeja y la soltó delante con un pequeño estruendo.

—¡Hermana, no se lee en el comedor!

Greta cerró el libro, sobresaltada. Y levantó la vista. Fátima, apoyada en la mesa, con su rostro terso y brillante, soltó una risilla.

—Adivina qué hice.

—¿Aparte de darme un susto de muerte? —Greta volvió a abrir el libro con disimulo.

—Sí —dijo, satisfecha.

—Cualquier locura —añadió la otra, y limpió de la portada un poco de salsa boloñesa.

Fátima se sentó y bajó la voz:

—Le he pedido a la madre general que te dejen asistir conmigo al grupo de reflexión teológica.

—Y te ha dicho que no. —Pasó una página.

—Lo va a pensar. Yo creo que te estima más de lo que crees.

Greta apretó la mano de su hermana. Sabía que lo hacía con buena intención. Pero también que era un club a puerta cerrada creado para las más inteligentes, para las mejores religiosas, y la incorporación de la rebelde Greta no iba a ser vista con buenos ojos.

—No creo que la madre Celeste piense que soy la mejor influencia para ti.

—No digas tonterías —protestó la mexicana, ruborizándose.

—¡Es verdad! —siguió Greta metiéndole un bocado de pan en la boca—. Sé que no estoy a la altura de mi amiga y no es sólo una cuestión de centímetros.

—Yo no iré si tú no vas —aseguró la otra masticando—. Me aburriría muchísimo. Ya sabes mi filosofía: dime de lo que están hablando para oponerme. Podríamos pasarlo genial.

Greta contempló con admiración a su amiga. Cómo le asombraba aquel talento suyo para conseguir criticarlo prácticamente todo con una sonrisa, una bala que no veías venir, el sablazo diestro de un ninja.

Le dio las gracias de nuevo y, para celebrarlo, Greta le anunció que provocarían un pequeño milagro, ahora que se había especializado en ellos. Tras un gesto de concentración, multiplicó los panes partiendo el suyo en dos y le ofreció un pellizco a su amiga que rió por lo bajo su ocurrencia.

La insistencia de Fátima obró otro milagro y, para su sorpresa, Greta consiguió entrar en las jornadas, que consistían en que un sacerdote corazonista de edad muy avanzada daba una charla, y ponía sobre la mesa una serie de «verdades» con las que zarandeaba a las jóvenes junioras y, muchas veces, las hacía sufrir.

—Son un poco masoquistas, yo creo que a ellas les gusta por eso —le dijo una de esas tardes a Fátima durante la posreflexión que hacían ambas en sus habitaciones.

—Pero es un hombre muy inteligente —opinó la mexicana tirándose en la cama.

—Sí, no lo dudo. —Greta partió otra onza de chocolate—. Lo que no entiendo es que nunca venga como conferenciante una religiosa. No me digas que no las hay potentes como la madre Imelda. Yo creo que tendría mucho que contarnos.

Fátima se quedó pensativa. Greta le ofreció la tableta y ella rompió un pedazo sin dejar de observarla. No le importaba lo que dijeran de ella, su amiga siempre conseguía que viera las cosas desde otro prisma. Por eso disfrutaban tanto de su mutua compañía. Y, a base de reflexionar y sin proponérselo, acabaron reflexionando sobre la necesidad de un cambio de mentalidad en la Iglesia. Desde que compartieron aquel pan, lo suyo fue una retroalimentación. Hasta que una noche, Greta se atrevió a contarle su gran secreto, ese que no soltó en confesión ni a ninguno de sus psiquiatras: que estaba muy enamorada de Leonarda.

Nunca la juzgaría.

Y, mientras la relación entre las dos amigas se afianzaba, pasaron los días, los meses y un par de años, y el grupo de reflexión se quedó estancado, mientras que el de posreflexión rozaba ya la herejía. Se ilusionaban pensando en fundar su propia religión y, durante las horas de rezos y tras una conversación en la que llegaban a conclusiones como que Dios no tenía sexo, decidieron que daba igual llamarle Dios que Diosa y que así lo harían durante sus oraciones. Una innovación que, cuando fue descubierta por una de las hermanas que rezaba a su lado y tras la posterior denuncia, fue duramente reprendida por la madre Imelda en su despacho.

Así, caminaron como funambulistas por un cable, tratando de guardar un equilibrio peligroso entre su libertad y la doctrina, hasta que un día Greta cruzó de nuevo el límite.

El invitado de esa tarde al grupo de reflexión teológica era un cura flácido y lechoso que habían contratado para dar una conferencia llena de lugares comunes, pero lo que prendió la mecha fue el siguiente comentario:

—La que no tenga su vida centrada en obedecer a un superior es que está meando fuera del tiesto.

A continuación, el sacerdote pidió permiso para ir al baño, probablemente animado por su propia metáfora, momento en que una indignada Greta aprovechó para salir a la pizarra, empuñó una tiza mientras lanzaba una mirada de complicidad a Fátima, y pintó una muñequita con velo y pito meando fuera de un tiesto, para regocijo de algunas compañeras y escándalo de otras. El cura abrió la puerta cuando ella se disponía a rematar su obra maestra y antes de borrarla. Unos minutos después ambos entraban en el despacho de la superiora. El cura tenía el rostro enrojecido.

—Madre Celeste, esto es deleznable —farfulló él con la boca pastosa—. No me he sentido más humillado en veintitrés años de dedicación religiosa.

—Ni yo tampoco —contraatacó la joven juniora—. Y, sinceramente, no creo que sea la única. Sepa usted, padre, que en esa clase hay religiosas muy preparadas.

Greta se volvió hacia su superiora buscando apoyo pero, en cambio, se encontró con el más absoluto de los desprecios. Sólo dijo con la voz inflexible como una vara de hierro:

—Hermana Greta, póngase ahora mismo de rodillas.

—Pero, madre…

—He dicho que se ponga de rodillas y le ruegue su perdón.

El sacerdote alzó su mano blanca y blanda con un gesto de

imposición, casi al tiempo que la superiora se levantaba brusca-mente. Empezaron a sonar las campanas. Y Greta recordó para qué estaba allí. Y su asignatura eternamente pendiente sin la cual nunca sería aprobada. Así que se dobló por las rodillas y pidió perdón.

A pesar de aquel gesto que recordaría con asco mucho tiempo después, lo que no se dobló fue su criterio. Era demasiado tarde. Demasiada reflexión estéril en aquellos grupos, demasiada pos-reflexión reveladora por eso, al poco tiempo elevó por escrito a su congregación una cuestión que a algunas les resultó inadmisi-ble: ¿Por qué los retiros espirituales no podían ser dirigidos por algunas monjas que estaban mucho más preparadas que algunos sacerdotes?

Por otro lado, empezó a poner el dedo en la llaga sobre otra cuestión. Los sacerdotes cobraban, las religiosas no. Era cierto que los sacerdotes, al no vivir en comunidad, tenían que buscarse sus trabajos —dar las comuniones en los colegios, o misa y confesión a las monjas, y estas les pagaban por ello—. Pero ¿acaso ese vivir en una colmena no les restaba también aprendizaje y libertad?

—El manejo del dinero no lo aprendes —decía Greta una tar-de a un pequeño grupo en el patio—. No tienes ni idea de si una cosa es cara o barata.

—Es como si siguieras en casa de tus padres —añadió Fáti-ma—. Y si te sales serás… una estúpida.

También, ante aquellas pequeñas audiencias, empezó a sem-brar otra cuestión aún más espinosa: cómo era posible que, en un mundo de mujeres donde sólo se podían desarrollar emociones endogámicas, se generara odio hacia una mujer que amaba a otra mujer.

—¿No nos han dicho que nos amemos las unas a las otras? —le argumentó un día a Fátima mientras paseaban por el jar-dín—. Pues eso he hecho.

—Baja la voz o van a excomulgarte —susurró la otra, riendo.

Y esa tarde volvieron a llamar a Greta ante la madre Imelda para dar cuentas sobre aquellos pequeños discursos. Pero había aprendido algo nuevo: la utilidad de la mentira. De modo que se dedicó a negarlo todo con gesto inocente ante su negra madre Profeta.

71

México
Año 27

Y un día apareció la Rata, la más fiel de todos sus apóstoles. La única amiga, junto con Fátima, que conservaría cuando cruzara el muro.

Echando la vista atrás, estaba segura de que jamás la había visto cuerda. Con el tiempo no se cumpliría su vaticinio de que Fátima fuera superiora; sin embargo, de la Rata nunca lo imaginó ni por lo más remoto y sí terminaría siéndolo en lo que ella denominaba como «la comunidad más lejana del mundo». «Así nadie me molesta. Como mucho, los pingüinos», solía decir.

Era monja, poeta, rapera y chilena. Como diría la misma Greta: «La típica persona con cara de idiota que escondía una mente privilegiada». La Rata tenía el síndrome de «Yo, Claudio»: como su condición animal y su hiperdesarrollado instinto de supervivencia le dictaba, había descubierto dentro de aquellos muros que hacerse la loca y la tonta eran un chaleco antibalas imprescindible para sobrevivir.

Siempre parecería mucho más joven de lo que era, y era normal, según Greta, nunca envejecería. Era una niña. Una niña lista, quizá porque había tenido que crecer muy deprisa. Cuando ya tuvieron más confianza, le contaría a Greta su tremenda historia.

Lo cierto es que al principio no le gustó porque aquel pequeño roedor con hábito la perseguía por los pasillos, se sentaba a su lado en el comedor y parecía no tener nada mejor que hacer que buscar su compañía a toda costa. Hasta que una tarde de lluvia Greta se dio cuenta de que llevaba todo el día sin verla y se extrañó. Se había acostumbrado a su presencia. Era una especie de mascota. Y, cuando por la noche no la encontró pegada a ella como una pequeña y desgarbada sombra rezando a su lado las completas, se sorprendió aún más echándola de menos. Nadie la había visto. Tampoco Fátima. En recepción le dijeron que había salido. Tampoco la vio en la cena. Y cuando ya fue muy tarde, pensó: «Seguro que esta asquerosa ha vuelto y no me ha dicho nada».

Por eso se le ocurrió ir hasta su cama. Abrió el biombo de tela.

Se asomó sigilosamente y la encontró acostada. Estaba tapada hasta la cabeza. Le daría un susto de muerte, pensó Greta maliciosa, así que no se le ocurrió otra cosa que tirar de la manta mientras exclamaba: «¡Rata asquerosa!», para descubrir con horror a una superiora mexicana que estaba de paso y que gritó histérica al verla.

—¿Se puede saber qué hace, hermana?

Greta reculó disculpándose.

—Me pareció ver una rata, madre, lo siento.

—¿Una rata? —empezó a gritar la mujer, subida a la cama, mientras el grito de «rata» se propagaba por el resto de las camas como la lepra.

Greta salió de la habitación dejando atrás aquel tremendo griterío y en ese momento vio venir por el pasillo a su amiga. ¿Qué era todo ese lío?, mostrando sus largos incisivos, menos mal que la habían cambiado de habitación como había pedido. Greta se echó a reír, aunque tenía ganas de matarla y le fue contando ese episodio que recordarían tantas veces.

Todo lo que se rieron recordando a aquella madre mexicana… La Rata —que ya se quedó con ese nombre por culpa de la anécdota— le contó más tarde cotilleando que a la que casi mató del susto era lesbiana, y que había solicitado irse a vivir con la superiora provincial. ¿Y eso era posible?, le preguntó Greta por la noche, sentada en la cama de su amiga. La otra la observó con curiosidad, sí, siempre que se llevara con la suficiente discreción, advirtió, y Greta rehuyó aquellos ojillos que ese día supo que eran capaces de entender demasiadas cosas. No pudo evitar pensar en su amada Leonarda y en cómo lloraba cuando le pidió que se escaparan juntas. Aquella habría sido una opción si hubiera sido valiente. Que pidiera un traslado para vivir con ella. Quizá no lo había pensado. O quizá no la quiso lo suficiente o sus escrúpulos morales eran aún más fuertes. Pero no, no podía abrir esa puerta de nuevo, pensó mientras se despedía de su nueva amiga, a la que no podía confesarle lo que le pasaba por dentro. Caminó por el pasillo oscuro hacia su habitación, como tantas veces lo había hecho a tientas hasta la de su amada en Bogotá. No, ya se había curado de Leonarda y pronto lo haría de su homosexualidad. Tenía que ser fuerte.

Pocos meses después, la Rata y ella se enterarían en el comedor de que aquella mujer a la que casi provocó un infarto en su cama había muerto, justo cuando iba a vivir la vida perfecta junto a su amante, y Greta lo sintió por ella. Entonces sí se habló. El mismo día de su muerte. Ensuciaron su memoria. Se rumoreó que lo primero que había hecho su amante había sido comprarle con dinero de la comunidad un cochazo último modelo. ¿Cómo no iba a castigarlas Dios?, escuchó decir a sus hermanas durante la comida en aquella larga mesa en forma de U mayúscula. ¿Cómo no iba Dios a castigarlas por su terrible pecado?, siguieron comentando unas y otras mientras llenaban sus angelicales bocas con pastel de nata.

La Rata y Greta se convirtieron en inseparables desde ese día y encontraron un rol que les divertía por igual: ella, la tonta, y Greta, la lista. A ese roedor no le costaba nada admitir que era su ídolo y la secundaba en todo.

Cómo se reían. Se reían muchísimo.

—¿No te parece que están muy locas estas mexicanas? —La Rata limpiaba los bancos de la capilla mientras Greta pasaba el plumero a los cuadros de los mártires.

—Un poco. Están muy chapadas a la antigua.

—A mí se me hacen como groupies chaladas de la madre fundadora —siguió la otra con su acento de un argentino dulcificado, amable—. ¿Y no se te hace raro que no usen hábito?

—Se ha ido el tifus y se les quedó la idea, como decía Leonarda —recordó Greta, y sus ojos se fueron con ella.

—¿Quién?

Guardó silencio y se guardó también su sonrisa. La Rata levantó sus ojillos escrutadores.

—Era tu superiora en Bogotá, ¿no es cierto?

—No, era la vicaria. Voy a seguir por esa otra fila de bancos. —Greta tartamudeó un poco—. Así te ayudo.

Y dicho esto, se alejó unos pasos. La Rata fue tras ella y empezó a limpiar el banco contiguo. No tenía intención de dejarla escapar.

—Sí, a mí se me hace como si fueran niñas grandes en uniforme del colegio. Es raro.

Aliviada por el cambio de conversación, Greta estuvo de acuerdo.

—¿Y te has fijado en que toman a rajatabla todo lo que decía la madre fundadora?

—«La madrecita fundadora», perdona —las imitó acentuando la ñoñería.

—Y «la madrecita general»… ¡no me fastidies! —añadió la otra.

Sus grandes y sonoras carcajadas impactaron contra las paredes de la capilla y continuaron luchando por no ahogarse de la risa porque luego estaba la forma en la que iban peinadas, o más bien repeinadas, matizó la Rata, encaramada al altar como si fuera a dar la homilía, es que llevaban un bote entero de gomina en el pelo…

—En cambio nosotras que vamos con hábito, al final, somos mucho más progresistas —opinó Greta.

La Rata se plantó en jarras en el altar.

—Desde luego. A las mexicanas todo les parece «un escándalo terrible».

Greta la observó allí plantada en el altar, escoba en mano, con aquella cara pequeña en la que apenas cabían unos dientes tan largos que le prestaban una constante sonrisa traviesa, con aquel hábito que le quedaba grande, y pensó en cuánto se reía con aquella peculiar mujer. Sin embargo, tras su vivo sentido del humor, se escondía también un payaso triste, bien oculto tras su alegre máscara de roedor. Hasta que una noche, antes de irse a Chile, por fin le confesó a Greta su historia. Le habían avisado de que su padre estaba muy enfermo y llamó a su hija para decirle que tenía que hablar de algo importante con ella. Algo serio.

Maricarmen, que así se llamaba en realidad, había sido adoptada cuando era pequeña. Su madre adoptiva era esquizofrénica y se pasó casi toda su niñez con ella en el manicomio, abandonada por un padre volcado en la terrible enfermedad de su mujer.

—No me dejes sola hasta que salga el avión —le rogó a Greta.

Permanecieron despiertas hablando en el baño hasta la madrugada mientras las demás dormían. La Rata estaba convencida de que su padre le iba a contar quiénes eran sus verdaderos progenitores. Durante esas horas de vigilia, Greta vio a su amiga transitar por muchos estados: tan pronto esa revelación le producía impaciencia como terror. ¿Y si su madre era una prostituta? ¿O su padre un asesino? ¿Y si era un violador y ni siquiera conoció a su madre?

Sentadas ambas en el largo lavabo común con los pies colgando como dos niñas, Greta observó la forma en que su amiga se estudiaba en el espejo, como si temiera encontrar un rastro de los rasgos perversos de sus antecesores.

—No, querida amiga —le dijo, conmovida, para tranquilizarla—. Sólo serían pobres. Muy buenos y muy pobres. Y por eso te dieron. Ya lo verás.

La Rata se acurrucó en el suelo, apoyándose en el espejo.

—Tengo miedo, amiga.

Greta le acarició el pelo fino y escaso.

—Mi mascotita… —susurró—. No lo tengas.

Unas horas después, Maricarmen cogió el avión a Chile y su padre murió cuando estaba volando. De alguna forma volaron a la vez, de alguna forma se encontraron en el cielo, le diría Greta cuando se le abrazó llorando, ya de vuelta a México.

Entonces, para su sorpresa, sacó de su vieja mochila unas botellas de vino.

—¿Estás loca? —se alarmó Greta, y luchó con la bolsa para volver a esconderlas—. ¿Quieres que nos denuncien?

—Las traje de mi casa. Eran de la colección de vinos de mi padre. Es un Casillero del Diablo, un vino chileno. He pensado que sería bonito brindar por él con ellas y que el nombre era muy apropiado.

Así que decidieron subir a la azotea, era un lugar discreto por las máquinas de aire acondicionado y los cables. Para completar la fiesta, la Rata avisó a Marcela, otra chilena, quien anunció que llevaría unas botanas.

Marcela era lo que Greta llamaba una mujer gamba. Le quitabas la cabeza y te comías el cuerpo. Muy atlética, pero de una fealdad extraordinaria, que, sin embargo, tenía la autoestima muy alta. A Greta siempre le recordó a Mr. Potato, ese muñeco de plástico que se puso de moda en nuestra generación, al que le podías quitar los ojos, la boca y las cejas con un sistema de chinchetas y cambiárselas por otras con otra expresión.

Durante esa tarde vieron juntas un atardecer morado y rojo, y la Rata habló mucho de su padre mientras se bebían un litro de vino cada una. Luego hablaron de la vida, de sus aspiraciones y de todo tipo de frivolidades. Fue como tomar un vino con las amigas por primera vez. Algo tan cotidiano como inalcanzable para aquellas jóvenes que esa tarde se sintieron absolutamente felices.

Lo peor fueron las escaleras. Llegaron tarde. Bajaron tan borrachas a rezar las completas que, como no eran capaces de parar de reírse, hicieron el pacto de no hablar con nadie y cuando empezaron a cantar los salmos lo hicieron con el libro pegado al morro para disimular su aliento.

Cuando por fin terminaron los rezos, que ese día se les hicieron eternos, vieron cómo Marcela, quien apenas podía tenerse en pie, se sentaba en la capilla «a orar», incapaz, como era, de levantarse. Ya de noche Greta se acostó con el hábito puesto porque no se lo pudo quitar y la Rata nunca recordaría lo que hizo.

Ese sería el comienzo de muchas travesuras con Fátima y con la Rata. A Greta le habían dado dinero para las dietas cuando comía fuera, así que lo repartía con sus amigas y se escapaban a ese restaurante que habían escuchado a las superioras o a ese Starbucks que dijeron en la radio que habían abierto en Polanco, ¿podrían soñar con probar uno de esos cafés? Cuando cruzaron el umbral, se sintieron en Disneylandia hasta que Greta probó el suyo de aquella taza de cartón: ¿y le llamaban café a esa agua de fregar? ¡Ella era colombiana! ¿Para eso habían montado el lío de escaparse?

Para conseguir sus fines tenían que poner en marcha un complejo dispositivo. Había que pasar por el cancerbero: la hermana Faustina tenía ochenta años, pero parecía tener doscientos. Vivía en la portería. Era pequeñísima, gordita, mexicana, como una bolita de pelo blanco y gafas caídas en la nariz para tener dos ángulos de visión. Tenía órdenes expresas de que las jóvenes estuvieran bien controladas. Como la casa era tan grande, había muchas dependencias a la que distribuir las llamadas y el correo. A ella se le daba cuenta también de cuándo se entraba y cuándo se salía. No había otra alternativa que cruzar por su habitáculo. Y Faustina pasaba allí las horas, los días y los meses, leyendo el periódico y ordenando la correspondencia. «¿Vienen a comer?», decía siempre de forma detectivesca, como si con aquella pregunta fuera a cazarte, «¿Vienen a cenar?». Y era cierto que cualquier paso en falso sería registrado por su mente, más ordenada que cualquier libro de registros, donde guardaba, segundo a segundo, los movimientos de las residentes de la casa.

Por eso, la única forma era despistarla y la única que podía hacerlo de forma efectiva era la Rata. Ella sí tenía autorización para salir, porque ya había tomado los votos perpetuos. ¿Y si las veía salir?, se preocupó Fátima. Si salían, enseguida iría a piarlo y tendrían que inventarse algo, advirtió la Rata.

Una vez que pasaban el filtro de la hermana Faustina, serían libres.

—¿Es que esta mujer no orina? —se impacientó Greta, medio oculta tras unas de las columnas del porche.

—No. No va al baño —respondió la Rata.

—Entonces habrá que despistarla —opinó Greta.

Antes de que Fátima, con gesto de preocupación, pudiera detenerla, la Rata se acercó a la garita.

—Madre Fausti.

La anciana monja apuntó a Maricarmen con su barbilla puntiaguda.

—Dígame, hija.

—¿Me han llamado de Chile?

Mientras, pegadas a la pared de la garita, Fátima y Greta se deslizaban al exterior.

A la Rata le debería en el futuro muchas cosas. Fue ella quien le recomendó hacer las constelaciones de Bert Hellinger para sanar su relación con su padre. Había estudiado psicología y estaba segura de que a Greta le vendrían muy bien.

Fue sola a aquel centro en el barrio de Polanco. Y en una sala aparentemente fría, acompañada de quince desconocidos y de una terapeuta, se ofreció voluntaria y escogió a un hombre como su padre y a una mujer como su madre. Cuando la terapeuta le preguntó a quién más quería traer, Greta escogió a su hermano Juan, porque hacía responsable a Pablo de haberle faltado de niño y que por eso se perdió. Y, así, Greta inició una conversación con su padre: «Yo estoy enfadada contigo porque cuando yo nací tú no me quisiste». De ese modo, Greta descubrió por primera vez a un padre que creció como un niño solo. Que se escapó de la selva para hacer otras cosas. Que con nueve años ya se iba con los barcos a aprender y a ayudar en la pesca. Que fue capaz de cortar con su familia aunque los quería, la misma que a Greta siempre le sorprendió que le llamaran con ese amor cuando hacía cuarenta años que no se veían. Cuando estuvo hospitalizado, fueron a verle unos veinte. «Los indígenas son como los gitanos», le contó un día a la Rata. Siempre le hizo mucha gracia, y, cuando le preguntaba a su madre por aquellas curiosas relaciones familiares, ella sonreía divertida y le explicaba: «Ellos son así, m'hija. Para ellos, la sangre es la sangre».

Ese día, rodeada de desconocidos, Greta comprendió a su padre por primera vez. Estuvo conversando con él hasta que escuchó la voz de la terapeuta muy lejos:

—¿Qué quieres hacer, Greta?

Y ella, ante aquel desconocido que le había hecho de padre, dijo sin titubear:

—Abrazarle.

—Pues abrázale.

Y lo hizo. Un abrazo tan largamente aplazado, largo y detenido en el tiempo.

—¿Y qué quieres ahora?

—Que me quiera.

—Pues díselo.

Este sólo sería un ensayo de otra conversación en la que, al volver a Ibagué, tendría con sus verdaderos padres.

Greta recordaría todo lo que había supuesto para ella la Rata con un cariño inmenso, pero también sus aventuras. Se divirtieron mucho con sus travesuras de jóvenes sin saber que, dentro de aquellos muros, la diversión era un pecado imperdonable. Aún no eran conscientes de que los espíritus que la comunidad no podía convertir los machacaba en lugar de aprovecharlos, y que sus risas serían meticulosamente ahogadas, una a una, durante los diez años que duró el juniorado de Greta, aunque el derecho canónico sólo permitiera seis. Ella no sabía aún que para su congregación nunca estaría preparada. Por una sencilla razón; nunca llegaría a darles aquello que querían de ella: que se mintiera a sí misma.

No mentirse la convertiría en una inadaptada. A partir de su estancia en México, la moverían de un lugar a otro con la esperanza de que encajara en alguno de sus puzles. Y cuando, desde la Casa General, la madre Celeste le preguntara qué tal en su nuevo destino, Greta siempre confesaría la verdad: que no veía a nadie sano ni normal. Entonces volverían a trasladarla y a ponerla en terapia. Y le harían un nuevo informe. Greta nunca llegaría a entender que alguien que estaba claramente mal pudiera hacerle un informe.

Cómo iba a imaginarse que sería precisamente su ratita chilena la única que le escribiría cuando supo que la echaban, esquivando hábilmente los rumores, sin importarle lo que hubiera sucedido. Sin juzgarla. Ni juicio ni prejuicio.

—Yo, a los artistas, les consiento todo —afirmaría desde su lealtad de roedor entrañable, años después.

Y es que, aunque aún no lo sabía, también la Rata querría salirse. Sin Greta en la congregación, se sintió de nuevo huérfana.

—Hay que estar un poco loco para continuar ahí dentro —dijo una Greta recién expulsada a su amiga cuando esta la escribió a Ibagué.

—Por eso yo estaré más o menos bien aquí —respondió la Rata, y emitió un pequeño ronquido—. Pero te echaré de menos, genia.

Y Greta se la imaginó royendo un pequeño trozo de queso. Ay, también la echaría de menos. Y se desconectó del chat. Greta sintió cómo le nacía en el rostro una de sus primeras sonrisas tras su expulsión, una mojada por la emoción de saber que al menos su Rata y Fátima la seguían queriendo. Nadie la llamó. Nadie más lo hizo. Ni siquiera la madre Imelda. Ya no era una niña, diría Greta con una herida aún abierta a la periodista a quien contó esta historia. «Yo ya no era una niña, pero es muy duro cuando tu madre te abandona.»

Y es que la gran Imelda, la negra Profeta, su madre adoptiva, la abandonó mucho antes. Cuando aún estaban en México.

Greta siempre pensó que algo muy gordo debió de pasar entre ella y la madre Celeste porque venía notando su distanciamiento día a día, hasta que una tarde la llamó a su despacho en el que tanto tiempo habían pasado juntas y, tajante como su naturaleza de profeta le exigía, le ordenó:

—Greta, no vuelva más por aquí. No quiero que vuelva a hablar conmigo.

Ya sabía cómo funcionaba eso.

Era el método de Leonarda.

Ignorarla.

De pronto y de un limpio tajo, Greta se volvió invisible para ella. La borró de su mundo. No la mató. Sólo decidió que no existía. Que nunca había existido. No la miraba. No le hablaba. Y eso se le podía perdonar a un desamor, pero nunca a una madre ni a una amiga.

Barajó muchas posibilidades. Que la madre Celeste, manipuladora y competitiva como era, hubiera competido por Greta, sólo porque era alguien a quien Imelda quería. Quizá le dijo algo que la ofendió mucho. Esa envidia hacia el amor era muy común en la vida religiosa. Algo que Greta nunca entendió. Esa prohibición de tener amigos propios, sobre todo cuando volvió al Evangelio y leyó que Cristo «amó a sus amigos hasta el extremo». Eso lo había dicho Juan. Jesús tenía con sus discípulos una relación de amistad sobre todo. Lázaro no era discípulo, no formaba parte del sanedrín, no, era su amigo, y así se manifestaba en el versículo más pequeño del Evangelio, cuando decía: «Y Jesús lloró». Manifestó una emoción por un amigo al que amaba. Todos esos ejemplos los fue recopilando Greta para escribirle una larga carta sobre la amistad a la madre Imelda que nunca le envió.

Con el tiempo llegó a la conclusión, o así quiso verlo para que le doliera menos, de que la Profeta la abandonó por su bien. Su relación provocaba muchos celos por parte de otros cargos superiores. O quizá se estaba enganchando a esa relación maternofilial.

Lo que sí tuvo que confesarse más tarde fue que nunca sintió un amor como el que Imelda le dio. Por violento que fuera este planteamiento para Felisa, Greta siempre se sintió madre de su propia madre. Pero de Imelda no. Imelda había sido una madre en estado puro. Y, aun así, la abandonó.

De alguna manera siempre lo supo, que la Profeta no necesitaba nada para vivir. Era una de esas personas que tenía una pobreza real. Había llegado a la esencia. Y su desprendimiento era tal que se había entrenado para no necesitar a persona alguna.

Quizá por eso fue elegida superiora provincial y fue enviada a Colombia poco antes de que a Greta la enviaran a Venezuela, su destino previo a España, su calvario y crucifixión.

Antes de irse, la madre Imelda le habló por última vez para hacerle una advertencia que pudo ser un vaticinio:

—Greta, su problema es que tiene la virtud de despertar odio y amor a un tiempo.

Y le entregó un libro de Tony de Mello, un jesuita indio, *Ligero de equipaje*, que es como supuso Greta que a ella le gustaba viajar. Sobre todo ligera de afectos.

¿Era la madre Imelda más libre? Con el tiempo pensó que no, que también estaba atada a su obsesión por no necesitar, entre otras cosas.

Durante el tiempo que Greta estuvo sufriendo el acoso en la Ciudad del Norte, cuando se sentía sola, perdida, enferma y desesperada, intentaría entrevistarse con ella infructuosamente, pero la Profeta no quiso volver a verla, ni siquiera atendió a sus llamadas de teléfono. Siendo la superiora provincial y estando Greta destinada fuera, su obligación habría sido estar al tanto de su situación. Por si Greta quería volver. Eso habría sido lo normal, aunque no se hubieran querido. Pero, a partir de ese momento, el nombre de Imelda significó sólo silencio. No uno en el que cobijarse, sino uno compacto y estéril como el de un desierto.

Ninguna le escribió cuando la echaron. Ninguna. Sólo Fátima y la Rata. Por eso a la comunidad de México la llamaba «la de los apóstoles», porque fue donde encontró a sus verdaderas amigas. Su madre y sus hermanas, que había ido acumulando y cuidando desde Bogotá, la abandonaron también. La que se había autoproclamado su nueva familia le dio la espalda. «Me dieron la espalda», me dijo Greta esa noche, dándome a mí la cara alumbrada por el fuego de la chimenea. Esa noche en la que entendí más que nunca su rebeldía, su inmensa pérdida, sus decepciones.

—¿Tú crees que para mí ha sido fácil dejar de querer a mis hermanas? —Luchó por contener los músculos de su boca, que le temblaron unos segundos—. No, eso no pasa de un día para otro. Eso es muy duro. Es muy chungo. Lo que te roban es mucho. ¿Quién me puede pagar lo que me han quitado, Patricia? Yo he perdido tanto… ¿Quién me devuelve a todas esas personas? Porque las amistades que cuidé durante toda una vida me las arrebataron también.

Por eso necesitó alejarse cuando la echaron, no querría saber nada de ellas mientras estuvieran dentro la comunidad.

—No es que no quisiera, Patricia, es que no podía. —Se echó la manta sobre la espalda como en aquel avión en el que nos conocimos—. Ninguna me escribió, quizá algunas no se enteraron, de acuerdo, pero eran mis amigas. Mi familia. ¿Es que no les extrañó mi silencio? ¿No se preguntaron nunca dónde o cómo estaba? Sólo Fátima me escribió y le contesté con una carta muy dura. Le dije que la quería, pero que no podía seguir en contacto con ella de momento.

—¿Y has vuelto a saber de la madre Imelda?

Retrajo su cuerpo unos milímetros como si aquella pregunta le hubiera impactado como un disparo y asintió.

—No volví a verla, pero, cuando fui a devolver el hábito a la madre Juana, esta me dijo que la madre Imelda tenía cáncer y estaba moribunda. Me preguntó si iba a ir a verla, pero le dije que no. Que ella me había abandonado cuando yo también me estaba muriendo. Y ¿sabes qué? —cierra los ojos con fuerza—, de eso sí que me arrepiento. Supongo que me dio terror que no quisiera verme.

Tomé mis últimas notas en la libreta para dejarla descansar. La sentía exhausta. Traté de rescatar las palabras literales con las que había sacado ese pus, la infección que aún tenía dentro, hasta que la oí tararear una canción que luego me dijo que era de Mercedes Sosa: «Tantas veces me mataron, tantas veces me morí. Sin embargo estoy aquí, resucitando. Gracias doy a la desgracia y a la mano con puñal. Porque me mató tan mal, y seguí cantando».

A partir de ahora tendría que buscar nuevos amigos, me dijo cuando terminó de cantar. Quería decir que los amigos del alma serían todos nuevos; ¿podía imaginarme lo extraño que era eso?

Me limité a negar con la cabeza. No podía hacer otra cosa. No, no podía imaginarme cómo era eso. No sin haber muerto y vuelto a nacer, pero, mientras apagaba el ordenador y la luz azul se extinguía tras otro capítulo, sí supe que aquella desbandada le estaría llevando inevitablemente a una durísima conclusión: que muchas de aquellas amistades fueron de mentira, que eran un elemento de decoración más dentro de aquella ficción en la que había vivido: un set de televisión que jugaba a parecer una comunidad perfecta, con valores de atrezzo y con amistades de cartón que duraron mientras fue monja y que luego desaparecerían cuando se apagaran los focos y entrara la luz real del sol, con toda la potencia de su verdad, a desnudar el espejismo que eran.

Y allí, delante de mí, esa gran mujer, que ya llamo mi amiga, dejó que la lumbre secara sus ojos, cauterizara su herida y salieran los últimos restos de metralla que le quedaban dentro.

—Es que te matan y te roban todo —repitió como para sí misma, y yo traté de recordar cada una de sus palabras para rescatarlas más tarde—. Es que te lo acaban todo. Por eso digo que yo el fin del mundo ya lo viví. Se abrió un abismo y desaparecieron todos. Y tu madre está a seis mil kilómetros y no te puede sujetar la mano. Tomar la decisión de no tirarte tú también a ese abismo es heroico y ahí no me voy a quitar méritos, jolín. Durante mucho tiempo lo hice. Te quieres matar y además tienes derecho.

Sabbath

72

«Camina como un viejo para llegar como un joven.»

Esta historia también va de esto. No es sólo un reportaje. No sólo trata de un acoso. Ni de Greta. También trata de mí. Y no sólo trata de mí, sino de Leandro y de Serena y de vete tú a saber cuántos otros. Trata de lo que ocurre cuando no se respetan los límites de velocidad. De la sociedad del malestar. De lo peligroso que es vaciar nuestros espíritus y llevar a los seres humanos al extremo. ¿A cuál? Al de la supervivencia.

Eso es lo que creo que quiso decirme la frase de aquel anciano llegada de tan lejos. Supongo que la cuenta atrás que se ha iniciado con el cambio de estación está clarificándome las ideas. La frase de ese anciano se me ha instalado en la cabeza desde que salí de casa hasta que he llegado al barrio de Las Letras. Aunque Leandro no me haya cogido el móvil, he presupuesto que estaría en su apartamento. Nunca se olvida de una cita. No necesita machaconas confirmaciones por WhatsApp ni tener el móvil con él cuando está «inmóvil» en casa, y yo nunca, por más que lo intente, recuerdo que tiene un teléfono fijo. Todo ello solía convertirlo a mis ojos en un disidente. ¿De qué? De nuestro «estilo de vida».

Ahora es cuando soy consciente de que he pasado demasiado tiempo trabajando con personas que entraban con su teléfono hasta en el váter, literalmente. Por desgracia, lo he visto y lo he oído: a Rosauro y a Andrés entrando en el lavabo de la oficina amarrados a sus dispositivos. Incluso aquel día en que mi exjefe me llamó para explicarme que me enviaba a Shangai, cuando le respondí que tenía algunas citas médicas esos días y que mi crisis estaba demasiado reciente, lo zanjó tirando de la cadena. Desde entonces, cada vez que me escribía no podía evitar imaginarlo sentado ridículamente en la taza, con esos vaqueros que su culo no rellenaba, caídos hasta los tobillos.

Hacía tiempo que no disfrutaba de un paseo así. He bajado las escaleras de nuestro puente, he subido por la calle Segovia —donde le he ayudado a llevar unas bolsas del supermercado a un viejecillo de esos que tanto me gustan, con boina, traje y bastón, quien me ha ayudado a mí a caminar a su ritmo—, y luego, con esa nueva velocidad, he seguido de plaza en plaza hasta llegar a la calle del Nuncio, que ya había sacado su terraza al sol, y algunos atrevidos estaban sentados bajo coloridas mantas de peluche jugando al ajedrez. Madrid está precioso al principio de la primavera. Los edificios parecen recién brotados como las margaritas que tapizan los bulevares. Puede que ese armario llamado «mi mundo interior» también empiece a estar más ordenado, porque encuentro cosas que no sabía que aún conservaba en él. Normal. Lo he tenido cerrado a cal y canto demasiado tiempo.

He girado por la calle Cuchilleros y desde ahí, atravesando su grueso arco de piedra, he llegado a la Plaza Mayor. Allí se me ha antojado un café con churros que he compartido con unos cuantos turistas y jubilados, y luego he cruzado la plaza esquivando mimos y músicos hasta la Puerta del Sol.

Lo reconozco. Me daba miedo abrir las puertas de mi armario y que se me cayera todo encima como una avalancha, o que, por el contrario, al abrirlo sólo encontrara un vacío con eco. Pero no, sólo había un gran desorden, como vaticinó la maestra Jedi, pero «todo puede arreglarse». O eso dice ella. A ver si es verdad. Al menos, he empezado.

Me encanta la casa de Leandro, el aire victoriano de la fachada y la alta verja del siglo XIX que la separa del mundo. Y luego están los dos gigantescos invernaderos art decó que coronan el tejado. Antes de conocerle en aquella entrevista, pasé muchas veces por la calle Lope de Vega y me pregunté cómo sería esa casa por dentro. Quién viviría en un lugar así y qué crecería en su interior.

—¿Las crisálidas? —me asombro cuando me abre.

Y mi amigo se dirige a la puerta biselada en forma de media luna que separa el resto su casa de ese loft de cristal. La visión del interior me deja sin aliento.

—¿Qué querías que hiciera con ellas? —protesta, envuelto en su gruesa chaqueta de lana—. Ya han cerrado los laboratorios. Las habrían tirado a la basura.

Los humidificadores empiezan a expulsar vapor de nuevo y, entre las partículas de agua, las veo. Son cientos. Cuelgan de las hojas de las plantas, de las lámparas de distintos estilos con las que Leandro decoró ese espacio lleno de luz que antes le servía de estudio y para cenar con los amigos. Cuelgan de un *Libro de buen amor*, edición limitada, que sobresale un poco de la estantería de roble. Cuelgan de finos hilos debajo de las sillas de hierro forjado blanco. Incluso hay una que ha decidido fabricar su capullo enganchado de un móvil de conchas marinas que compramos juntos en cabo de Gata, y se mece y tintinea delante de una de las ventanas abiertas, jugando a disfrazarse de caracola.

Camino sigilosamente entre ellas como si fuera una ladrona de joyas esquivando los hilos de un láser, y analizo el lugar que ha escogido cada una para su transformación: unas son verdosas y se han mimetizado con las hojas de un ficus; otras, blanquecinas o pardas, se han adherido al escritorio de madera. Algunos de los capullos tienen la piel tan fina que parecen transparentes bolas de Navidad decorando el único árbol artificial de la estancia, y me dejan intuir el color de las alas del nuevo ser que palpita en el interior, envuelto en sus propias alas como un conde Drácula en miniatura. Leandro las contempla a mi lado con la expresión maravillada de un devoto a quien se le ha concedido presenciar un milagro y dice:

—No puede ser más bello, ¿verdad? —Y corrige la dirección del humidificador unos milímetros.

Yo pienso, algo aterrada, que más bien parece *La invasión de los ultracuerpos*, pero me limito a balbucear:

—Es… simplemente es… —pero freno al percatarme del enamoramiento con que las observa—, es impresionante —acierto a decir.

Caminamos juntos hacia el interior de nuevo. Ha preparado café en una de las decenas de cafeteras que colecciona. Me dice que es italiana, una Pavoni, ni imagino el café que hace, parece petróleo, me asegura. Y gira su curioso émbolo antes de ponerla en el fuego.

—¿Y para cuándo esperas el feliz alumbramiento? —pregunto, mientras curioseo entre todo tipo de extravagantes cacharros.

—Pues, si todo va bien, empezarán a eclosionar dentro de un mes, más o menos. —La tapa de una de las cafeteras rueda por el suelo— ¿Quieres dejar de tocar mis cosas, criaturilla? —La coloco de nuevo—. Y no me mires con esa cara de gato que acaba de liarla.

Me siento en el sofá cubierto de telas africanas. El vapor de la sala contigua deja pasar una luz plateada. Leandro me explica cómo descubrió que su invernadero en esta época del año tenía las condiciones perfectas para las crisálidas. El éxito de la operación había sido dejar que las pequeñas orugas merodearan por él a placer y escogieran el lugar en el que realizar su proceso, me explica, unas más expuestas a la luz, otras, más tímidas, habían preferido la sombra de un mueble, en rincones más fríos o más cálidos, el caso es que aquella incubadora gigante le ha permitido a Leandro observarlas con detenimiento, día a día, realizar mediciones de luz y de temperatura, pero no había sido nada fácil tomar la decisión. Al fin y al cabo, ha traído a su casa doscientas orugas de distintas especies, dice, y deja tres tipos de miel sobre la mesa.

—¿Puedes imaginarte lo que es eso?

Y yo le aseguro que no, que no puedo. Sigue contándome que algunos eran ejemplares únicos que lleva estudiando mucho tiempo. Según sus cálculos, sólo hay once que ha perdido de vista.

—¿Dónde estarán, las muy…? —Se alborota sus pesados rizos—. Tendrán que aparecer tarde o temprano. —Y luego se los peina hacia atrás como si las estuviera buscando allí dentro.

Antes de soltarlas, había sellado cada grieta meticulosamente para evitar que se perdieran.

—¿Y después? —pregunto mientras lamo los hilos de miel que se deslizan por la taza.

Él se encoge de hombros. Mira hacia la cristalera. Deja que el sol le entre en los ojos.

—Después… las observaré unas horas mientras se estabilizan

y luego las dejaré libres. No quiero apropiarme ni de un segundo de su tiempo.

Vuelvo a contemplar el cristal tras el que se mecen esos cientos de capullos en el silencio de su cambio y pienso que es otra habitación de los milagros.

—A saber qué contarían cada una de ellas si pudiera registrarlo mi grabadora —le digo.

Leandro deja caer un chorro de café negro y denso en mi taza y se sienta a mi lado.

—La crisálida se rebela contra lo que le ha tocado vivir, eso te contarían —susurra con voz de esfuerzo y me pasa el brazo por los hombros—. Te contarían que está siendo doloroso. Que se sienten perdidas. Pero se rebelarán ante todo un sistema y su venganza será... su libertad. Y eso que aún no saben que aprenderán a volar alto y lejos de sus depredadores.

Se levanta. Saca un libro de la estantería. Es el último. *El milagro biológico de las mariposas*. ¿Ya había salido?, exclamo. Y, cuando lo abro, lo huelo como si fuera un recién nacido y me fijo en que ha escrito una dedicatoria: Para mi Patricia, para que nunca se le olviden sus alas.

Un repentino picor en mis ojos. «Uy», le anuncio, «creo que voy a ponerme muy tonta». Y me abalanzo sobre él para darle muchos besos, y él me asegura que algún día sabré lo que se siente al ver mi trabajo más importante publicado.

Lo abro por la primera página y leo: «La fase de crisálida resulta fascinante a muchas escalas: no sólo supone deshacerse para renacer, sino ser capaz de reorganizar la materia viva anterior, conservando en la memoria las capacidades y los errores que ha registrado el cerebro, que permanece intacto. Una forma de afrontar con experiencia la última fase de su vida, la más especial y la más emocionante, pero con una nueva capacidad: la de volar».

Me pesan los párpados y de pronto quisiera poder envolverme en seda y colgar de una de las estanterías llenas de cafeteras de Leandro. Busco un apoyo seguro. Busco su pecho.

—¿Y crees que tienen miedo?

Me acaricia el pelo. Y después de un largo silencio, me dice:

—Ten miedo si quieres, pero no te desanimes. Ahora es el momento de dar un paso en el vacío, pero merecerá la pena. Te lo prometo. Esto no es sólo fe. Es ciencia. Y yo estaré muy orgulloso de ti.

Le devuelvo el abrazo. Uno largo de esos que sólo puedes dar a un amigo del alma. Mientras me cobija como si yo también estuviera dentro del refugio que es ahora su cuerpo, pienso que Leandro tiene ese talento: el de ser tu apoyo en momentos en que él mismo lo necesita. Si no estuviera muy atenta, parecería que nunca le sucede nada malo. Pero sé bien que perder su laboratorio para él es una catástrofe.

—¿Y ahora? —pregunto—. ¿Cuál es tu situación?

Entorna los ojos y se le hunden los pómulos.

—Pues me limitaré a dar mis clases a un grupo de alumnos somnolientos de Biología que no van a ver un animal vivo, a no ser que esté digitalizado o se vayan a hacer turismo rural a Gredos.

Se levanta y deambula por la habitación. Lo peor de todo es que se siente en parte responsable, me dice, apoyado en el cristal de su incubadora, vigilando a sus cientos de inquilinas. Había sido muy crítico con la universidad, había salido en la prensa quejándose de la falta de presupuesto para la investigación... Yo le escucho y me pregunto por qué somos tan injustos con nosotros mismos y por qué decidió volver de Oxford y pelearse a brazo partido para que cambiaran aquí las cosas.

Repaso mentalmente lo que he vivido con él desde que lo conozco y le hago la lista mientras le sigo en su periplo hacia la cocina: sus artículos adscritos al movimiento *cruelty free*; sus críticas hacia los métodos de algunos de sus colegas; cuando estuvo recogiendo firmas para las campañas que llevaron a la Unión Europea a prohibir en 2013 las pruebas de toxicidad con animales... Él levanta las cejas hasta que se le frunce la frente, eso no lo había hecho él sólo, me aclara, pero yo le tapo la boca y le digo que me da igual, que fue quien lo promovió. Luego le recuerdo cuando formó aquel grupo de científicos que consiguió reconstruir in vitro tejidos humanos como banco de pruebas. «¿Y eso qué?», le pregunto, «¿tampoco es importante?». Y él contraataca diciendo que había que encontrar una alternativa al sufrimiento, y añade:

—Tampoco fue algo altruista, Patricia. Hicimos rica a una empresa farmacéutica que los comercializó y yo empecé a respirar gracias a mi primera patente.

—¿Y qué? —protesto dándole un tirón de la chaqueta—. Sólo quiero que seas consciente de todo lo que has luchado.

Y ahora andaba liado intentando lograr la bioimpresión de piel en 3D para evaluar la eficacia de los cosméticos, ¿era en 3D?, pregunto, y él me dice que sí, mientras se sirve otro café, creo que azorado por mis halagos. Se había convertido en el mayor experto de I+D en España en alternativas para evitar que se dañara a seres vivos en experimentos. ¿No era eso importante? Él cabecea un poco y se encoge de hombros.

—Sí, ¿y qué? La universidad ha encontrado otra alternativa: la de ahorrarse un pico en los laboratorios, que no era mucho, era una mierda, cerrándolos.

En el fondo, es un científico humanista, reconoce, uno que quiere olvidarse del conocimiento. Que cree que la ciencia está al servicio del hombre y de la naturaleza y no al revés, y, para apoyar su tesis, llena una regadera y va alimentando a sus plantas una por una.

—¿Para qué queremos saber tanto? —pregunta—. Exploraciones en el ADN mediante las cuales las empresas de seguros podrán conocer qué enfermedades desarrollaremos en el futuro y aceptarnos o no; pruebas médicas que podrían hacer que prescindiéramos de la mayoría de las vacunas; enfermedades que podrían ser atajadas antes de manifestarse; alergias que no tendrían lugar que nos ahorrarían millones de medicamentos; tratamientos y terribles padecimientos, pero que también reducirían la compra de medicinas, las operaciones y los tratamientos de forma drástica… —Se vuelve, regadera en mano—: No soy el único al que han comprado patentes, Patricia. La mayoría de ellas son compradas según triunfa un descubrimiento, para no desarrollarlas jamás. Lo queramos o no, formamos parte de esa realidad.

Me levanto indignada y sacudo violentamente una pierna que se me ha dormido.

—Sólo trato de que entiendas por qué estoy orgullosa de ti.

Él me observa con ternura cansada. Me da las gracias, pero sé que mi discurso no le llega. No le importa. Lo único que le aliviaría sería poder salvarle la vida a esos últimos inquilinos que tanto le ayudaron a comprender la naturaleza, reconoce. Cruza su chaqueta de lana con un gesto que le hace mayor.

Podía entenderle. Todo ello convertía a mi amigo también en un hereje.

Había desafiado el consenso y ahora, además de quedarse sin su pasión, tenía en contra a gran parte de sus colegas de ese reino de la normalidad. Aunque, antes, sus deslenguadas críticas hacia los métodos de experimentación ya le habían puesto a las farmacéuticas en contra. Y la creación de tejidos humanos de laboratorio también le puso, en su momento, a la Iglesia en contra. Sólo yo remaba a su lado y a favor, pero en lo único que podía apoyarle era comprando cosméticos que llevaran la pegatina del conejito de Cruelty Free.

—¿Puedo preguntarte algo? —me lanzo de pronto.

—Esa es una pregunta que nunca he entendido. —Sonríe.

—¿Te arrepientes de haber hecho tanto ruido ahora que ha pasado?

Abre la jaula de la hamsteresa. Le deja un poco de agua, y la puerta, abierta.

—Ni un solo segundo —dice, categórico—. De lo único que me arrepiento es de haber renunciado a mi puesto en Oxford para volver a dar clases aquí. —Sonríe de nuevo.

Pero ambos sabemos que eso no es cierto. Leandro es un enamorado de sus alumnos, del caos y de la emoción de carrera de obstáculos que es esta ciudad, de sus luces y de sus sombras... como yo.

Ahora me doy cuenta de que, desde que he llegado, la hamsteresa ha estado tumbada a la bartola, bocarriba, sobre el mullido serrín de su habitáculo, observándonos con absoluta indiferencia. La rueda en la que corría sin tregua tiene incluso alguna telaraña.

—A esta sólo le falta un daiquiri en la mano —me sorprendo—. Tiene muy buen aspecto.

—Sí, ahora incluso le ha cogido gusto a bañarse —dice Leandro—. Mira, le he puesto un pequeño spa. —Y me señala una jabonera de loza blanca que ha dejado en una esquina.

Chasquea un poco los dedos para llamar su atención. Ella bosteza largamente mostrándonos sus cuatro largos incisivos, se levanta y camina, perezosa, fuera de la jaula, sube por el reposabrazos de la butaca, llega hasta el brazo de su benefactor —y casi debería decir su terapeuta—, lo utiliza como rampa para trepar hasta su hombro y, desde allí, contempla sus nuevos dominios.

—Me temo que está un poco enmadrada.

Le ofrece el dedo pulgar y ella lo sujeta con ambas manos para olisquearlo con avidez.

—Pues, ahora que le has curado la ansiedad, tendrás que empezar a trabajarle la dependencia.

Me dice que celebra que nos hayamos regalado este rato juntos. Hacía tiempo, mucho tiempo. Leandro no es practicante, pero si hay algo que tiene claro es que el Sabbath es un gran invento.

Mientras camino de vuelta a casa, pienso en eso que bauticé como «el bien de ojo» aquella última tarde de frío y de chimenea y que a Greta le hizo tanta gracia. Creo que Leandro es una de esas personas que te dejan mejor después de haberlo visto. Es como un amigo-spa. Un amigo-confesor-psiquiatra-cómplice. Hay amigos que siempre dan y otros que sólo piden. Nosotros hemos encontrado ese equilibrio: el de decidir, según nos miramos, quién lo necesita más ese día.

Una hora después de despedirnos, ya en el portal de casa, me sorprende un mendigo sentado en el escalón que nunca antes había visto. Es barbudo y gordísimo. Está sentado en el suelo con una camiseta que no consigue cubrir su redonda barriga. En esa postura parece un Buda, pero no uno feliz, sino uno sucio y cabreado. Quién sabe si Buda fue alguna vez así antes de conseguir manejar su enfado. Lo que está claro es que si la ley del karma funciona, creo que a Leandro debería devolverle una buena dosis de felicidad y buen rollo vital.

—¿Cuánto tiempo invertimos en limpiar nuestra casa? —nos preguntó hace poco la maestra Jedi. Nadie contestó—. ¿Y en limpiar nuestro cuerpo? ¿Y cuánto en ordenar y limpiar nuestra mente?

Según sus cálculos, suponía unos quince minutos al día. Sin embargo, de una mente limpia y ordenada dependía nuestra felicidad futura. De limpiar obsesivamente el baño… no.

El karma… el karma es acción. Nada te viene dado. Todo el universo se corrige en función de esa causa y efecto. El mecanismo es tan sencillo como lógico: cada acción virtuosa siembra en tu mente una semilla. Si le doy una moneda a este hombre en lugar de una patada al entrar a mi portal, habré sembrado algo bueno en mí. Y, de la misma forma, cuando envidio, odio o me angustio, aunque me sobren los motivos, planto en mí una potencial infelicidad que va a manifestarse en forma de sufrimiento en esta vida o en la futura —en el caso de que creamos en ellas, que desde luego no es el mío—. Eso nos convierte, ni más ni menos, que en responsables de nuestras acciones y de nuestras vidas, que no está mal por una vez, sin que nadie tenga más autoridad para absolverte que tú mismo, como decía Thachom, el director indio de Shangai. Implica dejar de culpar de nuestras desgracias a los demás —vaya por Dios, como me dijo Santiago hace un año, ni a papá, ni al colegio, ni al canal—, o al sistema, o a la mala suerte. Es el karma que hemos sembrado sin querer lo que está germinando. Verás cuando a Leandro le germine su semillero…

Pero ¿era verdad que el karma se podía limpiar?, me imaginé preguntándole a mi Buda callejero. En mi fantasía, este, al escucharme, abría los ojos que ahora tenía tan caídos como el cierre del bar en el que se habría tomado la última copa, levitaba un poco y, como toda respuesta, me pegaba un bufido bestial.

Y entonces recordé el bufido con el que yo misma había obsequiado a la maestra Jedi cuando se le ocurrió decir que el karma sólo se limpiaba con el arrepentimiento. Sin poder evitarlo, salté como una hiena:

—Perdón, maestra, pero yo ya tenía bastante con mi culpa cristiana.

Y entonces ella cerró su tablet, ladeó la cabeza, confundida, y dijo:

—No, Patricia, hay una sensible diferencia: el arrepentimiento supone reconocer que has hecho algo mal, porque tu mente inestable te llevó a ello, pero sin sentirte culpable. El arrepentimiento debe dejar siempre una sensación agradable, de alivio, de aprendizaje.

Y así dio por terminada la clase. Por primera vez apunté algo en mi libreta durante una sesión. Aquello sí que me había dejado de una pieza.

El arrepentimiento producía alivio, no fastidies. La culpa no. La culpa era estéril y sólo te mortificaba. En la culpa no hay alivio posible. No debes identificarte con tus perturbaciones mentales porque no son parte de ti, dijo ese mismo día. ¿Y por qué demonios nadie me había explicado esto antes?

En ese sentido, escribí: «Buda habló por primera vez del subconsciente».

Creo que a todos nos dejó tocados esa reflexión. Porque los que asistíamos a sus clases éramos hijos de la culpa, como pude comprobar por el curioso acontecimiento que coprotagonicé a continuación:

Esa misma tarde, al salir del centro, ocurrió algo excepcional: entré en el metro y me encontré al gran Isaac bajando fatigosamente las escaleras del metro. No tenía buena cara. Iba cargado con dos gruesos volúmenes anillados como si hubiera venido directo de la oficina.

—¿Mucho trabajo? —le pregunté, sentándome a su lado en uno de los incómodos bancos enrejados del andén.

—Sí, y aún tengo que seguir en casa —farfulló.

Nunca, en todos esos meses, le había visto así: tenía las manos inquietas, como si no supiera qué hacer con ellas. Se pellizcaba las palmas, tamborileaba con sus dedos sobre los libros…

Entramos juntos al vagón y nos sentamos. Íbamos en la misma dirección. Nunca habíamos coincidido porque yo solía volver caminando.

—Has adelgazado mucho —observé—. Y, últimamente, muy rápido.

—Pero no lo suficiente —se lamentó, mientras se abanicaba como podía con uno de los ejemplares—. Le prometí a mi madre que me cuidaría. Ella sufre mucho por mi salud. Bueno, sufría. La pobre…

Y entonces una enorme lágrima, gruesa como su dueño, rodó por su mejilla. Y luego otra. Y otra. Hasta que aquella gotera fue incontenible.

Le cogí la mano. Me la estrechó fuerte. Y así viajamos, estación tras estación, mientras el enorme Isaac lloraba agarrado a mi mano como si fuera un salvavidas que había encontrado en medio de un océano tan negro. Yo no sabía de su duelo. Yo no era su amiga. Pero tenía tiempo y una mano que darle.

73

Cuando he subido a casa, tras dejarle unas monedas y darle las buenas noches al Buda cabreado del portal, quien me lo ha agradecido con un gruñido, me he dado cuenta de que mi entusiasmo por la llegada de la primavera fue prematuro. Había dejado las ventanas de los balcones abiertas de par en par y he sentido que entraba en una cámara refrigerada.

Según he cerrado los balcones ha caído una cortina de agua delante de mí, como si Madrid se hubiera contagiado del llanto de Isaac, a quien dejé más tranquilo en el vagón cuando me tocó bajarme. Creo que nadie me ha dado nunca las gracias de una forma tan sentida. «Gracias, de corazón», me ha dicho, apretándome la mano entre sus cálidos dedos de gigante.

Este estallido tormentoso en un día de primavera anticipada era normal. He cortado unas rebanadas de jengibre, las he puesto a hervir durante unos minutos, luego le he exprimido medio limón y he disuelto en el té una cucharada de miel de romero. Tras sentarme en el sillón con las piernas recogidas y colocar la manta y el portátil sobre ellas, he dado un sorbo a mi brebaje y me he preguntado quién era esa que ahora infusionaba raíces en lugar de tragarse una pastilla para dormir después de haber tomado seis cafés. No entremos en pánico, me he tranquilizado. Esto sólo es un préstamo chino, pero sigo siendo Patricia Montmany, esa que prefiere el café al té, el vino a la cerveza, el tinto al blanco y un cocido a un gazpacho. Pero, sí, ahora también soy adicta al té de jengibre, he de asumirlo.

Abro el portátil. El primer correo es de Gabriel. He de admitir que me ha provocado un pequeño seísmo interno. Parece que me envía algunos artículos de monjas que, a lo largo de los años, han denunciado distintas situaciones escandalosas. El segundo es de Aurora, por fin… sorpresa, sorpresa, confirma que, según el derecho canónico, es imposible realizar más de seis años de juniorado y Greta estuvo diez hasta que la echaron. ¡Bingo! Greta, 7-monjas, 0.

«¿Estás segura de eso?», le pregunté a Greta cuando me relataba cómo fue su vuelta a la congregación en México tras aquel año sabático. Ella me sonrió con obviedad. «Claro», respondió, «para ellas nunca estuve preparada».

Un nuevo dato objetivo en el que apoyar mi reportaje. Lo anoto en la parte trasera de mi libreta, en el que la lista de irregularidades y presuntos delitos ocupa ya una página entera.

El último correo es de Greta. En el asunto sólo indica: «Otro caso que deberías conocer…». Me aterran esos puntos suspensivos. Me pregunto si debería leerlo porque me temo que mi querida confidente planea convertirme en una ONG de monjas descarriadas. Leo las primeras líneas y ya me alarmo: ¿acaso le ha contado a Fátima que yo me estoy encargando de sacar a la luz casos como el suyo? Bueno, sí, lo estoy haciendo «con ella», pero sólo con ella, y lo más seguro es que no consiga publicarlo ni en la hoja parroquial, nunca mejor dicho.

Cierro el ordenador. No, por mucho que me intrigue, no quiero empezar a leer ese relato. Lo cierto es que Fátima me pareció un personaje interesante. Otra rebelde, pero desde una posición más diplomática. La verdad es que me encantaría conocer el resto de su historia, pero… un momento: ¿no era esa la que se enamoró del cura mozambiqueño?

Me incorporo de un salto. No, Patricia, no caigas… Camino por la habitación para esconderme en la penumbra. Me siento como la médium protagonista de *Entre fantasmas*. ¿Y si ahora empiezan a revelárseme monjas de todo el mundo buscando que las escuche?

Abro mi libreta y escarbo entre las hojas. Fátima… ¿no era ella a la que también echaron? Vuelvo al ordenador. Abro el mensaje y leo:

«Le he pedido permiso para contarte su historia. Es otro caso que refuerza el mío, pero desde otra perspectiva», matiza.

Así que me siento, cojo el té de jengibre con la actitud chulesca de quien coge un whisky, le doy un trago furioso y me lanzo a leer sin remedio:

«Como te conté, Fátima y yo no nos juzgábamos y seguimos sin hacerlo. O quizá hubo una sola vez: cuando me anunció por carta, ya desde su nuevo destino en África, que había pensado en dejar la congregación para seguir a un cura negro y, como yo le advertí que ese hombre no me gustaba, ese día sí, me reclamó que ella nunca me había juzgado y que, por favor, no lo hiciera yo. Sólo quise advertirle de que en África era todo muy difícil, Patricia. Tú me conoces. Quién más que yo va a creer en la libertad de las personas para sentir. Pero en ese momento ya conocía al Aitá y me había contado muchas cosas del África negra. Entre otras, que era muy común la poligamia…».

La despedida de la Comunidad de los Apóstoles había sido dolorosa. La primera en recibir destino fue Greta. Volvía a la Comunidad de los Pobres, a esa Venezuela en la que sólo estuvo unos meses acogida por la intensa madre Dulce, la generosa, que ya no estaba en este mundo. Su apóstol más fiel, la Rata, se volvería poco después a Chile y a Fátima la habían dejado en su México natal, en Cuernavaca, para continuar con su formación religiosa cerca de la Casa General.

Greta estaba triste porque se alejaba de sus amigas, pero también se sentía en el mejor momento de su vida, había vuelto a creer, e iría adonde le dijeran. Había vuelto, como decían ellas, al amor primero, a reenamorarse de Dios. La despidieron con la misma alegría y ceremonia con la que la habían acogido dos años atrás: con mandolinas, vientos, guitarras y coro. Le bordaron otra funda de almohada con su nombre en seda. Le regalaron un niñito Jesús.

Hasta a la madre Celeste se la veía triste e hizo lo nunca visto: acompañó a Greta al aeropuerto y la invitó a comer en el mejor restaurante de la capital. Consideraba su «rehabilitación» como obra suya y estaba segura de que su inteligencia, bien conducida, sería muy útil para la congregación.

—¡Pucha!, ¡que te tienes que ir! —exclamó la Rata intentando zafarse del abrazo de Greta y luego exclamó—: ¡Te odio! ¿Sabes? ¡Te odio porque te vas! —Y una lágrima alargada y viscosa resbaló hasta su boca entreabierta, por la que asomaron sus largos dientes.

Luego se alejó cabizbaja remangándose ese hábito que no rellenaba.

Greta sería enviada de nuevo a Maracaibo, a la Comunidad de los Pobres, durante otros dos años y de ahí la Ciudad del Norte y, poco después, Fátima consiguió su sueño: trabajar en una misión en África. Ser misionera era un honor al que pocas podían aspirar. A Greta no le extrañó. Consideraba a su amiga la mejor religiosa de todas. Incluso la madre Celeste la ensalzaba de forma constante.

Los dos años que Greta pasaría en Maracaibo, sin embargo, no sería como los de México. Fue deteriorándose su relación con la comunidad, «Pero eso te lo contaré cuando nos veamos», me escribe en su correo, «ahora quiero centrarme en la historia de Fátima. Como te decía, cuando yo llegué a Maracaibo y sobre todo después, en la Ciudad del Norte, se había ido deteriorando de nuevo mi fe, al mismo ritmo que la de Fátima, aún en México, se afianzaba...».

Aunque sus situaciones eran casi el positivo y el negativo de la misma historia, Greta se alegró mucho por su amiga cuando supo que la harían misionera. Y aún más cuando le escribió para decirle que pasaría por la Ciudad del Norte antes de irse a Macuto. Por fin se iba a Mozambique, ¿podía creerlo?, le escribía su amiga entre exclamaciones y en una jovial letra rosa. Greta sintió que le estallaba el pecho de felicidad. No le contó todo lo que le estaba ocurriendo en ese momento, quizá porque aún no era consciente de la violencia que la rodeaba. La madre Dominga y sus parasitarias hermanas eran ya como un cardumen de escualos que daban dentelladas cada vez más profundas. Había perdido a su gran cómplice de rebeldías y volver a verla sería el mejor ansiolítico en esos días tan oscuros. En la Ciudad del Norte no tenía amigas.

La casualidad quiso que Fátima llegara justo en el momento en que estaban a punto de echar a su amiga. Y la encontró aislada en su habitación. Esa a la que nadie se asomaba.

La llegada de la mexicana a España fue un acontecimiento: todas sabían que era la religiosa predilecta de la madre general, y su amistad con Greta fue recibida con escepticismo por parte de la tiburona Dominga y su marida Bernarda. Apenas quisieron dejarlas solas. Durante las comidas, a las que Greta ya no se unía, le preguntaban a Fátima una y otra vez de qué se conocían y se esforzaban en agradar a la mexicana. Ya por la noche, refugiadas ambas en la habitación de Greta, Fátima le contó a su amiga con ilusión que estaba estudiando portugués y que ni le dolían las vacunas, mientras intentaba disimular la preocupación extrema que le causaba el estado en que la encontró: la cara y el cuerpo hinchado a pesar de que casi no comía; los ojos siempre somnolientos; las ojeras negras por el exceso de antidepresivos; siempre helada dentro de ese anorak del que no se desprendía; el pelo sucio…

—Greta, tienes que ser fuerte hasta que te cambien de destino. Por favor, prométeme que vas a comer y a dormir. Que te vas a cuidar.

Ella, apoyada sobre dos almohadas, asintió con flojera y luego sacó algo con esfuerzo de debajo de la cama.

—No… no puedo aceptar esto… —dijo Fátima con el maravilloso artefacto entre las manos—. ¡Es tu cámara de fotos!

—Así luego podré vivirlo contigo.

Fátima se le abrazó. ¿Dónde estaba la risa de su amiga? ¿Por qué todo le sabía tanto a final, a para siempre?

Entonces se desabrochó el botón de la muñeca y se quitó el reloj de oro que había sido de su familia. Lo dejó en las manos temblorosas de su amiga.

—Por si alguna vez te hace falta venderlo. Por si te hace falta.

Y Greta lo aceptó sin saber que años después supondría la supervivencia de su padre cuando este enfermara.

No lo utilizaría cuando la echaron, aunque Fátima se lo rogó desde Pemba, cuando se enteró de la terrible noticia. Incluso Greta le pidió que no mediara por ella, cosa que Fátima hizo aun así, solicitando a la comunidad que creara un fondo para ayudarla, para que pudiera comer.

Pero se lo negaron.

Al igual que se negó a escucharla la madre Celeste cuando entró sin llamar a la puerta de su despacho.

—¿Te das cuenta de lo que le has hecho a Greta? —le reclamó sin disimular su desprecio y su dolor.

Y la madre general, tras la frontera de su encerado despacho, sólo le respondió:

—Tú, ocúpate de tu vida religiosa.

Cuando se separaron aquella última noche en la Ciudad del Norte, Fátima sonrió en lugar de llorar. Greta sabía que era muy mala llorando. «Siempre odié las despedidas rápidas y sonrientes de Fátima», decía en el email, «yo lloro sin más y, sin embargo, ella me dio unas palmaditas», y luego se la tragó la oscuridad del pasillo y, una vez protegida por ella, la oyó sollozar.

Cuando Fátima desembarcó en Maputo todas las hermanas

estaban ya ubicadas y ella no tenía nada que hacer. Llegó a una población extremadamente pobre, desconociendo el idioma y sin cargo, como le pasó en su día al Aitá en el Congo. Fue entonces cuando le propusieron ir a la archidiócesis y allí lo conoció: era un sacerdote joven y mozambiqueño, había estudiado en Roma y en París, extremadamente inteligente y, según Greta, feo como pegarle a una madre. «Cuando me lo enseñó quise morir», escribía Greta dentro de dos corchetes como si fuera una voz en off a aquel relato: «En resumen, que a ella le llegaba por el hombro en todos los aspectos». Por los datos que Fátima le había ido filtrando del idilio, su amiga intuyó que la sedujo de forma calculada. Él era su profesor en el seminario y la había invitado a su habitación «a orar» muchas veces. Y, aunque su actitud era claramente la de un vividor, ella se enamoró perdidamente.

«La primera vez que intentaron tener relaciones Fátima no pudo.» No lo había hecho nunca y su cuerpo, incapaz de relajarse, se cerró como una ostra. ¿Cómo lo harían las demás? Quizá por eso, el escenario que escogió la joven para su segundo encuentro fue una playa. Y allí, relajada ante el espectáculo del mar de noche, se convirtieron en amantes. Ella se enamoró tan perdidamente que no volvió a escribir a su amiga durante meses. Toda su vida se llenó de él. Mozambique se inundó de él. La misión se anegó de él. Y la desbordó hasta naufragarla, porque los rumores, como veloces y hambrientas gaviotas, empezaron poco a poco a cruzar el océano. A Fátima, borracha de amor, ya no le importaba nada, convencida de que él también se había enamorado de ella.

Una mala cronología de los hechos quiso que la madre Celeste llamara una noche a Greta a la Ciudad del Norte para preguntarle por su protegida Fátima, ellas que eran tan amigas, justo en el momento en que Greta estaba más preocupada. La voz lenta como un caracol de la madre Celeste salió de su móvil: «Greta, ¿tú sabes algo de la situación de Fátima con un religioso de esa misión?». Y ella, desprevenida ante la pregunta, sólo respondió: «No, madre, no sé de lo que me habla, hace mucho que no sé…». Pero no pudo disimular su tono de preocupación, y la madre general supo que algo sabía. Antes de colgar, Greta sólo añadió: «Madre, sólo sé que Fátima necesita que la cuiden ahora mismo. Eso sí lo sé».

Cómo iba a imaginarse Greta que, en lugar de cuidarlas, ambas comenzarían su propio calvario en ese momento, separadas por un continente, sin poder compartir aquellas lágrimas.

La madre Celeste llamó a Mozambique desde Italia al día siguiente. Sólo le dijo: «Fátima, abra su correo». Era un billete para volar a Italia ese mismo día. No hubo avisos. No hubo advertencias de su mentora para que rectificara su comportamiento. «No hubo preguntas», relataba Greta en su email, «ni siquiera una llamada en privado, como dice san Pablo que debe ser la actitud cristiana». Pudiendo pagar un billete mejor, la madre Celeste encargó para su predilecta un meditado calvario de conexiones aéreas por todo un continente, de Pemba a Roma.

Sin sospechar lo que le esperaba y ciega como estaba de amor, Fátima, ante la premura, dejó en Pemba todo tal cual estaba, su ordenador, sus libros, metió una muda y un cepillo de dientes en una bolsa y se embarcó en dos agotadores días de viaje de trasbordo en trasbordo, recorriendo toda África y parte de Europa sin dejar un solo segundo de pensar en él. Enviándole mensajes en cuanto encontraba un wifi. Anhelando el momento de volver a verle.

Llegó a Roma, exhausta y sin el hábito, porque en África las religiosas estaban autorizadas a llevar chanclas y un pareo amarrado a la cintura como las mujeres locales. Cuando se presentó ante la madre Celeste, esta la esperaba sentada en un despacho forrado en madera, rígida como si estuviera fabricada en ese material, tras una mesa maciza que marcaba ya una frontera y hacia la que Fátima avanzó con una sonrisa abierta de reencuentro al ver a su querida mentora. La madre Celeste no se movió; sólo la recorrió de arriba abajo con desprecio —chanclas, pareo, cabello... y el rostro inconfundiblemente luminoso de una mujer enamorada—, y dijo:

—Fátima, ¿te das cuenta de lo que estás haciendo? —Su voz era sólido hielo.

La joven se detuvo en medio de la sala y de pronto se sintió desnuda.

—¿Yo? —sólo acertó a decir.

La madre Celeste se encajó aún más en su trono.

—No seas cínica. ¿Estás embarazada?

Fátima ya no pudo siquiera responder. Tampoco cuando escuchó aquella frase que le impactó como un tiroteo a bocajarro. Moviendo sus labios de pez, dijo muy despacio:

—Coge tus cosas y vete a tu casa. No quiero saber de ti jamás.

Y así, sin ducharse, sin descansar de su tremenda odisea y vestida de africana fue devuelta a su México natal. Dejando atrás una vida entera dedicada a la congregación, llegó a su casa sin nada; tras haber encontrado su lugar, no pudo volver a aquel lugar; después de haber encontrado el amor, llegó sin su amor. Poco después, su amante fue denunciado por la comunidad y Fátima supo que tenía una hija de seis años y otra mujer, y ella, una enfermedad venérea, el único vínculo entre ellos que quedó vivo y desarrollándose dentro de su cuerpo.

El día que llegó a México, en el vestíbulo de su casa, su madre la llamó desvergonzada y dejó de hablarle. Y, ya deshecha, fue cuando cogió fuerzas para escribir a su querida cómplice y contarle el porqué de sus meses de silencio y la pesadilla que estaba viviendo, sin saber que Greta ya estaba en Ibagué también, buscando a tientas sus pedazos en la oscuridad de una tristeza igual de profunda.

«Lo que más me duele es que me echaran por amor», le había dicho en aquel email a Greta, destrozada, guardando un luto demasiado grande: por una vida, por la comunidad que ahora la rechazaba, por el repudio de su familia y por un amor que seguía latiéndole dentro. A Fátima, sin embargo, sí le ofrecieron una pequeña ayuda económica, pero ella se negó a aceptar su caridad porque no quería que la madre Celeste sintiera ningún alivio en su conciencia.

Greta contestó a aquel correo de su amiga muy duramente con las únicas fuerzas que le quedaban: «Siento lo que te ha pasado, Fátima, lo siento de verdad, pero ahora mismo no quiero tu amistad. No quiero tu amor. No puedo ni quiero estar cerca de nada que me recuerde aquella que fui y lo que he perdido».

Cuando cierro el ordenador, lo hago como si cerrara una compuerta que da a un sótano en el que hay demasiados muertos. Vidas de un cristal muy fino que se han hecho añicos. Reconstruirlas es un trabajo, más que de un orfebre, de un mago. Nunca volverán a ser transparentes del todo, pero quizá sí puedan llenarse de algo que no sea veneno.

Aún me falta transcribir un capítulo del viaje de Greta, previo a su llegada a la Ciudad del Norte, el lugar en el que volvió a resquebrajarse su fe y donde fue enviada después de México: Maracaibo. Pero eso ya será mañana.

Entre los dos balcones dejé el otro día esta mesita auxiliar de madera que perteneció a mi abuelo. Había pensado convertirla en un minibar, pero al ver la pequeña concha sobre esa edición maravillosa de *La Diosa Blanca*, he sentido la necesidad, no sé por qué, de colocar sobre ella más cosas, elementos que para mí tengan sentido como esa concha recogida, ahora lo sé, en el momento de mi renacimiento: un botecito con esa finísima arena color desierto del Mediterráneo, unas espigas de lavanda que me huelan a la tierra de mi abuelo, amapolas secas que, como mi niñez, se están extinguiendo, con una botellita de vino cosechero y fotos de mis antepasados, aquellos a los que considero mis maestros, mis Budas, mis profetas, para rendirles culto, para tenerlos más cerca, para que sean hoy mi refugio, mi inspiración, para pedirles consejo. Y en ese momento recuerdo una imagen que andaba flotando perdida en mi memoria del que iba a ser uno de los días más duros de mi vida. Yo, llegando a una clínica en la calle Arturo Soria, un día de febrero en el que estalló, como hoy, una extraña primavera anticipada que hizo brotar, desconcertadas, algunas flores impacientes. En la entrada del hospital y por puro instinto, arranqué unas espigas. Subí a la habitación de mi abuelo —mi cómplice y ahora mi santo, mi Buda, mi maestro—, al que ya no vería más con los ojos abiertos. Las acerqué a su nariz respingona, en la que aún resistía un hilo de aliento, y se las dejé entre las manos. «Vuela, Yayo», le susurré, «que ya es primavera».

La Comunidad de los Pobres

74

Maracaibo, Venezuela
Año 27

Nunca pensó que regresaría a este lugar. Nadie había utilizado la habitación de la madre Dulce, la generosa, desde que murió en el accidente. La hermana Egipciaca —una monja mayor que parecía haberse momificado dentro de su hábito haciendo honor a su nombre de lo seca que estaba— fue la encargada de recibir a Greta y conducirla a su nuevo cuarto. Cuando llegó hasta la puerta, se detuvo ante la habitación siempre vacía de la superiora, y le reconoció a Greta que les daba miedo ocuparla considerando que su muerte había sido tan trágica.

—¿Quiere decir que no la utiliza nadie por superstición? —preguntó Greta con tal severidad que la hermana Momia bajó los ojos vacíos, avergonzada—. ¿Sabe que eso es pecado, hermana? Está bien —resolvió encarando la puerta de enfrente—. Yo la ocuparé. Era una gran amiga para mí.

—Sí, eso había escuchado… —añadió la otra con cierto retintín, y le abrió la puerta con el escrúpulo con el que se abriría un panteón.

Greta le clavó la mirada entendiendo la directa.

Antes de irse, la hermana Momia se volvió.

—Hermana Greta, ¿está segura de que no quiere que la ayudemos a limpiar la habitación? Hace mucho tiempo que está cerrada.

—No, gracias. Lo haré yo misma.

Cerró la puerta sin esperar a que se moviera. Encendió el aire acondicionado al máximo y abrochó bien las ventanas para combatir la humedad agotadora que le trajo a la memoria aquel gesto de Dulce tan suyo, secándose la frente a toquecitos con su pañuelo de hilo blanco, ese que ahora acaba de encontrar en el cajón de su mesilla bordado con sus iniciales. Limpiaría ella misma esa habitación, despacio, con respeto, con amor, como si estuviera lavando el cadáver de su amiga. Un ritual en el que desvistió su cama aún con el fantasma de esos regalos de cumpleaños que se quedaron para siempre sin abrir, aireó el colchón en el jardín e incluso encontró restos de sus cabellos prendidos en las fundas de las almohadas. Cuando terminó, dejó correr un poco de agua en el baño para aliviar el olor a tubería. No era cuestión de malgastarla, le pareció escuchar a Dulce, y se observó en aquel espejo en el que se había contemplado tantas mañanas, guiñando un poco sus preciosos ojos, esos que no le dio tiempo a operar de cataratas.

Cuando terminó, se arrodilló a los pies de su cama, y, como si aún estuviera en ella, le pidió perdón por no haber sido capaz de corresponder a sus atenciones y por no haberle abierto la puerta esa última noche en que pudieron verse. Se la imaginó recostada sobre las almohadas sonriéndole con aquella ausencia de severidad de madre enamorada. «Es que eras muy intensa, mi querida madre Dulce, muy intensa…», y Greta le lanzó un beso en el aire que hizo que aquella risueña imagen se desvaneciera en la alegre y húmeda luz de la tarde.

Sentía que volvía a Maracaibo de una forma muy diferente. La primera vez era aún muy joven y estaba dejando atrás su inocencia: se sentía frágil tras la polémica con Valentina, desconcertada al descubrir su sexualidad con Magdalena… Y ahora, sin embargo, había dejado todo eso atrás, se había curtido en la consulta de Bárbara Sagel, había salido de la congregación por un año, se había incorporado e inspirado en la Casa General de México, había encontrado nuevas y sólidas amistades en Fátima y la Rata y, aunque despedirse siempre era doloroso, se había endurecido por el abandono de Imelda. A pesar de todo, empezaba a vislumbrar, por primera vez, la posibilidad de convertirse en una buena religiosa.

Se sentía como si le hubieran hecho una transfusión de fe.

México había dado un vuelco a su vida. Se había adaptado tanto a aquel país que ahora hablaba de tú y su acento cantaba las vocales hasta el punto de que los niños del colegio de Maracaibo creyeron que era mexicana, del mismo modo que después se le pegaría el maracucho, tan rasgado como si fuera el andaluz de Latinoamérica.

Cuando terminó de instalarse, fue a dar una vuelta por la ciudad y volvió a verla a través de los ojos borrosos y bellos de su amiga desaparecida: reconoció sus fuentes, su aire progresista, nada que ver con el sector del Gaitero en el que iba a vivir, un barrio por cuyas calles de arena roja ningún taxista quería aventurarse. No era un secreto en la congregación que nadie quería ser enviado a Maracaibo por ese motivo. Lo que otras consideraban un castigo ella lo vio como una oportunidad. Se lo había pedido la madre Juana desde Bogotá, con el arma infalible de su sonrisa clemente. Y había hecho tanto por ella… Quizá se había convertido en una tapahuecos, como llamaban a las religiosas a quienes no encontraban el sitio. ¿Qué iba a hacer? Sobre todo ahora que tenían renovadas esperanzas en ella.

Por otro lado, Maracaibo no iba sorprenderla ni a poder con ella. Ya estaba familiarizada con sus cincuenta grados a la sombra y el barrio de bandas que sería su hogar. La casa tenía un techo de uralita que acumulaba tanto la lluvia como el calor, y lo único que llevaba mal eran esas enormes iguanas que estaban por todas partes, como prehistóricos perros guardianes. Había una, concretamente, que la tenía cruzada. Se le asomaba a las ventanas con descaro y cuando salía por la mañana ya la estaba esperando, inmóvil y retadora, con su erizada cresta verde.

Un hogar en el que, por otro lado, tenía un apostolado que cumplir y donde por fin volvería a trabajar con jóvenes.

—¿Cuándo empiezo las clases? —le había preguntado a la hermana Momia, mientras esta le enseñaba el resto de la casa, caminando delante de ella con sus pasos rígidos sin doblar las rodillas—. Estoy deseando conocer a mis alumnos.

La otra la recorrió de arriba abajo sin mover el cuello.

—A estos pronto igual deseará no haberlos conocido —murmuró.

Pero no, Maracaibo no le daba miedo. La madre Dulce nunca

lo tuvo y no se le habían olvidado ni una sola de sus valiosas enseñanzas. Ella había sido muy querida en aquella ciudad.

Lo único que parecía habérsele olvidado fue cerrar la mosquitera de la ventana y por eso, esa primera noche, tuvo que luchar con un mosquito mastodóntico empeñado en dejarla sin sangre. «Ven aquí, criatura del diablo», le amenazó, antes de sacudirle con una toallita demasiado pequeña, tanto que terminó fisurándose el dedo contra la mesa. Por culpa de la exagerada escayola que se empeñaron en colocarle sus nuevas hermanas, sus alumnos la bautizaron para los restos.

—Buenos días —saludó el primer día de clase. Soy la hermana... —Y escribió en el encerado—. Gre...ta...

Y uno de ellos, sentado detrás de un pupitre verde y cochambroso, con dientes de piraña, los pómulos demasiado marcados para su edad y grandes costras en las rodillas y los codos, se levantó, cogió una tiza, lo tachó y escribió al lado: «Hermana tuyidita».

Toda la clase se echó a reír.

—No está mal —dijo ella, y corrigió la y griega por la elle.

Él le dedicó una mirada de desdén a un palmo de su nariz, cruzó delante de ella de forma chulesca y salió dando un portazo.

Greta sonrió a la clase con ganas y se sacudió la tiza del hábito. Tenía por delante mucho trabajo y muy creativo, pensó, mientras se encaraba de nuevo a sus pequeñas y pronto queridas fieras.

75

Pasaron los meses y lo que tenía que pasar: Greta se implicó con aquellos chicos como si fuera uno más. Se convirtió en su maestra, su confidente, su cómplice y su amiga. Eran las tres de la tarde y ya se habían ido marchado casi todos los padres a los que tenían que recibir ese día. Greta permanecía en la entrada de la escuela sujetando un gran ramo flores que se había ido engrosando a lo largo de la jornada, con las que le habían ido trayendo sus alumnos.

—Vaya, vaya… qué bonito —exclamó la madre Begoña, sustituta de la madre Dulce, cuando pasó por delante con su forma de campana—. Parece que es usted una estrellita.

Y cruzó el patio con su caminar pesado y basculante, como si tratara de repicar sin ningún éxito.

Greta asomó el rostro entre las flores, ignoró el comentario y siguió despidiendo a los padres de los alumnos. Al otro lado de la puerta se encontró con la mirada comprensiva y siempre analítica de Fabiola, la psicóloga del colegio. Era delgada y toda ella de color castaño, con unos rizos acaracolados que le daban un aspecto de muñeca antigua de porcelana.

—Ayúdeme —le suplicó Greta mientras ambas seguían a la superiora con la mirada paseando su gordo trasero por el patio. La otra hizo un gesto para sujetarle el ramo— No, Fabiola, ayúdeme a entenderlas…

—Ayúdelas usted —le contestó ella, sujetándole las flores.

A Fabiola le llamaba mucho la atención la forma en que esa joven novicia era capaz de manejar a su grupo. Siempre había sido el más conflictivo. Era evidente que la hermana Greta había aprendido el valor de la psicología. Pero no iba a tenerlo fácil.

—¿Por qué todo lo convierten en una lucha? No lo entiendo… —dijo recolocándose el velo. Sintió el pelo empapado en su interior.

Luego sonrió al papá de su alumno más difícil, Fabián, que se despedía a lo lejos con el niño de la mano. Fabiola les hizo un gesto con la mano y se volvió hacia ella.

—Porque no entienden a estos muchachos como usted.

Greta bebió un trago de agua recalentada dentro de su botella de plástico. ¿Cómo no iba a entenderlos? Al fin y al cabo, también había sido una rebelde, pensó. Y le recordaban tanto a su hermano Juan… ¿Quién iba a entenderlos mejor?

¿Una estrellita? ¿Sólo por trabajar? Era cierto que para sus hermanas venir de México le había dado un estatus. Enseguida se dio cuenta de que las monjas de Maracaibo eran exactamente como las que describía santa Teresa en su convento: comodonas, vagas y conformistas.

Fabiola caminó con ella, levantando mucho sus zapatitos planos sobre la arena, hasta el coche.

—El problema, hermana Greta, es que le han dado hoy un ramo de flores que nunca le han dado a su superiora. Aquí la queremos todos: los padres, los alumnos, los profesores...

Greta caminó bajo el sol agotador cargada con su ramo.

—Entonces igual a mi superiora deberían llamarla «Inferiora».

Este comentario hizo a Fabiola reír tanto que a partir de ese momento la bautizarían con ese nombre.

Querría haberlas visto en la Casa General de México a la que tanto suspiraban por ir, despotricó Greta, aquello sí que era trabajar.

—¿Y dónde demonios he dejado yo el coche?

Ambas se protegieron del sol con la mano y trataron de reconocerlo en la gran explanada llena de vehículos viejos. Aquello parecía un desguace.

No, Greta no se consideraba una estrella, sólo era una monja joven, a quien no le molestaban los cincuenta grados a la sombra y que quería proteger a esos chicos, esos con los que nadie más quería estar, esos de los que todo el mundo decía que eran incapaces de seguir los consejos de nadie. A los que también les costaba la obediencia... quizá por eso a Greta la seguían siempre.

—Eso la convierte en una pequeña profeta —bromeó Fabiola.

—Bueno... —sonrió con timidez—, sólo soy alguien a quien les apetece escuchar porque tiene una visión de la vida que desconocen.

—Pues eso. Usted. —Le devolvió el ramo.

Entonces Greta reconoció el color verde de su viejo vehículo: «Por fin, ¡allí está!», y caminaron juntas hacia él.

—Ya sabe que yo le apoyo en todas sus iniciativas frente a la junta, digan lo que digan sus hermanas. —La psicóloga bajó un poco la voz—. Lo del campeonato entre colegios ya es un hecho. Y lo de las excursiones va a costar más... pero en ello estamos.

—Gracias... —le apretó un brazo—, qué haría yo sin usted.

Aquella mujer había sido su cómplice para sacar adelante la mayor parte de sus extravagantes ideas, porque, como le había dicho Greta una mañana en que cotilleaban sobre las monjas, su «Inferiora» cumplía al pie de la letra la definición de «idiota» del María Moliner. Por culpa de ese comentario, la psicóloga estuvo a punto de escupir el café del desayuno en la sala de profesores. Y es que a la madre Begoña, como inferiora que era, le molestaba cualquier novedad y no soportaba que las monjas de su comunidad hablaran con personas del exterior bajo la eterna excusa de que «se podían perder». Un concepto que Greta nunca entendió. Tampoco aquellos celos que, ya había llegado a la conclusión, eran parte intrínseca de la condición de religiosa.

En un último intento de entenderlos, extrapoló la situación a su familia: ella tenía hermanos, estos tenían sus propios amigos y no por eso dejaban de ser familia. En Maracaibo la gente era muy cercana, amable y sencilla, no te hacían grandes regalos como en México o en Colombia pero, como señal de gratitud y de afecto, los padres le habían traído unas flores, ¿qué tenía eso de malo?

La hermana Greta traía aire nuevo.

La hermana Greta se tiraba al suelo con los jóvenes.

La hermana Greta no se amedrentaba cuando se ponían desafiantes, y les montaba obras de teatro, hasta había aprendido a conducir aquella tartana verde para llevarlos a misa. Había tenido una buena maestra. Había tenido a Dulce, la generosa. Y todo lo que le dio, fruto de su amor intenso, nunca podría agradecérselo lo suficiente.

Las dos mujeres se despidieron en el parking. Fabiola se limpió inútilmente el polvo de los zapatos. Greta abrió el coche y se sentó remangándose el hábito.

—¡No pretenderá conducir sola a estas horas atravesando el Gaitero, hermana! —se alarmó la otra.

—Lo hago todos los días, Fabiola. —Le sacó la lengua—. A base de cruzarlo, ya me desean las buenas noches los jefes de las bandas.

La otra abrió mucho los ojos y se santiguó.

—Es usted tremenda… pero ándese con ojo. —Le cerró la puerta del coche, que sonó a lata.

Greta arrancó y bajó el cristal a trompicones.

—No hay cuidado. Estoy protegida.

—Pero no lo deje todo en manos de Dios, ¿me lo promete?

—No está en manos de Dios, Fabiola, sino en las del Keny. ¿Sabe quién le digo?

—¿Ese que se decía que había matado a su propio hermano a golpes y machetazos?

—Ese.

—¿Al que encontraron cosido a puñaladas en un descampado donde se desguazaban los coches el año pasado?

—El mismo.

—¿Ese? ¿Y lo conoce?

Ese mismo y esa misma noche le dio dos golpes en el capó sobresaltándola cuando estaba parada en el cruce y le dijo:

—¡Hermanita! —ni le veía los ojos detrás de ese flequillo de telón—, ¡a este coche no le va a pasar nada mientras yo ande vivo!

Y a Greta, el chispazo de energía vital de aquel chico furioso en medio de la noche, tan luminoso como violento, al llamarla con ese diminutivo, le trajo a la memoria a su hermano. ¿Cómo no iba a comprenderlos?, pensó mientras conducía despacio, dentro de aquella oscuridad, para ella segura.

Antes de despedirse, Fabiola le prometió que haría todo lo posible por que saliera adelante la convivencia que había propuesto para su clase. Era la única maestra que se había ocupado con tanto cariño de ese grupo y que había conseguido controlarlos.

Y Greta llegó en su coche a su casa esa noche como una versión femenina de Robin Hood, custodiada por las bandas y los ladrones.

76

Por fin noticias de Fátima. Sentada en su jardín destartalado y tropical, buscó una sombra para el portátil bajo un árbol de aguacate, comprobó que no había iguanas a la vista, limpió la pantalla empañada y allí colocó la mesa de hierro oxidada para leer a su amiga. Greta abrió con ansiedad el correo. El asunto sólo decía «Feliz». La enviaban a África, ¿podía creerlo?, a África… En el mismo mensaje le preguntaba si en Maracaibo era tan feliz como ella. Esa noche, cuando Greta se sentó delante del ordenador, le costó contestar que sí. No quería que la felicidad de su amiga se empañara como el cristal de su pantalla. Qué podía decirle. Que durante su estancia en México pensó que las cosas iban a cambiar; que Maracaibo había pinchado esa burbuja… ¿Feliz? Siempre que había ayudado a la gente había sido feliz. Trabajar con jóvenes le hacía feliz. Pero lo que veía dentro de su comunidad le parecía cada vez más deprimente, esa era la verdad, y le provocaba grandes contradicciones internas.

Lo único bueno de aquel calor asfixiante era que todas permanecían encerradas en sus habitaciones todo el día con el aire acondicionado, y le permitía pasarse la tarde chateando con las personas que de verdad le interesaban, las que había dejado atrás. Ese día no le contó a Fátima lo que le había pasado con su Inferiora, pero sí que el único refugio de su vocación eran ahora esos jóvenes.

Hacer apostolado era acompañar. Eso se le daba bien. Acompañar a otro en su vida espiritual. Así que empezó a inculcarles a sus alumnos el valor de la solidaridad y sí, del acompañamiento, algo que ni siquiera sus hermanas eran capaces de practicar. ¿Cómo iban a entender las actividades que proponía?

Greta espantó un par de avispas y buscó los restos de un periódico para abanicarse. Incluso se había quejado de ello a la madre Celeste y a la madre Juana cuando la llamaron para preguntarle por su experiencia venezolana.

—Yo aquí no veo a nadie sano ni normal, madre —le confesó a la primera.

—Paciencia… hermana Greta, no todo se consigue con rebeldía —reptó la voz de la madre Celeste de forma desesperadamente lenta, y continuó—: No todo el mundo tiene su preparación, su juventud y su fuerza. Sea comprensiva.

Eso era cierto. Ella tenía veintisiete años, y los niños, entre doce y dieciséis. ¿Quién iba a entender mejor su rebeldía que alguien que lo había sido? La desobediencia era un perfume muy saturado que no estaba al alcance de cualquiera y por eso había que dosificarlo en pequeñas gotas. La ventaja de Greta era que conocía sus mecanismos. Los había practicado todos: nunca les creía cuando intentaban convencerla de que eran tan malos. Tampoco los trataba como víctimas sino como iguales, sólo que más pequeños. ¿Cómo podía ayudarlos?

Por eso, un día se le ocurrió que, aunque sus alumnos eran muy pobres, ese no era motivo para no enseñarles a compartir o a ser solidarios. Así se verían desde el otro lado. Les invitó a que trajeran algo de casa, lo que fuera, para dárselo a los que eran más pobres aún. Su primera experiencia había sido llevar leche y pan a algunas casas. Luego seleccionaron canciones para llevar música a los hospitales. Con el paso de los años, Greta recordaría una imagen: la de sus doce niños entrando en un ranchito de latón que parecía ir a desmontarse. La madre que vivía en él le había contado que le llovía más dentro que fuera y que no tenía con qué alimentar a su bebé. Los muros de uralita amplificaban el llanto del recién nacido y convertía la casa en un altavoz. Olía a excrementos de los más variados animales. Fue como ir a un espectáculo. Greta contempló los rostros emocionados de sus alumnos cuando le dieron los pañales. La madre, una mujer sudada y pelirroja de la que colgaba una preciosa criatura rosada, aceptó los regalos y se abanicó como si se fuera a marear. El bebé fue pasando por los brazos de sus chicos como si fuera un belén, hasta que enmudeció en los de Fabián, cuando este acercó su nariz a la del pequeño. Greta le observó: la gorra siempre hacia atrás, los pantalones caídos, los dientes apiñados, el pelo siempre sucio y siempre revuelto, los ojos blandos y fijos en aquella criatura que, para su asombro, se sintió protegida en sus brazos. ¿Dónde estaba aquel chico que el primer día la había amenazado con no volver a clase y que salió dando un portazo?

Ese día los observó caminar por las inseguras calles del Gaitero, abrazados por los hombros, formando una sólida cadena, como si nada ni nadie pudiera dañarlos, y por primera vez pensó en algo que guiaría su vida: «la cadena de favores», y le dio un nombre a un proyecto propio: el Campamento de los Doce.

Salieron por la mañana temprano, la hermana Greta con sus doce pequeños apóstoles. Nunca antes habían ido de excursión porque no podían permitírselo, eran sus alumnos más pobres, pero luchó mucho para que le prestaran para la convivencia la casa de aquellas monjas.

Cuando entraron, les pareció un palacio.

La mayoría vivían en ranchitos con tejados de lata y allí tenían incluso un jardín. Por eso, Greta había estado todo el mes preparándoles pruebas de resistencia y gincana. Corrieron, se bañaron, subieron a los árboles y los vio colgar de las ramas como frutos que caían pesadamente a la hierba entre risotadas. Pero, entre tanto juego, en la cabeza de Greta sólo había una palabra que deseaba inculcarles: disciplina. Había comprobado por ella misma que para que una persona tuviera una vida espiritual, para que triunfaran sus sueños, debía ser disciplinada. Y esos niños ni siquiera habían escuchado esa palabra.

Esa noche, después de cenar unos sándwiches todos juntos y de hacerse toneladas de fotos, logró que tuvieran momentos de silencio y de lectura. Que hicieran cosas que nunca habían hecho, como escribir.

Comprobó que los jóvenes como ellos, sin motivos, hacían cualquier cosa que les pidiera. Eso sí, tenía que decirles para qué. Si no, no funcionaba el hechizo. Estos jóvenes necesitan ganar, pensó, y buscó una lechuza que ululaba perezosamente entre los árboles. Mientras oraba, caminó por el porche silenciosamente y, a través de las ventanas abiertas, tras el filtro de sus mosquiteras, pudo verlos como si estuvieran bordados en un tapiz, en sus literas, qué hermosa imagen, y sintió inflamársele el corazón, cada uno concentrado en la escritura de la carta que les había propuesto que escribieran a sus padres.

Cuando Fabián la vio sentada fuera, se acercó a la ventana y pegó su carta a la mosquitera.

—¿Está bien así de larga, hermana?

Ella iluminó el papel con su móvil.

—Está fantástica, Fabián. Mira a ver si quieres contar algo más y, si no, la firmas. ¿Ok? Tienes una letra muy bonita.

El chico dejó ver sus dientes afilados abortando una sonrisa, se rascó la nuca y se sentó de nuevo en su cama a revisar su texto: en él le contaba a su padre que no le gustaba cuando bebía.

Qué dura era la niñez para casi todos, se lamentó Greta, sentándose en el banco de piedra debajo de la ventana, entretenida en contar lagartijas azuladas. Crecer sin reconocimiento alguno es tan difícil como para un árbol hacerlo sin suficiente tierra. ¿Dónde echas tus raíces?, ¿dentro de una maceta?, ¿de dónde te nutres?, ¿cómo vas a hacerte alto?

Greta les reconocía sus méritos por cosas sencillas pero reales. Cada uno por lo suyo. Quería que sintieran que alguien les había dado una oportunidad. Quería ofrecerles experiencias. Las que no podían tener en el Gaitero, donde eran peces de colores intensos, dando vueltas y más vueltas en la misma pecera. La experiencia lee con ojos espirituales, le parecía escuchar a la madre Dulce susurrándole cuando oraba en esa habitación que ahora compartían. La experiencia era lo que hacía al creyente. Y eso les repitió durante el desayuno al Campamento de los Doce.

—¿Y qué pasa cuando no crees en nada? —le preguntó Anita, siempre intentando imitarla y siempre atenta bajo su diadema azul.

—Que tienes que trabajar para creer al menos en ti mismo. O mal... —respondió Greta, sin importarle si en ese momento hablaba la religiosa, la maestra o la amiga.

Antes de coger el autobús de vuelta, sus doce apóstoles le hicieron un regalo conmovedor.

—Esto es para usted —dijo Fabián.

Greta aceptó el pequeño paquete envuelto en papel de periódico. Lo desenvolvió, nerviosa. Fuera lo que fuese, no quería saber de dónde lo habían sacado. Era un CD de Laura Pausini.

—Por aquel día en que hicieron discoteca en el colegio y no la dejaron pasar de la puerta —añadió Anita silbando un poco entre sus dientes separados.

—Dijo que habría dado lo que fuera por entrar a bailar. —El Bola, al que siempre reñía por comer a deshoras, meneó un poco su trasero blando con ritmo salsero.

Ella se levantó sin poder articular una palabra y abrió los brazos. Se le vinieron encima como un solo cuerpo. Con la voz cuarteada, por fin pudo decir:

—Bueno, lo tendré escondido y será nuestro secreto, pero ahora, al menos, podré bailar en mi habitación.

Y se subieron al autobús mientras imaginaban, muertos de risa, a la hermana Greta bailar en diferentes versiones.

Con aquel CD pegado al pecho, Greta los escuchó burlarse de ella todo el viaje de vuelta y los amó más que nunca. Lo mejor que podía hacer era transformar su vida en una experiencia... algo que en su comunidad de Maracaibo ya había empezado a causar conflictos, siempre de lo más estúpidos. Daba igual la labor pastoral que estuviera haciendo con los adolescentes. Daba igual. Lo más importante para la madre Inferiora de aquella pequeña comunidad tropical seguía siendo ese conjunto de normas triviales que Greta no era capaz de ejecutar, según ella, con suficiente diligencia: por ejemplo, limpiar bien su trozo de pasillo. Volvía a fallar en la vida comunitaria y no sabía que este sólo era el principio de una cadena de acontecimientos que le llevarían a su crisis más profunda. Como agravante, era incapaz de callarse —en eso Imelda había sido su mejor maestra—, dos máculas sin duda imperdonables en su expediente como religiosa.

77

Y llegó la sequía.

Pero no sólo de lluvia. Se secaron tantas cosas... Murió un perro, negó un deseo y empezó a escribir mensajes en una botella.

«No hay agua para los niños...» Esa es una frase que nadie debería tener que pronunciar, nunca. Pero Greta tuvo que hacerlo. Y fue esa gota, irónicamente, la que colmó el vaso.

No, esa mañana de sequía, no pudo, no quiso callarse.

Llevaban semanas sin agua en el barrio y con cortes de luz constantes. En los periódicos no se hablaba de otra cosa ni en el colegio tampoco. El agua se había convertido en su obsesión, y es que no eran los sabotajes los culpables de tener al país a oscuras y sin agua, explicaba Fabiola durante el recreo a un grupo de profesores en el patio, es que no habían quedado ingenieros en el país, se fueron todos.

El gobierno puso en marcha un plan de emergencia. Iban a perforar pozos en la región de Zulia y a abastecer con camiones cisterna las zonas altas de Maracaibo, y ese mediodía, cuando Greta regresó a la comunidad, al entrar en el patio, se encontró a la hermana Momia y a otra más, tan pequeña y escuálida que parecía un niño, lavando la ropa, la misma ropa que lavaban obsesivamente todos los días gracias al tanque que tenían instalado. Los ojos de Greta se fugaron con ese chorro de agua limpia y jabonosa por el desagüe y, cuando consiguió reaccionar, se fue hacia ellas como una fiera, tanto que se le cayó el velo.

—No hay agua en el colegio; no hay agua en el distrito... ¡Como son tan insensatas! ¿Qué hacen lavando otra vez los hábitos?

Y allí, bajo aquel sol despiadado que convirtió su garganta en un desierto, empezó a gritarles sin control. ¿Por qué no salían a la calle y le regalaban a un vecino uno de esos cubos de agua? ¡O a un niño!

—¡No hay agua para los niños! —Y vació toda su rabia, como si fuera uno de esos cubos, sobre ellas.

No podía creer que aquellas mujeres llevaran veinte o treinta años en Maracaibo y no fueran capaces de dar un paso en otra dirección, la del sentido común. Estaban en una situación crítica, por el amor de Dios, gritó cerrándoles la manguera de un manotazo. Y entendió a Jesús, su decepción y su ira cuando descubrió en su Iglesia la misma gran contradicción: ¿cómo un lugar llamado a la oración podía convertirse en el santuario del despilfarro? ¡Fariseas!, quiso gritarles citando al propio hijo de Dios, «ustedes están haciendo de este templo una cueva de ladrones». Le sudaba la frente y, al ir a secársela, se dio cuenta de que llevaba la cabeza desnuda. ¿Es que no lo veían?, continuó, recogiendo el velo y agitándolo en una mano como si fuera a azotarlas con él. A lo que sólo respondió la hermana Momia, temblando de miedo mientras cruzaba el patio sin doblar las rodillas, gritando una frase que a Greta le sonó funestamente conocida: «Aquí siempre se ha hecho así».

No les dijo más. No merecía la pena. Caminó exhausta dentro de la casa: «Aquí siempre se ha hecho así...», fue rumiando por el pasillo mientras se secaba el cuello con el velo. «No vayas a mover algo y lo vayas a descolocar, Greta...» Y cuando llegó a su habitación, rompió a llorar. De rabia. De decepción. Siempre se había hecho así, pero estaba mal. «¡Está mal!», gritó hasta irritarse la garganta. Y luego se fue al suelo de rodillas: «Señor, ¿por qué consientes esto?», gritó entre lágrimas de pura rabieta. Cómo podían sólo preocuparse de si iban a pintar de nuevo la casa y de qué color, cuando la gente se enfermaba de sed. No tenía ningún sentido. Se duchaban todos los días. Lavaban la ropa que aún estaba limpia. El agua era para los niños ¿y era una mala religiosa por decirlo?

Esa noche pensó en llamar a la Casa General, pero la madre Inferiora se le adelantó.

—Me ha insultado —le gimoteó a la madre Celeste desde Maracaibo hasta México— Me ha faltado al respeto a mí y a nuestras hermanas.

Además, la había desobedecido gravemente cuando le ordenó no sacar el coche dos semanas atrás. A la hermana Greta «le cuesta la obediencia».

Otra vez esa sentencia. La que siempre la había señalado como una rebelde, pensó Greta cuando se enteró. Pero ya no quiso defenderse ante la madre Celeste cuando la llamó al orden un par de horas más tarde.

—Es verdad, madre —admitió Greta, agarrada a su móvil que le abrasaba la mano—. Les grité porque estaban despilfarrando el agua y desobedecí porque quise llevar al veterinario al perro de la comunidad, que llevaba diez años cuidándola.

Hubo un silencio monacal y luego escuchó:

—¿Y tu superiora te dijo que no lo llevaras?

—Sí —admitió Greta—, ¿puede creerlo, madre? El animal estaba grave y...

—Esa no es la cuestión —interrumpió la madre Celeste con su acento más mexicano que nunca—. La cuestión es que te ordenaron que no sacaras el coche, ¿verdad?

Greta guardó silencio. Qué se le iba a hacer. Así eran las cosas. Nadie se preocupó de él. Como nadie se preocuparía de ella en el futuro. Así que no dijo nada. Qué le iba a contar a la máxima autoridad de todo este despropósito: ¿que llevaba días viéndolo enfermo?, ¿que el pobre animal se quejaba de un dolor y que esa mañana se acercó a él y lo encontró hecho una rosca de pelo en la entrada? Cuando fue a lamerle las manos no podía ni levantarse. Greta sólo se ofreció a llevarlo al veterinario y la madre Inferiora vino caminando con las manos apoyadas sobre sus pechos desproporcionados, miró a la pobre bestia, que parecía haber encogido en la lavadora, y se lo prohibió.

—No le pasa nada —escupió—. Algo le habrá sentado mal.

—Pero este animal lleva cuidando de su colegio diez años —se indignó Greta—. Se merece que...

La Inferiora se limitó a darle la espalda y caminó hacia el interior moviendo su enorme y enfajado trasero de campana y añadió que era la hora de rezos.

Entonces, no la hermana Greta sino «Estrella del amanecer» se incorporó echándose a su espalda a su padre y todos sus diálogos con los animales, a su abuela Mayú Parú siempre prendida de la Pachamama, y con aquel perro a sus pies surgió de ella una voz que hasta a ella le sonó desconocida:

—Ustedes son unas despiadadas —rugió—. ¿Y no se supone que, además de rezar, debemos ser piadosos?

La Inferiora no le respondió, sólo se detuvo un momento sin volverse, y luego siguió caminando hacia la capilla.

Greta no entró a orar esa tarde. Estuvo sentada al lado de ese perro moribundo hasta que anocheció, acariciando la enorme y demacrada cabeza, doliéndose con él cuando lo veía retorcerse. Ya no quería ni comer ni beber. Ella tampoco. Recordó a Tribilín y a su padre cocinándole aquella olla, regándolo en el patio, hasta que se ganó su cariño. Recordó todas y cada una de las noches que durmió recostada sobre el almohadón de su peludo vientre cuando era niña. Hasta que a las ocho de la tarde no pudo más y lo cargó en el coche. El veterinario le explicó que tenía una obstrucción abdominal muy grave. ¿Cómo no lo habían llevado antes?, se indignó el médico. Ahora ya no tenía remedio. Había que ahorrarle sufrimiento.

Cuando le pusieron la inyección, Greta sujetó su cabeza gris hasta que dejó de respirar y sus ojos, fijos en los de ella, se vaciaron de vida.

Sí, podía haberle contado todo esto a la madre Celeste, porque habían dejado a ese pobre animal morir sufriendo. Pero no se lo dijo, porque en ese momento intuyó que iba a darle igual.

O quizá intuyó algo peor: que podría pasarle a ella más adelante.

Ese día Greta tuvo que asumir que la comunidad de México había sido un espejismo. Y que quienes vivían en él siempre estarían demasiado lejos. Aquella pequeña comunidad de Maracaibo era la realidad.

La estructura en la que tendría que encajar se resumía en una frase: «No hagas algo bueno si implica desobedecer». ¿Podría asumirlo ella? Esa noche se metió en la cama sin ducharse y amaneció con la camiseta llena de pelos de aquel noble animal que ya descansaba bajo tierra.

Pasaron los meses y, aunque aún no se había enfadado con Dios, sí empezó a resquebrajarse su fe de nuevo. Llegó un momento en que le costaba incluso dar catequesis a los niños. ¿Cómo podía impartir los valores de una institución sobre la que tenía dudas? De modo que se le ocurrió diseñar una estrategia para no traicionarse. Para que no supusiera un conflicto educar a los niños en los preceptos cristianos, enumeró en una lista aquellos valores que no dependían de la Iglesia. Por ejemplo, respetar al otro no se hacía porque lo dijera ninguna doctrina. Jesús no le parecía un mal ejemplo. Qué más daba si era o no hijo de Dios. Y así siguió con la generosidad, la empatía... hasta que llegó al sacrificio y, como si fuera un castigo divino, llegó con él la hermana Salomé.

A veces no te enamoras sólo por la persona sino por el momento en que la encuentras. Greta aún amaba la Iglesia, pero empezaba a dejar de creer en ella, era un principio de desilusión, como si estuviera incubando una malaria. Una coincidencia catastrófica hizo que apareciera Salomé para provocar la tormenta perfecta.

Era venezolana, pero acababa de llegar de España y se sentía una extrajera en su tierra. Incluso habían borrado su célula de ciudadanía, le contó el día que se conocieron en el comedor, «Soy tan extranjera que ya no existo». Había vivido siete años en China y hablaba el idioma perfectamente. Culta, chelista, rubia y mofletuda, reunía todos los ingredientes para enamorar a una Greta que caminaba a tientas buscando desesperadamente un rayo de luz. En Maracaibo no tenía con quién hablar, sólo con Fabiola y durante las horas de colegio, porque, si se demoraba después de clase, comenzaban los comentarios ponzoñosos, los celos y los problemas. Y Greta se aburría. Sus hermanas no habían leído un libro en su vida. No tenían inquietudes. Eran perezosas y sólo reproducían mandatos como robots. Por eso Greta empezó a escribirle cartas a Salomé con poemas de Rilke, que ella aceptaba con naturalidad, jugando a hacerse querer por la joven juniora. Una tarde Greta, mientras caminaban por las calles rojas del Gaitero, se atrevió a decirle que la admiraba y ella, con una sonrisa de aceptación, admitió que siempre había despertado ese tipo de sentimientos en las personas.

Siguiendo a su amado Rilke, Greta le escribió a Salomé muchas cartas, esas que ella nunca le respondió, más allá de algún furtivo «debería dedicarse a escribir, hermana Greta», que rubricaba guiñándole un ojo con coquetería.

Aquella cuasi-indiferencia la llevó hasta la locura, pero nunca se atrevió a confesarle que la amaba mientras vivieron juntas, tal era el terror que provocaba lo que pudiera hacer con ese amor, hasta que Greta fue destinada a España, y, en aquella distancia tan dolorosa, se atrevió a escribirle: «Estoy enamorada de ti». Un mensaje que Salomé tampoco contestó. Con el tiempo, y ya en la Ciudad del Norte, con el corazón angustiado de dolor, de ausencia y de falta de noticias, Greta se preguntaría por qué lo hizo. Jugar así. Por qué no cortó ese juego hasta que consiguió que le confesara sus sentimientos.

Greta también había estado al otro lado. Le había pasado con Dulce. Y con las niñas en el colegio. Algunas se enamoraban. Había que saber canalizar las emociones de las adolescentes. Pero, cuando se le apegaban demasiado, las cortaba. Lo había aprendido de Imelda. Pero Salomé no, ella buscaba la compañía de Greta, dejaba con pericia frases a medias, y era una maestra creando expectativas: cuando una nueva entrega de las cartas se demoraba, la animaba diciendo lo mucho que disfrutaba de ellas.

Pero no era la única que la animaba. También Fátima, desde el otro lado del mundo, cuando le confesaba sus desvelos, se alegraba de que por fin hubiera encontrado el amor, a lo que Greta le reclama con desesperación: «¡Pero por qué no me corriges!, ¿tú no eras una religiosa como Dios manda? ¡Me estás llevando a la ruina!».

Los días empezaron a jugar a repetirse.

Iba al colegio, daba la clase de catequesis a los niños —algo que nunca disfrutó como su Campamento de los Doce—, volvía a comer, escribía una carta a Salomé por la tarde que colaba bajo su puerta por la noche. Mensajes en una botella que aquella monja rubia y políglota ignoraba como los ignora el mar. Y en ese momento Greta se dio cuenta de algo importante: que no se le iba a pasar jamás.

Se había enamorado. De nuevo. Y esta vez con más fuerza que nunca. A veces las réplicas de los terremotos son de más intensidad que los propios seísmos.

Había vuelto a sentir. ¿Por qué? ¿Acaso no se lo había trabajado? ¿Acaso no se lo había ordenado a sí misma?

¿Por qué tenían que convivir en ella esas dos Gretas?

¿Por qué eran tan cruelmente incompatibles su naturaleza y su vocación?

¿Por qué no podía dejar de cuestionarlo todo?

Intentó refugiarse en el estudio y en los libros para olvidarse de ella; las horas se le fugaban delante del ordenador. Se matriculó en «Diálogo interreligioso» en la Universidad Javeriana a distancia. Pero ni una sola noche bajo aquel aire acondicionado dejó de esperar que una respuesta se colara bajo su puerta. Poco a poco empezó a crecer dentro de ella una mala hierba: la idea de que estaba en el lugar equivocado. Aunque la estocada definitiva a su fe estaba por llegar, tenía nombre de piedra preciosa y no medía más de metro y medio:

La niña era muy vaga, había dicho Greta a su tía en el claustro de profesores, mientras esta se abanicaba con dramatismo. Los demás habían hecho los deberes y estaban preparados. Ella no.

—Aunque tengas ocho años, el encuentro que vas a tener con Dios tiene que hacerte ilusión, además de estudiarte las oraciones. —Greta endureció su voz—. Hacer la comunión no sólo es una fiesta.

Rubi, que había escuchado a su maestra colgando de la mano de su muy superprotectora tía, encogió los labios hasta hacerlos desaparecer, y empezó a llorar con tal desconsuelo que varios niños se acercaron a contemplar el espectáculo.

—Hermana Greta —le rogó su tía, abrazando a la niña—, por favor, no hay niño al que le haga más ilusión.

Greta observó a Rubi con severidad.

—No se puede subestimar a un niño —respondió, tajante—. Si le hacía tanta ilusión, debería haber estudiado como los demás. Que se prepare este año y haga la comunión al siguiente.

—Pero entonces la separará de su grupo —gimió la tía, abanicándose como si fuera a darle un vahído.

—Eso ya lo sabía ella. Y no ha estudiado. No está preparada y sería injusto para los que sí han trabajado.

La tía —coleta larga y negra, cuerpo embutido en unos vaqueros y camiseta varias tallas menores— hizo una medio genuflexión y le agarró la mano a la monja.

—Se lo ruego, la pobre ya tiene su vestido... ella nunca ha tenido un vestido así, por favor, hermana, no le dé este disgusto.

—No puedo hacer nada, compréndalo. —Y se soltó de su mano—. Hay que tener claros los sacramentos antes de tomar uno.

Entonces la mujer se irguió y sacudió su larga coleta.

—Pero ¿de verdad piensa que esos otros niños con ocho años lo tienen claro?

Rubi se había ido a un rincón como un perrillo apaleado. Su llanto era ahora incontenible, desbordaba su cuerpo como un río con demasiado caudal. Greta respiró hondo. Estaba haciendo lo correcto, se dijo, lo correcto. Sacarle un sí iba a ser muy duro, e injusto con el resto de sus compañeros. Eso es lo que argumentó antes de salir del aula.

A la semana siguiente los niños de la clase de Rubi hicieron la comunión. Dos días después, el autobús en el que viajaba la niña se despeñó por un terraplén. Le contaron que salió despedida por una de las ventanas. Con el impacto, su pequeño cuerpo quedó irreconocible.

Años después, cuando Greta ya no era religiosa ni católica, se preguntaría muchas veces en qué llegó a convertirse para negarle esa alegría a aquella pobre criatura. Cómo fue capaz de poner por delante la norma al sentimiento de un niño. Se preguntaría qué necesidad hubo de provocar ese llanto, cuando la sacramentalidad no la comprendía ni siquiera un adulto. Cómo pudo ser más importante la doctrina. «Pero es que yo también estaba adoctrinada», reconocería con dolor ante una grabadora, y se echó a llorar, como si parte de aquel llanto de Rubi aún lo tuviera dentro. «Y estoy arrepentida de ese llanto», confesó, un llanto que aún escuchaba cada vez que veía una niña de comunión.

¿Por qué era tan incontenible? ¿Por qué tan grande?, se preguntaría una y otra vez los días posteriores a su muerte. ¿Había presentido que era su última fiesta?

El día que asistió al entierro, observando su pequeño ataúd blanco en el altar que guardaba a aquella niña ahora concentrada en el silencio de la muerte, se sintió avergonzada. De aquello que practicaba. De lo que representaba.

¿Había cumplido por primera vez con su deber? Sí.

¿Estaba haciendo su trabajo? Sí.

Pero… para ser fiel a tanto «cumplimiento»… ¿dónde había

dejado su humanidad? ¿Dónde?, se repitió sentada en el banco de la iglesia.

Y no fue capaz de comulgar.

Era una niña de ocho años y la había hecho sufrir.

La había alejado de ese momento de felicidad sin saber que era el último momento de felicidad de su vida. No hizo la comunión, y sin embargo la enterraron con su vestido.

Y a partir de ese día volvió la Greta rebelde. La que todo lo cuestionaba, la provocadora, la desafiante. La que más se parecía a su hermano Juan. Y una tarde, durante una amarga discusión porque no le dejaban llevar a los niños a ver una película, la madre Inferiora se atrevió a decirle:

—Tiene que ser más humilde, hermana Greta.

Y ella se apoyó en la mesa de despacho de aquella mujer, acarició la caoba recién encerada y respondió:

—Es que a mí, madre, me resulta muy difícil aprender la humildad de alguien que se compra unos muebles tan caros en una situación tan difícil.

El final de aquella conversación se zanjó por parte de Greta con un «Usted, tranquila, que me voy a ir» y un portazo. Esa misma noche, como si lo hubiera invocado, le llegó una carta de la madre Celeste desde México informándole de su nuevo destino: la Comunidad del Norte, en España. Cuando se despidió del que sería su gran y doloroso amor, su cáncer y su soledad, Salomé sólo le dijo con su media sonrisa indescifrable: «Algún día nos volveremos a ver». Pero a Greta le crujió algo por dentro cuando lo escuchó y supo, como tantas veces, que no era cierto. Recogió su corazón y aquellas cartas que seguirían sin ser respondidas, y las metió en su pequeña maleta, dispuesta a cruzar por primera vez el océano.

Todos nacemos sin miedo

78

El secreto de la vida es vivirla sin
miedo.

BUDA

Todos nacemos sin miedo. Así he empezado el capítulo de hoy,
como siempre, sentada frente a mis balcones, por los que ya se
cuela el olor a hierba de la sierra que se esconde tras el inmenso
palacio, y frente a ese pequeño altar que cada vez tiene más elementos. Hoy le he añadido el colibrí de madera de Greta, que se
mece sobre él con serenidad, una pequeña talla sin crucificar en
pleno vuelo.

«Todos nacemos sin miedo», dijo una tarde la maestra Jedi, y
recuerdo haberlo recibido con escepticismo. Un niño es capaz de
asustarse, pensé. Pero no, ella no hablaba de un simple susto, sino
de un miedo más profundo. Los niños nacen sin miedo a la muerte, nacen sin miedo a la autoridad, ni al pecado. «Duérmete, niño,
duérmete ya... que viene el coco y te comerá...» Ahí empieza
todo. Nacemos sin miedo a la oscuridad. El miedo va siendo ino-
culado en nuestras vísceras por nuestros padres, por la sociedad
y por la Iglesia, poco a poco, como un veneno de acción lenta,
según crecemos, sin que nos demos cuenta y sin que nadie nos
explique sus beneficios.

Porque no los tiene.

Crecemos con miedo a dioses que no conocemos; a una muerte que no es más que parte de la vida. Y, de tanto comer miedo,
entramos en una paranoia tal que acabamos temiendo al amor, a
los demás y a nosotros mismos, hasta el punto de que nos impide

afrontar cualquier cambio y tomar decisiones que podrían hacernos felices. «El miedo no nos sirve de nada», escribo, «sólo les sirve a los demás para dominarnos».

Por ese motivo, cuando Greta me confesó que accedía a someterse a hipnosis con Santiago para dejar salir todo lo que aún pudiera permanecer enterrado en su subconsciente y terminar de construir su caso, lo primero que se me ocurrió decirle fue: «No tengas miedo».

La idea era grabar la sesión para que, después de escucharla y siempre y cuando ella estuviese de acuerdo, Aurora pudiera certificarnos si su caso tenía elementos suficientes para considerarse legalmente un mobbing, de cara a respaldar el reportaje. Y, cómo no, por si en algún momento quería denunciarlo.

Tengo muchos indicios para suponer que Greta está perdiendo el miedo: sus reacciones a lo que está viviendo en la casa de esa inválida tirana, sin ir más lejos. Según lo que me anticipó ayer por teléfono, la situación es insostenible y ya no la veo capaz de aguantar demasiado de nadie. Pero, claro, luego está el tema de los papeles de la residencia. Si se despide ahora quizá se paralicen los trámites. Según Gabriel —la verdad es que al pobre últimamente lo llamo para consultarle todo—, una vez se ha iniciado el proceso de la residencia, tendrían que dárselos. Pero, para estar seguros, debería esperar a recibirlos antes de tomar decisiones drásticas.

Por otro lado, qué tremenda historia la de la tirana inválida. Qué fácil es justificar a una víctima por el hecho de serlo. La tiranía de los débiles es un concepto que me aterra. Tengo que admitir que ayer, cuando Greta empezó a contarme la que se estaba liando en aquella casa, estuve a punto de aconsejarle que no se metiera. Pero su natural empatía le impide no implicarse cuando detecta una injusticia. Después de que me contara todo lo que vivió en Maracaibo, puedo entender a esa Greta justiciera. En eso nos parecemos. Además, en este caso, cada vez tiene más afecto a Alfredo y no soporta cómo lo tratan, tanto su frágil mujer como sus hijos, que ignoran su drama y al parecer sólo se presentan para dormir o pedir dinero.

La complicidad entre Alfredo y Greta era ya tan evidente que toda la familia había empezado a tener celos de ella. A saber lo que se estarían figurando… igual que Mercedes, con quien ya se odiaba silenciosamente. Lo cierto es que, tras escuchar su relato, la entendí. Cuando se ha callado tanto como lo ha hecho Greta, llega un momento en que no puedes callarte más y pierdes todos los filtros.

La parte bonita del cuento es que en este tiempo ha construido una relación con Alfredo que parece importante. Me di cuenta el día que me contó que se había atrevido a confesarle que era lesbiana. Todo un voto de confianza que, hasta la fecha, sólo había tenido conmigo. La contrarréplica llegó unos días más tarde cuando, en una de sus interminables charlas de madrugada en la cocina, Alfredo le reveló uno de sus sueños: ir a pasear con una mujer alguna vez, le dijo. Lo que a Greta le pareció un anhelo minúsculo para él era un delirio de libertad. Poco después le contó que sólo había tenido una mujer en su vida y que, desde que Mercedes no podía tener relaciones, se había resignado al celibato. Greta, sentada como todas las madrugadas frente a un café con leche al otro lado del banco de la cocina, se compadeció de su amigo, que tanto había hecho por ella. Había convencido a Mercedes de que hicieran sus papeles. La había animado a ella a descargarse esa aplicación para ligar que utilizaban sus hijos. Incluso le había organizado su primera salida con una chica en Madrid, a qué restaurante ir y a qué hotel. Le había enseñado a manejar una tarjeta de crédito. ¿Qué menos que ayudar a su amigo en su transformación ahora que ella se sentía cada vez más fuerte? No podía soportar la actitud egoísta que mostraba su mujer con él, la ingratitud con la que le tiraba cada uno de sus inventos a la cara, sus bromas crueles hacia su virilidad, todo ello parecía decirle a gritos: «Para que yo viva da igual que tú tengas que morir mil veces». Cuando Greta me relataba la forma en que la tirana inválida estaba inmolando a su familia pensé que, si pudiera pedir que la enterraran con ellos, lo haría, como el emperador Qin Shi Huang con sus guerreros de Xi'an. Era el síndrome de *Salvar al soldado Ryan* cuando, encima, aquí no había nadie a quien salvar.

Por eso, una de las pocas tardes que Alfredo había salido de casa para llevar a Mercedes al médico, Greta entró en su dormitorio y abrió el armario. Arrastró las perchas y comprobó con tristeza que toda su ropa era idéntica: monos de trabajo, pantalones de *trekking*, la ropa de un hombre siempre atareado, de un obrero. Así no podría ir a una cita. Así que dedicó toda la mañana a comprarle un par de camisas, pantalones, una corbata y una chaqueta preciosa de mil rayas y hasta un vaquero. Por la tarde le abrió un perfil en la aplicación que contenía las cosas que le gustaban: «Hombre de cincuenta, amante del mar y de la naturaleza. Me encanta pasear y escuchar a Rod Stewart». Al final del día Alfredo ya contaba con una buena lista de mujeres interesadas en conocerle.

—Ya tienes con quien pasear —le anunció Greta esa noche, mostrándole los mensajes—. Y tendrás que ocultar bien tu ropa nueva —añadió, mientras se la mostraba sin sacarla de la bolsa, y él, sin poder articular palabra, sólo la abrazó con fuerza.

—Tú has sido mi única amiga —pronunció cuando pudo—. Yo estaba acostumbrado a una vida de reproches.

Y es que Alfredo, el cuidador, estaba acostumbrado también a cuidar de los demás y a cuidarse solo.

Las primeras citas de Alfredo habían sido un desastre: una funcionaria de hacienda cuya única conversación era jubilarse, una animalista radical que quería que le acompañara a todas sus manifestaciones, una exciclista profesional con halitosis… pero les servían para sentirse compañeros de travesuras. Por las noches cotilleaban sobre sus ligues como dos compañeros de piso y se ayudaban mutuamente a contestar los mensajes de sus pretendientes. Algunos riesgos corrieron, como aquella tarde que recibieron en la casa un traje que Greta le había encargado por internet cuando estaban los tres merendando. Ahí casi los habían pillado.

Hacía un mes, sin embargo, que algo había cambiado. Parecía haber llegado la persona indicada: profesora, filósofa, marinera…

—Y con esa mujer ha empezado a follar como un loco —susurró Greta al otro lado de la línea.

—¿Y cómo consigue salir de Alcatraz? —pregunté, intrigada—. ¿No lo tenía tan controlado?

—Sí, por eso yo intento disimular sus desapariciones. —Baja aún más la voz—. Le he ofrecido a Mercedes que le deje los domingos libres, para que descanse un poco, y le suplo yo.

—¿Y no sospecha?

Hizo un silencio y oí que cerraba una puerta.

—No, porque yo creo que lo valora tan poco que no se imagina que nadie lo vaya a querer. —Su voz volvió a engordarse—. Me he inventado que ha encontrado a un grupo de amigos para jugar a los bolos, pero cada vez sale más y vuelve más y más tarde, por mucho que le insisto en que sea discreto. ¡Parezco su madre!

Desde entonces, según Greta, su mala relación con Mercedes se había recrudecido más aún, porque hasta entonces no había dejado a Alfredo tener amigos, aunque ya había empezado a odiarla el primer día que Greta fue a la compra y le trajo cerveza Voll-Damm.

—Es incapaz de compartir la atención con los demás, y yo sé lo que es eso porque lo he vivido —sentenció.

Eso sí, me contó Greta riéndose, era como si hubiese adoptado a un hijo más, porque tenía que ponerle hora y se enfadaba todos los días con él cuando llegaba tarde, pero en el fondo le hacía feliz ver a su amigo tan enérgico y radiante como un adolescente.

Esta tarde, antes de salir hacia la consulta de Santiago, al parecer Alfredo le ha dicho: «Ojalá consigan publicar tu historia», como si intuyera una despedida. Greta siente que ha sido un ángel para ella: «Gracias a su ayuda, quizá consiga empezar una nueva vida». Pero yo creo que ella también ha sido un ángel para él. A veces las personas llegan a tu vida por un motivo y luego se van. Ella no podía sacarle de su cautiverio, eso lo tiene claro, pero sí indicarle el camino. Eso implicaba que, por mucho cariño que le tuviera, debía seguir adelante. Su misión en esa casa había terminado.

—No salí libre para volver presa —me ha dicho, categórica, antes de colgar el teléfono.

79

Sentada en la sala de espera, siempre con Radio Clásica de fondo, empiezo a fantasear con la idea de que Greta no vaya a presentarse. Es más, por un momento, pienso que puede haber desaparecido para siempre. Y eso que durante la conversación de ayer me pareció que de verdad quiere quitarse esta espina y limpiar todo lo que haya que limpiar. La idea, en realidad, me la dio ella el día que hablábamos de lo mucho que le había ayudado la terapia con Bárbara: «Me gustaría ser hipnotizada alguna vez», me dijo, para sacarse todo el sufrimiento que pudiera quedarle escondido y por fin pasar página.

Al otro lado del muro de cristal que separa la consulta de la sala de espera, tras un extraño estor de oficina, intuyo la figura grande y reposada de Santiago moviendo las manos lenta y firmemente, como un director de orquesta que trata de hacerte reaccionar. El otro bulto más lejano que le escucha está inmóvil y se suena la nariz cada poco. Mientras tanto, el locutor que relata las virtudes de la *Sinfonía de las lamentaciones* de Górecki me hace echar de menos la deliciosa cursilería de Pérez de Arteaga, con su lenguaje rococó, y aquel exceso de cultura que convertía todo lo escuchado en fascinante. Compartí con él muchos conciertos del Teatro Real cuando me tocaba cubrirlos. Ahora que lo pienso, cuántas cosas me había dado el periodismo.

Y hablando de llegar tarde, esta no ha dado señales de vida. Voy a enviarle un mensaje porque acabo de ver a Santiago levantarse y es la hora. Cuando estoy a punto de hacerlo se abre la puerta de la consulta, levanta las cejas en señal de irónico saludo y yo me concentro en mi móvil con pudor, como hago siempre que llego antes de tiempo, para evitar el cruce de miradas con el paciente que sale de la terapia, por si están llorosos, por si les incomoda. A mí suele darme igual, porque, por lo general, salgo insultándole y él llamándome pesada. Pero, en ese momento, alguien se detiene delante de mí.

—Qué casualidad —dice una voz conocida de micrófono cascado.

Levanto los ojos y allí está Isaac, con el semblante relajado y divertido. Cargando como siempre con un par de tomos anillados. Ni rastro de aquel hombre que dejé llorando en el metro.

—¿Cómo estás? —Me alegro de verle—. Parece que me hiciste caso. —Y luego a Santiago—: Deberías empezar a darme una comisión.

Santiago pone los ojos en blanco y deja la puerta abierta como siempre hace, su directísima invitación a que te largues, y se vuelve a la consulta. Al pasar, le da una palmadita en la espalda a su nuevo paciente.

—¿Vas a ir mañana a meditación? —me pregunta Isaac.

—Sí, allí nos vemos.

Y Santiago, desde la habitación contigua, ya apoltronado en su sofá de escuchar, dice:

—El lunes al psiquiatra, el martes a meditación... el miércoles, ¿qué tenéis, reiki? Vais a acabar tarados los dos.

Me levanto, consulto la hora en el móvil y le digo:

—Querido Isaac, si has conseguido sobrevivir a una primera sesión con él, te dará resultado. Es una especie de criba...

Le doy un beso en la mejilla con la confianza de quien ha compartido unas lágrimas, camino dentro de la consulta y me dejo caer sobre el sofá de hablar. Oímos a Isaac reír y despedirse antes de salir por la puerta.

—¿Y la monja? —pregunta Santiago con toda naturalidad.

—Shhh. —Le dirijo un gesto de reproche—. No es monja ya, hombre.

—Bueno, ya, que dónde está.

—¿Has cambiado los cojines?

—Sí, por darle un poco de colorido a esto.

En ese momento se materializa Greta en la puerta con su gesto de despiste habitual.

—Lo siento, me he perdido —se excusa, como siempre.

—Ahora te encontrarás, tranquila —le dice Santiago por todo saludo, sonriente.

Me detengo en su pelo planchado que le cae como una fuerte crin sobre los hombros subrayando su naturaleza india. Lleva un sencillo vestido de cóctel negro que se adapta a su cuerpo hasta debajo de las rodillas y unos botines con algo de tacón que le obligan a caminar de una forma distinta. Creo que es la primera vez que la veo con tacones. Ha maquillado sus ojos como a ella le gusta, con tonos irisados y, esta vez, un toque de rojo en los labios. Está sobria y elegante. Me pregunto qué ha sido de aquella chica con aspecto de niño que se escondía dentro de un chaleco de abuelo.

Antes de sentarse, le pregunto qué tal en la casa y ella me hace un gesto con la mano que indica que se ha liado una buena.

—Bueno, luego me cuentas. —Me levanto—. ¿Puedo esperarla aquí fuera?

Él sirve un poco de agua en un vaso. «A mí me es indiferente», asegura, pero Greta dice que no, que prefiere que me quede. Santiago, como parte del protocolo, le pide que repita una vez más que está de acuerdo con que la sesión sea grabada y ella lo confirma.

Le cojo la mano.

—Sé que para ti es muy duro entrar ahí, pero que sepas que Santiago es un borde, aunque es el mejor. —Él levanta los ojos de la grabadora—. Así sabremos todo lo que no recuerdas: tus síntomas, lo que te tomabas…

Greta asiente.

—Yo también quiero saberlo —asegura ella, y luego a Santiago—: ¿Vamos a por ello?

Y allí sentadas, dejamos que el contador de mi móvil empiece a sumar segundos y Santiago a descontarlos, hasta que veo brotar de nuevo las sombras moradas bajo los párpados de mi amiga y vuelve aquel temblor a sus dedos que provocó que se le cayeran los documentos en ese avión que nos reunió casi un año atrás.

Tres… dos… uno…

80

Comunidad del Calvario, Ciudad del Norte
Año 30

Greta empieza a respirar fatigada. Santiago, sentado relajadamente en su butaca, no aparta la vista de su rostro. Le pide que se visualice en la Ciudad del Norte, le pregunta qué siente: frío, contesta ella, siempre mucho frío, incluso en verano. Santiago ralentiza su voz hasta que fluye a cámara lenta, ¿por qué pones esa cara, Greta?, le pregunta, ¿te duele algo?

Ella se lleva la mano a la garganta, sí, dice, me duele, porque no puedo llorar, susurra. ¿Qué ha pasado?, pregunta él. Y entonces ella, como si tosiera sus palabras, empieza a expulsarlas. Le han dicho que no puede ir a la universidad, ya no iré, se angustia. Santiago se endereza un poco, acercándose a ella, y levanta la voz: ¿y qué harás a cambio?, ¿qué haces cada día? Greta se encoge de hombros e inicia un viaje hacia el lugar de su calvario: me levanto a las seis de la mañana, voy a la capilla, café con leche, como todas, tengo que intentar ser como todas… ¿Es septiembre?, pregunta él y apunta en su libreta, sí, confirma ella, me dan un planning, ya no voy a estudiar, pero yo me refugio, me escapo, ¿dónde?, dice él, a la biblioteca, está llena de amigos, ¿tienes amigos?, pregunta Santiago, y ella responde que sí, pero todos muertos, son pintores, escritores, filósofos, pero que siente que la aman: Rembrandt, el apóstol me ama; Rilke, el profeta me ama; Valéry, el Santo… todos.

Año treinta y uno… Ahora Greta coloca sus manos como si sujetara un bebé, le seca la cara con su camiseta, relata cómo baja las escaleras, al segundo piso, bajo a ver a los niños, se fatiga, Arantxa, ella está en la guardería, ¿Arantxa es monja?, pregunta Santiago, y Greta que no, que Arantxa no, pero está cambiando su turno con ella, siempre había sido una chica nerviosa, nada exigente, ¿no te cae bien?, pregunta él, no, responde, antes sí, antes era mi amiga, pero ya no me gusta su pelo trasquilado, de pronto me contesta mal, violenta, y yo creo que ha hablado con ellas. ¿Y te gusta estar con los niños?, y Greta se tapa la nariz, no, dice, no son mis adolescentes, yo estudié otra cosa, soy una empleada del servicio, del servicio del bebé, yo quiero estudiar… Frota sus manos entre sí muchas veces, ¿te da asco?, y Greta sigue intentando lavarse, mientras se adentra más y más en los sótanos de su memoria: me da escrúpulos, se asquea, me voy, tengo que subir a comer. ¿Comes con tus hermanas?, y ella de pronto se endereza como un sable, se busca el reloj en la muñeca con los ojos cerrados, tengo que estar a las ocho. ¿Te hablan?, no, me siento siempre al final y sólo habla Bernarda, la marida de la madre Dominga, habla sobre las que se han salido, sobre las que se han perdido, las que se han vuelto locas, y cuando dice eso me mira, todas me miran, me miran todas… ¿Y tú no dices nada? Ella se ríe y se atraganta con su propia tristeza, al principio sí, digo cosas inconvenientes para provocarlas, las odio, las odio mucho, porque me han quitado mis estudios, ahora sólo tengo a Marco. ¿Quién es Marco? El rostro de Greta se llena de ternura, el niño, Marco, mi niño de la guardería, al que nadie quiere porque grita, grita mucho. Marco… pero conmigo se queda tranquilito, sólo conmigo, porque sufrimos los dos y lloramos juntos y nos reconocemos.

Año treinta y dos… Greta va ovillándose en el sillón como si fuera un animal a punto de hibernar, prueba a taparse con una manta invisible. ¿Estás intentando dormir?, le pregunta Santiago, y baja un poco la persiana para dejar la luz afuera. Ella se tira de la ropa, no, no duermo, sólo en la madrugada. Empieza a frotarse las piernas entre ellas, ¿por qué haces eso, Greta?, pregunta él, pero ella parece que no le escucha, y sigue frotándose tan fuerte que se le cae un zapato, y luego dice: si lo hago, me duermo, pero me salen llagas, se responde después de un rato.

Santiago apunta con velocidad en su cuaderno mientras ella frota su piel con gesto de dolor hasta que él le pide que se relaje, luego casi se lo ordena. Ya se ha hecho de día, Greta, dice Santiago, ya han pasado unos meses…

Le pregunta si toma pastillas, y Greta parece escucharle cada vez más lejos, aunque asiente, sí, hace meses, muchas, y una fría tarde de febrero aterriza definitivamente en su habitación, esa de la que ya apenas salía.

—Lléveme a un médico, madre —le suplicó a la madre Dominga, que no pasaba de la puerta como quien iba a visitar a un enfermo infeccioso.

—Ya ha venido el padre. Es médico. Y dice que sólo es una crisis de ansiedad. —La superiora arrastró sus palabras con dulzura. Sus ojos de tiburón fijos en su presa.

—Pero yo me encuentro muy mal… —insistió Greta, tumbada en la cama, con los ojos morados y la piel de los labios rota.

—Pues si te sientes tan mal, vamos a tener que encerrarte en un psiquiátrico —amenazó la tiburona, y se alejó de esa habitación a la que nunca entraba.

Después de aquel día, de aquella frase, Greta decidió no volver a hablar a sus hermanas, no quejarse de su fatiga constante, de ese desaliento crónico, de que había llegado a un punto en que sólo quería estar tumbada. Vivía con la constante amenaza de que la encerraran. Si salía de la habitación y se cruzaba con una de sus hermanas, ellas la traspasaban con la mirada como si ya fuera un fantasma. Ignoradla, parecía que hubiese sido la orden, es lo mejor. Greta ya había vivido eso, pero nunca durante tanto tiempo y por parte de todos quienes la rodeaban. Nadie estaba autorizado a ir a verla. Sólo se saltaba esa prohibición una novicia gordita y muy joven de la que nunca supo el nombre: llegaba por las noches y le daba, poquito a poco, un yogur. El único rostro humano que recuerda.

—Se lo inventa todo, está haciendo teatro… —oyó decir a Bernarda desde la escalera el último día que se le ocurrió bajar al comedor—. Y nos está robando la paz.

Y desde ese día Greta ya no comió. Volvió a su habitación sin hacer ruido y se metió en la cama, convencida de que era verdad, de que les había robado su paz anhelada, de que tenía la culpa.

Poco más tarde, cuando ya habían pasado las horas de los rezos, bajó a la capilla y, allí sentada delante de la cruz, se dio cuenta de que no sentía nada. Y fue entonces cuando le dijo a Dios que no creía en Él.

De pronto su cuerpo se hace un nudo en el sillón, lo han conseguido, que deje de creer… dice. ¿Quién lo ha conseguido? Ellas, dice, ellas. Delante de esa cruz dejó su fe en tantas cosas verdaderas e intangibles: también rompió la última carta que había escrito a Salomé y la foto que se había hecho con Marco en que sujetaba un cartel con el nombre de su amada. Y lloró, postrada delante de aquella cruz. Porque su vida se había vaciado, había dejado de tener sentido. Y llegó a sentirse culpable por haber nacido.

¿Por qué no se me llevó el tsunami?, balbucea ahora, con la cara contracturada, mientras sigue vomitando aquel recuerdo por primera vez sin filtros. Sus libros, reclama como si hablara de entes vivos, como si quisiera abrigarse con ellos: necesito más libros, añade, de pintura, ponme música, más música… de Paganini, quiero escucharla, la *Sonata n.º 6* de Paganini, la del diablo, como yo, otro diablo, porque robo la paz, pero Paganini… él me da paz, se me mete por la nariz y me llega hasta la cabeza, eso me da descanso, ¿por qué lo llaman «el demonio»?, pero ¿cómo puede serlo si a mí me alimenta el espíritu, si dio lo que ganaba a los pobres? Greta deja su boca abierta como si no supiera cómo continuar, pero lo hace al cabo de unos segundos: sólo me engancha a la vida saber que aún amo. Amo a Rilke, más Rilke y más poesía de Rilke, pero duele… mucho… cuanto más los leo, más me doy cuenta de la puta mierda que es mi vida, ¿por qué?, ¿por qué crece tanto la tristeza? Como un árbol. Mi tristeza.

De pronto se queda deslumbrada. ¿Te molesta la luz?, sí, déjame a oscuras, ya no puedo ver la luz. No tiene sentido. ¿El qué, Greta? Ella cabecea y dice: la vida. Me quedo en mi cuarto, sólo quiero dormir y estar a oscuras. Ahora duermo dieciocho horas con Paul Valéry debajo de la almohada, no me he duchado, ayer tampoco, no voy a las oraciones, no voy a misa, pero nadie viene a verme ni a buscarme, me siento enferma, extenuada, llevo así meses, no como ni duermo, pero mi cuerpo está hinchado, se hincha… yo digo que serán las pastillas y ellas me dicen que soy yo el problema, que me cuesta la obediencia.

—Altera la paz de la comunidad —se quejó la madre Dominga por teléfono a alguien que, por las horas, parece escuchar desde el otro lado del océano.

Y en el piso de arriba, Greta daba vueltas y más vueltas en la cama convencida ya de que era cierto. El peor latigazo siempre te lo das tú misma.

Ha pasado otro mes. Ya es marzo, pero en su habitación siempre es de noche y siempre es invierno. Los hábitos no le quedan, habla poco o nada, oye cuchichear a una de las hermanas detrás de la puerta, habla enredado y tiembla mucho, dice la otra. Tiene mucho cuento, insiste la madre Dominga a todas, mucho cuento. Pero no es cuento, Greta tiembla.

¿No hablas con nadie?, pregunta Santiago. No, responde Greta sudando, como si empezara a tener fiebre, no puedo hablarlo con nadie, porque nadie me habla, sólo ese viejo, ¿el psiquiatra?, sí, aclara, el jesuita, sí, ¿es viejo?, y ella confirma que sí, tiene ochenta años. Y luego en la puerta habla con ellas… le piden información y que me dé más pastillas.

¿Y él te disgusta?, quiere saber Santiago. Sí, afirma ella. Me hace sentir que estoy equivocada ¿En qué?, pregunta él mientras escribe. Ella parece a punto de abrir los ojos: en todo.

De pronto Greta salta al día de su treinta y tres cumpleaños.

Dice que llama a su madre e intenta contarle lo que le sucede pero se corta, se corta, se corta, se corta… Por fin lo consigo, dice, hablamos dos minutos seguidos, pero ahora me corta ella, mi madre… me corta, me corta, me corta, que si mis hermanos, que está preocupada, que si el trabajo, y además le duelen mucho las piernas, ¿serán las varices?, y luego dice que va a cocinar una gallina en sopa. Cuelgo. Me siento tan sola… tan tan sola… me llama una hermana, me pide que baje a soplar las velas, que me han hecho una tarta, desciendo agarrada a la barandilla como puedo, muy despacio, temo caerme, me siento muy débil, estoy mareada, voy siempre con el anorak puesto, no me lo quito ni de noche, ni de día… ángel de la guarda, dulce compañía… Allí están todas, de pie formando una media luna, rodean la tarta, ninguna me aguanta la mirada como estoicos soldados espartanos, y entonces veo a la madre Dominga al lado del pastel, con el cuchillo de servir, ahí está, pienso, mi Judas, mi Herodes, mi Pilatos, mi verdugo. Están esperándome, todas de pie, esa mesa no es una celebración, es mi patíbulo, camino hacia él, me siento sin fuerzas, las demás no se sientan… y espero la ejecución. Pero no, aún no es el día. Aún hay más tortura. Me colocan una corona de cartón, como si fuera una reina de mentira. Busco el aire en mis pulmones para soplar, soplo las velas una a una, y las veo apagarse al mismo tiempo que mis fuerzas, y en ese momento estoy segura de que son las últimas, las últimas velas que voy a apagar en mi vida.

Cuando la hermana Bernarda sacó la foto, Greta apenas pudo levantar la cabeza, esa foto en la que, a pesar de todo, era la única que sonreía con esfuerzo, porque le sonreía a la muerte. Ellas hablaban y hablaban mientras comían tarta de nata, pero Greta no conseguía asimilar sus palabras. Quienes la rodeaban se habían convertido en extraños. ¿Dónde estaba la madre Imelda? Su madre… ¿Por qué no avisaban a la madre Imelda? Por favor, por caridad, que la llamen o que me manden de vuelta a la comunidad de Colombia.

Y llega el día de la crucifixión: por fin te largas… repite Greta con un hilo de voz imitado la de la tiburona, esa frase que se le quedó marcada sobre la fina piel de la memoria: hago la caja de libros, volveré a recogerlos, pero la madre Dominga dice que no va a volver porque no va a tener con qué. Mi precioso libro de Paul Valéry, recuerda, y se estremece en el sofá, los cuadernos, mi verdadera biblia, y los poemas de mis amigos, de Rilke, mis evangelios, ellos… ellos siempre dijeron la verdad. El Aitá… me abrazo al Aitá muy fuerte, porque quizá no vuelva a verle.

Me roban los libros, ¿te los roban?, sí, dice ella, no me dejan llevarlos, dicen que son de la comunidad, pero tienen mis anotaciones, y se han comprado con mi trabajo… es un robo infame, un acto violento, porque saben que es lo que más me importa. Mi único refugio, mis únicos amigos, los únicos que me aman, aunque estén muertos, son ellos, quiero morir como Rilke, por el pinchazo de una rosa, no así, no aquí, no junto a ellas. Me dejan llevarme un par de zapatos, pero no los quiero, se lo digo, nunca más zapatos de monja.

Greta se endereza de pronto y queda sentada aún con los ojos cerrados, es la noche antes de su marcha. Están todas en el comedor, esperándola, ella sonríe de una forma extraña y junta sus manos: me han hecho un convite de despedida... estoy mareada, veo entre brumas cómo la madre Dominga se acerca, me ofrece sentarme, pero yo no, no me siento, alzo la cabeza y las observo, una a una, a mis ejecutoras, sus rostros me dan miedo, yo me doy miedo. Y entonces... su voz queda suspendida como de un hilo de araña, ¿y entonces?, pregunta Santiago.

Greta abre los ojos: entonces... pido perdón.

81

Hemos salido de la consulta de Santiago como quien sale de un entierro. En absoluto silencio. Sólo espero que hayamos enterrado la pesadilla que ha vivido mi amiga, que ahora camina pesadamente a mi lado.

—¿Vas andando a casa? —me pregunta.

—Sí.

—¿Te importa si te acompaño un rato?

—Claro que no.

Bajamos por Fuencarral hacia la Gran Vía. La calle peatonal está a rebosar de compradores compulsivos. Pasamos por la ermita de San Antón, en la puerta guardan fila varias personas con mascotas variopintas aunque hoy no es su día: dos galgos, un hombre mayor con un gato gordo en brazos y una chica con algo parecido a un castor acurrucado en su cuello. Tengo la sensación de que Greta lo observa como si fuera un cuento mal traducido que ya no entendiera del todo.

En un momento dado me he detenido.

—¿Les pediste perdón?

Ella frena un poco más adelante, dándome la espalda.

—Me sentía culpable.

—¿De qué?

—De mi dolor.

Y de su tristeza y de su enfermedad y hasta de su falta de fe. Y no sólo eso: llamó a la madre Celeste que firmaba su carta de expulsión y le dio las gracias. Quería irse sin violencia, me dijo allí plantada sin atreverse a mirarme, porque les tenía terror.

—Quería protegerme, Patricia, y por eso saqué fuerzas de donde pude para no mandarlas al Infierno.

Caminamos un buen rato en silencio de nuevo, cruzamos la plaza de Oriente donde habían brotado los skaters, los músicos y las terrazas como si fueran extrañas flores de temporada. Los cierres del Ouh Babbo estaban a medio abrir, y al lado de su seiscientos rojo estaba apoyado Bruno hablando por teléfono. Nos saludó con la mano haciendo grandes y muy italianos aspavientos. En la terraza de la fachada del Teatro Real, los espectadores contemplaban la puesta de sol durante el descanso y centelleaban sus copas de cava doradas. Cuando llegamos a mi portal, Greta rompió su mutismo:

—Patricia, lo que tú y yo hacíamos, nuestro trabajo, era muy bonito. Y creíamos en ello. Pero, ahora que todo eso se está quedando por fin en el pasado…, empiezo a preguntarme: ¿y ahora qué? —La observo sin comprender—. ¿Y ahora, Patricia? ¿Qué somos? ¿Te lo has preguntado? ¿Qué podemos decir cuando nos pregunten qué es lo que hacemos? ¿Qué dices tú?

—No sé… —Me quedo petrificada ante su pregunta—. No digo nada. No se ha dado la ocasión desde que me fui…

—Pues a mí sí —me interrumpe colocándose las gafas de sol—, cada vez que voy a buscar trabajo. ¿Qué tengo que decir que soy?: ¿Lo que hago? ¿Lo que siento? ¿Qué voy a decir? ¿Que era monja? Eso es el pasado. Ahora tengo que fabricar un presente. Así que he pensado que quizá debería decir que mi vocación es ayudar a los demás, como estoy haciendo con Alfredo. Eso es lo que soy. —Hace una pausa—. ¿Y tú, Patricia?

Abandono mis ojos en el atardecer.

—Esa es la primera pregunta que voy a hacerme cuando ponga punto y final a tu historia.

Y no sé por qué viene a mi memoria el momento en el que me llegaron cientos de emails por aquel reportaje sobre inmigración. Se lo cuento. Yo me había limitado a rescatar la parte más humana de esos inmigrantes senegaleses, cuyos cadáveres aparecían boca-bajo en nuestras playas. Contando sus historias. Poniéndoles nombre. Para ello localicé a sus familias. Comí con ellos en sus casas-patera, sentada en la alfombra alrededor de un cuenco con cuscús en el que hundí los dedos como ellos. Y hablé en ese repor-taje de la enfermedad de «la pena», esa que les daba a algunos cuando se desprendían de la tierra y se tiraban al agua. Recuerdo haber sido el filtro de muchas imágenes y seleccionar sólo las que no «hirieran la sensibilidad del espectador», pero, a cambio, la mía sí, la mía quedó herida por todos aquellos cuerpos hinchados, por sus historias. Terminé mi reportaje con una imagen, la de los pies negros y sin vida en la orilla, y de fondo y muy cerca, las coloridas sombrillas de playa y un niño haciendo un castillo de arena.

Según se emitió empezaron las llamadas, los emails, las cartas. Decenas. Dándome las gracias… y contándome sus historias. Muchas historias. Ese reportaje pervivió en los espectadores que siguieron escribiendo nuevos capítulos con sus propias vidas.

—Fue una de las experiencias más bonitas de mi carrera —me sorprendí diciendo con los ojos encharcados de nuevo, una emo-ción que no había vuelto a sentir.

Greta respira con los ojos cerrados. Se guarda las manos en los bolsillos y dice:

—Entonces, no desampares a tus lectores, portadora de luz. Sabes cómo hacer visible lo invisible.

Antes de que nuestros caminos se bifurquen, a ambos lados de nuestro puente, me dice que se va a quedar a dormir en su piso compartido de La Latina. No va a volver a su trabajo, le denie-guen los papeles o no. Había habido una inflexión: a la hija mayor de Mercedes se le ocurrió decirle durante la comida que no habla-ra cuando estuvieran en la mesa.

Ella la observó fijamente y en ese mismo momento supo que su tiempo en esa casa había terminado, aunque su visado expirara en unos días, aunque una ya minúscula hermana Greta le susurra-ra desde su interior que tuviera paciencia, que obedeciera una última vez, que era lo sensato, lo inteligente.

—Yo nunca volveré a admitir eso de nadie —me aseguró—. ¿Y tú?

Y tras esa pregunta que me alcanza como un tiro y un abrazo relajado, ha respirado hondo y me lo ha dicho:

—Ha muerto el Aitá.

Me quedo sin aliento, porque también es algo mío, porque he llegado a quererle.

—Lo siento, Greta... lo siento mucho. —La abrazo fuerte, sin embargo ella sólo sonríe con una alegría inesperada.

—No lo sientas —se separa un poco—, me alegro por él. Por fin ha regresado al lugar al que pertenece. Le prometí que por él hoy iba a ser fuerte.

Y la he contemplado mientras se alejaba, fundiéndose con ese atardecer que hoy tiene sus colores, más fuerte que nunca.

Dejo la mirada perdida en la plaza que tiene el color del fuego y vibra en mi pecho algo que no es el móvil, un recuerdo que se resiste a apagarse como el sol de esta tarde, el de aquel reportaje, las cartas de los lectores... «¿Y tú?» Nace en mí una idea peligrosa que no abandera el rencor sino la justicia.

La necesidad de emprender una última cruzada.

El territorio a reconquistar soy yo misma.

82

—¿A quién viene a ver?

—A Ramiro Coronel. Me está esperando.

La recepcionista ha marcado con displicencia un número. No se parece en nada a la voluptuosa Iris, con aquellos escotes desproporcionados para un cuerpo tan delgadito de gitana y esa voz grave de locutor, toda ella era una gran contradicción. También la pasaron a cuchillo tras el ERE del canal. Esta recepcionista no, esta, en cambio, era un triunfo más del reino de la normalidad. De hecho, se ha desdibujado ya como una papilla de rasgos en mi memoria.

Empujo el torno de la puerta de invitados, ese que crucé tantas veces con mi tarjeta de empleado, la que recogí de las manos de Ernesto por primera vez como si fuera un tesoro cuando entré en su equipo, con la foto de mi rostro lleno de fuerza vital. Ese día me sentí periodista por primera vez.

—¿Sabe dónde es? —me pregunta a mi espalda ese robot rubio encajado tras el mostrador.

—Sí, perfectamente.

Y clavo mis tacones en el mármol que ahora tiene eco de tanatorio. Al parecer la cafetería está cerrada desde hace años. Las sillas bocabajo encima de las mesas. Ya no hay olor a café, ni a risas en los pasillos, ni a nada. Sólo asepsia.

Una vez en la planta de informativos, me detengo en la puerta de la redacción y me asomo por uno de los ojos de buey. En el centro sigue la pecera, pero no están emitiendo aún. En otro tiempo, a media mañana se hubiera oído el bullir de esa estancia como si fuera una gran cafetera. Ahora todos están sentados en sus terminales con los auriculares puestos. Siento un vacío en el estómago. Desde esa distancia de seguridad, busco mi antigua mesa, la localizo a lo lejos, sin abrir la puerta, esa puerta al pasado, y un poco más allá no puedo evitar buscar también la de Inés Cansino, pero está vacía. Ojalá esté enferma, o, mejor, ojalá esté… Freno un segundo antes de construir ese deseo real en mi cabeza. No, no voy a dejarla entrar de nuevo, ni siquiera a través de mi odio.

En esas estoy cuando escucho a mi espalda una voz conocida, con más artrosis en los graves y más sucia en los agudos.

—Dichosos los ojos… —dice.

—Ramiro… qué alegría verte.

Y le miento diciéndole que le veo bien. Sin embargo, el que me ha saludado es su propio cadáver. Aquel hombre afanoso y seguro de sí mismo que aplaudió mi primer reportaje importante se ha convertido en la sombra del que ahora, con la cabeza un poco por delante del resto del cuerpo y los hombros cerca de las orejas, me pide que le siga hasta su despacho. «Está en la temida "cuarta planta"», bromea, «¿te acuerdas? Esa a la que ninguno queríamos subir». Ahora trabaja en Mordor, dice y ríe un poco sin ganas.

—Como habrás podido comprobar —continúa sin disimular la nostalgia—, esto ha cambiado bastante…

Cuando entro al despacho, encuentro mi manuscrito impreso y sin anillar sobre su mesa formando una pila encima de todos los periódicos del día. Ahora me parece más que nunca una indecente montaña de papeles. Siento un extraño pudor. Me invita a sentarme. Lo hago, dejando una silla vacía entre nosotros, algo que nunca habría hecho antes. La distancia de seguridad de un luchador de aikido. El aire acondicionado me guillotina la nuca. Él parece acostumbrado a las neveras, como todos los cadáveres. Se pone las gafas de leer. Curiosea entre las páginas de mi manuscrito y luego dice:

—Es un reportaje sobre mobbing...

Me mira turbiamente a través de sus gafas sucias. No sé si me lo está preguntando, si su tono aprueba o desaprueba. Hubo un momento en que las inflexiones de la voz de ese hombre nos lo decían todo.

—Sí —contesto con convicción y matizo—: De mobbing dentro de la Iglesia.

Él asiente despacio sin dejar de mirarme, tengo la sensación de que con lástima o sin creerme del todo, y dice:

—Patricia... sabes que siempre te tuve mucho cariño y que me apenó mucho, muchísimo, que te fueras... pero esto me sorprende de ti a estas alturas. Hay que pasar página.

Me deja tan fría como su despacho, como su voz, como el puto mármol de ese panteón en el que ha decidido o no ha tenido otro remedio que seguir trabajando, y por un momento estoy a punto de darle las gracias o de pedirle perdón o de irme al carajo sin mediar palabra, pero entonces... entonces pienso en Greta y él habla de nuevo y añade la última gota al vaso:

—Ya sabes que yo siempre te defendí mucho pero... no puedo coger este proyecto. Creo que lo sabes. Además, no sería bueno para ti.

Entonces sí, hablo:

—No, Ramiro.

Él parece no entender.

—¿No?

Asiento.

—Eso he dicho: que no. No tengo por qué pasar página, porque esta historia quizá no ha terminado. No sería bueno para ti, para mí sí. Y no, Ramiro… tú no me defendiste cuando me lanzaron a los perros. Te limitaste a sufrir mucho por mí desde la distancia y la oscuridad de tu agujero y procuraste no mirar mientras saltaba la sangre.

Me levanto. Él alza la vista con esfuerzo, como si le pesara toneladas, y dice:

—No sabes cómo lamento que te sintieras así.

Y hace un ademán de entregarme esa deslavazada pila de papeles.

Por un momento pienso en recogerla, pero luego decido que no.

—No, quédatela. Casi lo prefiero —digo sin asomo de ironía—. Por si no llegara a publicarse o a emitirse nunca, por lo menos que se lea aquí dentro, aunque lo hagan los de la limpieza antes de tirarlo a la basura.

Él me observa con algo parecido a la vergüenza. Se ofrece a acompañarme hasta el ascensor, pero le recuerdo que conozco muy bien la salida y me despido desde la puerta dándole las gracias por su tiempo.

Cuando se cierra el ascensor me miro en el espejo. Le reclamo a mi propia imagen que no se le ocurra llorar por rabia, por desilusión, por lo que sea, Patricia, ya has llorado por esto bastante, pero entonces se abren las puertas y la veo allí, al lado del torno, como si fuera un macabro comité de despedida.

Inés Cansino está hablando con una compañera, con su cuerpo grandón y monjil dentro de una de esas faldas por los tobillos y plisadas para disimular unas piernas que nunca le gustaron, el pelo absurdamente largo para su edad, ahora salpicado con alguna cana, una camisa de un color indefinido, sus rasgos hombrunos emitiendo, sin embargo, esa risa extrañamente aguda, siempre cautelosa, por lo bajo, convocada sin duda por alguna maldad. Cuando salgo del ascensor se calla, como hizo tantas veces cuando intrigaba en mi contra, me sonríe de forma violenta.

—Hombre… ¡pero qué sorpresa!

Se acerca a mí seguida con servilismo por lo que parece una inocente becaria, mientras le dice mi nombre y que yo estuve trabajando para ella.

—Para ti no, Inés, más bien contigo —matizo.

Ella parece sorprenderse por esa actitud que le resulta nueva, pero no me corrige. Y siguiendo el mismo registro cínico, le cuenta a su próxima víctima lo buena periodista que yo era, pero que hacía ya tiempo que lo había dejado.

—Qué lástima —prosigue—, hace mucho que no se te oye ni se te ve hacer nada, nos tenías preocupados —asegura, mientras llena su jeringa de veneno—, porque ahora hacías otras cosas, ¿qué era, Patricia? Algo como de eventos… ¿verdad? O publi, esas cosas… —Y luego lo remata a su estilo—: Ya me ha dicho Ramiro que has venido a intentar venderle un reportaje.

—Así es.

—Una pena que no sea para nosotros —dice, y enfatiza el plural, como si también lo hubiera decidido ella—. Ya no hacemos reportajes largos y, por otro lado, tratamos de que no sean, ya sabes, sensacionalistas.

A su becaria parece hacerle gracia la pericia que tiene insultando su mentora. Sin embargo, a mí me llama la atención que la ha perdido, la pericia. Arremete en público. Me sorprende. Estos fallos no eran propios de ella. Puedo olerlo. La siento violenta, nerviosa al verme, y eso sólo puede decir una cosa: que sí, que lo ha leído, y se ha sentido reconocida, aunque he cambiado los nombres. Me gusta verla desestabilizada por una vez. Con miedo, quizá. Aunque lo lean dos o tres personas, se acabó la impunidad, ¿verdad, Inés?, se acabó. Nunca pensaste que fuera capaz de hablar. Y luego viene a mi cabeza una frase de Greta y pienso que no, que yo tampoco volveré a consentir ese trato de nadie. Así que me decido a sembrar una semillita antes de irme:

—Es verdad, Inés, es una pena… pero no te preocupes por mí, lo daba por hecho —miento—. Sólo quería empezar por ofrecerlo aquí antes de llevarlo a todas las demás cadenas. Al fin y al cabo, esta es mi antigua casa.

Sonrío. Con ganas. Con alivio. A Inés, sin embargo, se le cambia la cara. Sé lo que piensa, puedo olerlo, piensas… a cuánta gente de la profesión, a cuánta le estaré cacareando lo que me hiciste, a cuántos de reunión en reunión.

Y la dejo allí plantada en medio de su panteón, sonriendo fieramente como un escualo detrás de una reja, desde un lugar en el que ahora sé que no puede tocarme.

TERCERA PARTE

Abrir las alas

Cuando la oruga ha finalizado su proceso de transformación, la membrana de su capullo se ha ido haciendo cada vez más fina, tanto que puede observarse a la criatura resultante palpitando en su interior antes de que emerja la mariposa adulta. Al principio, sus alas serán suaves y frágiles y estarán dobladas y húmedas alrededor de su nuevo cuerpo al que está empezando a adaptarse. Pero, tan pronto como la mariposa haya descansado tras salir de su letargo, bombeará sangre hacia las alas con el fin de ponerlas en funcionamiento. Por lo general, dentro de un periodo de tres o cuatro horas, la mariposa emprenderá el vuelo para buscar una pareja, y el ciclo de vida comenzará de nuevo.

LEANDRO MATEOS
El milagro biológico de las mariposas (2017, p. 190)

La luz

83

Hoy he vuelto a escribir. Quiero decir, a mano.

No sé en qué momento me he levantado como un resorte, he arrastrado con furia el escritorio de metacrilato hasta la ventana, después de tirar al suelo todas las cajas que lo ocultaban desde hace dos años, y he colocado todos los libros en la estantería.

Es el primer día que no escribo encorvada sobre mí misma con el portátil encima de las rodillas. No he podido dejar de mirar con absoluto enamoramiento esa pared tapizada con los lomos de los libros. Lo cálido que parece el salón de pronto. Lo lleno que parece ahora de vida.

El día de hoy debería pasar a mi historia personal como un hito porque por fin voy a terminar este largo reportaje aún sin título. Sólo me falta responder a una última lista de preguntas que tengo que hacerle a Aurora derivadas de la sesión con Santiago de ayer y, no sé por qué razón, he necesitado escribirla a mano sobre este escritorio. Recuerdo que hace menos de un año, cuando comencé a escribir esta historia, me asustó comprobar que me había olvidado de mi propia letra. Fue un lento proceso de Alzheimer grafológico: con el tiempo se habían ido desdibujando algunas letras de mi nombre y mi apellido cuando firmaba hasta que esta, mi firma, quedó convertida en un garabato absurdo que rara vez tiene la misma forma. Me dio por pensar que cuando la pe mayúscula fuera también ilegible, yo desaparecería con ella. De todas formas, parece que pronto nuestras firmas serán totalmente sustituidas por la maldita «firma digital» y podremos olvidarnos de escribir para siempre, algo que para mí sería idéntico a olvidarme de mí misma.

Al revisar mis notas de esos primeros meses, me resultan indescifrables. Al no reconocer mi caligrafía, me he sentido como si no me reconociera en un espejo. Sin embargo, en la lista de hoy, me he deleitado en recuperar los trazos largos y flexibles de mis apuntes de la universidad. Cuando los releo, puedo evocar incluso mi estado de ánimo y recordar ese café que me estaba tomando para combatir el cansancio y que dejó una mancha en una esquina. También solía acompañar mis textos con dibujos, producto de alguna distracción del momento. A veces cansada, otras, escarpada o eléctrica, mayúsculas imbuidas de un espíritu gótico que se erguían hacia su cielo de papel como pequeñas catedrales...

Mi letra, como mi mirada, nunca me ha mentido.

Así que hoy he tomado la decisión de llevar una libreta en el bolso, como antes. Espero que a base de hacer músculo consiga recuperar mi letra del todo. Ahora, al menos, empiezo a entenderla.

Cuando he terminado de escuchar la grabación de la sesión de hipnosis, he leído el informe de Santiago en el que describe un histórico del proceso de «deterioro psicológico» vivido por Greta y que ha sido provocado, según su opinión profesional, por un «proceso de acoso sostenido en el tiempo». Después, he releído en voz alta el listado de nuevas irregularidades cometidas por la congregación y que ya están contrastadas con Aurora para que las sume a sus conclusiones, no sólo en la Ciudad del Norte, sino —y esto, según Aurora, es lo novedoso como caso de mobbing—, desde el principio de la relación de Greta con la comunidad. Lo he transcrito en mi portátil y se lo he enviado a su email del bufete para que me dé una confirmación final, advirtiéndole que no se trata de que Greta quiera denunciar, sino sólo de confirmar si existe una base sólida y legal para considerar como delito su actuación con ella, tanto pasiva como activamente, de cara a protegernos si el reportaje se publica, cosa que, después del episodio de ayer en el canal, ya veo del todo imposible.

Mientras me servía el enésimo té frío con jengibre ha sonado un zumbido que anunciaba un email. Uno deseado. Uno que iba a superar mis expectativas totalmente. No sé las veces que he leído y releído el informe final de Aurora y aún no soy capaz de digerirlo. En el asunto decía: «Mobbing, desde luego, pero esa es sólo una pequeña parte...». Y me lanza la siguiente lista de resultados que, según su opinión legal, ha extraído de mi relato de los hechos, y que toda víctima de mobbing o abuso debería conocer.

1. Greta habría comenzado su relación con la comunidad siendo víctima de estupro o abuso a una menor durante su «aspirantado» —tenía entre trece y dieciséis años, de modo que se consideraría «abuso sexual si se cometió mediante engaño o abuso de una posición reconocida de confianza, autoridad o influencia»—, es decir, el caso de Valentina, y eso pueden ser la friolera de tres años de cárcel, y sigue: «con el agravante de la falsificación del primer informe psicológico para convertirla en mayor de edad y favorecer a su tutora: la falsificación podría suponer otros tres años a la sombra».

Casi nada, he pensado, mientras sigo leyendo la infame lista de delitos.

2. Habrían violado el secreto profesional y la intimidad de un paciente al encargar sus informes psiquiátricos y tener acceso a ellos para manipularla: de uno a cuatro años de cárcel, según mi querida letrada, y de propina una multa de doce a veinticuatro meses e inhabilitación especial para la psicóloga, por un tiempo de dos a seis años. Es que lo de los informes, dice Aurora, es muy grave...

3. Habrían violado el derecho canónico al retenerla en el juniorado diez años, cuando se estipulan un mínimo de tres y un máximo de seis.

De modo que Greta tenía razón. Con ella se vivió una terrible excepción. ¿Cuántos años llevamos?, dice Aurora, pues suma y sigue.

4. Habrían violado el artículo 2 del Real Decreto Legislativo 5/2000 del 4 de agosto por tenerla trabajando en una guardería y en un colegio sin contrato laboral y sin darla de alta en la Seguridad Social: esto, según Aurora, conlleva una sanción grave para la empresa que puede ir de los 3.126 euros a los 10.000 euros. ¿Es que esta gente se piensa que pueda hacer lo que les sale de sus santas narices?

5. Habrían violado la ley por despido improcedente y sin derecho a una compensación por los quince años trabajados en la comunidad.

6. Quizá habrían incurrido en un delito de omisión de socorro al no llamar a un médico cuando ella lo solicitó y no otorgar una baja por depresión, a la que se habría sumado el agravante de despedir a una persona durante dicha baja. Eso sí, dice Aurora, si se les llega a morir, habrían rezado por su alma.

Y por fin, tras este catálogo brutal de injusticias he llegado a la madre del cordero, el tema central de mi reportaje. He cogido aire y he seguido leyendo.

7. Lo más difícil de demostrar, pero no imposible, sería un delito de mobbing —para ello Greta debería aportar emails, grabaciones o testigos: los informes psicológicos que encargaron y consultaron ya serán una prueba muy importante—, que haría responsable a la acosadora y a la empresa, en este caso a su congregación, por permitirlo, alentarlo y ocultarlo. El acoso laboral fue añadido como delito al art. 173 del Código Penal el 22 de junio de 2010, escribe Aurora: «El que infligiera a otra persona un trato degradante, menoscabando gravemente su integridad moral, será castigado con la pena de prisión de seis meses a dos años. Con la misma pena serán castigados los que, en el ámbito de cualquier relación laboral o funcionarial y prevaliéndose de su relación de superioridad, realicen contra otro de forma reiterada actos hostiles o humillantes que, sin llegar a constituir trato degradante, supongan grave acoso contra la víctima». Una lástima, escribe Aurora para terminar, que muy poca gente conozca que está legislado. Habría más denuncias.

Me he bebido un vaso de agua de un trago. He cortado el texto y lo he pegado en el documento aún sin título en el que llevo trabajando tantos meses y he escrito una última palabra, despacio, con una nostalgia anticipada, porque no sé qué será ahora de mi relación con Greta, porque sé que para mí supondrá el principio de otra cosa:

FIN.

No podía imaginar aún que había un capítulo oculto tan importante por escribirse. Un epílogo a destiempo puede cambiarlo todo. Y es que las historias terminan sólo cuando a ellas les da la real gana.

84

Escribir «Fin» es decidir el final de un viaje, presentarse a unas oposiciones, romper un matrimonio, superar o sucumbir a una enfermedad, conseguir un visado. Supone dar por terminado un intenso tiempo entre paréntesis, de primavera a primavera y, de momento, al otro lado de esa palabra ahora mismo sólo vislumbro un enorme e inquietante vacío. He arrastrado el documento hasta un pendrive con forma de cabeza del maestro Yoda y me lo he metido al bolsillo.

Hora de imprimir.

Al menos para que Greta tenga en letra impresa su viaje, nuestro viaje, de reconstrucción. Voy a dejar al final unas hojas en blanco. Son mi deseo de que detrás de esta historia continúe otra, y que le haya ayudado a pasar página, a que jamás vuelva a pedir perdón por lo que le han hecho. Por lo menos eso.

Después de mi vuelta al canal ayer he decidido tirar una gran cantidad de papeles que guardaba de esa etapa. Entre ellos, he encontrado cintas de mis reportajes y un artículo manoseado y roto por las esquinas de Francisco Umbral publicado en *El País* en los años ochenta, subrayado de arriba abajo, que marcó mi sendero vocacional cuando estudiaba, el mismo que me hicieron desandar cuando empecé a trabajar.

En él hablaba de cómo también hubo un Nuevo Periodismo batallador y residual en España, y en cómo lo atacó el franquismo, porque la subjetividad que practicaba era siempre un reducto último, peligroso y sospechoso de la libertad. Fue entonces cuando se instauró esa creencia que inocularon a mi generación, la de la democracia, en la facultad: nos enseñaron que la impersonalidad y la frialdad en el periodismo era igual a objetividad e infalibilidad. Qué gran error... Y dice Umbral: «El Estado, la Iglesia y la prensa parecen o parecían siempre infalibles, pero sólo eran impersonales». Lo llama la prosa de computadora, y dice: «Los números cantan. Mentira. Los números mienten». Y es verdad, hasta el Papa habla de «nos» y se impersonaliza. Sin embargo, el Nuevo Periodismo, no. Consistía precisamente en ser subjetivo, en escribir desde un punto de vista, en utilizar los recursos de la ficción para contar lo que nos estaba pasando de una forma más humana. Nosotros no: nosotros, la generación de la transición, fuimos educados como periodistas en la falacia de la imparcialidad, en esa objetividad que no existe, nos contaron que para ser un buen profesional había que dejar el alma en una caja. Se podía escoger otro camino, decía Umbral, «pero aquí se paga —aquí se paga todo— con cárcel, procesos, multas y cosas. Quieren que volvamos al estilo Cifra», decía el siempre malhumorado escritor, «pero moriremos estilistas». Qué maravilla de artículo… Creo que debería enmarcarlo. Qué maravilla, le escribo en un mensaje a Gabriel, y se lo envío escaneado.

Cuando conocí a Greta, esta cargaba con todos sus muertos sin enterrar sobre sus espaldas. Incluso arrastraba su propio cadáver, el de la hermana Greta que fue, y su olor no le dejaba respirar. Según ella, yo la ayudé a cavar sus tumbas, a prender fuego a esos muertos y a honrar sus cenizas. Por eso este reportaje no es objetivo y es ya más que un reportaje.

Espoleada por esa idea, he bajado de tres en tres los desgastados escalones de casa, he saludado con dos besos totalmente inapropiados al señor Postigo, que se ha quedado como una estatua de sal en la entrada ante tan inusual salida de tono, y he caminado hacia la copistería con la urgencia de quien ha roto aguas. El aire viene cargado de polen y me divierte el canon de estornudos que compone una curiosa percusión en la plaza.

Mi móvil también ha estornudado un mensaje que me ha llamado la atención: era mister Nice, desde Shangai. Que mi idea de campaña «Cadena de favores» había triunfado en la convención de Jungle-Fresh. Que la iban a desarrollar en todo el mundo, no sólo en aquella comunidad de Maracaibo. Y que era maravilloso sentir por una vez que formaba parte de algo importante. Además de vender botellas de cerveza con limón, empezarían por instalar esta semana un nuevo tanque de agua en la escuela del barrio del Gaitero, pero que tenía una lista abierta para añadir proyectos mucho más ambiciosos… y me quería a bordo.

Cuando he respondido a su mensaje, he sentido que enviaba con él algo que cargaba sobre los hombros desde hace años y que pesaba toneladas: le daría nombres de proyectos encantada. Me hacía muy feliz que hubiera salido adelante la campaña y sería aún más feliz si él firmaba la idea. Porque yo había dejado mi trabajo en la agencia.

Agarrada a mi manuscrito, me he imaginado a mí misma irradiando esa luz que dice Greta que porto. Según ella, alumbro su camino, aunque creo que aún no imagina cómo ha despejado ella el mío, eso le he confesado también a Leandro, cuya llamada me ha pillado justo a punto de entrar en la fotocopistería. Le he explicado nuestra teoría del «bien de ojo».

—Bueno —ha comenzado a explicarme él con voz de documental—, lo que está claro es que alguien sometido a mucha presión puede somatizar todo tipo de cosas y que las neuronas tienen cicatrices.

—¿Cicatrices? —le he interrumpido y luego he estornudado.

—Sí —continúa—. Un dolor emocional puede herir las neuronas. Está demostrado. Las heridas del corazón existen. Sólo que están en el cerebro. Se aprecian en los engramas. Y tú, sin duda y hablo por mí, me ayudas a sanarlas.

Tengo que reconocer que lo último que me esperaba de Leandro es que le diera una base científica al mal de ojo. Tampoco me esperaba encontrarlo tan animado dada la situación cada vez más claustrofóbica e injusta que está viviendo en la universidad. En cualquier caso, creo que he hecho bien en sugerirle que nos viéramos en meditación.

Mientras esperaba mi turno detrás de una señora que llevaba un buen número de planos que había que reducir, ampliar, fotocopiar, perforar y anillar y que se ha pasado media hora decidiendo entre un plástico transparente u opaco para encuadernarlos como si dependiera de ello el karma de sus sucesivas reencarnaciones, he pensado que total, hace unos meses, me habría generado tal odio profundo que habría sido capaz de maldecir a toda su estirpe. Pero, en cambio, he aprovechado para seguir tranquilamente la conversación con mi amigo.

—¿Ya lo has terminado? —me ha preguntado Leandro, desde su casa plagada de pequeños alienígenas.

—Sí. De primavera a primavera. Ese era mi compromiso —he dicho algo acelerada—, aunque no vaya a verlo publicado, no sólo porque nadie se atreva, sino porque ahora tiene tal cantidad de información que no sabría ni por dónde empezar a extraer un reportaje, da igual que sea para tele que para un dominical, no cabe... —Contemplo pasmada la concentración con la que esa mujer sigue observando los dos plásticos sin decidirse. Respiro hondo—. ¿Y tus bichos?

—Bueno, ahí siguen —dice él—, llevan algo de retraso... pero eso ahora mismo es lo de menos. Estoy muy orgulloso de ti. Y esto hay que celebrarlo.

—Pero ¿cómo están?

—Pues no lo sé, criaturilla. —Un silencio de preocupación—. Deberían haber empezado a abrirse hace quince días. Pero nada. Aunque también se ha retrasado la primavera...

Luego me ha recordado, por Dios, que hiciera una copia de seguridad del reportaje y que no se me ocurriera irme sin obligar al copista a que borrara su archivo del ordenador después de imprimirlo. No fuera a ser...

—Si alguien me lo plagia y consigue publicarlo, ahora mismo le daría las gracias —le aseguro con sarcasmo.

—No digas eso ni en broma —protesta y luego tose, y después protesta porque tose.

Le he dicho que sí a todo, tranquilo, pero no que no me ha dado tiempo a comprobar si había una copia en el portátil porque ya lo había apagado. Ese tipo de cosas sacan a Leandro de sus casillas.

—¿Y si no se abren las crisálidas? —pregunto.

—Si no se abren en breve... me temo que morirán dentro de sus capullos.

Se me encoge el estómago y a él la voz. No, eso no puede ser. Después de tanto esfuerzo, de tanta lucha... Sé lo importante que son para él. Sé que se ha hecho responsable de ellas. No quiero imaginarme a Leandro descolgando todos esos cadáveres sin vida, como capullos de rosas que se han secado antes de abrirse, no, no quiero.

Tras despedirnos y mientras continúo esperando, me ha hipnotizado la calle llena de luz hasta que ha entrado en el plano un desfile de jóvenes monjas negras posiblemente en dirección al monasterio de Las Descalzas. Caminaban bajo el sol abrasador sudando bajo sus velos. Son junioras, he pensado, porque son aún muy jóvenes, pero ya llevan el hábito, y entonces he pensado que

Greta ni siquiera va a necesitar este reportaje para poner un punto y final a esa etapa. Tras aquella intensa sesión con Santiago, siento que algo se le ha colocado por dentro. Son muchos los síntomas: por ejemplo, el que haya decidido reanudar sus estudios de Comunicación, aunque los trámites burocráticos sean, según ella, imposibles. Sé que ha sido su gran frustración, no graduarse, y culpa a la congregación de ello. Es una ironía que habiendo estudiado en las mejores universidades, al trasladarla de forma constante, «una tapa-huecos», como dice ella, no pudiera terminar ninguna carrera. Seguir estudiando suponía un infierno de convalidaciones.

Luego está el tema del visado que le expirará en unos días. Me ha llamado la atención que desde la hipnosis no sea capaz de ver la foto de sus documentos con hábito. Otro gran síntoma de cambio.

—Creo que los voy a quemar —me ha dicho esta mañana, desde algún lugar con mucho tráfico de fondo—. Los documentos.

—Vale, Greta, pero procura que sea después de recibir los nuevos.

La he escuchado reír. Le digo que supongo que para ella es como si se hubiera cambiado de sexo y todo el mundo intentara reconocerla en el pasaporte con su aspecto anterior.

Soltó otra pequeña carcajada. «Sí, algo así», dijo. Luego me anunció que, por si le echaban atrás los papeles del visado al haberse ido de la casa de la tirana inválida, se había puesto a trabajar en una gasolinera. «¿En una gasolinera?», me sorprendí. «Sí», afirmó, es lo primero que había encontrado, y a ella ya no se le caían los anillos. Alzó la voz sobre el ruido de los motores, también se había deshecho de las fotos de Salomé, me siguió contando y ahora se daba cuenta de que aquella relación y su recuerdo también la habían enfermado.

—¿Sabes qué creo, Patricia? Que ella no trató con delicadeza aquel regalo —su voz limpia como un manantial—, el del amor que le tuve. Aunque no me correspondiera, jugó conmigo y no le importó hacerme daño. Pero nada de eso importa ya, porque no te he contado que... he conocido a una chica.

Claro que sí, pensé. Todo encajaba. La hermana Greta estaba agonizando. La nueva Greta estaba a punto de nacer. Transubstanciación. Metamorfosis… Comenzaba a quererse. A soltar lastre. Me empezaron a picar los ojos y creo que no era por la alergia. Bromeé con ella un buen rato y quise saber más sobre la que me aventuré a llamar «su novia», y vaya, vaya… no me corrigió el título, sólo me llamó cotilla y me advirtió que únicamente me lo contaría cara a cara. Sonreí y me tiré en el sofá. Por primera vez se atrevía a amar a una mujer fuera de aquel pequeño y asfixiante mundo de mujeres. Por primera vez podía estar segura de sus sentimientos por una sencilla razón: porque los tenía en libertad.

Cuando por fin me ha atendido ese copista macilento con aspecto de estar él mismo fotocopiado mil veces, después de exclamar un ¡anda, qué punto!, alabando mi pequeño pendrive-maestro-Yoda, tras mi insistencia, ha borrado a regañadientes el archivo, para luego concluir con un «ni que fuera una lista de testigos protegidos del CNI», a lo que yo he respondido con cara de sospecha que sí, que lo era. Y que más le valía no comentar nada de lo que había leído. «Es mejor para ti…», le he amenazado.

Cuando por fin he agarrado mi manuscrito, me ha sacudido el aroma caliente y dulzón de esos miles de palabras recién horneadas y allí he dejado al tipo, como si fuera una mala copia de sí mismo, preguntándose si un agente del gobierno podía tener mi aspecto.

85

Cuando he llegado al centro de meditación ya estaban todos sentados y la maestra Jedi acababa de proponer una primera meditación, pero yo tenía el corazón al trote y apenas podía cerrar los ojos. Me senté como siempre al lado de Leandro, a quien no le ha pasado desapercibido el taco de folios sin encuadernar sobre mis rodillas. Me ha preguntado con los ojos si podía cogerlo, como se le preguntaría a una madre recién parida, sujetándolo igual que a un neonato. Ha colocado su dedo pulgar sobre el canto y ha pasado las hojas hasta que nos ha sacudido en la cara el aire cargado de tinta, y luego me ha apretado una rodilla, sonriendo. Durante la meditación de hoy han ido goteando dentro de mi cabeza una serie de episodios relatados por Greta o vividos con ella durante estos meses, como si el contacto con ese papel me hiciera una transfusión de plasma de los acontecimientos que he escrito, que casi puedo decir que he vivido. Por fin he conseguido recogerme dentro de mi crisálida de luz y mi pulso se ha ido aquietando, poco a poco, hasta casi detenerse.

La disertación de la maestra de hoy giraba en torno a la diferencia entre el amor y el apego. Ha abierto hasta la mitad sus ojos de alienígena spielbergiano y, después de estornudar cómicamente muchas veces y muy deprisa, ha dicho:

—¿Quiero que el otro sea feliz o quiero al otro para ser yo feliz…? That is the question. —Y se ha sonado sin retirarse el micro, provocando un estallido tal que Amelia, sentada en su loto delante de nosotros, se ha protegido con un kleenex la nariz y la boca, y ya no se ha desprendido de su mascarilla improvisada en toda la clase.

Pero no, lo de la maestra era también alergia y el virus ha sido su discurso, porque se ha propagado por la sala dejándonos una sintomatología diversa: que si no hay vínculo más fuerte para el amor que la libertad; que un amor no ata, que protege, que acompaña; que el apego es lo primero que mata el amor; lo que nos hace desconfiar del otro; y, como consecuencia, mentir al otro; lo que nos empuja a querer encajar a toda costa en la vida del otro y el deseo agotador de que nuestra pareja o amigo o hijo se convierta en esa pieza que le falta a nuestro puzle; que sí, que amar significa ceder en algunas cosas y que el otro haga lo propio de mutuo acuerdo. Pero la libertad no, la libertad nunca se cede. Amar es libertad pero, ojo, amar también es compromiso.

Y se ha quedado tan ancha. Tanto que, tras cerrar los ojos como si fuera un oráculo que ha soltado su respuesta del día, se ha sumergido en una larga meditación invitándonos, o así lo hemos entendido, a que reflexionáramos sobre ello. Sin embargo, después de unos minutos, se ha disculpado. «Me he quedado dormida, chicos, lo siento.» Le afectaban mucho lo antihistamínicos.

No me he atrevido a decirlo en alto, pero ese paréntesis me ha dejado una pregunta que venía a caballo de la suya: ¿dónde encontrar a alguien que supiera amar con esa libertad y sin miedo? ¿Que no contemplara el compromiso como una cárcel sino como una opción libre? ¿Que no se sintiera amenazado por eso? Una de las claves del budismo era la libertad, pero también aceptar una serie de compromisos contigo y con los demás con la convicción de que no te hacía menos sino más libre.

Ojalá Greta haya dado con alguien así, me he dicho, alguien que sea capaz de entender por lo que ha pasado, que sepa darle al mismo tiempo espacio y compañía. Porque, en su caso, no renunciar al amor había sido su mayor rebeldía. Convivencia y libertad… ¿no era esa también la definición de comunidad? ¿De hogar? ¿De familia? Entonces… ¿por qué no se lo aplicaba la Iglesia?

Cuando hemos salido, la maestra se ha quedado en la puerta despidiéndose de todos hasta el nuevo curso porque hará un retiro de verano. El primero que ha salido ha sido Toño, derrapando en su silla, que pillo, que pillo, que pillo…, con Petra sobre sus rodillas, quien iba increpándole bajo su flequillo rosa que había descubierto que era «un apegado», y que supiera que con ella no era un buen plan, que a la tercera no fue la vencida, pero todavía podía intentar morirse otras tantas veces. Médico y enfermera le han confirmado a la maestra que se verían en su retiro en Londres.

—Pero vosotros tenéis claro que es un retiro de silencio, ¿verdad? —y les ha hecho un gesto de cremallera en la boca—, a ver si os va a dar un infarto.

Se han reído juntos un buen rato. Me ha gustado cómo se miraban. Él, «su fitipaldi», veinte años menor, sería su energía. Ella, sus piernas. Cuando salían, Toño le ha dado un azote en el culo, le pillaba a su altura, ha bromeado antes de desaparecer calle arriba.

Luego se ha despedido Amelia, quien me ha sorprendido con un beso furtivo en la mejilla sin mirarme y un papel, se ha disculpado y ha salido disparada al baño, frotándose las manos con el contenido transparente de un botecito de crema desinfectante.

Luciana iba detrás de su hija y se ha detenido a mi lado. Llevaba haciéndome el dibujo toda la tarde, me ha confesado. La he visto radiante, con su melena rubia más rizada de lo normal y, como siempre, lánguidamente vestida de negro. Lo abro. En la letra torpe de Amelia leo: «Patricia». Y allí estoy, convertida en uno de sus simpáticos monigotes, con unos curiosos rayos de luz saliéndome de la cabeza. Cuando estaba contemplando el dibujo ha aparecido Isaac —camiseta blanca y no pardusca, sin chaqueta, sin barba, sin ronchas de sudor bajo las axilas—, y le ha dictado a Luciana un teléfono que ella ha tecleado en su móvil, agradecida. Lo reconozco. Es el de Santiago. Isaac se detiene a mi lado. Ha adelgazado. En su rostro afloran los rasgos de su construcción ósea que permanecían ocultos: se le marcan unos pómulos rectos, antes invisibles, y la mirada también le ha perdido peso. Se coloca las gafas de pasta sobre el pelo. Al hablar tampoco respira como un toro rejoneado.

—¿Volveremos a vernos al curso que viene? —me pregunta.

—Yo creo que sí. —Me encojo de hombros—. Aunque a saber qué será de mi vida.

—Eso es muy emocionante, ¿no? —se alegra, sacando una tarjeta de su maletín lleno de papeles.

—¿El qué? —me sorprendo.

La guardo en el bolsillo de la chaqueta vaquera sin leerla.

—La aventura, desde luego —asiente—. La aventura…

Me ha dado un abrazo mullido de esos en los que se está bien, aromatizado con colonia de baño, y se ha encaminado a la zona del té. Tampoco ha apartado el tarro de las galletas.

Lo que más me ha sorprendido hoy, quizá, es que Leandro se haya despedido de mí con la mano desde la puerta. Luego me he percatado de que a su lado estaba Luciana, con su cuerpo de sombra, mientras esperaban a que saliera su hija. Ella estaba apoyada un poco en él, intercambiando lo que parecía una confidencia. «Están buscando su distancia justa», he pensado, que cada vez parece más próxima, y luego, según los veía juntos, me ha divertido lo diferentes que parecen. Ella no tenía nada que ver con la ciencia más allá de todo lo que las dolencias de su hija le hacían estudiar en el campo psiquiátrico. Él no se interesaba por la moda y la última vez que había ido a una barbería fue para cortarse las uñas en su Bar Mitzvah.

Para poner las cosas en su sitio, mi subconsciente buscó en mi memoria a largo plazo una escena maravillosa de *El indomable Will Hunting* que vino a desmontar mi argumento: cuando el profesor le pregunta si tiene un alma gemela y el joven superdotado le responde que no, que nunca ha encontrado a nadie igual a él y que no cree que eso ocurra. Entonces el profesor, con una sonrisa tierna, prosigue: «No se trata de que sea igual a ti. Sino de alguien que te plantee retos. Alguien que te quiera, pero que no te lo aguante todo. Que no sea complaciente contigo. Que amplíe tu visión de las cosas. Que sea capaz de llegar a tu interior. No podrás tener ese tipo de relación si no das el primer paso. Si tú sólo te dices que puede salir mal, si no apuestas».

Y era verdad. Creo que quizá Luciana era un reto en sí misma porque convivía con esa *rara avis*, su hija; por otro lado, una especie que a Leandro podía interesarle, uno de esos animalillos que soñaba con liberar. Y que hubiera llegado a la conclusión, como me dijo Ernesto, que nunca podríamos compartirnos si seguíamos teniendo tanto miedo. Sin esa alma gemela, Leandro y su gran cerebro seguirían sintiéndose solos con sus bichos, por mucho que le fascinaran. Solo ante el peligro de perder su laboratorio. Solo ante la vida. E igual ahora, en estos momentos de decepción, era cuando más había sentido esa soledad.

Creo que he sido la última en despedirme de la maestra Jedi. Mentiría si dijera que no lo he hecho a posta. Ella ha cerrado sus manos, como una concha, sujetando la mía.

—Algo me dice que has terminado tu viaje, ¿verdad? —me pregunta, con los ojos aún más alérgicos que los míos.

—Puede que sí, maestra. —Hago una pausa—. Pero ahora… ¿qué?

Y en ese momento me doy cuenta de que allí estoy de nuevo. En la cúspide de mi pirámide. Otra vez en el primer escalón: el «qué», pero de una nueva historia. La mía.

Ella me alza la barbilla lentamente con su dedo de descubridor y me hace contener el vértigo y la tentación de mirar hacia abajo.

—Ahora, Patricia, devuelve lo que has aprendido.

Me hace una inclinación de cabeza y camina como si patinara por su blanco universo, se despide del recepcionista hasta el nuevo curso y sale a la calle preguntándose en alto dónde habrá aparcado el coche.

He cogido el metro en dirección al Ouh Babbo. Cuando he entrado en el vagón, ha subido detrás de mí un guitarrista que ha atropellado con el carro de su pesado altavoz el pie en zapatillas de deporte blancas de un chico grande con el vaquero caído, que le ha gruñido desproporcionadamente. Se ha colocado a mi lado y, después de encenderlo con un zumbido de insecto electrónico, ha hecho sonar los primeros acordes de «Humanity» de Scorpions. De pie, desde el final del vagón, me he quedado contemplando a los viajeros. Todas las cabezas han permanecido desplomadas como si fueran autómatas a los que se les hubiera acabado la batería. «It's au revoir to your insanity, you sold your soul to feed your vanity. Your fantasies and lies...»

Los ojos de todos, inmóviles, casi cerrados, fijos en sus pantallas individuales. De cuando en cuando parecían revivir y toqueteaban nerviosos los dispositivos. El músico nervudo con físico de corredor de fondo ha tratado inútilmente de competir con la cautivadora luz azul: «You're a drop in the rain. Just a number not a name. And you don't see it. You don't believe it...». Rasga su guitarra furioso, ya está al borde del grito: «At the end of the day. You're a needle in the hay. You signed and sealed it. And now you gotta deal with it... Nothing can change us. No one can save us from ourselves...». Sus últimos compases se ahogan en un susurro conformista: «Humanity... goodbye.» Pero nadie le dice adiós. Sólo yo, pero ya no escucha, he dicho «Amén».

Saco mi libreta nueva y escribo en equilibrio sobre mis rodillas:

«La Humanidad. Eso es lo que está en juego. Y no estoy hablando de que el efecto invernadero vaya a extinguirnos con un cambio medioambiental que hará que descubran nuestros vestigios de viejos dinosaurios dentro de dos milenios. No, no... La Humanidad puede desaparecer y no desaparecer el hombre. Puede que ese animal, el *Homo laborans*, siga poblando la tierra y sea la Humanidad la que se haya extinguido: estudiantes ojerosos, trabajadoras con medias de descanso, representantes de catálogos interminables, nerviosos agentes inmobiliarios, enamorados adictos al WhatsApp, poblaciones enteras con colon irritable, jugadores compulsivos de *Candy Crush*, fotógrafos de Instagram, buscadores de sexo de fin de semana, todos permanecen enchufados a esa otra dimensión donde suceden sus vidas. No aquí. No ahora. Donde únicamente vivimos ese músico ignorado y yo. Solos en este vagón.» Cierro mi libreta. Contemplo el vagón como si fuera un fantasma.

Está desapareciendo la voz como está desapareciendo el gesto, la mirada, todas las herramientas que hacen que nuestra Humanidad siga viva.

Bienvenidos a la sociedad del malestar.

¿He sido yo enemiga o fan de la tecnología, de internet, de las redes? Ni una cosa ni otra. Pero es evidente que la herramienta está sustituyendo a lo íntimamente humano: nunca opté por un eBook, a no ser que un libro estuviera descatalogado; siempre disfruté más una película en el cine compartiendo los gritos y las risas y el olor a palomitas que en casa y por cable; y ahora sé que prefiero trabajar con personas a las que veo la cara que no vérsela, aunque sea para cagarme en su padre.

El mundo a un solo clic de ratón.

Un amor, un libro, una canción, una carta, una foto, algo digital es tenerlo y no tenerlo. Algo a distancia es un fraude.

¿O es que una velada por Skype sustituye a tener otro cuerpo entre tus brazos y oler ese cóctel de hormonas, su mirada en directo, el roce de su piel?

Era mejor tener contacto con otros seres humanos a través de las redes que estar incomunicado de verdad, me había dicho un muy convencido Andrés, el día que puse en duda que sus contactos sexuales por la red no acabaran siendo frustrantes. Cómo podemos saber quién es el que está al otro lado publicando su vida. ¿Acaso comunicarse en la red no te incomunica más aún al crearte la fantasía de que estás comunicado?

Echo una moneda al furioso guitarrista cuando se me acerca, y me devuelve la misma mirada incrédula de un fantasma sorprendido de que estemos en la misma dimensión. En el vagón que me transporta junto con este ejército de maniquíes, me imagino de pronto un mundo en el que ya no haya hogar, sino celdas individuales, donde seremos tan productivos como las abejas, sin parar de comer polen y vomitar miel, aislados los unos de los otros.

Y me hace preguntarme en qué momento confundí la libertad con el aislamiento, por qué me autoimpuse olvidarme de lo que era dar un beso de buenas noches, hacer una comida, elaborarla y compartirla, ofrecer esa parte de mí al otro. De compartir el tiempo ordinario. La belleza de lo cotidiano. Lo íntimamente humano. Aquello que nos distingue de los animales. ¿Es eso lo que busco? Asustada ante esa pregunta que me lanzo a mí misma mientras salgo del metro, cruzo la plaza de Isabel II directa al Ouh Babbo teniendo muy claro que lo que allí voy a encontrarme, al menos hoy, es lo que estoy buscando.

86

Cuando entro en el restaurante ya ha comenzado la serenata. Bruno está cantando el tema de amor de *El Padrino* con una pintoresca gorra de cuadros ladeada, sentado en una banqueta en una esquina del local y, detrás de él, sus tres músicos habituales. Me hace un gesto con la mano para que me siente. Cuando termina, pide un aplauso a sus clientes también para su amiga Patricia, que acaba de llegar, una gran periodista, anuncia. ¿No la conocen? Y me señala al tiempo que yo le hago un gesto de reproche y saludo a la animada concurrencia desde la barra. Siento cómo los carrillos me arden y justo cuando Bruno ha empezado a bailotear arriba y abajo con los primeros compases de una tarantela y todos damos palmas como nos ha pedido, distingo al otro lado de la gran ventana a Gabriel, apoyado en la pared de la acera de enfrente, contemplándome como si fuera yo el espectáculo. Mi cuerpo se endereza, mis músculos se tensan y le indico al encargado, muy bajito, que no tomaré nada. Empujo la puerta de cristal y, sin pensarlo dos veces, salgo y me cuelgo de su cuello. Me besa en los labios con fuerza.

—¿Debo de entender que te alegras de verme? —pregunta, coqueto, separándose un poco. Y luego—: Qué bella estás, ¿no?

—Es que estoy contenta.

—Entonces… ¿has terminado tu reportaje?

Digo que sí con la cabeza y luego que no, que no estoy contenta, estoy eufórica, y a continuación empieza a pesarme entre las manos un vacío alarmante.

¿Dónde está?

¿Dónde está la bolsa de tela con el texto y el pendrive?

La llevaba conmigo. Gabriel me mira sin comprender. «¿Dónde está qué?», me pregunta. Y yo empujo la puerta de cristal del restaurante sin contestarle y compruebo la banqueta en la que acabo de estar sentada.

—¡No está! Me lo he dejado en algún sitio —exclamo, y el pulso se acelera en una taquicardia.

—Tranquila —me dice Gabriel que me ha seguido dentro—, repasa mentalmente dónde has estado.

Mi cerebro me lanza decenas de diapositivas a toda prisa: me recuerdo en el metro unos minutos atrás, ¿dejé la carpeta en el suelo?, ¿dejé la bolsa al lado del músico? ¿Se la había llevado él? No, eso no tenía sentido, ¿y un poco antes?, ¿en el centro de meditación?, ahí perdía su rastro mi memoria, pero, no..., no, no, no... ¡piensa!, me recordaba a mí misma llevando la bolsa conmigo en mi camino hacia el metro. ¿O no?

—No lo sé, Gabriel —digo con los ojos llenos de agua—. No lo sé...

Vuelvo a escarbar en mi confusa memoria reciente: quizá la dejé olvidada en el banco del andén donde esperé unos minutos.

«No, no, no...», repito en alto, y Gabriel trata de serenarme, pero no puedo. A mi cabeza llega la voz de Leandro advirtiéndome que haga una copia de seguridad, y yo arrastrando el icono del archivo hasta el pendrive, mi portátil no lo conservaba ni tampoco el ordenador del copista. Mis dedos nerviosos marcan el número del centro de meditación, pero nadie contesta.

—Habrá que esperar hasta mañana... —Y me agarra por los hombros y me abraza.

Dentro de su cuerpo se respira un poco mejor. Y entonces viene a mi memoria la voz cicatrizante de la maestra Jedi: «Si tiene solución... ¿por qué lloras? Y si no tiene solución... ¿por qué lloras?».

Un año de viaje. Un año de trabajo. Mi posibilidad de volver al periodismo. Mi tiempo perdido. ¿Cómo voy a decírselo a Greta? Alzo la vista al cielo sin pedir nada. Sin buscar respuestas. Sólo un hueco entre las nubes.

Me seco las lágrimas y respiro en tres tiempos. Larga, trabajosamente.

—¿Vamos a la pradera? —le digo, por fin—. ¿Habrá fuegos artificiales?

Él me mira con infinita ternura y me tiende la mano. Echamos a andar abrazados por la cintura, como nunca me ha gustado, hasta que nos internamos en la fiesta.

Al otro lado del puente empiezan a estallar los fuegos, que intentan acercar los mortales a los dioses y esto me hace más consciente de que he vivido en una descelebración constante: un día dejaron de importarme los aniversarios, el Fin de Año y no hubo tiempo para brindar por un logro. La vida se convirtió en una papilla de minutos, horas y segundos que se disolvía y se tragaba rápido y que siempre tenía el mismo sabor insípido.

Poco importa si la celebración de hoy se la dedicamos a ese labrador llamado Isidoro, si fue santo o no. Nació en Magerit, me cuenta Gabriel con tono de cuento para entretenerme; esa ciudad «donde nacen los manantiales», era madrileño y, como buen gato, un adicto al trabajo. «Dicen que con el poder de arar la tierra y orar a la vez, digno patrón del multitasking.» Poco importa si su origen era la diosa Isis, si era griego o cristiano, hoy me sirve para darle a mi vida una narrativa distinta. Para marcar una parada en el camino. Una frontera. Para saturar de color e intensidad este capítulo. Habrá un antes y un después de San Isidro y de estos fuegos artificiales. Y punto. Se imprimirán en el calendario de mi vida porque estoy consiguiendo disfrutarlos.

La ciudad se paraliza por unos instantes…

Me siento en el muro de piedra que nos separa de la pradera, apoyo mi espalda en el respaldo de su pecho, para que nos estalle el cielo de Madrid encima, pintado de colores.

De pronto hay algo que me recuerda a las noches de Shangai: cientos de pantallitas azules se alzan para atrapar lo que Gabriel y yo estamos viviendo en directo y que sólo podrán disfrutar en diferido, con el plano secuencia dubitativo de una mala película, antes de compartirlo con ese universo de íntimos desconocidos.

Sobre el amor y otros misterios

87

> Tenemos toda la vida, pero no
> todo el tiempo del mundo.
>
> Patricia Montmany

Madrid, 2018
Otra vez primavera

Las personas aman. Aman mucho. Pero ¿quién se atreve a vivir esa inmensa aventura que es el amor? No tantos. Porque vas desnudo. Vas descalzo. Sin armaduras y sin protección. Vas sin nada. Y, si ya estamos muy solos ahí afuera, más solos estamos aquí dentro.

La luz de la mañana se filtra por el balcón e ilumina las sábanas revueltas. El espejo de madera que nunca colgué queda ahora a la altura perfecta para enmarcar en escorzo nuestros pies desnudos asomando entre la tela.

Hoy no quiero hablar del amor místico. Sólo quiero rezarle una oración a mis caricias. Componerles un réquiem. ¿Cuánto hace que no acaricio por amor? Sea o no pasajero. Yo soy afectiva. Lo soy con mis amigos más íntimos. Los abrazo. Los beso. Sin embargo, durante estos tres últimos años, he tratado de convertirme en una «serial girlfriend», siguiendo la estela de esos grandes llaneros solitarios que me rodean. Como Ernesto. Pero hasta él, aquella última tarde en que me pasó todos los artículos sobre mobbing para mi reportaje, se subió sus pequeñas gafas, al tiempo que se me desplomaba un mito. El llanero solitario se sentía solo.

Había tenido tanto miedo a amar que, cuando lo hizo, intentó que nadie supiera que amaba.

Su historia debería empezar a contarse por el «¿por qué?».

Porque cuando te han hecho daño y ves el verdadero amor de cerca te parece un premio tan grande que no crees merecerlo. Por si se acaba. Mejor que nadie intuya que amas y así nadie te dará el pésame cuando lo pierdas. El estallido de la burbuja no será tan brutal. Pero el amor no es un salto con red. «Cuando tu principal debilidad es el amor eres la persona más fuerte del mundo»; no sé a quién le escuché esta frase, pero quien la pronunció debe de ser un genio.

Me estiro a su lado y sujeto una de sus manos dormidas con cuidado para no despertarla. Nunca me habían tocado unos dedos tan suaves. Recorro las líneas de su vida como si quisiera adivinar el futuro pero no, no es momento de preguntarme qué es esto, ni el cómo ni el porqué. Es más importante darme licencia para vivirlo por una vez. Creer en el amor es suficiente. En su posibilidad. Ese es el verdadero acto de fe. Por fin creo en un intangible, como dijo Leandro. Mi vida ya no está desnuda, como me vaticinó Diana. Yo sí. Ahora voy sin protección, pero sin nada que me estorbe. Ahora puedo decir que soy creyente.

Porque ¿acaso no es el amor el único punto de partida en el que coinciden todas las creencias? Amar a los demás y, lo más difícil, amarse a uno mismo —tengo que escribir esto, ¿dónde dejé mi libreta?—. No existe un concepto menos cursi que este. Ni más metafísico a la vez que físico. Tan sobrenatural como humano. Tan sencillo como complejo.

Emprendo un viaje por su columna hasta los glúteos. Alguien que no ha empezado a hacer el trabajo de amarse a sí mismo no se puede enamorar de forma sana. Eso está claro. «Ahora sé que nos curamos amando y siendo amados», sigue diciendo Winterson, «ahora sé que no nos curamos formando una sociedad secreta de uno, obsesionándonos con el otro único "uno" al que admitiríamos, condenándonos a la decepción». Secretamente, acabo de nombrar a Winterson mi nueva profeta. A Jeanette se la cree y punto.

Acerco mi nariz a su nariz para compartir su aliento. Las sábanas han descrito unas finas marcas rojas en sus mejillas. Resopla un poco con el semblante de quien sigue soñando y pienso que me gustaría zambullirme en sus sueños, como en una piscina de alucinaciones.

Ahora entiendo aquello que me explicó mister Nice la noche de la fiesta de despedida en Shangai, sobre cómo la relación con cualquier ser humano implicaba calcular la distancia justa. Él lo había aprendido desde que practicaba aikido. Me explicó que lo interesante de ese arte marcial era que se basaba en la teoría de que cualquier persona sabia sabe que con cada persona tenemos una distancia justa para evitar que surja el conflicto. Descubrirla es crucial para evitar la violencia. No se trata de que sea poca o mucha. Sino de descubrirla y adaptarla como en un ecualizador. A veces varía con una misma persona según pasa el tiempo, unos centímetros, metros o kilómetros. Desde ayer, parece que Gabriel y yo hemos descubierto que podemos estar a un milímetro sin molestarnos.

Le doy la espalda. Sus dedos se hunden en mi pelo, luego rozan mi cuello y descienden haciendo eslalon para escribirme «buenos días» en la espalda.

Creo que durante un tiempo lo hice todo al revés: sólo dejé acercarse más a quienes no amaba demasiado para poder interrumpir esa relación cuando quería. Pero, si sentía de verdad, construía una distancia de seguridad que terminaba agotando a cualquiera.

Él gira mi cuerpo como si pasara una página. El sol se cuela en sus ojos y revela toda una paleta de colores. Los guiña con gracia.

—Quiero estar contigo —pronuncio.

Ser, estar, existir… los sujetos se unen a esos verbos necesarios, sus complementos obligatorios.

Él intenta disimular su sorpresa sin conseguirlo.

—Vaya… ¿y eso? No te vas a preguntar tu famoso ¿y si sale mal? —contesta, como si hablara por mi boca.

—Si sale mal, nos separamos un poco.

—Muy bien, pero nada de medias tintas. Si nos acercamos, nos acercamos del todo. —Me sorprende ahora a mí—. Ninguno de los dos nos merecemos a estas alturas una relación mediocre.

Me mentiría si no reconociera que mi corazón ha dudado unos segundos si seguir latiendo. Pero lo ha hecho. No me esperaba que fuera tan valiente. Si algo me ha enseñado la vida, ahora que empiezo a acumular grandes ausencias, es que debemos estar cerca de quienes nos quieren el máximo tiempo posible. Llevo un año escribiendo sobre la necesidad de posicionarse. Sobre el no a la tibieza. Así que apuramos otra hora en la que descontamos besos hasta que suena mi móvil. Y luego un mensaje.

Trato de salir de la cama mientras tira de mí para que no abandone ese cuadrilátero en el que llevamos luchando cuerpo a cuerpo tantas horas, pero lo consigo entre risas torpes. El mensaje es de un número desconocido.

Sólo dice: «Tengo tu libro, dame una dirección y te lo envío». Lo firma Isaac.

Tiro el móvil a la cama y me tiro yo detrás, y me dedico a saltar sobre ella como una niña.

Mi manuscrito está en camino, y Gabriel, en la ducha. De pronto, la perfección existe. Pongo música. Busco «It's Good to Be Alive» de Imelda May, abro la nevera y empiezo a echar todas las frutas que encuentro en la batidora: arándanos, plátanos y fresas y luego copos de avena. Creo que es la primera vez desde que llegué a esta casa que la uso. Aprieto con decisión la tapa y la mezcla da giros enloquecidos desprendiendo un delicioso olor a verano. No puedo evitar estar batiendo también una idea: ¿y si sale mal?

La desconfianza es uno de los muchos nombres del miedo. No, no es justo que reviente esta burbuja, que le preste el espacio de quienes me aman a los fantasmas de quienes me hicieron daño. «No hablo de otra cosa que de que te liberes», me dijo Santiago hace muchos meses. «Un hogar es un lugar en el que estás acompañado, pero tus pensamientos son para ti», he leído ayer mismo que dice Jeanette Winterson en sus memorias cuando por fin se permite convivir junto con su amada, el antídoto a ese otro hogar en el que se crió y a algún otro intento de madriguera que fueron territorios de guerra.

Gabriel sale de la ducha y me pilla lamiéndome de los dedos los restos del batido, así que trata de imitarme, pero le doy un vaso o no saldremos nunca de allí.

Llaman a la puerta. Un mensajero me entrega el paquete sin quitarse el casco. Es el manuscrito perdido. Lo abro. Lo olfateo.

Me siento como quien recupera a un hijo perdido. Isaac lo ha anillado como los documentos que suele llevar consigo y le ha añadido una nota. Me pide disculpas:

«No he podido evitar leer la primera página —"Deformación profesional", escribe con una letra casi dibujada—, y es más que prometedora. Por eso me atrevo a pedirte una copia, a no ser que ya tengas planes para tu libro. Mi olfato no suele fallarme y es lo menos que puedo hacer después de lo que hiciste tú por mí sin saberlo aquel día en el metro.»

«¿Deformación profesional?», digo en alto. En ese momento recuerdo la tarjeta que me dio la tarde en que lloraba agarrado a mi mano. Me recuerdo con la chaqueta vaquera. Me lanzo al armario en su busca y no la encuentro. ¿La habré llevado al tinte? Ahí está. En el perchero. Escarbo en el bolsillo y toco el cartón fino. Negro sobre blanco, leo en letra sencilla y moderna: Isaac Ibars. Director de Ibars Editores.

Suelto el manuscrito sobre la mesa como si quemara y leo de nuevo la tarjeta. ¿Ibars Editores? ¿Isaac era el director de Ibars?

Me sacude un irremediable pudor. Quizá debería mandarle un mensaje y explicarle que no es un libro, sino un reportaje, más bien un reportaje con notas que han ido surgiendo a caballo de una historia. Debería decirle que tampoco es una historia anónima, que no es una ficción, que en realidad no sé lo que es... pero en ese momento sólo le escribo un «Gracias, Isaac. Sería maravilloso», le pido su dirección de correo y me lanzo a la ducha para despertarme de lo que sin duda es un sueño.

88

Cojo unos chicles y me pongo a la cola. Puedo verla tras la caja registradora. Lleva un chaleco rojo y una gorra del mismo color. La escucho mantener una breve conversación con un viejo motero tatuado hasta el alma que va cargado de patatas fritas y latas de cerveza.

—No sé si usted cree pero... que Dios le bendiga. —Y le entrega el tíquet.

El motero sonríe sorprendido y levanta el pack de cervezas para despedirse.

—Pues no, no creo… ¡pero gracias!

Llego hasta ella. Me dedica una sonrisa protocolaria y me dice que hay una oferta para los chicles de dos por uno. Se quita la gorra, le dice adiós a su compañera y salimos de la gasolinera.

El olor del combustible se mezcla con otro que viene de la sierra. Ella me observa detenidamente intentando descifrar mi sonrisa boba, la que siento que traigo colgada de la boca.

—Estás radiante —me termina diciendo.

—Quiero presentarte a alguien que te va a gustar —empiezo a confesarle.

—Pero ¿no te he dicho que tengo novia?

Le corto el paso, en jarras, delante de ella.

—No, boba, he quedado con mi amigo Leandro. Para él es un día importante y para mí también. —Luego la zarandeo un poco—. Oye, ¿has dicho «novia»? ¡Así que esto va en serio!

Ella se sacude la melena espesa, negra, que ya le cae por la espalda. Cruzamos la calle con el semáforo en rojo hasta una parada de autobús en la plaza de San Cristian.

—Para mí también es un día muy importante —anuncia.

Saca su cartera deshilachada del bolso y extrae un carnet que le tiembla entre las manos:

Su sonrisa sin hábito, maquillada en rojo, me sonríe con seguridad desde la foto. Contemplo ese documento como si fuera la prueba de que existe vida en Marte o vida después de la vida o los viajes en el tiempo.

—¿Son tus papeles de persona normal…?

Y entonces me doy cuenta de que Greta llora sentada en el banco de la parada, a mi lado, mientras contempla la imagen de esa mujer con el pelo largo y suelto que la observa desde el documento.

Mentiría si dijera que no había imaginado distinto el final de este viaje. Que este intercambio de rehenes se hubiera producido en un escenario más épico. Quizá una terraza desde la que contempláramos Madrid a nuestros pies y yo pudiera entregarle un ejemplar recién horneado de un periódico con la crónica firmada con mi nombre. Pero, en cambio, estamos en una parada de autobús, la música es una alianza entre los motores atascados y la fuente de la plaza, y yo llevo una bolsa de tela del National Theatre de Londres con un manuscrito anillado dentro. Saco el pesado volumen con olor a tinta. Se lo entrego con una mezcla de pudor y emoción que no consigo separar. Ella lo abre. Pasa las páginas despacio como hizo con aquel libro de Rilke, con la misma devoción con la que abriría un misal. Se detiene en algunas de esas casi doscientas mil palabras que descansan en su interior. En los títulos de los capítulos.

—Siento que no haya podido publicarlo —le reconozco, y un peso en la garganta me impide seguir hablando.

—Querida amiga. —Se le quiebra la voz—. Lo importante no es llegar a Santiago sino el camino, ¿recuerdas? Así que gracias… muchas, muchísimas gracias.

Y nos abrazamos como dos compañeras de trinchera, de aventuras, de universidad, como si nos hubiéramos graduado en la vida.

—Para mí, hemos cumplido nuestro reto —afirma tras un rato en que ambas luchamos por recomponernos.

Podéis ir en paz, pienso. Ojalá. Esa palabra empieza a ser para mí un sinónimo de felicidad. ¿Qué es estar en paz?

Quizá es sólo esto. Asumir que no voy a llegar nunca a un estado perfecto de las cosas; que no voy a controlar nunca ni lo bueno ni lo malo; que jamás voy a dejar de sufrir del todo; que no voy a gustarle a todo el mundo; que nunca tendré tiempo para hacer lo que me importa si lo dejo para más adelante.

Mejor ahora.

Salir del capullo.

Qué poco me pesa el cuerpo. Que paz da asumir que ya he pagado un precio muy alto por mis diferencias y que es el momento de amarme con ellas. Que he sido capaz de curarme de muertes, desamores, decepciones, traiciones, ¿cómo no voy a creer en mí? ¿Cómo no va a creer Greta en ella misma?

El autobús abre sus puertas con un suspiro mecánico y nos traslada, como aquel primer avión, hasta la última parada de nuestro viaje.

89

Caminamos por el centro de Madrid y tengo la sensación de que sólo Greta y yo somos capaces de ver el mundo de Matrix.

El planeta entero sufre un síndrome de Diógenes. Los discos duros se anegan de datos, nuestros móviles no disponen de espacio para más contactos. No buscamos amigos en las redes, sino clientes para nuestro ego. El murmullo del hormiguero no deja espacio al silencio. Las cosas no dejan espacio al vacío. El firmamento pronto tendrá tantos satélites como estrellas y los desechos rezumarán de los fondos marinos y secarán el mar. Desmigamos nuestros datos dejando un rastro de toda una vida como un caracol a nuestro paso, y transformamos el paisaje en un lugar inhóspito en el que no hay sosiego para vivir. Sobrealimentados y sobreinformados, hemos perdido la capacidad de asombrarnos ante el vuelo de una mariposa. Pero nosotros no. No nosotros.

Leandro nos abre la puerta de su apartamento con una sonrisa clavada en la cara que parece un cartel que anuncia la felicidad en estado puro. Un espectáculo de maravillas. Un milagro. Greta le saluda como si lo conociera. Sobre la mesa hay una botella de champán rosado puesto a enfriar y nos conduce hacia el invernadero.

—Voy a abrir la puerta y entramos deprisa, ¿vale? —dice frotándose las manos con excitación—. No quiero que se salga ninguna.

—¿Ninguna qué? —le da tiempo a decir a Greta antes de que nos empuje dentro.

Una lluvia de confetis vivos de colores. Suben, bajan, se posan, juegan. «No os mováis mucho», dice Leandro, que camina con extrema lentitud entre ellas y se le van quedando prendidas, como delicados alfileres, sobre el pelo, los hombros, las manos...

Greta mira alrededor, extasiada. Yo me he convertido en cera. Unas vuelan nerviosas, otras dan una sola bofetada al aire, como las de Disney. Una reclama mi atención, batiendo sus alas sedosas y verdes delante de mis ojos como si la dirigiera un hilo invisible, hasta que me aterriza en la frente. Cierra las alas y las abre despacio, calculando su fuerza y su flexibilidad como un pequeño aviador que realiza sus primeras prácticas de vuelo.

—Es tan hermoso... —le digo a Leandro—. ¿Te das cuenta?, lo has conseguido.

Y él sólo sonríe mientras le ofrece unos pequeños trozos de plátano a Greta. Esta deja que se posen sobre su mano y contempla cómo hunden sus nuevas bocas en el néctar de potasio que las ayudará a viajar más lejos. De los muebles, los libros y las lámparas cuelgan aún sus refugios flácidos de seda en los que tomaron la decisión de soñar sus alas.

Leandro nos hace un gesto para que nos cojamos de las manos.

—¿Preparadas?

—¿Para qué? —decimos nosotras casi a coro.

Y abre las ventanas.

La libertad lo inunda todo.

Llenan el cielo. Atrás quedan sus cuerpos deshechos, su vida anterior condenada a arrastrarse.

—¡Mira, papá!, ¡mira! —grita un niño desde la calle señalando hacia arriba.

Y todo se detiene. La nube de alas de colores bate el aire de Madrid cargado de humo y de polen, rodea a los peatones, a los coches parados en el semáforo de la calle del Prado, cuyos conductores se asoman por las ventanillas para contemplar cómo se dispersan con el único rumbo de la aventura. «La aventura...», digo con la voz de Isaac.

Ya lo dijo Pessoa: «Somos seres llenos de emociones: amamos, odiamos, nos perdemos y nos encontramos; nos castigan, nos desean, nos escriben y nos borran».

»Unos desaparecieron antes de tiempo, como Serena y el misterioso Juan; otros seguirán atrapados en la rueda del hámster, como Andrés y Ramiro Coronel; otros depredarán a todo el que les haga sombra, como Inés Cansino o la madre Dominga; la mayoría nunca admitirá sus desatinos, como Diana o la madre Celeste... otros se golumizarán atrapados en los abismos de sus mentes y sus cuerpos, como la enloquecida Deirdre o la tirana inválida. Sin embargo, hay un puñadito que ejercitará la generosidad de proteger a los que desean emprender el vuelo, como mi querido Gabriel o la Rata, o Santiago o, por supuesto, Leandro, o algunos seres luminosos como la maestra Jedi o la madre Juana, el Aitá o mi querido Ernesto. Pero sólo dos o tres tomarán el riesgo de deshacerse para volver a nacer. Allí, en sus cápsulas, estaban sin duda Fátima y seguramente Isaac, de lo cual me alegraba tanto.

Lo único que nos une a todos es que la vida es un tiempo muerto que se nos ha concedido para crecer. Para vivir con la emoción profunda que produce no saber cuándo esta va a acabarse. Esta vida que es a veces fuego, y otras, hielo. Unas, orgasmo, y otras, tortura. Caída y vuelo.

Leandro me abraza por la espalda como si consiguiera escuchar mi monólogo interno.

—Gracias por esto —murmullo.

Y mientras observo a mi propia crisálida ya renacida asomarse por la ventana reconociéndose en ese otro vuelo, estoy segura de que, ocurra lo que ocurra, nunca se nos olvidará lo que sentimos en este momento.

Efecto mariposa

Madrid, un año después

Los que escribimos lo sabemos. Que vivir es muy parecido a escribir la vida de un gran protagonista: nosotros. Nuestro tiempo también se cuenta por capítulos y escenas —que durarán más o menos un día, un mes, o incluso años—, porque una escena no es una unidad de tiempo sino un episodio en el que algo se modifica y la historia avanza. De modo que si no conseguimos que algo se mueva hacia delante en cada una de esas unidades en las que contamos nuestro relato vital, podría parecernos que carece de sentido pasar al siguiente capítulo. Hace un año justo en que llegué a la conclusión de que no debo permitirme el aburrimiento como lectora de mi propia vida.

Un año ya… pienso. Me asomo tras la pila de libros y unos cuantos lectores que aún hacen cola cuando la veo entrar en la sala de la mano de Ángela. Le hago un gesto para que me esperen unos segundos. Mientras me concentro en que mi letra sea legible en cada dedicatoria, la observo con disimulo: esa blusa roja realza su negrísima crin de caballo indio que ahora siempre lleva tan larga. Ángela no la suelta de la mano; me gustó para ella desde el minuto uno —su rostro limpio, los ojos de avellana, la frente amplia y honesta— y sobre todo la dulzura con que, de cuando en cuando, le hace un mimo cómplice que Greta recibe con una naturalidad que me conmueve. Luego saludan con un beso a Isaac, que no ha dejado su papel de anfitrión ni un segundo, y charlan animadamente durante un rato.

Cuando por fin logro levantarme, me despido de los libreros y le pregunto a Isaac si hace falta que me quede un rato más.

—No, querida. Sólo un par de fotos para un periodista que no ha llegado a la presentación y te liberamos.

Ángela también se acerca a despedirse.

—Ha estado todo genial. —Me abraza—. Estoy muy feliz por las dos. Y, bueno, aquí te la dejo, que hoy es un día que tenéis que celebrar juntas.

Le agradezco que lo comprenda. Que exista. Que la quiera. También le he agradecido a Gabriel cuando me ha anunciado que se llevaba a toda esa panda de periodistas irredentos de marcha. «Pasadlo bien», y le he dirigido una mueca de preocupación cuando he comprobado que quienes le seguían como al flautista de Hamelín eran Ernesto «el Sabio», Beltrán «el Blando», y otros tantos excompañeros a los que hacía siglo y medio que no veía. Por otro lado y, liderados por Toño, que cargaba en su silla los libros de todos, han salido Petra y otros tantos compañeros de meditación.

La última en irse ha sido mamá. Se ha acercado discretamente, con su pelo vikingo recién planchado, y me ha dicho: «¿Me firma uno, por favor?». Y ha abierto el libro por la primera página. Luego ha posado su mano siempre cálida sobre la mía cuando ha comprobado que no era capaz de escribir, y sus labios también han temblado un poco. Tengo que decirle tantas cosas que sólo he podido resumir en dos palabras llenas de sentido: «Te quiero».

Ella ha sido la única que ha traspasado la frontera de mi mesa y los carteles con mi rostro sereno, frontal, sin filtros, con el cabello suelto y por primera vez en muchos años de su color natural, y me ha acariciado el pelo irradiándome ese mismo calor con el que me dio la vida: «Yo siempre te quise así. Te quise libre». Cuando estábamos ambas a punto de echarnos a llorar tontamente, desde la puerta, Leandro y Luciana le han metido prisa: «Me llevo a tu madre de juerga», ha dicho, apartándose los largos y negros rizos de la frente. Y todos se han esfumado de pronto, todos menos Greta, que permanecía sentada en una de las primeras filas de la sala ya en silencio, ya vacía de tantas palabras, de público y de flashes.

Me he acercado a ella y ambas nos hemos quedado frente a la pila de libros en disposición de pirámide.

Greta ha repasado las letras troqueladas de la portada.

—*El sueño de la crisálida* de Patricia Montmany. —Como si aún necesitara leerlo para creerlo, y luego a mí—: ¿Cómo te sientes?

—¿Cómo te sientes tú?

Posa su mano sobre el libro como si fuera a hacer un juramento.

—Nunca me he sentido mejor en toda mi vida.

—Pues habrá que celebrarlo, hermana —concluyo, dándole un empujón—. Parece que se impone ir esta noche al Ouh Babbo o al María Pandora, ¿no? Por los viejos tiempos…

Sale delante de mí, despotricando divertida, pero por quién la había tomado, ella era sólo una pobre monja ¿y quería llevarla a esos antros de perdición?

Cuando salimos de la librería, las luces de la plaza y el olor a hierba cortada nos anuncian la primavera, echamos unas monedas al tenor olvidado en la puerta del Gran Teatro y vienen a mi cabeza nuestros últimos paseos, grabadora y libreta en ristre, cuando ni siquiera soñábamos con que la causalidad hiciera que esta tonelada de palabras compartidas durante un año cayera como una cascada en las grandes manos de Isaac.

Ahora, sin embargo, caminamos de regreso de nuestra aventura. No puedo dejar de tocar ese libro que aún huele a imprenta: contiene a una Patricia y a una Greta que, aunque haya sido doloroso, hemos dejado partir. Y es que morimos y nos reencarnamos. No una, sino muchas veces. No sé si en otra vida, como cree la maestra Jedi, pero ahora sé que sí en esta. Había una Greta y una Patricia que habían muerto, y esas que ahora empezaban a vivir de nuevo habían dejado a muchas personas atrás que cumplieron su rol. Otras, sin embargo, las arrastrábamos de vida en vida. Nosotras, de momento, seguíamos caminando juntas en la siguiente.

Aquellas Greta y Patricia se habían marchado, sí, incluso antes de que se publicara el libro, de que prendiera una mecha de lector en lector, de país en país, que aún no sabíamos dónde iba a llevarnos. De momento, no deja de sorprendernos la hemorragia de emails enviados por quienes ya lo han leído y quieren unas veces confesarse, otras, agradecerlo o denunciar los abusos que han sufrido dentro y fuera de la Iglesia. En aquel momento ni siquiera había surgido aún el movimiento #churchtoo que ha roto por fin el silencio.

Suficiente para saber que este libro también estaba aprendiendo a volar. En qué se estará transformando ahora mismo en diferentes puntos del planeta, es un misterio incluso para nosotras, porque ya es libre... pero, como me ha dicho Leandro antes de despedirse, por pura ley física, un pequeño milagro como el batir de las alas de una mariposa puede provocar un tornado al otro lado del mundo.

La Greta que ahora camina a mi lado sólo conserva los colores de aquella oruga que fue. Pienso en su negocio de flores preservadas, en el que ha aprovechado sus conocimientos de arreglos florales aprendidos cuando era religiosa, y me doy cuenta de que toda ella es un monumento al reciclaje. Aunque me reconoce que invierte ya el mismo tiempo en contestar los mensajes en sus redes por culpa del libro que en diseñar ramos de novia.

—Y hablando de novias...

Hace una pausa de intriga y alza la mano abierta delante de mi nariz. Un anillo brilla al sol en su dedo anular.

Se ha atrevido a decírselo a su madre. Al principio Felisa y su espíritu práctico le mintieron a sus prejuicios diciéndoles que su hija se casaba por los papeles, ¿qué más daba que fuera con una mujer? Pero ahora ya sabe que es un asunto del corazón. Y está ilusionada: «Usted, más que ninguno de nosotros, se merece ser feliz, m'hija, ya ha sufrido bastante», le dijo, antes de que Greta cayera en sus brazos de una forma muy distinta a cómo lo hizo, tan sólo un año atrás, en ese mismo aeropuerto. Harán una boda en Colombia y otra en Madrid y...

La interrumpo, la abrazo y ambas gritamos en medio de ese puente de suividarse, porque se está poniendo el sol y porque sí, estamos vivas.

Cruzamos el viaducto hacia las Vistillas, atardece en Madrid a nuestras espaldas en rosas, naranjas y amarillos irracionales, las campanas tañen en la catedral de la Almudena, pero con otro sentido, y ese puente, el mismo que ha visto tantas vidas arrojarse al asfalto, deja cruzar a dos mujeres que, si no hubiera sido porque no es posible, se diría que están a punto de echar a volar.

Es cierto, este último paisaje huele excesivamente a ficción, pero a veces una historia tan real no puede contarse a través del lenguaje objetivo sin perder humanidad. Creo que, en el fondo, lo supe desde el principio.

Esta es mi realidad. La nuestra. Y no hay más historias.

Es ahora cuando soy consciente de que había dejado de creer. ¿En qué? En todo. Como casi todos.

Nos enseñan a creer en Dios, en Alá y en Buda, en el paraíso y en el Infierno, pero lo único que no te enseñan es a creer en lo que de verdad puede salvarte. Por eso yo, quien hace tan sólo un año habría citado a cualquiera de mis santos para comenzar esta historia, yo, para quien hasta ahora la ciencia y el arte eran mis únicos dioses, y los artistas y los científicos, sus profetas... hoy citaré a Madonna, para algunos, santa, y para otros, hereje: «Este es un mundo inseguro donde lo único que puede salvarte es creer en ti mismo».

Sí, nuestro mundo inseguro y obeso de información, que nos obliga a engullir miles de titulares llenos de proezas, nos hace creer que sabemos muchas cosas: nos cuentan que Google ha conseguido recibir noticias de tres mil galaxias idénticas a la nuestra. Nos informan de que un avión es capaz de soportar un vuelo a treinta mil pies de altura y el peso de quinientos pasajeros, pero no que una mariposa es capaz de volar cuatro mil kilómetros sin repostar. Nos maravillan con el dato de que un cerebro humano tiene 3,5 cuatrillones de bites, cinco menos que el robot más potente del mundo, pero estos siguen sin entender la belleza.

Entonces... ¿por qué desconfiamos tanto de nuestra Humanidad?

Somos ínfimos pero un gran milagro a un tiempo.

Somos capaces de realizar aquello con lo que soñamos. Por eso estoy convencida de que la primera crisálida tuvo que soñar sus alas. Y que esa metamorfosis milagrosa que hoy asumimos con normalidad se dio gracias a grandes dosis de tiempo y de fe.

Cierro los ojos y camino a tientas con el sol fatigado de la tarde dándome en la cara. Me detengo y siento que ella se detiene a mi lado. Imagino cómo de su camisa brotan unas alas rojas y que la espalda de mi vestido negro de lunares se rasga para dejar salir otras con el mismo estampado, húmedas, elásticas, que se abren, nervio a nervio, hasta desplegarse por completo.

No es realista.
No es objetivo.
Pero ¿acaso no es este un hermoso final?

AMÉN

Terminada en Nueva York el 5 de octubre de 2018

Agradecimientos

A Martha Urbano, de corazón, por este viaje inmenso.

A mis editores Alberto Marcos y David Trías, por darle a esta historia el tiempo y el espacio para que volara.

A mis profetas, Byung-Chul Han por su libro *La sociedad del cansancio*, y a Jeanette Winterson por sus memorias, que tanto me han inspirado y acompañado durante la escritura de esta novela.

Y también, tras veinte años justos de profesión, quiero dar las gracias en esta novela a todos los que reforzaron mi fe en mí misma cuando aún era un proyecto latente de escritora: a mi madre, por contarme cuentos cada noche y escuchar los que yo le cuento a ella de adulta; a Inmaculada Huarte y Asunción Monzón, mis profesoras de literatura; a Jesús Écija, mi abuelo, por ayudarme a escribir mi primera novela; a Jorge Fernández Guerra, por darme espacio para publicar mis primeros artículos; a Fernando Marías, por leerme por primera vez; a David Torres, por animarme siempre; a Miguel Ángel Matellanes, mi primer editor; a Jorge Eduardo Benavides, por enseñarme tantas cosas; a José Sanchís Sinisterra, maestro generoso, por abrirme las puertas del teatro; a Juan Mayorga por su aliento e inspiración: a Elyse Dodgson por llamarme dramaturga en inglés; a Mar Montávez, guardiana de mi teatro; a Luis de Martos, por recetarme la escritura; a Antonia Kerrigan y su equipo, por llevar mis novelas a los cinco continentes; a Rosa Montero, por iluminarme, y a mis amigos y familia, mis primeros y entusiastas lectores y a quienes he nombrado en cada uno de mis libros, especialmente a Ana Belén Castillejo, Gabriela Llanos, Luis Antonio Muñoz, Beatriz Rodríguez, Ana Lirón y Lucía Écija.

Índice